FESTA

ALLGEMEINE REIHE

BAND 1601

Hexen & Teufel

Ein satanisches Lesebuch

FESTA

Sarban: *Der Puppenmacher*
Originaltitel: *The Doll Maker*

Aus dem Englischen von Andreas Diesel

Abraham Merritt: *Flieh, Hexe, Flieh!*
Originaltitel: *Burn, Witch, Burn!*

Aus dem Amerikanischen von Lore Strassl

Gustav Meyrink: *Walpurgisnacht*

1. Auflage April 2004

Titelbild: Jean Pascal Fournier
Umschlaggestaltung: Asuka
Druck und Bindung: Finidr, s.r.o

ISBN 3-935822-90-1

SARBAN: DER PUPPENMACHER
Seite 7

ABRAHAM MERRITT: FLIEH, HEXE, FLIEH!
Seite 187

GUSTAV MEYRINK: WALPURGISNACHT
Seite 347

SARBAN

Der Puppenmacher

1

»Allein durch seine Höhenlage«, so der Schulprospekt, »fördert Paston Hall mit seinen schönen und weitläufigen Grünanlagen die Gesundheit. Die Schule ist auf allen Seiten von reizvollen Wäldern und unberührter Landschaft umgeben und gewährleistet somit vollkommene Ruhe, zugleich jedoch bestehen gute und regelmäßige Verbindungen zu der einladenden, anheimelnden Marktstadt Pentabridge ... Wir ermuntern die Mädchen dazu, sich auf vielfältige Weise im Freien zu betätigen, etwa in Form von Gartenpflege, Sport und Reiten, dies alles selbstverständlich unter gewissenhafter Aufsicht ... Besonderen Wert legen wir auf die individuelle Ausbildung von Charakter und Persönlichkeit. Die Schülerinnen lernen u. a., aufmerksam zu beobachten, Eigeninitiative zu entwickeln und Verantwortung zu übernehmen ... Wenn die Eltern sich im Ausland aufhalten, bieten wir unseren Schutzbefohlenen umfassende Betreuung.«

Diese Sätze, insbesondere der letzte, gingen Clare Lydgate durch den Kopf, als sie in einer Dezembernacht den dunklen Aufenthaltsraum im Erdgeschoss von Paston Hall auf Zehenspitzen durchquerte und behutsam die gut geölte Fensterklinke niederdrückte. Sie sah Miss Sperrod vor sich, wie sie penibel entschied, welche Worte auf dem Hochglanzpapier unterstrichen werden sollten, und war von Abscheu erfüllt über die Heuchelei, die sie erst vor kurzem als Hauptcharakterzug der Schulleiterin und als Hauptbestandteil der Atmosphäre erkannt hatte, in der sie seit fünf Jahren atmete.

Clare kletterte aus dem Fenster des Aufenthaltsraumes und zog es leise hinter sich zu. Die Nacht war mondlos, doch der klare Sternenhimmel hellte die Dunkelheit auf, sodass Kieswege, Gras und Baumumrisse gerade noch erkennbar blieben.

Auf den Spitzen ihrer Sportschuhe setzte sie in zwei großen Schritten über den Kiespfad und erreichte den Rasen, der die Fußtritte verstummen ließ. Mit einem Blick zurück auf das Schulgebäude vergewisserte sie sich, dass alle Fenster auf ihrer Seite dunkel waren, und ging dann langsam, doch mit jener Sicherheit, die bei Nacht nur die völlige Vertrautheit mit dem Gelände schenkt, über das kurz gehaltene Gras der Anlage.

Sie ging mit gesenktem Kopf, ohne ein Auge für den kostbaren Schmuck des schwarzen Himmels noch ein Ohr für die heimlichen Geräusche all der Geschöpfe der Nacht auf dem Schulgelände und in den Forsten jenseits der Mauer. Der »reizvolle Wald« und die »unberührte Landschaft«, welche die Schule umgaben, waren Clare und den anderen Mädchen von Paston Hall ebensowenig vertraut wie die »einladende, anheimelnde Markstadt Pentabridge«. Wenn Miss Sperrod die ländliche Umgebung als einen Vorzug des Internats pries, so verschwieg sie, dass sich ihre Schülerinnen nach strengem Reglement nur in der Gruppe und unter Aufsicht einer Lehrerin außerhalb des Schulgeländes aufhalten durften. Die Direktorin setzte darauf, dass die meisten Eltern, vor allem jene, die in den Tropen schwitzten, vage mit Wordsworth und seiner Lehre vom günstigen Einfluss der englischen Landschaft auf das heranwachsende Kind sympathisierten. Doch war sich Miss Sperrod zugleich der ganz anderen Einflüsse bewusst, die im Dorf Halliwell ebenso wie im Kino und im *palais de danse* der anheimelnden Marktstadt lauerten, und auch wenn man sich hier wie dort unzweifelhaft auf englischem Boden befand, so mochte die Auswirkung auf ihre Schülerinnen doch äußerst ungünstig sein. Die Versuchungen von Pentabridge waren dabei noch das kleinere Übel, denn das Städtchen war immerhin zehn Kilometer von Paston Hall entfernt, und »die gute und regelmäßige Verbindung« bestand in Wahrheit allein in einem Vertrag mit der regionalen Busgesellschaft, welche die Schülerinnen bei Bedarf zum Bahnhof brachte oder dort abholte. In Notfällen konnte ein

Mädchen, begleitet natürlich von einer Anstandsdame, auch mit einem Taxi in die Stadt befördert werden, doch die meisten Schülerinnen sahen von Pentabridge nicht mehr als den Bahnhof zu Beginn und am Ende der Ferien.

Diesen Herbst war Clare Lydgate noch nicht einmal in den Genuss dieser Fahrt gekommen. Sie gehörte zu jenen Schülerinnen, die auch während der Ferienzeit »umfassende Betreuung« erfuhren. Früher hatte sie ihre Lage stoisch hingenommen, denn auch wenn ihren Vater ein Langzeitvertrag an die Rio Tinto-Kupferminen band, so hatte sie die Sommer- und Weihnachtsferien doch mit ihm und Mutter in Spanien verbringen können. Die kürzeren Oster- und Pfingstferien sowie die kleinen Ferien inmitten der Trimester auf Paston Hall waren erträglich. Nun hatte ihr Vater jedoch eine Stellung in Malaya angenommen, und es war nicht möglich, ihn dort in den Ferien zu besuchen. Weder väter- noch mütterlicherseits besaß sie nahe Verwandte in England, bei denen sie hätte unterkommen können, und so gab es für Clare keine Ferien, sondern nur ein einziges lang gezogenes Schuljahr, das sich von den letzten Weihnachtsferien bis zu den nächsten erstreckte und in dem die einzige Abwechslung darin bestand, dass der Unterricht stattfand oder eben nicht. Um es noch schlimmer zu machen, war die Gruppe von Freundinnen, die früher die Internierung in den Osterferien und in den Trimestern mit ihr geteilt hatte, mittlerweile auseinandergebrochen. Clare war achtzehn Jahre alt; sie hätte Paston Hall Ende des vorigen Sommers mit ihren Altersgenossinnen verlassen können, doch ihr Vater hatte darauf bestanden, dass sie sich auf ein Stipendium für Oxford vorbereitete.

Der Schulprospekt annoncierte stolz, dass die Mädchen hier auf »mittlere und höhere Schulabschlüsse sowie auf die Hochschulreife vorbereitet« würden. Clare war sich nur vage bewusst, welch unerwartete Möglichkeiten die Entscheidung ihres Vaters der Schulleiterin und der Hand voll von Vorstandsmitgliedern eröffnet hatte, die diskret ihren Lebensunterhalt aus Paston Hall bezogen. Mit angeborener Intelligenz und großer Belesenheit hatte sie in beiden Examina die Prüfer beeindruckt und sich durch Bestnoten in den Annalen der Schule verewigt. Vielleicht war Miss Sperrod jener Triumph, der ihrer Meinung nach natürlich allein der Schule zukam, und die völlig neue Erfahrung, unter all den lästigen kleinen Kreaturen einmal eine zu finden, die ihr bei der Geduld fordernden und heiklen Aufgabe, Geld aus elterlichen Taschen zu ziehen, helfen konnte, zu Kopf gestiegen; jedenfalls unterstützte sie Mr. Lydgates Vorhaben und nährte seinen Glauben daran, dass Clare in Paston Hall zu jener Höhe der Gelehrsamkeit geführt werden könne, die Voraussetzung für ein Oxford-Stipendium war. Zweifelsohne wurde sie dieses eine Mal das Opfer äußerer Einflüsse: Da war der Ruhm jenes letzten Examens, da war der schmeichelhafte Brief von Mr. Lydgate, da war Clares viel versprechender Ehrgeiz, und da war schließlich Miss Otterel.

Die Schulleiterin hatte Anne Otterel über eine akademische Stellenvermittlung engagiert. Sie war sehr jung, hatte keinerlei Berufserfahrung und keine Lehrberechtigung, dafür aber einen Abschluss in Geschichte, und sie war gezwungen, nach dem Ende ihres Studiums an der London University schnell eine Anstellung zu finden. Sie beeindruckte Miss Sperrod durch ihre intime Kenntnis des höheren akademischen Lebens – vielleicht ein wenig in der Art, wie die Anekdoten eines kleinen Kirchenmannes einen Schneider beeindrucken mögen, der das Brauchtum des Domkapitels schätzt –, und weckte in Clare die Sehnsucht nach den Segnungen des Universitätslebens.

So ließ sich die Direktorin denn trotz ihrer Überzeugung, dass ein Übermaß an Eifer die Schlimmste aller Untugenden sei, von der Begeisterung ihrer jungen Lehrkraft mitreißen: Clare sollte ganz gezielt von Miss Otterel, B. A., unterrichtet werden. Die zusätzlichen Gelder waren bewilligt, und ein Prestigegewinn für die Schule war mehr als nur wahrscheinlich. Clare selbst schien es, als hätten sich die Himmelspforten geöffnet. Eine Göttin war herabgestiegen nach Paston Hall –

nicht nur ihr, allen Mädchen erschien dies so, seit Miss Otterel gekommen war, doch Clare war der übrigen Gemeinde der Gläubigen dadurch enthoben, dass sie in langen Stunden ebenso vergnüglichen wie vertraulichen Privatunterrichts die besondere Nähe der Göttin genießen durfte.

Noch vor Beginn des Herbsttrimesters starb Miss Otterel.

Clare stand im Büro der Leiterin, starrte auf Miss Sperrods dünne, bewegliche Lippen, lauschte mit einer Art von verdrossener Hilflosigkeit den aufgeregten, wortgewandten, übertrieben genauen Erklärungen und erfasste nur allmählich den Sinn dieser morgendlichen Ansprache. Als ihr das endlich gelungen war, war sie stärker über die Einstellung schockiert, welche die Schulleiterin erkennen ließ, als über die Nachricht, die sie zu vermitteln suchte.

An jenem Morgen nahm Clares Revolte gegen Paston Hall Gestalt an.

Ungläubig stellte sie fest, dass Miss Sperrod über den Todesfall selbst weder entsetzt noch bekümmert war, sondern lediglich unangenehm berührt. Ihr Redefluss hatte einen entschuldigenden Unterton, so, als wolle sie schon im Vorhinein dem Vorwurf begegnen, die Schule trage in irgendeiner Hinsicht Verantwortung für Anne Otterels Tod.

»Natürlich verließ sie uns bereits vor sieben Wochen«, wiederholte die Direktorin. »Sie fuhr am letzten Schultag in die Stadt. Sie war vollkommen gesund, als sie uns verließ. Ich weiß noch ganz genau, dass mir auffiel, wie gesund sie nach dem Sommertrimester aussah, und ich erinnere mich auch noch, dass die Hausmutter zu mir sagte, einen wie viel besseren Eindruck Miss Otterel nun mache als bei ihrer Ankunft Anfang des Ostertrimesters. Das ist ja das Schreckliche an dieser Krankheit. Der gesündeste Mensch kann sich anstecken, und die Inkubationszeit ist, wie ich gehört habe, wirklich erschreckend kurz. Sie könnte sich im Zug nach Pentabridge angesteckt haben, oder bei den Leuten, bei denen sie übernachtet hat. In Pentabridge gab es eine ganze Reihe ähnlicher Fälle. Es stand sogar zur Debatte, die Höhere Schule vorübergehend zu schließen. Meines Wissens sind mindestens zwei Kinder gestorben ...«

Nachdem Clare der Direktorin entkommen war, versuchte sie, von Miss Geary, einer Lehrerin, welche die Sommerferien in Paston Hall verbracht hatte, einen klareren Bericht zu erhalten. Noch während sie nach der Lehrerin suchte, ging Clare die ganze Tragweite der Nachricht auf. Sie hatte zuvor nichts vom Tod gewusst. Mit ihm schien sich ein seltsames Gewicht auf die Angelegenheiten von Paston Hall und auf Clares Dasein zu legen. Die Sommerferien hatte sie in einer Art träumerischer Vorfreude durchlebt und das kommende Schuljahr mit wundervollen Fantasien ausgeschmückt. Der Tod hatte diese Träumereien weggewischt und ein trübes Grau enthüllt, das sich in endlose Fernen hinzog.

Mit Annes Tod schienen sich auf einen Schlag auch der Reiz des Studiums und der mögliche Erfolg zu verflüchtigen. Die spezielle Vorbereitung auf das Oxford-Stipendium würde sich nun in eine bloße Folge deprimierender Unterrichtsstunden auflösen, wie Clare sie schon fünf Jahre lang hatte ertragen müssen. Mit neuer, unbarmherziger Klarheit erkannte sie, dass es töricht wäre, das Stipendium ohne die Anleitung von jemandem wie Anne anzustreben. Sie nahm ihre Niederlage hin, war jedoch zutiefst verletzt und bestürzt über die tragische Unverhältnismäßigkeit der Mittel, mit denen ihr Traum zunichte gemacht worden war. Noch konnte sie ihre kleine Niederlage nicht als eine Randerscheinung ungeheuerlicher Ereignisse erkennen.

Miss Geary stammte aus der Gegend und lehrte seit der Gründung der Schule in Paston Hall. Jede neue Generation von Mädchen hatte ohne Zögern von den älteren Schülerinnen den Spitznamen ›Miss Queery‹ übernommen – und damit die althergebrachte Ansicht, sie sei nicht im Vollbesitz ihrer geistigen Kräfte. Durch Schulmädchenbücher beraten, erkannten die Anfängerinnen in ihr die Exzentrikerin und beschäftigten sich nur zu gern mit all den kleinen Merkwürdigkeiten von Miss Gearys Erscheinung, ihrer Kleidung, ihrer

Stimme und ihrem geistesabwesenden Gebaren. Die mittleren Klassen hingegen verfochten die Theorie, sie sei die arme Verwandte eines der Vorstandsmitglieder, und straften sie mit entsprechender Verachtung. In der Oberstufe galt sie, wenn man denn überhaupt über sie nachdachte, als arme alte Schachtel.

Als Clare, die den Tod ihrer eigenen Träume gut verbarg, ohne Umschweife fragte, woran Miss Otterel denn gestorben sei, strich sich die alte Dame das glatte graue Haar aus der Stirn, kniff die Augen zusammen und nahm ihren Kopf zurück, so, als wolle sie Clare aus weiter Ferne betrachten, von einer der entlegenen Hochebenen ihrer Träume, auf denen sie die meisten ihrer wachen Stunden zubrachte. Dann stieg sie von dort plötzlich die Klippen herab, beugte sich vor und sagte mit klarer Stimme:

»Kinderlähmung. Sie grassiert in Pentabridge.«

Sie nickte und wollte weitergehen.

»Aber«, sagte Clare, indem sie sich ihr kühn in den Weg stellte und mit der Befugnis ihres eigenen Unglücks sprach, »was wollte sie denn in Pentabridge? Warum ist sie in den Ferien nicht heimgefahren?«

Miss Geary zog sich wieder auf ihre Hochebene zurück.

»Ich habe nicht die geringste Ahnung«, murmelte sie, als spreche sie zu jemanden, der für Clare unsichtbar blieb.

Das Schuljahr begann, und alle Mädchen außer denen aus Clares Abschlussklasse kamen zurück. Die neue Oberstufe erschien ihr unglaublich jung, geschwätzig und dumm, und sie hatte nicht die Geduld, ihre Sprachregeln zu erlernen oder sich mit dem Gewebe ihrer persönlichen Beziehungen zu beschäftigen. Clare bildete eine Klasse in der Klasse, und die anderen Mädchen hatten ein wenig Scheu vor ihr. Man ließ sie allein.

Der Einschnitt der Sommerferien und die neue Oberstufe, welche die vertrauten Gesichter ersetzte, mit denen sie während der Schulzeit aufgewachsen war, ließen Clare das letzte

Trimester überaus fern erscheinen; es musste sehr viel weiter zurückliegen als nur acht Kalenderwochen. Sie schaute sich die wenigen Notizen an, die Anne Otterel ihr am Ende des letzten Unterrichtstages gegeben hatte, und studierte den Lehrplan, den sie seinerzeit flüchtig besprochen hatten, aber all die Gedanken und Vorhaben, die damit heraufbeschworen wurden, schienen zu einem anderen Leben zu gehören, so unvereinbar mit ihrem jetzigen wie jene eigentümlichen Ferienmonate, die sie vor langer Zeit auf ihre Art im sommerlichen Spanien verbracht hatte.

Miss Sperrod täuschte ab und an vor, Clares Studien mit Enthusiasmus in die richtigen Bahnen zu lenken, und Miss Geary überwachte nebenher ihre französische Lektüre, doch ging keinerlei Überzeugungskraft von diesen Bemühungen aus. Jedes Mal, wenn Clare sich vor die Bücher setzte, stand ihr unabweislich vor Augen, dass es in Paston Hall jetzt niemanden mehr gab, der auch nur die geringste Ahnung davon hatte, was für eine Stipendiumsprüfung vonnöten war. Bis zum nächsten Osterfest musste sie das Pensum aus eigener Kraft bewältigen, und es war ihr klar, dass dies nicht gelingen konnte.

Eine Zeit lang hielt sie sich mechanisch an das Programm, das Miss Otterel für sie entwickelt hatte, doch eine Miss Otterel gab es nicht mehr, und ohne ihr Beisein erstarb auch der Ehrgeiz, den von ihr gesetzten Ansprüchen zu genügen. Clare zog es nun mehr und mehr vor, nur das zu lesen, was auf den ersten Blick ihr Interesse weckte; alles übrige ließ sie liegen. Gegen Ende des Herbsttrimesters umfasste ihre Lektüre fast ausschließlich englische Romane und zeitgenössische englische und französische Lyrik. Die Dramatiker der französischen Klassik langweilten sie, und das Latein, das sie erlernen musste, gab ihr bloß Rätsel auf. Es hatte nie eine Lateinlehrerin in Paston Hall gegeben. Für die wenigen Mädchen, die für ihre Abschlussprüfung lateinische Grundkenntnisse benötigten, war ein Übereinkommen mit einer Lehrerin der Höheren Schule in Pentabridge getroffen worden: Hatte Miss Sperrod eine Schülerin zur Prüfung angemeldet, kam sie an ein oder zwei Abenden die Woche nach Paston Hall. Vor zwei Jahren war es Clare irgendwie gelungen, den Prüfungsstandard zu erreichen, doch seither hatte sie alles wieder verlernt. Insgeheim hatte sie sich gelobt, bei der Arbeit mit Miss Otterel alles zu geben: Wenn nötig, hätte sie das ganze Lateinlehrbuch auswendig gelernt, hätte jeden Tag zehn Vergil-Verse gelesen und übersetzt und die Oden des Horaz zu ihren eigenen gemacht. Nun aber sah sie, wenn sie die Bücher öffnete, all die triste, undankbare Schinderei vor sich, die sie allein würde durchstehen müssen, und verzweifelte an ihrem Vorhaben.

In dieser resignativen Stimmung tat sie eines Nachts im Spätherbst etwas, das sie in den letzten vier Jahren nicht mehr getan hatte. Sie schlich nach elf Uhr aus ihrem Zimmer, kletterte aus dem Fenster des Aufenthaltsraums und streifte zwei oder drei Stunden lang über das Internatsgelände. Es hatte eine Zeit gegeben, da waren solche Ausflüge ein abenteuerliches Geheimnis gewesen, das von ihr und ihrer damaligen Clique streng gehütet wurde. In der Mittelstufe hatten sie entdeckt, dass es sehr einfach war, durch eben jenes Fenster ins Freie zu gelangen. Sie hatten darauf geachtet, stets die Klinke zu ölen, und es gab eine Route über den Rasen, auf der sie schnell aus der Sichtweite der Schulfenster gelangten. Ungefähr einmal pro Woche waren sie hinausgeklettert und hatten in einem Hain am tiefsten Punkt des Geländes ein Picknick veranstaltet. Den Gärtnerjungen stifteten sie dazu an, ihnen aus dem Dorf Halliwell Würstchen, Eier und Tee zu beschaffen, und sie hatten eine Stelle an der Mauer gefunden, wo man Feuer machen konnte, ohne dass davon im Internat auch nur ein Lichtfunken zu sehen war. Vier oder fünf Trimester lang, im Sommer wie im Winter, wurde dieser Brauch beibehalten. Als die Mitglieder der Clique schließlich zu Schülerinnen der Oberstufe wurden, kamen ihnen ihre nächtlichen Abenteuer allmählich fade und ein wenig lächerlich vor, und man gab sie auf. Doch das Geheimnis wurde nie gelüftet und auch nie an eine der folgenden Schulklassen weitergegeben.

Wenn Clare nun in die alte Gewohnheit zurückfiel, dann deshalb, weil es inzwischen zu ihrem dringlichsten Wunsch geworden war, aus Paston Hall zu entkommen. Ihr Verlangen nach einem eigenen Leben, einer eigenen Wohnung, einer neuen Umgebung und Privatsphäre, auf die weder die Schule noch Miss Sperrod Einfluss nehmen konnten, war überwältigend stark geworden. Das Schlafzimmer, das sie als Schulälteste für sich allein hatte, war kaum mehr als ein enger Verschlag; die verkratzten Möbel, der abgenutzte Teppich und das bekritzelte Holz waren nur Leihgaben, und alles roch nach Internat. Das Schulgelände war zwar weitläufig, doch herrschten die neugotischen Türmchen und Giebel von Paston Hall weithin sichtbar über alles, und auf einer Seite markierte eine hohe Mauer, auf der anderen ein öder Eisenzaun unerbittlich die Grenzen der Freiheit.

Clare wusste noch aus der Mittelstufe, wie die Nacht die Welt verändert und dass ihre Bewohner nach eigenen Gesetzen leben. Die Nacht – sie konnte eine Privatsphäre sein, konnte Freiheit und Aufbruch bedeuten. Das Fenster im Aufenthaltsraum hatte sich so leise wie eh und je geöffnet; sie hatte nur die Klinke drücken müssen, um ein Königreich zu erobern, das vielleicht grenzenlos war.

Diese Nacht in den Weihnachtsferien war die siebte oder achte seit Annes Tod, in der sie über die Anlage streifte. Sie fand die gewaltige Buche an der Mauer, zwischen deren Wurzeln sie früher Feuer gemacht hatten, und während sie dort saß, meinte sie ihr Schulleben zu durchschauen, zurechtgestutzt auf seine wahren Dimensionen. Der Großteil der letzten fünf Jahre war reine Zeitverschwendung gewesen. Davon nahm sie natürlich die wenigen Ferienaufenthalte in Spanien aus: Sie waren Funken eines gänzlich anderen Daseins und nur zufällig in diesen grauen Ablauf, in diese Wüste der Zeit geraten, deren Ödnis sie fast körperlich wahrnehmen konnte, so wie man die kalte, abgestandene Luft in einem winterlichen Klassenzimmer riecht. Einzig jene nächtlichen Abenteuer in der Mittelstufe hatten während all dieser Zeit freudvolle Abwechslung geboten. Mochten sie auch kümmerliche Vergnügen gewesen sein, so waren sie doch *wirklich* gewesen: Das Risiko war wirklich gewesen, die Schönheit der roten Flammen, der Geruch des Brennholzes und der Geschmack der Würstchen und des starken süßen Tees, den das australische Mädchen, Pamela, in einer Emailkanne kochte. Sie erinnerte sich auch jetzt noch gern an jene Picknicks, weil sie ein wirkliches Entrinnen bedeutet hatten. Die Unabhängigkeit und die Abenteuer des Geistes, auf die Anne Otterel sie hatte vorbereiten wollen, waren dagegen letzten Endes schöner Schein geblieben.

Sie stand auf, steif und kalt vom langen Sitzen auf den Wurzeln der Buche, und obwohl sie sich niedergeschlagen und müde fühlte, war sie noch nicht willens, aus dem Königreich der Nacht in das Gefängnis ihres engen Zimmers zurückzukehren. Sie strich über die glatte Rinde des Baumes und berührte, als sie den Arm weiter ausstreckte, mit den Fingerspitzen die Mauer.

Es war eine hohe Ziegelwand, viel älter als das viktorianische Schulgebäude. Clare wusste, dass dies die traditionelle Grenzmauer zum benachbarten Anwesen war, das ein altes Haus namens Brackenbine umgab, ein Haus, das sie noch nie gesehen hatte. Eine Familie namens Sterne lebte dort oder hatte dort gelebt, und ihnen gehörte auch, wenn man dem Gärtner glauben durfte, Paston Hall, das vor siebzig Jahren auf dem Grundbesitz der Sternes, aber außerhalb der alten Parkmauer erbaut worden war. Ein modern denkender Sterne, so der Gärtner, hatte es errichten lassen, weil das alte Haus klein, dunkel und feucht war – »völlig begraben unter den großen alten Bäumen und so abgesackt in den alten Akenshaw-Hügel, dass die Hasen übers Dach rennen können«. Ja, so hatte er sich ausgedrückt. Clare wusste auch, dass die Schule noch nicht lange in diesem Bau residierte. Sie hatte Miss Geary über die Zeit reden hören, als die Lehranstalt

Paston House hieß und in drei Villen in einer nördlichen Vorstadt von London untergebracht war. Es hatte sie nie sonderlich interessiert, warum die Sternes das neue Haus verlassen hatten und ins alte zurückgekehrt waren. Nun aber, da sie erkannt hatte, mit welchen Zielen Miss Sperrod die Schule leitete, war ihr Eindruck der, dass es den Sternes finanziell wohl schlecht ging und dass sie deshalb das Anwesen verpachten mussten. Und das vermutlich, so dachte sie, zu einem sehr niedrigen Preis.

Die Ziegel, die sie berührte, gehörten nicht zur Mauer selbst, sondern zu einem sich verjüngenden Stützpfeiler. Jede seiner Steinlagen war im Vergleich zu der nächsttieferen ein wenig zurückgesetzt und formte auf diese Weise, wie Clare sich erinnerte, eine steile Stiege, über die man, wenn man sich mit einer Hand an der Buche abstützte, auf Zehenspitzen die Mauerkrone erreichen konnte. In der Mittelstufenzeit waren sie häufig hinaufgeklommen, hatten sich dann auf die Mauer gesetzt, in den dunklen Wald auf der anderen Seite geschaut und über das Brackenbine-Haus gesprochen, das sich in seinen Tiefen verbarg. Clares Zehen schienen wie von selbst nach der ersten Pfeilerstufe zu tasten. Sie stützte sich gegen den Baumstamm, hatte kurz darauf den vertrauten Halt eines waagrechten Astes gefunden, kletterte mit seiner Hilfe auf die Mauer und ließ sich rittlings auf der gerundeten Krone nieder: ein Bein über dem Schulgelände, das andere über dem Grund und Boden von Brackenbine.

Im Wald war es stockfinster. Kalter Wind hauchte durch die kahlen Bäume und ließ ein oder zwei Äste leise knacken. Clare zog den Gürtel ihres Mantels enger und blies sich in die Handschuhe. In den guten alten Zeiten hätte unten ein Feuer geflackert, hätten trockene Zweige in den Flammen geknistert und Würstchen leise gebrutzelt. Jetzt waren da nur kalte, schwarze Einsamkeit und der ungemütliche Wind.

Clare tastete mit ihrer Fußspitze nach Halt auf den Stufen des Pfeilers, um wieder nach unten zu steigen, doch als sie sich halb umwandte, sah sie zwischen den Bäumen von

Brackenbine ein Licht. Es war ein kleiner gelber Lichtfunke, tief unten, fast am Erdboden. Schon im nächsten Augenblick war er wieder verschwunden, doch fand Clare es so merkwürdig, dass da jemand mitten in einer Winternacht durch den Wald von Brackenbine streifte, dass sie sich erneut auf die Mauer setzte und im Schutz der Dunkelheit Ausschau hielt, ob sich das Licht nochmals zeigen würde. Sie musste nicht lange warten: Mal war es da, mal verschwand es wieder, so, als sei jemand mit einer Laterne oder Fackel auf einem Suchgang durch den Wald. Das Licht schien der Mauer nicht näher zu kommen, es bewegte sich flackernd über ein kleines Gebiet, dabei so schnell hin und her huschend, dass Clare sich fragte, ob es überhaupt von einer einzigen Laterne stammen könne; vielleicht war das Ganze nur eine Illusion. Dann fand sie die Erklärung: Es gab nicht nur ein Licht, sondern mehrere; einen Moment lang leuchteten gleichzeitig zwei oder drei auf.

Diese Lichter waren so winzig und bewegten sich so unstet zwischen den Bäumen, dass Clare, wäre sie in Spanien gewesen, an Glühwürmchen gedacht hätte. Sie starrte so angestrengt hin, dass sie nach einer Weile nicht mehr sagen konnte, wie weit die Lichter von ihr entfernt waren. Es hätte eine Reihe von Laternen in weiter Entfernung sein können, doch kannte sie das Gehölz von Brackenbine ja bei Tageslicht, wusste, wie dicht es war und dass sie eine gewöhnliche Laterne fern der Mauer gar nicht hätte erkennen können. Eines der Lichter erschien ihr stärker als die anderen zu sein; es strahlte heller und streute weiter. Plötzlich stellte sie erschreckt fest, dass es der Mauer viel näher war, als sie angenommen hatte, denn für einen Augenblick konnte sie unter seinem Schein schwach einige Zweige und totes Laub erkennen.

Vorsichtig zog sie die Beine an und erhob sich auf der Mauerkrone, um auf der Schulseite den Stützpfeiler hinabzusteigen, doch als sie sich am Ast der Buche festhielt, verlagerte sie ihr Gewicht auf einen dünnen, abgestorbenen Zweig, der mit lautem Krachen brach. Sie taumelte und hielt sich am Ast fest, aber der Mörtel der alten gerundeten Mauerkrone war völlig ausgewaschen. Ein Ziegel verschob sich und brach heraus, und obwohl ihr Griff um den Ast sie davor bewahrte, kopfüber nach unten zu stürzen, folgten ihre Füße dem Ziegel, und sie hing hilflos über der Brackenbine-Seite der Mauer. Ohne etwas auf den Lärm zu geben, den sie nun machte, versuchte sie sich wieder hochzuziehen, doch noch bevor ihre Füße wieder Halt gefunden hatten, eilte jemand über das tote Laub heran. Zwei Arme legten sich rasch um ihre Hüfte und pflückten ihren pendelnden Körper herunter; Clare wurde rücklings auf ein Lager aus feuchten Blättern und knackend-morschem Gezweig gedrückt.

Kaum, dass sie genug Atem geschöpft hatte, um aufzuschreien, als der Griff des Angreifers sich schon wieder lockerte und er sein Gewicht von ihr nahm. Zwei Hände unter ihren Schultern rückten sie in Sitzhaltung, dann strich eine Hand kurz über ihr Gesicht und ihren Kopf.

Sie hörte, wie jemand tief einatmete und dann verlegen auflachte.

»Bei Artemis!«, rief verhalten eine Männerstimme. »Ein weiblicher Nachtfalke! Geht Diana jetzt auf die Fledermausjagd, oder bist du bloß Halliwells erste Wilddiebin? Im ersten Fall solltest du wissen, dass dies bedauerlicherweise keine Saison für Fledermäuse ist, im zweiten Fall, dass in Brackenbine kein Vogel mehr erbeutet wurde, seit mein Großonkel Jabez anno 1900 der Frau des Bischofs ein ausgestopftes Exemplar vom Hut schoss. Schhhh! Grim, zieh deine Krallen wieder ein! Dies hier ist *meine* Maus!«

Clare, atemlos und zu verblüfft, um etwas sagen zu können, versuchte einer Reihe kleiner Krallen abzuschütteln, die sich in ihrem Mantelkragen verhakt hatten, während eine winzige raue Zunge unverzagt über ihren Nacken leckte.

Während er noch sprach, kam der Mann wieder zu Atem; seine Stimme klang sanft und neckisch, doch er drückte Clare mit festem Griff auf der Schulter nieder, als sie aufstehen wollte.

»Nicht so schnell!«, sagte er. »Wer bist du, und was tust du hier? Wolltest du herüber oder hinüber klettern?«

Clare fand ihre Sprache wieder. Er hatte sie lange genug festgehalten und auf sie eingesprochen, und ihre erste Angst hatte sich gelegt. Seine Stimme verriet Jugend und Bildung, troff zugleich aber vor Ironie. Jetzt, da sie ihre Sinne wieder beisammen hatte, stand für sie außer Frage, dass er zur Sterne-Familie gehören müsse. Bei dem Sturz hinunter auf das Laublager hatte sie sich nichts getan, und ihr Unmut über seine Grobheit verflüchtigte sich zusammen mit ihrer Angst, wurde jedoch abgelöst von Verlegenheit und Bestürzung darüber, bei ihrer Eskapade von jemandem ertappt worden zu sein, der wahrscheinlich Miss Sperrod kannte.

»Ich habe gar nichts gemacht«, sagte sie mit einer Stimme, die nach ihrem eigenen Gehör geradewegs aus den Tagen der Mittelstufe zu stammen schien. »Ich wollte gerade zurück, als Sie mich herabgezogen haben.«

»Ja, das will ich wohl glauben! Aber warum warst du zu dieser nachtschlafenden Zeit überhaupt auf unserer Mauer? Wenn Miss Spar-Dich-Reich diese nächtlichen Kletterübungen gutheißt, dann hätte sie uns zumindest vor einer – wie soll ich es ausdrücken? – unfreiwilligen Invasion warnen müssen.«

»Spar-Dich-Reich?«, wiederholte Clare verständnislos, doch dann vergaß sie, wie töricht sie sich fühlte, und lachte lauthals. »Darauf sind wir noch gar nicht gekommen!« Sie hielt inne, da ihr die Hand des Mannes auf ihrer Schulter wieder unangenehm bewusst wurde. »Jetzt wissen Sie also«, sagte sie unbeholfen, »wo ich herkomme. Darf ich jetzt bitte aufstehen? Ich muss wieder zurück.«

»Also noch vor dem Hahnenschrei?«

»Nein, bevor die Haushälterin aufsteht«, antwortete Clare einfach.

»Hm! Hättest du da oben nicht gezappelt wie ein Stachelschwein in der Wäsche, und wärst du nicht ziemlich gewichtig auf das Laub hier geplumpst, würde ich dich für unwirklicher halten, als du zu sein vorgibst. Kann ich mir denn sicher sein, dass du zu den kleinen Gästen von Miss Spar-Die-Rute gehörst? Nie zuvor hatte eine von denen den Nerv, nachts über die Mauer von Brackenbine zu klettern. Außerdem ist die Schule in den Ferien geschlossen.«

In den letzten Worten schwang ein so deutliches Misstrauen mit, dass Clare sogleich eine ängstliche, entwaffnete Erklärung hervorstotterte.

»Ich verstehe«, sagte er langsam. »Aber ich bin noch nicht überzeugt. Ein Gespenst, das so gerissen ist, die Gestalt eines Schulmädchens anzunehmen, weiß sicher eine Erklärung für alles. Besser, ich ziehe einen Kreis um dich und rezitiere die gebotenen Machtworte, die einen solchen Geist in Acht und Bann halten.«

Er ließ sie los, und sie hörte es nahebei im Laub kurz rascheln. Sie raffte sich auf und tastete nach der Mauer.

»Lauf nicht fort«, sagte der Mann ruhig. »Ich meine damit die körperliche Hülle, die du dir vielleicht, vielleicht aber auch nicht, geborgt hast. Man kann von dieser Seite aus nicht über die Mauer klettern. Und im Wald ist es stockdunkel. Ob dieser Körper nun der deine ist oder nicht, er wäre sicher nicht erfreut über abgeschürfte Schienbeine und eine gebrochene Nase.«

Clare stand verdutzt da. Sie hatte keinerlei Ahnung davon, wie es auf dem Gelände von Brackenbine aussah. Klar war ihr lediglich, dass der Wald wild und dicht und dass die Mauer, so wie es ihr Gegenüber gesagt hatte, auf dieser Seite glatt und nicht zu besteigen war. Sie hörte ein leises metallisches Kratzen und blickte dann in das kleine gelbe Fenster einer altmodischen Sturmlaterne. Das Licht bewegte sich gleichmäßig von oben nach unten und zog dann langsam einen Kreis um sie, während der Mann, den sie im Dunkel hinter der Laterne nicht sehen konnte, mit feierlicher, sonorer Stimme eine ihr unverständliche Litanei rezitierte. Clare nahm ihre eigene Gestalt im Licht der Laterne wahr und zuckte zusammen bei dem Gedanken, dass die unsichtbaren Augen sie prüfend betrachteten, während sich der Lichtkegel um sie drehte.

Der Kreis war vollendet, der Schein der gesenkten Laterne fiel nun auf den Boden – und Clare stockte vor Furcht der Atem: Zwei grüne Augen funkelten sie aus dem Schatten an, den die schwachen Lichtstrahlen nicht aufzuhellen vermochten. Der Mann wendete die Laterne ein wenig und beleuchtete einen riesigen schwarzen Kater, der sie mit gehobenem Kopf unbewegt ansah. Clare hatte die kleinen Pfoten vergessen, die sie auf sich gespürt hatte, als sie ins Laub gefallen war.

»Grim«, sagte der Mann, wobei er sich nicht an den Kater wandte, sondern ihn vorstellte. »Das ist die Abkürzung von Grimalkin. Schon bevor du auf den Zweig getreten bist, hat er mir deutlich gemacht, dass da jemand ist.«

Danach schwieg der Mann, völlig in Dunkelheit gehüllt; er schwieg so lange, dass Clare unbehaglich die Hände rang, freilich eher aus Verwirrung denn aus Nervosität, doch mehr und mehr von dem Wunsch beseelt, fortzukommen. Dabei war ihr nur allzu bewusst, dass es keinen Sinn ergab, einfach in den Wald hineinzulaufen. So stand sie denn so unbeweglich da, als habe der magische Zirkel, den er scherzhaft um sie gezogen hatte, sie wirklich an Ort und Stelle gebannt.

»Nun«, sagte er endlich, »es ist mir bewusst, dass du so schnell wie möglich von hier fort willst, und obwohl ich dir gern noch viele Fragen stellen würde, überlasse ich das lieber Miss Spar-Die-Rute – das ist natürlich im übertragenen Sinne zu verstehen. So beschwöre ich dich denn, du Geist der Nacht oder du Schulmädchen, dahin zurückzukehren, woher du gekommen bist. Wer oder was du auch immer seiest, du hast ab jetzt keine freie Wahl mehr, sondern stehst unter meinem Bann.«

Für einen Augenblick schnitt er als ein schwarzer Schatten das Laternenlicht und beugte sich an der Mauer vor. Sie konnte nur den dunklen Kopf mit abgewandtem Gesicht und die beiden Hände erkennen, deren verschränkte Finger ihr den Aufstieg ermöglichten.

So unerwartet und so entschieden war dieses Angebot, dass Clare wie angewurzelt verharrte.

Dann sprach er sie nochmals an, und sie eilte zur Mauer, setzte ihren Fuß in den Steigbügel seiner Hände und kletterte, ohne weiter auf Anmut zu achten, auf die Mauer.

Als sie sich dort oben gewendet hatte und den Pfeiler mit der Fußspitze ertastete, hatte sie sich wieder so weit im Griff, dass sie innehalten und »Vielen Dank« sagen konnte, doch hatte er das Licht schon gelöscht und war in der Waldesdunkelheit verschwunden.

Im Abstieg verschwand ihr Kopf unter der Mauerkrone, dann jedoch, ihre Füße standen schon wieder auf Schulgelände, überkam sie Schulmädchenbangigkeit. »Sie werden doch niemandem etwas verraten?«, rief sie über die Mauer.

Sie lauschte, doch es kam keine Antwort; nur Zweige knackten leise im kalten Wind.

2

Nur noch drei Tage bis Weihnachten. Miss Sperrod suchte im Aufenthaltsraum nach Clare und fand sie auf der Fensterbank sitzend. Den Kopf an die Glasscheibe gelehnt, über die draußen der Regen perlte, starrte Clare über den aufgeweichten Rasen dorthin, wo das kahle Unterholz einen dichten, weichen Schleier aus Nebel um die Schulmauer zu weben schien. Erst als die Direktorin sie ansprach, wandte Clare den Kopf und stand pflichtschuldig auf. Aber immer noch war sie sich dessen, was Miss Sperrod ihr mitteilte, nicht völlig bewusst. Sie sah nur, dass die Direktorin einen blauen Notizzettel in den Händen hielt und irgendeine wirre Erklärung abgab; die ihr eigene, zugleich fahrige und übergenaue Art, die stets Einspruch zu befürchten schien, fiel ihr noch stärker auf als sonst.

»Ich kann wirklich nicht selbst hingehen«, sagte die Schulleiterin. »Schon vor längerer Zeit habe ich Verabredungen getroffen, Weihnachten in die Stadt zu fahren. Schon vor längerer Zeit, und ich muss am Heiligen Abend wirklich dort sein. Es *ist* natürlich furchtbar nett von Mrs. Sterne, und es betrübt mich, dass sich alles so ungünstig entwickelt hat. Ich möchte sie nicht im Geringsten vor den Kopf stoßen. Ich werde ihr schreiben, wie schrecklich Leid es mir tut, dass ich meine eigenen Verabredungen nun nicht mehr rückgängig machen kann. Ich bin mir sicher, dass sie Verständnis dafür hat. Und ich werde ihr mitteilen, dass Miss Geary und du die Einladung liebend gerne annehmen werdet. Es ist wirklich schade, dass sie mir vorher keinen Wink gegeben hat. Letzte Weihnachten hatte sie uns nicht eingeladen, deshalb habe ich auch nicht gezögert, die Einladung meines Bruders anzunehmen. Doch Miss Geary wird mich vertreten, und du, Clare, wirst als Schulälteste hingehen. Natürlich wird Mrs. Sterne nicht erwarten, dass sich an den Feiertagen viele Mädchen der Oberstufe im Internat aufhalten.«

»Es geht um eine Einladung?«, fragte Clare.

»Habe ich mich nicht deutlich ausgedrückt?«, fragte die Schulleiterin. Sie sah wieder auf ihren Notizzettel. »Mrs. Sterne schreibt, dass es sie sehr freuen würde, wenn ich selbst sowie alle Lehrerinnen und Mädchen der Oberstufe, die über Weihnachten in der Schule sind, ihre Einladung zum Tee an Heiligabend annehmen würden.«

»Mrs. Sterne«, wiederholte Clare so geistesabwesend, dass die Direktorin ihren Ton verschärfte.

»Mrs. Sterne aus Brackenbine. Sie hat uns auf vielerlei Art sehr geholfen. Sie hat Interesse an der Schule, und es ist nur recht und billig, dass die Schule ihre Einladung dankend annimmt. Es tut mir Leid, dass wir hier nur so wenige sind. Die Hausmutter und Miss Finch müssen hier bleiben und auf die Jüngeren Acht geben, und so bleibt nur Miss Geary übrig. Ihr müsst pünktlich um halb fünf dort sein.«

»Ich war noch nie in Brackenbine«, sagte Clare.

»Es ist durchaus schicklich, wenn du mit Miss Geary dort deine Aufwartung machst«, erwiderte die Leiterin. »Miss Geary kennt die Familie. Das wird eine sehr nette Abwechslung für dich, Clare, und ich hoffe, dass du Mrs. Sterne einen interessanten Bericht über deine Arbeit für das Oxford-Stipendium gibst.«

Beim Mittagessen nahm Clare wahr, dass auch Miss Geary von der Einladung erfahren hatte und mit kaum verhohlenem Jubel darauf reagierte. Jetzt erst, da Clare sah, wie sehr die alte Dame sich über diese kleine Abwechslung freute, wurde ihr klar, welch ödes und bedrücktes Leben die Lehrerin führen musste. Es war den Mädchen zwar bekannt, dass Miss Geary kein anderes Zuhause als Paston Hall hatte, doch war ihnen das nie sonderbar erschienen. Ihnen fiel nur ihr exzentrisches Verhalten auf, und in ihrer Unreife hatten sie kein Verständnis für die Lebensumstände der Lehrerin, kein Gefühl für ihre Einsamkeit und ihre Schwierigkeiten. Clare begriff nun, dass Miss Geary ganz allein auf der Welt stand und vermutlich sehr arm war; sie konnte sich vorstellen, dass die Schule ihr nur einen Hungerlohn zahlte und dass sie keine andere Stelle mehr finden würde, wenn sie Paston Hall verließ. Nun teilte sie ihre freudige Erregung über Mrs. Sternes Einladung und bedauerte die vielen kindischen Spötteleien und Nachäffereien der Vergangenheit.

»Das ist äußerst freundlich von Mrs. Sterne«, sagte Miss Geary. »Sie muss irgendwann selbst einmal Weihnachten in der Schule verbracht haben.«

»Ich bin überrascht, dass ich mitkommen darf«, sagte Clare. Sie sah dabei Miss Geary fest an, doch die alte Dame schien nicht allzu schockiert über den sich abzeichnenden Verstoß gegen die üblichen Konventionen.

»Mein Kind«, sagte sie, »wenn man von Mrs. Sterne eingeladen wird, ist das etwas anderes. Deine Eltern können wohl kaum etwas gegen einen Besuch bei ihr haben. Weißt du, die Sternes sind eine sehr alte Familie, und außerdem *gehört* ihnen Paston Hall. Nur weil Mr. Arthur Sperrod den alten Mr. Sterne kannte, war es der Schule möglich, hier einzuziehen, und es ist wahrhaft ein Glück, in diesem prachtvollen Haus zu leben.«

»Der *alte* Mr. Sterne?«, fragte Clare verwundert.

»Ja, Mr. Jabez Sterne. Er war Mr. Andrew Sternes Onkel und starb vor ungefähr neun Jahren, bald nachdem wir hier eingezogen sind. Er muss ein kauziger alter Herr gewesen sein.«

»Jetzt kenne ich mich gar nicht mehr aus«, sagte Clare. »Wer ist Mr. Andrew Sterne? Ein junger Mann?«

»Oh nein! Mr. Andrew war der Gatte von Mrs. Sterne. Er starb vor langer Zeit, noch vor seinem Onkel. Seine Witwe erbte das Anwesen. Sie ist eine geborene Trethewy aus Cornwall. Einige meiner Cousinen kannten sie von dort. Doch sie ist mit den Sternes auch blutsverwandt. Ich glaube, es hieß damals, dass sie ihren Großcousin heiratete.«

»Lebt Mrs. Sterne allein?«

»Nun«, Miss Geary zögerte, »leider weiß ich das nicht genau. Ich glaube, es gibt noch weitere Familienmitglieder, zumindest einen Sohn. Doch außer Rachel – das ist Mrs. Sterne – habe ich nie jemanden kennen gelernt. Sie selbst kenne ich schon seit – oh, seit einer Ewigkeit, noch vor ihrer Hochzeit. Aber erst nach dem Tod des alten Mr. Sterne, als wir hierher zogen, habe ich sie wiedergesehen. Weißt du, bis vor kurzem hat sie die meiste Zeit im Ausland verbracht.«

»Sie waren also schon in Brackenbine?«, fragte Clare.

Die alte Dame schien eine Weile über die Frage nachzudenken. »Ja«, sagte sie schließlich, »ich bin schon zuvor eingeladen worden. Auch andere Lehrerinnen. Doch seit letztem Sommer war ich nicht mehr dort.«

Clare war zu sehr damit beschäftigt, wie sie an die Information, die sie wünschte, gelangen könnte, um der leichten Verlegenheit in Miss Gearys Stimme große Beachtung zu schenken.

»Werden viele Leute da sein?«, fragte sie. »Ich meine, hat Mrs. Sterne vielleicht Gäste, die über Weihnachten bei ihr wohnen?«

»Keine Ahnung. Davon ist mir nichts bekannt. Ich wüsste auch nicht, dass seither jemand drüben war – nun, seit dem letzten Sommer. Mir persönlich wäre es lieber, wenn es keine große Feier wäre. Dann könnten wir uns viel besser unterhalten. Rachel ist eine sehr interessante Person.« Miss Geary sah Clare an und versank in Gedanken, doch sie dachte offensichtlich über jemand anderen nach, der viel weiter von ihr entfernt war. »Sie konnte immer das tun, was sie wollte, weißt du«, fuhr sie fort. »Sie konnte mit ihrer Malerei weitermachen und wurde wirklich gut. Sie ging nach Paris und Rom. Es war in Cornwall – ich machte dort Skizzen –, als ich sie kennen lernte.«

Der Regen ließ vor Heiligabend nach und löste so Miss Gearys Hauptproblem. Sie hatte sich darüber Gedanken gemacht, wie man bei nassem Wetter nach Brackenbine gelangen sollte. Die Frage, ob es zulässig wäre, ein Taxi aus Pentabridge zu bestellen, nur um eine derart kurze Strecke zu fahren, hatte sie in qualvolle Unentschlossenheit gestürzt.

Clare selbst sah dem Besuch mit einer gewissen Unruhe entgegen. Es war den Mädchen nicht gestattet, während der Schulzeit auf ein Fest zu gehen oder auch nur Besuche außerhalb der Schule zu machen, und dasselbe galt auch für diejenigen, die während der Ferien im Internat blieben. So bestand Clares Garderobe, die Schuluniform ausgenommen, lediglich aus einem dunkelblauen Samtkleid, zugeschnitten nach den Regeln, die Miss Sperrod für die Abendkleidung der Oberstufe ausgegeben hatte. Nach dem Mittagessen am Heiligabend legte sie das Kleid im hellen Tageslicht auf ihrem Bett zurecht und nahm allenthalben die Spuren von Alter und Abnutzung wahr. Dann zog sie es an, stellte sich vor den halb blinden Spiegel und musste hilflos erkennen, dass das Kleid ihr zu klein geworden war. Es war ein sehr schönes Kleid, doch schon fast zwei Jahre alt; ihre Mutter hatte es ihr gekauft, als sie zum letzten Mal in England gewesen war, und Saum und Ärmel waren schon mehrfach verlängert worden.

Nur zu gerne hätte sie gewusst, ob die Sternes eine große Feier planten. Wenn man im engen Familienkreis feierte, musste die Dürftigkeit ihres Kleides zwangsläufig auffallen; war es aber ein großes Fest, würden wiederum andere

Mädchen in hübschen Kleidern da sein. Die Angelegenheit gewann ein solches Gewicht für sie, dass sie sogar eine Zeit lang Miss Geary bitten wollte, ohne sie zu gehen. Miss Sperrod war bereits in London, und Miss Geary ließ sicher mit sich reden. Es wäre der einfachere Weg, zumal sie nicht das Risiko eingehen wollte, jenen jungen Mann auf der Feier zu treffen. Das Risiko, wohlgemerkt, denn sicher konnte sie sich ja nicht sein: Es bestand die Möglichkeit, dass er da war – schlimm genug.

Sie stand da und musterte sich im Spiegel. Wäre sie hübsch, kam ihr in den Sinn, dann würde sie ohne weiteres auch in diesem schäbigen Kleid etwas hermachen. Sie rief sich vor Augen, wie zwei der Oberstufenmädchen vom letzten Jahr mit der Situation umgegangen wären, und gestand sich freimütig ein, wie sehr sie die beiden jetzt, wo sie selbst es nötig hatte, um ihr gutes Aussehen und ihre Selbstsicherheit beneidete. Sie versuchte, ihr Gesicht vorurteilslos zu betrachten: Ihr braunes Haar war glatt und glanzlos; Stirn und Kinn waren zu eckig; und ihre Augen, die ihr selbst grau erschienen, wurden von den anderen Schülerinnen als grün bezeichnet. Im Dämmerlicht dieses Winternachmittages wirkte ihr Gesicht ernst und angespannt. Nur ihren feinen Teint wollte Clare sich zugute halten, doch lag in ihren Zügen etwas, das allein Menschenkenntnis erschließen konnte. Der feste Blick jener grünlichen Augen und die geraden, tiefen Linien von Mund und Kinn hätten einem anderem Betrachter als ihr selbst den Eindruck vermittelt, dass sich hinter der jugendlichen Schüchternheit geistiger wie körperlicher Mut verbargen – eine gewisse Abenteuerlust und eine Härte, die je nachdem als halsstarrige Ablehnung von fremder Autorität oder aber als bewundernswerte charakterliche Unabhängigkeit ausgelegt werden konnten.

Bislang hatte Clare in sich nur die Fähigkeit zur Revolte entdeckt. Freilich schien die Furcht vor den Konsequenzen ihrer mitternächtlichen Begegnung letztlich der Rechtmäßigkeit dieser Revolte gegen Paston Hall zu widersprechen – und das wollte sie nicht zulassen. Als Miss Geary bereit zum Aufbruch war, hatte Clare die meisten ihrer Befürchtungen der Notwendigkeit untergeordnet, ihr Abenteuer weiterzuführen.

Nach einem Tag trockener Kälte ging die Sonne unter, und noch bevor das rote Licht hinter den Bäumen erlosch, wurden die Pfützen auf dem Kiesweg zu Eis. Dick eingehüllt machten Miss Geary und Clare sich zu Fuß auf den Weg. Jenseits des Schultors hielten sie sich links und betraten nach einigen Metern ein Clare völlig unbekanntes Gebiet. Pentabridge lag in der anderen Richtung, und der Weg nach Halliwell zweigte kurz vor dem Schulzaun von der Straße nach Pentabridge ab. An schönen Sonntagmorgen während der Schulzeit ›kroch‹ für gewöhnlich eine Zweierreihe von Schulmädchen schwerfällig auf diesem Weg hinauf zur Dorfkirche, aber das war auch schon alles an Landschaftseindrücken, was die Mädchen von Paston Hall gewinnen konnten. In die andere Richtung bog die Straße um den bewaldeten Hügel von Akenshaw Hill, mit dessen Farben und Formen Clare sehr vertraut war, da sie ihn während der letzten fünf Jahre bei jedem Wetter vom Schulgelände aus betrachtet hatte. In der Unterstufe hatte sie mögliche Pfade zum Gipfel mit dem Auge zu bestimmen versucht, doch war das wie im Traum geschehen, so, als würde sie die Hänge des Ruwenzori auf einem Reiseführer-Photo besteigen. Dieselbe Ziegelmauer, die das Schulgelände von Brackenbine trennte, begrenzte die Straße zur Linken, und erst jetzt wurde Clare gewahr, wie weit die Mauer reichte. Akenshaw Hill war ein zerklüfteter Hügel etwas abseits der unregelmäßigen Höhenkette westlich von Pentabridge, und während sie auf der Straße dahinschritten, die sich stetig nach links zog, gewann Clare den Eindruck, als umfasse die Mauer den ganzen Hügel.

Der Abendhimmel war noch hell genug, und man konnte den Unterschied zwischen dem fahlen Grau und Braun der Eichen auf Akenshaw Hill und dem satten Schwarzgrün der Nadelwälder erkennen, die sich auf der anderen Straßenseite bis zum Horizont erstreckten. Der Hügel wirkte wie eine Insel in einem dunklen Meer, die dunkelrote Mauer war seine schützende Klippe, und irgendwo zwischen Fels und Wald stand ein Haus, das zumindest einer der Bewohner als verwunschenes Schloss betrachtete.

Clare hörte Miss Gearys Stimme, die ihr von Mrs. Sterne erzählte, doch sie lauschte einer anderen Stimme, die feierlichen Unsinn rezitierte, und vor ihrem Auge sah sie wieder eine abgeblendete Laterne, die einen magischen Kreis um sie zog in einem nicht ganz ernst gemeinten Spiel, das beweisen sollte, dass auf der anderen Seite der Mauer von Brackenbine eine Welt fern von Paston Hall begann.

Den Zugang zu Brackenbine bildete ein schmiedeeisernes Tor zwischen Sandsteinsäulen, mit denen die Mauer bündig abschloss. Jenseits zog sich die Ziegelwand weiter und krümmte sich, um den Kreis um den Hügel zu vollenden.

Das Tor stand einen Spalt offen, und Miss Geary, die unterdessen nach der Taschenlampe kramte, schlängelte sich hindurch. Clare hielt inne, um sich ein letztes Mal umzusehen, und blickte auf den Streifen schwindenden Lichts, der den Himmel vom dunklen Nadelwald trennte, auf die kahlen Äste, die im Dämmer über ihrem Kopf ein Netz webten, und auf das helle Band des einsamen, endlos wirkenden Fahrwegs, der sich ihrer Sicht entwand und in die Finsternis führte.

Im Park war es sehr dunkel, denn die Bäume neigten sich über die Auffahrt, und beiderseits wucherten hohe Lorbeersträucher und Rhododendren. Miss Gearys Taschenlampe schenkte genug Licht, um den Weg zwischen den Fahrrinnen und den überfrorenen Pfützen zu finden. Obwohl sie hier vor der kalten Brise geschützt waren, fand Clare es kälter als auf der Straße draußen. Sie bewegten sich nun langsamer, im Auf und Ab, über den Hang und folgten dabei einem Weg, der mehr einer Piste als der Auffahrt zu einem herrschaftlichen Haus glich.

Es schien Clare, als seien sie vom Tor aus über einen Kilometer durch den Wald gegangen, bevor sie das Haus erreichten, doch kaum dass sie die erleuchteten Fenster durch die Bäume schimmern sah, standen sie auch schon vor der Tür.

Clare hatte nicht recht gewusst, was sie erwarten würde. In die Beschreibungen des Gärtners und von Miss Geary mischten sich Fantasien, denen sie seit der Begegnung mit dem jungen Mann im Wald nachhing. Doch hatte sie sich etwas vorgestellt, das mehr ihrem Bild von einem Landsitz entsprach, etwas, wenngleich vielleicht verfallen, das mehr Würde und Größe ausstrahlte. Als sie aus dem Gebüsch traten und unmittelbar vor der Tür standen, dachte sie einen Augenblick lang sogar, dies könne nicht das Herrenhaus sein, höchstens das Pförtnerhaus oder die Unterkunft des Verwalters. Miss Geary jedoch überquerte ohne Zögern die steinerne Schwelle, schob die halb offene Tür auf und betrat eine kleine Halle.

Lampenlicht, Feuerschein und angenehme Wärme ergossen sich aus einer weit offenen Tür in die Halle, und während sie noch mit ihren Mänteln und Überschuhen beschäftigt waren, wünschte ihnen eine freundliche Stimme ein frohes Weihnachtsfest. Clare, die noch in der Haustür stand, sah durch die innere Tür auf einen gewaltigen Kamin mit hell lodernden Holzscheiten. Mrs. Sterne durchmaß das Zimmer, um sie zu begrüßen, während es hinter ihr rot und gelb flammte. Sie trug ein Kleid aus goldfarbenem Satin, das schimmerte und glitzerte, als sei es selbst aus Feuer gewebt.

Von diesem ersten Augenblick an stand Clare im Bann ihrer Gastgeberin. Zu der außergewöhnlichen Anziehungskraft, die sie sofort verspürte, gesellte sich Überraschung. Aus irgendeinem Grund, vielleicht einzig wegen der haltlosen Mutmaßungen ihrer Mittelstufenfreundinnen, war sie stets davon ausgegangen, dass Mrs. Sterne eine alte Frau sei – so alt wie Miss Geary. Jetzt konnte sie nicht glauben, dass dies *die* Mrs. Sterne war, die gleichaltrige Freundin Miss Gearys. Die Frau vor ihr erschien ihr nur halb so alt wie die Lehrerin. In ihrem fein geschnittenen, schmalen Gesicht sah man keine Falte, ihr Haar war pechschwarz, und ihre großen dunklen

Augen funkelten. Doch Miss Geary begrüßte sie als »Rachel«, lachte, blühte in der Herzlichkeit der Begegnung auf und wirkte so locker und vertraulich, wie Clare sie nie zuvor gesehen hatte.

Die Unterhaltung, die sich zwischen Mrs. Sterne und Miss Geary entspann, nachdem sie sich begrüßt hatten und Clare vorgestellt worden war, drehte sich um Menschen, von denen sie noch nie gehört hatte, und so widmete sie ihre ganze Aufmerksamkeit dem Raum, in den Mrs. Sterne sie geführt hatte. Sofort wurde sie sich des Widerspruches zu ihrem ersten Eindruck vom Haus bewusst: Das Zimmer war äußerst geräumig – ein holzgetäfelter Salon, ganz wie sie ihn in einem alten Landsitz erwartet hätte. Es gab zwei Ölampeln mit gelben Seidenschirmen, doch das Kaminfeuer spendete mehr Licht als sie und legte ein schmückendes Muster aus goldenem und rotem Schein über den Raum. Allerdings war das Zimmer so weitläufig, dass weder die Lampen noch das Kaminfeuer es völlig ausleuchten konnten; immerhin enthüllten sie hie und da einen vergoldeten Bilderrahmen an der Wand oder den Glanz polierter Leisten in den Paneelen. Diese Schlaglichter im braunen Dämmer verliehen dem Raum die Illusion gewaltiger Tiefe. Die Geräumigkeit des Salons war eine ganz andere als die düstere und zugige Weite der größeren Zimmer von Paston Hall. Hier gab es keine harten Oberflächen, nur ein sanftes Ineinander von Braun- und Goldtönen – der gelbbraune Teppich, die dunkelgoldenen Vorhänge, das Samt und Leder der Sessel und das dunkle alte Holz fügten sich zusammen wie die Farben eines Herbstwaldes, und das warme Kaminfeuer beleuchtete das alles mit dem Licht einer untergehenden Sonne.

An diesem Heiligabend trug der Wald noch zusätzlich zum Schmuck des Raumes bei: Den Kamin umspannte ein Bogen aus Tannen- und Stechpalmenzweigen, und das dunkle Rot der Beeren leuchtete hervor aus immergrünen Gebinden in Vasen, die über das ganze Zimmer verteilt waren. Zwischen den beiden hohen Fenstern an der Wand gegenüber dem

Kamin schließlich stand der größte Weihnachtsbaum, den Clare je gesehen hatte. Es war eine drei Meter hohe Fichte in einem riesigen Holzkübel, und Wachskerzen, die noch nicht brannten, erhoben sich so prächtig auf den Ästen wie die Blütenstände einer Edelkastanie im Juni.

Mrs. Sterne hatte sie zum Kamin geführt, wo ein niedriger Tisch mit weißer Tischdecke vor dem Feuer stand. Clare hatte kaum alle Eindrücke des Raums in sich aufgenommen, als, begleitet von Geschirrgeklapper, eine fröhliche Männerstimme aus der kleinen Halle drang. Beladen mit einem gewaltigen Messingtablett, auf dem sich Teeservice türmte, kam schwankend jener junge Mann herein, dem Clare an der Mauer in die Hände gefallen war. Auch ohne die große schwarze Katze, die nach ihm ins Zimmer sprang, oder seine unverwechselbare, ebenso deutliche wie neckische Stimme hätte sie ihn an seinen dunklen Haaren und den langfingrigen braunen Händen erkannt. Wie oft sie vorher auch über die Identität des Mannes nachgedacht und sich darauf vorbereitet hatte, ihn bei Tageslicht zu treffen, nun ließ ihre Selbstbeherrschung sie im Stich. Sie stand auf, näherte sich Miss Gearys Stuhl und blickte zu Boden.

»Niall!«, rief Mrs. Sterne leicht entsetzt. »Typisch Mann, das Tablett so vollzupacken! Und dann auch noch *dieses* Tablett!«

»Was hast du gegen das Tablett?«, fragte der junge Mann, während er es auf dem Tisch abstellte, dessen Fläche es ganz für sich beanspruchte. »Ich halte unsere Gäste des herrschaftlichsten Geschirrs für würdig, das wir besitzen – ein Maharadscha mag seinen Reis daraus gegessen haben!« Er richtete sich auf, wischte die Dientsmädchenschürze beiseite, die um seine Hüfte geschnürt war, knäulte sie zusammen und warf sie hinter einen Stuhl.

»Mein Sohn«, sagte Mrs. Sterne. Er verbeugte sich auf eine ungewohnte Art, die jedoch nichts Spöttisches an sich hatte, und nahm Miss Gearys Hand. Dann wandte er sich langsam in Clares Richtung und drückte kurz und fest auch ihre Hand, nachdem Miss Geary sie vorgestellt hatte. Er lächelte freundlich, doch als sie ihm eine Sekunde lang mit ernstem, flehendem Blick in die Augen sah, fand sie dort kein Zeichen von Wiedererkennen.

Während seine Mutter den Tee einschenkte, fing er an, Tassen, Teller und belegte Brote zu verteilen, ohne dabei sein Geplauder über die fehlenden Dienstboten zu unterbrechen.

Da Clare, die man neben Mrs. Sterne gesetzt hatte, mit Fragen über ihr Schulleben überhäuft wurde, die sie in Miss Gearys Anwesenheit sehr diplomatisch beantworten musste, konnte sie Niall Sterne nur aus den Augenwinkeln beobachten. Er musste ungefähr fünfundzwanzig Jahre alt sein, machte sie sich klar, verwirrt von einem weiteren Widerspruch; er konnte einfach nicht älter sein, da seine Mutter so jung war. Wäre seine Mutter nicht gewesen, so hätte sie ihn für zehn Jahre älter gehalten. Er sah Mrs. Sterne sehr ähnlich, hatte das gleiche schwarze Haar und dunkle, leuchtende Augen, doch etwas in seinem Gesicht ließ ihn älter als sie erscheinen. Wo die Haut der Mutter so glatt und ihre Gesichtszüge so sanft wie die eines Mädchens waren, hatten ihm die Zeit oder eine Krankheit die jugendliche Glätte geraubt und die braune Haut dünn über Knochen und Muskeln gespannt. Clare wurde sich bewusst, dass nichts von dem einnehmenden Reiz seiner Mutter an ihm bliebe, würde er nicht so betont fröhlich und liebenswürdig lächeln. Es schien ihr, als trage er diese Heiterkeit wie eine Maske, während sein eigentlicher Gesichtsausdruck von Melancholie und asketischem Ernst künden mochte.

Sehr bald hatte er Clare dazu gebracht, ihm zuerst mit den Broten, Kuchen und Pasteten zu helfen, um ihr dann, schmunzelnd über seine Raffinesse, die alleinige Verantwortung für die Bedienung zu übertragen. »Sie haben weit mehr Geschick darin als ich«, sagte er höflich und fügte dann zur Seite gewandt laut und bedauernd hinzu: »Wie schade, dass sie nicht zum Abwasch bleiben kann!«

Später, während Mrs. Sterne und Miss Geary sich über Maler und die neuesten Ausstellungen unterhielten, saß Clare auf einem großen Lederkissen und blickte ins Kaminfeuer, während sie leise und vertraulich mit Niall sprach. Dieser lümmelte sich in einem der tiefen Sessel und streckte seine Füße dem Kamin entgegen. Grim, der Kater, lag auf seinen Beinen.

Clare war erstaunt, wie leicht es ihr fiel, ebenso wie er vorzugeben, dies sei die erste Begegnung zwischen ihnen. Nach und nach jedoch verlor sie in der angenehmen, einvernehmlichen Atmosphäre, die für sie so neu und anregend war, die Scheu, sich an ihr erstes Zusammentreffen zu erinnern. Dies war vielleicht die tatsächliche Bedeutung des magischen Zirkels, den er um sie gezogen hatte – ein Kreis von Behagen und Freundschaft im Feuerschein. Das Gespräch, ihr gegenseitiges Verständnis, die Heiterkeit und der rasche Flug der Gedanken, dies alles erschien ihr als eine gänzlich neue, aufregende und Befriedigung schenkende Welt, in der Seele und Geist nah beieinander waren, ganz so, wie sie es sich früher von Oxford erträumt hatte. Sie redete nun über ihre Vorbereitungen für das Stipendium, und nachdem sie Niall ihren Lehrplan grob umrissen hatte, stellte er Fragen und diskutierte mit ihr darüber. Sie war erstaunt, dass dadurch ihr Interesse und ihr Ehrgeiz wieder geweckt wurden. Niall hatte keine Universität besucht; er war nicht einmal regelmäßig zur Schule gegangen, doch hatte er unendlich viel gelesen: Die Literatur, die sie in ihrer Verzagtheit als tot abgetan hatte, war für ihn so lebendig und frisch wie ein sommerlicher Wald. Während er sprach, erkannte sie, dass die Vision, die Anne Otterel ihr gezeigt hatte, keine Illusion war. Genau so hätten die Lesestunden mit Anne sein können, und Paston Hall wäre auf diese Weise zum Vorzimmer von Oxford geworden. Sie verspürte die Ungerechtigkeit des Todes und den unwiederbringlichen Verlust ungenutzter Tage nun stärker denn je, seit sie die Nachricht von Annes Tod erhalten hatte.

Sie erzählte Niall nichts von Anne Otterel, sondern stellte nur resigniert fest, dass sie keine Hoffnung mehr habe und ihr in Paston Hall niemand helfen könne. Dort konnten oder wollten sie nicht einmal die notwendigen Bücher besorgen.

»Wenn es nur daran liegt ...«, sagte Niall und blickte auf die überfüllten Bücherregale im Zimmer. »Lassen Sie mich einmal einen Blick auf Ihren Lehrplan werfen. Es wäre doch gelacht, wenn wir nicht das finden würden, wonach Sie suchen.«

Clare schüttelte den Kopf. »Das hilft nichts. Die Zeit drängt. Und wenn ich auch in Französisch ziemlich sicher bin, bleibt immer noch Latein. Allein das verbaut mir jede Chance. Die Prüfungen gehen zwar nicht sehr in die Tiefe – es sind nur zwei unbekannte Texte, die wir übersetzen müssen –, aber ich habe es schleifen lassen. Ich bin nicht in der Lage, mir alles selbst aus Büchern beizubringen.«

»Latein?«, rief er. »Nun, dabei kann Ihnen meine Mutter helfen. Ihr Vater war ein bekannter Philologe, einer der alten Schule. Sie wird Ihnen einen lateinischen Vortrag halten, so wie Königin Elizabeth dem Papst in Sachen Kommunion auf die Sprünge half ...«

Doch Mrs. Sterne sprach ihn in dem gleichen Moment an wie er sie. Miss Geary war darüber besorgt, dass es schon ziemlich spät sei und sie noch einen langen Rückweg vor sich hätten.

»Aber Sie müssen unbedingt noch die Lichter am Weihnachtsbaum sehen!«, sagte Mrs. Sterne. »Niall, wir haben den Baum vergessen.«

»Oh nein, ich nicht!«, entgegnete Niall und sprang auf. »Ich habe nur auf dein Zeichen gewartet. Kommen Sie, Clare, und helfen Sie mir mit den Kerzen!« Er reichte ihr eine Schachtel Streichhölzer und trug ihr auf, die unteren Kerzen anzuzünden, während er eine dünne Kerze am Ende einer gespaltenen Weidenrute befestigte und mit der feierlichen und ehrfürchtigen Sorgfalt eines Priesters vor dem Hochaltar die oberen Kerzen in Brand setzte. Zum zweiten Mal wurde Clare Zeugin, wie er einen Ritus durchführte. In seiner Art lag etwas, das Clare sehr gut verstand, wenn sie es auch erst seit kurzer Zeit kannte: der Spaß daran, angeblich an Magie zu glauben, angeblich durch Zeremonien aus der alltäglichen

Welt in eine der Schatten und sonderbaren Mächte entrückt zu werden. Während er die Kerzen anzündete, rezitierte er so leise, dass nur sie es hören konnte, eine ähnliche Zauberformel wie damals im Wald, als er den magischen Kreis zog.

Er ging dabei so gemächlich vor, dass Clare bereits alle Kerzen, die sie erreichen konnte, angezündet hatte, bevor er mit den obersten fertig war. Sie trat zurück und sah auf. Außer den Kerzen war kein herkömmlicher Schmuck am Baum, doch waren Stechpalmenbeeren an unsichtbaren Fäden in das Grün gewunden; im Schein der Kerzen hingen sie wie leuchtende Blutstropfen von den Zweigspitzen. Ihr Blick wanderte zur Krone des Baums, die nun hell erleuchtet war, und sie sah, dass es noch einen weiteren Zierat gab. Nicht auf der Spitze, wo man üblicherweise einen Stern, einen Engel oder eine Fee erwartet hätte, sondern unterhalb des Haupttriebes befand sich eine kleine Figur: eine Puppe mit langem blondem Haar, gekleidet in ein grünes Gewand. Sie war fest an den Stamm gebunden und schien als Schmuck völlig fehl am Platz. Als Niall die Kerzen auf den vorderen Zweigen entzündete, konnte sie die Puppe wegen der hellen Flämmchen nicht mehr sehen.

Der Baum war nun eine Pyramide aus Licht, entsprach aber keinesfalls Clares Vorstellung von einem Weihnachtsbaum, der doch eigentlich behängt sein sollte mit glitzernden Glaskugeln und Lametta. Wenn man es aber schon anders machte, dann war es umso merkwürdiger, eine einzelne Puppe daran zu befestigen. Sie hätte sich gerne nach dem Grund erkundigt, doch erschien ihr die Frage zu heikel.

Niall blies die Rutenkerze aus, ging durchs Zimmer und löschte die beiden Ölampeln. Die kleinen Kerzen am Baum gaben dem Raum ein weitaus helleres Licht, als Lampen und Kamin es vermocht hatten. Clare und Miss Geary sahen sich mit Erstaunen um. »Es ist ein wunderschöner Raum«, sagte Miss Geary versonnen. »Von außen kann man sich das gar nicht vorstellen ...«

»Ich weiß«, fiel Niall ihr ins Wort. »Sie meinen, er ist zu

großzügig für eine so kleine Hütte. Komisch, nicht? Dieses Haus hat keine Proportionen.«

»Es ist also nicht sehr groß?«, fragte Clare ihn.

»In Wirklichkeit ist es sehr klein. Ich meine, im Verhältnis zu dem, was der Erbauer vermutlich anstrebte. Außer diesem hier gibt es nur noch ein Zimmer im Erdgeschoss: den kleinen Salon gegenüber, den wir als Speisezimmer benutzen. Kommen Sie, ich zeige es Ihnen! Keine Angst«, wandte er sich an Miss Geary, »Sie müssen sich nicht beeilen. Ich werde Sie zurück bis ans Schultor begleiten.«

Sie betraten die kleine Halle, die eigentlich nicht mehr war als ein kurzer gefliester Gang mit zwei Türen; er endete an einer Treppe, die sehr steil war und an einem kleinen Absatz die Richtung wechselte.

Niall nahm eine Lampe und öffnete die Tür, um ihnen den kleinen Salon zu zeigen: einen Raum im Landhausstil mit weiß verputzten Wänden über einer niedrigen Wandtäfelung. Das Mobiliar bestand aus einem roh belassenen Eichentisch, Stühlen und einer altmodischen hohen Anrichte. Die Steinfliesen des Bodens waren mit Ausnahme eines Felles vor dem offenen Kamin unbedeckt.

»Die andere Tür führt in die Küche und zu den üblichen Wirtschaftsräumen«, erklärte Niall. »Das ist auch schon alles hier im Erdgeschoss.«

»Das Haus scheint sehr alt zu sein«, sagte Clare. »Vermutlich ist es viel älter als Paston Hall?«

»Ungefähr hundertfünfzig Jahre älter«, sagte Niall. »Dies«, fuhr er gespielt salbungsvoll fort, »ist der ursprüngliche Landsitz von Brackenbine, der Sitz der Trethewys. Paston Hall steht für den schlechten Geschmack und die verdrehten Werte eines viktorianischen Sterne, der unter dem Einfluss niedriger Besteuerung, neuer sanitärer Einrichtungen und Sir Gilbert Scotts stand.«

»Ich würde unsere sanitären Einrichtungen nicht gerade als neu bezeichnen«, murmelte Clare. »Sie sind eher prähistorisch.«

»Nun, hier gibt es gar keine«, sagte Niall selbstzufrieden. »Das macht die Sache in einem strengen Winter einfacher. Ich muss die Pumpe nur mit einer Strohschicht bedecken. Doch ist das einer der Gründe, warum wir Dienstboten nie lange halten können.«

»Im Sommer hatten Sie aber doch ein Dienstmädchen hier?«, wandte sich Miss Geary an Mrs. Sterne. »Sie schien mir eine nette Person zu sein.«

»Ich muss die Kerzen im Auge behalten«, sagte Mrs. Sterne plötzlich und ging zurück in den großen Salon. Miss Geary folgte ihr.

»Ja, tu das«, bemerkte Niall. »Das alte Haus besteht zu drei Vierteln aus Holz«, erläuterte er Clare. »Es würde brennen wie eine Zündholzfabrik.«

Clare hörte, wie Mrs. Sterne Miss Gearys Frage über das Dienstmädchen beantwortete: »Ach ja, Janet, das arme Ding. Sie war ein gutes Mädchen. Es sah wirklich so aus, als wolle sie hier bleiben, doch dann nahm sie letzten Juli ihren Urlaub ... blieb bei ihrer Tante in Pentabridge ...« Mrs. Sternes Stimme wurde immer unverständlicher, je weiter sie sich in den Raum bewegte, und Clare konnte nur noch zwei oder drei Wendungen aufschnappen: »... kam ins Krankenhaus ... der Höhepunkt der Epidemie ... nach einigen Tagen gestorben.«

»Dort!«, rief Niall, hielt die Lampe hoch und ging zum Ende der Diele, wo ein in etwa quadratischer schwarzer Tragbalken die Decke über dem Treppenaufgang stützte. »Dort kann man die Initialen des Erbauers sehen!«

Er führte die Lampe näher heran, und auf einem tief ins Holz eingelassenen Wappenschild las Clare die Initialen ›J. T.‹. Sie wiederholte sie laut.

»Ja«, sagte Niall. »Das ›J‹ steht für John, den Klabautermann. John Trethewy, Kapitän John Trethewy, um genau zu sein.«

»War er einer Ihrer Vorfahren?«

Niall setzte sich auf eine große Eichentruhe am Fuß der Treppe. »Setzen Sie sich neben mich, und ich werde Ihnen die Geschichte erzählen«, sagte er. »Meine Mutter und Ihre

Lehrerin haben ein neues Gesprächsthema gefunden, also gibt es keinen Grund zur Eile.« Er senkte seine Stimme und lächelte kurz, als sie sich neben ihn setzte: »Ein Nachtgespenst mag vielleicht wie eine Fledermaus davonflattern, doch das Schulmädchen muss auf ihre Lehrerin warten!« Und bevor sie noch überlegen konnte, ob sie auf sein plötzliches Eingeständnis ihrer kleinen Verschwörung eingehen sollte, fuhr er auch schon wieder in seiner bisherigen Tonlage fort:

»Kapitän John Trethewy ist der früheste Vorfahr, den wir mit Sicherheit benennen können. Er war der Sohn eines ehrwürdigen Apothekers aus Truro. Jedenfalls glaube ich das. Meine Mutter sagt, das sei meine Erfindung. Wie auch immer, John studierte Medizin, und da sein Vater offenbar Miteigentümer eines Schiffes war, kann ich mir vorstellen, dass er ein wohlhabender Mann war und dass er den kleinen John zusätzlich in seinem Gewerbe ausbildete.

Doch John war ein geborener Streuner. Er fuhr zur See, vielleicht auf dem Schiff, das zum Teil seinem Vater gehörte, vielleicht auf einem des alten Noll – das wissen wir nicht. Doch er spricht von Blakes Bombardierung von Algier, als sei er selbst dabei gewesen, und ich halte es für wahrscheinlich, dass er als Schiffsarzt an Bord war.«

»Er spricht davon?«, fragte Clare. »Hat er ein Buch geschrieben?«

»Wenn man es denn so bezeichnen will. Es sind eher Notizen, Beobachtungen über diverse Merkwürdigkeiten der Natur, gesammelt während verschiedener Schiffsfahrten und geschrieben im schwerfälligen Ärztelatein. Wir wissen nicht genau, wie es ihm während der Restauration erging«, fuhr Niall fort. »Aber kurze Zeit später ist er offenbar gesund und munter von Bristol aus zum Golf von Guinea und von da mit Sklaven zu den amerikanischen Plantagen gesegelt. Es gibt zudem Hinweise, dass er eine Zeit lang in der Karibik kreuzte, aus noch weniger ehrenwerten Gründen – wobei meine Mutter das wiederum für ein Produkt meiner romantischen Fantasie hält. Jedenfalls führte er diese Schiffsreisen sehr planvoll durch, und eine beträchtliche Zahl von Goldmünzen prasselte in seine Schatztruhe – vielleicht in diese hier –, bis er eines Tages auf die Korsaren von Salé stieß. Auf dem Weg nach Guinea wurde sein Schiff vor der Küste der Berberei geentert, und man verkaufte ihn, wie er im Klageton festhält, mit nichts als seinen Hosen bekleidet in die elendeste Sklaverei, südlich von Safi.«

»Na ja, andererseits hatte er selbst die armen Neger nach Amerika verkauft«, sagte Clare.

»Ja«, stimmte ihr Niall zu, »und in seinem jämmerlichen Zustand war es ein gewisser Trost für ihn, die Gewinne aus jenem Handel sicher in Truro zu wissen. Liest man übrigens zwischen den Zeilen, so war sein Sklavenleben nicht ganz so hart, wie man vermuten könnte. Offenbar wurde er von einem mächtigen Edelmann in der Region, einem Kaid, wie er ihn nennt, gekauft und auf dessen Schloss in den Bergen gebracht. Dort findet er nach und nach Gelegenheit, seine Künste als Wundarzt zu demonstrieren, und steigt in der Gunst seines Herrn. Wenn man die ihm zugestandenen Freiheiten bedenkt, vermute ich, dass der alte Bursche – damals war er natürlich noch nicht so alt – zum Wahren Glauben übertrat und Muslim wurde, obwohl er sich natürlich darüber in seinen Aufzeichnungen ausschweigt. Jedenfalls war es ihm gestattet, große Teile Marokkos frei zu bereisen, und als er sich schließlich zur Flucht entschloss, hatte er alle Möglichkeiten dazu, ja, er verließ die Berberei beträchtlich reicher, als er sie betreten hatte. Es gibt eine Stelle in seinen Aufzeichnungen, die nur so zu deuten ist, dass er in einem eigenen Boot absegelte, bemannt mit christlichen Sklaven, deren Befreiung er wie auch immer bewerkstelligt hatte.

Doch seine Erfahrungen hatten ihn wohl von seinem Hang zur Seeräuberei kuriert. Ende des 17. Jahrhunderts erwarb er das Anwesen von Brackenbine und ließ sich hier als Landedelmann nieder. Sein alter Vater war zu dieser Zeit vermutlich bereits gestorben.«

»Er war wohl sehr vermögend?«, fragte Clare.

»Er hatte mehr als genug«, stimmte Niall zu. »Doch das Interessante ist, dass der Alte Pläne hatte, die sein Vermögen überstiegen. Er hatte ja ein hartes Leben hinter sich. Da hätte man vermutet, dass ihm ein gemütliches kleines Anwesen in seiner Heimat vorschwebte – ein bescheidenes Grundstück, wo er sich im Garten um die Kräuter kümmern konnte und mit der Heckenschere unterwegs war. Doch stattdessen kommt er, fernab von Cornwall, hier in diesen Landstrich, der zu jener Zeit äußerst einsam und wild war, kauft ein großes Stück Wald mit dem alten Akenshaw-Hügel in der Mitte und gibt den Großteil seines hart verdienten Geldes dafür aus, eine kilometerlange hohe Ziegelmauer um seinen Besitz zu ziehen. Wir wissen, dass er die Mauer als Erstes bauen ließ, und auch, wie teuer sie war und wie sehr er sich um sie sorgte, bis sie endlich vollendet war. Darin liegt meiner Meinung nach auch der Grund für die sonderbaren Proportionen dieses Hauses. Der Kapitän hatte ursprünglich einen großzügigen Landsitz bauen wollen, doch die Mauer verschlang all sein Geld – jedenfalls weit mehr, als er erwartet hatte. Also war er gezwungen, Abstriche zu machen, doch er wollte sein Vorhaben nicht völlig aufgeben. Einen Raum immerhin ließ er in den Proportionen des Hauses erbauen, das er errichtet hätte, wenn ihm das Geld nicht ausgegangen wäre.«

Niall hielt inne und blickte Clare einen Moment lang nachdenklich an. »Für einen Wildpark braucht man so eine Mauer«, sagte er. »Doch wenn ich mir diese hier so ansehe, dann scheint mir manchmal, dass der alte Kapitän Trethewy während seiner marokkanischen Jahre etwas wirr im Kopf geworden ist. Es erinnert einen an Coleridges ›Kubla Khan‹:

»Zehn Meilen Fruchtlands auf und ab
Bald Turm und Mauer rings umgab ...«

Obwohl diese Mauer natürlich keine zehn Meilen umfasst. Und was das Fruchtland betrifft – mit etwas anderem als Eichen hat man es gar nicht erst versucht. Vermutlich hat er maurische Vorstellungen von edler Abgeschiedenheit mit in die Heimat zurückgebracht. Es hat damals in dieser Gegend bestimmt nicht viele Einwohner gegeben, aber die wenigen, die es gab, sollten ihre Nasen nicht in seine Angelegenheiten stecken können.«

»Und welche Angelegenheiten waren das?«, fragte Clare. »Ging er denn noch irgendeiner Beschäftigung nach?«

Niall zögerte. »Nun, er versuchte sich als Gärtner, wurde gewissermaßen zum Botaniker. Während seiner Reisen hatte er zahlreiche exotische Pflanzen gesammelt. Die versuchte er nun zu akklimatisieren, außerdem unternahm er interessante Versuche mit dem Pflanzenwachstum – etwa in der Art der japanischen Bonsai-Kunst, obwohl ich nicht glaube, dass er je nach Japan gelangt ist. Vielleicht hatte er etwas Ähnliches in Marokko kennen gelernt. Anscheinend vertrat er die Ansicht, dass solche Zwergbäume dem natürlichen Verfall widerstehen und ewig leben können. Es ist nur eine Vermutung, doch vielleicht hatte er vor, sein ganzes Anwesen mit einem Miniaturwald zu bepflanzen, und vielleicht war ihm aus diesem Grund der Bau der Mauer so wichtig, damit die kleinen Bäume geschützt wären. Das Interessante daran ist, dass er möglicherweise sogar Recht hatte.«

»Recht hatte?«, wiederholte Clare, die nicht ganz verstand.

»Was das Leben seiner kleinen Bäume betrifft, meine ich«, erwiderte Niall.

»Warum? Gelang es ihm denn, solche Bäume zu ziehen?«

»Ja«, sagte Niall. »Es gelang ihm. Manche davon gedeihen immer noch. Ich werde sie dir zeigen, wenn du bei Tageslicht wiederkommst.«

Clare sah ihn verwundert an. »Oh, ich glaube nicht, dass ...«, setzte sie an, doch er sprang von der Truhe auf und unterbrach sie.

»Oh, ich glaube, Miss Geary will jetzt aufbrechen, und ich habe dir noch nicht die restlichen Zimmer gezeigt. Komm, es dauert nur die paar Minuten, in denen sie ihre Galoschen anzieht!«

Er nahm die Lampe und stieg die Treppe hoch, ohne Clare Zeit für Einwände zu lassen. Sie erhob sich, warf einen Blick auf die Tür des Salons und zögerte. Dann rief er vom Treppenabsatz nach ihr, und sie lief die ersten Stufen hinauf, um zu ihm aufzuschließen.

Die Treppe zog sich unregelmäßig zwischen den Wänden hin, die halb aus Holz bestanden.

Niall ging Clare voraus und rief ihr eine Warnung zu, dass sie auf dem obersten Treppenabsatz ihren Kopf einziehen solle.

»Wenn ich hier heraufkomme, fühle ich mich immer wie eine Maus in einem hohlen Baum«, sagte er. »Mein Großonkel Jabez weigerte sich in seinen letzten Jahren sogar, die Treppe hochzusteigen. Er schlief unten im Salon. Das tat er, weil er vom Rheuma ganz steif war, doch er erzählte mir mehr als einmal, dass ihm eines Nachts, als er auf der Treppe war, der Geist des Kapitäns begegnet sei und keine Anstalten machte auszuweichen. Da er nicht durch ihn hindurchschreiten wollte – schließlich war er ja ein ferner Verwandter –, ging er wieder nach unten und blieb dort für den Rest seiner Tage. Das war so seine Art von Geschichte, um es einem kleinen Jungen im Haus behaglich zu machen.«

»Es spukt hier doch nicht wirklich?«, fragte Clare halb im Ernst. Sie sah sich in dem unregelmäßig geschnittenen Flur des Obergeschosses um, betrachtete die großen, alten, schwarzen Türen in den getäfelten und verputzten Wänden, das rautenförmige Fenster in einer tiefen Nische und ihrer beider Schatten, die im Licht von Nialls Laterne hin und her schwankten.

»Es ist schon schade!«, sagte Niall bedauernd. »Heiligabend, ein 250 Jahre altes Haus – und kein Gespenst! Der Kapitän hätte ein ganz hervorragendes abgegeben, mit Perücke, Schwert, Spangenschuhen und so weiter. Gott weiß, was er auf dem Atlantik alles getrieben hat, das ihn seiner ewigen Ruhe berauben könnte. Aber für ein Gespenst braucht es einen unheilvolleren Tod, und nach allem, was wir wissen, starb der Kapitän friedlich in seinem Bett – die Spangenschuhe hatte er vorher ausgezogen. Nein, die Wahrheit ist, dass es keinen Bericht darüber gibt, wo, wann und wie er starb. Ich denke aber, dass es hier geschah.«

Er ging zu einer der Türen und schloss die Hand um den Eisenring, der den Türknauf ersetzte. Halb drehte er ihn, dann hielt er inne und lauschte dem Stimmengemurmel drunten. Er schenkte Clare ein vergnügtes Lächeln.

»Schön, dass du trotz allem nach Brackenbine zurückgekommen bist. Weißt du, ich hatte die Befürchtung, dass du dich nach unserer Begegnung nicht hierher trauen würdest, und ich bin froh, dass du nicht zu ängstlich warst.«

Clare sah auf die dunklen, unebenen Dielenbretter hinunter und wusste nicht, was sie erwidern sollte. Er schien darüber nachzudenken, ob er noch etwas über jene Nacht sagen sollte, drehte dann aber den Ring und öffnete die Tür.

»Dies heißt seit eh und je das Kapitänszimmer«, sagte er, als er eintrat und das Licht hochhielt. »Als wir herkamen, war es eine Rumpelkammer. Wie du siehst, haben wir ein Atelier daraus gemacht.«

Es war ein langgestreckter Raum, so lang wie der Salon im Erdgeschoss, doch mit einer gegiebelten Decke, die an beiden Seiten auf knapp zwei Meter Höhe über den Boden herabgezogen war. An einem Ende schien sich unter langen Vorhängen ein Fenster zu verbergen, und am anderen befand sich ein offener Kamin, von dessen weißer Holzasche noch immer angenehme Wärme ausging. In der Mitte der Decke befand sich auf einer Seite ein großes Oberlicht. Niall schritt in die Raummitte und zeigte ihr die Werkzeuge seiner Mutter und seine eigenen, die überall im Zimmer herumlagen: Holzschränke und Stöße von Leinwand säumten die Wände; auf mehreren kleinen Tischen waren Farbtöpfe und -tuben sowie Behälter mit Pinseln verstreut. Unter dem Oberlicht stand eine Staffelei, und auf einer Seite befand sich eine Werkbank, übersät mit Werkzeugen und Holzspänen. Überall lagen Dinge herum – Bücher, Töpferwaren, Stofffetzen, Flaschen und Kästen, alles durcheinander, jedoch in einer anheimelnd lebendigen Unordnung. Dies war ein Zimmer, das man ständig benutzte, wo schöpferische Arbeit geleistet wurde. Der Platz vor dem Kamin wirkte gemütlich, abgeschirmt durch einen hohen alten Lederparavent, damit es nicht ziehen konnte, und ausgestattet mit abgenutzten Sesseln, niedrigen Bücherregalen und einer Leselampe auf dem Kaminsims.

»Malen Sie auch?«, fragte Clare.

»Ach«, antwortete er wegwerfend, »nicht der Rede wert. Ich habe nie Malerei studiert. Darin bin ich wirklich nicht besonders gut.« Er nickte in Richtung der Werkbank. »Holzschnitzerei, das ist meine Sache; ja, Marionetten.«

»Marionetten?«, wiederholte Clare überrascht.

»Ja, kleine Puppen, die man bewegen kann.«

»Ich weiß«, sagte sie. »Ich meine, ich weiß, was Marionetten sind – es ist nur so – nun, ich habe noch nie eine gesehen. Spielen Sie auch damit – haben Sie ein Puppentheater, meine ich?«

»Ja«, sagte er. »Ja, ich spiele auch mit ihnen. Auf gewisse Weise. Aber im Grunde fasziniert mich nur ihre Herstellung, die Vollkommenheit, mit der sie Leben gewinnen. In Italien habe ich das erste Mal gesehen, wie man sie herstellt. Damals lebten wir in einem kleinen Dorf bei Florenz. Dort gab es eine Familie, die schon seit dem Mittelalter Marionetten herstellte. Stundenlang saß ich dabei und sah dem alten Mann und seinen Söhnen zu. Dort habe ich das meiste gelernt, was ich über das Handwerk weiß. Auch meine Mutter bekam Interesse. Sie schneidert die Kleider für die Puppen und hilft bei der Bemalung.«

Clares Augen wanderten zur Werkbank, wo er jetzt die Lampe absetzte. »Ach«, sagte er, ihre Gedanken erratend, »ich kann dir leider keine zeigen. Ich habe schon seit längerem nichts mehr geschnitzt. Wirklich, ich bin ziemlich faul.« Er kehrte mit der Hand einen kleinen Haufen Sägespäne zusammen und schob sie sorgsam in die Mitte der Werkbank, so, als handele es sich um etwas Wertvolles.

Unvermittelt fragte Clare: »Ist das eine Ihrer Marionetten, die ich am Weihnachtsbaum gesehen habe?«

Er hob ruckartig den Kopf, als sei er überrascht, und starrte sie einen Moment lang an, bevor er zur Antwort ansetzte. Fast unwillig sagte er dann: »Ja, allerdings. Das ist eine von meinen.«

Er blickte wieder auf die Bank und erklärte dann, so als ob er an einen Gedanken anknüpfe, den Clare mit ihrer Frage unterbrochen hatte: »Ich glaube, ich bin gar kein Künstler, eher ein verhinderter Handwerker. Ich glaube, dass der Drang, etwas zu schaffen, bei mir ein primitiver Impuls ist und nicht von Idealen geleitet wird, wie sie die wahre Kunst inspirieren. Vermutlich hängt die bildnerische Arbeit generell mit dem Wunsch zusammen, etwas zu schaffen, das dem lebenden Menschen so ähnlich wie möglich ist. Die Vorstellung von Standbildern, die lebendig werden, spukte schon immer durch die Köpfe der Menschen. Im alten Ägypten schuf man Porträtstatuen der Toten; in sie sollte die Seele einziehen, wenn der mumifizierte Körper durch einen unglücklichen Zufall zerstört wurde. Und steckt darin nicht letztlich die Idee, einen Leib aus etwas zu erschaffen, das dauerhafter ist als Fleisch und Blut? Das Fleisch des Menschen verfällt binnen eines Jahrhunderts, doch das Fleisch der Eiche übersteht viele Jahrhunderte, und Marmor geht vielleicht nie unter. Ein Mensch aus Marmor würde nie sterben, und einer aus Eichenholz könnte tausend Jahre alt werden.«

»Er wäre dann aber ein wenig steif in den Gelenken«, sagte Clare leichthin, die nicht ganz verstand, worauf er hinauswollte.

Er lachte. »Und so täuscht alle Kunst Dauerhaftigkeit wohl nur vor, denn die Dauer bedeutet nichts, wenn das Leben erstirbt. Marmor, Holzschnitzereien und bemalte Leinwände, was soll alles das wert sein? Außer – ja, außer jemand könnte die Ewigkeit tatsächlich überlisten.«

Er nahm wieder die Lampe zur Hand und wandte sich von der Werkbank ab. »Ach«, sagte er, »vielleicht übersteigen meine Fantasien einfach mein Talent. Ich schnitze meine kleinen Puppen und versuche, sie in Bewegung zu versetzen – um so die amüsante Illusion zu schaffen, dass sie tatsächlich ein eigenes Leben haben. Ich fertige sie aus dem dauerhaftesten organischen Material, das ich finden konnte, vermutlich, weil mich jene andere Illusion reizt, von der wir gerade sprachen, die Unsterblichkeit. Wenn ich diese beiden miteinander vereinen könnte – Belebung und Dauer –, dann wäre ich ein Meisterhandwerker.«

Er sah sich flüchtig im Atelier um. »Es tut mir Leid, aber hier gibt es nicht viel zu sehen, jedenfalls nichts, was der eher dünnen Gespenstergeschichte meines Großonkels Jabez Farbe geben würde. Kein Himmelbett, keine altmodischen Eichenschränke – alles hier ist aus Sperrholz. Früher aber, als ich ein kleiner Junge war und ab und an – selten genug – bei Großonkel Jabez übernachten durfte, mochte ich diesen Raum. Auf dieser Seite reicht das Haus direkt bis an den Hügel. Die Glockenblumen wachsen auf gleicher Höhe mit den Dachtraufen, und hinter dieser Wand befindet sich solider Fels. Vom Wald oben aus kann man geradewegs aufs Dach steigen. Bevor wir dieses große Oberlicht hier einbauen ließen, gab es ein kleineres, und früher habe ich vom Dach aus immer ins Kapitänszimmer hineingespäht. Oh! Miss Geary scheint aufzubrechen; wir müssen wieder nach unten.«

Als Niall auf dem Weg zur Tür an der Staffelei vorbeikam, streifte er das vorstehende Ende des Rahmens und zog sie ein Stück mit. Eine Leinwand, die gegen den Bock gelehnt war, fiel umgekehrt zu Boden. »Na!«, sagte Niall, hob sie auf und lehnte sie wieder an die Staffelei, diesmal jedoch so, dass man das Bild erkennen konnte. Clare warf einen Blick darauf und sog die Luft erschreckt ein. Niall sah sie neugierig an und richtete den Lichtstrahl der Lampe voll auf das Gemälde. Es zeigte eine junge Frau im Sommerkleid, betupft von Sonnenstrahlen, unter Bäumen im Gras. Ein fröhliches, lachendes Porträt voller Leben und Licht. Das Gesicht neigte sich seitwärts, als ob sie jemandem zuhöre, auf den Lippen lag ein freudiges Lächeln, und der sanfte Glanz der braunen Augen verriet Anteilnahme und Zuneigung. Der Künstler hatte all die frische Lebhaftigkeit eingefangen, mit der ein junges Mädchen ihrem Liebsten lauscht, der seinerseits vor guter Laune sprüht.

Unvermittelt trat Niall zwischen Clare und die Leinwand. Sie wich einen Schritt zurück und fühlte sich verwirrt und peinlich berührt.

»Ich dachte –«, setzte sie an, »ich dachte, es sei jemand, den ich gekannt habe. Aber das kann ja nicht sein«, fügte sie hastig hinzu. »Die Frau auf dem Bild ist viel zu jung.«

Er nickte traurig.

»Doch, du kennst sie. Es ist Anne Otterel. Auf dem Bild sieht sie vielleicht jünger aus, weil es nie fertig geworden ist. Meine Mutter malte sie, als sie letzten Sommer in Halliwell war. Wir waren sehr traurig, dass das Bild nie vollendet werden konnte.«

Er bewegte sich wieder zur Tür, und Clare, deren Blick noch einen Moment auf dem nun von Schatten verdunkelten Porträt haftete, folgte ihm.

»Ich wusste nicht«, sagte sie leise, »ich wusste nicht, dass Sie sie kannten ... ich wusste nicht, dass sie die Ferien in Halliwell verbracht hat. Das hat sie mir nie gesagt ...«

Niall war bereits auf der Treppe. »Ich selbst kannte sie eigentlich nur flüchtig«, sagte er. »Meine Mutter war ihre Ansprechpartnerin. Sie kam einige Male her, um ihr Modell zu sitzen.«

Als sie in die kleine Halle traten, war Miss Geary bereits ausgehfertig und wartete. Clare beeilte sich mit dem Anziehen, während Niall sich entschuldigte. Doch es war schon wieder vorbei mit seiner Ernsthaftigkeit; er zog seine Mutter unter den großen Strauß Misteln, der an einem der Deckenbalken hing, und küsste sie. Dann wandte er sich Miss Geary zu, und für einen Augenblick hatte es den Anschein, als wolle er auch von ihr dieses Recht einfordern, doch beschied er sich stattdessen mit einer Verbeugung und einem Handkuss. Clare wickelte sich ihren Schal um und folgte ihrer Lehrerin zur Tür, begegnete aber, als Niall sich wieder aufrichtete, seinem dunklen, forschenden Blick. Er nahm die Laterne, die seine Mutter für ihn bereithielt, und führte seine Gäste durch den Wald, wobei der große Kater schnurrend um seine Beine strich. Trotz der Proteste von Miss Geary begleitete er sie fröhlich plaudernd den ganzen Weg durch die schneidend kalte Nacht bis zum Tor von Paston Hall.

3

Miss Sperrod kehrte nach dem zweiten Weihnachtstag aus London zurück. Clare erfuhr abends davon, als ein Dienstmädchen ihr ausrichtete, die Direktorin wünsche sie in ihrem Büro zu sprechen, verließ den Aufenthaltsraum und bewegte sich langsam durch das Vordergebäude der Schule.

Sie hatte die beiden Weihnachtstage in seltsamer Ruhe und Zufriedenheit verbracht – eine Stimmung, die völlig der entgegengesetzt war, in der sie eigentlich hätte sein sollen. Im letzten Jahr hatte Clare sich nach den Weihnachtstagen deprimiert und verstimmt gefühlt wegen der falschen Fröhlichkeit, welche die Hausmutter und Miss Finch dem Haufen trauriger junger Mädchen vorspielten, der zusammen mit ihnen eingekerkert war, und auch diesmal hätte der zweite Weihnachtstag eigentlich wieder mit einem verdorbenen Magen und schlechter Laune enden müssen. Doch als sie in der vergangenen Nacht ihren Kopf aufs Kissen bettete, empfand Clare nichts als tiefen Frieden. Ein Frieden, der auch den nächsten Morgen über angedauert hatte, als sie draußen auf der weiß gefrorenen Erde spazieren ging und sich danach vor den kleinen Kamin im Aufenthaltsraum setzte, um über ein ihr bislang unbekanntes Gefühl nachzudenken. Wirklich ganz unbekannt?

Irgendwo regten sich in ihr verloren geglaubte Erinnerungen an die ferne Welt der frühen Kindheitstage mit Spuren eben jenes Gefühls von Sicherheit und sanftem Frieden.

Eigentlich hätte es aber nicht so sein dürfen, und das verwirrte sie. Sie hätte andere Gefühle mit dem Bild von Brackenbine und seinen Bewohnern verbinden müssen – ein Bild, das ihr seit zwei Tagen fast unaufhörlich und dazu lebhaft vor Augen stand. Natürlich hatte sie bei den Sternes Ruhe und freundliche Aufnahme gefunden, und die Behaglichkeit des Kaminfeuers wärmte auch jetzt noch ihr Herz, doch hatte es ja auch andere Dinge gegeben, die wie scharfe Dornen aus der Süße der Erinnerung stachen und sie verwirrten und traurig machten.

Dass sie so unerwartet mit Anne Otterels Porträt konfrontiert worden war und von ihrer Bekanntschaft mit den Sternes erfuhr, hätte sie weit mehr überraschen sollen, als es der Fall war. Sie hätte Trauer und Eifersucht empfinden müssen, Schmerz darüber, dass es Freundschaften gab, die Anne vor ihr verborgen hatte. Clare wusste, dass sie diesen Schmerz auch verspürt hätte, wäre diese Erkenntnis ein wenig früher und auf anderem Weg zu ihr gelangt. Doch nun war sie erfüllt von einer neuen Nachsicht, von Verständnis und Seelenfrieden. Ohne jede krankhafte Selbsterniedrigung sah sie sich nun, wie Anne sie wohl gesehen hatte: als eine unter vielen Schülerinnen, mit denen Anne während der Schulzeit zu tun hatte, die für ihr eigenes Leben aber keine besondere Bedeutung besaßen. Anne musste Paston Hall von sich abgeschüttelt haben, sobald sie am letzten Schultag durchs Tor nach draußen geschritten war. Auch Clare kannte jetzt dieses Gefühl der Befreiung, denn durch den Besuch in Brackenbine hatte sie Paston Hall hinter sich gelassen. Sie hatte das Gehäuse der Schule durchbrochen, so wie eine reife Kastanie sich freimacht und von ihrer Schale nur die welke Hülle zurücklässt.

Die Sternes waren erwachsene Leute und hatten Clare denoch von gleich zu gleich behandelt. Sie waren so viel lebendiger als irgendein Bewohner von Paston Hall, gehörten so viel mehr dem wirklichen Leben an, und sie hatten Clare plötzlich aus der Pappmaché-Schulwelt der dumpfen Verstellung in eine reiche und erfüllte Sphäre gehoben – eine Welt, zu der sie eigentlich gehörte. Das war das vorherrschende Gefühl in Clares Herz, und das war, wie sie wusste, der Quell ihrer großen Freude. Die Sternes hatten sie von ihren Ketten erlöst – und Niall damit die Sünden seines Sklavenhändler-Vorfahren wiedergutgemacht.

Ihr Verdacht, dass *er* seine Mutter veranlasst hatte, die Einladung zu verschicken, war ihr über Weihnachten zur Gewissheit geworden, und diese Gewissheit ließ sie zärtlich lächeln. Mrs. Sterne hatte dem gesamten Lehrerkollegium am Weihnachtsmorgen Karten gesandt. Auch für Clare war eine dabeigewesen, eine schlichte Karte mit eingravierten Grüßen, doch im Umschlag steckte noch eine weitere, die rasch aus einem gefalteten Papierbogen angefertigt worden war. Darauf befand sich ein Bild, eine Tuschskizze, die mit einigen flüchtigen Strichen Baumstämme darstellte – die pechschwarze Dunkelheit des Waldes von Brackenbine, aus der aber vier oder fünf winzige Lichtpunkte aufleuchteten, so wie Katzenaugen durchs Dickicht. Doch sie wusste, dass damit die kleinen Lichter gemeint waren, die sie von der Mauerkrone aus gesehen hatte.

Jenes kleine Geheimnis erregte ihre Neugier mehr als all die anderen neuen und aufregenden Dinge, die sie bei den Sternes erlebt hatte. Zu gerne hätte sie Niall am Heiligabend gefragt, was es denn mit den winzigen Lichtern im Wald auf sich habe, aber es hatte ihr an Selbstvertrauen gefehlt. Nun erschien ihr seine Karte wie eine ironische Aufforderung, ihm die Frage zu stellen. Sie vermutete, dass die Antwort auf etwas so Unerwartetes und Interessantes wie seine Leidenschaft fürs Puppenmachen oder die Bonsai-Zucht des alten Kapitäns hinauslaufen würde. Clare war erfüllt von dem Verlangen, so frei zu sein wie Niall und seine Mutter. Dann könnte sie das tun, was ihr Spaß machte, ihren eigenen

Neigungen folgen und herausfinden, welche besonderen Begabungen sie hatte und sich darin üben. Noch vor dem letzten Weihnachtstag hatte sie einen festen Entschluss gefasst: Bevor es zu spät dafür war, wollte sie noch einmal die Möglichkeit beim Schopf ergreifen und für das Oxford-Stipendium lernen. Glücklich und geschäftig nahm sie ihre Notizbücher zur Hand und bereitete intensive Wiederholungskurse und neue Studien für die verbleibenden Wochen bis Ostern vor.

So ließ sie nur unwillig von ihrer Arbeit ab, als sie zur Direktorin gerufen wurde. Noch nie war ihr Miss Sperrod als ein derart überflüssiges Hindernis erschienen. Auch Miss Geary hielt sich im Büro auf, und Clare war ebenso überrascht über den etwas schuldbewussten und unsteten Blick der alten Dame wie über Miss Sperrods zuckersüße Begrüßung. Wie üblich dauerte es eine Weile, bis Clare aus dem Redeschwall bedeutungsloser Vorbemerkungen, den Miss Sperrod von sich gab, so, als wolle sie einen möglichen Angriff abwehren und zugleich ihre eigene Stellung stärken, herausgehört hatte, worum es eigentlich ging.

Die vielen Blicke, die Miss Sperrod dabei mit Miss Geary tauschte, verdeutlichten Clare, dass die Schulleiterin selbst sich nicht ganz sicher war, welche Aufnahme ihr Vorschlag finden würde; und als sie endlich damit herauskam, war Clare tatsächlich überrascht.

Es ging schlichtweg um Folgendes: Mrs. Sterne hatte von Miss Geary erfahren, dass Clare mangels einer Lehrkraft Schwierigkeiten mit ihrem Latein hatte, und machte den Vorschlag, ihr persönlich in der Zeit bis zu den Prüfungen jede Woche ein paar Privatstunden zu geben.

Während Clare dies endlich von der Direktorin erfuhr, blickte Miss Geary starr an die Decke. Clare war sprachlos, und Miss Sperrod, die dies als Unbotmäßigkeit deutete, überbot alle Nachdrücklichkeit und Wortgewandtheit, die Clare je bei ihr erlebt hatte, während sie selbst Zeit fand, sich darüber zu wundern, dass sich die Glückssträhne, die sie offenbar hatte, so beständig fortsetzte. Um nichts in der Welt hätte sie Miss Sperrod offenbart, wie viel ihr dieses Angebot bedeutete; immerhin stammelte sie einige Dankesworte, die in ihrer Zurückhaltung aber nicht sehr überzeugend wirkten, und fragte, wann Mrs. Sterne sie denn zum ersten Mal erwarte.

»Ich werde Mrs. Sterne eine Nachricht senden«, sagte die Schulleiterin. »Ich werde ihr sogleich antworten. Es wäre angemessen, wenn du ihr selbst einen kleinen Brief schreibst, um ihr deine Dankbarkeit zu zeigen. Natürlich müssen die Lektionen auf deinen Stundenplan abgestimmt werden, doch du darfst Mrs. Sterne keinesfalls zu große Umstände bereiten. Ihre Unterstützung wird dir einen großen Vorteil verschaffen. Mrs. Sterne ist wirklich sehr vertraut mit den Klassikern. Ihr Vater war ein berühmter Professor. Ich werde das deinem Vater alles ganz genau erklären.«

Clare interessierte im Augenblick eigentlich nur, wann sie in Brackenbine sein würde, und erst als sie das von Miss Geary erfuhr, glaubte sie daran, dass dies alles kein Traum sei. Es ergab sich, dass sie jederzeit nach Brackenbine gehen konnte, sofern es umgekehrt auch Mrs. Sterne genehm war, doch entspann sich eine groteske Diskussion darüber, wer sie hinbringen solle. Miss Sperrod war sogleich alarmiert von der Vorstellung, dass eine ihrer Schutzbefohlenen allein eine öffentliche Straße benutzte, und Clare musste sich ein Dutzend absurde Pläne anhören, wie man ihr eine Begleitung beschaffen könnte. Schließlich geriet sie derart in Wut, dass sie der Schulleiterin fast ins Gesicht gesagt hätte, man brauche überhaupt keine Straße, um nach Brackenbine zu gelangen.

Als sie das Büro verlassen hatten, machte sie Miss Geary gegenüber die gereizte Bemerkung, dass jüngere Mädchen als sie jeden Tag während der Schulzeit von weit entfernten Dörfern über genau diese Straße zur Höheren Schule in Pentabridge radelten, ohne dass sie dazu eine Eskorte benötigten. Miss Geary antwortete nur milde, dass sie es nicht für besonders wichtig halte, was die Mädchen von der Höheren

Schule täten. Trotzdem suchte sie nach einem Weg, das Problem zu lösen.

Bei all ihren Diskussionen erwähnten weder Miss Geary noch Clare Nialls Anwesenheit in Brackenbine. Es gab keine geheime Absprache darüber zwischen ihnen, doch war Clare sich sicher, dass Miss Sperrod nicht wusste, dass er dort lebte. Und keinesfalls war sie so naiv zu glauben, Mrs. Sperrod hätte das Lernprojekt ähnlich enthusiastisch begrüßt, wäre ihr etwas von einem jungen Mann bekannt. Clare nahm Miss Gearys stillschweigende Annahme, dass Nialls Anwesenheit kein Hindernis sein müsse, Brackenbine zu besuchen, als Beweis für die guten Manieren der alten Dame, Manieren, die der Schulleiterin anscheinend vollständig abgingen. Obwohl sie dankbar war für Miss Gearys stummes Vertrauen in ihre gute Erziehung und ihren Verstand, hätte sie gleichzeitig doch gern mit ihr über Niall gesprochen, hätte gern erfahren, ob ihn Miss Geary während ihres Brackenbine-Besuchs im letzten Sommer schon angetroffen hatte, und wie viel Miss Geary und die Schulleiterin über Anne Otterels Besuche dort in den Sommerferien wussten. Aber Miss Geary klärte sie über nichts davon auf.

Doch gelang es der alten Dame, die Frage des Anstandsgeleits recht einfach zu lösen, indem sie selbst Clare nach dem Mittagessen am nächsten Tag nach Brackenbine begleitete und ihr sagte, dass sie sie um halb vier wieder am Tor abholen werde. So wären sie wieder zurück in der Schule, bevor es dunkel war. Clare hinterfragte den Sinn und Zweck dieser Vereinbarung nicht, sondern eilte der eisernen Pforte von Brackenbine entgegen, leichtfüßig wie ein Hase, der sich aus dem Fangnetz befreit hat.

An den schönen klaren Tagen der Woche nach Weihnachten funktionierte die Vereinbarung sehr gut. Clare kam mit ihrer Grammatik und ihrem Übungsheft gleich nach dem Mittagessen, und Mrs. Sterne erwartete sie bereits am prasselnden Kaminfeuer im kleinen Speisezimmer; auf dem Eichentisch waren die Bücher ausgebreitet. Zwei Stunden lang übten sie Latein. Es war eine Art von Unterricht, wie Clare ihn bislang noch nicht kennen gelernt hatte. Selbst Anne Otterel hatte etwas von einer Schullehrerin gehabt, als sie ihr in jener kurzen Zeit vor den Herbstferien Stunden gegeben hatte. Doch sich mit Mrs. Sterne an die lateinische Grammatik zu setzen, das war wie mit einer Freundin ein unbekanntes Land zu erforschen, als wisse keine von beiden, auf welche Wunder und Schätze sie jeden Moment stoßen könnten.

Clare begann zu begeifen, dass Mrs. Sterne als Kind Latein gelernt hatte, weil sie die lateinische Literatur liebte; für sie war diese Sprache nie eine tote Sprache gewesen. Sie erzählte Clare, wie sie und ihr Vater sich früher in einer Art Küchenlatein unterhalten hatten. Dabei hatte sie Worte, die ihr fehlten, einfach erfunden, und ihr Vater hatte dies widerspruchslos akzeptiert, solange sie korrekt gebeugt waren. Mrs. Sterne erklärte Clare die Verwandtschaft des Lateinischen mit dem Französischen und Spanischen, auf die sie zuvor noch niemand hingewiesen hatte. Sie wies die Herkunft kleiner spanischer Liedchen, die Clare kannte, von Liedern und Reimen nach, die vor zweitausend Jahren in den Straßen Roms erklungen waren. Sie las laut aus der *Aeneide* und den *Georgica* vor, und plötzlich brach der Stacheldrahtzaun aus Skansion und Syntax zusammen, der Clare bislang davon abgehalten hatte, die Kraft und Bedeutung der lateinischen Verse zu verspüren: Die Sprache wurde lebendig. Die Worte auf jeder der Seiten waren einmal von lebendigen Lippen geformt worden, die sich liebevoll um die Schönheit des Klanges bemüht hatten, und lebende Menschen hatten ihnen gelauscht und waren von diesen Versen berührt worden, so wie sie selbst durch ein Gedicht von Yeats.

Clare sog die neue Erkenntnis tief in sich ein, und es regte sich in ihr ein unersättlicher Hunger nach Faktenwissen. Im Erwerb grammatikalischer Kenntnisse sah sie nun die notwendige Vorbereitung für gemeinsame wundervolle Forschungsreisen, und sie bemühte sich mit dem gleichen begeisterten

Eifer darum, wie sie als Kind die Ausrüstung für ein Picknick oder einen Campingausflug mit ihrem Vater herausgelegt hatte. Da sie ein ausgezeichnetes Gedächtnis und große Konzentrationsfähigkeit besaß, wenn ihr Interesse einmal geweckt war, meisterte sie jeden Morgen eine ganze Fülle von Grammatikübungen, und während sich ihr Eifer steigerte und sie das Gefühl hatte, mehr und mehr Wissen zu gewinnen, fielen die Apathie und Mutlosigkeit des Herbsttrimesters von ihr ab. Das Selbstvertrauen und die tiefe Zufriedenheit, die sich am Heiligabend eingestellt hatten, dauerten fort.

Jeden Tag um drei Uhr wurde der Unterricht durch das freundliche Scheppern von Geschirr beendet, wenn Niall ihnen eine Tasse Tee servierte. Dieser Klang war für Clare so etwas wie die Krönung ihrer Freude. Dann saßen sie jedes Mal für ein paar Minuten zu dritt vor dem Kaminfeuer und unterhielten sich – über Latein und Lyrik, über Gemälde und ferne Länder, über alles unter der Sonne, oder, wie es Clare schien, über alles, was unter der Sonne glänzte.

Danach brachte Niall sie für gewöhnlich zurück durch den dunkelbraunen Eichenwald zum Außentor, und dabei wirkte er immer besonders fröhlich, fast überspannt. Er erzählte ihr Geschichten über seinen Großonkel Jabez, die sie beide so sehr zum Lachen brachten, dass ihre Stimmen von den hartgefrorenen Hängen von Akenshaw Hill zurückgeworfen wurden. Niall war es auch, der ihr erklärte – oder ihr vielmehr Hinweise gab –, warum Miss Sperrod so darauf erpicht war, gute Beziehungen mit den Eigentümern von Brackenbine zu unterhalten.

»Der alte Jabez konnte Paston Hall nicht instand halten«, sagte er. »Für dieses Haus braucht man eine ganze Armee von Bediensteten, und das war schon zu seiner Zeit ein teures Vergnügen. Schon bald, nachdem sein Vater ihm das Vermögen der Sternes hinterlassen hatte, war es durchgebracht, und er stand bis zum Hals im Wasser. Natürlich konnte er das Anwesen nicht verkaufen, es ist unveräußerliches Erbteil der männlichen Linie. Dann tauchte Arthur Sperrod auf – der

Bruder deiner Schulleiterin – und machte sich nützlich, und ich vermute, dass es eine Übereinkunft gab, der zufolge Jabez sich nach Brackenbine zurückzog und Paston Hall eurem ehrwürdigen Schulvorstand für ein Butterbrot überließ. Wir erneuerten den Pachtvertrag zu den gleichen Bedingungen, bald nachdem ich das Anwesen geerbt hatte. Obwohl ich eigentlich euer Vermieter bin, ist Arthur Sperrod für alles verantwortlich. Er braucht nur meine Unterschrift, wenn jedes Jahr ein neuer Pachtvertrag aufgesetzt wird. Es ist ein sehr vorteilhaftes Abkommen für euren Vorstand. In ganz England würde er wohl kein solches Haus für so wenig Geld finden.«

»Aber Sie sind doch nicht dazu gezwungen, den Vertrag zu erneuern. Sie könnten doch von jemand anderem sehr viel mehr Pacht dafür erhalten, oder?«, fragte Clare.

Er zuckte die Achseln. »Na ja, wir sind schon ganz zufrieden. Mag sein, dass wir schlechte Geschäftsleute sind. Wir wollen nur unsere Ruhe und unseren Frieden. Wir könnten viel schlimmere Nachbarn als euch haben, weißt du. *Wir* haben nichts gegen die Disziplin und Gewissenhaftigkeit von Miss Sperr-das-Kind-ein!« Er grinste.

Clare hatte in ihrer gesamten Schulzeit noch nie so hart gearbeitet, und doch erschien ihr das so grundverschieden vom früheren Pauken wie Ferien von der Schulzeit. Die »paar Privatstunden« pro Woche, die Mrs. Sterne vorgeschlagen hatte, waren in Wirklichkeit eine ganze Unterrichtseinheit pro Tag. Schon bald hatte Clare das Gefühl, dass Brackenbine und nicht länger Paston Hall ihr Zuhause war; sie fühlte sich wie daheim, sobald sie das Eisentor durchschritt.

Eines Nachmittages, das neue Jahr war erst wenige Tage alt, kam sie wie üblich nach Brackenbine, doch als sie von der kleinen Vorhalle her das Speisezimmer betrat, war es leer. Im Kamin brannte Feuer, aber auf dem Tisch lagen keine Bücher. Sie warf einen Blick in den Salon, wo noch immer der große Weihnachtsbaum stand und das Immergrün den Kamin schmückte, doch auch dieser Raum war leer. Sie öffnete die

Küchentür und lauschte, konnte aber nichts hören. Dann bemerkte sie, dass sich im oberen Stockwerk leise jemand bewegte, und sie rief am Fuß der Treppe eher schüchtern nach Mrs. Sterne. Eine unverständliche Antwort folgte. Zögernd stieg sie die Treppe zur Hälfte hinauf. Dann hörte sie klar und deutlich Nialls Stimme: »Hallo! Hier bin ich!«

Sie ging hinauf ins Obergeschoss, und durch eine offene Tür sah sie dort Niall, der gerade mit einem Koffer auf seinem Bett beschäftigt war; geöffnete Schubladen und Schranktüren umgaben ihn.

»Hallo!«, rief er und sah dabei auf. »Ich dachte, es sei meine Mutter. Ist sie noch nicht zurück?«

Er trat hinaus auf den Gang, wo Clare im Licht der offenen Ateliertür stand. »Sie ist heute Morgen nach Pentabridge gefahren«, erklärte er. »Ich dachte, sie wäre wieder da, bevor du kommst.«

»Nein«, sagte Clare, »nein, unten ist sie nicht. Ich – ich dachte, Ihre Mutter hätte gerufen – deswegen bin ich hochgekommen ...«

»Nun«, sagte er nach einer Pause, in der er den Blick von ihr abwandte und zurück in sein Schlafzimmer richtete. »Es kann nicht mehr lange dauern; sie wollte den Bus um ein Uhr nehmen, und vom Halliwell-Abzweig ist es nicht weit.«

Clare hatte seinen Blick zum offenen Koffer auf dem Bett und den rundherum verstreuten Dingen verfolgt. »Ich warte dann einfach im Speisezimmer«, sagte sie. »Sie wollen vermutlich weiter packen.« Sie sprach klanglos und sah ihn nicht an dabei.

»Ach ...«, sagte er. »Das hat keine Eile.«

Er trat zur Tür des Ateliers, besah sich müßig die Unordnung, die drinnen herrschte und schwieg so beharrlich, dass sich Clare, gepeinigt von der seltsamen Kälte, die zwischen sie getreten war, zum Reden zwang: »Gehen Sie für lange fort?«

Er trat an seine Werkbank am anderen Ende des Ateliers, und sie musste ihm folgen, wenn sie seine Antwort hören wollte. Er betrachtete seine Werkzeuge, so, als frage er sich, was er mit ihnen anfangen solle, und erwiderte erst nach langer Pause: »Ich weiß es nicht. Ich weiß nicht, wie lange es sein wird.«

In seinem Ton lag eine düstere Endgültigkeit, und Clare wusste nicht, was sie danach noch sagen sollte. Sie fühlte, dass ihr Herz schwer wurde wie ein Stein. Sie stand wenige Schritte hinter ihm, betrachtete seine langen Finger, die mit dem Griff eines Schlegels spielten, und musste sich eingestehen, dass sie mit Niall auch den Großteil ihrer Lebensfreude, ihrer Begeisterung und ihres Schwungs verlieren würde.

Sie blickte durch das Atelier, von dem noch schwelenden Feuer im Kamin bis hinüber zum Vorhang auf der anderen Seite. Nichts im Raum schien sich seit Heiligabend verändert zu haben, abgesehen von dem zuvor gegen die Staffelei gelehnten Porträt, das nun verschwunden war. Sie konnte es nirgendwo im Zimmer entdecken.

Jäh drehte Niall sich um und sah sie mit einem tiefernsten, forschenden Blick an. Seine dunklen Augen waren so durchbohrend, und auf seinem Gesicht lag eine so gespannte Konzentration, dass sie betroffen und verwirrt ein wenig zurückwich: Er war offenbar zornig. Doch im nächsten Augenblick schon wandte er den Kopf ab und lächelte auf traurige, gequälte Art.

»Mir ist gerade etwas eingefallen«, sagte er. »Ich hatte versprochen, dir etwas zu zeigen, und ich möchte dieses Versprechen einlösen, bevor ich fahre.«

»Die Marionetten?«, fragte sie, über alle Maßen erleichtert, dass er nicht verärgert war.

»Nein, nein«, sagte er, »jedenfalls nicht ganz. Nein, es geht nicht um meine Arbeiten. Weißt du noch, was ich dir über das Steckenpferd des alten Kapitän Trethewy erzählt habe? Die kleinen Bäume? Nun, hier sind sie.«

Er ging ans andere Ende des Zimmers, zog den schweren Vorhang beiseite und enthüllte ein kleines Fenster mit Bleiglasscheiben und einem großen hölzernen Fenstersitz darunter. Er kniete sich in die Nische und gab Clare ein

Zeichen, sich neben ihn zu setzen. Als sie von dort nach draußen sah, entfuhr ihr ein kleiner Schrei der Überraschung und des Wohlgefallens.

Der untere Fensterrahmen, über den sie auf der Innenseite gerade das Kinn heben konnte, befand sich draußen nur einige Zentimeter über dem Boden. Sie blickte in eine tiefe Höhlung im Hügel, die ein wenig wie ein aufgegebener Steinbruch wirkte. Auf drei Seiten wurde sie von steil aufstrebenden Sandsteinwänden umschlossen, auf der vierten vom Dachgiebel des Hauses überragt. Gras und kleine Büsche wuchsen üppig aus allen Spalten und Rissen der Felswände, über deren oberen Abbruch sich die hohen Bäume des Waldes neigten. Der Boden der allseits umschlossenen Stelle, etwas größer als ein Tennisplatz, aber nicht gleichmäßig eben, trug einen weichen Moosteppich. An den Seiten der Höhlung stieg er ein wenig an und war durchsetzt von kleinen Wellen und winzigen Kuppen; graues Gestein lugte dort durch den Moosbelag. Da und dort schimmerte die bleiche Oberfläche einer kleinen, gefrorenen Pfütze. Und überall waren die Bäume des Kapitäns einzeln, in Hainen oder Alleen angepflanzt. Keiner ragte höher als einen Meter, doch unzweifelhaft handelte es sich um vollständig ausgewachsene Exemplare einer immergrünen Baumspezies, die Clare unbekannt war.

Sie beschirmte ihr Gesicht mit den Händen, um das Zimmer und die normalgroßen Bäume über den Klippen aus dem Blickfeld zu verbannen. Jetzt sah dieser Miniaturpark aus wie eine Landschaft in weiter Entfernung, und die kleinen Bäume wie uralte Eichen, ebenso mächtig und ehrwürdig wie jene von Akenshaw, mit gewaltigen Stämmen und verwundenen Ästen, die weit über den dunkelgrünen Grund ausgriffen.

Durch die Haine und Alleen schlängelten sich winzige Gehwege, und es gab ebenes Gelände, auf dessen Freiflächen sie sich ein Rehrudel oder auch eine grasende Rinderherde vorstellen konnte. Ihre Augen bereisten langsam diese Landschaft und wanderten schließlich zurück zu einer dichten Baumgruppe auf einem der Hänge unter den Felswänden.

Sie nahm dort etwas wahr, das sie zuerst für einen Steinhaufen hielt, der über die Baumkronen hinausragte. Doch als sie sich an das gedämpfte, graue Licht gewöhnt hatte, in dem die ganze Mulde lag, erschien es ihr eher als ein künstliches Bauwerk, als eine Burg von wild-fantastischer Manier, errichtet aus braunem Sandstein. Die kleinen Gehwege liefen unterhalb der Burg am Hang zusammen und führten dann auf den Bau zu, doch wurde der Eingang von einem Gürtel knorriger Bäume verdeckt.

Niall seufzte kurz auf, und Clare wandte sich ihm zu.

»Und all das hier hat der Kapitän geschaffen – diesen kleinen Park und alles? Und über die ganzen Jahre wurde es sorgfältig instand gehalten?«

»Sorgfältig?«, erwiderte er. »Nein, das kann man wohl kaum sagen. Die Bäume selbst sind nicht totzukriegen. Doch der Garten des Kapitäns ist von den Sternes lange Zeit vernachlässigt worden. Erst ich habe ihn wieder in Ordnung gebracht. Und ich war es auch, der den Wandalen gespielt hat.«

Mit seiner Fingerspitze auf der Fensterscheibe wies er auf eine Reihe von Baumstümpfen in dem winzigen Miniaturpark.

Betrübt rief sie aus: »Oh! Warum haben Sie die gefällt?«

»Keine Sorge«, sagte er. »Der Kapitän hatte Recht mit seiner Theorie. Die Wurzeln sind unsterblich. Siehst du die kleinen Triebe, die aus dem alten Stumpf sprießen – dem da, der uns am nächsten ist? Weißt du, ich bauchte das Holz, und ich bin dabei so zurückhaltend vorgegangen wie ein guter, verantwortungsvoller Forstwirt. Der Kapitän würde es mir bestimmt nicht übel nehmen, denn der Zweck, für den ich das Holz seiner Stämmchen benutze, ist ganz nach seinem Sinne.«

»Wieso? Wofür haben Sie es denn benutzt?«, fragte Clare.

Niall stand auf und zog den Vorhang wieder zu, nachdem auch Clare sich erhoben hatte. Sie hörten lebhafte Bewegungen im Erdgeschoss, und einen Augenblick später klang auch schon Mrs. Sternes Stimme auf.

»Wir sind hier oben!«, rief Niall zurück.

Einen Moment lang stand er da und sah Clare lächelnd an. »Ich habe dir ja schon gesagt, dass ich dem Trugbild der Dauerhaftigkeit nachjage und dass ich Dinge schaffen möchte, die ewig leben, genauso wie der Kapitän. Das Holz seiner unsterblichen Bäume ist das Material, aus dem ich meine Marionetten schnitze.«

4

Irgendwie hatte Miss Geary erfahren, dass Niall fort war. Sie erwähnte es Clare gegenüber, als sie sie am nächsten Nachmittag am Eisentor abholte. Clare warf ihr einen prüfenden Blick zu. Das Gesicht der alten Dame war so unbewegt wie immer, und auch ihre Stimme hatte gewohnt ruhig und geistesabwesend geklungen, doch bildete Clare sich ein, dass so etwas wie Zufriedenheit oder Erleichterung darin mitschwang. Dann aber schalt sie sich überempfindlich und misstrauisch: Welchen Grund sollte Miss Geary denn haben, sich über Nialls Abreise zu freuen – darüber, dass er seine Mutter allein ließ? Eher war es wohl Mitleid, das sie mit Mrs. Sterne empfand, die nun einsam in ihrem stillen Haus im Wald zurückblieb. Niall war Miss Geary gegenüber auf unschuldige und fröhliche Weise galant gewesen, und am Heiligabend hatte sie ihn allem Anschein nach gut leiden mögen. Clare mochte auch nicht glauben, dass die alte Dame sich wegen Nialls Anwesenheit irgendwelche Sorgen um sie gemacht hatte.

An diesem Nachmittag hatte sie um drei Uhr das aufmunternde Klirren der Teetassen schmerzlicher vermisst, als sie es für möglich gehalten hätte. Gleichmut vortäuschend, versuchte sie von Mrs. Sterne zu erfahren, wohin Niall gereist war und wann er zurück sein werde. Die Antwort war vage. Er sei geschäftlich in Nordengland unterwegs; es könne eine ganze Weile dauern; natürlich müsse er immer wieder einmal Brackenbine verlassen.

Clare hielt sich an ihren Lehrplan, arbeitete morgens wie abends hart und freute sich auf den nachmittäglichen Unterricht. Wenn das Haus jetzt auch ruhiger und weniger lebhaft war, so bedeutete ihr Mrs. Sternes Gesellschaft doch weiterhin viel. Clare konnte kaum nachvollziehen, wie sie die Freudlosigkeit ihres früheren Lebens hatte ertragen können.

So verliefen die Tage auch jetzt noch unendlich viel glücklicher als alle, die Clare zuvor in der Schule verbracht hatte, doch ihre Nachtruhe war auf seltsame Weise beeinträchtigt. Nach Nialls Abreise waren ihre Sicherheit und ihr tiefer Frieden dahin; seit ihrer letzten Begegnung hatten sie sich ganz plötzlich verflüchtigt. Jetzt befiel sie jeden Abend, sobald sie die Tür ihres kleinen Zimmers hinter sich schloss und allein war, eine merkwürdige innere Unruhe. So wie die außergewöhnliche Zufriedenheit hatte sie auch dieses Gefühl noch nie zuvor erlebt. Sie rief sich ganz bewusst ins Gedächtnis, wie sie in den Wochen nach Anne Otterels Tod empfunden hatte, und verglich jene Gefühle mit ihrem jetzigen Gemütszustand. Es gab einen entscheidenden Unterschied: Damals hatte sie sich entmutigt und niedergeschmettert gefühlt, weil ihr etwas genommen worden war. Sie hatte Verlust und Niederlage empfunden, doch es war ein passives Gefühl gewesen. Wenn das, was sie jetzt verspürte, ebenfalls einen Verlust anzeigte, so wurde ihr Herz dadurch nicht betäubt, sondern mit einer merkwürdig rastlosen Angst erfüllt. Ihre Gefühle schwankten heftig, sie war nervös und unbeherrscht, und ihr Verstand entwarf fieberhaft Bilder voller Besorgnis und Furcht.

Doch sobald sie erwachte, entglitten ihr diese Bilder. Sie hatte Angst, wusste aber nicht, wovor. So sehr sie sich auch bemühte, den Grund ihrer Furcht entweder in Worte oder in Metaphern zu fassen, sie kam nicht über die Vorstellung von etwas Zerbrochenem hinaus, das um jeden Preis wieder hergestellt werden musste. Im Traum gewannen ihre Ängste jedoch deutlich sichtbare Formen. Sie schlief schlecht, wälzte sich stundenlang im Bett, bevor die Müdigkeit sie überwältigte, und wenn sie dann aufwachte, war sie körperlich und geistig erschöpft wie nach einer großen Anstrengung. Sie wusste, dass sie im Schlaf mitleidlos durch immer neue personenreiche Szenen gehetzt wurde, auf einem vertrackten Weg inmitten von Menschen und Dingen, die in wahnwitziger Schnelligkeit und ohne erkennbaren Grund ihre Gestalt wechselten, mit dem Ziel einer machtvollen, Furcht erregenden, allumfassenden Umwandlung, die aber nie zustande kam. Einige Fragmente dieser Träume, wenige Bruchstücke freilich nur, blieben ihr auch nach dem Erwachen im Gedächtnis. Sie alle hatten etwas mit Brackenbine zu tun, und jene, die sich am lebhaftesten vor ihrem inneren Auge hielten, bezogen sich auf den kleinen Park mit den Zwergbäumen.

In ihren Träumen sah sie sich wieder und wieder vor jenem kleinen Fenster im Atelier knien, verzweifelt bemüht, nach draußen zu gelangen, doch unfähig, das Fenster zu öffnen. Dort draußen zwischen den Bäumchen war jemand, zu dem sie um jeden Preis gelangen musste. Nach längerer Zeit, durch stürmische Ereignisse treibend, an die sie sich im Wachzustand nicht mehr erinnern konnte, rannte sie dann panisch durch den Wald von Brackenbine. Sie wurde nicht verfolgt, sondern suchte nach etwas, das sie unbedingt finden musste, das sich ihr jedoch immer wieder entzog.

Dann lichteten sich die dunklen Bäume um sie, und sie lief langsamer, dabei mit so langen Schritten, dass sie schwungvoll und fast mühelos über die Kissen aus tiefgrünem Moos unter ihr zu fliegen schien. In einem Licht, das weder von der Sonne noch vom Mond kam, sah sie die immergrünen Eichen des Kapitäns an sich vorbeiziehen, und sie wusste, dass ihr Flug sie zu der Burgruine hinter dem dunklen Baumgürtel führen würde. Dort angekommen, blieb der Eingang zum Schloss weiterhin verborgen, doch sie wusste, dass dort jemand auf sie wartete, dem sie nicht begegnen wollte und trotzdem treffen musste. Sie weinte im Traum vor Angst, weil sie das, was sie verloren hatte, nicht fand, denn nur damit konnte sie dem ins Auge sehen, der am Eingang zur Burg stand.

Weinend und außer sich suchte sie nach dem verlorenen Gegenstand, in dem Bewusstsein, dass jeder andere außer ihr ihn besaß. Denn nun waren auch andere Leute um sie herum. Sie bewegte sich immer langsamer, bis sie schließlich im Schritttempo ging oder vielmehr über das nachgebende Moos schlurfte und hinter der murmelnden Menschenmenge zurückblieb. Dennoch war sie nicht allein; sie befand sich jetzt unter den knorrigen alten Bäumen, welche die Burg abschirmten, und unter jedem Baum stand jemand. Zuerst konnte sie nicht wahrnehmen, wer das war, doch bald lichtete es sich, und sie erkannte Mädchen, gekleidet in leuchtende Gewänder, manche davon grün, andere golden, rot und gelb wie Flammenzungen. Sie standen aufrecht vor den Baumstämmen, so nahe, dass Clare sich unsicher war, ob Körper und Stämme nicht eins seien. Mit ihren blassen Armen hielten die Mädchen lange, glänzende Haarflechten empor, die gleichzeitig das Laub der Bäume bildeten. Jedes Mädchen war von einem hellen Feuerring umgeben, der weder größer noch kleiner wurde, sondern ruhig und rein über dem Moos brannte. Und die Mädchen lachten mit aufwärts gewandten Gesichtern und lauschten auf etwas, eine Stimme oder die Weise eines Instruments, von der Clare wusste, dass sie mit unendlicher Süße aus den Hallen der Burg drang, obwohl ihr eigenes Ohr sie nicht hören konnte.

Schluchzend blickte sie auf ihre eigenen Füße, um die auch ein Kreis von hellen, ruhigen Flammen hätte liegen sollen, doch da war nur eine gebrochene Kette von kleinen Funken – grüne Punkte wie die Augen einer Katze oder Glühwürmchen. Die grünen Funken flackerten um sie herum, versuchten den erforderlichen Kreis zu schließen, vermochten es aber nicht. Ihre Füße versanken tief im Moos, das nach ihnen griff und sie festhielt, und sie erwachte mit einer grauenhaften Last auf ihrem Herzen und hörte sich laut sagen: »Kein Kreis! Kein Kreis!«

Clare schien es, als tauchten eben diese Bruchstücke immer wieder in der gewaltigen Fülle der Träume auf, die ihre Fantasie jede Nacht erschuf. An sich waren jene Bilder nicht Furcht erregend; ja, die halb menschlichen Bäume besaßen sogar eine eigentümliche Anmut und Schönheit. Doch das begleitende Gefühl von Furcht, von schrecklichem Gram über den nicht geschlossenen Kreis war so unerträglich, dass sie sich in der dritten oder vierten Nacht, seit die innere Unruhe sie heimsuchte, aus Angst einzuschlummern mit Lesen wachzuhalten suchte, doch hinterhältig überkam sie der Schlaf gerade dabei, und unversehens befand sie sich wieder im Wald von Brackenbine oder im dunklen Atelier, ein weiteres Mal jener Pein ausgesetzt.

Sie erzählte niemandem von ihrem Kummer – ohnehin gab es keine Seele in Paston Hall, zu der sie auch nur einen Funken Vertrauen hatte. Doch sie sah die Auswirkungen der qualvollen Nächte im Spiegel an ihrem blassen Gesicht und den dunklen Augenringen, und sie fürchtete, entweder Miss Geary oder Mrs. Sterne könnten die Veränderung bemerken und sie fragen, ob es ihr nicht gut gehe. Mehr noch aber fürchtete sie, dass Miss Sperrod sie für überarbeitet halten und ihre Besuche in Brackenbine einschränken könnte. Die Schulleiterin mochte sogar auf die Idee kommen, Clares Vater zu schreiben, seine Tochter sei nicht gesund genug, um auf ein Stipendium hinzuarbeiten. Dann wäre es vorbei mit ihren Besuchen in Brackenbine – ein unerträglicher Verlust. Clare versuchte sich zu schützen, indem sie Begegnungen mit Miss Sperrod möglichst vermied; zudem gab sie sich nach außen hin ganz bewusst fröhlicher und lebhafter, als es ihrer normalen Art entsprach.

Ihre nächtlichen Qualen hörten so plötzlich auf, wie sie begonnen hatten, und das unter Umständen, die ihr die wahren Ursachen ihrer Träume offenbarten.

Eines Nachmittags, ungefähr eine Woche nach Nialls Abreise, brach sie wie gewöhnlich nach Brackenbine auf. Miss Geary hatte ihr gesagt, sie würde sie diesmal später abholen, und die Aussicht, längere Zeit als sonst mit Mrs. Sterne zu verbringen, hätte Clare eigentlich in Hochstimmung versetzen müssen; doch sie legte den Waldweg schleppend zurück. Ihre geistige Erschöpfung schien auch ihren Körper ermattet zu haben; sie fühlte sich ihrer Kraft beraubt und so abgespannt, als habe sie tatsächlich all die Kilometer hinter sich, die sie in ihrer letzten Traumnacht zurückgelegt hatte.

Wie immer stand die Haustür offen, doch Mrs. Sterne befand sich nicht im Speisezimmer.

Durch ein leises Geräusch von Zweigen, die gebrochen wurden, zur Tür des Salons gelockt, fand sie Mrs. Sterne am Kamin damit beschäftigt, den immergrünen Weihnachtsschmuck im Kamin wie einen Scheiterhaufen aufzuschichten.

»Hallo!«, rief Mrs. Sterne fröhlich. »Ich bin gleich fertig!«

Clare gesellte sich zu ihr, um ihr beim Aufhäufen der verwelkten Lorbeerblätter sowie der Tannen- und Stechpalmenzweige zu helfen, die zuvor das Zimmer geziert hatten. Der große Weihnachtsbaum war abgebaut und von seinen Kerzen befreit, jetzt lag er schräg im Kamin als Herzstück eines zukünftigen Großfeuers.

»Gib Acht auf die Stechpalmen«, sagte Mrs. Sterne, die Lederhandschuhe trug. Clare nahm einen Arm voll Tannenzweige auf, die Nadeln auf die Kaminziegeln regnen ließen.

»Ich dachte immer, man müsste den Weihnachtsschmuck am Dreikönigsabend abnehmen«, sagte sie. »Und der ist doch längst vorbei ...«

»Stimmt«, antwortete Mrs. Sterne. »Aber ich habe alles so gelassen, weil Niall nicht da war.«

Clare verharrte wie angewurzelt im Innern des hohen Kamins. Sie hatte Mrs. Sterne den Rücken zugekehrt und starrte auf die Zweige der Fichte in der Ziegelhöhle vor ihr.

»Niall?«, fragte sie, ohne sich umzuwenden. »Ist er denn zurück?«

Mrs. Sterne antwortete mit unglaublicher Beiläufigkeit: »Noch nicht. Ich erwarte ihn aber heute Abend.«

Clare drehte sich um und fing an, Blätter und Zweige

aufzufegen, so geschäftig, als gehe es um ihr Leben; zugleich gab sie trotz aller Anstrengung, sich zu kontrollieren, einen Redeschwall von sich, der selbst in ihren eigenen Ohren fieberhaft erregt klang.

»So«, sagte Mrs. Sterne kurz darauf. »Das wär's dann. Du hast dich doch nicht gestochen, oder? Und schon liegt die letzte Weihnacht wieder auf dem Scheiterhaufen. Heute Abend wird sie sich in Rauch und Asche auflösen. Komm, wir gehen jetzt hinüber ins andere Zimmer! Hier ist es doch recht kühl.«

Clare wollte einen letzten Blick auf Reisig und Brennholz werfen, tat dann plötzlich einen überraschten Ausruf und trat noch einmal näher an den Kamin, um die Zweige des Christbaumes, die gegen die rauchgeschwärzte Innenwand lehnten, knapp unter der Spitze zu teilen.

»Sehen Sie nur!«, rief sie. »Sie haben die Puppe vergessen! Was für ein Glück, dass es mir noch aufgefallen ist!«

Die kleine Figur in Grün, die sie Heiligabend am Baum gesehen hatte, war noch da, mit Fäden an den Baumstamm gebunden und halb verborgen von den Zweigen. Clare zog und zupfte so lange daran, bis die wenigen Fäden rissen und sie die Puppe befreit hatte. Als sie sich wieder umdrehte, blickte Mrs. Sterne sie auf merkwürdige Weise und mit hochgezogenen Augenbrauen an.

Clare schaute auf die Puppe. Sie war meisterlich geschnitzt und wunderschön angezogen; das Seidenhaar und die fein geformten und bemalten Gesichtszüge waren äußerst lebensecht.

»Wie schade, wenn sie verbrannt wäre«, sagte sie. »Sie ist so hübsch. Sie muss eine von denen sein, die Niall gemacht hat.«

»Ja«, sagte Mrs. Sterne. Sie hielt inne, und als sie wieder zu sprechen ansetzte, schien sie etwas verlegen zu sein.

»Vergessen hatte ich sie eigentlich nicht«, sagte sie langsam. »Wir lassen die Puppe immer am Baum, wenn wir ihn nach Weihnachten verbrennen. Das ist ein alter abergläubischer Brauch bei uns. Wir haben es in unserer Familie seit je so gemacht. Es soll Glück für das neue Jahr bringen, weißt du.«

Clare sah geknickt aus. »Oh ... oh je, das tut mir Leid ... Ich hätte sie nicht abnehmen dürfen.« Unsicher wandte sie sich dem Baum zu, als überlege sie, die Puppe wieder zurückzulegen. »Aber es wäre doch schade, eine so hübsche kleine Figur zu verbrennen«, rief sie aus. »Es hat bestimmt Wochen gedauert, bis sie fertig war!«

Clare hörte sich so elend an, dass Mrs. Sterne auflachte und ihr auf die Schulter klopfte.

»Um ehrlich zu sein, hat Niall die Puppe als Ausschuss bezeichnet«, sagte sie. »Aber wir werden sie trotzdem nicht verbrennen. Du kannst sie behalten. Ich werde für heute Abend eine aus Papier basteln. Ich glaube nicht, dass die Parzen oder Feen – oder wer sonst dieses Brandopfer annimmt – den Unterschied bemerken werden.«

Clare wurde immer verlegener. »Oh, aber wenn sie doch Niall gehört ...«, begann sie. Aber Mrs. Sterne lachte nur über ihre Einwände. Sie trug die Puppe rasch ins Speisezimmer, wickelte sie in ein Stück Seidenpapier und steckte sie in Clares Manteltasche. »Bitte sehr«, sagte sie. »Vielleicht wird sie *dir* in diesem Jahr Glück bringen.«

Clare wollte die Puppe immer noch nicht annehmen. Doch zuletzt, leicht errötend wegen des merkwürdigen Kompromissvorschlags und ihres damit eingestandenen Aberglaubens, sagte sie: »Ich werde ihn fragen, ob ich sie bis nach Ostern behalten darf, nur bis zu den Prüfungen.«

»Genau!«, lächelte Mrs. Sterne. »So machen wir's. Meine Großmutter hätte bestimmt ein Omen darin gesehen, dass du ins Haus gekommen bist und die Weihnachtspuppe vom Baum genommen hast. Aber du glaubst wohl nicht an Omen?«

»Nur an gute«, sagte Clare entschieden.

Der Lateinlektion an diesem Nachmittag widmete sie sich mit noch mehr Freude und Energie als vor Nialls Abreise. Während des Unterrichts mitsamt den Abschweifungen, die Mrs. Sterne zuließ, hätte Clare nur zu gerne in Erfahrung gebracht, wann genau Niall heimkehren würde, doch Mrs. Sterne kam nicht mehr darauf zu sprechen.

Der kurze Nachmittag ging bald in den Abend über. Mrs. Sterne kochte Tee, den sie am Kamin tranken. Als es schließlich vier Uhr schlug, gab Clare die Hoffnung auf, die vertrauten Schritte in der Diele zu hören.

Auf dem gewundenen Weg zum Außentor waren ihre Schritte energischer als noch vor ein paar Stunden. Die Enttäuschung darüber, Niall an diesem Nachmittag zu verpassen, war nichts im Vergleich zu der Gewissheit, dass er morgen zum Tee da sein würde. Clare hatte es nun aufgegeben, sich etwas vorzumachen. Ihre Finger umschlossen das kleine Päckchen in ihrer Tasche, und sie freute sich darüber, dass sie in Niall Sterne verliebt war und ihn in vierundzwanzig Stunden wiedersehen würde. Er kam zurück, und der magische Kreis würde sich wieder schließen. Diese strahlende Gewissheit umgab sie nun gleich jenem ruhigen, klaren Flammenring, den sie um die Mädchen in ihren Träumen gesehen hatte.

Kurz vor dem Tor beschrieb der Weg eine scharfe Kurve um einen großen flachen Felsen, der aus dem Hang des Hügels vorsprang. Gerade als sie diese Stelle erreichte, wurde Clare von einem Tier erschreckt, das aus der Dunkelheit des Waldes hervorschoss, eine Sekunde lang mitten auf dem Weg verharrte und dann hinter dem Felsen verschwand. Für einen Hasen oder ein Wiesel war es zu groß, und als es verschwand, hatte Clare kurz einen langen, aufgerichteten, buschigen Schwanz gesehen. *Ein Fuchs?*, dachte sie und trat langsam einige Schritte vor, neugierig nach dem Geschöpf ausschauend. Plötzlich sprang es wieder in ihr Blickfeld, auf den Felsen in Höhe ihrer Schulter: Es war ein gewaltiger Kater. Sie schnappte nach Luft – natürlich, Grim! Laut rief sie seinen Namen.

Die Antwort kam von einer fröhlichen Männerstimme aus dem Wald: »Und sein Herrchen dazu! Weniger schnell zwar auf diesem verwünschten Hang, dafür aber umso glücklicher, dich wiederzusehen!«

Sie hörte ein Schlittern am Hang, hörte Zweige brechen, dann kletterte eine hochgewachsene Gestalt auf einem Trampelpfad zwischen den Bäumen neben dem Felsen herab.

»Niall!«, rief sie. Sie war sich der Freude und Erleichterung in ihrer Stimme durchaus bewusst, aber es war ihr gleichgültig.

Bevor sie ein weiteres Wort sprechen konnte, hatte er sie bereits in die Arme genommen, hielt sie fest und schaute ihr ins Gesicht. In der hereinbrechenden Dämmerung blickten sie sich lange Zeit an, und Clare staunte über die große Zärtlichkeit, die das Zwielicht auf sein Gesicht zu legen schien, bevor sie gleichzeitig mit einem plötzlichen und eigentümlichen Versiegen ihrer Körperkräfte begriff, dass es nicht allein das Zwielicht war, das ihn verändert hatte. Die Arme, die sie umfingen, waren knochig und stark, und sie wünschte sich, dass ihr Ring sich nie wieder öffnen möge.

»Ich bin so froh, dass du nicht lange weggeblieben bist. So unendlich froh«, sagte sie schließlich.

»Hast du mich sehr vermisst?«

Sie nickte. »Nachts war es am schlimmsten«, sagte sie mit einer Stimme, die sich gegen ihren Willen ein wenig klagend anhörte. »Ich konnte nicht schlafen. Ich hatte – ach, so quälende Träume. Ich habe im Schlaf geweint.«

Er nickte langsam und verständnisvoll. »Aber nun ist der Bann wieder über dich geworfen. Willst du, dass er je wieder gebrochen wird?«

»Niemals.«

Er küsste sie. »Niemals ist ein starkes Wort«, sagte er mit einer Stimme, die ebenso verhalten und ernst klang wie die ihre. »König Salomon selbst konnte einen Zauber nicht stärker besiegeln.«

Sie schmiegte sich an ihn, doch schließlich löste er sich sanft von ihr, strich ihr übers Haar und sagte bedauernd: »Wir haben nur wenig Zeit. Miss Geary wartet vermutlich schon am Tor auf dich, und meine Mutter im Haus auf mich ...«

»Aber weiß sie denn, dass du so früh kommst?«

»Ach, ich habe eine Abkürzung über den Hügel genommen. Dabei habe ich diesen alten Wilderer hier auf der Jagd getroffen. Er hat dich gehört und mich zu dir geführt.«

»Guter Grim«, sagte Clare weich und streichelte den breiten Kopf des Katers. »Oh, sieh mal!«, rief sie und zog die in Papier eingeschlagene Puppe aus ihrer Tasche, an die sie sich plötzlich erinnerte. »Ich muss dir etwas sagen – ich habe deiner Mutter geholfen, den Weihnachtsschmuck zum Verbrennen im Kamin herzurichten, und dabei habe ich das hier am Baum entdeckt – diese Puppe –, und ich dachte, man hätte sie übersehen – ich meine, ich wusste nicht, dass sie mit verbrannt werden sollte ...«

Er nahm das kleine Päckchen rasch entgegen und tastete es ab, wie um den Inhalt zu bestimmen.

»Hat Mutter sie dir geschenkt?«, fragte er schroff.

»Ja«, antwortete Clare. »Ich wollte die Puppe wieder zurücklegen, nachdem sie mir mehr darüber erzählt hatte, doch dann sagte sie, es würde dir nichts ausmachen, und die Puppe ist doch so hübsch – ich konnte den Gedanken nicht ertragen, dass sie einfach verbrennen würde. Die ganze Arbeit, die darin steckt! Es macht dir doch nichts aus, oder?«

»Nun«, antwortete er nach einem leichten Zögern, »eigentlich nicht. Wenn sie dir gefällt, freut es mich, dass Mutter sie dir geschenkt hat. Ich hätte nur lieber eine eigene für dich gemacht – eine wirklich gelungene. Diese hier ist mir missglückt.«

»Missglückt?«, fragte sie erstaunt. »Aber sie ist doch so hübsch, das kleine Ding. Warum ist sie denn missglückt?«

»Ich weiß nicht, warum«, sagte er langsam. »Ich weiß nicht recht, warum sie mir nicht gelungen ist. Doch mit ihrer Bewegung, mit dem Leben in ihr stimmt etwas nicht. Deshalb habe ich sie am Baum befestigt. Ich hätte natürlich keine Puppe verbrannt, die mir gelungen ist.«

»Aber warum überhaupt eine verbrennen? Auch wenn diese sich nicht richtig bewegen lässt, ist sie doch wundervoll geschnitzt. Mir ist gleich, ob sie gelungen ist oder nicht. Es ist im Grunde doch gar nicht wichtig, ob du eine an den Baum bindest, oder?«

»Nein, du hast schon Recht. Das ist bloß ein alter Aberglaube oder eher ein Brauch aus meiner Kindheit. Mag sein, dass meine Großmutter – die Mutter meiner Mutter – noch wirklich daran geglaubt hat. Vielleicht war sie die allerletzte Anhängerin der allerletzten Druiden-Tradition.«

»Druiden?«

»Das glaube ich jedenfalls. Der Brauch des Weihnachtsbaumes stammt aus vorchristlicher Zeit, als die Rituale in Hainen oder unter ganz bestimmten, als heilig geltenden Bäumen vollzogen wurden. Bäume spielten überhaupt eine große Rolle im druidischen Brauchtum. Von daher stammt der Mistelzweig. Doch die Druiden brachten auch Menschenopfer dar: Die Puppe an unserem Weihnachtsbaum und das zeremonielle Verbrennen sind, glaube ich, ein Ersatz für die Menschenopfer, mit denen die Druiden in den Hainen eines längst untergegangenen Britannien Verbindung zu den Unsterblichen aufnehmen wollten. Ein barbarischer Gedanke, dass spielende Kinder dabei waren, als diese Menschen geopfert wurden; doch andererseits praktizierst du jedes Mal, wenn du in der Kirche von Halliwell die Kommunion empfängst, so etwas wie rituellen Kannibalismus. Und davon, dass die Druiden ihre Opfer verspeisten, habe ich nie etwas gehört. Das Kirchenritual stammt wohl aus dem Orient.«

Einen Augenblick lang wog er die Puppe in der Hand, dann gab er sie Clare zurück. »Arme Puppe«, sagte sie. »Ich bin froh, dass ich dich gerettet habe.«

Nach kurzem Nachdenken setzte sie hinzu: »Es tut mir trotzdem Leid, dass sie nicht so ist, wie sie sein sollte. Doch wie setzt du sie in Bewegung? Das habe ich mich oft gefragt, seitdem du mir davon erzählt hast, dass du Marionetten machst. Ich habe noch nie ein Puppenspiel gesehen. Sind sie sehr lebensecht? Es muss schwierig sein, mehrere von ihnen zugleich zu bewegen. Wie machst du das? Mit Fäden?«

Er schwieg eine Zeit lang, und mittlerweile war es so dunkel geworden, dass sie sein Gesicht nicht mehr deutlich erkennen konnte. Doch sie spürte, dass er die Stirn runzelte und angestrengt nachdachte. Plötzlich fasste er sie an den Schultern. »Hör zu!«, sagte er. »Willst du meine Puppen spielen sehen? Ich möchte, dass du sie siehst. Aber traust du dich zu kommen?«

»Trauen?«, wiederholte sie. »Wieso das ...?«

»Weil du«, fuhr er rasch fort, »nachts kommen musst, und allein, ohne dass jemand davon weiß. Du musst auf dieselbe Art kommen wie damals, als wir uns zum ersten Mal getroffen haben – über die Mauer. Hast du den Mut dazu?«

Einige Augenblicke lang konnte sie an nichts anderes denken als an die Kraft seiner Hände und die seltsame Mattigkeit, die sie in ihr auslösten. In diesem Gefühl mischten sich auf außergewöhnliche Weise Trauer und Freude: Die Hingabe oder, besser, Auslieferung, in der diese Lust wurzelte, war genau jene, die sie in ihren Träumen umsonst gesucht hatte. Niall musste seine Frage wiederholen, und dann antwortete sie, als sei es eine Selbstverständlichkeit: »Ja, natürlich habe ich den Mut. Wann soll ich kommen?«

»Heute in einer Woche – aber nur, wenn es dir passt. Ich werde dich ohnehin am selben Nachmittag sehen. Du musst bei der Buche über die Mauer steigen, so wie damals, und zwar um Mitternacht. Ich werde dich erwarten.«

Sie antwortete nicht, doch als er den Kopf neigte, hob sie bereitwillig die Lippen zu einem weiteren Kuss. Dann trennten sie sich, und Clare legte die restliche Strecke über den holprigen, hart gefrorenen Weg zum Eisentor im Laufschritt zurück.

Miss Geary hatte draußen schon einige Zeit auf sie gewartet und war die Straße auf und ab gegangen. Clare stammelte einige Entschuldigungen, doch die alte Dame schien ihr die Verspätung nicht zu verübeln.

»Die arme Rachel ist jetzt sicher ziemlich einsam, ohne ihren Sohn und ganz allein im Haus«, meinte sie auf dem Rückweg nach Paston Hall.

»Ja«, sagte Clare zögernd. »Ja, ich vermute, dass sie ein wenig einsam ist«, fügte sie nach einer merklichen Pause hinzu. Eigentlich hatte sie Miss Geary sagen wollen, dass Niall diesen Abend zurückerwartet wurde – ja, dass er schon zurück war, aber sie hatte es nicht fertiggebracht: Sie vermochte Miss Geary einfach nicht zu sagen, dass sie ihn im Wald getroffen hatte, vielleicht auch, weil sie den Verdacht hegte, dass die alte Dame Niall nicht recht mochte. Der Moment der Wahrheit war verstrichen. Sie schwieg und rechtfertigte ihr Schweigen damit, dass man ohnehin bald von Nialls Rückkehr erfahren würde. Morgen würde sie Niall beim Tee sehen, und wenn Miss Geary ihn morgen nochmals erwähnte, könnte sie ganz beiläufig sagen, dass er zurück sei.

5

Clare schlief tief und traumlos in dieser Nacht, und wie früher als Kind in Spanien erwachte sie in dem angenehmen Gefühl völliger Zufriedenheit, in dem Wissen, dass der Tag, der vor ihr lag, ohne jeden Abstrich glücklich sein würde. Sie spürte Nialls Lippen auf den ihren und die Kraft seiner Umarmung. Seine Rückkehr und seine Berührung gaben ihr die letzte Stärke, endgültig über Paston Hall zu triumphieren.

Sie sah sich in dem nur zu vertrauten öden kleinen Zimmer um und lachte spöttisch. Dies alles hatte nun keinerlei Macht mehr über ihr Herz. Sie erinnerte sich an ihr Versprechen, um Mitternacht über die Mauer von Brackenbine zu steigen, und frohlockte über das bevorstehende Treffen. Die Freiheit, nach der sie in den Nächten gesucht hatte, war keine Täuschung: Sie *war* frei – frei wie nie zuvor, und diese Freiheit hatte sie in jener ersehnten Hingabe an ihn gefunden. Sie versuchte, das überwältigende Glück, jemand anderem zu gehören, wieder heraufzubeschwören, jenes Glück, das sie verspürt hatte, als seine Arme sich um sie schlossen und seine Lippen die ihren berührten, doch vermochte sie es nicht recht, und sie sehnte sich danach, die Wirklichkeit dieser Empfindungen erneut zu erleben. Sie wunderte sich über das Paradox, dass Hingabe einen solchen Triumph, Auslieferung solche Freiheit bedeuten konnte, und während sie im Zimmer auf und ab ging und Seitenblicke in den Spiegel warf, staunte sie über das tiefzufriedene Lächeln, mit dem diese Gedanken ihr Gesicht erhellten.

Die Zukunft stand Clare an diesem Morgen klar und deutlich vor Augen. Noch ein Trimester in Paston Hall, und dann hatte sie alle Freiheit, so zu leben, wie sie es wollte. Sie zweifelte nun kaum mehr daran, dass ihr das Oxford-Stipendium zufallen würde; sie war voller Selbstvertrauen, jedes Hindernis überwinden zu können. Oxford und das Recht, ihr eigenes Leben zu gestalten ... die langen Semesterferien, wenn Niall sie und ihre Familie besuchen würde, in dem Landhaus, wo Vater sich zur Ruhe setzen wollte ... ausgedehnte Spaziergänge durch das Grün der englischen Landschaft, endlose Gespräche, Vertrauen und Verständnis, so weit und tief wie ein Sommersee, den die Liebe gleich einem Sonnenstrahl aufglänzen ließ. Niall und seine Mutter würden sie in Oxford besuchen, in Oxford ... Während sie im Zimmer auf und ab ging, rezitierte sie leise:

»So hell und blumig ist die Luft,
Erfüllt ganz von der Liebe Duft ...«

Ach, wenn nur schon Sommer wäre! Das grüne Laub im Wald von Brackenbine würde sich recken und strecken und der warme Sonnenschein sich über die Lichtungen ergießen.

Sie stand wieder vor dem Spiegel: Ihre Lippen hatten einen guten Schwung, ihre Augen strahlten; und doch war es seltsam, dass ein Mann wie er sie lieben sollte, ausgerechnet *sie* – denn war sie etwa mehr als ein langweiliges, schüchternes, linkisches Schulmädchen, dabei nicht einmal jugendlich hübsch, so wie einige Mädchen aus der letzten Abgangsklasse? Wie alt er wohl war? Er schien ihr so viel älter als sie – doch das konnte auch an einer überstandenen Krankheit oder einem harten Leben im Ausland liegen. Eigentlich konnte er nicht älter als dreißig sein, womöglich war er sogar viel jünger, denn er redete und lachte wie ein ganz junger Mann. Vielleicht war er nur sechs oder sieben Jahre älter als sie. Doch er hatte viel intensiver gelebt, hatte so viel mehr Welterfahrung und musste viel hübscheren Mädchen als ihr begegnet sein. Er hatte Erfahrungen mit Menschen und Städten und Frauen – und doch liebte er sie.

Sie dachte an seine Hände, die langen, starken Handwerkerhände. Sein Leben war erfüllt von Tätigkeiten, die ihm Freude bereiteten, und immer neuen Entdeckungen. Dann erinnerte sie sich an etwas, das ihr Vergnügen an diesem Morgen vollkommen machte, öffnete ihren Schrank und entnahm ihm das kleine Seidenpapierpäckchen. Sie entfernte die Umhüllung und betrachtete die Puppe bei Tageslicht.

Es war kaum zu glauben, dass etwas derart Lebensechtes aus Holz bestand. Die feinen Gesichtszüge waren exquisit und mit größter Genauigkeit bemalt. Er hatte gesagt, dass seine Mutter die Farbgebung und Einkleidung seiner Puppen besorge. Clare konnte sich die Sorgfalt, Geduld und Geschicklichkeit vorstellen, mit der sich Mrs. Sterne dieser Aufgabe widmete. Unzweifelhaft war diese Puppe von Künstlerhänden bemalt worden; dies war nicht das Gesicht einer Puppe; es war das Miniaturporträt eines Mädchens in Clares Alter, wenn auch, wie sie sich eingestand, weitaus hübscher als sie. Allein die Augen waren ein Wunder – winzige Augäpfel aus einem glasähnlichen Material, eingelegt in das Holz; bis ins kleinste Detail waren das Weiß, die Iris und die Pupille wiedergegeben. Auch das Haar war wundervoll gearbeitet. Clare fragte sich, welches Material Niall dafür wohl benutzt hatte. Es sah aus wie Seide und hatte eine zartgoldene Farbe; dicht und glänzend reichte es bis zur Hüfte der kleinen Figur, und es war so kunstvoll befestigt, dass es aus dem Holz zu wachsen schien wie echtes Haar aus lebendiger Kopfhaut. Sie untersuchte die Arme und lüpfte das Kleid, um Körper und Beine der Puppe zu betrachten. Es war ein perfektes Stück Handarbeit, der Effekt erstaunlich lebensecht. Die Gestalt war hautfarben bemalt, sodass die Maserung des Holzes verdeckt blieb, und mit unübertrefflicher Detailtreue bis in die feinsten Linien von Fingern und Zehen modelliert. Und doch war die Puppe nicht größer als zwanzig oder einundzwanzig Zentimeter. Etwas allerdings konnte Clare nicht verstehen: Es war ein wunderschönes Figürchen, doch wie sollte man es bewegen und damit spielen können? Sie stellte sich eine Marionette wie eine Holzpuppe für Kinder vor, nur mit mehr und lockereren Gelenken. Diese kleine Figur schien überhaupt keine Gelenke zu besitzen. Sachte versuchte sie, die Arme und Beine des Püppchens zu bewegen, doch vergebens. Niall hatte gesagt, die Puppe sei ihm missglückt. Hatte er das damit gemeint? Doch es sah nicht so aus, als sei sie jemals zur Marionette bestimmt gewesen. Außer – sie betrachtete die Knie- und Ellbogengelenke näher und glaubte schließlich so etwas wie außerordentlich feine und schwache Striche zu entdecken. Waren das die Gelenke, die sich hätten bewegen sollen, es aber nicht taten? Schwer zu sagen. Sie würde Niall darum bitten, eine der gelungenen Figuren führen zu dürfen, wenn er ihr sein Marionettentheater zeigte. Sie strich das Kleidchen wieder glatt und kämmte das seidige Haar mit der Spitze ihrer Bürste. Es war eine prachtvolle kleine Puppe, und Clare liebte sie um ihrer selbst willen, doch zugleich auch, weil sie von ihm stammte. Sorgsam wickelte sie das Figürchen wieder ein und verstaute es im höchsten Fach ihres Schrankes.

An diesem Abend fragte Miss Geary nicht danach, ob Niall zurückgekehrt sei, und während der folgenden Woche sah Clare überhaupt nur wenig von der alten Dame, die sich eine schwere Erkältung zugezogen hatte und nicht vor die Tür durfte. Zu Clares großer Verwunderung hatte Miss Sperrod keine Einwände dagegen, dass sie nachmittags allein aus Brackenbine zurückkehrte. Wenn sie der Direktorin in der

Schule begegnete, fragte diese sie manchmal nach ihren Studien, erwähnte Mrs. Sterne und ermahnte Clare, fleißig zu arbeiten und die ihr eröffnete Möglichkeit nach besten Kräften zu nutzen, doch wurde alles dies in Miss Sperrods bekannter, defensiver Weise vorgetragen, die eine Antwort eher zu verhindern als zu ermutigen schien. Von sich aus machte Clare keinerlei Mitteilungen über den Stand der Dinge, und sie glaubte auch nicht, dass die Schulleiterin tatsächlich Auskünfte erwartete. Trotzdem kam für sie dieser Mangel an Einmischung so überraschend, dass sie ihn Niall gegenüber erwähnte. Er wartete jetzt immer am Eisentor auf sie, und sie gingen gemeinsam zum Haus, um so viel Zeit wie möglich allein miteinander zu verbringen.

»Ich glaube, du hast Miss Sperrod mit einem Bann belegt, genau wie mich«, sagte sie. Sie hatte ihm schon erzählt, wie sie über Paston Hall dachte, hatte über all ihr vergangenes Elend berichtet wie auch über ihre kurzfristige Hoffnung, unter Anne Otterels Anleitung einen Ausweg zu finden. In ihren Gesprächen erwähnte sie immer wieder scherzhaft, sie glaube fest an seine magischen Fähigkeiten.

»Kann man auch jemanden aus der Ferne verzaubern? Darüber habe ich manchmal nachgedacht, als ich noch jünger war, wenn ich der Sperrod etwas besonders übel nahm. Du kennst doch bestimmt einen Bannfluch, um ihr schlechte Träume zu schicken – jetzt natürlich nicht, sie benimmt sich ja gerade jetzt ungewöhnlich gut. Doch für den Fall, dass sie rückfällig wird.«

»Du bist also davon überzeugt, dass ich dir seinerzeit deine schlechten Träume geschickt habe?«

»Ja. Ich glaube, dass du ein Meistermagier bist. Vermutlich hast du gerade Kräuter für einen Zaubertrank gesammelt, als ich dich in der ersten Nacht von der Mauer aus beobachtete. Was waren das für kleine Lichter, die ich damals gesehen habe? Es könnten Grims Augen gewesen sein, aber ebenso gut auch Hexenblumen, die Mitte Dezember blühen und zu einer ganz bestimmten Stunde hell leuchten. Oder vielleicht waren es auch Alraunen. Ich habe gelesen, dass ihr Zauberer um Mitternacht nach Alraunen sucht.«

»Ach? Wo hast du das denn gelesen? Habt ihr etwa magische Schriften in eurer Bibliothek? Aber Alraunen leuchten nicht, sie schreien nur, wenn man sie aus ihrem Wurzelbett reißt.«

»Verständlich – mitten in einer eiskalten Winternacht.«

Er lachte, und bevor sie die Haustür erreichten, zog er sie zwischen die Büsche und küsste sie.

»Da ist mehr Zauber in deinen Lippen und in deinen lieben grauen Augen als in allen Büchern Azzimaris zusammen, und kein Kraut diesseits des Feenreiches könnte die Sinne mehr bezaubern als der Duft deiner Haare.«

»Ach nein«, sagte sie. »Ich besitze keinen anderen Zauber als den, den du über mich gelegt hast. Vielleicht ist es ja so: Du hast mich damals in der Nacht in einen magischen Käfig gesperrt, um an mir Zaubersprüche auszuprobieren. Stimmt's?«

»Und wenn? Würde es dir etwas ausmachen?«

»Nein«, gestand sie lächelnd ein und fügte mit naiver Unschuldsstimme hinzu: »Ich bin gern deine Gefangene.«

Sie lachten beide verhalten, wobei er sie ein wenig von sich drückte, um ihr in die Augen zu schauen.

»Wer ist Azzi–? Der Name, den du eben genannt hast?«

»Azzimari. So hieß der Berber Kaid, der meinen Urahnen Kapitän Trethewy den Korsaren von Salé abkaufte. Er übte sich in jener Art von Magie, bei der es um die Nachtseite der Natur geht. Offenbar hatten die Gelehrten seines Volkes sich mit diesen Dingen beschäftigt, dort unten im Süden des Atlasgebirges, noch in der Zeit vor dem Islam. Der Kapitän übersetzte einige von Azzimaris Büchern und brachte sie mit in die Heimat.«

»Und aus denen hast du deine Magie?«

Er nickte ernst. »Daraus und aus Erfahrungen, die ich selbst gemacht habe.«

Sie legte den Kopf an seine Bust und streichelte seine Arme.

»Und du bist mein Azzimari. Dir diene ich, so wie der Kapitän ihm dienen musste. Der gute Kapitän! Ich bin so froh, dass er Azzimaris Magie nach England gebracht hat, für dich. Ob er seinen Meister so sehr liebte wie ich den meinen?«

»Vielleicht. Doch letztlich ist er vor ihm geflüchtet. Und auch du wirst eines Tages frei sein wollen.«

Sie schmiegte sich eng an ihn, drängte sich in seine Umarmung. »Nein, nein. Ich *bin* ja frei, so wie es ist. Du musst ein strenger Meister sein, und wenn ich je versuchen sollte, den Bann zu brechen, dann musst du ihn verdoppeln und verdreifachen, mich im tiefsten Kerker deiner Burg in Ketten legen oder mich in einer hohlen Eiche in deinem Zauberwald einsperren. Du darfst mich nicht gehen lassen!«

»Aber nein doch«, sagte er verwundert und zärtlich. »Kerker besitze ich natürlich und auch hohle Eichen, aber sie sind nicht für dich bestimmt. Eine uralte Zeremonie ist genug, um dich in Hörigkeit zu halten. Wenn du meine Sklavin sein willst, dann werde ich sie ausführen; es ist die gleiche, mit der Azzimari den Kapitän unterwarf. Soll ich?«

»Ja, ja«, sagte sie mit kaum hörbarer Stimme und presste ihren Kopf gegen seinen Mantel.

Er lachte. »Nicht jetzt. Die Planeten müssen in der richtigen Konjunktion stehen. Zeit und Ort müssen übereinstimmen. Ich werde es tun, wenn du kommst, um dir die Marionetten anzusehen.«

In dieser Woche fing die Schule wieder an. Die Tatsache, dass Niall eine Nacht nach den Ferien, wenn alle Schülerinnen zurück waren, für seine Marionettenvorführung festgelegt hatte, kümmerte Clare nicht im Geringsten. Selbst in der Mittelstufe, als sie und ihre Clique einen Schlafraum mit anderen teilten, die nicht in ihr Geheimnis eingeweiht waren, hatte man ihre Ausflüge nie bemerkt. Nun, da sie ihr eigenes Zimmer hatte, war das Risiko, ertappt zu werden, wenn sie das nachtschlafende Internat verließ, kaum der Rede wert.

Niall hatte den Samstag bestimmt. Früh am Morgen war Schnee gefallen, doch mittags klarte der Himmel auf, und noch vor der Abenddämmerung begann es wieder zu frieren.

Niall brachte sie nach dem Unterricht zurück zum Eisentor. Clare war glücklich und aufgeregt; sie formten Schneebälle aus dem weichen Schnee, der in den Reifenspuren auf dem Weg lag, und bewarfen einander damit. Dann setzten sie sich auf den großen Felsen, um ihren Abschied hinauszuzögern. Grim, der ihnen gefolgt war, drängte sich zwischen sie und beschnupperte neugierig eine Hand voll Schnee, die Clare ihm hinhielt. Sie streichelte sein dichtes Fell. »Mir ist noch keine Katze begegnet, die einem folgt wie ein Hund«, sagte sie. »Welche Rasse ist das – wenn es denn verschiedene Katzenrassen gibt? Ich habe keine Ahnung.«

»Dir ist überhaupt noch nie eine Katze wie Grim begegnet«, sagte Niall. »Was die Rasse betrifft, so habe ich eine Theorie – ein Hirngespinst, würde meine Mutter sagen, wie über alle meine Theorien. Schau dir einmal seine Farbe an; schau genau hin.«

Das tat Clare, und in dem kalten, weißen Licht fiel ihr etwas auf, das ihr zuvor entgangen war. Das Fell des Katers war nicht einfarbig schwarz, vielmehr gab es in dieser glosenden Finsternis einige noch dunklere Stellen, ein gespenstisches Muster aus Flecken und Streifen, das unter den meisten Lichtverhältnissen und aus etwas größerer Entfernung unsichtbar blieb.

»Siehst du?«, fragte Niall. »Nun schau dir einmal seinen Körper an – die Breite seines Kopfes, die Stärke seines Leibes und diesen großen buschigen Schwanz. Er sieht anders aus als die meisten Hauskater, findest du nicht auch? Ich weiß nicht, woher er kommt. Ich fand ihn – oder er fand mich – im Wald. Es dauerte lange, bis ich ihn dazu bringen konnte, ins Haus zu kommen, doch schließlich hatte ich Erfolg, vermutlich, weil auch er an mir Gefallen fand, und so ließ er sich dazu herab, sich von uns bedienen zu lassen. Nun, nach meiner Theorie stammt Grim von Wildkatzen ab. Natürlich muss auch Hauskatzenblut in ihm fließen, sonst hätte er kein schwarzes Fell, aber ich glaube, dass er nach seinen dominanten Anlagen zur Gattung *Felis Silvestris Grampia* gehört – die Wildkatze des alten Britannien.«

»Aber heute gibt es doch keine Wildkatzen mehr im Wald von Brackenbine?«, fragte Clare.

»Oh, längst nicht mehr. Doch ich kann mir Grim sehr gut als Ureinwohner dieses Waldes vorstellen. Ich kann mir vorstellen, wie vor zweihundert oder dreihundert Jahren die Eichen von Brackenbine bis hinüber nach Wales reichten und wie es damals aussah – weißt du, unser Wald ist ein letzter Überrest der britischen Urwälder. Er wurde von keinem Sachsen gefällt und von keinem englischen Gutsherrn angepflanzt, und das ist wohl auch der Grund, warum sich der Kapitän hier niederließ. Vor dreihundert Jahren gab es in England noch Wildschweine und in Schottland Wölfe; wäre es da so sonderbar, dass damals auch noch ein oder zwei Wildkatzen im Wald von Brackenbine lebten? Gehen wir einmal von einem letzten Pärchen zur Zeit meines Urahnen aus; ein Tier davon wird getötet – da ist noch ein alter Hinterlader für die Vogeljagd auf dem Speicher, der das sehr wohl hätte erledigen können –, und der überlebende Kater trifft eines Tages auf eine schlanke schwarze Mieze hier aus dem Haus. Das ist vielleicht nur Einbildung, aber mein Großonkel Jabez erzählte, dass die Wildhüter seines Vaters hin und wieder im Wald Tiere schossen, die sie Wildkatzen nannten. Ich kann mir nur denken, dass dieses Katzengeschlecht Brackenbine treu blieb, und Grim ist sein letzter Vertreter.«

»Aber bist du dir denn sicher, dass Kapitän Trethewy überhaupt Katzen hielt?«, fragte Clare. »Woher weißt du, dass er eine schlanke schwarze Mieze hatte?«

Niall warf den Kopf zurück und lachte. »Du darfst die Früchte meiner Fantasie nicht allzu genau unter die Lupe nehmen«, entgegnete er. »Bei einer guten Geschichte sollte man nicht nach Beweisen fragen. Wenn ich eine Geschichte erzähle, lasse ich meiner Fantasie ein wenig ihren Lauf, so wie meinen Händen, wenn ich die Puppen zum Leben erwecke. Ich hoffe, du wirst sie nicht ebenso kritisch betrachten.«

»Ach, ich würde zu gerne sehen, wie sie funktionieren! Darf ich das nicht?«

»Wie sie funktionieren? Vielleicht tun sie das ja gar nicht, und es ist alles nur eine Illusion. Du musst mir auf halbem Weg entgegenkommen und das glauben, was der Schausteller will.«

Clare sprang mit einem Satz vom Felsen herab. »Ich stelle mir lieber vor, dass du ein echter Zauberer bist, nicht bloß ein Schausteller. Wenn ich heute Nacht komme, wirst du deine Zauberkräuter auf meine Augenlider legen.«

Sie trennten sich, und er blickte ihr nach, wie sie durch das schwindende Licht des Winternachmittags davoneilte, bis die braunen Bäume sie verbargen.

Kurz vor Mitternacht schlüpfte Clare einmal mehr aus dem Fenster des Aufenthaltszimmers. Es war eine klare Nacht, der Halbmond ging gerade auf und beleuchtete die dünne Schneedecke, die laut unter ihren Schritten knirschte. Sie lief über die schneebedeckte Wiese, bis sie das Gestrüpp an der Mauer erreichte und einen Moment innehielt, um Atem zu schöpfen. Die Nacht war fast windstill. Aus dem Wald von Brackenbine war kein Laut zu hören. Sie kroch hinter die Buche und ertastete die schneebedeckten Stufen des Stützpfeilers. Unter den Bäumen auf der anderen Seite war es sehr dunkel. Sie zog sich hinauf auf die Mauerkrone und spähte nach Niall aus. Kaum saß sie rittlings auf der Mauer, als der schwache Lichtstrahl einer Lampe unter ihr aufleuchtete und eine Stimme raunte: »Gut gemacht! Auf die Minute pünktlich!«

Sie sah, dass er eine kurze, grob gefertigte Leiter an die Mauer gestellt hatte. Einen Augenblick später war sie unten, und Niall zog ihr die Wollmütze aus der Stirn und legte seine kalte Wange an die ihre.

Er nahm sie bei der Hand und schlängelte sich ohne Hilfe der Lampe rasch zwischen den Bäumen hindurch. So schnell und sicher schritt er durch den dunklen Wald, dass Clare, von seinem starken Arm gezogen, sich kaum aus eigener Willenskraft zu bewegen schien, ähnlich wie in ihren Träumen, als sie durch den Wald des Kapitäns dahingeflogen war. Fast erwartete sie, die Dunkelheit würde in ein Traumlicht übergehen und ihr zeigen, dass jene Bäume, die mit dünnen Fingern über sie strichen, die Mädchen aus ihrem Traum waren, die ihre Laub-Haarflechten ausbreiteten.

Tatsächlich wurde es heller; auf einem Hangpfad waren sie irgendwo den Hügel hinaufgestiegen. Die Bäume blieben zurück, freier Himmel breitete sich über ihnen aus. Nahebei sah Clare eine schräge Schneefläche im frostigen Mondlicht glitzern. Es dauerte einige Momente, bis ihr klar wurde, dass dieser gleichmäßige Abhang das Dach von Brackenbine war. Niall lachte gedämpft.

»Wir wollen meine Mutter nicht stören. Ich bringe dich durchs Oberlicht ins Haus.«

Er kletterte die Schräge hinauf und verschwand durch das Dachfenster, das offen stand. Dann erschienen sein Kopf und seine Schultern wieder, und er streckte ihr den Arm entgegen. Clare ergriff seine Hand und kletterte mühsam hinauf. Er hielt ihre Beine, während sie sich durch die Öffnung kämpfte. Dann stand sie neben ihm auf einem niedrigen Tisch, den er unter das Oberlicht gerückt hatte. Im Kamin am Ende des Raums glommen halb verkohlte Holzscheite, und die Luft im Atelier war warm.

Niall stieg vom Tisch und suchte den lang gestreckten Raum mit dem gelben Strahl seiner Lampe ab, als wolle er sich vergewissern, dass alles in Ordnung war. Auch Clare stieg herab und sah sich um. Sie war verwundert und ein wenig enttäuscht, dass das Zimmer genauso aussah wie zuletzt: Es waren keine besonderen Vorbereitungen für die Aufführung getroffen worden. Niall zündete eine der Leselampen an und löschte sein Sturmlicht. Er trug die Lampe ans andere Ende des Zimmers, wo sich der Vorhang befand, und stellte sie dort auf einen Schemel. Dann wandte er sich um und winkte Clare heran.

»Ich habe das Feuer angelassen«, sagte er, als sie neben ihm stand. »Dir ist doch nicht kalt?«

In seinem Flüstern lag eine merkwürdige, unterdrückte Erregung, die sich auf sie übertrug, sodass sie nicht zu sprechen wagte, sondern nur den Kopf schüttelte. Ganz sanft löste er den Schal um ihren Hals und knöpfte ihren Mantel auf. Seine Finger wirkten nervös und fahrig, doch als sie aus dem Mantel geschlüpft war und ihre Mütze abgelegt hatte, schloss er sie mit der alten Selbstsicherheit in die Arme.

»Hast du es auch nicht vergessen?«, fragte er. »Ich sagte, dass ich eine Zeremonie ausführen wolle – eine Zeremonie der Hörigkeit. Möchtest du, dass ich es tue?«

Sie nickte.

»Nein, du musst es laut sagen«, drängte er. »Es ist eine sehr machtvolle Zeremonie. Wenn du dich ihr nicht aus freiem Willen unterwirfst, ist sie sinnlos. Sie wirkt dann nicht.«

Clare schien es, dass ihr freier Wille oder auch Unwille völlig bedeutungslos seien. Sie hatte keinen eigenen Willen und wollte auch keinen haben, sie suchte nur seine feste Umarmung. Doch es war wunderbar, ihm zu gehorchen, und als er seine Frage nachdrücklich wiederholte: »Willst du?«, da lächelte sie und sagte: »Ja, ich will.«

Mit einer Hand zog er den Vorhang auf und enthüllte das Fenster und den hölzernen Sitz darunter. Er schob sie dorthin und setzte sie mit dem Rücken zum Fenster. Dann trat er zwischen sie und die Lampe und beugte sich über sie, in die Nische hinein. Sie spürte den kalten Hauch der Nachtluft im Nacken und erschauerte. »Es dauert nur einen Moment«, flüsterte er. Mit festem Druck der linken Hand beugte er ihren Kopf zurück, bis sie den Rahmen des geöffneten Fensters hinter dem linken Ohr fühlte. Aus den Augenwinkeln sah sie, wie er ein kleines, glitzerndes Instrument mit der linken Hand vom Sitz aufhob. Seine rechte Hand strich über ihre Wange, und sie fühlte einen scharfen Stich im linken Ohrläppchen. Mit erschreckter Klein-Mädchen-Stimme gab sie einen Schmerzenslaut von sich, doch er ergriff die Hand, die sie heben wollte, und hielt sie fest.

»Nicht berühren«, gebot er mit solcher Heftigkeit und Autorität, dass ihr Widerstand sofort erlahmte und sie stillhielt wie ein verängstigtes Kind.

Sie sah, wie er aus seiner Tasche ein kleines Glasröhrchen nahm, in dem sich zwei oder drei Holzsplitter befanden. Er zog den Stöpsel heraus und drückte die Öffnung auf die Wunde in ihrem Ohrläppchen. Gleichzeitig rezitierte er laut etwas in demselben unverständlichen Kauderwelsch wie damals, als er im Wald den Kreis um sie gezogen und als er am Weihnachtsbaum die Kerzen angezündet hatte. Nun schien er über ihren Kopf hinweg zu sprechen, durch das offene Fenster in die kalte Nacht hinaus. Er setzte das Röhrchen wieder ab, ließ sie los, trat zurück und lachte leise. »Schon ist es vorüber. Habe ich dir weh getan?«

Sie griff sich ans Ohr und nahm eine winzige Blutspur auf ihrem Finger wahr. Ihr suchender Blick wanderte über seine Hände, doch die Phiole war schon wieder in seiner Tasche verschwunden.

Es hatte einen Moment lang geschmerzt und brannte noch ein wenig, doch das war ihr gleich. Das Brennen war merkwürdig angenehm. Sie lächelte und schüttelte den Kopf. »Nein. Oder – doch, aber es macht mir nichts aus.«

Er schloss das Fenster und sicherte die Klinke.

»Nun zum Puppenspiel«, sagte er. »Mach es dir bequem. Ich muss dich jetzt allein lassen.«

Sie war noch immer zu durcheinander, um ihm die Frage zu stellen, was er mit ihrem Ohr gemacht hatte. Er legte einige Kissen auf den Fenstersitz und bat sie, dort Platz zu nehmen und durchs Fenster zu schauen.

»Aber versuch auf keinen Fall, es zu öffnen«, wies er sie an. »Und mach keinen Lärm. Ich werde die Lampe löschen, weil du sonst nicht sehen kannst, was draußen geschieht; zünde sie nicht wieder an, bevor ich zurück bin.«

Er zog den schweren Vorhang wieder zu und schloss sie so in der Fensternische wie in einem kleinen Zimmer ein. Dann löschte er das Licht, und sie hörte undeutlich, wie er durchs Oberlicht hinauskletterte.

Sie richtete ihre ganze Aufmerksamkeit auf die Welt jenseits des Fensters. Der Mond stand nun hoch genug, um sein Licht in die steilflankige Mulde zu werfen, die den Miniaturpark des alten Kapitäns umschloss; zugleich jedoch wurden die Höhen der Felswände und die darüber aufragenden Bäume von der dunkelblauen Finsternis der Nacht verschluckt, so dass die Illusion, in ein fernes Tal zwischen gewaltigen Klippen zu blicken, vollkommen war. Über allem lag in dieser Winternacht der unberührte Schnee, auf den der Mond frostbleiche Lichter setzte. Jene weiße Decke glättete die Unregelmäßigkeiten der Landschaft, und auch die uralten Bäume trugen auf Laub und Ästen ihre Bürde aus Schnee. Clare ließ den Blick langsam wandern und war bezaubert von der weißen Stille und den feinen, kalten Lichtreflexen. Das Gestrüpp hob sich in Grau und Sepia vom Weiß der Landschaft ab, und der dichtere Wald in einiger Entfernung war eine graue Wolke. Dahinter lag, kaum erkennbar im Schatten der Felswand, die tiefere Finsternis jener aufgetürmten Steinmasse, die ihr wie eine Burg erschienen war. Nun lag kein Tageslicht mehr auf dem Grün der Moospolster, und sie erkannte unter dem Hang, der zu der Baumgruppe führte, einen Teich, dessen gefrorene Oberfläche im Mondschein wie Stahl funkelte.

Eingezwängt zwischen dem schweren Vorhang und dem gut verschlossenen Fenster, konnte Clare weder innerhalb noch außerhalb des Hauses etwas hören. Sie wünschte, Niall hätte sie nicht allein gelassen – obwohl der gesunde Menschenverstand ihr sogleich sagte, dass er nicht gleichzeitig neben ihr sitzen und seine Puppen vorführen konnte. Nicht, dass sie sich fürchtete – jedenfalls nicht wirklich, doch in letzter Zeit fehlte Niall ihr mehr denn je, und wenn sie ihn vermisste, war dieses Gefühl so stark wie Hunger oder Durst. Der Zwang, ihn nahe bei sich zu haben, hatte sich heute Nacht verdoppelt, als er ihren Kopf gehalten und ihr schnell jene kleine Wunde zugefügt hatte. Die Wunde selbst brannte nicht mehr, doch sie verspürte eine allgemeine, prickelnde Erregung, die an Furcht grenzte – und nur Niall konnte dieses Gefühl lindern.

Sie drückte die Stirn gegen die kalte Fensterscheibe, und es wurde ihr bewusst, dass sie schon längere Zeit vor sich hinträumte. Sie fragte sich, wie lange es noch dauern würde, bis die Vorstellung begann, und schreckte dann auf, weil sie bereits angefangen hatte.

Winzige gelbe Lichtpunkte waren in der schwarzen Masse der Burg hinter den Bäumen erschienen. Sie flackerten nicht und wirkten wie erleuchtete Fenster, doch waren da noch andere Lichter, die durch den Wald huschten, genauso wie jene, die sie in der ersten Nacht in Brackenbine gesehen hatte. Aber das war nicht alles. Auch beim Teich am Fuß des schneebedeckten Abhangs regte es sich. Gestalten bewegten sich dort, sehr klein und fern, in Kehren glitten sie über den gefrorenen Teich, genauso, wie Eisläufer es tun. Die Täuschung war vollkommen im trügerischen Mondlicht; die Bewegungen der kleinen Figuren waren so fließend wie die lebender Menschen. Sie starrte und starrte und versuchte, Einzelheiten zu erkennen, doch die Bewegungen und das fahle Licht ließen das nicht zu. Manchmal glaubte sie, das Heben und Wallen eines Rocks und wirbelndes langes Haar zu erkennen, wenn eine der Figuren eine Pirouette drehte, doch letztlich war sie sich nicht einmal sicher, ob es sich bei den Gestalten um Männer oder Frauen handelte. Nur eines war gewiss: Die Figuren wurden mit höchster Kunstfertigkeit bewegt, doch wie oder von wo aus, das konnte sie wiederum nicht erkennen. Bevor sie noch länger über die Mechanismen der Vorstellung nachdenken konnte, lenkten weitere Lichter ihren Blick von den Eisläufern ab. Diese Lichter erschienen in den kleineren Hainen und im Gestrüpp zur Linken. Sie erinnerte sich, dort bei Tageslicht einen Aufweg gesehen zu haben, und bald darauf erkannte sie, dass diese neuen Lichter die Laternen einer Prozession waren, die schräg durch die Baumgruppen in ihre Richtung zog. Bald waren verschwommene Umrisse sichtbar, die sich über die Schneeflächen zwischen den Bäumen bewegten und dabei im Wechsel auftauchten und verschwanden. Schließlich verließ eine Gruppe endgültig den Bereich der Baumsetzungen und änderte die Richtung, als wolle sie die offene Wiese unmittelbar vor dem Fenster überqueren.

Die Gruppe kam näher, und Clare konnte einen Ruf des Erstaunens und der Freude nicht unterdrücken. Sie sah einen makellosen kleinen Schlitten, der von zwei dahintrottenden Pferden gezogen wurde; von lebenden Tieren nicht zu unterscheiden, warfen sie ihren Kopf hoch und peitschten mit ihren Schweifen – so schien es zumindest. Aus zwei Lampen ergoss sich sanftes Licht auf den Schnee, und oben auf dem Bock thronte ein Kutscher mit Zylinder, der Zügel und Peitsche in den Händen hielt. Hinter ihm in dem bootfömigen Schlitten saßen offenbar zwei Gestalten, in warme Pelze gehüllt. Clare schenkte ihnen nur einen flüchtigen Blick, denn neue Wunderdinge folgten: ein Reiterzug und danach weitere Schlitten. Die Reiter waren ganz besonders schön; nicht nur trabten ihre Pferde so lebensecht dahin wie die vor dem ersten Schlitten, auch die Reiter selbst bewegten sich im Sattel, hoben die Arme und neigten sich gegeneinander, so als ob sie ins Gespräch vertieft seien. Ihre Gesten waren derart überzeugend, dass Clare sich fast einbildete, neben dem Geräusch der Hufe und dem Klingen der Schlittenglocken leise Stimmen und Lachen zu vernehmen.

Das Licht der Laternen, die manche von ihnen trugen, reichte zusammen mit dem der Schlittenlampen und dem Schein des Halbmondes aus, um Clare die Einzelheiten der Kleider und Figuren erkennen zu lassen, war andererseits aber nicht hell genug, um ihr den Mechanismus der Bewegungen zu enthüllen. Sie waren prächtig gewandet, manche in Scharlach, manche in blaue Überwürfe, trugen silberverzierte Dreispitze oder kamen, wie Jäger, mit schwarzer Schirmmütze daher, oder auch in weißen Breeches und Stiefeln. Andere wieder hatten glänzend schwarze Schaftstiefel übergestreift, die wie bei den Kavalleristen des 18. Jahrhunderts bis über die Oberschenkel reichten. Die Pferde waren ebenso verschieden koloriert wie die Gewänder der Reiter: Clare sah Rappen, Grauschimmel, Kastanienbraune und

Schecken. Sie hielten keine besondere Ordnung ein, sondern ritten buntgewürfelt, manchmal auch zusammengedrängt, dem führenden Schlitten hinterdrein oder trennten sich in kleine Gruppen, um die übrigen drei oder vier Schlitten zu eskortieren.

Clare war sich nicht sicher, wie viele Figuren insgesamt aufgezogen waren, weniger als dreißig oder vierzig aber konnten es nicht sein.

Der Zug bewegte sich in lebhafter Gangart über das offene Feld vor dem Fenster. Als er dann fast die Bäume auf der anderen Seite erreicht hatte, machte er kehrt und defilierte noch einmal an Clare vorbei, diesmal noch näher am Fenster. Aufmerksam musterte sie den Leitschlitten und die vier oder fünf Reiter, die ihn eskortierten und sich dabei so bewegten, als würden sie mit den Figuren im Schlitten plaudern. Wegen der Kleidung war sie zunächst von männlichen Reitern ausgegangen, doch nun war sie sich unsicher, ob nicht auch Frauen oder Mädchen darunter waren. Sie sah langes Haar unter den Kopfbedeckungen hervorfließen und sich auf die Schultern der scharlachroten Umhänge ergießen, und manche der Figuren schienen sanfte weibliche Formen zu haben.

Clare erinnerte sich jetzt daran, dass Niall davon gesprochen hatte, eine Illusion zu schaffen: Er hatte genau das richtige Licht für seine Zwecke gewählt und ergänzte es geschickt durch die kleinen Laternen in den Händen der Puppen. In dieser seltsamen Mischung aus dem Licht des Mondes und der Laternen, aus dem kalten Widerschein des Schnees und sanftblauem Schattenwurf lag eine solche Unruhe, dass die Augen verleitet wurden, an die Beseeltheit selbst der Puppengesichter zu glauben. Clare hätte schwören können, dass sich ihr Mienenspiel veränderte, dass sie lachten, Lippen und Augen bewegten – und offenbar lag ein Schleier, ein Zwielicht über der ganzen Szene, sodass die ruckartigen, mechanischen Bewegungen, mit denen sie sich in Wirklichkeit wohl bewegten, fließend erschienen. Das Auge des Betrachters glich unbewusst die Mängel ihrer Formen und Regungen aus.

Clare hatte in ihrem ganzen Leben kein derartiges Schauspiel gesehen, und nie hätte sie sich vorzustellen vermocht, dass Marionetten von solcher Vollkommenheit geschaffen werden könnten. Später dachte sie darüber nach, ob nicht gerade die besonders sorgfältige Kostümierung und der Detailreichtum der äußeren Erscheinung Teil der Täuschung waren; indem der Puppenspieler das Auge mit alledem ablenkte, konnte er seine mechanischen Vorrichtungen besser verbergen.

Als der Leitschlitten zum zweitenmal passierte, preschte die Reitereskorte plötzlich vor, und Clare gewann Sicht auf eine Männer- und eine Mädchenfigur. Kurz bevor das Gefährt wendete, schien das Mädchen die hochgezogene Pelzdecke am Saum zu lüften, und Clare sah eine Sekunde lang ein lachendes Gesicht sowie eine nackte Schulter und einen Arm; das Handgelenk und den Hals schmückten funkelnde Juwelen. Die Puppe wandte sich mit einer außergewöhnlich weichen und anmutigen Bewegung ihrem Begleiter zu. Dessen scharlachroter Ärmel legte sich um ihre schimmernde Schulter und zog ihren Kopf mit dem dichten braunen Haar auf seine Brust herab. Dann nahm der Schlitten und mit ihm der ganze Zug Kurs auf die Mitte des Parks; rasch bewegte er sich über die sanft geschwungenen Schneewellen auf die Mulde mit dem Teich zu.

Dort wurde kurz gehalten, und nun konnte Clare die Figuren der Schlittschuhläufer besser ausmachen, die vom Eis heraufkamen, zwergenhaft klein zwar aufgrund der Entfernung, doch ließ sich im Licht der Laternen erkennen, dass es Mädchen in kurzen Kleidern mit Pelzverbrämung waren. Clare nahm sogar das Funkeln der Schlittschuhkufen in ihren Händen wahr, als sie sich der Hauptgruppe näherten. Sie schienen die Reiter und die Gestalten in den Schlitten zu begrüßen, um dann ebenfalls einzusteigen. Danach reihte sich alles wieder zu einem Zug, und bald war der Hang überwunden und die Kavalkade in der Waldesdunkelheit verschwunden. Clare hörte nicht auf zu schauen, bis eins nach dem andern der gelben Lichter oben in der Burg erloschen und nichts mehr zu sehen war als das kalte, reglose Mondlicht auf dem Schnee, die grauen und braunen Umrisse des Waldes und die gewaltigen, dräuenden Schatten der Felswände dahinter.

Clare saß in ihrer Fensternische und sann noch immer nach über die erstaunliche Lebendigkeit des Festzuges, den sie gerade gesehen hatte. Sie war entzückt von dem Schwung, der Munterkeit und den Farben des Spektakels. Ja, so vollständig hatte sie sich der Illusion hingegeben, dass sie jene glücklichen, geselligen kleinen Geschöpfe beneidete. Die Lebensfreude, die sie ausstrahlten, war einfach mitreißend. Es war wie in ihren Träumen, als Niall fortgewesen war, wenn die lachende Menschenmenge an ihr vorbeizog und sich vor der Burg in Heiterkeit, Ausgelassenheit und Musik versammelte. Auch dort wäre sie nur zu gern dabei gewesen, und hier im Zug hätte sie eine der kleinen Figuren in den Schlitten sein wollen. Ihr kurzer Blick auf das schöne junge Mädchen mit ihrem Liebsten im ersten Schlitten formte sich vor ihrem inneren Auge noch einmal zu einem lebendigen Bild, und mit einem seltsamen Gefühl der Bestürzung wurde ihr klar, dass das Gesicht des Mädchens, die Bewegung ihres Arms und der Wurf ihres braunen Haars nicht nur lebensnah waren, sondern auch vertraut. Irgendwo hatte sie gesehen, wie jenes schöne und lächelnde Gesicht sich in eben dieser Weise jemandem zugewandt hatte; irgendwo hatte sie jene braunen Augen schon einmal glänzend auf ihrem Liebsten ruhen sehen. Sie hatte sie gesehen, doch wann und wo, daran konnte sie sich nicht erinnern. Es war wohl in einer Episode ihrer wirren Träume gewesen.

Ein leichter Stoß und ein Geräusch, halb ein Schnurren, halb ein Knurren, holten sie in das Hier und Jetzt zurück. Sie zog den Vorhang auf und fühlte, wie Grim sich an ihren Beinen rieb. Dann hörte sie ein scharrendes, schlurfendes Geräusch, und Niall rief leise: »Ich bin wieder da! Warte, ich mache Licht.«

Gleich darauf zischte ein Zündholz, und Clare blinzelte in die Lampe, die ihr nach dem sanften, trügerischen Leuchten des Schneetheaters draußen übermäßig grell erschien. Niall sah sie erwartungsvoll an.

»Nun?«, flüsterte er. »Haben sie dir gefallen?«

Sie fand keine Worte, um ihr Staunen auszudrücken. Das Lobesvokabular, über das sie verfügte, erschien ihr plump und unangemessen für eine Darbietung von solch meisterlichen Qualitäten.

»Jedenfalls bin ich froh, dass du nicht enttäuscht bist«, sagte Niall und lachte voller Freude über ihre Lobeshymnen. »Ich hatte die Befürchtung, du würdest eine Art Theaterstück mit Handlung erwarten, doch alles, was ich dir bieten kann, ist eine Parade. Ich habe dir ja erzählt, dass mein Hauptinteresse darin besteht, diese kleinen Dinger herzustellen und zu bewegen. Ich wüsste gar nicht, wie ich mit ihnen ein Stück aufführen sollte.«

»Ach«, sagte sie schnell. »Das war mehr als ein Stück. Man hat einige Minuten aus dem Leben fröhlicher Menschen erlebt. Es war, als hätte ich aus dem Fenster in einen richtigen Park geschaut, wo die Gäste einer großen Privatfeier um Mitternacht eine Schlittenpartie unternehmen, um dann zum Essen und zum Tanz in die Burg zurückzukehren. Ich fand alles so echt, dass ich geglaubt habe, sie hätten schon gelebt, bevor ich sie sah, und würden weiterleben, nachdem sie im Wald verschwunden waren. Ach, ich kann mich nur schwer ausdrücken, aber während ich ihnen zusah, war ich traurig, nicht zu ihnen zu gehören und nicht zu ihrem Fest geladen zu sein.«

»Wirklich?«, fragte er und zog sie an sich. »Warst du das, meine Liebste?«

Sie streichelte seine Hand. »Ja. Und trotzdem bin ich dir dankbar. Meine Gefühle für dich sind so eigenartig, Niall, Lieber. Ich habe gleichzeitig so viele, viele Gefühle, und doch gibt es eines, das immer da ist: eine Art von Demut, von bescheidener Dankbarkeit – wobei ich nicht weiß, ob ich dir dankbar bin oder den freundlichen Parzen, die uns zusammengeführt haben.«

»Ich kenne das Gefühl. Denn auch ich muss den Parzen dankbar sein, dafür nämlich, dass du gerade in jener Nacht über unsere Mauer gestiegen bist, als ich dort im Wald war.«

»Nein, bei mir ist das etwas anderes. Es ist doch so, jedes andere Mädchen hätte wie ich versuchen können, aus der Schule zu entkommen, weil es sie hasst – und alle hassen die Schule. Doch du bist etwas Besonderes, du hast ein ganz besonderes Talent und dazu all dieses seltsame Wissen, du bist belesen und stark. Warum nur, warum machst du dir etwas aus einem reizlosen und langweiligen Mädchen wie mir?«

Er nahm ihr Gesicht zwischen seine Hände und zog es gegen seines. »Ganz einfach, weil du weder reizlos noch langweilig bist. Alles Wissen ist nur eine Kerze im Vergleich zur strahlenden Sonne eines liebevollen Auges, und das Talent des größten Künstlers ein Nichts angesichts des lebendigen Körpers. Ich liebe dich, und das ist die Summe all dessen, was ich dir sagen könnte. Und deshalb möchte ich dich glücklich machen, so glücklich, wie dir meine Puppen heute Nacht erschienen sind.«

»Das hast du doch schon getan«, sagte sie.

»Ja, aber vielleicht gibt es noch eine tiefere und umfassendere Freude. Wenn du ständig mein wärst – wenn ich für immer dein Herz hätte und dich zu einer Bewohnerin der ganz besonderen Welt machen könnte, an der mir so viel liegt, dort hinter den dunklen Bäumen. Wenn du mich dorthin begleiten würdest, unter die unsterblichen Äste ...«

»Und wir würden gemeinsam zu dem verwunschenen Schloss emporsteigen, wo man musiziert und tanzt«, sagte Clare. »Aber du musst vorangehen; du kennst ja den Weg schon.«

»Und würdest du mir folgen?«

»Mit Freuden. Ja, mit Freuden. Ich hätte auch keine andere Wahl, als mit dir zu kommen. Denn mein ganzes Glück liegt jetzt darin, das zu tun, was dir gefällt. Sogar die Luft, die ich atme, ist von deinem Zauber erfüllt. Du darfst deinen Bann nicht von mir nehmen. Nichts soll ihn brechen.«

Ganz zärtlich liebkoste er ihr Ohr und berührte die Stelle, wo er sie gestochen hatte. »Du wirst in das Schloss jenseits der Wälder gelangen«, flüsterte er, bevor er sie küsste. »Ja, ich kenne den Weg, und du wirst stolzer und glücklicher dort einziehen als all jene, die du heute Nacht beneidet hast.«

Sie trennten sich bei der provisorischen Leiter am Fuß der Mauer. Noch einmal berührte er ihr Ohr, bevor sie hinaufstieg. »Tut es noch weh?«, fragte er.

»Ich spüre nicht mehr das Geringste. Was hast du eigentlich gemacht? Hast du etwas aus dem kleinen Röhrchen auf das Ohr getan?«

»Das ist ein Geheimnis«, grinste er verschmitzt. »Vielleicht habe ich etwas daraufgetan. Vielleicht habe ich auch etwas genommen.«

Sie rieb sich ihr Ohr. »Jedenfalls ist noch alles da. Du kannst nichts genommen haben außer einem Tröpfchen Blut, und das kannst du gerne haben. Mit nur einem Tropfen wird das ein ziemlich schwacher Zauberbann!«

Sie kletterte auf die Mauer und hielt dort einen Augenblick inne, bevor sie auf die Seite von Paston Hall hinabstieg.

»Wer weiß?«, antwortete er sanft. »Ein Tropfen kann die ganze Seele in sich tragen.«

6

Es war wundervoll, verliebt zu sein. Die Bilder, die Clare benutzte, um sich selbst über ihre Gefühle zu Niall klar zu werden, und die Fantasien, die sie zu ihrem eigenen Vergnügen aufbot, hatten zuweilen eine größere Wirklichkeit als die Mauern von Paston Hall und die Menschen, die darin lebten. Was sie den Bann genannt hatte, war für ihr Leben eine Realität: Vieles, was ihr zuvor verborgen gewesen war, konnte sie nun sehen, gleichzeitig jedoch war sie in einen Mantel gehüllt, der sie zwar nicht unsichtbar, aber unauffällig machte. Sie war nicht einmal mehr überrascht darüber, dass ihre Verbindung zu Brackenbine so wenig Aufmerksamkeit in der Schule erregte. Die Oberstufe wusste davon, schien es aber als eine gegebene Tatsache hinzunehmen, und Clare musste keine naseweisen Fragen über sich ergehen lassen. Miss Geary erholte sich von ihrer Erkältung, verzichtete aber in der Folge darauf, Clare am Nachmittag in Brackenbine abzuholen, und Miss Sperrod schien sich über die Gefahren der einsamen Strecke von knapp einem Kilometer keine Gedanken mehr zu machen. Niemand erwähnte ihr gegenüber etwas von Nialls Rückkehr, so als ob man weiterhin nichts davon wisse. Clare hätte es früher nie für möglich gehalten, in Paston Hall solche Freiheiten zu genießen, doch jetzt erschienen sie ihr nur als ein natürlicher und zwangsläufiger Teil der unvergleichlich größeren Freiheit, die ihr Niall eröffnet hatte.

Tief bewegt erkannte sie, dass es ihn ebenso stark nach ihrer Nähe verlangte wie sie nach der seinen. Zu ihrer großen Freude wurde der Unterricht mit Mrs. Sterne in den Wochen nach dem Puppenspiel oft in den großen Salon verlegt, wo ein Feuer im Kamin brannte und Niall, tief in einen Sessel versunken, zu lesen vorgab, in Wirklichkeit aber zuhörte und beobachtete. Das warme Glück dieser Nachmittage wurde für sie dadurch noch gesteigert. Manchmal drängte seine Mutter Niall, allerdings vergeblich, er möge doch hinausgehen und Clare nicht ablenken, und Clare hörte aus dem anzüglichen Tonfall und dem spöttischen Ernst ihrer Stimme heraus, dass sie wusste, wie es zwischen ihnen stand. Manchmal nahm sie auch wahr, wie Mrs. Sterne Niall mit einer Art von warnender Wachsamkeit ansah, und sie selbst erntete von Zeit zu Zeit einen Blick voll von traurigem Mitgefühl. Mit kleinen Schachzügen versuchte sie zudem zu verhindern, dass Niall und Clare längere Zeit alleine blieben – alles beiläufige Maßnahmen und Signale, die Clare verdeutlichten, dass Mrs. Sterne diskret die Anstandsdame spielte. Clare lachte darüber innerlich. Sie war überzeugt, Niall nun besser zu kennen als seine Mutter. Sie fühlte sich vollkommen sicher bei ihm.

Nialls Anwesenheit brachte es mit sich, dass ein geringeres Lateinpensum bewältigt wurde als früher. Dafür gewann Clares Ausbildung auf andere Art. Niall hatte oft seinen Skizzenblock dabei, und wenn Clare ihm verstohlen einen Blick zuwarf, sah sie seinen geschäftigen Bleistift. Wenn sie sich später beim Tee zu der Frage durchrang, was er denn gezeichnet habe, zeigte er ihr ein oder zwei Blätter mit Porträtskizzen. Ihr schienen das Werke von hoher Kunstfertigkeit zu sein, doch wehrten Niall mit Protest und seine Mutter mit kritischen Kommentaren ihre bewundernden Äußerungen ab, sodass der Nachmittag zum Kunstunterricht wurde, zumindest aber zu einem Vortrag über die Zeichenkunst, gehalten von Mrs. Sterne.

Clare schien ein sonderbarer Anflug von Neid darin zu liegen, wenn die Mutter Nialls Skizzen herabsetzte und ihre eigenen Gemälde holte. Manchmal kam der Lateinunterricht sogar ganz zum Erliegen: Mrs. Sterne unterbrach Niall mit einer abschätzigen Kritik, bevor er überhaupt ernsthaft angefangen hatte, Clare zu zeichnen; daraus ergab sich ein Disput, und schließlich gingen alle hinauf ins Atelier und wälzten Bücher, um sich Kunstreproduktionen anzusehen, dazu die alten Leinwände von Mrs. Sterne.

»Du darfst unsere Arbeit nicht überschätzen«, sagte Mrs. Sterne. »Was Niall da zeichnet, ist schlecht. Da gib es nichts, was eine billige Kamera nicht besser könnte. Schau dir die großen Maler an – die *wirklichen* Maler. Ich selbst bin eigentlich auch keine Künstlerin. Vielleicht habe ich ein dekoratives Talent; ich hätte Blumen auf Porzellan malen und Muster für Stoffe entwerfen sollen.«

Doch Clare war alles andere als überzeugt.

Mrs. Sterne hatte Anne Otterel gemalt und an ihr eine Schönheit entdeckt, die Clare, so gut sie die junge Frau auch gekannt hatte, entgangen war. Die Anziehungskraft dieses passionierten, erwachten Gesichts erfüllte Clare mit so eigentümlichen Gefühlen, dass sie das Bild nicht lange anschauen konnte.

Es gab noch andere Gemälde von Mrs. Sterne, die Clare nun sofort wiedererkannte. Es waren die Erstentwürfe für Nialls Marionetten: Pferdestudien, die er offenbar als Vorlage benutzt hatte, und Bilder von stattlichen Edelmännern mit Dreispitz und Gehrock und von jungen Damen in eleganten Kleidern oder kostbaren Pelzen, mit Juwelen im Dekolleté und Diademen in den Haaren. Sie sah Mädchen in knabenhaften Reitkostümen und junge Männer, prachtvoll gekleidet in den Samt, die Seide und die Goldlitzen, die früher an Königshöfen üblich waren. Aus den zahllosen Studien und Skizzen historischer Kostüme erstand eine ganze Theatergarderobe für die Marionettengesellschaft, und selbst Clare mit ihrem bescheidenen Wissen erkannte, wie viel von all diesem Reichtum und dieser Pracht den großen Malern abgeschaut war, um Nialls kleine Figuren einzukleiden.

Niall betrachtete diese Bilder über Clares Schulter und seufzte. »Meine Mutter erledigt ihre Aufgabe perfekt. Was mich angeht, da gähnt zwischen Ausführung und Entwurf geradezu ein Abgrund!«

Gerade noch rechtzeitig konnte Clare sich zurückhalten, ihn an die vollkommene Illusion zu erinnern, die er vor einigen Nächten geschaffen hatte. Stattdessen fragte sie, ob sie einige von seinen Puppen sehen könne.

Er lächelte. »Alles zu seiner Zeit. Ich war zuletzt ziemlich faul. Ich muss wieder mehr arbeiten. Mutter, du musst ein besonders prächtiges Gewand entwerfen für die Beste meiner Puppen – die, die ich für Clare machen werde.«

Seine Mutter gab keine Antwort. Niall zeigte Clare Schubladen voll von Kostproben edler und schöner Stoffe, die seine Mutter gesammelt hatte, dazu viele winzige Kostüme, die begonnen und nicht vollendet worden waren. Mrs. Sterne schien an ihnen weniger interessiert als er.

»Das nächste Kleid musst du selbst machen«, sagte sie abweisend zu Niall – mit einer Schroffheit, wie sie Clare nie von ihr erwartet hätte. »Das ist eine äußerst delikate Arbeit«, erklärte sie, an Clare gewandt. »Sie ermüdet mich mittlerweile. Vielleicht verliert man mit der Zeit den Enthusiasmus und fragt sich, ob das Ergebnis die ganze Arbeit wert ist – oder ob das Ergebnis selbst überhaupt erstrebenswert ist.«

»Oh, aber sicher doch, etwas so Schönes und Originelles herzustellen ...«, begann Clare.

»Ja«, sagte Mrs. Sterne. »Wenn es nur *ein* Gesetz, die Schönheit, gäbe, und wenn die Leidenschaft, etwas zu schaffen, nicht auf ihre Art sündhafter Stolz wäre, dann vielleicht.« Ihr Lächeln verwirrte Clare, denn es schien allzu traurig für ein Thema wie das Puppenspiel, und auch ihr Ton klang viel zu ernst. »Wäre die Schönheit zugleich Recht und Wahrheit, dann bräuchten wir uns um nichts anderes zu kümmern. Leider ist es aber so, dass wir unsere Fehler oder unsere Sünden erst dann erkennen, wenn es zu spät ist, sie wiedergutzumachen.« Sie hatte sich Niall zugewandt. »Aber zumindest können wir damit aufhören. Wir können unserer Wege gehen und darauf verzichten, weiter zu sündigen. Ich glaube nicht, dass ich je wieder an so etwas arbeiten werde.«

In Paston Hall widmete Clare sich morgens und abends eifrig ihren Büchern. Sie besaß kein eigenes Arbeitszimmer, dafür war das Internat zu klein; doch vormittags, wenn die Oberstufe Unterricht hatte, konnte sie den Aufenthaltsraum ganz für sich alleine nutzen. Eines Morgens, drei Wochen nach Trimesterbeginn, ließ sie sich dort mit dem Pensum für einen ganzen Tag nieder. An diesem Nachmittag würde sie nicht nach Brackenbine gehen. Am Tag zuvor hatte Mrs. Sterne ihr mitgeteilt, dass sie nach Pentabridge müsse und erst spät zurück kommen werde. Niall hatte Clare einen Blick zugeworfen, der sie deutlich genug dazu einlud, trotzdem zu kommen, doch so gern sie das auch getan hätte, es war zu riskant, am hellichten Tag hinüberzugehen, denn vielleicht wusste man im Internat, dass Mrs. Sterne in der Stadt war.

Es war ein kalter, nasser Morgen, und Clare ärgerte sich

darüber, dass das Feuer im Aufenthaltsraum erloschen war. Nach der Hausordnung musste der Kamin zwar erst am Abend beheizt werden, aber Clare hatte durch ständige Beschwerden die Aufhebung dieser Regel durchgesetzt. Jedenfalls im Prinzip; in der Praxis musste sie stets ein Auge darauf haben, dass die Dienstmädchen am Morgen tatsächlich ein Feuer machten. Sie legte ihre Bücher beiseite und ging in den Raum der Hausmutter, wo sie nach einigem Hin und Her das Versprechen erhielt, dass ein Mädchen kommen und sich um ein neues Feuer kümmern werde. Clare ging zurück und vergrub sich in Victor Hugo.

Es dauerte, bis das Dienstmädchen kam, und es dauerte noch länger, bis ungeschickte Hände Zeitungsfetzen und nicht sehr trockene Hölzer durch das Kamingitter geschoben hatten. Clare war zu sehr an das System von Paston Hall gewöhnt, um sich einzumischen, obwohl sie das Feuer in der halben Zeit selbst hätte entfachen können. Schließlich, wie zum Trotz gegen das herumpfuschende Dienstmädchen, regte sich doch noch eine kleine Flamme viel versprechend in der Asche.

Langsam begann das Feuer zu prasseln, und Clare leistete mehrere Stunden gute Arbeit an ihren französischen Romantikern. Dann gähnte sie und stand auf, um sich zu strecken und einige Minuten am Kamin zu verbringen, bevor sie sich dem nächsten Fach zuwandte. Das Dienstmädchen hatte seine Arbeit sehr schlampig verrichtet: Vor dem Kamin waren verbrannte Stöckchen und Papier verstreut, und die unbenutzten Zeitungen hatte sie auf dem Kaminvorleger liegen lassen. Clare sammelte sie auf und verstaute sie hinter dem Kohlenkasten. Eine lose halbe Seite aus dem *Pentabridge Independent* flatterte dabei herab, und als Clare sie aufhob, fiel ihr Blick auf eine Fotografie, die sie kannte.

Dies jedenfalls war ihr erster Gedanke; dann wurde ihr klar, dass sie sich irren musste. Unter dem Bild befand sich keine Unterschrift, nur eine Textspalte, die von dem Dienstmädchen halb zerrissen worden war. Clare las:

»Mit tiefem Bedauern zeigen wir den Tod von Margaret Raines an, der siebzehnjährigen Tochter von Mr. und Mrs. George Raines aus White House, Highwood Road, Pentabridge. Sie wurde am letzten Donnerstag abends in kritischem Zustand in das Krankenhaus von Pentabridge eingeliefert und starb an Kinderlähmung. Margaret war eine der besten Schülerinnen, die je die Pentabridge High School besucht haben; im Unterricht und bei Klausuren erzielte sie stets hervorragende Noten. Außerhalb der Schule war sie eine begeisterte Naturliebhaberin, besonders interessiert an Vogelkunde. Als Juniormitglied der Gesellschaft für Naturgeschichte des Kreises Pentabridge hielt sie im letzten Frühjahr einen Vortrag, der vom Vorsitzenden der Gesellschaft, Sir Edward Porter, lobend hervorgehoben wurde. Miss Lancing, die Klassenlehrerin der Oberstufe, verlieh dem tiefen Bedauern des Lehrerkollegiums über Margarets tragisches Dahinscheiden mit diesen Worten Ausdruck: ›Wir alle hatten das Gefühl, dass Margaret angesichts ihrer vielseitigen Begabungen eine glänzende Karriere vorausbestimmt war. Sie war sehr beliebt auf der Schule und sehr kontaktfreudig, doch nur wenige kannten die empfindsamere Seite ihres Wesens. Sie las sehr viel und liebte die Natur über alles. Oft streifte sie allein durch Wald und Flur; die nachdenklichen Gedichte, die davon inspiriert wurden, bezeugen eine feine Beobachtungsgabe ...‹«

Den Rest der Spalte hatte das Kaminfeuer verzehrt. Clare sah auf das Datum: Die Zeitung stammte vom Juni letzten Jahres.

Sie hatte nie zuvor von Margaret Raines gehört. Pentabridge war für die Mädchen in Paston Hall ebenso fern wie Patagonien. Und doch war sie der festen Überzeugung, das Gesicht schon einmal gesehen zu haben. Selbst auf dem grobkörnigen Zeitungsphoto war es ein hübsches Gesicht. Es wurde gerahmt von blondem Haar, das in zwei Flechten über den Ohren hochgesteckt war. Der Kragen einer weißen Bluse erschien über einem Schulsportkleid – eine Schülerin der Höheren Schule von Pentabridge; Clare konnte sie unmöglich kennen. Vielleicht hatte sie zu den Mädchen gehört, die dann und wann am Tor von Paston Hall vorbeiradelten, doch Clare war überzeugt, dass sie mehr als nur einen flüchtigen Blick auf jenes Gesicht geworfen hatte.

Sie starrte auf das Foto, und dann, ganz plötzlich, kam ihr die Erkenntnis. Rasch faltete sie die halbe Seite zusammen und flüchtete damit durch die Schule hinauf in ihr Zimmer. Seit einiger Zeit schon hatte sie das Püppchen vom Weihnachtsbaum nicht mehr aus seinem Seidenpapier genommen, doch sie hatte keinen Zweifel: Das Bild und die Puppe ähnelten sich wie Zwillingsschwestern. Sie nahm das kleine Bündel aus den Tiefen des Schranks und öffnete es. Dann ließ sie sich mit einem Laut der Enttäuschung auf ihr Bett fallen.

Sie war sich sicher, dass die Puppe unbeschädigt gewesen war, als sie letzte Woche, nein, eher vor vierzehn Tagen, einen Blick auf sie geworfen hatte. Sie war besonders achtsam mit ihr umgegangen. Nun war die Puppe übel zugerichtet. Clares erster empörter Verdacht war, dass jemand sich in ihr Zimmer geschlichen und das Figürchen aus schierer Bosheit mit dem Messer bearbeitet hatte. Aber nein, das konnte nicht sein; niemand in Paston Hall war zu einer solchen Untat fähig. Als sie die Puppe genauer untersuchte, kam sie zu dem Schluss, der Schaden müsse natürliche Ursachen haben. Hauptsächlich schien sich das Holz entlang der Maserung in viele kleine Risse gespalten zu haben, in den zarten Gelenken klafften Löcher, und die Farbe war abgeblättert. Das Kleid war unbeschädigt. Clare begriff nicht, wie das Holz in so kurzer Zeit hatte verrotten können. Es gab keine Warmwasserrohre in der Nähe ihres Schranks oder sonstwo im Zimmer. Die Wände waren nicht feucht, und nichts anderes im Schrank war irgendwie angegriffen. Ihr Tennisschläger lag schon den ganzen Winter im selben Fach, und am Rahmen waren nicht die geringsten Spuren irgendeiner Verkrümmung oder von Absplitterungen zu sehen.

Sie war den Tränen nahe und machte sich bittere Vorwürfe, dass sie nicht jeden Tag nach der Puppe gesehen hatte. Wäre ihr aufgefallen, dass das Holz zu zerfasern begann, hätte sie das Figürchen zu Niall bringen können; vielleicht wäre er in der Lage gewesen, den Verfall aufzuhalten. Aber wie hätte sie das alles auch nur ahnen sollen? Das Holz stammte ja von den kleinen Bäumen, und er benutzte es gerade wegen seiner hohen Beständigkeit. Nun konnte sie Niall nur noch die Puppe bringen, ihm sagen, wo sie gelegen hatte, und fragen, was mit ihr geschehen sei und ob er sie reparieren könne. Sie musste sie noch heute Nachmittag nach Brackenbine bringen, auch wenn Mrs. Sterne nicht zu Hause war; sie durfte keinen Tag länger warten.

Diese Entscheidung linderte ihren Kummer ein wenig, und es kam ihr wieder zu Bewusstsein, warum sie sich eigentlich die Puppe hatte ansehen wollen. Sie entfaltete das Zeitungsblatt und legte es neben die Marionette aufs Bett. Trotz der Schäden am Gesicht der Figur fand sie ihren Eindruck bestätigt. Sie flocht das lange Puppenhaar in Zöpfe und ordnete sie so an wie die des Mädchens auf dem Foto. Die Ähnlichkeit war da, sie hatte sich nicht geirrt.

Sie brütete und rätselte darüber so lange, dass sie erst von der Glocke, die das Unterrichtsende ankündigte, und durch die Lärmwelle der ins Freie stürzenden Schülerinnen aus ihren Gedanken gerissen wurde. Ganz behutsam, weil sie befürchtete, die Puppe könne in Stücke zerfallen, wickelte sie das Figürchen wieder ein und legte es weg bis nach dem Mittagessen. Den Zeitungsbericht faltete sie mehrfach zusammen und verstaute ihn am Boden ihrer Taschentuchschublade.

Sie erwiderte Nialls freudig überraschten Gruß am Nachmittag mit einigen atemlosen Worten und einem traurigen Blick. Ohne weitere Einleitung nahm sie die Puppe aus der Tasche und hielt sie ihm hin.

»Was denn? Was ist denn los?«, fragte er und sah von ihrem

traurigen Gesicht auf das kleine Päckchen. Sie hatte ihn im Atelier vorgefunden; er hatte die Werkbank freigeräumt und arbeitete gerade eifrig an einigen merkwürdig geformten Holzstücken. »Schau sie dir an«, sagte sie in jammerndem Ton. »Es tut mir so schrecklich Leid. Ich hätte nie gedacht, dass so etwas geschehen könnte. Ich habe sie in meinem Schrank aufbewahrt. Kannst du sie reparieren?«

Er legte sein Werkzeug aus der Hand, runzelte die Stirn und packte die Puppe aus. Sie beobachtete sein Gesicht und hoffte auf ein Zeichen, dass er den Schaden nicht so ernst nehme. Konzentriert starrte er die kleine Figur an, zog ihr das Kleid aus und untersuchte sie ganz genau. So beschäftigt war er damit, dass Clare dachte, er habe sie vergessen, doch schließlich wandte er ihr mit sichtlicher Anstrengung seine Aufmerksamkeit zu. Sein Gesichtsausdruck änderte sich.

»Na ja ...«, sagte er. »Bei deinem tragischen Auftritt eben hätte ich Schlimmeres erwartet. Da kann man nichts mehr machen. Ich habe dir ja gesagt, dass mir dieses Stück misslungen ist, und ich hab mir schon gedacht, dass es so kommen würde. Es tut mir nur Leid, weil sie dir so gefallen hat. Aber mach dir nichts draus. Sieh mal, ich halte mein Versprechen. Ich mache dir eine neue Puppe.«

Er wies auf die kleinen Holzstücke, von denen eines, wie Clare jetzt erkannte, ganz grob an einen menschlichen Torso erinnerte. Es beruhigte sie, dass er die Sache so leicht nahm und sie ermunternd anlächelte. Sie erinnerte sich noch gut daran, dass er die Puppe seinerzeit als missglückt bezeichnet hatte, und doch blieb das Ganze rätselhaft.

»Weißt du denn, *warum* das passiert ist?«, fragte sie. »Hätte ich sie irgendwo anders aufbewahren müssen? Oder hat es am Holz gelegen?«

»Na ja«, antwortete er abwägend. »Ich glaube nicht, dass es damit zusammenhängt, wo du sie aufbewahrt hast. Es ist wohl eher so, dass ich ein untaugliches Stück Holz benutzt habe.« Er sah auf die Stücke, mit denen er sich gerade beschäftigte. »Obwohl natürlich auch viel auf die Verarbeitung ankommt.

Das alles lässt sich nicht so genau vorherbestimmen und ist nicht so einfach, wie du vielleicht glaubst. Durch Erfahrung – Fehlschläge wie dieser hier – habe ich gelernt, dass man nicht gegen die Natur des Materials arbeiten kann. Ehrlich gesagt, bin ich mir nicht einmal sicher, ob man überhaupt von einem Schöpfungsakt sprechen darf. Schau dir diesen kleinen rechtwinkligen Holzblock an: Einer der Arme, die ich für deine Puppe brauche, steckt in diesem Holz. Denn aus diesem Holz wird er ja hervorgehen. Ich habe diesen Arm nicht dort hineingetan, ich befreie ihn nur von der umgebenden Materie. Dann versuche ich mit den Möglichkeiten, die mir zur Verfügung stehen, diesen einen Teil mit dem, was in anderen Holzstücken steckt, zu verbinden und das Ganze zum Leben zu erwecken – sofern es mir denn gelingt. Die ganze Figur existiert unabhängig von mir: Ich bin nur ihr Geburtshelfer, so wie es die Natur des Werkstoffs mir vorgibt. Ich kann das Material nicht dazu zwingen, die Gestalt anzunehmen, die ich mir wünsche, ich kann nur erarbeiten, was das Material selbst in sich hat, und ich bin der Ansicht, dass es die Figur schon gibt, bevor ich auch nur ein Werkzeug in die Hand nehme. Wer wollte schon behaupten, dass der Drang, sich zu bewegen, zu leben oder jedenfalls den Anschein des Lebens zu erwecken, nicht auch außerhalb von uns existiert? Dieses tote Material ist nicht tot. Nicht tot jedenfalls in dem Sinne, dass es statisch und unveränderlich ist. Nein, ganz und gar nicht. Es kann sich verändern, wie du ja gesehen hast. Meine Kunst beruht darauf, das verborgene Wesen der Materie zu entdecken, das also, was man seinen eigenen Drang nach Veränderung nennen könnte, und diesem Drang und seinen inneren Regeln dann zu folgen. Wir bewegen uns hier auf einem sehr komplexen und geheimnisvollen Terrain, und es ist wohl kein Wunder, dass mir manchmal Fehler unterlaufen, oder?«

Er beschloss das, was Clare für einen Teil seiner Privatphilosophie oder Selbstrechtfertigung hielt, mit einem reumütigen Lächeln. »Das Leben ist kurz«, sagte er, »und es dauert so lange, das Handwerk zu erlernen.«

Er öffnete einen der Sperrholzschränke, der mit Werkzeugen, Material und Skizzenbüchern vollgestopft war, und warf die Puppe hinein.

Clare nahm eines der Holzstücke von der Werkbank. Es war schweres Holz mit äußerst feiner Maserung.

»Ich hoffe, diese Arbeit hier gelingt«, sagte sie. »Könntest du dem Holz nicht Leben einhauchen oder so etwas? Oder beleg es mit einem Bann, damit es dir gehorcht. Du kannst doch Menschen dazu bringen, das zu tun, was du willst. Mit Holz müsste es eigentlich noch einfacher sein.«

»Meine Puppen bestehen nicht nur aus Holz.«

»So? Was verwendest du denn sonst noch?«, fragte sie überrascht.

Er grinste. »Das, was alle Maler unter ihre Farben mischen: Grips! Die Statuen des Praxiteles waren keinesfalls nur aus Marmor gefertigt. Es sind in sie wohl ebenso viel Schweißtropfen, Tränen und Seufzer eingegangen, wie Stein verwendet wurde. An dem, was ich herstelle, sind Fleisch, Blut und Seele beteiligt, und so kann mir eben auch etwas missglücken.«

»Ach, könnte ich dir nur helfen«, sagte Clare. »Ich bin egoistisch, dass ich dich so hart für meine Puppe arbeiten lasse. Aber ich werde stolz sein, sie zu besitzen.«

Niall ergriff jäh ein Skizzenbuch, das auf der Bank lag. »Ah ja!«, rief er. »Ich habe dir doch gesagt, dass das Material willig sein muss, und gerade zeigt es seine Bereitwilligkeit! Ich habe mich hier den ganzen Morgen mit Fragen der Anatomie herumgeschlagen und nach einem Modell gesucht, und prompt kommst du wie ein Geschenk des Himmels. Zieh deinen Regenmantel aus und hüpf auf diese Kiste. Bleib ein paar Minuten ruhig stehen, dann werde ich das Problem schon lösen.«

Clare tat, wie ihr geheißen. Er ordnete ihre Haltung so, wie es ihm vorschwebte, und ihr schien, dass ihr Spiel, seinem Bann unterworfen zu sein, Wirklichkeit wurde, als ihr Körper und ihre Gliedmaßen von seinen Händen in Position gebracht wurden. Während sie noch über die Lust nachgrübelte, die sie aus dieser körperlichen Unterordnung zog, begann er, sie zu zeichnen, und obwohl sie wusste, dass sie diese Haltung freiwillig einnahm, war sie sich doch seiner Macht bewusst und des Genusses, den er empfand, sie so in seinem Besitz zu wissen. Sie selbst wiederum konnte glauben, nur durch sein Geheiß so dazustehen, zu jeder Bewegung unfähig, bis er es ihr gestattete.

Er war anspruchsvoll. Ab und an durfte sie sich ausruhen, doch er war entschlossen, das Beste aus dieser unerwarteten Gelegenheit zu machen. Er ließ sie Modell stehen, bis es dunkel wurde. Bis dahin hatte er zwei Ganzkörperstudien und mehrere Zeichnungen von Kopf, Händen und Beinen angefertigt. Sie betrachtete sie voller Bewunderung, spielte jedoch die Kritikerin.

»Sie sind gut geworden«, sagte er mit offensichtlicher Zufriedenheit. »Keine Kunstwerke, aber genaue Wiedergaben. Genau das wollte ich, denn bis heute hatte ich nicht die Möglichkeit, dich richtig zu zeichnen. Ich bin froh, dass du gekommen bist!«

»Aber es ist unfair«, sagte sie, »mich zu zeichnen, wenn ich diesen alten Fummel trage. Ich hätte mich umziehen sollen.«

An diesem Tag trug sie ihre Sporttunika statt der Strickjacke und des dunkelgrauen Rocks, die sie für gewöhnlich bei ihren Brackenbine-Besuchen anhatte. Alle Mädchen fanden die Sportkleider schrecklich. Morgens trug man sie wegen der täglichen Gymnastikstunde, mittags zog man sich dann etwas anderes, Kleidsameres an, soweit Miss Sperrods Reglement dies zuließ.

Niall war gerade damit beschäftigt, mit dem Wasser, das er im Kamin des Ateliers gekocht hatte, Tee aufzugießen. »Aber warum denn?«, fragte er. »Was stimmt denn nicht damit?«

Clare rümpfte nur die Nase. Er lachte verständnisvoll, doch als sie neben seiner Werkbank saßen und Tee tranken, betrachtete er sie erneut, als sei ihre Tunika ihm zuvor gar nicht aufgefallen.

»Ich weiß nicht«, sagte er. »Man kann diese Sportkleider

wirklich nicht schön nennen, doch die Grundidee ist gut. Ein paar kleine Veränderungen würden dem Ganzen etwas mehr Schick geben. Es könnte sogar sehr attraktiv aussehen. Was hältst du hiervon?«

Er suchte eine leere Seite in seinem Skizzenbuch und zeichnete rasch ein Mädchen in einer Tunika. Clare sah zu und war erstaunt über seine Schnelligkeit und sein Talent und entzückt von dem Bild, das vor ihren Augen auf dem Papier erstand. Das junge Mädchen, das er gezeichnet hatte, war sehr hübsch, und die veränderte Tunika kleidete sie mit der gleichen Anmut und adretten Leichtigkeit wie der Chiton die Mädchen von Sparta.

»Oh ja«, sagte Clare, die ihm widerwillig zustimmen musste. »Aber ich kann mir kaum vorstellen, dass Miss Spar-die-Rute über eine solche Tunika erfreut wäre! Außerdem muss man dazu die richtige Figur haben. Du hast nicht mich gezeichnet, das ist eher ...«

Sie nahm das Buch und trat an die Lampe, die Niall angezündet hatte, um sich die Zeichnung genauer anzusehen. Der Name des Mädchens, das er gezeichnet hatte, lag ihr auf der Zunge, doch genau in dem Augenblick, als sie glaubte, ihn aussprechen zu können, war er schon wieder verflogen. Gewiss hatte sie niemals ein Mädchen gekannt, das genau wie das auf dieser Zeichnung aussah – und doch gab es da eine irritierende Ähnlichkeit mit einem hübschen Mädchen, gut gebaut und mit kurzem Lockenhaar, das sie recht gut kannte. Sie war überzeugt, dass ihr der Name jeden Augenblick wieder einfallen würde. Während sie noch zögerte, nahm er ihr das Buch aus der Hand, klappte es zu und legte es auf die Werkbank. Er ergriff ihre Hand und fing an, von etwas anderem zu reden, und so gelang es ihr nicht, jener trügerischen Ähnlichkeit auf die Spur zu kommen.

Doch beschäftigte die Frage sie weiterhin, und als sie Brackenbine verließ, verlor sie sich diesmal nicht ganz in seinen Armen und Küssen. Während er mit ihren Haaren spielte und ihr Ohr an der Stelle streichelte, wo sich noch immer das kleine Zeichen seiner Herrschaft befand, grübelte sie vor sich hin. Nur schwer fand sie die passenden Worte, um die Frage zu stellen, die ihr auf dem Herzen lag, und diese Frage war eine andere als die, welche sie zu beantworten versucht hatte, als sie sich die Zeichnung im Licht der Lampe angesehen hatte.

»Stellst du deine Puppen immer nach einer Vorlage her?«, fragte sie. »Ich meine, nach der Zeichnung von einer lebenden Person – so wie du mich heute Nachmittag gezeichnet hast?«

»Ja, schon«, sagte er, als verstehe er nicht ganz, warum ihr die Frage so wichtig war. »Ein Modell ist natürlich am besten, aber nicht leicht zu finden. Manchmal benutze ich stattdessen Fotos.«

»Fotos?«, rief sie aus und klammerte sich erleichtert an etwas, das sie noch nicht klar definieren konnte. »Fotos aus der Zeitung?«

Er lachte kurz auf. »Ja, Fotos aus der Zeitung, wenn ich etwas Passendes finde. Warum?«

»Ach«, sagte sie und verspürte eine merkwürdige Leichtigkeit, als sei eine Last von ihr genommen. »Ach, ich weiß nicht, warum ich das gefragt habe. Wird meine Puppe wie ich sein, wenn sie fertig ist? Eine Art Porträt?«

»Kann sein, meine Liebste«, sagte er und küsste sie. »Ganz bestimmt sogar, denn während ich sie mache, wird mir die ganze Zeit über dein Bild vorschweben. Sie wird mehr sein als nur *wie* du. Sie wird du selbst sein. Du bist stets in meinen Gedanken und meinem Herz, und durch meine Hände wirst du in das Holz eingehen.«

Sie legte den Kopf an seine Schulter.

»Dann musst du auch eine Puppe von dir anfertigen«, sagte sie. »Vielleicht werden sie dann ein Liebespaar wie du und ich, und sie können zusammen in das Zauberland gehen, das uns verschlossen ist. Oh ja, das musst du tun, und dann werden wir uns in ihrer Gestalt zu den anderen im Park des Kapitäns gesellen und an den Feiern im Schloss teilnehmen.«

Er drückte sie fest an sich, fesselte sie mit seinen Armen und zwang ihren Kopf selbstbewusst zurück. »Das werde ich, das werde ich!«, flüsterte er. »Mit dir wird es gelingen!«

7

An einem windigen Sonntagmorgen, ungefähr zwei Wochen, nachdem sie Niall die Puppe zurückgebracht hatte, ging Clare auf dem Schulgelände spazieren. Plötzlich hörte sie, wie hinter ihr ängstlich und atemlos ihr Name gerufen wurde. Sie drehte sich verdrossen um, doch dem Mädchen, das ihr nachlief, konnte man auch nur verdrossen begegnen. Es war Reenie Ford aus der Oberstufe, eine Vertrauensschülerin, ein dünnes, anämisch wirkendes Mädchen mit kurzsichtigen braunen Augen und einer stets todernsten Miene. Sie war dafür berüchtigt, über alle Maßen gewissenhaft zu sein. Die jüngeren Mädchen machten sich über sie lustig, doch Clare, die sie nicht verletzen wollte, ging ihr aus dem Weg. Mit einem Seufzer verließ sie die Brackenbine-Welt, in der sich ihre Fantasie gerade ergangen hatte.

Eine Welt, die sich während der letzten zwei Wochen in einer Weise, die sich nur schwer bestimmen ließ, gewandelt hatte. Es war, als umgaben ihre Besuche dort eine größere Heimlichkeit, und sie spürte die Vorahnung eines bevorstehenden größeren Abenteuers, das ihr abwechselnd wundervoll und Furcht einflößend erschien. Während der letzten beiden Wochen war Mrs. Sterne drei- oder viermal fortgewesen, doch Clare hatte trotzdem Brackenbine besucht und den Nachmittag allein mit Niall verbracht. Die Gefahr, in die sie sich begab, indem sie die Internatsleitung hinterging, konnte sie nicht länger schrecken. Sie rebellierte mit all ihrer Kraft gegen Paston Hall, beging das abscheulichste Vergehen, das man sich hier vermutlich vorstellen konnte, und hatte nicht einmal ein schlechtes Gewissen dabei.

Niall arbeitete angestrengt an seiner Werkbank. Wenn sie mit ihm allein war, sah sie ihm zu und versuchte zu helfen, wobei sie eine demütige Dankbarkeit verspürte, wenn er sie bat, ihm ein Werkzeug zu bringen, oder sie ihn durch irgendeine andere Handreichung unterstützen konnte. Sie kochte Tee, streifte glücklich durchs Haus, beschäftigte sich in der Küche und fühlte sich endlich daheim. Sie liebte Brackenbine, wie sie nie zuvor ein Haus geliebt hatte. Niall hatte zwei Puppen in Arbeit. Er ging mit großer Umsicht und nach einem genau festgelegten Plan vor. Da die vielen verschiedenen Teile alle einzeln gefertigt werden mussten, war nur schwer erkennbar, wie das abschließende Ergebnis aussehen würde.

Manchmal bat sie ihn, ihr einige der anderen Puppen zu zeigen – die kleinen Schauspieler, die in jener weißen Winternacht zu Anfang des Trimesters so fröhlich durch den Park des Kapitäns gezogen waren. Doch Niall wich ihr aus und vertröstete sie, anscheinend nur, um sie ein wenig zu necken. Endlich versprach er ihr jedoch, dass sie die anderen Puppen sehen könne, sooft sie wolle, sobald ihre eigene fertig war.

Da die Nachmittage nun länger wurden, hatte er ein- oder zweimal seine Werkzeuge früher niedergelegt und war mit ihr durchs Oberlicht geklettert, um vor Einbruch der Dämmerung über den steilen Waldhang des Hügels zu wandern. Dabei hatte sie von der Höhe der schroffen Felswand erneut einen kurzen Blick auf den Miniaturpark werfen können, doch auch von der Stelle aus, von der er sie hinuntersehen ließ, konnte sie die Burg nicht deutlich erkennen, denn der Bau wurde weithin von dem Gezweig der kleinen Bäume verdeckt. Soweit sie feststellen konnte, führte über die Felsabhänge kein Weg hinab in den Park. Niall erzählte ihr weder, wie er seine Puppen bei der nächtlichen Darbietung bewegt hatte, noch ließ er sie durch das Atelierfenster steigen und den Park selbst erforschen. Trotz aller Überredungsversuche konnte sie ihm nur das Versprechen abnehmen, dass das Geheimnis mit der Fertigstellung der neuen Puppen gelüftet würde.

Sie war in ihren Gedanken bei Niall gewesen, als sie an

diesem Morgen mit großen Schritten über das Schulgelände streifte, und Reenie Ford war bestürzt über den unwilligen Blick, mit dem Clare, als sie sich umwandte, sie bedacht. »Clare!«, sagte sie keuchend. »Es tut mir Leid, aber du hast mich nicht gehört. Du gehst so schnell. Ich hoffe, du bist mir nicht böse, weil ich dich störe – vermutlich denkst du gerade nach –, aber da ist etwas Wichtiges, das ich dir sagen muss, und jetzt ist es gerade günstig.«

Auf dem Gelände befanden sich sonst keine Mädchen. Der Rest der Schule war auf dem Weg zur Kirche von Halliwell. Clare konnte selbst entscheiden, ob sie mitgehen wollte, und Reenie war entschuldigt, weil sie wegen ihrer schwachen Fußknöchel die sechs Kilometer nicht bewältigen konnte. Unweit stand eine Bank, geschützt vor dem schneidenden Wind, der Reenies langen Rock und ihre lose sitzende Bluse wie die Lumpen einer Vogelscheuche aufflattern ließ. Clare ging hinüber und setzte sich. Innerlich ächzend vor Langeweile, fragte sie sich, über welch schockierenden Disziplinverstoß in der Unterstufe, der natürlich unbedingt geahndet werden musste, Reenie ihr berichten würde.

»Also, was ist los?«, fragte sie.

Reenie sammelte sich und setzte an. Sie sprach, fand Clare, als habe sie ihr Anliegen auswendig gelernt, wie ein Polizist im Zeugenstand.

»Es war vorletzte Nacht«, erzählte sie. »Freitag, um Viertel vor drei. Was ja eigentlich schon Samstagmorgen ist. Also, gestern Morgen um Viertel vor drei – ich habe auf meine Uhr mit den Leuchtziffern geschaut und mir die Zeit genau gemerkt – wachte ich wegen meiner Verdauungsstörungen auf. Weißt du, das ist manchmal richtig schlimm in der Nacht, deshalb habe ich immer Tabletten im Nachttisch. Ich nahm vier davon, und dann überlegte ich, den Vorhang zuzuziehen, weil der Mond so hell schien und ich leichter einschlafen würde, wenn es dunkler im Zimmer war. Natürlich habe ich dabei auch aus dem Fenster geschaut, und jetzt rate mal! Ich weiß, du wirst es mir kaum glauben, aber es ist die absolute

Wahrheit: Ich sah jemanden über das Gelände auf die Schule zukommen. Um Viertel vor drei Uhr morgens!« Reenie schaute Clare mit zusammengepressten Lippen und leuchtenden Augen an.

»Jemand auf dem Gelände?«, wiederholte Clare langsam. »Freitag Nacht? Das kann doch nicht sein.«

»Das habe ich mir auch gesagt«, nickte Reenie. »Aber ich habe sofort meine Brille aufgesetzt und nochmals hinausgeschaut. Überhaupt kein Zweifel. Jemand ging von der großen Buche an der Mauer auf die Schule zu. Und ich bin nicht die Einzige, die das bestätigen kann. Ich war so überrascht – und auch verängstigt, wie ich zugeben muss, weil die Gestalt sich so *verstohlen* bewegte –, dass ich Elsie weckte. Elsie Butterfield, du weißt schon. Wir teilen das Zimmer.«

»Und Elsie hat die Gestalt auch gesehen?«

»Ja. Ja, aber ...« Reenie schien ein wenig von ihrer Sicherheit einzubüßen. »Nur ganz kurz, glaube ich, weil sie da schon am Gebäude war und um die Ecke schlich, ganz nah an der Mauer. Aber Elsie sagt, sie hätte die Gestalt auch gesehen, bevor sie verschwand, und sie war zu dieser Zeit völlig wach.«

»Ihr zwei habt wohl geträumt«, sagte Clare entschieden. »Nirgendwo kann jemand das Schulgelände betreten, höchstens bei der Hütte des Gärtners, und dann hätte Williams Hund sich lautstark gemeldet.« Clare wusste, wovon sie sprach. Seinerzeit bei den nächtlichen Ausflügen hatte sie mit ihrer Clique stets einen großen Bogen um die Hütte des Gärtners gemacht. »Bist du bei William gewesen und hast ihn gefragt, ob er in dieser Nacht irgendetwas gehört hat?«

»Nein«, antwortete Reenie. »Bislang haben wir noch niemandem davon erzählt. Wir haben überlegt, es Miss Linskill zu melden, aber dann dachte ich mir, dass du als Schulälteste das erledigen solltest, und Elsie war der gleichen Meinung.«

Clare war erleichtert. »Das war sehr vernünftig. Bestimmt gibt es eine ganz einfache Erklärung. Ich kann mir kaum vorstellen, dass irgendjemand versuchen würde, in Paston Hall einzubrechen.«

»Das hat Elsie auch gesagt. Immerhin, da ist der Tennispokal in der Aula. Aber ich glaube auch nicht, dass es ein Einbrecher war, denn es war eine Mädchengestalt!«

»Ein Mädchen!«

Reenie freute sich sichtlich über Clares erstaunte Stimme. Clare war darauf vorbereitet gewesen, die Beschreibung eines Mannes zu hören – des Mannes, der des Nachts auf der anderen Seite der Mauer unterwegs war und seine Streifzüge nun, wie Reenies Geschichte befürchten ließ, auf das Schulgelände ausgedehnt hatte. Aber ein Mädchen –

»Ja«, sagte Reenie, »ein Mädchen oder eine Frau. Aber ich glaube, dass es ein Mädchen war, weil sie einen grauen Mantel trug, so wie unsere Schulmäntel, und ihre Beine nackt waren, es sei denn, sie hätte hautfarbene Strümpfe getragen – da bin ich mir nicht sicher, aber es war auf jeden Fall ein kurzer Mantel. Sie trug keinen Hut, und ihr Haar war hell, vielleicht aber nur, weil das Mondlicht darauf lag. Jedenfalls war es kurz geschnitten. Ich würde dir gern eine bessere Beschreibung geben, aber ich war so überrascht und hatte ja anfangs meine Brille nicht auf, und dann war sie auch schon um die Ecke verschwunden ...«

»In welche Richtung ging sie denn?«, fragte Clare streng.

»Um das Ende des Ostflügels, weißt du, an der Turnhalle vorbei in Richtung Aufenthaltsraum ...«

Clare sprang plötzlich auf. »Lieber Gott!«, rief sie bestürzt. »Was bin ich doch für eine Närrin!«

Reenie stierte sie mit großen Augen an, und Clare riss sich zusammen.

»Schau«, sagte sie mit gesenkter Stimme, in die sie größtmögliche Bedeutsamkeit legte. »Mir ist plötzlich etwas klar geworden, was damit zusammenhängen könnte – etwas, das mir bis jetzt völlig entfallen war. Elsie und du, ihr müsst absolutes Stillschweigen über die Sache bewahren. Ihr dürft die nächsten paar Tage keiner Menschenseele etwas davon sagen, hörst du? Ich muss herausfinden, ob meine Idee richtig ist oder nicht. Wenn wir es ausplaudern, bevor ich ein wenig nachgeforscht habe, könnten wir uns leicht zum Gespött der anderen machen.«

»Heißt das, dass du eine Spur hast?«, fragte Reenie.

Clare war bereits im Aufbruch begriffen. »Könnte sein, irgendwie, aber ich muss es erst überprüfen.«

Sie hastete zurück ins Internat, rannte hoch auf ihr Zimmer und riss die Schranktür auf. Dort durchstöberte sie einen ungeordneten Stapel Papiere, alte Schulhefte, einzelne Notizblätter und Briefe – Briefe von ihren Eltern und alten Freundinnen, die von Paston Hall abgegangen waren. Während ihrer Suche verschaffte sie ihrer Ungeduld durch kleine Ausrufe Luft und machte sich schlimme Vorwürfe wegen ihrer Dummheit und Nachlässigkeit. Es dauerte zehn Minuten, bis sie das fand, wonach sie gesucht hatte: einen fünf- oder sechsseitigen Brief, den sie, zum Großteil ungelesen, wieder in den Umschlag gestopft hatte.

Sie hatte ihn Anfang des Trimesters von Helen Gray erhalten, die letzten Sommer die Schule verlassen hatte. Helen hatte ihr einen Brief voller Klatsch und Tratsch über ihre Weihnachtsferien in der Schweiz und die Arbeitsstelle in ihrer neuen Heimat London geschrieben. Das alles war Clare damals ziemlich fern und unwirklich erschienen, da sie mit Herz und Seele in Brackenbine war, und sie hatte sich nicht weiter Mühe gegeben, Helens Gekrakel zu entziffern, all die wackligen Buchstaben, die mal in diese, mal in jene Richtung wiesen. Später, wenn mehr Zeit war, hatte sie den Brief ganz lesen wollen, ihn dann aber schlichtweg vergessen. Nun stand ihr ein Absatz, dessen verhältnismäßig leserliche Worte sie seinerzeit überflogen hatte, deutlich vor Augen und schreckte sie auf wie ein Schlag ins Gesicht.

Sie sah die Seiten rasch durch und überlas Absätze wie diese: »Eine prächtige Zeit in [unleserlich] ... die letzten Ferien für eine Ewigkeit ... ich schufte jetzt in einem Büro ... Buchhaltung. *Ich!!!*«

Clare ließ die Blätter zu Boden fallen. Auf der letzten Seite fand sie, wonach sie gesucht hatte.

»Ich wollte dir noch sagen, dass wir Judy in [völlig unleserlich] getroffen haben. Wir hatten eine Menge Spaß, sie und ich und unser Cousin Harry. Drei von uns kamen ja aus Paston Hall, weil auch Jennifer dabei war, und wir haben in alten Erinnerungen an das Gefängnis und sein Gespenst geschwelgt. Judy und ich waren der Meinung, dass es dort noch am schönsten war, wenn wir mit dir und Pamela und dem Rest der Clique unsere Mitternachtspicknicks veranstaltet haben. Jennifer konnte gar nicht glauben, dass du dabei warst; du seist doch so ein *ernsthaftes und würdevolles* Mädchen. Anscheinend hat niemand je entdeckt, wie wir nach draußen gelangt sind. Jennifer wusste jedenfalls nichts davon, bis ich es ihr erzählte ...«

Clare las diesen Absatz nun zum erstenmal mit ganzer Aufmerksamkeit. Sie stopfte die Bögen in den Umschlag zurück. Ohne Zweifel hatte sich das Geheimnis des Fensters im Aufenthaltsraum seit Weihnachten herumgesprochen.

Sie dachte über Jennifer Gray nach, Helens jüngere Schwester. Sie war in der Mittelstufe und jetzt vermutlich um die fünfzehn Jahre alt. Clare kannte sie nur vom Sehen; sie war ein auffällig hübsches Mädchen unter den sonst durchweg unscheinbaren Mittelstufenschülerinnen. Sie hatte von Natur aus gelocktes hellbraunes Haar, das kurz geschnitten war, große blaue Augen und eine Figur, die irgendwie den unschönen Übergang zwischen Babyspeck und geschmeidiger Anmut übersprungen hatte. Darüber, wie sie dachte und fühlte, wusste Clare so gut wie nichts. Aus einzelnen Bemerkungen der Vertrauensschülerinnen hatte sie aber den Eindruck gewonnen, dass Jennifer vorlaut, ziemlich verwöhnt und aufsässig war. Vielleicht war sie ja auch abenteuerlustig genug, jetzt, wo sie wusste, wie man das machte, die Schule auf dem kurzen Fensterweg zu verlassen.

Wenn dem so war, dann hatte Clare dafür volles Verständnis und würde nichts dagegen unternehmen. Vielleicht konnte sie Reenie davon überzeugen, dass es sich bei der Gestalt frühmorgens im Mondlicht um ein Gespenst handelte, oder

– plötzlicher Geistesblitz! – um Miss Geary. Warum sollte eine Lehrerin nicht zu jeder ihr genehmen Tages- oder Nachtzeit auf dem Gelände spazieren gehen? Außerdem war bekannt, dass Miss Geary einen schlechten Schlaf hatte. Das klang überzeugend.

Aber trotzdem, es half nichts, sie musste irgendetwas unternehmen. Solange sie sich in Paston Hall aufhielt, war es von Vorteil, einen Geheimausgang zu haben. Wenn Jennifer und jede Menge Mittelstufler sich desselben Fluchtwegs bedienten, würde man sie früher oder später ertappen. Nach einem gewaltigen Donnerwetter würde Miss Sperrod das Fenster im Aufenthaltsraum mit Gittern versehen wie alle anderen im Erdgeschoss, mit Ausnahme der im Krankenzimmer. Clare sah keine andere Möglichkeit, als Jennifer oder ihre Freundinnen in flagranti zu ertappen und sie irgendwie dazu zu bringen, ihre Ausflüge zu unterlassen, damit der Geheimweg nicht noch weiter bekannt wurde.

So hielt sie denn während der folgenden Nächte, an denen das Wetter klar war, einsame Wache im Aufenthaltsraum. Drei Nächte verstrichen, ohne dass sich etwas getan hätte, und Clares Anspannung wuchs. Reenie hielt sich zwar gewissenhaft an das ihr auferlegte Schweigen, doch bestimmt würde sie sehr bald wissen wollen, welcher »Spur« Clare denn nachging. Dass Elsie Butterfield plauderte, war dagegen nicht sehr wahrscheinlich. Sie war ein dickes, verschlafenes, unaufmerksames Mädchen, das an nichts außer an ihrem Bett, ihren Mahlzeiten und den Ferien interessiert war. Clare war sich sicher, dass sie die Herumtreiberin nicht einmal gesehen hatte, als sie von Reenie geweckt worden war.

In der vierten Nacht stellte sie Jennifer. Sie war bis ein Uhr auf ihrem eigenen Zimmer geblieben und hatte dort gewacht, denn sie hielt es für sinnvoller, da zu sein, wenn Jennifer wieder in die Schule kletterte. Auf dem Weg nach draußen hätte sie sich herausreden können, warum sie im Aufenthaltsraum war – natürlich hatte sie nie die Absicht gehabt, die Schule zu verlassen. In den drei vorhergehenden

Nächten war der Fensterverschluss stets in der richtigen Stellung gewesen, dennoch hatte Clare danach noch ein, zwei Stunden gewartet, ob nicht irgendetwas passieren würde. Heute Nacht aber war die Fensterklinke heruntergedrückt.

Es war eine bewölkte Nacht, doch es regnete nicht. Clare hatte eine Taschenlampe mitgebracht, um nicht die Lampen anschalten zu müssen, die man von draußen gesehen hätte. Sie setzte sich in den bequemsten Sessel zwischen Fenster und Tür und wartete.

Sie machte sich nur wenige Gedanken über den Schreck, den sie Jennifer einjagen würde. Wer das Abenteuer suchte, musste mit solchen Dingen rechnen, und außerdem war Jennifer möglicherweise nicht allein. Clare wurde die Ironie klar, die darin lag, dass sie nun auf der Seite von Recht und Ordnung stand, und sie lächelte in die Dunkelheit. Sie freute sich schon darauf, die ganze Geschichte Niall zu erzählen.

Wie gewöhnlich schweiften ihre Gedanken hinüber nach Brackenbine. Sie konnte ihre Träume, die um Niall kreisten, wieder und wieder durchleben und fand doch jedes Mal neue Wunder und Freuden, wie beim Blättern in einem prachtvollen Bildband. Zwei Stunden verstrichen, und doch verspürte sie keinerlei Langeweile. Im trüben Licht der Taschenlampe, die sie mit ihren Fingern abdeckte, sah sie auf die Uhr. Es war zehn vor drei. Je länger Jennifer sich draußen aufhielt, desto unwahrscheinlicher wurde es, dass sie allein war. So aufregend konnte es nicht sein, spät nachts einsam auf dem Schulgelände herumzuschleichen. Clare bereitete sich darauf vor, mit einer ganzen Gruppe von Mädchen fertig werden zu müssen.

Es war fast genau drei Uhr, als sie sich aufsetzte, weil sie draußen Schritte hörte. Bald machte sich jemand am Fenster zu schaffen. Clare lauschte mit kritischem Ohr. Zu ihrer Zeit waren sie und ihre Freundinnen weitaus vorsichtigere und bessere Einbrecherinnen gewesen. Ein kalter, frischer Luftzug blies ihr entgegen, und jemand sprang in ihrer Nähe auf den Boden. Sie erhob sich, schaltete die Taschenlampe an und begann mit gedämpfter Stimme zu sprechen. Ihr Herz machte einen Sprung, als sie einen Laut des Erschreckens hörte.

Im ersten Lichtstrahl hatte sie Jennifer Gray erkannt, und ein Blick zum Fenster zeigte ihr, dass sie allein war. Clare senkte den Strahl der Lampe und blieb zwischen Jennifer und der Tür stehen, um dem Mädchen ein paar Augenblicke zu geben, Fassung zu gewinnen.

»Ist noch jemand bei dir, Jennifer?«, fragte sie dann leise und freundlich.

Jennifers Stimme klang äußerst unsicher. Sie weinte fast vor Schreck, doch als sie antwortete, wandelte sich der Schrecken in Wut: »Noch jemand? Wo denn? Da ist sonst niemand! Warum versuchst du mich aufzuhalten? Warum lauerst du mir auf? Was denkst du dir dabei, mir nachzuspionieren?«

»Reg dich ab«, sagte Clare. »Wenn du nachts aus der Schule kletterst und jemand dich dabei sieht, ist es nur natürlich, dass er dir Fragen stellt. Und schrei nicht so laut. Niemand außer mir weiß, dass du draußen warst, und es besteht kein Anlass, die ganze Schule aufzuwecken.«

»Das ist mir gleich!«, entgegnete Jennifer, wenngleich sie ihre Stimme zu einem wütenden Flüstern senkte. »Ich hasse euch alle! Und du – *du* – du hast keinerlei Recht, Clare Lydgate ...«

»*Mir* ist völlig gleichgültig, was du treibst, du kleine Idiotin«, sagte Clare kalt. »Von mir aus kannst du die ganze Nacht draußen bleiben und dir eine Lungenentzündung holen, aber du solltest daran denken, dass es hier noch andere Augen gibt als meine. Jemand hat dich am Samstagmorgen auf dem Gelände gesehen und mir davon berichtet. Du kannst von Glück reden, dass Miss Linskill nichts davon erfahren hat.«

Jennifer trat näher und stand nun mitten im Lichtkegel der Taschenlampe. Sie hatte mittlerweile wieder Kontrolle über sich erlangt, und ihre Stimme klang jetzt trotzig. »Ich glaube dir nicht!«, sagte sie. »Niemand hat mich gesehen. Niemand außer dir weiß davon, und dafür kenne ich auch den Grund. Du willst mich aufhalten, aber das gelingt dir nicht. Miss

Linskill jagt mir keine Furcht ein. Erzähl es ihr doch! Erzähl es Miss Sperrod! Dann wirst du sehen, was ich über *dich* weiß. Soll ich ihnen vielleicht etwas über *deine* Ausflüge nach Brackenbine erzählen?«

»Brackenbine?«, fragte Clare scharf. »Was hat das damit zu tun? Jeder weiß, dass ich Brackenbine besuche.«

»Ach ja? Über die Mauer? Mitten in der Nacht?«

Jennifers boshafter Hohn regte Clare so auf, dass sie dem Mädchen am liebsten eine Ohrfeige gegeben hätte. Sie hielt sich zurück und sagte mit harter Stimme: »Was soll das heißen? Was für einen Unsinn redest du da?«

»Oh, wie gut du lügen kannst«, sagte Jennifer mit kühler Unverschämtheit. »Und genau das würdest du auch tun. Du hättest gar keine andere Wahl. Aber es ist nicht nötig, *mich* anzulügen. Ich weiß alles.«

»Was weißt du denn schon? Wenn du den Mut hast, mir in die Augen zu sehen und zu behaupten, ich würde nachts über die Mauer nach Brackenbine steigen, wo ich jeden Tag bequem über die Straße dorthin gelange, dann weiß ich nicht, was bei dir überwiegt, Dummheit oder Verlogenheit.«

»Na schön«, sagte Jennifer. »Dumm soll ich also sein? Willst du vielleicht abstreiten, dass du Samstagnacht am Beginn des Trimesters über die Mauer geklettert bist? Willst du vielleicht abstreiten, dass es deine Spuren waren, die ich am nächsten Morgen im Schnee gefunden habe?«

»Spuren im Schnee?« Clare schnaubte verächtlich. »Da musst du dir schon eine bessere Geschichte einfallen lassen.«

Ihr Spott machte Jennifer noch wütender. Ihre geflüsterte Entgegnung war voller Gift und Galle. »Einfallen lassen? Soll ich dir sagen, was du selbst gesehen hast? Waren es etwa nicht kleine Reiter hinter einem Fenster? Hast du vielleicht nicht eine gesehen, die alle für tot halten, die aber putzmunter in einer Kutsche herumfährt? Hast du vielleicht keine Mädchen gesehen, die mit den Haaren an Bäume geknüpft waren, weil sie *ihm* nicht Gehorsam geleistet haben? Brennt dein linkes Ohr nicht manchmal? Hast du etwa keine *Träume*?«

Clare wankte gegen den Tisch. Der Strahl der Lampe tanzte auf und ab, so heftig zitterte ihre Hand. Jennifer schien über ihren Ausbruch selbst erschreckt zu sein. Clare konnte ihren stoßweisen Atem hören. Trotz ihres eigenen Elends bemerkte sie, dass auch die andere bebende Knie hatte. Ihre Beine waren nackt unter dem kurzen grauen Mantel, und über ein Knie zog sich eine frische Schramme. Clare sah, wie sich der rote Kratzer im unkontrollierten Zittern der Muskeln bewegte.

Sie starrte vor sich hin und kämpfte gegen eine Angst, die sie zu zermalmen drohte. Nie zuvor hatte sie gleichzeitig solche Verzweiflung und solche Furcht verspürt. Eine glückliche Welt, an deren Festigkeit sie geglaubt hatte, war zusammengebrochen. Aber nicht nur das. Wäre Brackenbine plötzlich verschwunden und nur die öde Leere geblieben, die früher ihr Leben gewesen war, sie hätte dieses Leid irgendwie ertragen können. Doch nun hatte sich ein schrecklicher Abgrund aufgetan, aus dem unaussprechliche Dinge zu ihr heraufkrochen.

Sie erschauderte und versuchte, dem Klammergriff ihrer Vorstellungen zu entkommen. Sie hob die Taschenlampe, griff nach Jennifers Schulter und sah ihr ins Gesicht. Die Augen der Jüngeren waren groß und angsterfüllt. Es schien Clare, als habe sie erst jetzt das ganze Grauen dessen erkannt, was sie eben gesagt hatte. Angesichts dieses leeren, entsetzten Blicks fand Clare einige Überreste von Mut und Vernunft unter den Trümmern ihrer Träume. Zuerst hielt sie ihre Taschenlampe an Jennifers Ohr und strich das dichte Haar zurück. Im Ohrläppchen erkannte sie einen winzigen Einstich. Im Licht der Taschenlampe wirkte er wie eine kleine, bösartige Entzündung.

Sie schüttelte das Mädchen sanft. »Oh, Jennifer«, flüsterte sie. »Das hättest du nicht ... Du weißt nicht, was du getan hast. Ich weiß, was du gesehen hast. Es ist nicht wirklich. Verstehst du mich? Es ist nicht echt. Es ist ein unseliges Spiel. Ich habe das zuerst auch nicht verstanden. Aber jetzt ist es mir klar geworden. Ich kenne ihn besser als du. Ich bin älter als du. Du musst mir glauben. Du musst mir versprechen, nie wieder dort hinüber zu gehen, unter keinen Umständen. Versprich es mir!«

»Nie wieder dorthin gehen?« Jennifer schrie so laut und wild, dass Clare ihr entsetzt den Mund zuhielt. Doch die Jüngere beruhigte sich rasch. Ihre Stimme hatte jetzt einen völlig verzweifelten Ton. »Ich weiß nicht. Ich kann dir nicht vertrauen. Du sagst das vielleicht nur, weil du eifersüchtig bist. Vorher war alles so schön. Sogar – sogar als er mir von dir erzählt hat, war es mir egal. Ich war nicht eifersüchtig.«

»Hör mir zu«, beschwor Clare sie mit vor Trauer fast erstickter Stimme. »Ich bin auch nicht eifersüchtig. Ich versuche nur, dir zu helfen. Oh Jennie, du weißt doch, dass Helen und ich gut befreundet waren. Du weißt, dass sie und ich diesen Fluchtweg entdeckt haben. Du *kannst* mir vertrauen, wirklich. Ich versuche nur, dich und mich zu retten. Ich werde wieder dorthin gehen müssen – bei Tageslicht. Es ist keine Gefahr für mich dabei. Aber du musst mir versprechen, nie wieder nachts dorthin zu gehen, nie wieder! Versprich es mir um Helens willen!«

»Du darfst Helen nichts davon sagen.« Jennifers Stimme hatte alle Aufsässigkeit verloren. Sie weinte ein wenig. »Erzähl bitte niemandem davon. Ich muss hingehen. Das ist doch mein einziges Glück. Ich lebe nur dafür, in seiner Nähe zu sein. Ich wollte unter seinem Bann stehen. Ich wollte, dass er mir ins Ohr sticht, ich wollte seine Sklavin werden. Ich muss ihm jetzt gehorchen. Ich muss einfach.«

Clare legte den Arm um sie. »Ich weiß«, sagte sie, und sie spürte die Tränen auf ihrer eigenen Wange. »Ich weiß, wie du dich fühlst. Es hat mir das Herz gebrochen, als ich eben die Wahrheit erfuhr. Aber es ist *nicht* der einzige Grund zu leben. Lass dir das nicht von ihm weismachen. Es gibt Helen, deine Mutter und deinen Vater. Er – *er* wird sich nicht lange um dich kümmern. Er spielt mit dir wie mit einer Puppe. Was er dir gezeigt hat, ist nicht die Wahrheit. Es ist alles nur ein Spiel.«

»Das ist nicht wahr!«, keuchte Jennifer. »Und es ist mir auch egal. Ich *will,* dass er mit mir spielt.«

Clare sah sich verzweifelt in dem dunklen Raum um. Sie konnte kein Argument gegen den Bann finden, dessen Macht sie selbst so gut kannte. Auch sie war nicht frei.

Würde Niall in diesem Augenblick am Fenster erscheinen, sie würde instinktiv in seine Arme flüchten, so wie ein ängstliches kleines Hündchen zu seinem Herrn zurückkehrt. Doch die absolute Versklavung dieses Kindes und die erschütternde Gewissheit, selbst betrogen worden zu sein, stärkten jenen winzigen Bereich in Clares Denken und Trachten, der sich dem Bann niemals völlig unterworfen hatte. Sie war konfrontiert mit Nialls Macht, und die Erkenntnis seiner wahren Absichten brach über sie herein, aber aus den letzten Überresten ihres Stolzes und aus ihrer Empörung schöpfte sie Mut zum Widerstand.

»Hör zu!«, flüsterte sie. »Wann sollst du wieder zu ihm kommen?«

»Übermorgen Nacht«, wimmerte Jennifer.

»Schau«, sagte Clare, »morgen bin ich wieder in Brackenbine. Ich werde ihn darum bitten, dir die ganze Wahrheit zu sagen über seine Marionetten und die Spiele, die er mit ihnen spielt. Ich werde nicht versuchen, dich davon abzuhalten, ihn zu treffen. Ich werde zu niemandem ein Sterbenswörtchen sagen. Irgendwie werde ich es hinbekommen, dass auch Reenie keinem etwas sagt. Sei nicht wütend auf mich, Jennifer, Gute. Ich weiß, dass du ihn liebst. Und wahrscheinlich mag er dich sehr viel mehr als mich. Ich habe ihn in letzter Zeit nur selten gesehen. Ich gehe wirklich dorthin, um mit seiner Mutter zu lernen. Ich habe ihn nur wenige Male allein getroffen. Jetzt musst du zu Bett gehen. Wir beide müssen das, sonst sind wir morgen zu erschöpft.«

Sie schloss das Fenster und führte Jennifer zur Tür, den Arm um ihre Schulter gelegt. Das Mädchen schwieg, doch als sie sich trennten und Clare sie fragte, ob sie nicht Freundinnen sein wollten, fühlte sie, wie Jennifer an ihrer Schulter nickte und ihren Arm drückte.

8

Den Rest der Nacht verbrachte Clare schlaflos. Nun, da sie allein in ihrem Zimmer war, schwanden ihr Stolz und ihr Mut. Die schmerzhafte Enttäuschung füllte sie ganz und gar aus, und während der langen Stunden bis zur Morgenglocke weinte sie immer wieder vor Verzweiflung. Es war ein Schmerz schlimmer als der Tod, zugleich aber viel unwirklicher. Jeder musste einmal sterben, doch Clare glaubte, dass niemand vor ihr je so grausam getäuscht worden war durch die Vorspiegelung von Liebe. In jenen frühen Morgenstunden durchlebte sie erneut jede Minute, die sie mit Niall verbracht hatte, und all dem zum Trotz, was ihr Herz ihr sagte, konnte sie nicht glauben, dass seine ganze Liebe nur ein Spiel gewesen sein sollte. Gefühl und Vernunft stritten miteinander: Die Tatsache, dass er Jennifer ihr Geheimnis verraten hatte, sagte eigentlich alles, und doch versuchte sie sich einzureden, dass sie viel zu viel aus den Worten des jungen Mädchens herausgehört hatte. Ohne Zweifel hatte er sich auf irgendeine Art mit Jennifer eingelassen, doch mochte es dafür eine Erklärung geben. Clare und Niall kannten sich mittlerweile so gut; er war sicher in der Lage, ihr die ganze Sache zu erklären, und es würde eine Erklärung sein, die sie begreifen und akzeptieren konnte.

Und all die Bilder der Furcht, jene herandrängenden schattenhaften Schrecken, sie waren gewiss nur ihrer eigenen Einbildung entsprungen, Hirngespinste eines überhitzten Verstandes und überreizter Gefühle. Sie hatte sie selbst heraufbeschworen, denn sie hatte mutwillig vorgegeben, an Nialls übernatürliche Kräfte zu glauben. Die Worte waren die von Jennifer, doch die Bilder waren allein Produkt ihrer eigenen Fantasie. So legte sie es sich zurecht. Für ihren Verstand war das ein Trost, für ihr Herz nicht. Unvermindert lag auf ihm die Bürde ihrer Trauer.

Während sie sich in ihrem Schmerz auf dem Bett hin und her wälzte, spürte sie zugleich ein körperliches Unbehagen.

Ihr Ohr pochte und brannte an der Stelle, wo Niall ihr vor Wochen den Stich versetzt hatte, so als hätte Jennifers wutentbranntes Flüstern die kleine Wunde wieder entzündet. Seit damals hatte sie nicht das Geringste mehr verspürt – bis jetzt. Man hätte abergläubisch werden und glauben können, er sei sich ihres Widerstandes bewusst und wolle sie an seine Macht erinnern. »Nein!«, rief sie laut und setzte sich im Bett auf. Sie leistete *ihm* ja keinen Widerstand. Sie liebte ihn. Sie würde seiner Erklärung dieser dunklen Vorgänge Glauben schenken. wüsste sie nur, was vor sich ging ... Sie musste ihn wiedersehen, und zwar sofort. Das war die einzige feste Entscheidung, die sie am Ende dieser qualvollen Stunden gefällt hatte.

Der Morgen und die Ablenkungen des Alltags minderten nicht das Gefühl von Verlust und Trauer, doch stemmte sich Clare nun mit etwas mehr Mut gegen ihre Ängste. Jene unklaren Schrecken waren bloß Traumgebilde, und sie schwanden und verblassten während des Schulalltags. Nur der kleine rote Punkt blieb deutlich sichtbar auf ihrem Ohrläppchen, und auch der klopfende Schmerz verging nicht, obwohl er sich abschwächte.

Reenie Ford bemerkte sofort voller Mitgefühl, wie erschöpft Clare aussah. Das Versprechen, Reenie über ihre »Spur« aufzuklären, war Clare völlig entfallen. So blickte sie nur bestürzt drein, als das Mädchen vor dem Mittagessen im Aufenthaltsraum, wo sie allein waren, flüsternd und geheimnistuerisch fragte, ob Clare inzwischen mehr wisse. Hilflos nach Worten ringend, griff sie schließlich, ohne große Zuversicht, auf ihre frühere Idee zurück.

»Es war Miss Geary, die du gesehen hast«, sagte sie.

»Miss Geary? Oh, ich verstehe ...« In Reenies Stimme lag eine Spur von Enttäuschung. Doch der Name klang überzeugend; er beinhaltete alles, was in Paston Hall merkwürdig und auffällig war. Erleichtert entnahm Clare dem veränderten Gesichtsausdruck, dass Reenie die Vorstellung von Miss Geary, die durch die Nacht streifte, vollauf genügte. Damit war alles geklärt und jede weitere Frage überflüssig geworden.

»Ich verstehe«, wiederholte Reenie und ging traurig ihres Weges.

Clare machte sich sofort nach dem Mittagessen auf den Weg nach Brackenbine. Es war ein kalter Tag mit Nieselregen, und so überraschte es sie, den Gärtnerjungen auf der Straße unweit des Tors zu sehen, als wisse er keinen trockeneren und wärmeren Fleck für seine Mittagspause. Er war ein guter alter Bekannter und mittlerweile zu einem hoch gewachsenen jungen Mann geworden, doch er erledigte immer noch kleine, vertrauliche Dienste, so wie damals, als er für Clare und ihre Clique Tee und Würstchen gekauft hatte. Er grinste, lüpfte seine Mütze, als sie näherkam, und überreichte ihr einen Brief.

»Der Herr hat mir aufgetragen, Ihnen das hier zu geben, falls Sie allein kommen«, sagte er und verneigte sich, um dann zurück in Richtung Schultor zu schlendern.

»Der Herr?«, murmelte Clare. Damit konnte nur Niall gemeint sein, doch der Umschlag trug Mrs. Sternes Handschrift. Sie riss ihn im Weitergehen auf und sah, dass der Brief tatsächlich von ihr stammte.

Liebe Clare,
es tut mir sehr Leid, dass ich dich nicht mehr sehen konnte, bevor ich fahre. Ich muss aus Geschäftsgründen dringend nach Cornwall und weiß nicht, wann ich zurückkomme. Es mag dauern. Schade, dass wir unsere Lektionen nicht abschließen können, so kurz vor deiner Prüfung, aber ich bezweifle, dass die wenigen Übungen der letzten paar Wochen noch einen bedeutenden Unterschied machen. Vielleicht hätte ich dir ohnehin nichts mehr beibringen können, das du nicht schon weißt. Ich bin mir sicher, dass du auch alleine erfolgreich weitermachst. Überarbeite dich aber nicht, und lass dich von *niemandem* verwirren. Du weißt, was du zu tun hast. Wenn du Hilfe brauchst, dann wende dich an Miss Geary.

Ich habe mich gestern nicht von dir verabschiedet, weil ich mich erst heute Morgen entschieden habe, nach Cornwall zu fahren. Die einzig gute Verbindung ist der Zug um zwölf Uhr von Pentabridge, und ich muss in einer Stunde dort sein.

Viel Erfolg, meine liebe Clare!
Rachel Sterne

Clare blieb stehen, nachdem sie die Zeilen gelesen hatte. Der Gärtnerjunge war verschwunden, die Straße menschenleer. Sie erfasste den Inhalt des Briefes kaum, klar war ihr nur, dass sie Mrs. Sterne heute Nachmittag nicht sehen würde. Aber an die Lateinlektionen hatte sie ohnehin nicht gedacht; es gab nur einen Grund, Brackenbine zu besuchen. Bevor sie dort ankam, begriff sie jedoch, was Mrs. Sternes Brief bedeutete: Sie sollte nicht kommen. Sie begriff auch, dass Niall mit seinen Anweisungen an den Gärtnerjungen verhindern wollte, dass irgendjemand von der Absage seiner Mutter erfuhr.

Sie näherte sich dem alten Haus mit einer Aufregung, die sie nie zuvor in ihrem Leben verspürt hatte. Es fehlte ihr der Mut für das bevorstehende Treffen. Ihre einzigen Verbündeten waren der Stolz und die Empörung gewesen, und beide hatten sie auf dem Weg durch den nassen Wald verlassen. Zutiefst verletzt und elendig schleppte sie sich in die kleine Halle, um bei der Ursache ihrer Kränkung Trost zu suchen.

Weder im Speisezimmer noch im Salon brannte Feuer. Eine Minute lang lauschte sie am Fuß der Treppe, doch aus dem Atelier drang kein Laut. Langsam ging sie nach oben und warf einen Blick in alle Zimmer. Das Haus war leer. Anscheinend hatte Niall morgens im Atelier gearbeitet, denn dort schwelte die Glut noch im Kamin, und die Werkzeuge lagen auf der Bank. Clare setzte sich auf eine Kiste daneben und sah sich um, als sei sie zum erstenmal in dem ihr vertrauten Raum, oder als habe er nach Jennifers Enthüllungen ein ganz anderes Aussehen und einen neuen Inhalt gewonnen. Clare konnte nur schwer begreifen, dass sie nicht der einzige Gast in diesem Atelier gewesen war – eine ganz absurde und ungerechtfertigte Annahme, wie sie sich jetzt traurig eingestand, und nur eine von vielen absurden und naiven Annahmen, Niall betreffend. Sie neigte den Kopf, und während sie mit den Fingern über die Holzspäne auf der Werkbank strich, füllten sich ihre Augen mit Tränen.

Auch Jennifer war mit ihm in diesem Raum glücklich gewesen. Auch sie hatte er mit den Dingen erfreut und entzückt, die er ihr zeigen konnte – und weil sie noch ein Kind war und ihre Beziehung zu Niall eine ganz andere, hatte sie es nicht als so schlimm angesehen, dass sie nicht seine einzige ... Clare blickte auf und sah sich in dem stillen Zimmer um, als könnte sie hier das Wort finden, nach dem sie in Gedanken suchte. Was bedeutete sie für Niall? In ihrer Einfalt hatte sie gedacht, sie seien ein Liebespaar. Aber bedeutete sie ihm wirklich nicht mehr als Jennifer? War sie eine Art lebende Puppe, über die Macht zu besitzen, ihm Vergnügen bereitete? Es war für ihn ein Spiel gewesen, sie zu seiner Sklavin zu machen, ebenso wie bei Jennifer. Dann kamen ihr Jennifers Worte von letzter Nacht wieder ins Gedächtnis. Nein, ihr hatte er nicht nur Liebe vorgegaukelt, er hatte sie auch irgendwie verängstigt. In ihrer Stimme hatte wirkliche Furcht gelegen, dass er ihr etwas antun könnte, wenn sie ihm nicht gehorchte. Konnte Niall wirklich Vergnügen daran haben, Jennifer zu ängstigen? War er wirklich so grausam gewesen, ihr ein Stück vorzuführen, in dem eine Tote eine Rolle spielte? Was hatte er Jennifer eingeredet, dass sie derart fest an seine Macht über sie glaubte?

Während Clare auf Niall wartete, wurden ihre Angst und die Qual der Ungewissheit so unerträglich, dass sie aufsprang und im Atelier hin und her lief. Als sie das Stirnende des Raumes erreicht hatte, riss sie in einer jähen Anwandlung den langen Vorhang auf und sah durch die kleinen Bleiglasscheiben des Fensters hinunter auf die uralten Zwergbäume. Im Nieselregen boten sie einen traurigen Anblick. Der Park, wo sie ein so fröhliches und heiteres Treiben wahrgenommen hatte, wirkte verlassen, nass und trist in dem grauen Licht; ihr sank der Mut, und langsam zog sie den Vorhang wieder zu, um den Anblick nicht mehr ertragen zu müssen.

Doch ihr Denken kreiste fieberhaft um einige der Dinge, die Jennifer in der Nacht zuvor gesagt hatte. Sie verharrte vor der umgedrehten Kiste, auf der sie für Niall Modell gestanden hatte, und die Gedankenkette ihrer Erinnerungen, die sie gefangen hielt, geleitete sie zu einer Entdeckung. Nicht nur zu einer Entdeckung, sondern gleich zu mehreren. Jennifer war der Schlüssel zu mehr als nur einem Rätsel.

Sie ließ den Blick wieder durchs Atelier schweifen, aber jetzt zielgerichtet. Irgendwo musste hier Nialls Skizzenbuch liegen. Die Tür eines der Sperrholzschränke war nur angelehnt; sie ging hinüber, öffnete sie und durchsuchte den Inhalt des Schranks. In allen drei Fächern lagen Unmengen von Papieren und Büchern, doch fast sofort entdeckte sie das schwarz eingebundene Skizzenbuch, das er für seine Studien von ihr benutzt hatte. Sie blätterte darin und fand seinen flüchtigen Entwurf, wie ein Sportkleid aussehen könnte. Sie setzte sich auf den Boden, betrachtete die Zeichnung und verstand nun. Ohne den Schatten eines Zweifels war das Jennifer; nicht exakt porträtiert allerdings, sondern dargestellt als das hübsche Mädchen, das sie in wenigen Jahren sein würde. Niall musste sie genau studiert haben, um mit so schneller und sicherer Hand eine so treffende Skizze anfertigen zu können. Er musste sie viele Male gezeichnet haben.

Es gab kaum noch leere Seiten in dem Buch. Clare blätterte zurück, überschlug die Skizzen, die Niall von ihr selbst gemacht hatte. Auf den Seiten unmittelbar davor war wiederum Jennifer, diesmal die Jennifer der Gegenwart, mit meisterlicher Fertigkeit und Sorgfalt gezeichnet. Sie war wundervoll getroffen in der ganzen Jugend und Zartheit ihrer Formen, so, als sei Nialls Bleistift in diese Linien verliebt. Sie blätterte noch weiter in dem Buch und fand Jennifer in allen möglichen Kostümen und Posen, aber auch andere Porträtstudien mit Details von Händen, Armen und Beinen, mit exakten Nachzeichnungen von Lippen, Ohren und Nasen, die sie keinem ihr bekannten Gesicht zuordnen konnte. Auf den ersten Seiten des Buches stieß sie auf eine Zeichnung von Anne Otterel.

Lange ruhte ihr Blick darauf. Sie kannte Nialls Stil nun viel zu gut, um sich zu irren. Die Zeichnung stammte ganz gewiss von ihm. Sie war realistischer als das Gemälde seiner Mutter: ein genaues Abbild. Er hatte sehr viel Mühe und Zeit darauf verwendet; es handelte sich nicht um eine flüchtige Skizze, die er vielleicht beiläufig gemacht hatte, während Anne seiner Mutter Modell saß. Zudem fanden sich auf den Seiten davor Vorstudien zu dieser Zeichnung. Niall hatte sich mit großer Gewissenhaftigkeit um ein möglichst lebensechtes Porträt bemüht. Clare kämpfte gegen eine Überzeugung an, die sie sich nicht einzugestehen wagte; das Skizzenbuch auf den Knien, versuchte sie sich genau daran zu erinnern, was Niall ihr damals über seine Bekanntschaft mit Anne erzählt hatte. Auch Jennifers merkwürdige Worte gingen ihr durch den Kopf, und gleich darauf stellte sich ein Bild ein, das sie selbst von diesem Raum aus gesehen hatte. Kein Zweifel, wie sehr sie es vor sich selbst auch hatte verleugnen wollen: Die Marionette bei der Schlittenpartie, die ihren Kopf zur Seite gewandt hatte und von ihrem Liebsten in den Arm genommen wurde, war Anne Otterel nachempfunden. Jennifer hatte daran nie gezweifelt, und nun schien Clare die Vorstudien zu jener Porträtpuppe gefunden zu haben. Die Frage, die sie Niall hatte stellen wollen, für die ihr aber die richtigen Worte fehlten, war damit beantwortet. Seine Marionetten *waren* nach dem Leben ausgeführt, sie stellten wirkliche Personen dar. Wenn Anne Otterel, dann auch ... Sie schlug rasch die erste Seite des Buches auf.

Und da war sie: das Mädchen aus dem *Pentabridge Independent,* die Christbaumpuppe, die Clare vor dem Verbrennen gerettet hatte. Sie erinnerte sich wieder an ihren Namen, Margaret Raines. Es gab nur zwei vollständige Skizzen von ihr. Er hatte sie auf einem Zauntritt sitzend gezeichnet, die Hände im Schoß, die langen Haarflechten lose über ihren Schultern. Anders als Anne und Jennifer lächelte das Mädchen nicht; sie war mit einem träumerischen, versonnenen Ausdruck wiedergegeben.

Clare hatte viel Zeit damit verbracht, das Skizzenbuch durchzugehen, und noch immer war Niall nicht zurück. Mit einem Blick auf die Uhr stand sie auf, um das Buch wieder in den Schrank zu legen. Sie hielt es noch eine Zeit lang in Händen, voller Unruhe und Kummer. Zweifellos barg es eine Art Erklärung, und doch schien diese Erklärung nur in noch dunklere Rätsel zu münden. Sie legte das Buch auf ein anderes, ähnliches, nahm dann aber in ihrem Drang, die letzte Antwort zu finden, auch das untere Buch heraus und sah es durch. Wie das erste war es voller Porträtstudien, doch sie erkannte niemanden unter den Dargestellten. Er hatte Jungen wie Mädchen gezeichnet, und für Clare stand außer Frage, dass dies die Vorbilder für einige der Marionetten waren, die sie gesehen hatte. Sie grübelte darüber nach, während sie die Skizzen einer jungen Frau betrachtete, die eine ganze Seite füllten; nie im Leben hatte sie dieses Mädchen in Fleisch und Blut gesehen, und doch schien es da eine Beziehung zu geben. Eine der Zeichnungen gab ihr die Antwort. Darauf war die junge Frau mit der Haube und Schürze eines Dienstmädchens zu sehen.

Clare erinnerte sich: Letzten Heiligabend hatte sie Fetzen eines Gesprächs über ein Dienstmädchen gehört, das im Jahr davor bei den Sternes gearbeitet hatte. Wie war noch ihr Name? Janet. Ja, so hatte sie geheißen. Niall hatte auch Janet als Modell benutzt.

Im obersten Fach des Schrankes lag eine Unmenge loser Blätter. Nachdem Clare das zweite Buch wieder zurückgelegt hatte, nahm sie einige davon ohne eine bestimmte Absicht heraus; aus irgendeinem Grund konnte sie den Schrank nicht schließen, ehe die vage Idee in ihrem Hinterkopf erkennbare Formen angenommen hatte. Sie sah sich die einzelnen Blätter eins nach dem anderen an, und es dauerte eine Zeit lang, bis sie erkannte, um was es sich dabei eigentlich handelte. In ihrer Hand hielt sie die Werkzeichnungen für einige Marionetten. Auf einer war eine Figur maßstabsgetreu und mit Größenangaben abgebildet, eine andere zeigte einen Arm im

Querschnitt. Sie sortierte die Blätter: Es waren Zeichnungen für zwei vollständige Marionetten. Das Papier war etwas fleckig, da offenbar sehr oft zur Hand genommen. Die Linienführung war sehr klar, nur die ovalen Gesichter blieben leer. Und doch war Clare überzeugt, dass Niall momentan nach diesen Zeichnungen arbeitete. Und in der Tat bedurfte es keines Gesichts, um eine der Figuren zu erkennen: Clare hatte Jennifer vor sich. Und die andere – mit seltsamem Selbstmitleid und einem Gefühl der Hilflosigkeit wurde ihr klar, dass ihre eigenen Gesichtszüge dieses leere Oval ausfüllen würden.

Sie legte die Blätter zurück und schloss den Schrank. Langsam näherte sie sich der Zimmertür, doch dann wurde sie von Furcht übermannt, stürzte die Treppe hinunter und aus dem Haus. Sie hatte plötzlich eine Todesangst davor, Niall zu begegnen.

Sie verlangsamte ihr Tempo erst, als sie an dem großen flachen Felsen vorbeikam, auf dem sie so oft mit Niall gesessen hatte. Sie lehnte sich dagegen, versuchte, ihre Furcht zu überwinden und ihre Entdeckungen mit kühlem Kopf zu überdenken. »Vor *was* in Gottes Namen fürchte ich mich eigentlich?«, fragte sie sich wieder und wieder, und das laut. Ganz sicher konnte Niall für alles eine vernünftige Erklärung geben. Er fertigte seine Puppen eben nach dem Leben; schließlich versuchte sich ja auch kein Bildhauer an einer realistischen Statue ohne ein Modell. Was war so sonderbar oder verkehrt daran, dass Niall Menschen dafür nahm, die er kannte und die bereit waren, für ihn zu posieren? Sie klammerte sich an diese klare, vernünftige Erklärung und versuchte, die seltsam formlosen Dinge abzuschütteln, die sich an sie klammerten und die ihr jede Sicherheit entziehen wollten. Ihr Körper erschauerte, und sie fühlte, wie die kühle Nässe des Regens durch ihre Kleidung drang. Bestürzt und unglücklich darüber, dass ihr Brackenbine so trist und kalt erschien, verließ sie das Gelände und machte sich auf den Rückweg.

Noch bevor sie jedoch das Schultor erreicht hatte, klärten

sich für sie einige Teile des verwirrenden Rätsels. Einige ihrer Entdeckungen bestätigten offenbar die Befürchtung, hinter Nialls vermeintlich ganz normaler Arbeitsweise verberge sich etwas Dunkles und Gefährliches. Seine beiläufige Bemerkung, er habe Anne Otterel nur flüchtig gekannt, war vermutlich nur die halbe Wahrheit. Er hatte Anne viel besser gekannt, als er ihr einreden wollte. Diese Lüge, wenn es denn eine war, belastete sie nicht sehr. Anne Otterel war gestorben, bevor Clare Niall überhaupt kennen gelernt hatte. Ohne Zweifel war Anne ein wenig in Niall verliebt gewesen. Wenn sie an den Sommernachmittagen gekommen war, um seiner Mutter Modell zu sitzen, hatten sie gewiss miteinander geredet, gescherzt und gelacht. Sie war nicht eifersüchtig auf Anne. Sie war nur traurig, dass es so für sie hatte enden müssen. Auch Niall war in Anne verliebt gewesen – zumindest hatte er sich stark zu ihr hingezogen gefühlt. Und so war es kein Wunder, dass er nach ihrem Vorbild eine Marionette geschaffen hatte. Wenn sie seine außergewöhnliche Liebe zur Kunst in Betracht zog, konnte sie sogar verstehen, dass er es nicht gefühllos oder gar schockierend fand, ihrem Abbild Leben und Bewegung zu geben, während das Modell selbst in der kalten Erde lag.

Clare konnte sich auch denken, welcher Zufall Niall mit dem Mädchen aus Pentabridge zusammengebracht hatte. Die Klassenlehrerin hatte dem Reporter des *Independent* etwas erzählt, das Licht in diese Sache brachte: Das Mädchen ging häufig alleine in der Umgebung von Pentabridge spazieren. Der einsame Weg um die Hänge von Akenshaw Hill war natürlich verlockend für jemanden, der gern Vögel beobachtete. Zudem stand das Tor von Brackenbine stets offen, und kein Schild untersagte einem Wanderer den Zutritt. Niall hatte die junge Naturliebhaberin sicher charmant und vergnügt willkommen geheißen. Clare sah förmlich vor sich, wie er ihr freien Zugang zum Wald von Brackenbine anbot – und zur gleichen Zeit mit aufmerksamem Künstlerauge ihr Gesicht und ihre Gestalt musterte, auf der Suche nach einem neuen Modell für eine neue Marionette. Es wurde Clare überdeutlich, dass Nialls Steckenpferd, dass sein Kunstinteresse fast monomanische Züge trug und so unverhältnismäßig war, dass er dadurch einige normale menschliche Gefühle und Gewohnheiten verloren hatte. Ein Mann, weniger von seiner Aufgabe besessen als er, hätte auch kaum das Abbild eines Mädchens, das er gekannt hatte und das gestorben war, ungerührt den Flammen überlassen.

Clare hielt am Tor von Paston Hall, legte die Hände um das kalte Eisen und sah auf das vertraute rote Ziegelgefängnis mit seinen falschen gotischen Türmchen. Über einige von Nialls Marionetten hatte sie eine gewisse Klarheit gewonnen. Drei der Menschen, die ihm als Modell für seine Porträtstudien gedient hatten, wiesen eine Gemeinsamkeit auf: Anne Otterel, Margaret Raines und das Dienstmädchen Janet waren alle im letzten Sommer innerhalb kurzer Zeit an der gleichen Krankheit gestorben.

9

Clare hatte Brackenbine verlassen, ohne das erledigt zu haben, weshalb sie an diesem Nachmittag eigentlich hingegangen war. Sie warf sich vor, dass es feige gewesen war, sich so eilig davonzustehlen. Warum hatte sie nicht auf Niall gewartet? Er wäre sicher zur Teestunde zurückgewesen. Doch sie wusste genau, dass sie nicht mehr den Mut dazu gehabt hätte, mit all dem, was ihr durch den Kopf ging, allein in dem leeren Haus zu bleiben.

Sie hatte keine Ahnung, ob man in Paston Hall davon wusste, dass Mrs. Sterne verreist war, und sie wagte auch nicht zu fragen. Sie konnte nur abwarten und hoffen, dass niemand sie vor morgen Nachmittag darauf ansprechen würde. Also blätterte sie wie gewöhnlich in ihren Büchern und tat so, als ob sie lerne; in Wirklichkeit aber grübelte sie den ganzen

Abend lang über ihre und Jennifers unklare, verworrene Beziehungen zu Niall nach. Und was war mit seinen anderen Modellen? Sie konnte die ihr bekannten Tatsachen nicht richtig einordnen oder zu einer logischen Folgerung gelangen. Alles wies nur auf eine schattenhafte Bedrohung hin, die immer näher kam, immer größer wurde.

Clare schlief so schlecht wie in der letzten Nacht; und ebenso wie in der Nacht zuvor brannte und pochte ihr Ohr vor Schmerz – ein Schmerz, der im Vergleich mit ihren heimlichen Ängsten lächerlich unbedeutend wirkte, durch seine bösartige Beharrlichkeit jedoch beunruhigend war.

Der Morgen brachte ein wenig Erleichterung, denn die Stunden des Tages zogen sich nicht ganz so schleppend hin wie die Stunden der Nacht. Heute musste sie unbedingt mit Niall sprechen; sie wusste nicht, wie sie weitere vierundzwanzig Stunden überstehen sollte, wenn sie ihn wieder nicht antraf. Doch sie war überzeugt, dass er diesen Nachmittag in Brackenbine sein würde. Er hatte Jennifer aufgetragen, heute Nacht zu ihm zu kommen, und Clare hatte keinen Zweifel, dass sie das auch tun würde. Sie hatte sie am Morgen in der Aula gesehen, mit einer Gruppe von Klassenkameradinnen. Das Gesicht des jungen Mädchens hatte einen fast schon glückseligen Ausdruck gehabt, ihre Augen waren außergewöhnlich geweitet und glänzend, und auf ihrem Gesicht lag eine unerschütterliche Ruhe, die feste Gewissheit eines Menschen, dessen Glück und Hoffnungen keine Grenzen haben. Clare kannte diesen Ausdruck, weil ihr diese Gefühle nur zu vertraut waren. Es war offensichtlich, dass Jennifers Unterwerfung vollendet war: Sie war mit Leib und Seele Nialls Sklavin, und sie war trunken von dem süßen Wein, mit dem er sie für ihre völlige Unterordnung entlohnte.

Der Nachmittag war so kalt und trübe wie der letzte. Weder die Lehrkräfte noch die Schülerinnen machten irgendeine Bemerkung, als sie Clare nach dem Mittagessen das Gebäude verlassen sahen. Die eigentümliche Kränkung, die man ihr zugefügt hatte, ließ es Clare erscheinen, als müsse jeder ihren

Täuschungsversuch durchschauen, doch in der Schule hatte sich der Unterricht in der gewohnten Eintönigkeit dahingeschleppt, als habe sich nichts ereignet. So schnell sie konnte, lief sie die Straße hinunter und dann auf dem schlammigen Fahrweg durch das Waldstück. Als sie in der Diele von Brackenbine ihren Regenmantel auszog, sah sie, dass Niall diesmal zu Hause war.

Sein nasser Mantel lag auf der Truhe, und oben konnte sie leise Geräusche hören. Als sie ihren Fuß auf die erste Stufe setzte, sprang ihr Grim mit selbstgefälligem Schnurren entgegen.

Niall stand an der Hobelbank im Atelier. Ihr erster Blick richtete sich auf die losen Blätter, die zwischen seinem Werkzeug verstreut lagen, dann sah sie auf den offenen Schrank, den sie gestern durchsucht hatte. Er legte seine Gerätschaften aus der Hand und grinste.

»Da soll mich doch ...«, rief er mit übertriebener Vortragsstimme. »Hat es dir im Ohr geklingelt?«

»Du weißt es also«, keuchte sie und war verwirrt über ihr sofortiges Eingeständnis seiner Macht über sie, gegen die sie sich eigentlich hatte auflehnen wollen.

»Was weiß ich?«, fragte er mit fröhlichem Lächeln und winkte sie zu sich heran. »Ich weiß, dass du verärgert bist. Das kann man schon auf zwei Kilometer Entfernung spüren. Ich weiß auch, dass du weißt, dass ich über dich nachgedacht und sogar über dich gesprochen habe. Deshalb hat dir ja auch dein Ohr geklingelt, so sagt man doch, oder? Ein alter Aberglaube natürlich. Komm her und lass es mich mal ansehen!«

Doch Clare blieb zwei Meter von ihm entfernt stehen und stützte ihre Hand auf die Kante der Werkbank.

Es fiel ihr nicht leicht zu sprechen. Sein spöttischer Ton, sein halb heiteres, halb boshaftes Lächeln errichteten eine Art Glaswand zwischen ihnen. Sie blickte auf das kleine, mit höchster Sorgfalt geschnitzte Holzstück im Schraubstock am anderen Ende der Bank. Die Arbeit an den beiden Marionetten war inzwischen sehr weit fortgeschritten. Sie fasste sich ein Herz und sah ihm in die Augen. »Oh Niall«, sagte sie, »Jennifer hat mir erzählt ...«

Sein Gesichtsausdruck veränderte sich. Er sah weder peinlich berührt noch verärgert aus, sondern besorgt und nachdenklich. Er trat zu ihr, nahm ihren Arm, führte sie zum Kamin und setzte sie in einen der alten Ledersessel. Sie wehrte sich nicht, sondern blickte ihn nur untröstlich an.

»Warum«, fragte er, nachdem er sie eine Zeit lang angeschaut hatte, »warum macht dir das so zu schaffen?«

»Ich weiß nicht«, sagte Clare unglücklich. Zuvor hatte sie geplant, ihm bei diesem Gespräch Vorhaltungen zu machen und an sein Gewissen zu appellieren. Das war nun alles vergessen.

»Ich glaube, ich verstehe«, sagte er sanft, »und ich kann mir zum Teil auch denken, was passiert ist. Ich hätte es dir vorher sagen sollen. Ich weiß nicht, warum ich es nicht getan habe. Vermutlich war ich unsicher. Es war ein so grotesker Zufall. Ich wusste nicht genau, wie ich damit umgehen sollte, wie es dir beibringen oder was daraus machen. Stell dir vor, nicht lange nachdem ich dich nach deinem Sturz mitten in der Nacht kennen gelernt habe, macht ein Mädchen an derselben Stelle genau dasselbe! Glaub mir, als ich sie dabei erwischt habe, hielt ich sie einen Moment lang für dich. Ich habe sie wohl auch mit deinem Namen angesprochen, bevor mir der Irrtum bewusst wurde. Aber dann erfahre ich, dass dieses Kind nicht zufällig gekommen ist. Tatsächlich stellt sich nach einigen Fragen heraus, dass sie von dir weiß und davon, dass du nach Weihnachten einmal über die Mauer geklettert bist, in jener Nacht, als Schnee lag. Sie wollte herausfinden, was du hier drüben gemacht hast. Ich war verwirrt. Ich wusste wirklich nicht, was ich tun sollte. Für kurze Zeit vermutete ich sogar, dass du ihr etwas über unser Treffen im Wald erzählt hättest. Was sollte ich tun? Das Mädchen ist abenteuerlustig. Mir würde nie einfallen, so etwas zu unterdrücken. Ich würde ihr nie verbieten, in unseren Wald zu kommen. Eher würde ich all die kleinen Gefangenen von Spar-die-Rute dazu ermuntern, durchzubrennen und unser Anwesen zu erkunden, sofern sie den Mut dazu haben.«

Er redete so freimütig, gab seinen Fehler scheinbar so offen zu, dass Clare in Versuchung war, alles, was er sagte, hinzunehmen und es dabei zu belassen. Es wäre so einfach gewesen, nicht weiter nachdenken zu müssen, ihm zu glauben und in die Arme genommen zu werden. Doch der Zweifel blieb: Er hatte nicht die ganze Wahrheit erzählt, und zudem war dies nicht nur eine Sache zwischen ihr und ihm hier im Atelier. Er versuchte es zwar so darzustellen, doch noch eine weitere Person war beteiligt, und es waren Dinge geschehen, die seine Worte Lügen straften. Sie setzte sich auf und glaubte, das, was sie jetzt sagte, würde ihr das Herz zerreißen: »Lüg mich nicht an, Niall. Sie hat mir mehr erzählt, als du annimmst. Oh, es ist mir egal, wann und wieso sie zum erstenmal hergekommen ist. Du bist mir keine Erklärung schuldig, warum du ein anderes Mädchen in euer Haus eingeladen hast. Du verstehst mich falsch und setzt mich ins Unrecht. Und das verletzt mich. Du hättest mir sagen können, dass sie nachts hierher kommt, obwohl ich selbst nicht das Recht habe, dich danach zu fragen, und das auch nicht tun werde ...«

Er war ein wenig zurückgetreten, während sie sprach, lehnte sich jetzt ihr gegenüber gegen den Kaminsims und blickte zu Boden. »Ich will dir nicht weh tun«, sagte er langsam, »und ich möchte nicht, dass du glaubst, ich würde auf deine Gefühle mit Lügen reagieren. Ich habe dich nicht angelogen. Es ist, wie ich gesagt habe. Genau so habe ich Jennifer kennen gelernt, wenige Nächte, nachdem ich dir hier die Marionetten gezeigt hatte. Der Zufall – oder zumindest etwas, das nicht in meinen Absichten lag – hat sie hergeführt, und mit diesem Zufall bin ich auf meine Weise umgegangen. Glaub mir, es tut mir schrecklich Leid, dass ich dich damit verletzt habe.«

»Oh Niall!«, rief sie, während ihr die Tränen in die Augen traten. »Nicht deshalb bin ich verletzt! Ich wollte nur nicht den Eindruck erwecken, dass ich dich dazu zwingen will, etwas zu sagen, für das du zu stolz und unabhängig bist.«

Ein Lächeln huschte bei diesen Worten über seine Züge, doch lag ein Hauch von Bitterkeit darin.

»Und doch bedrückt dich etwas«, sagte er.

Sie faltete die Hände. »Ja. Ja, das stimmt. Aber es ist Furcht, Niall. Ich habe Angst. Ach, siehst du denn nicht, dass es mir dabei nicht um mich geht? Ich liebe dich, Niall. Nichts kann daran etwas ändern. Das Gefühl ist zu tief. Was immer du auch tust oder sagst, wo immer du auch hingehst, nichts ändert etwas an dem, was geschehen ist. Was geschehen ist, *ist* geschehen, für immer. Mir liegt an dem, was noch kommt und was man noch ändern kann. Spiel nicht mit Jennifer, Niall. Tu mit mir, was du willst. Aber sie ist noch ein Kind. Sie versteht all das nicht. Und denk an die Gefahren: Vielleicht wird sie beim nächsten Mal ertappt, und ich kann sie dann nicht mehr decken. Aber es ist nicht nur das. Siehst du denn nicht, dass sie dir alles glaubt? Sie redet vielleicht, als sei sie erwachsen, aber in Wirklichkeit ist sie ein Kind. Du kannst sie alles glauben machen – weil sie vernarrt in dich ist. Aber es ist herzlos. Du musst es ihr sagen – so sanft du nur kannst, aber du musst ihr sagen, dass es nur ein Spiel ist. Du darfst sie nicht daran glauben lassen.«

Niall hatte ihr mit gesenktem Haupt und leicht gerunzelter Stirn zugehört. Jetzt hob er den Kopf, bis er hoch über Clare hinweg sah, und sie sah etwas wie Frohlocken in seinen Augen, das die harten Linien seines Gesichts aufhellte.

»Ja«, sagte er leise und sog die Luft ein. »Ja, sie glaubt daran. Ach, die erstaunliche Auffassungsgabe von Kindern! Sie bewahrt etwas aus dem Zeitalter der Magie. Das habe ich ihr angesehen. Da *war* etwas. Etwas, das auch sie nach Brackenbine zog. Es war nicht einfach nur Neugierde. Ich habe das gespürt. Ich habe darauf gesetzt, und ich habe gewonnen! Ich *spürte* den Rest dieses uralten Verständnisses in ihr. Habe ich dir nicht gesagt, dass ein Handwerker die Bereitwilligkeit seines Materials *fühlen* muss? Er muss einen feinen Spürsinn dafür haben, was er formen kann und was nicht. Ach, wäre mein Gespür nur besser! Hätte ich die gleiche Nase wie Grim hier für das richtige Blut, dann wäre ich jedes Mal erfolgreich. Bei Jennifer war ich mir aber ganz sicher; nichts in ihr sträubte sich. Es ist ungeheuer befriedigend, wenn das Material und die Hand des Künstlers so einträchtig den gleichen Zweck verfolgen! Hättest du nur sehen können, mit welch freudigem Gehorsam sie ihr Ohr der Ahle dargeboten hat und wie der Tropfen des Lebens floss!«

Clare starrte ihn mit wachsender Furcht und Herzensqual an. »Oh Niall, spiel nicht mit mir!«, flehte sie ihn an. »Ich meine es völlig ernst. Ja, es war ein wunderschönes Spiel zwischen dir und mir. Ich habe deine Scheinwelt geliebt. Aber das hier geht zu weit. Es ist gefährlich. Es ist nicht rechtens. Es – es ist kein Spiel mehr. Denk doch einmal an sie. Sie existiert nicht nur, wenn sie nachts bei dir in diesem Raum ist. Sie ist ein Schulmädchen, sie gehört nach Paston Hall, sie hat Freunde, Lehrerinnen, eine Schwester, eine Mutter und einen Vater. Und für sie alle ist sie nicht, was sie für dich ist, sondern nur ein gewöhnliches junges Schulmädchen mit all den gewöhnlichen Fehlern und Beschränkungen ihres Alters. All das vergisst du, weil du in ihr etwas siehst, was den Künstler in dir anspricht – und das in dein besonderes Spiel passt ...«

Niall löste sich plötzlich mit einer Drehung vom Kamin und trat in die Mitte des Raumes.

»Spiel? Spiel?«, rief er voller Ungeduld. »Du sagst das jetzt schon zum dritten- oder viertenmal. *Ist* es denn ein Spiel?«

Clare stand auf. Während er in diesem neuen Ton zu ihr sprach, war sie kreidebleich geworden, und sie zitterte unkontrolliert. »Ist es denn keines?«, flüsterte sie.

Er trat wieder neben sie und schaute ihr in die weiten, starr blickenden grauen Augen. »Habe ich denn mit *dir* nur gespielt? Habe ich nur *vorgegeben,* dich zu lieben?«

Sein fester Blick unterwarf den ihren. Die ihr so wohlbekannte Schwäche von Wille und Leib überkam sie erneut. Doch noch kämpfte sie, klammerte sich an die Wahrheit und versuchte, die Schlingen der Scheinwelt zu zerreißen. »Das habe ich nie geglaubt«, sagte sie kläglich. »Ich dachte, du würdest mich aufrichtig lieben. Aber jetzt bin ich mir nicht mehr sicher.«

Er legte ihr die Hände auf die Schultern und drückte sie wieder in den Sessel. Dann beugte er sich über sie und sprach leidenschaftlich auf sie ein, doch in seiner Stimme lag keine Zärtlichkeit. »Ich gebe es nicht nur vor. Ich liebe dich. Aber ich liebe dich auf *meine* Art, und die ist tiefer, stärker und dauerhafter als alles, was du je gekannt hast, was ein anderer Mann dir je geben könnte. Das sind keine schönen Worte, das ist die Wahrheit. Ich liebe dich, weil du als Einzige unter allen Mädchen, die ich gekannt habe, solche Worte verstehen kannst. Ach!« Es war ein zorniger Ausruf. »Gib doch einfach zu, dass *du* diejenige bist, die sich etwas vormacht. Du versteckst dich bei Tag hinter deiner Vernunft und deinem Bücherwissen. Aber kann dein Herz, deine Seele auch *nachts* die Macht leugnen, die ich über dich habe? *Oder dies hier?*«

Er griff jäh nach ihrem linken Ohrläppchen und presste es rücksichtslos zwischen Daumen und Zeigefinger. Sie hätte vor Schmerz aufschreien mögen, doch kein Laut kam aus ihrem Mund, nur ein schwaches Keuchen. Sie vermochte weder zu sprechen noch sich zu regen; der Schmerz flutete durch ihren ganzen Körper, hilflos war sie seinen Wellen ausgesetzt. Nach einer Weile nahm sie den unnachgiebigen Druck nicht einmal mehr als Schmerz wahr, sondern als eine Macht, die sich rasch und unbarmherzig in allen Fasern ihres Körpers ausbreitete und ihre Herrschaft über jeden Teil ihres Wesens antrat. In der ersten Sekunde hätte sie sich vielleicht noch wehren können, doch das, was da auf sie eindrang, war zu stark und zu schnell; sie war unterjocht worden, bevor der körperliche Schmerz sie in die Schlacht hätte rufen können.

Es dauerte sehr lange, bis er von ihr abließ. Sie hatte die Augen geschlossen, und als die Wellen endlich abebbten, musste sie wohl einen Moment lang ohnmächtig geworden sein, denn sie fand sich vor Niall kniend wieder. Sie hielt sich an seinen Beinen fest, um nicht zu fallen, und ihre Stirn ruhte auf seinen Knien. Sie wollte aufstehen, doch seine

Hand auf ihrem Kopf hinderte sie daran. Der Druck der Hand war nur schwach, aber völlig ausreichend: Sie hatte keinerlei Macht mehr über sich. Nur ihr Geist war noch tätig, und nach dem kurzzeitigen Auslöschen all ihrer Gedanken und Bilder, während die Wellen sie durchströmt hatten, war nun alles für sie klar und einfach geworden. Die Finsternis war ihrer Schrecken beraubt, so wie die Welt von einem schweren Sturm gereinigt werden mag, und sie sah Nialls Macht und seine Ziele in einer klaren und verständlichen Ordnung. Verständlich nach seinen eigenen Begriffen, doch unvereinbar mit all der Lebenserfahrung, aus der heraus sie seine Absichten beurteilen konnte.

Die Dinge, die sie gefürchtet hatte, waren alle seine Schöpfungen, und ihr einziger Schutz, das begriff sie nun, lag in der Quelle der Furcht selbst. Sie klammerte sich an Niall, weil er die einzige Autorität und die einzige Zuflucht in dieser neuen, vom Sturm verheerten und unmenschlichen Welt war. Er war zugleich das Böse und der Exorzist, von seiner Hand kamen sowohl Schmerz als auch Heilung, er zerstörte und schenkte Leben. Sie zitterte und wartete.

Nach einer Weile sprach er mit ganz ruhiger Stimme, und sie seufzte vor Erleichterung, aus seinen Worten einen schwachen Anklang von Zärtlichkeit oder zumindest Freundlichkeit herauszuhören. »Siehst du, du musst meine Macht anerkennen. Ich wusste, dass du mich zu gut verstanden hast, um dich aufzulehnen, wenn auch noch Spuren von Eigensinn aus der Alltagswelt dein wahres Verständnis trüben. Das tut mir Leid. Aber du musst keine Angst mehr haben. Verbann die Angst aus deinem Herzen. Sobald die Arbeit getan ist, wird es weder Schmerz noch Angst mehr geben, sondern nur noch Freude. Und bis dahin wirst du in völligem Frieden leben, wenn du mir nur gehorchst, und wenn es soweit ist, wirst du zu den Bäumen gehen, gefeit gegen Schmerz und Leid, beschützt von einem strahlenden Kreis. Bis dahin wirst du die Tage wie im Traum verleben, und die Nächte werden von sanften Wonnen erfüllt sein.«

Er sprach langsam, und Clare fühlte, wie jedes einzelne Wort in ihren leer gefegten Verstand fiel und ihn wieder füllte – mit Farben und Leben füllte und mit lebendigen Bildern, die allesamt seine Schöpfung waren. Sie fand ihre Stimme wieder und fragte unterwürfig:

»Wird es lange dauern?«

Seine Hand fuhr über ihren Kopf in den Nacken, den er mit festen Fingern streichelte. »Nur noch wenige Tage!«, sagte er, und sie hörte den Triumph und die Freude in seiner Stimme. Er fuhr einige Momente lang fort, sie zu streicheln, dann half er ihr auf und drückte sie wieder in den Sessel. Wie eine Invalidin hockte sie dort, genau so, wie er sie hingesetzt hatte. Sie war noch immer sehr schwach, zitterte aber nicht mehr. Niall entfernte sich und lief lachend und plaudernd durchs Zimmer, so lebhaft und fröhlich, wie sie ihn noch nie erlebt hatte. Er sammelte die Einzelteile der Puppen ein, an denen er gearbeitet hatte, und verstaute sie in einem der Schränke, den er mit einem Schlüssel aus seiner Tasche öffnete und wieder verschloss. Die Werkzeichnungen warf er ins obere Fach des Schrankes, den Clare durchsucht hatte.

Nachdem er aufgeräumt hatte, machte er sich daran, so, als sei nichts geschehen, Tee aufzubrühen, schürte die Glut unter dem Eisenständer, stellte den Teekessel auf und nahm Kanne, Tassen und Unterteller aus einem Schrank in der Ecke. Clare sah, dass sein Selbstvertrauen in die eigene Herrschaft vollständig war; weder konnte sie sich ihr entziehen noch widersetzen. Sie hatte sich unterworfen, und es lag ein seltsamer Friede darin, nun ganz ihm zu gehören – der Friede des Gehorsams und des Zusammenseins mit allen, die sich ihm zuvor unterworfen hatten, Anne und Janet und Margaret Raines. Obwohl sie keine Furcht mehr empfand und wusste, dass er sie vor allem, was ihr Angst bereitete, schützen konnte, liefen zwei Tränen über ihre Wangen, als sie das Bild von Margaret Raines vor sich sah.

Er bemerkte es, und während er den Tisch deckte, lächelte er und hob fragend die Augenbrauen. »Wem gelten die?«

»Margaret«, sagte sie. »Die, die ein Fehlschlag war.«

Er nickte langsam und traurig. »Es war mein Fehler. Ich hatte mich wohl getäuscht. Ich hatte geglaubt, in ihr das zu sehen, wonach ich suchte, aber das war ein Irrtum.«

Er hielt inne und starrte ins Feuer.

Als er weiterredete, war es fast ein Selbstgespräch. Er legte die Stirn in Falten und murmelte: »Und doch hätte es gelingen können. Hätte sie sich nur nicht im letzten Moment verweigert. Sie ließ mich an ihre Bereitschaft glauben, doch tief in ihrem Innern wehrte sie sich gegen mich. Das wurde mir erst klar, als ich das Herz einsetzte. Im Blut war kein Leben mehr. Doch da war es schon zu spät.«

Er starrte noch eine Minute in die Glut, zuckte dann die Achseln, sprang auf und goss den Tee ein. Seine düstere Stimmung fiel von ihm ab, und er lächelte Clare zu. »Mit dir wird mir das nicht passieren!«, sagte er. »Auch nicht mit Jennifer. Freu dich für sie. Sie wird Vergnügen bringen und finden. In meinem Volk gibt es prächtige Jungen, mit denen sie mehr Spaß haben wird, als sie sich jetzt vorstellen kann. Ach, warte nur, bis ihre Schönheit sich im Sommerwald mit seinen spiegelnden Flüssen zeigt! Wir werden sie auch in den Höfen der Burg tanzen sehen, zwischen den Brunnen in einer Sommernacht. Dann wird sie glücklich sein, und du wirst sie mit ewig jungen Lippen, mit nie versiegender Anmut lachen hören. Ich will meinem Volk eine Blume schenken, die Freude und Schönheit spenden wird – für immer!«

»Und du wirst ihr nicht weh tun?«, fragte Clare zaghaft. »Sie hatte solche Angst.«

Er winkte ungnädig ab. »Es gibt keinen Grund dafür. Sie ist noch ein Kind und hat manchmal Kinderlaunen. Aber sie ist nicht wirklich aufsässig. Für sie werde ich die Burgverliese nicht öffnen müssen! Vielleicht ein paar Tränen und Kratzer hie und da, aber was zählt das schon gegen das Abenteuer der Ewigkeit? Auch im Reich der Bäume gibt es Gesetze, doch ich kann ein gutmütiger Richter sein und Urteile fällen, die in Gelächter enden.«

Clare seufzte. »Ja, ich weiß, du hast ihr gezeigt, was mit ungehorsamen Sklaven geschieht. Und sie nimmt es hin. Sie ist glücklich, unter deinem Bann zu stehen. Ich vermute, sie würde sich freudig jeder Bestrafung unterwerfen. Wir sind bereits deine Sklavinnen. Unsere Seelen gehören dir schon. Was zählt es da noch, was du mit unseren Körpern machst?« Ihr Tonfall war ruhig, und ihre Worte nur der nackten, ungeschminkten Wahrheit angemessen, die sie nun deutlich vor sich sah.

»Ist das etwa eine Kleinigkeit?«, erwiderte er energisch und warf stolz den Kopf zurück. »Ist es eine Kleinigkeit, unter meiner Herrschaft zu stehen? Dafür werde ich euch von der Tyrannei der Zeit und des Wandels befreien, und wenn ihr diese Freiheit gewonnen habt, werden meine Ketten wie Blumengirlanden sein, meine Gesetze so leicht wie ein Windhauch, und ihr werdet meine Livree so freudig tragen, wie der Baum sich im Frühjahr in sein Laubkleid hüllt.«

Er sprang auf und schritt in der freien Mitte des Raumes hin und her. Grim war mit einem Satz bei ihm und strich ihm um die Füße. Niall warf einen Blick auf das Oberlicht. Der Tag schien nun heller als bei Clares Ankunft, als habe der dünne Regen aufgehört und die Wolken sich geteilt.

»Das dauert alles schon viel zu lange!«, rief er. »Ich verschwende das kostbare Tageslicht!« Er wandte sich der Bank zu und hielt abrupt inne, als hätte er vergessen, dass er seine Arbeitssachen bereits fortgeräumt hatte. Dann nahm er den Schlüssel aus der Tasche, öffnete ungeduldig den Schrank und nahm alles wieder heraus. Clare spürte, dass sie entlassen war. Sie erhob sich, vermochte aber nicht zu gehen, bis er ihr die Anweisung dazu gab. Im Übrigen schenkte er ihr keine Beachtung mehr, sondern beugte sich geschäftig über seinen Schraubstock. Als sie näher trat, um sich seine Arbeit anzusehen, untersagte er ihr das weder, noch lud er sie ein, doch nach einer Weile, als sie den Teil einer Puppe von der Bank nahm, richtete er sich auf und beobachtete sie.

Sie hielt das Holzstück zaghaft und vorsichtig, als habe sie ein kleines Tier in der Hand. Es war der Torso einer der Marionetten – Jennifers –, und er war fast vollendet. Das Haar war befestigt, wenn auch noch ungekämmt, und die Gesichtszüge bereits geschnitten. Dem Körper schien nur noch die Bemalung zu fehlen, doch unter der linken Brust war ein rundes Loch in den Körper gebohrt, etwa so groß, dass eine große Erbse darin Platz gefunden hätte. Clare legte ihren Finger so erstaunt und besorgt auf die kleine Grube, als wäre es eine Wunde. Niall lächelte.

»Sie wird noch gefüllt werden«, bemerkte er. »Das ist das Letzte, was zu tun bleibt.«

Sie sah ihm lange Zeit stumm bei der Arbeit zu. Ihr Interesse war groß, doch sie verspürte keine Aufregung, nicht einmal die kleinste Anspannung, nur eine unendliche Geduld, mit der sie leidenschaftslos die außerordentliche Kunstfertigkeit der Gelenke, die Anmut der Gesichtszüge und das überragende Talent der langen Finger bewundern konnte, die all dies geschaffen hatten.

Nach einer Weile richtete sie ihre Augen auf den Schrank, in dem er seine Arbeiten aufbewahrte. Sie hatte noch nie einen Blick hineingeworfen, weil er ihn stets verschlossen hielt. Nun sah sie, dass dort eine viel größere Ordnung herrschte als in dem Schrank mit den Skizzenbüchern. Das oberste Fach schien reserviert für Glasgefäße, kleine Reagenzgläser und Phiolen in Holzständern – verschlossene Röhrchen wie das, welches sie einst in seinen Händen gesehen hatte –, gefüllt mit winzigen Klumpen oder Kügelchen einer dunklen Substanz. Im Fach darunter befanden sich mehrere Holzstücke von unterschiedlicher Größe und Form. Zuvorderst lag etwas, das ihre Neugier weckte und sie dazu brachte, näherzutreten und es sich genauer anzuschauen: noch ein Marionettentorso, nicht so weit vorangeschritten wie der Jennifers, doch auch er kurz vor der Fertigstellung. Als sie die zarten, meisterlich gestalteten Gesichtszüge näher in Augenschein nahm, zogen aufs Neue Jammer und Angst in ihr Herz ein. Sie betrachtete sich selbst oder das Ding, das sie sein würde, wenn sie nicht mehr war. Ja, das war sie selbst, wenn auch kein exaktes Ebenbild; ihre Gestalt würde anmutiger sein als im wirklichen Leben. Zögernd und furchtsam berührte sie mit dem Zeigefinger jene kleine Grube in der Brust, wo das Herz seinen Platz finden würde. Niall trat neben sie, verkannte aber, auf was ihr Blick gerichtet war, und sagte heiter: »Hat die Kutsche des Kapitäns es dir angetan?«

Als sie zurückschreckte und nicht verstand, was er meinte, bückte er sich und zeigte ihr etwas hinten im Fach, das sie, ganz versunken in den Anblick ihrer eigenen Puppe, übersehen hatte. Es war das überaus kunstfertige Modell einer Kutsche – ein schweres Gefährt im Stil des 17. Jahrhunderts, reich verziert und vergoldet und mit winzigen, aber vollständigen Pferdegeschirren ausgestattet, so fein vernäht und vernietet, dass Clare es kaum für das Werk menschlicher Hände halten mochte. Jennifers Worte fielen ihr wieder ein, und ihre Augen weiteten sich vor Angst, doch die Kutsche war leer. Niall öffnete die Tür, um ihr das Innere zu zeigen, und strich mit der Spitze seines Fingers über die Polsterung, doch in Erinnerung daran, wen Jennifer auf diesen Polstern hatte sitzen sehen, wagte Clare nicht, es ihm gleichzutun. Niall zeigte ihr die Kutsche von allen Seiten, hob sie mit liebevoller Behutsamkeit hoch und genoss Clares Bewunderung.

»Hast du sie gemacht?«, flüsterte sie.

Er stellte die Kutsche zurück in den Schrank und schüttelte den Kopf. »Nein. Ich habe sie nur gefunden, zerbrochen und schmutzig unter einem Berg von Plunder. Damals war ich vierzehn – über ein Jahr jünger als Jennifer heute, aber ich sehe alles noch vor mir, als wäre es erst gestern gewesen. Das ist auch der Grund, warum ich ihr die Kutsche gezeigt habe, wie sie durch den Park rollte. Als ich vierzehn war und dieses Wunderwerk untersuchte, hatte ich das erste Mal eine Vorahnung der Macht, die ich mir aneignen könnte, und ich schwor mir, ich würde die Kutsche des Kapitäns eines Tages in voller Fahrt sehen. Nun, seitdem habe ich sie Dutzende von Malen gesehen, doch erst in der Nacht, als ich sie mit Jennifers Augen betrachtete, empfand ich wieder jene erste Überraschung und jenes wundersame Erstaunen von damals. Zum Dank für die große Freude, die sie mir damit bereitet hat, habe ich ihr versprochen, dass sie darin an meiner Seite zum Ball fahren wird, eskortiert von gut aussehenden Jungen und Mädchen in den schönsten Uniformen; es wird die fröhlichste Kavalkade werden, die Brackenbine in all den Jahren gesehen hat.«

Clare hob den Kopf und blickte ihn an. Ihre Augen waren groß und von so traurigem Grau wie ein See unter trübem Winterhimmel. »Wer hat sie hergestellt?«, fragte sie so leise, dass er sie kaum verstand.

Langsam schüttelte er den Kopf. »Ich kann es dir nicht sagen. Vielleicht Kapitän Trethewy – und wenn er es nicht selbst war, dann bestimmt irgendjemand, den er kannte. Vielleicht diese Leute, die ...« Er brach mitten im Satz ab, wandte sich zur Tür und lauschte mit gerunzelter Stirn. Auch Clare waren unten leise Geräusche aufgefallen, als sei jemand in der Halle, doch sie war in ihren Gedanken versunken gewesen und hatte nicht weiter darauf geachtet. Jetzt lauschten sie beide, aber die Geräusche wiederholten sich nicht. Eine Minute verging, dann hörten sie ein sanftes, schnelles Tappen, und Grim stürmte in den Raum. Sie hatten seine Abwesenheit gar nicht bemerkt. Der buschige Schwanz des Katers war aufgerichtet und jedes einzelne Haar seines Fells wild gesträubt. Er sprang durchs Atelier, hoch auf einen Tisch und von da auf die Kante des Oberlichts. Dort duckte er sich mit angelegten Ohren und bleckte seine scharfen Zähne mit einem Fauchen, das einer wahren Wildkatze würdig war. Niall warf ihm einen Blick zu und sah dann wieder zur Tür. Er lauschte abwartend.

»Was ist denn?«, fragte Clare verängstigt. »Ist jemand gekommen?«

»Nein, nein, das kann nicht sein«, murmelte er. Nachdem er noch einige Augenblicke gewartet hatte, lief er hinaus. Clare hörte ihn auf der Treppe und in jedem einzelnen Zimmer des Erdgeschosses. Wenig später kam er fröhlich grinsend zurück. »Es war wohl ein Feind von Grims eigener Art«, sagte er. Er trat wieder an die Hobelbank und nahm sein Werkzeug zur Hand. »Einen Moment lang dachte ich, es sei meine Mutter – aber die dürfte inzwischen schon in Cornwall sein, und Grim hätte sich ihretwegen auch nicht so aufgeregt.«

Eine Weile schaute Clare ihm noch bei der Arbeit zu. Sie hatte einen Blick auf ihre Uhr geworfen: Es war Zeit, sich auf den Weg nach Paston Hall zu machen, doch sie hatte das Gefühl, sie dürfe ohne seine Erlaubnis nicht aufbrechen. Endlich sah er auf.

»Soll ich wiederkommen?«, fragte sie mit stockender Stimme.

Er dachte über die Frage nach.

»Nein. Besser wohl nicht.« Er runzelte die Stirn und sah wieder zur Tür, als verunsichere ihn etwas. »Eigentlich sollte es kein Problem sein, und dennoch – nein. Es werden lange Tage ohne dich sein, aber du gehst besser kein Risiko ein. Vielleicht wissen sie bereits von Mutters Abreise und dass du keinen Anlass mehr für deine Besuche hast.«

Er begleitete sie in die Diele und half ihr in den Mantel. An der Tür nahm er sie in die Arme. Sie überließ sich seinen Küssen; wenn er sie so umfangen hielt, war seine Macht über sie absolut.

»Ach, könnten wir doch zusammenbleiben«, sagte er. »Aber es handelt sich nur noch um Tage. Wenn wir uns das nächste Mal sehen, werden wir uns nie wieder trennen.«

Clare machte sich mit gesenktem Haupt, ohne ihre Umgebung wahrzunehmen, auf den Rückweg. Alles, was sie sich für ihren Nachmittagsbesuch in Brackenbine vorgenommen hatte, war kläglich gescheitert, und sie verspürte nicht einmal Zorn über seinen Triumph. Wie konnte ihr Inneres noch gegen ihn rebellieren, wenn all ihre Gedanken und Gefühle von ihm stammten? Sie war sein unverbrüchlicher Besitz. Selbst ihre Revolte gegen Paston Hall war nicht mehr ihre eigene; sie konnte nun gegen alle Regeln verstoßen, ohne dabei Gefahr oder irgendein Unrechtsgefühl zu verspüren, denn sie verstieß auf sein Geheiß hin gegen diese Regeln.

Selbst ihre Beine, ihre Bewegungen schienen seinen Befehlen zu gehorchen. Sie verstand nun, was Niall wollte, und auch den Weg, durch den er sein Ziel erreichen würde. Erstaunlich war nur, dass ihr all das zuvor dunkel erschienen war und dass sie qualvoll um Verständnis gerungen hatte. Es gab keinen Grund mehr, sich Gedanken darüber zu machen, was sie tun sollte; denn sie konnte ganz einfach nichts tun. Sie wünschte nur, die nächsten Tage wären schon vorbei; sie würden öde sein, Tage völliger Leere. Hoffentlich würde er gnädig einen Zauber auf sie legen und ihr durch die Gabe des Vergessens über die Nichtigkeit der kommenden Tage hinweghelfen. Wenn er es gut mit ihr meinte, schickte er ihr vielleicht Träume und versetzte sie so bereits in den Märchenwald, bevor sie tatsächlich zwischen seinen Bäumen wieder erwachte.

Während sie weiterging, spürte sie weder den Boden unter ihren Füßen noch den Wind in ihrem Gesicht. Auch das fahle Sonnenlicht, das nun auf den Wipfeln der Brackenbine-Eichen lag, nahm sie nicht wahr. Eine nicht recht fassbare und doch undurchdringliche Sphäre hatte sich um sie geschlossen. Aber eine entfernte, vage Störung von außerhalb lenkte sie ab. Es schien eine halbe Ewigkeit zu dauern, bis sie sich sicher war, dass sie wirklich ein Geräusch hörte, und noch einmal so lange, bis ihr voll bewusst wurde, dass es sich um eine menschliche Stimme handelte, die ihren Namen rief.

Ohne es zu wissen, war sie stehen geblieben; sie befand sich in der Nähe des großen flachen Felsens nicht weit vom Tor. Ganz langsam gewöhnten ihre Augen sich wieder an ihre Aufgabe, und als nach und nach die Sphäre schwand, die sie von der Welt absonderte, erkannte sie eine menschliche Gestalt, die auf einem Vorsprung des Felsblocks saß. Die Gestalt hatte graues Haar, trug einen alten grauen Mantel, darunter einen Tweedrock und Strickstrümpfe.

Ohne Überraschung hörte Clare sich sagen: »Ja, Miss Geary?«

Die hagere alte Dame stieß die Spitze ihres Schirms in den

Boden zwischen ihren abgetragenen Schuhen. Sie hob die Brauen und lächelte jenes hochmütige, seltsam belustigte Lächeln, das die ganze Schule kannte.

»Du warst so gedankenverloren«, sagte sie, »dass ich dich dreimal ansprechen musste. Du *bist* doch Clare Lydgate, oder? Von wo habe ich dich zurückgeholt? Aus dem Rom Vergils? Oder warst du an einem noch fremderen Ort mit einem anderen Führer?«

»Oh, Miss Geary«, sagte Clare mit einem Anflug von Selbstmitleid in der leisen Stimme, während sie sich zu der Lehrerin gesellte, »ich wusste gar nicht, dass Sie mich abholen wollten.«

»Das wusste ich selbst auch erst, als der Regen aufhörte«, sagte Miss Geary und nahm nach ihrer Gewohnheit den Kopf zurück, um Clares Gesicht besser betrachten zu können. »Ich bin ziemlich früh aufgebrochen und durch den Wald gestreift. Ich war sogar schon am Haus, aber du warst wohl noch nicht mit dem Unterricht fertig, also bin ich langsam zurückgegangen und habe dann beschlossen, hier auf dich zu warten. Ich bin schon so lange nicht mehr im Freien gewesen! Der Sonnenschein war zu verlockend. Und schau dich nur um! Die Welt ist erwacht, seitdem ich das letzte Mal ausgegangen bin!«

Sie wies mit ihrem Schirm auf die feuchte Erde neben dem Felsen, und dort sah Clare zwei oder drei runde, gelbe Blütenköpfchen.

»Huflattich!«, sagte sie und beugte sich darüber. Dann hob sie wieder den Kopf und sah sich neugierig um. Der Winter hielt den Wald noch immer in seiner Umklammerung, die Baumkronen hoben sich schwarz und kahl vom Himmel ab, und hie und da hing noch vertrocknetes Laub herab. Kein frisches Grün lichtete die finstere Mauer der Lorbeersträucher. Der Boden zwischen ihnen war noch nackt und bloß, doch der Himmel war hell. Die eintönige Wolkendecke, die so lange schon den Himmel verhüllt hatte, war verschwunden: Blaue Streifen schoben sich nun zwischen Wolkenberge aus perlfarbenem oder rauchähnlichem Grau, und von Südwesten her schossen hinter weißen Wolkenverschanzungen kühn die hellen Strahlen der Sonne hervor. Clare bückte sich wieder, um den Huflattich zu betrachten, der seine kleinen Lebenslichter über dem dunklen, toten Grund erhob. Der Kopf fiel ihr auf die Brust, und sie spürte, wie ihr die Tränen in die Augen traten, während sich mit einem tiefen Seufzer das Herz in ihrer Brust zu lösen schien.

Miss Geary erhob sich und hing sich bei Clare ein.

»Ich habe mir ja gedacht, dass es sehr schön sein würde, dich abzuholen«, sagte sie, als sie sich auf den Weg zum Tor machten, »und es hat sich wirklich gelohnt. Nur selten hat man an einem solchen Wintertag die Gelegenheit zu sehen, wie das Leben wieder erwacht. Man kann noch nicht von Frühling sprechen. Es wird sicher noch viel Schnee fallen, aber wir haben den Wandel der Natur schon gesehen. Ach! Ich bin einfach nur sentimental. Ich wiederhole lediglich, was die Menschen seit Jahrtausenden sagen, und doch ist es etwas, was man immer wieder sagen muss, liebe Clare. Unveränderlichkeit ist falsch, weißt du; das Leben braucht *Veränderung:* Geburt, Wachstum, Blüte, Vermehrung und Tod – all das gehört dazu. Wir sollten nie danach streben, etwas für die Ewigkeit zu haben, denn alles, was im Leben wahr und schön ist, wird sich von selbst wiederholen, stets aufs Neue. Als ich jung war, wünschte ich mir, für immer jung zu sein. Aber es ist besser, älter zu werden und sich so zu verändern, wie das Leben es mit sich bringt. Es ist besser, die verschiedenen Lebensalter zu durchlaufen und dann in Frieden zu ruhen.«

Sie hatte langsam, mit langen Pausen gesprochen, und mittlerweile hatten sie das Tor hinter sich gelassen und waren auf die Straße getreten. Miss Geary wandte sich noch einmal um und zog das eiserne Gittertor zu, bis es fest verschlossen war.

»Es muss wohl an dem Anflug von Frühling liegen«, sagte sie, als sie sich in Richtung Paston Hall wandten, »dass mir diese alten Ideen wieder in den Sinn kommen. Ich habe an so etwas nicht mehr gedacht, seit ich mit meinen Cousinen und Rachel Sterne über die Kunst, das Leben und beider Bedeutung diskutierte, damals, vor vielen Jahren, als wir ungefähr in deinem Alter waren. In unserer jugendlichen Anmaßung dachten wir, den Sinn des Lebens ergründen zu können. Nun, die Jugend ist vergangen und damit hoffentlich auch die Anmaßung, aber ich bin immer noch derselben Meinung wie damals – Rachel hatte Unrecht. Ob sie das inzwischen wohl eingesehen hat? Wir haben uns immer wieder über eine Frage der Moral unterhalten – ob die Schaffung eines Werkes von dauerhafter Schönheit das Höchste sei und alle Mittel heilige, jede Ausbeutung, Entstellung oder gar Zerstörung des Lebens. Aber kann etwas wirklich schön und dauerhaft sein, wenn es gegen die Gesetze des Lebens verstößt?«

Das nächste Stück Weges legten sie schweigend zurück.

»Vielleicht könnte irgendein begabter Wissenschaftler«, dachte Miss Geary laut, »etwas schaffen, das Leben und ewige Dauer besitzt. Aber niemand könnte je etwas so Zartes wie Huflattich hervorbringen, der unabhängig von unserem Willen lebt und gedeiht und gerade dadurch, dass er einzig und allein den Gesetzen seiner eigenen Natur folgt, zum harmonischen Teil des großen Ganzen wird. Denn darin liegt das Geheimnis, Clare: Wir alle sind Teil eines großen Gesamtzusammenhangs. Die Summe all unserer Wesen und Naturen, vom Huflattich bis zum Minister, bildet einen ausgewogenen und wunderschönen Entwurf. Dieser Entwurf ist Veränderungen unterworfen, wohl wahr, aber gerade daraus zieht er seine Unvergänglichkeit. Versucht jemand von uns, sich gegen die Natur aufzulehnen, indem er sich dem Alter und dem Wandel widersetzt, beeinträchtigt er den Gesamtentwurf. Wir haben eine Pflicht gegenüber dem Leben, meine Liebe.«

Sie hatten das Tor von Paston Hall erreicht. Miss Geary warf durch die Gitterstäbe einen Blick auf die Schule und schaute dann über die Straße zurück.

»Das ist genau der Punkt, über den ich mich nie mit Rachel Trethewy einigen konnte – ich meine natürlich Rachel Sterne«, sagte sie. »Sie war im Unrecht und verteidigte ihre Ideen gegen alle Vernunft. Sie sagte damals immer, hätte sie einmal einen Sohn, sie würde ihn weder Gut noch Böse lehren, sondern nur das, was sie die Ethik der Schönheit nannte. Ich frage mich, ob sie das tatsächlich getan hat ...«

10

In jener Nacht wurde Clare krank. Den ganzen Abend hatte sie mit ihren Büchern in einer Ecke des Aufenthaltsraums verbracht und dem Klatsch der Oberstufenmädchen am Kamin zugehört, ohne sich daran zu beteiligen und ohne die sonderbaren Blicke zu beachten, die man ihr von Zeit zu Zeit zuwarf. Schon lange hatte sie sich in Paston Hall isoliert gefühlt, doch nun wusste sie sich völlig abgeschnitten von allem Leben; sie gehörte nicht mehr zum großen Gesamtentwurf. Niall hatte ihr Ruhe und Gelassenheit versprochen, wenn sie ihm gehorchte, doch anstelle dieser Ruhe, die sie früher gekannt hatte, war traurige Apathie getreten. Sie konnte nicht verhindern, dass ihre Augen sich mit Tränen füllten, und zuweilen konnte sie auch einen Seufzer nicht unterdrücken, denn das Herz war ihr unerträglich schwer.

Es war ihr unmöglich, klar und zielgerichtet zu denken; wohl tauchten Bilder und Worte vor ihrem geistigen Auge auf, aber sie vermochte sich nicht mit ihnen auseinanderzusetzen. Da waren die Bilder dieses Nachmittags, doch sie waren leblos und riefen keine Gefühle in ihr hervor – jedenfalls keine jenseits ihrer maßlosen Trauer. Sie sah auch die unmittelbare Zukunft vor sich: Jennifer im Lampenschein des Ateliers, Jennifer mit vor Aufregung funkelnden blauen Augen, Jennifer, wie sie mit ihm spielte und sich in seine Arme warf. Und doch verspürte Clare weder Furcht noch Sorge, nichts, was sie zum Handeln bewegt hätte. Dann wieder las sie auf den Seiten ihrer Erinnerung die Worte, die Miss Geary heute Nachmittag gesprochen hatte. Die Buchstaben waren deutlich erkennbar, sie sah ihre Formen, konnte ihre Bedeutung aber nicht erfassen. Sie konnte sich mit ihnen beschäftigen, bis sie wie durch eine Lupe vergrößert schienen, bis ein einziger Satz das gesamte Blickfeld einnahm und ein Wort sich wie ein Berg vor ihr erhob. Und doch konnte sie die Bedeutung nicht verstehen.

Es war ihr klar, dass Miss Geary wusste oder zumindest ahnte, was Niall tat; die alte Dame hatte begriffen, dass an diesem Nachmittag zwischen Niall und ihr eine Art Entscheidung gefallen war. Clare sah sie das Tor von Brackenbine zuziehen, das Tor, das sonst nie geschlossen war – ein Zeichen dafür, dass sie nie wieder dorthin gehen würde. Ja, Miss Geary hatte begriffen, doch Clare fühlte deshalb weder Angst noch Hoffnung. Sie nahm den Unwillen der Menschen ebenso wenig mehr wahr wie menschliche Unterstützung.

Die körperliche Schwäche, die stets mit Nialls Umarmung einherging, hatte heute länger angehalten als je zuvor, und sie wurde begleitet von Empfindungen, die ihr völlig neu waren: Ihre Knochen und Gelenke schmerzten dumpf, ihre Arme und Beine prickelten abwechselnd oder fühlten sich taub an, und ihre Hände und Füße waren zuweilen eiskalt. Vor dem Abendessen bekam sie heftiges Kopfweh, ihr Gesicht brannte, und es stach schmerzhaft hinter ihren Augen.

Es war ihr unmöglich, etwas zu sich zu nehmen; langsam quälte sie sich in ihr Zimmer hinauf. Mit äußerster Willensanstrengung erreichte sie noch das obere Stockwerk, kam aber nur bis zum Badezimmer. Dort wurde ihr schlecht, ihre Beine trugen sie nicht mehr, und sie brach zusammen.

Es war Reenie Ford, die sie einige Minuten später fand. Sie entschuldigte sich ziemlich nervös dafür, dass sie ihr gefolgt war, aber Clare habe so schlecht ausgesehen. Reenie half ihr ins Zimmer, ging dann wieder nach unten und holte die stellvertretende Hausmutter.

Clare konnte sich später kaum an die weiteren Geschehnisse dieser Nacht erinnern. Sie nahm noch wahr, dass man sie in Decken gewickelt nach unten trug, in das Zimmer der

Hausmutter im Erdgeschoss, und von da durch einen kurzen Gang in die Krankenstation, einen weitläufigen Raum mit Schiebefenstern und einem halben Dutzend Bettstellen. Hier betreute die Hausmutter all die Schülerinnen, die zu krank waren, um in den Schlafsälen oder -zimmern zu bleiben. Sie bemerkte noch, dass die Hausmutter ihr die Temperatur nahm und dass Miss Sperrod ganz kurz nach ihr schaute; später kamen auch Miss Geary und einige andere. Es wurde geflüstert, und man versuchte, an ihrem Bett leise zu sein.

Dann wurde die Zeit zu einem Wald aus Schmerz, in dem sie selbst das einzige Lebewesen war. Sie kämpfte sich durch das Dickicht, das sie mit seinen Ranken festhielt und ihr Kratzer und Wunden zufügte, aber auch ihre heftigsten Anstrengungen, bei denen sie aufstöhnte, blieben erfolglos. Alle ihre Gliedmaßen waren gefesselt, und ihr Körper wurde innerlich von Kräften gefoltert, die an jedem Knochen zerrten und ihn zu zermalmen drohten.

Erst nach sehr langer Zeit, nach vielen Stunden des Kampfes, als ihre Anstrengungen, sich zu befreien, nur mehr konvulsivische, ungesteuerte Zuckungen waren, bemerkte sie, dass irgendwo inmitten des entsetzlichen Chaos' in ihrem Kopf etwas vor sich ging. Da war noch etwas anderes als nur der Schmerz, den sie zu ertragen hatte. Jemand versuchte, durch eine Öffnung zu ihr zu gelangen – durch ein Fenster, das verschlossen war. Es war ein Mädchen, das verzweifelt einzudringen suchte, und Clare wollte das Fenster aufreißen und ihr hereinhelfen. Das konnte sie aber nicht, denn das Fenster bestand aus ihren eigenen Schädelknochen, und der Versuch, es zu öffnen, endete in unerträglicher Pein. Sie konnte nur den Namen des Mädchens laut rufen, damit jemand kommen und Hilfe bringen würde, doch der hämmernde Schmerz in ihrem Schädel war so laut, dass er die Anstrengung ihrer Stimme übertönte. Durch das Glas, das unter den Schlägen vibrierte, erkannte sie das verzerrte Gesicht des Mädchens; das Gesicht kam näher und zog sich wieder zurück, verängstigt und Angst einflößend zugleich und doch erkennbar.

Noch immer schrie Clare den Namen des Mädchens und konnte sich selbst nicht hören.

Schließlich zog der ganze Schmerz sich in ihre Augen zurück, aus jedem Winkel ihres Körpers floss er brennend und stechend dorthin. Doch etwas überdeckte ihn nun. Die Bilder waren außerhalb der Schmerzen. Sie schrie wieder, und diesmal konnte sie sich hören, aber es war kein Schrei, nur ein Stöhnen. Jemand berührte sie, und sie bemerkte, dass ihre Augen offen standen, dass der Schmerz von außerhalb kam, von einem gleißenden Licht.

Die Hausmutter setzte sie auf und hielt ihr eine Tasse an die Lippen.

»Alles, was wahr ist, du hast uns einen ganz schönen Schreck eingejagt«, hörte Clare sie sagen. »Jetzt musst du ein wenig ruhiger werden. Ich muss mich noch um eine weitere Patientin kümmern, und die ist genauso krank wie du.«

Clare konnte gar nicht anders als ruhig liegen. Dann war der Schmerz leichter zu bekämpfen. Der Kopf und alle Glieder taten ihr noch weh, aber der wahnwitzige Kampf in ihrem Schädel hatte sich gelegt und war abgelöst worden durch ein gleichmäßig schmerzendes Pochen, auf das sie sich konzentrieren konnte und das sie, indem sie dem Rhythmus folgte, irgendwie ertrug.

Als sie die Augen wieder öffnete, war es heller Tag. Sie war wach geworden, weil sie um sich herum Stimmen hörte. Sie erkannte die Hausmutter, deren Stellvertreterin und einen dicken weißhaarigen Mann in schwarzer Kleidung. Diese drei stellten irgendetwas mit ihr an, steckten ihr etwas in den Mund und bewegten ihre Arme auf und ab. Der dicke Mann gab ihr leichte Klapse auf die Beine, und nach einer Weile merkte sie, dass man ihr Fragen stellte. Nach mehreren vergeblichen Versuchen vermochte sie endlich zu antworten: Ja, sie spürte die leichten Schläge auf ihren Beinen. Die Besucher schienen weiter nichts wissen zu wollen und ließen sie in Frieden.

Der Tag verstrich, und Clares Zustand wechselte zwischen

Delirium und klarem Bewusstsein. Die Bilder, die sie in beiden Zuständen vor Augen hatte, vermischten sich miteinander: Im Delirium schienen ihre Visionen Wirklichkeit zu sein, und in den Wachzuständen hielt sie die Gestalten und Gesichter, um die ihre Gedanken sich drehten, für Traumwesen. Vor allem ein Gesicht beschäftigte sie. Hin und her geworfen in der Finsternis ihrer Schmerzen, hatte sie gewusst, wem es gehörte, doch als sie nun die Augen öffnete, konnte sie keinen Namen nennen. Sie wusste nur, dass es das Gesicht eines Mädchens war, mit dem sie irgendetwas Lebenswichtiges verband.

Es folgte eine Phase, in der sie wach im Halbdämmer lag. Sie hatte eine Zeit lang eine kleine Glasvase mit einigen Blumen auf dem Nachttisch neben ihrem Bett betrachtet. Es waren bescheidene Wildblumen – gelbe Köpfchen auf geschuppten, blattlosen Stängeln. Diese Blumen erschienen Clare äußerst wichtig; es schien von größter Bedeutung zu sein, dass sie dort standen. Dann sah sie im Dunkel auf der anderen Seite jemanden an ihrem Bett sitzen. Sie versuchte, sich nach dieser Seite hin zu drehen; jemand half ihr dabei, und dann schaute sie Miss Geary ins Gesicht. Es dauerte lange, bis sie die Frage, die sie stellen wollte, herausbrachte: »Was fehlt mir?«

»Du bist sehr krank gewesen«, sagte Miss Geary ruhig, »aber jetzt geht es dir schon besser, oder nicht?«

»Ja«, stimmte Clare ihr nach einer Weile zu. »Ja, es geht mir besser.«

Das war die Wahrheit. Die Pein in ihrem Kopf war nun weniger stark, ihre Glieder schmerzten nicht mehr, und sie konnte die Augen bewegen, ohne dass es weh tat. Als sie sich im Zimmer umblickte, sah sie jemanden in einem der anderen Krankenbetten liegen.

»Wer ist das?«, fragte sie.

»Jennifer Gray«, sagte Miss Geary.

»Jennifer?« Clare versuchte sich aufzusetzen. Das Mädchen, das versucht hatte, durchs Fenster zu kommen, musste Jennifer sein; Clare musste aufstehen und sie einlassen. Doch bevor Miss Geary ihr noch die Hand auf die Schulter legen konnte, war sie schon wieder zurückgesunken. Natürlich war das Mädchen am Fenster nicht wirklich gewesen, und auf keinen Fall konnte es Jennifer sein, denn sie war ja bereits hier bei ihr, und außerdem konnte sie sich deutlich daran erinnern, dass das Mädchen am Fenster lange blonde Haare hatte, in Flechten über den Ohren aufgesteckt, während Jennifers Haar kurz geschnitten und braun war.

Sie seufzte müde. Es wäre so schön, wenn sie sich um das andere Mädchen nicht mehr sorgen müsste. Warum konnte sie nicht weggehen und sie in Frieden lassen? Sie hatte lange genug versucht, zu ihr zu gelangen.

»Wie lange liege ich schon hier?«, fragte sie.

»Nun«, sagte Miss Geary, »seit zwei Tagen, glaube ich. Ja, vorgestern Abend bist du krank geworden. Jennifer hat man letzte Nacht gebracht. Du warst überhaupt nicht ansprechbar. Ich kam her, um nach dir zu sehen, aber du hast mich nicht erkannt. Weißt du, ich habe mir große Sorgen gemacht. Ich habe zu dir gesprochen, doch du hast nur immer wieder einen Namen vor dich hingemurmelt.«

»Was für einen Namen?«, fragte Clare. Sie versuchte, sich wieder aufzustützen und wollte Miss Geary am Arm fassen, um sie zu einer schnellen Antwort zu drängen. Miss Geary tätschelte sie beruhigend.

»Was für einen Namen?«, wiederholte Clare schwach.

»Nun«, sagte Miss Geary unentschlossen, »ich sollte dich mit so etwas eigentlich nicht ermüden. Ich bin mir auch nicht sicher, wie der Name lautete. Es klang wie Margaret.«

Einen Moment lang war Clare zu erschöpft, um zu sprechen. Aber der Kampf war vorbei. Das fremde Mädchen war nun bei ihr. Vielleicht würden ihre Kopfschmerzen nun völlig aufhören, und vielleicht würde das blonde Mädchen sie nicht länger davon abhalten, in den tiefen, friedvollen Schlaf zu sinken, den man ihr versprochen hatte.

Miss Geary war aufgestanden. »Kann ich dir etwas bringen?«, fragte sie.

Ja, vielleicht gab es einen Weg, dass das Mädchen sie ab jetzt in Ruhe ließ. Es strengte sie sehr an, so viele Worte finden zu müssen, doch eines nach dem anderen vermochte Clare sie zu formulieren: »In der Schublade. In meinem Zimmer. Unter meinen Taschentüchern. Da liegt ein Stück Zeitung. Würden Sie mir das bitte bringen?«

Miss Geary hatte nicht verstanden, und Clare musste alles noch einmal wiederholen. Die Anstrengung war so groß, dass ihr die Augen zufielen, bevor sie damit fertig war. Sie wusste nicht, ob Miss Geary sie verstanden hatte oder nicht.

Doch als es schon dunkel im Zimmer war, wurde sie durch ein Licht geweckt, und da stand Miss Geary und hielt ihr ein kleines, zusammengefaltetes Stück Zeitung hin. Clare sah auf den Nachttisch, doch Miss Geary zögerte und steckte das Papier schließlich unter Clares Kissen.

»Sonst wird es vom Tisch geweht«, sagte sie.

Clare rang sich die Frage ab, ob das Fenster offen sei.

»Ja, aber nur einen Spalt. Die Hausmutter lässt es immer ein wenig offen stehen.«

Nun war alles in Ordnung. Beruhigt sank Clare wieder in den Schlaf zurück. Wenn das Fenster offen war und Margaret kam, dann konnte das Mädchen ein- und ausgehen, wie es ihr gefiel, ohne Clare zu stören. Clare, die arme, gequälte Clare, konnte dann endlich ihrem Herrn gehorchen und still ihren Schlaf auskosten.

Sie schlief, aber nicht den Schlaf, den sie sich erhofft hatte. Mit einer Art von unbestimmter Enttäuschung, die zunächst noch stark war, dann aber langsam verebbte, erwachte sie und betrachtete die weißen Wände der Krankenstation, die Bettgestelle aus emailliertem Eisen und die Nachttische. Ernüchterung und Unzufriedenheit erfüllten sie eine Zeit lang: Verdruss über all die Menschen, die ihr, so fand sie, in letzter Zeit großartige Versprechen gemacht hatten, um sie dann gemein zu betrügen. Diese Menschen hatten sie umschmeichelt und dazu verleitet, Dinge zu tun, die sie nicht wirklich tun wollte, und sie dann hinterhältig mit den Folgen allein gelassen.

Ihre Missstimmung gegen all diese Menschen, an deren Namen sie sich nicht erinnern konnte, hatte sich etwas abgemildert, als die stellvertretende Hausmutter ihr das Frühstück brachte. Sie war völlig ausgehungert, und während sie aß, sich umblickte und der Betreuerin zuhörte, sich dann aufsetzte und feststellte, dass ihr Körper, ihre Arme und Beine und ihre Stimme ihr wieder gehorchten, kam sie zu der Überzeugung, dass sich ein grundlegender Wandel vollzogen hatte: Sie war nicht länger die Person, die ihr halbes Leben lang all dieses Elend, diese Qualen und diese Täuschungsmanöver ertragen hatte. Ihr Kopf schmerzte nicht mehr, sie war fieberfrei, und vor allem konnte sie Dinge sehen und berühren und dabei sofort deren Bedeutung erfassen. Nichts stand mehr zwischen ihr und der Wirklichkeit.

Sie blieb im Bett sitzen und erprobte mit steigender Erregung ihre zurückgewonnene Verstandeskraft. Es waren nur noch zehn Tage bis zur Prüfung für das Oxford-Stipendium. Bis dahin musste sie unbedingt wieder auf den Beinen sein. Aber da gab es etwas anderes, das schrecklich wichtig war und noch vor der Prüfung erledigt werden musste, und es hatte etwas mit einem anderen Mädchen zu tun. Sie dachte angestrengt nach und vergegenwärtigte sich noch einmal alle Ereignisse des letzten Trimesters in ihrer zeitlichen Abfolge. Das Mädchen, um das es ihr ging, konnte unmöglich das sein, von dem sie in letzter Zeit so oft geträumt hatte – und dessen undeutliches Zeitungsbild jetzt unter ihrem Kissen lag. Margaret Raines war tot.

Die Erkenntnis traf sie wie ein Blitz: Es war gerade wegen Margarets Tod, dass sie Bedeutung für sie besaß. Sie wusste ganz genau, wie die andere gestorben war. Mehr noch, Clare wusste auch, warum Margaret nicht das von ihm vorherbestimmte Leben gelebt hatte. In einem übertragenen Sinne hatte Margaret tatsächlich in Clares traumverschwommenem Fieberwahn gelebt, aber nicht *für* ihn, sondern im Aufstand *gegen* ihn. Margaret war nicht als seine Sklavin wiedergeboren worden, weil sie sich ihm nicht unterworfen hatte – »im letzten Moment«, wie er selbst gesagt hatte. In tiefster Seele hatte sie sich ihm widersetzt. Sie hatte sich gesträubt, ihm ihr Herz zu schenken, und so konnte Niall ihr Abbild nicht beseelen. Widerstand war also möglich – möglich und richtig. Clare hatte das tief im Innern immer gewusst, und dieses Wissen, das im Traumbild von Margaret Raines verkörpert war, hatte sich die letzten drei Tage gegen Nialls Bann gewehrt. Und es hatte gesiegt! Triumphierend sah Clare sich im Zimmer um und atmete die Luft dieser Welt tief ein.

Die Rebellion hatte gesiegt.

Dann fiel ihr siegesbewusster Blick auf die schlafende Gestalt in dem Krankenbett, das am weitesten entfernt von ihr stand. Sie hatte zu früh triumphiert. Dort lag Jennifer, und Jennifer hatte ihm bedingungslosen Gehorsam geschworen. Dort lag sie, noch immer lebendig, aber ihm ganz und gar verfallen und nur darauf wartend, dass er sie in seine Welt zog. Clare sah sich um und lauschte, ob die Hausmutter oder ihre Vertreterin in der Nähe waren. Dann schlüpfte sie aus dem Bett und ging zu Jennifers Bett hinüber. Erst als sie fast dort war, fiel ihr ein, dass sie eigentlich viel zu krank war, um gehen zu können. In Wirklichkeit aber fühlte sie sich zwar schwach und müde, aber nicht mehr krank. Eine große Spannung erfüllte ihren ganzen Körper, ermutigte sie und bestätigte sie in ihrer Überzeugung, dass sie sich frei bewegen und tun könne, was sie wolle.

Sie blickte Jennifer prüfend an und kehrte dann zum eigenen Bett zurück. Die Jüngere schlief friedlich. Das einzige Anzeichen von Krankheit war die hektische Röte ihrer Wangen. Ihre Lippen zu einem leichten Lächeln geschwungen, bot sie ansonsten ein Bild völliger Ruhe und Zufriedenheit. In diesem Fall hatte Niall sein Versprechen gehalten: Jennifers restliche Tage würden in tiefem Frieden verstreichen. »Nur noch wenige Tage!« – immer wieder kam Clare dieser Satz in den Sinn. Wie viele hatte er damit gemeint? Drei Tage waren schon vergangen, die Marionetten mussten kurz vor der Vollendung stehen. Er hatte gewiss Tag und Nacht mit hohem Einsatz daran gearbeitet. Sie konnte förmlich vor sich sehen, wie er sich mit äußerster Konzentration über die Werkbank beugte, wie seine geübten Finger rasch und sicher arbeiteten, wie er den Schrank öffnete und die kleinen Röhrchen musterte, denn er bereitete den letzten Schritt vor, die Beseelung der Puppen durch seine Macht über die Blutstropfen, die Jennifer und sie selbst freiwillig gegeben hatten.

Nein, Clares Sieg über seinen Bann war Illusion; sie hatte nur einen winzigen Aufschub erwirkt, und das auf Kosten körperlicher und seelischer Leiden – Leiden, die sie allesamt hätte vermeiden können, um wie Jennifer Frieden zu finden. Sie hätte sich ihm nur unterwerfen müssen. Jetzt war sie frei, aber nur bis zu dem Augenblick, da er das Herz in die Puppe einsetzen würde. Unwillkürlich dachte sie darüber nach, ob sie es wohl spüren würde, hier in ihrem Bett auf der Krankenstation. Würde er ihr Schmerz bereiten, um sie für ihren Widerstand zu bestrafen, oder würde er letztlich Gnade walten lassen und die Verwandlung vollziehen, während sie schlief? Sie fragte sich, ob es zuerst Jennifer oder sie treffen würde.

Sie wusste nicht, wie lange ihr Aufschub noch währte, doch länger als einen Tag bestimmt nicht. Sie musste diese Nacht das tun, was sie noch tun konnte.

Am Vormittag kam der Arzt, und Clare unterdrückte ihre Erregung und Unruhe, während er sie untersuchte. Sie reagierte auf seine Scherze mit einem schwachen Lächeln, und als er ihr verkündete, sie dürfe die nächsten zwei Wochen nicht aufstehen, nahm sie das so teilnahmslos auf, dass es ihn etwas verwirrte. Aufmerksam sah sie zu, wie er sich zusammen mit der Hausmutter über Jennifer beugte. Das Mädchen schlief noch, und so wurde es eine kurze Visite. Clare hätte viel dafür gegeben, sein Gespräch mit der Hausmutter vor der Tür der Krankenstation mithören zu können.

Kurz vor dem Mittagessen stattete Miss Geary Clare einen Besuch ab. Sie sprach in mitfühlendem Ton über die Stipendiumsprüfung und stellte dann eher zaghaft die Frage, ob man Clares Eltern über ihre Erkrankung unterrichten solle.

Clare fühlte sich gut genug, das selbst zu tun, und sie versprach, ihrer Mutter am nächsten Tag einen Brief zu schreiben. Und die Prüfung? Sie musste lange in ihrem Gedächtnis suchen, um sich Klarheit über ihre Gedanken und Gefühle zu verschaffen. Die Prüfung fand wenige Tage nach dem Ende des Ostertrimesters statt, doch längst hatte sie den Glauben an einen möglichen Erfolg verloren; etwas Mächtigeres war dazwischengetreten. Dennoch lauschte sie den gütigen Tröstungen von Miss Geary, die Chance sei vielleicht noch nicht völlig vertan, und Clare könne auch zu Hause studieren, wenn ihr Vater nach England zurückkehrte und sich hier niederließ. In jedem Fall blieb Clare immer noch ein Jahr Zeit, sie war ja erst achtzehn. Vielleicht war es sogar besser, das Examen erst abzulegen, wenn sie älter war ...

»Ja«, sagte Clare. »Ich habe nicht vergessen, was Sie über die Pflicht zum Älterwerden gesagt haben.«

Miss Geary ging, als die stellvertretende Hausmutter Clares Mittagessen brachte, versprach aber, am Abend noch einmal hereinzuschauen. Es fehlte Clare nicht an Appetit beim Mittagessen, beim Tee und beim Abendbrot, doch die Stunden dazwischen zogen sich unerträglich lange hin. Das einzige Ereignis an diesem endlosen Nachmittag war, dass Jennifer erwachte.

Clare hatte gerade in einem Buch gelesen, als sie zufällig ihren Blick hob und sah, dass Jennifer aufrecht saß und aus dem Fenster schaute. Sie rief ihr zu, und Jennifer wandte den Kopf. Noch immer war ihr Mund von einem leichten Lächeln wie im Schlaf umspielt. Ihre einzige Antwort war ein leises »Hallo«, langsam und mit verträumter Stimme gesprochen, und ihr Gesichtsausdruck änderte sich nicht. Clare stand auf und ging zu ihr hinüber. Jennifer bewegte sich nicht. Sie sah Clare lächelnd an, gab aber keine Antwort, als diese sie erneut ansprach. Clare blickte ihr in die Augen. Sie waren weit geöffnet, doch wenn sie überhaupt etwas sahen, so bedeuteten die Bilder ihrem Verstand nichts. Das Blau ihrer Augen war von sonderbarer, dunkler Intensität und vermittelte gemeinsam mit dem Rot der vollen Wangen und dem lächelnden, leicht geöffneten Mund den Eindruck von gesunder, lebensstarker Schönheit, von einem leuchtenden, vorzeitigen Erblühen, von einer Reife, die über alle natürlichen Versprechen kindlicher Entwicklung hinausging. Clare wandte sich beunruhigt von ihr ab, und nach einer Weile legte Jennifer sich mit einem sanften Seufzer der Zufriedenheit wieder zurück und schlief ein.

Jennnifers merkwürdige, frisch erblühte Schönheit steigerte Clares Angst ins Unermessliche, denn sie sah in ihr den Beweis dafür, dass Nialls Werk kurz vor der Vollendung stand. Jeden Moment konnte er nun damit beginnen, sich in dem alten Haus hinter dem Eichenwald über seine Werkbank zu beugen, um die kleinen Gruben in den Leibern seiner Puppen zu füllen. Sie drückte ihre Hände aufs Herz, so, als könnte sie dort schon den Anfang der tödlichen Verwandlung spüren.

Als Miss Geary kurz vor dem Abendessen kam, berichtete Clare ihr von Jennifers Erwachen mit derartiger Besorgnis, dass sie damit fast ihre tiefsten Ängste verriet. Sie wünschte sich nichts sehnlicher, als Miss Geary die ganze Geschichte erzählen zu können, doch dafür war es zu spät. Selbst wenn die alte Dame oder sonst jemand ihr glauben würde, hätte sie viel zu viele und zu komplizierte Dinge zu erklären, und bevor sie jemanden zum Handeln bewegen könnte, wäre Nialls Werk schon getan. Weitaus wahrscheinlicher war zudem, dass man ihre Erzählungen für Fieberfantasien hielt: Der Arzt hätte bestimmt keine Mühe, einen Nervenzusammenbruch zu diagnostizieren, ausgelöst durch Überarbeitung und Prüfungsangst. Im Endergebnis würde man sie nur davon abhalten, das Einzige zu tun, was sie gegen Niall noch unternehmen konnte.

Allerdings schien Miss Geary aus Clares Verhalten gewisse Schlussfolgerungen zu ziehen. Sehr viel wachsamer als sonst, hatte die alte Dame offenbar ihre Traumwelt verlassen; entgegen ihrer üblichen Art blickte sie auf Clare nicht aus wolkigen Höhen herab, sondern beobachtete sie sehr genau mit aufmerksamen, durchdringenden Augen, deren Braun auf einmal weniger trüb wirkte. Sie nickte ruckartig, als begreife sie, doch als sie dann sprach, erwähnte sie Jennifer mit keinem Wort. Anscheinend hatte etwas anderes ihre Aufmerksamkeit erregt.

»Eine meiner Cousinen hat mir geschrieben«, sagte sie. »Eine meiner Cousinen aus Cornwall. Der Brief ist heute mit der Nachmittagspost gekommen. Sie berichtet darin etwas sehr Merkwürdiges. Anscheinend ist Rachel Sterne in Cornwall. Sie wohnt in einem Hotel in Truro. Meine Cousine hat sie gesehen. Sie hat sie zufällig getroffen, und sie schreibt mir, dass da irgendetwas nicht stimmt. Rachel scheint ganz verstört zu sein. Ich weiß nicht genau, warum, aber offensichtlich will sie nicht mehr nach Brackenbine zurück. Als habe es dort Ärger gegeben, einen Streit ... Du musst nämlich wissen, dass Brackenbine dem Sohn gehört und nicht ihr.«

»Einen Streit?«, wiederholte Clare schwach. Ihr kam die kurze Szene in den Sinn, die sich vor langer Zeit im Atelier abgespielt hatte. Einige ernste und traurige Worte, wenn auch lächelnd gesprochen – »wenn die Leidenschaft, etwas zu schaffen, nicht auf ihre Art sündhafter Stolz wäre ... Aber zumindest können wir damit aufhören. Wir können unserer Wege gehen und darauf verzichten, weiter zu sündigen.« Miss Gearys Vermutung traf den Kern: Rachel Sterne *hatte* erkannt, dass die Kunst ihres Sohnes etwas Böses war. Sie war davor geflohen, und in den Andeutungen ihres letzten Briefes hatte sie Clare offenbar vor Niall warnen wollen.

»Ja«, sagte Miss Geary. »Es würde mir schrecklich Leid tun, wenn es wirklich so wäre. Aber das Leben, das sie drüben führten, war wirklich etwas merkwürdig. Unbegrenzt hätte es ohnehin nicht so weitergehen können ...«

Es schien eine Ewigkeit zu dauern, bis die Betreuerin nach dem Abendbrot damit fertig war, es Clare und Jennifer für die Nacht gemütlich zu machen, wie sie das nannte. Als sie endlich ging, warf sie von der Tür aus noch einen strengen Blick auf das Buch, in dem Clare las, und sagte: »Du kannst das

Licht brennen lassen, bis die Hausmutter nach euch sieht, aber vergiss nicht, es dann auszumachen!«

Und so verbrachte Clare denn eine weitere Stunde in höchster Ungeduld, bis die Hausmutter endlich erschien. Trotz ihres angespannten Wartens war ihr zuweilen zum Lachen zumute, dass sie sich lammfromm den kleinlichen Regeln von Paston Hall unterwarf, während sie auf die Vollstreckung eines Todesurteils wartete. Doch sie wünschte der Hausmutter nach deren Visite nur ruhig eine gute Nacht, und als sie eine Stunde später aus dem Bett schlüpfte, hatte sie sich völlig unter Kontrolle. Sie hatte einen klaren Plan, und sie schätzte nüchtern ab, was sie vielleicht erreichen konnte. Dabei wusste sie nur zu gut, dass ihr Hoffen auf Rettung in keinerlei Verhältnis zu der wohl bekannten Gefahr stand, in der sie und Jennifer sich befanden. Eines jedenfalls war gewiss: Im schlimmsten Fall blieb für sie beide als Ausweg der wirkliche Tod. Mit all seiner Kunst und all seinen unermesslichen dunklen Kräften konnte Niall seine Sklavinnen nicht davon abhalten, sich auf diesem Wege zu befreien. Margaret Raines hatte das bewiesen. Doch hatte sie nur in ihrem Herzen Widerstand geleistet. Clare kannte Nialls Kunst besser und wusste mehr über den Prozess der Puppenherstellung. Sie begriff, dass auch die Hand rebellieren kann – und vielleicht einen lebensrettenden Sieg erringen.

Sie zog ihren Morgenmantel über, schlüpfte mit bloßen Füßen in Pantoffel, denen Schnallen einen festen Sitz gaben, und zwang sich danach dazu, eine ganze Minute lang am Fenster zu stehen und zu lauschen. In der Schule war es still, und auf der Hausseite, die sie sehen konnte, brannte kein Licht. Dann schlich sie durch die Krankenstation zu Jennifers Bett. Das jüngere Mädchen atmete gleichmäßig. Clare strich ihr kurz über das Haar, kehrte dann zum Fenster zurück und öffnete es.

Der Nachthimmel war bewölkt, aber nicht völlig finster; es fiel noch genug Mondschein durch die Wolken, um Clare ihren Weg um das Gebäude zu weisen.

Hinter einigen Vorhängen im Obergeschoss konnte man Licht sehen, und so bewegte sie sich sehr vorsichtig und verbarg sich immer wieder hinter den Büschen, bis sie über die Wiese zu dem kleinen Buchenhain an der Mauer laufen konnte. Sie zitterte, aber nicht vor Furcht oder Kälte, sondern wegen der Anstrengung, die das Laufen nach dem Fieber und der Bettlägrigkeit für sie bedeutete. Sie wusste, dass sie ihren Körper überbeanspruchte, wenn sie über die Mauer stieg, doch es war der einzige Weg. Das Tor von Paston Hall war mit Sicherheit verschlossen, und den Weg zur Straße, an der Hütte des Gärtners vorbei, traute sie sich des Hundes wegen nicht zu benutzen. Sie brachte ihr Zittern unter Kontrolle und schonte ihre Kräfte, indem sie sich nun viel langsamer und beherrschter bewegte, dabei die Angst zügelnd, die sie vorantrieb. Aber auch so gelang es ihr erst im zweiten Versuch, die Mauer hinter der großen Buche zu erklimmen. Einige Minuten lang ruhte sie sich auf der Mauerkrone aus, bevor sie sich auf der Brackenbine-Seite herunterließ.

Sie war mit dem Gelände nun viel vertrauter als bei den beiden früheren Gelegenheiten, als sie über die Mauer geklettert war. Sie musste nur geradeaus den Hang hinauf, um die Auffahrt zu erreichen, die sich von dem Eisentor um den Hügel bis zum Haus wand. Das Haus lag dann auf der linken Seite der Auffahrt, nur noch ein kleines Stück entfernt. Sie bahnte sich ihren Weg durch den Wald, wobei ihre Füße und Knöchel arg in Mitleidenschaft gezogen wurden. Als sie den Fahrweg erreichte, blieb sie stehen und lauschte; sie kannte ja Nialls Angewohnheit, nachts das Anwesen zu durchstreifen. Ihr Plan ging im Grunde sogar davon aus, dass er auch heute Nacht wieder unterwegs war, und bei dem kleinsten Geräusch, das sie verursachte, befürchtete sie, er könne ihr in den Weg treten. Es regte sich jedoch nichts außer den Zweigen in der sanften Brise, und mit äußerster Vorsicht bewegte sie sich auf das Haus zu.

Es lag in völliger Dunkelheit. Sie war erleichtert. Es bedeutete, dass Niall wirklich draußen war, so wie sie es gehofft hatte; er wäre sicher noch nicht im Bett gewesen, hätte er sich um diese Zeit im Haus befunden. Sie wandte sich nach rechts und tastete sich auf einem schmalen, schlüpfrigen Pfad, in den Lorbeersträucher hineingriffen, an der Mauer entlang. Hier, wo ständig Schatten lag und nur immergrünes Gesträuch wuchs, roch es nach nassem, vermoderndem Laub und feuchter Erde. Der stockdunkle Pfad wurde bald so steil, dass sie sich mit großer Anstrengung an den Lorbeerzweigen hochziehen musste. Drei Kilometer auf der Straße hätte sie in kürzerer Zeit und mit geringerer Mühe bewältigen können als diesen Aufstieg, so jedenfalls erschien es ihr, aber schließlich kam sie unter den Eichen heraus, und die Dachrinne des Hauses reichte ihr gerade bis ans Knie. Sie setzte sich und ruhte sich erneut aus, wobei sie unentwegt lauschte, ob irgendein anderes Geräusch als das ihres eigenen, beunruhigend lauten Atems zu hören war. Doch all die schwachen Laute, die ihr Ohr einfing, gehörten offenbar zum nächtlichen Leben des Waldes.

Für das, was sie als Nächstes vorhatte, zog sie sich die Pantoffeln aus, denn es war ihr beim letzten Mal aufgefallen, wie leicht man mit Ledersohlen auf den Dachziegeln ausgleiten konnte. Mit bloßen Füßen, unterstützt von Handgriffen, ging es besser, und ebenso langsam wie mühsam kroch sie die Dachschräge hoch, bis sie sich am Rahmen des Oberlichtes festhalten konnte. Wie sie erwartet hatte, stand die Luke ungefähr einen halben Meter weit offen. Sie schlängelte sich von der Seite her hinein, so wie sie es von Niall gelernt hatte, und ließ sich ins Atelier hinabfallen.

Sie wartete, bis ihr Atem wieder gleichmäßiger ging, doch nichts konnte das heftige Pochen ihres Herzens beruhigen. Sie bewegte sich durch den dunklen Raum und tastete sich an Tischen, Kisten und anderen Möbelstücken entlang zum Kamin, in dem noch Asche glomm. Als Erstes musste sie die Tür verschließen. Der Schlüssel steckte wie stets innen. Sie drehte ihn herum und schob zusätzlich noch einen der Armsessel vor die Tür, direkt unter den großen Eisenschlüssel. In der Ecke neben dem Kamin lagen Stapel von Büchern und Papieren. Sie nahm und zerriss ein Blatt und machte einen Fidibus daraus, dann kniete sie sich vor den Kamin und blies so lange in die Asche, bis eine Flamme entstand und das Papier erfasste. Nun sah sie, wo die Lampe stand, die sie mit einem zweiten Fidibus anzündete und dann auf das eine Ende von Nialls Werkbank in der Mitte des Raumes stellte.

Sie lehnte sich gegen die Bank und gönnte sich nun, da der erste Teil ihres Unterfangens bewältigt war, erschöpft einige Augenblicke der Ruhe. Es war der Teil, der am leichtesten hätte fehlschlagen können und der die meiste Willenskraft und körperliche Stärke erforderte. Das Glück war bis jetzt auf ihrer Seite: Niall war unterwegs, aber er konnte jeden Augenblick zurückkehren. Wäre er dagewesen, hätte es ihr Vorhaben unendlich erschwert – so sehr erschwert, dass sie nicht mehr wusste, wie sie bei ihren Planungen jemals auf einen Erfolg hatte hoffen können.

Im Zimmer herrschte die übliche Unordnung. Zwar hatte Niall seine Arbeitsstücke von der Bank geräumt, aber all sein Werkzeug lag verstreut herum. Sie betrachtete den Sperrholzschrank, in dem er die Marionetten aufbewahrte, nahm einen Holzstichel und bearbeitete damit die Tür. Ohne weiter darauf zu achten, wie viel Lärm sie verursachte, hackte und stach sie immer wieder auf den Schrank ein, doch ohne Erfolg, bis ihr einfiel, das Schloss auszustemmen. Sie trieb den Stichel zwischen Tür und Rahmen und rüttelte heftig. Doch ihr Werkzeug war zu schwach, und die Klinge brach mit einem lauten Singen. Clare hastete erneut zur Bank, wühlte in den Werkzeugen und fand etwas, das für ihre Zwecke besser geeignet war – einen langen, robusten Schraubenzieher. Sie zwang sich zu einer kurzen Pause, dachte nach, und nachdem sie sich etwas beruhigt hatte, ging sie methodischer zu Werke. Da das Schloss nicht besonders stark war, gelang es ihr in kurzer Zeit, es aus dem Rahmen zu sprengen.

Die beiden Puppen lagen im zweiten Fach von oben. Sie waren fast fertig – alle Gliedmaßen an ihrem Platz, das Haar befestigt, die Bemalung vollendet. Nur eines war noch zu tun: Die kleine Grube in der Brust musste gefüllt werden. Trotz ihrer Angst und Sorge, so schnell wie möglich ihre Aufgabe zu erledigen und Brackenbine zu verlassen, fühlte Clare den starken Drang, ihre eigene Puppe, nun da sie vollendet war, genauer zu betrachten, und sie konnte einen Laut der Bewunderung nicht unterdrücken, als sie die Vollkommenheit der kleinen Figur erkannte. Fast scheu nahm sie die Marionette in die Hand. Sie wusste ja schon, dass Niall ein idealisiertes Porträt geschaffen hatte. Und doch war sie es selbst, und mit einer Wehmut, die ihrem Plan zuwiderlief, nahm sie wahr, dass die Züge, die Niall am besten getroffen hatte, jene waren, die er besonders an ihr liebte; mehr als einmal hatte er sie über alle konventionelle Schönheit gestellt. Sie verspürte das Verlangen, die Puppe zu behalten, und es ging ihr der Gedanke durch den Kopf, dass es doch nicht gefährlich sein könne, sie in ihrem unfertigen Zustand aufzubewahren. Sie musste all ihre Willenskraft aufbieten – eben jene Kraft, die ihre Spuren am Schrank hinterlassen hatte –, um sich von der Anmut der Puppe nicht betören zu lassen und den Blick von ihr zu lösen. Jennifers Marionette erschreckte sie. Aus ihren dunkelblauen Augen leuchtete Sanftmut, und Farbgebung und Gesichtsausdruck waren genauso, wie Jennifer heute Nachmittag ausgesehen hatte. Die Übereinstimmung zwischen diesen kleinen Holzgeschöpfen und den Lebewesen, mit denen sie auf so dunkle und abgründige Weise verbunden waren, machte ihr Angst. Das Herz schlug ihr bis zum Hals, und ihre Hände zitterten, als sei das, was sie gleich tun musste, tatsächlich eine Vernichtung von Leben. Als sie die beiden Puppen auf die Werkbank legte, überkam sie die schreckliche Furcht, die Verknüpfung zwischen den Marionetten und Jennifer und ihr könnte in diesem späten Stadium bereits eine körperliche sein. Was, wenn aus den kleinen Körpern Blut spritzte, sobald sie auf sie einstach, was, wenn sie aufschreien würden? Mit dem Mut tiefster Verzweiflung legte Clare Jennifers Puppe auf den Bauch, sodass sie das lächelnde Gesicht nicht sehen musste, setzte die Klinge eines großen Meißels an den Hals, nahm einen Hammer und schlug mit aller Kraft zu.

Die Klinge fraß sich in das Holz, und mit einem tiefen Seufzer der Erleichterung sah Clare, dass es nichts als Holz war. Doch es schnürte ihr noch immer das Herz zusammen, etwas so Schönes und Kunstvolles zu zerstören, und in wilder Hast, um es hinter sich zu bringen, trieb sie mit immer neuen Schlägen den Meißel in das Püppchen. Danach ergriff sie ihre eigene Marionette und hackte und schlug mit unverständlichen Lauten, in denen sich Schmerz mit Grauen mischte, auch auf diesen kleinen Leib ein. Das Holz war sehr fest; sie hatte sich zu überstürzt ans Werk gemacht. Arme und Beine waren zwar abgetrennt, doch dem Torso hatte sie kaum Schaden zufügen können. Völlig verstört hielt sie inne; die Grausamkeit dieser endlosen Zerstückelung überwältigte sie. Sie konnte sich kein passendes Werkzeug vorstellen, kein Vorgehen, das richtig gewesen wäre. Sie hatte ihre Hände nicht mehr genügend in der Gewalt, um die Werkzeuge wirksam zu benutzen. Wie von Sinnen schaute sie sich um, bis der Anblick des Kamins ihr die Lösung verriet. Seufzend und zitternd sammelte sie Stroh und Späne aus den alten Packkisten, die im Atelier herumstanden, machte Kleinholz aus den Deckeln der Kisten, riss alte Staffeleien auseinander und häufte all das auf die weiße Asche im großen Kamin.

Plötzlich stand ihr wieder vor Augen, wie sie Margaret Raines' Puppe vor den Flammen gerettet hatte, und sie wurde gequält von der Erinnerung an die Liebe, die letztlich zu dem geführt hatte, was sie hier tat. Doch sie hielt an ihrem Vorhaben fest und blies mit aller Kraft in die Asche, bis Stroh und Späne Feuer fingen. Dann rannte sie zurück zur Werkbank, sammelte die versehrten Körper und abgetrennten Gliedmaßen auf, jeden Splitter, der von den Puppen stammte, und übergab alles den lodernden Flammen.

Wie sehr es sie auch drängte, Brackenbine zu verlassen, sie musste so lange warten, bis alles verbrannt war. Sie trat zurück vom Kamin und schaute in das Feuer. Das Stroh wurde raschelnd von den Flammen verzehrt, und das trockene Holz der Kisten loderte berstend auf mit Geräuschen, die wie Pistolenschüsse klangen. Funken flogen weit in den Raum hinein. Sie sah zu und wurde allmählich ein wenig ruhiger. Ihre blinde Angst ließ etwas nach, nicht aber die nur zu verständliche Furcht, von Niall überrascht zu werden. Sie rückte einen Tisch, auf dem Ölflaschen, Farbtuben und Dosen mit Terpentin standen, unter das Oberlicht und fegte einen Großteil der Sachen auf den Boden, damit sie hinaufklettern konnte. Doch plötzlich hielt sie inne und schlug sich mit einem lauten »O Gott!« heftig gegen die Stirn.

Bei ihrer grausigen Metzgerarbeit an den Puppen hatte sie das Wichtigste vergessen: die Herzen, die jene Gruben in der Brust füllen sollten. Würde sie ihre und Jennifers Bluttropfen zurücklassen, hätte Niall, so wie sie ihn verstanden hatte, weiterhin Macht über sie. Die Marionetten, die wegen ihrer erstaunlichen Ähnlichkeit die Versklavung zu verkörpern schienen, waren letzten Endes nur unbeseelte Materie – Dinge, die er von neuem erschaffen konnte. Das Geheimnis des Lebens ruhte in den kleinen Röhrchen, die sie gesehen hatte.

Sie nahm die Lampe und ging zurück zum Schrank. Die Phiolen hatten sich in einem kleinen Holzgestell im obersten Fach befunden, als Niall sie zuletzt einen Blick ins Innere hatte werfen lassen. Sie durchsuchte die Sammlung von Glasgefäßen und stellte mit wachsender Panik fest, dass die Röhrchen fehlten. Rücksichtslos stieß und riss sie alles, was sich in dem Fach befand, zu Boden. Die Röhrchen waren nicht darunter. Auf den Knien durchstöberte sie nun den Inhalt des untersten Faches – eine Sammlung von Modellen und wunderschönen spielzeugartigen Arbeiten, mit denen sie sich sonst stundenlang beschäftigt hätte. Sie holte die Kutsche des Kapitäns heraus und durchsuchte vergeblich jede Ecke des Schranks. Damit war ihr Plan endgültig gescheitert. Sie stand auf, presste die Hand vor den Mund und konnte nur noch verzweifelt vor sich hinstammeln: »O Gott, o Gott! Ich kann sie nicht finden!« Sie weinte, und einige Minuten lang nahmen ihr ein schwächliches Selbstmitleid, Furcht und Verzweiflung die Kraft, klar zu denken. Dann gewann sie wieder die Kontrolle über sich. Es gab noch andere Schränke im Raum.

Sie nahm die Lampe vom Boden und hielt sie hoch, um sich in dem großen, von Schatten erfüllten Zimmer umzusehen. Ihr Blick fiel auf einen Schrank, der anders aussah als die übrigen. Er war aus Hartholz gefertigt, robuster und von besserer Qualität. Hätte sie nur ihren Verstand gebraucht, so wäre ihr sofort klar geworden, dass hier die Wertsachen aufbewahrt wurden. Der Schrank war ihr vorher schon aufgefallen, aber sie hatte ihn nie offen gesehen.

Sie ging zurück zur Werkbank, stellte die Lampe ab und suchte wieder nach dem Schraubenzieher. Sie fand ihn auf dem Boden und begann, das Schloss des massiven Schrankes zu bearbeiten. Es leistete sehr viel mehr Widerstand als das letzte, und obwohl sie zustieß und rüttelte und hämmerte, bis ihre Finger sich verkrampften und ihr die schmerzenden Arme den Dienst versagten, sodass sie immer wieder innehalten musste, richtete sie so gut wie nichts aus. Sie suchte in ihrer Erinnerung nach Erfahrungen, die ihr helfen könnten, und fand sie in ihrer Kindheit: Damals hatte sie ihrem Vater dabei zugesehen, wie er wohl überlegt und methodisch, nach der Art eines Ingenieurs, sein Werkzeug benutzte. Sie richtete sich auf, streckte den Rücken und dachte nach.

An der Wand neben der Bank hing eine Säge. Sie nahm sie, stellte die Lampe auf den Tisch unter dem Oberlicht, um mehr Helligkeit zu haben, und sägte auf ungeschickte, aber wirkungsvolle Art in die Schrankkante über und unter dem Schloss. Dann steckte sie den Schraubenzieher in die Kerben und rüttelte so lange, bis sie das Holz um das Schloss gespalten hatte. Das Erste, was sie sah, als sie den Schrank öffnete, war der kleine Holzständer mit den Röhrchen, nach denen sie suchte. Sie nahm das ganze Gestell heraus, warf einen kurzen Blick auf die kleinen dunklen Klümpchen in zwei der

Phiolen und lief dann zur Feuerstelle mit ihrem glimmenden Aschehaufen. Sie stieß den Ständer samt Inhalt mitten in die rote Glut, griff sich noch einige weitere Holzstücke und häufte sie darüber. Keiner Art der Zerstörung konnte sie so vertrauen wie der völligen Vernichtung durch die Flammen. Sie lief zurück in die Mitte des Raumes und suchte nach noch mehr Holz, schleuderte Leinwände und Gläser voller Pinsel zur Seite, um an Holzkästen hinter all dem Gerümpel zwischen den Schränken zu gelangen. Immer neues Brennmaterial wanderte in den Kamin, bis die Flammmen knackend und krachend hochloderten und Funken versprühten.

Als sie beladen mit einer Packkiste voller Stroh an dem Schrank vorbeischwankte, dem sie die Phiolen entnommen hatte, fiel ihr etwas ins Auge. Sie beförderte ihre Last ins Feuer und ging dann zurück zum Schrank. Als sie ihn aufgebrochen hatte, war ihr nichts außer dem Gestell mit den Röhrchen aufgefallen. Nun sah sie, dass das oberste Fach voller Gefäße war, genauso wie das im anderen Schrank, den sie geöffnet hatte, doch darunter besaß dieser Schrank eine Reihe von Schubladen, zwischen denen jeweils ein oder zwei Zentimeter Abstand waren. Durch eine dieser Lücken hatte sie so etwas wie helle Seide oder feines, glänzendes Haar schimmern sehen.

Sie öffnete eine Schublade und sah in kleinen, mit weichem Stoff ausgelegten Einzelfächern Puppen liegen, sorgsam in Reih und Glied geordnet. Jedes der Figürchen lag nackt auf dem Rücken, mit auf der Brust gefalteten Händen – wie in einem kleinen Sarg. Clare zog eine weitere Schublade auf – und dann noch eine. Alle waren sie voller Puppen, und diese Puppen lagen stets in der gleichen Ordnung, wie aufgereihte Leichen. Sie bückte sich, und obwohl das Licht der Lampe und der Schein des Kaminfeuers die Schubladen nur schwach erhellte, konnte sie erkennen, dass die Augen aller Puppen geschlossen waren. Sie sahen aus wie tote Menschen, doch Clare wusste, dass sie nicht tot waren. Diese Figuren hatten keine offene Grube in der Brust: Der Blutstropfen, das beseelende Element, war in ihnen, und doch befanden sie sich in einem totenähnlichen Schlaf.

Sie stand da, unfähig, sich zu bewegen oder ihren Blick von den Puppen zu wenden, während ihr langsam die ganze Bedeutung ihrer Entdeckung aufging. Dies war Nialls letzter und größter Betrug, und er stieß sie mehr ab, bestürzte sie tiefer als all die Leiden und Schrecken, die sie durchgemacht hatte, seit ihr das Wesen seiner Kunst bewusst geworden war. Das, was sie im Park des Kapitäns gesehen hatte, waren weder mechanische Puppen, wie es ihr damals erschienen war, noch lebende Wesen, wie sie entgegen aller Vernunft später angenommen hatte. Sie besaßen gewiss eine Art von Leben oder irgendeinen erstaunlich echten Ersatz dafür, doch nur auf Geheiß ihres Schöpfers und Meisters. Die Unsterblichkeit, die Niall versprochen hatte, war eine Lüge: Sein ganzes Volk bestand aus Spielfiguren, die sich nur nach seinem Willen bewegen konnten. All ihre Feste, ihre Freuden, ihre Liebesverbindungen und Leidenschaften waren nur Spiele, die er sie zu seinem Vergnügen aufführen ließ, und wenn er ihrer überdrüssig wurde, legte er sie bis zum nächsten Mal in seine Schubladen zurück.

Das also war die Unsterblichkeit, das war die ewige Jugend, zu der Niall Jennifer und sie verdammt hätte, zu der er bereits so viele verdammt *hatte* ... Als sie begriff, was all diesen kleinen Gestalten angetan worden war, der lebende Tod, hielt sich Clare, Kälte in allen Gliedern, die Augen zu und stolperte rückwärts zum Tisch unter dem Oberlicht.

Als sie ihn erreicht hatte, senkte sie langsam, wie gegen ihren Willen, die Hände und blickte zur Tür. Trotz des prasselnden Feuers hörte sie draußen auf der Treppe schwere Schritte die Stufen hinaufeilen und über den Gang stürmen. Clare vermochte sich nicht zu bewegen, nur ihr Blick wanderte hinüber zu dem großen Schlüssel aus Eisen, der im Schein der Flammen glänzte. Die dicke Eichenholztür erbebte unter einer hämmernden Faust, und dann hörte sie eine Stimme rufen: »Mach auf! Mach sofort die Tür auf!«

Es war eine bekannte Stimme, doch es lag ein unbekannter Ton darin, den sie nie für möglich gehalten hätte. Ein tiefer Schmerz, der sogar den ihrer letzten Entdeckung überstieg, breitete sich in ihr aus, als sie erkannte, dass es Niall war, der da brüllte wie ein Tier. Die letzten Reste des Bannes, der sie gebunden hatte, lösten sich durch diesen Schmerz, und blind vor Tränen drehte sie sich um und stieg auf den Tisch. Sie hielt sich am Rahmen des Oberlichts fest und stieß sich ab. Der kleine Tisch wankte und fiel krachend mit seiner Last und der brennenden Lampe um. Clare, die sich durch die Öffnung zwängte, sah, wie sich die Flammen ausbreiteten, als das Paraffin der Lampe und das Öl aus den Flaschen Feuer fingen, sah, als sie das Dach hinabschlitterte, wie das Glasgeviert des Oberlichts plötzlich von einer gelben Lohe ausgefüllt wurde, und fühlte, wie brennend heiße Luft sie streifte.

Sie hastete den steilen Abhang am Haus hinunter, immer wieder stolpernd und sich mit ausgestreckten Armen vor dem Gesträuch schützend. Als sie den Fahrweg erreicht hatte, wechselte sie die Richtung; angsterfüllt und der Ohnmacht nahe lief sie auf das Tor von Brackenbine zu.

11

Es war nicht unangenehm, auf den weichen Kissen zu liegen, sich schwach und hilflos zu fühlen und dabei doch zu wissen, dass keine Gefahr drohte. Clare betrachtete die Vase mit gelben Wildblumen auf ihrem Nachttisch in der Krankenstation und lächelte dann Miss Geary zu. Sie lächelte als Antwort auf den forschenden Blick der alten Dame, doch war es auch ein Lächeln der Dankbarkeit.

Clare war nun ganz ruhig: Sie war sich der Festigkeit der Erde und der Wirklichkeit der Menschen und Dinge um sie herum bewusst; sie fühlte sich daheim in dieser ihrer Welt, und sie war zufrieden mit der Sicherheit und dem Komfort, den sie genoss. Glücklich jedoch war sie nicht, und im Stillen gestand sie sich ein, dass bis dahin noch lange Zeit vergehen würde. Ihr Gefühl von Sicherheit und Wirklichkeit beruhte vorerst darauf, nicht zu viel darüber nachzudenken, warum die Wurzeln des alten Glücks gekappt waren. Trotzdem hatte sie Miss Geary nach den Geschehnissen jener letzten Nacht gefragt, sobald ihr Kopf wieder frei war und der Arzt ihr ein Ende der Bettruhe in Aussicht gestellt hatte.

Die Hausmutter hatte als Erste den Feuerschein jenseits des Waldes von Brackenbine bemerkt, so erzählte Miss Geary, und etwas später, als immer mehr Schülerinnen aufstanden, um das Feuer aus den oberen Stockwerken zu beobachten, hatte die Betreuerin entdeckt, dass Clares Bett im Krankenzimmer leer war.

»Du warst ja nach einigen Tagen Fieber gerade erst auf dem Weg der Besserung«, sagte Miss Geary, »und du hattest über das Fenster gesprochen. Ich vermutete deshalb, du seiest hinausgeklettert, um nach Brackenbine zu gehen. Brackenbine hatte dich in letzter Zeit sehr beschäftigt, nicht wahr? Also habe ich einfach Miss Linskill angespochen und mich mit ihr auf die Suche gemacht. Ich musste sie förmlich mitziehen, denn sie wollte für alles eine Erklärung, und dafür war keine Zeit. Glücklicherweise warst du nicht bis in die Nähe des Hauses gelangt. Wir fanden dich bei dem großen Felsen, dem an der Auffahrt.«

»Und vom Haus ist nichts geblieben?«, murmelte Clare.

Miss Geary schüttelte den Kopf. »Es ist eine Tragödie. Das alte Haus und auch alle Gemälde von Rachel sind zerstört. Aber selbst, wenn sie daheim gewesen wären, hätten sie wohl kaum etwas retten können. Das Haus war fast ganz aus Holz, und es hat entsetzlich lange gedauert, bis die Feuerwehr aus Pentabridge gekommen ist.«

»Es ist *gar nichts* mehr da?«, wiederholte Clare flüsternd.

Miss Geary sah sie längere Zeit an. Sie schien innerlich einige Schritte zurückzutreten, um Clare mit gebotener Distanz als kleine Gestalt in einem großen Panorama betrachten zu können. Dann kehrte sie wieder in die Nähe zurück und antwortete: »Das Haus ist bis auf den Grund niedergebrannt. Hätte es in letzter Zeit nicht so viel geregnet, wäre auch der gesamte Wald in Flammen aufgegangen. Alle Bäume in der Nähe des Hauses sind pechschwarz und verkohlt, und die ganzen Büsche und kleinen Zierbäume in einem Gärtchen zum Hügel hin sind dem Brand ebenfalls zum Opfer gefallen. Ich war am nächsten Morgen noch einmal da und habe mir alles angesehen, um Rachel einen Brief zu schreiben. Habe ich dir eigentlich gesagt, dass sie nicht mehr zurückkommen wollte, schon bevor es gebrannt hat? Sie wird künftig wohl in Italien leben.«

Clare sank in ihre Kissen zurück. Ihr Blick wanderte durch die Krankenstation und über die fünf leeren Betten. In der Schule war es ganz still. Das Trimester war vor wenigen Tagen zu Ende gegangen.

»Ich bin froh, dass Jennifer wieder gesund ist«, sagte sie. Sie war sehr müde, und der Gedanke an Schlaf war äußerst verlockend, aber gleichzeitig wollte sie nicht, dass Miss Geary ging. »Wird sie nächstes Trimester wieder hier sein?«, fragte sie.

Miss Geary sah ein wenig schuldbewusst aus. »Nun«, antwortete sie in fast verschwörerischem Ton, »Mr. Gray hat mit mir darüber geredet, als er sie abholen kam. Er schien fest entschlossen, sie in Paston Hall abzumelden. Er hat mir das unter vier Augen gesagt. Ich konnte ihn nicht davon abbringen.«

Clare sah einen Brief mit malaiischer Briefmarke auf ihrem Nachttisch liegen. Ihre Mutter befand sich auf dem Heimweg. Sie selbst würde Paston Hall bald nach Ostern verlassen; Jennifer kam nicht mehr zurück. Hinter dem Eichenwald breitetete sich eine Fläche weißer Asche aus, wurde vom Regen durchfeuchtet und nach und nach vom Boden aufgesogen. Von einem ganzen Schuljahr mitsamt den Ferien und all den beseelten und unbeseelten Dingen, denen sie in dieser Zeit begegnet war, blieb nichts als helle Asche, die sich mit der

Erde verband. Sie legte den Kopf aufs Kissen und schloss die Augen.

Miss Geary musterte sie noch eine Zeit lang. Sie sah einen kleinen Tropfen auf Clares Wimpern schimmern und wandte sich halb ab. Gedankenverloren betrachtete sie den Huflattich in der Glasvase und ordnete mit ihrer schmalen, zarten Hand die Blumen.

»Ich habe sie gestern in Brackenbine gepflückt«, sagte sie leise. »Sie wachsen dort, wo das Haus gestanden hat. Im Sommer wird die Stelle schon wieder grün überwachsen sein. Ich bin froh, dass du im Sommer neunzehn wirst, Clare.«

ABRAHAM MERRITT

Flieh, Hexe, flieh

Vorwort

Ich bin Facharzt für Neurologie und Geisteskrankheiten und spezialisiere mich auf die Psychologie des Abnormen, ein Gebiet, auf dem ich mir einen Namen gemacht habe. Ich arbeite eng mit zwei der bekanntesten New Yorker Krankenhäuser zusammen und wurde sowohl hier als auch im Ausland mit Ehrungen überhäuft. Ich erwähne das – selbst auf die Gefahr hin, dadurch erkannt zu werden – nicht aus Eitelkeit, sondern weil ich damit auf meine Kompetenz hinweisen möchte, die Ereignisse, über die ich berichten werde, vom wissenschaftlichen Standpunkt aus zu beurteilen.

Ich sagte bereits, dass ich riskiere erkannt zu werden, denn Lowell ist nicht mein echter Name. Er ist ebenso erfunden wie die Namen aller Beteiligten. Warum ich es vermeide, die echten Namen zu verwenden, wird bald genug klar werden.

Ich lege dies alles überhaupt nur ausführlich nieder, weil ich das Bedürfnis habe, mich jemandem anzuvertrauen und vielleicht so mit mir selbst über die Tatsachen und Beobachtungen ins Reine zu kommen, die ich in meinen Krankenberichten unter der Überschrift ›Die Puppen der Madame Mandilip‹ eingetragen habe.

Natürlich könnte ich das auch in Form einer Niederschrift an eine der medizinischen Gesellschaften tun, aber ich bin mir nur allzu klar darüber, wie meine verehrten Kollegen auf diese Aufzeichnungen reagieren würden, mit welchem Verdacht, welchem Spott, oder gar welcher Abscheu sie mich in Zukunft betrachten würden – so sehr gegen alle akzeptierten Normen sind diese Geschehnisse und Beobachtungen. Obwohl ich nach wie vor ein sehr orthodoxer Mediziner bin, frage ich mich nun, ob es nicht vielleicht doch einige Dinge mehr zwischen Himmel und Erde gibt, als jene, die wir uns eingestehen; Kräfte und Energien, die wir stur verleugnen, weil wir innerhalb der engen Grenzen unseres gegenwärtigen Wissens keine Erklärung für sie finden. Kräfte, deren Existenz im Volksglauben, in den alten Überlieferungen aller Völker verwurzelt sind, und die wir als Mythen und Aberglauben abtun, um unsere Unwissenheit zu rechtfertigen.

Eine Weisheit, eine Wissenschaft von unvorstellbarem Alter, älter noch als alle Geschichtsaufzeichnungen, die jedoch nie völlig aussterben oder verloren gehen wird. Ein Geheimwissen, dessen dunkle Flamme zu allen Zeiten von seinen Priestern und Priesterinnen gehütet und von Jahrhundert zu Jahrhundert weitergegeben wurde. Die dunkle Flamme verbotener Erkenntnis, die in Ägypten loderte, noch ehe die Pyramiden errichtet wurden; die in den längst unter dem Sand der Wüste Gobi zerfallenen Tempeln glühte; die den Söhnen Ads vertraut war, welche Allah, wie die Araber erzählen, wegen ihrer Zauberkünste zu Stein erstarren ließ, zehntausend Jahre ehe Abraham durch die Straßen Urs in Chaldäa wandelte; die in China bekannt ist und den Lamapriestern in Tibet, den burjatischen Schamanen der Steppe, genau wie den Medizinmännern der Südsee.

Dunkle Flammen des finsteren Wissens – welche die Schatten von Stonehenges düsteren Menhiren schwärzer werden ließ; in späterer Zeit genährt von der Hand römischer Legionäre, und mächtig auflodernd, warum, weiß niemand, im mittelalterlichen Europa. Die dunkle Flamme, die immer noch brennt, die nie erloschen ist, nie an Kraft verloren hat.

Doch genug der langen Vorrede.

Ich beginne dort, wo diese dunkle Flamme – wenn es sie wahrhaftig gibt – zum ersten Mal ihre Schatten auf mich warf.

1

Als ich die Stufen zum Krankenhauseingang hochschritt, hörte ich die Turmuhr einmal schlagen. Normalerweise schlafe ich zu dieser Zeit längst, aber ich hatte einen sehr interessanten Fall übernommen und meinen Assistenten Braile gebeten, mich sofort zu benachrichtigen, wenn sich am Befinden des Patienten etwas ändern sollte. Gerade hatte ich nun seinen Anruf erhalten. Es war eine klare Novembernacht, und ich blieb im Schatten des Portals stehen, um noch ein paar Minuten den herrlichen Sternenhimmel zu bewundern. In diesem Augenblick brauste ein Auto um die Ecke und hielt vor dem Treppenaufgang.

Ich fragte mich, was das zu dieser späten Stunde sollte, als ein Mann ausstieg. Er warf einen scharfen Blick die menschenleere Straße auf und nieder, ehe er die Tür weit aufriss. Ein zweiter Mann kletterte aus dem Auto. Die beiden bückten sich und schienen im Wagen herumzuhantieren. Dann richteten sie sich auf, und ich sah, dass sie die Arme unter die Schultern eines dritten gelegt hatten. Als sie näher kamen, bemerkte ich, dass sie ihn nicht stützten, sondern regelrecht trugen. Sein Kopf war auf die Brust gesunken, und sein Körper baumelte schlaff zwischen den beiden.

Ein vierter stieg aus dem Wagen.

Ich erkannte ihn. Es war Julian Ricori, ein berüchtigter Unterweltboss, der sich bereits zur Zeit des Alkoholverbots einen Namen gemacht hatte.

Bis jetzt hatte mich noch niemand bemerkt. Ich trat aus dem Schatten. Sofort hielten die beiden mit ihrer Last an. Ihre freien Hände fuhren blitzschnell in ihre Jackentaschen. Der Grund dafür war unmissverständlich.

»Ich bin Dr. Lowell«, stieß ich hastig hervor. »Arzt in dieser Klinik. Bitte kommen Sie herein.«

Die Männer dachten nicht daran, meiner Aufforderung Folge zu leisten. Sie ließen kein Auge von mir, aber sie rührten sich auch nicht vom Fleck. Ricori stellte sich vor sie. Auch seine Hände steckten in den Taschen. Er musterte mich, dann nickte er den anderen zu. Ich spürte förmlich, wie die Spannung nachließ.

»Sie sind mir nicht unbekannt, Doktor«, sagte er freundlich in merkwürdig korrektem Englisch. »Aber Sie sind da ein bedenkliches Risiko eingegangen. Darf ich Ihnen für die Zukunft den Rat geben, nicht so unerwartet aus dem Dunkeln aufzutauchen, wenn Sie Fremden gegenübertreten. In dieser Stadt könnte das sehr gefährlich sein.«

»Aber Sie sind mir kein Fremder, Mr. Ricori.«

»Dann, muss ich sagen, waren Sie doppelt unvorsichtig.« Er lächelte schwach.

Einen Moment herrschte ungemütliches Schweigen.

»Da Sie also wissen, wer ich bin, werden Sie verstehen, dass ich mich hinter geschlossenen Türen sicherer fühle als hier im Freien.«

Ich öffnete das Portal. Die beiden Männer schleppten ihre Last ins Haus. Ricori und ich folgten ihnen. – Meine ärztliche Pflicht verlangte, dass ich mich gleich um den offensichtlich kranken Mann kümmerte. Als ich mich ihm zuwandte, warfen seine beiden Träger Ricori einen fragenden Blick zu. Ich hob den Kopf des Patienten.

Fast etwas wie ein Schock durchzuckte mich. Die Augen des Mannes standen weit offen. Er war weder tot noch bewusstlos, aber in seinem Gesicht sah ich einen Ausdruck von unbeschreiblichem Entsetzen, wie es mir in meiner langjährigen Erfahrung mit Normalen, Irren und Grenzfällen noch nie begegnet war. Es war nackte Furcht, gepaart mit unvorstellbarem Grauen. Die vergrößerten Pupillen schienen wie die Ausrufezeichen der Erregung, die sich auf seinen Zügen spiegelte. Sie starrten durch mich hindurch und an mir vorbei. Und gleichzeitig hatte es den Anschein, als sähen sie in sein Inneres – als erblickten sie den fürchterlichen Albtraum nicht nur vor, sondern auch in sich.

Ricori hatte mich gespannt beobachtet. »Was könnte diesen grauenvollen Zustand ausgelöst haben? Ich bin bereit, eine größere Summe für die Aufklärung zu bezahlen. Natürlich möchte ich, dass mein Freund wieder geheilt wird, Dr. Lowell. Aber ich will ganz ehrlich zu Ihnen sein: Ich gäbe meinen letzten Pfennig für die Gewissheit, dass jene, die ihm das angetan haben, mir nicht dasselbe tun können.«

Auf meinen Wink hatte man Pfleger geschickt, die den Patienten auf eine Bahre legten. Ricori zupfte mich ganz leicht am Ärmel. »Ich habe viel über Sie gehört, Dr. Lowell. Ich wäre Ihnen sehr verbunden, wenn Sie diesen Fall persönlich übernähmen.«

Ich zögerte.

Beschwörend fuhr er fort: »Könnten Sie nicht alles andere einem Kollegen übergeben und sich nur meinem Freund widmen? Ziehen Sie hinzu, wen Sie für richtig halten – und machen Sie sich keine Gedanken wegen der Kosten.«

»Einen Moment, Mr. Ricori«, unterbrach ich ihn. »Ich kann die Patienten, die mir anvertraut sind, nicht einfach abschieben. Mein Assistent Braile und ich werden jedoch den Fall übernehmen, und Ihr Freund wird ständig unter Beobachtung und Aufsicht meiner fähigsten Leute sein. Sind Sie damit einverstanden?«

Er stimmte zu, obwohl ich sah, dass ihn diese Lösung nicht völlig befriedigte. Ich sorgte dafür, dass der Kranke in einem der Zimmer für Privatpatienten isoliert wurde. Danach erledigten wir die üblichen Formalitäten. Ricori nannte als Namen des Patienten Thomas Peters, der seines Wissens keine näheren Verwandten habe, und bestätigte, dass er die Behandlungskosten übernehmen werde. Als ›Anzahlung‹ holte er einen Tausenddollarschein aus seiner Brieftasche.

Ich fragte Ricori, ob er bei der Untersuchung anwesend sein wolle. Er lehnte nicht ab. Er sprach zu den beiden, die Peters hereingeschleppt hatten, woraufhin sie links und rechts des Portals Posten bezogen. Ricori und ich begaben uns zu dem Patienten. Braile, nach dem ich gerufen hatte, beugte sich gerade über ihn und studierte mit sichtlicher Verwunderung dessen Gesichtsausdruck. Zufrieden stellte ich fest, dass man die Walters, eine ungewöhnlich tüchtige und gewissenhafte Krankenschwester, zu diesem Fall abbeordert hatte.

Braile hob den Kopf und blickte mich an. »Vermutlich ein Rauschgift«, meinte er.

»Vielleicht. Aber wenn, dann eines, das mir noch nie

untergekommen ist«, erwiderte ich. »Sehen Sie sich doch mal seine Augen an –«

Ich drückte Peters' Lider zu. Kaum hatte ich meine Finger weggezogen, öffneten sie sich wieder, ganz, ganz langsam, bis sie erneut weit offen standen. Mehrmals versuchte ich noch, sie zu schließen. Immer öffneten sie sich wieder – der Ausdruck des Entsetzens, des unbeschreibbaren Grauens blieb unverändert.

Ich begann mit der Untersuchung. Der Körper war völlig schlaff. Wie eine Puppe, dachte ich unwillkürlich. Es war, als sei jegliche Motorik erstorben. Und dennoch war keines der üblichen Lähmungssymptome feststellbar. Der Körper reagierte auch auf keinerlei Reiz, obwohl ich bis zu den Nervensträngen vordrang. Die einzige Reaktion war eine geringe Verengung der Pupillen bei stärkster Lichtbestrahlung.

Der Pathologe Hoskins entnahm Blutproben. Danach untersuchte ich die Haut Zentimeter um Zentimeter. Ich fand weder einen Einstich, noch eine Verletzung, noch eine Schürfwunde oder einen Bluterguss. Selbst als wir mit Ricoris Erlaubnis die dichten Körperhaare entfernt hatten, entdeckte ich absolut nichts, das auf eine intramuskuläre oder venöse Injektion einer Droge hingewiesen hätte. Ich ließ den Magen auspumpen und nahm Proben der Ausscheidungsorgane, einschließlich der Haut. Ich untersuchte Mund und Nasenschleimhäute. Sie schienen völlig normal und gesund. Trotzdem nahm ich Abstriche davon. Der Blutdruck war niedrig, die Temperatur etwas unter normal, aber das musste nicht unbedingt etwas bedeuten. Ich injizierte Adrenalin, was jedoch absolut keine Reaktion bewirkte. Das wiederum schien mir recht bedeutungsvoll.

»Armer Teufel«, murmelte ich. »Ich werde alles versuchen, dich von diesem Albtraum zu befreien.«

Ich spritzte eine kleine Dosis Morphium. Genauso gut hätte ich Wasser nehmen können – keine Reaktion. Daraufhin gab ich ihm so viel ich verantworten konnte. Seine Augen, mit dem Ausdruck unverminderten Entsetzens und Grauens, blieben offen. Auch am Puls und der Atmung änderte sich nichts.

Ricori hatte mir die ganze Zeit mit größtem Interesse zugesehen. Es gab nichts mehr, was ich im Augenblick noch tun konnte. Ich sagte es ihm.

»Jetzt kann ich nur noch auf die Laborbefunde warten«, erklärte ich. »Um ehrlich zu sein, ich stehe vor einem Rätsel. Ich kenne keine Krankheit und kein Gift, die diesen Zustand hervorrufen könnten.«

»Aber Dr. Braile sprach doch von einer Droge –«

»Nur eine Vermutung«, unterbrach ihn Braile hastig. »Leider kenne auch ich keine Droge, die diese Symptome verursacht.«

Ricori warf einen scheuen Blick auf Peters' Gesicht und schüttelte sich.

»Haben Sie eine Ahnung«, fragte ich, »ob Peters in ärztlicher Behandlung stand? Aber auch wenn er nicht unter einer Krankheit litt, gab es vielleicht irgendetwas, das ihm zu schaffen machte? Oder fiel Ihnen etwas Ungewöhnliches an seinem Benehmen auf?«

»Ich muss leider alle Fragen verneinen. Peters war in den vergangenen Wochen fast ständig mit mir zusammen. Es fehlte ihm absolut nichts. Noch heute Abend speiste er bei mir. Er war bester Laune, und wir unterhielten uns sehr angeregt. Plötzlich hielt er mitten im Wort inne und schien zu lauschen. Dann rutschte er mit einem Mal vom Stuhl und sank zu Boden. Als ich mich über ihn beugte, befand er sich bereits in dem Zustand, wie Sie ihn jetzt vor sich haben. Es geschah genau um null Uhr dreißig. Ich brachte ihn sofort hierher.«

»So wissen wir zumindest die exakte Zeit des Anfalls. Wie gesagt, im Moment können wir nichts weiter tun. Wenn Sie vielleicht nach Hause gehen möchten –«

Fast verlegen spielte er mit seinen sorgfältig manikürten Fingern. »Dr. Lowell«, murmelte er schließlich. »Falls mein Freund stirbt, ohne dass Sie die Todesursache festzustellen vermögen, komme ich für die üblichen Behandlungs- und

Krankenhauskosten auf – doch für nicht mehr. Falls er stirbt, und Sie entdecken die Ursache nach seinem Ableben, gebe ich Ihnen einen Scheck über hunderttausend Dollar, die Sie für wohltätige Zwecke verwenden mögen. Finden Sie den Grund seines gegenwärtigen Zustands jedoch, solange er am Leben ist, und gelingt es Ihnen, ihn zu heilen – gebe ich Ihnen die gleiche Summe.«

Braile und ich starrten ihn fassungslos an. Ich musste mich sehr bemühen, meine Entrüstung zu zügeln. »Ricori«, sagte ich schwer, »Sie und ich leben in verschiedenen Welten, darum versuche ich, Ihnen ruhig zu antworten, so schwer es mir auch fällt. Glauben Sie mir, ich werde alles in meiner Macht Stehende tun, um herauszufinden, was Ihrem Freund fehlt, und ihn zu heilen. Ich täte es auch, wenn er und Sie bettelarm wären. Er interessiert mich als Fall, der meine ärztlichen Fähigkeiten herausfordert. Sie jedoch interessieren mich nicht im Geringsten, genauso wenig wie Ihr Geld und Ihr Angebot. Betrachten Sie es als zurückgewiesen. Ich hoffe, wir verstehen uns.«

Er schien absolut nicht beleidigt. »Durchaus«, erwiderte er. »Umso mehr freue ich mich, dass Sie sich des Falles annehmen.«

»Das wäre damit geklärt. Wie kann ich Sie erreichen?«

»Ihre Erlaubnis vorausgesetzt, ließe ich gern zwei meiner – nun, Beauftragten dieses Zimmer ständig bewachen. Falls Sie mich benötigen, bräuchten Sie ihnen lediglich Bescheid zu geben. Ich komme dann sofort.«

Ich lächelte, aber er fuhr sehr ernst fort. »Sie erinnerten mich, dass wir in zwei verschiedenen Welten leben, Dr. Lowell. Meine ist nicht so sicher und geschützt wie Ihre. Darum muss ich meine Vorkehrungen treffen.«

Natürlich war es ein recht ungewöhnliches Ansuchen. Aber irgendwie empfand ich fast etwas wie Sympathie für Ricori und verstand ihn.

»Meine Männer werden Ihnen keineswegs zur Last fallen«, versprach er.

»Nun gut, tun Sie, was Sie nicht lassen können. Ich werde das Nötige mit der Krankenhausverwaltung regeln.« Auf seine Bitte hin sandte ich einen Pfleger zum Portal, und er kehrte mit einem der beiden Männer zurück, die Ricori dort postiert hatte. Ricori flüsterte ihm etwas zu, woraufhin er das Zimmer wieder verließ.

Bald darauf erschienen zwei gut gekleidete höfliche Männer mit wachsamen Augen. Einer warf einen Blick auf Peters. »Himmel«, entfuhr es ihm.

Ricori und seine beiden Männer untersuchten das Zimmer sorgfältig. Ehe sie zum Fenster hinausblickten, von dem sie sich bisher vorsichtig fern gehalten hatten, bat Ricori mich, das Licht ausschalten zu dürfen. Erst dann begutachteten sie die steile Hauswand, die von hier sechs Stockwerke tief hinabführte. Gegenüber dem Fenster erhob sich lediglich ein Kirchturm.

»Danke«, murmelte Ricori. »Sie dürfen das Licht wieder andrehen.« Er wandte sich zum Gehen, blieb jedoch vor der Tür stehen und sah mich an. »Ich habe viele Feinde, Dr. Lowell. Peters war meine rechte Hand. Einer meiner Feinde tat ihm das an, um mich zu treffen. Vielleicht, weil er nicht an mich selbst herankommen konnte. Ich sehe mir Peters an, Doktor, und zum erstenmal in meinem ganzen langen Leben habe ich Angst – ich, Ricori. Ich habe kein Verlangen danach, der Nächste zu sein, kein Verlangen – in die Hölle zu blicken!« Wie treffend er es ausgedrückt hatte! Es war genau das Gefühl, das ich selbst noch nicht in Worte gekleidet hatte. Er legte die Hand auf die Klinke, dann zögerte er. »Noch etwas. Sollte irgendjemand sich telefonisch nach Peters' Befinden erkundigen, dann gestatten Sie bitte meinen Leuten, den Anruf zu beantworten. Falls jedoch jemand persönlich nach ihm fragt, lassen Sie ihn heraufkommen, doch keinesfalls mehr als einen zur selben Zeit. Auch wenn sie behaupten, Verwandte zu sein, erlauben Sie meinen Männern, sie zu empfangen und auszufragen.«

Er schüttelte mir die Hand, ehe er das Zimmer verließ. Ein

weiteres Paar seiner so tüchtig aussehenden Leibwächter erwartete ihn. Ich blickte ihnen nach. Einer schritt vor ihm, der andere hinter ihm her, und ich sah, dass Ricori sich bekreuzigte.

Wäre ich religiös, hätte ich es sicher ebenfalls getan. Peters' Gesichtsausdruck hatte sich verändert. Entsetzen und Grauen waren verschwunden. Immer noch schien er jedoch durch mich hindurch- und in sich hineinzusehen, aber nun war es ein Ausdruck teuflischer Erwartung, und unwillkürlich drehte ich mich um, um zu sehen, welche Ausgeburt der Hölle auf mich zugeschlichen kam.

Nichts. Einer von Ricoris Leuten saß neben dem Fenster im Schatten und beobachtete die Fenster im Kirchturm. Der andere hockte unbewegt bei der Tür.

Braile und Schwester Walters starrten Peters nun ebenfalls wie vor Grauen gebannt an. Und dann wandte auch Braile den Kopf und blickte genauso hinter sich, wie ich es getan hatte.

Plötzlich schien Peters sich unserer Gegenwart bewusst zu werden. Seine Augen betrachteten uns, streiften durch den ganzen Raum. Sie leuchteten vor dämonischer Freude – wie der Ausdruck eines seit langem aus seiner heiß geliebten Hölle verbannten Teufels, dem plötzlich die Rückkehr gestattet wird.

Vielleicht war es aber auch die Unheil verkündende Lust eines Gesandten des Satans, dem erlaubt wurde, sich auf der Erde auszutoben?

Wohl weiß ich, wie fantastisch, wie unwissenschaftlich meine Vergleiche sind, aber anders vermag ich diese merkwürdige Veränderung nicht zu beschreiben.

Abrupt erlosch die höllische Freude, und der alte Ausdruck des Entsetzens und Grauens kehrte zurück. Unwillkürlich atmete ich erleichtert auf, denn es war, als habe sich etwas abgrundtief Böses aus ihm zurückgezogen. Die Schwester zitterte am ganzen Körper, und Braile fragte mit heiserer Stimme: »Soll ich ihm eine Spritze geben?«

»Nein«, wehrte ich ab. »Ich möchte, dass Sie den weiteren Ablauf genau verfolgen, ohne dass er durch Drogen beeinflusst wird. Ich gehe jetzt zum Labor. Bitte lassen Sie kein Auge von ihm.«

Hoskins blickte vom Mikroskop hoch. »Nichts zu finden. Ich würde sogar sagen, der Bursche erfreut sich einer bemerkenswerten Gesundheit. Allerdings habe ich erst die Ergebnisse der einfacheren Tests.«

Ich nickte. Irgendwie hatte ich das bedrückende Gefühl, dass auch die anderen Ergebnisse negativ ausfallen würden. Ich war von der wechselnden höllischen Angst, dämonischen Erwartung und teuflischen Freude in Peters' Zügen und Augen mehr erschüttert, als ich zugegeben hätte. Der ganze Fall beunruhigte mich und löste in mir das albtraumhafte Gefühl aus, vor einer Tür zu stehen, die ich unbedingt öffnen musste, aber ich hatte weder einen Schlüssel, noch vermochte ich das Schlüsselloch zu finden. Des öfteren habe ich schon festgestellt, dass mir die Konzentration am Mikroskop hilft, über meine Probleme ungestört nachzudenken. Ich ließ mir deshalb von Hoskins ein paar von Peters' Abstrichen geben und begann sie zu studieren – nicht, weil ich etwas zu finden erwartete, sondern eben nur, um in Ruhe zu überlegen. Ich hatte mir gerade den vierten Objektträger vorgenommen, als mir plötzlich bewusst wurde, dass es das, was ich da sah, gar nicht geben konnte. In einem der weißen Korpuskeln glühte ein phosphoreszierender Funke wie eine winzige Lampe.

Zuerst dachte ich an einen Lichteffekt, aber wie ich den Objektträger auch drehte, der Funke blieb. Verwirrt rieb ich mir die Augen; dann bat ich Hoskins, durch das Mikroskop zu blicken.

Auch er drehte und wandte das Glasplättchen. Ungläubig schüttelte er den Kopf. »Ein phosphoreszierender Punkt inmitten einer Leukozyte, der auch bei variiertem Licht stabil bleibt. Ansonsten scheint das Korpuskel normal zu sein.«

»Das Ganze ist völlig unmöglich«, stöhnte ich. Ich versuchte dieses Korpuskel zu isolieren, aber als ich es berührte, platzte es. Der Leuchtpunkt wurde flach, und etwas wie ein Miniaturblitz zuckte über den im Mikroskop sichtbaren Teil des Objektträgers – danach war die Phosphoreszenz verschwunden.

Wir nahmen uns einen Abstrich nach dem anderen vor. Nur noch zweimal entdeckten wir eines dieser winzigen Leuchtkörperchen, und auch diese beiden zerbarsten bei Berührung und sandten einen Blitz aus. Das war alles.

Das Labortelefon läutete. Hoskins nahm es ab. »Braile bittet Sie, sofort zu kommen.«

»Machen Sie weiter, Hoskins«, bat ich und rannte zu Peters' Zimmer. Das Erste, das ich sah, war Schwester Walters, die mit kalkweißem Gesicht und geschlossenen Augen mit dem Rücken zum Bett stand. Braile hatte das Stethoskop auf Peters' Brust angesetzt und horchte ihn ab. Ich warf einen Blick auf den Patienten und blieb wie gelähmt stehen. Eine fast panische Angst wollte mir das Herz zuschnüren. Wieder drückte sein Gesicht eine teuflische Erwartung aus, noch viel stärker als beim ersten Mal, die kurz darauf einer diabolischen Freude Platz machte, und auch sie war diesmal viel intensiver. Doch sie hielt nicht lange an. Teuflische Erwartung und diabolische Freude wechselten nun in schnellem Rhythmus. Sie flackerten über Peters' Gesicht wie – wie das Phosphoreszieren in den Leukozyten.

»Sein Herz blieb vor drei Minuten stehen!«, presste Braile durch die Zähne hervor. »Er müsste tot sein, aber – sehen Sie nur!«

Peters' Körper streckte und verkrampfte sich. Ein unheimlicher Laut kam von seinen Lippen – ein Kichern, leise zwar, aber durch Mark und Bein gehend – das höhnische Lachen eines Teufels. Der Wächter am Fenster sprang so heftig auf, dass sein Stuhl zu Boden krachte. Das Lachen erstickte und erstarb langsam. Peters' Körper lag reglos.

Ich hörte das Öffnen der Tür. »Wie geht es ihm, Dr. Lowell?«, erkundigte sich Ricori. »Ich konnte nicht schlafen –« Da sah er Peters' Gesicht.

»Heilige Mutter Gottes!«, hörte ich ihn murmeln. Er sank auf die Knie. Ich sah ihn nur aus den Augenwinkeln, weil ich meinen Blick nicht von Peters abwenden konnte. Sein Gesicht war das eines triumphierend grinsenden Unholds – alles Menschliche war ausgelöscht –, das Gesicht eines aus der Hölle eines mittelalterlichen Malers entsprungenen Dämons. Seine nun absolut bösartig wirkenden blauen Augen starrten Ricori an.

Noch während ich ihn betrachtete, bewegten sich die toten Hände. Langsam bogen sich die Arme am Ellbogen, die Finger zogen sich zu Klauen zusammen. Der tote Körper rührte sich unter der Decke.

Erst jetzt fiel der unheimliche Bann von mir. Seit Stunden bewegte ich mich zum erstenmal wieder auf vertrautem Boden. Es war die Totenstarre, Rigor mortis, die mit einer Geschwindigkeit einsetzte, wie ich es nie erlebt hatte.

Ich zog schnell die Decke über die boshaft starrenden Augen. Dann blickte ich Ricori an. Er war immer noch auf den Knien, bekreuzigte sich und betete. Und neben ihm, einen Arm um seine Schultern, kniete Schwester Walters. Auch sie betete.

Die Kirchturmuhr schlug fünf.

2

Ich bot Ricori an, ihn heimzubringen, und zu meiner Überraschung nahm er mit offensichtlicher Erleichterung an. Er befand sich fast in einem Schockzustand. Schweigend fuhren wir zu ihm nach Hause, begleitet von seinen beiden wachsamen Bodyguards. Peters' Gesicht ging mir nicht aus dem Sinn. Ich gab Ricori ein starkes Beruhigungsmittel und verließ ihn erst, als er schlief.

Mit seinem Wagen kehrte ich zum Krankenhaus zurück. Peters war inzwischen bereits in die Leichenhalle gebracht worden. Braile erklärte mir, dass sich die Totenstarre innerhalb einer Stunde vollzogen habe – eine erstaunlich kurze Zeit. Ich gab Anweisungen, alles für die Leichenöffnung gegen Mittag vorzubereiten, und nahm Braile mit mir nach Hause, um uns noch ein paar Stunden Schlaf zu gönnen. Es ist schwierig auszudrücken, welch beunruhigenden Eindruck das Ganze auf mich gemacht hatte. Ich kann nur sagen, dass ich sehr froh über Brailes Gesellschaft war, und er offensichtlich über meine.

Als ich erwachte, lastete das albtraumhafte Erlebnis immer noch auf mir, glücklicherweise jedoch nicht mehr ganz so stark.

Gegen zwei Uhr begannen wir mit der Autopsie. Nur mit Widerwillen hob ich das Tuch von Peters' Gesicht. Überrascht starrte ich es an. Der bösartige teuflische Ausdruck war verschwunden. Es wirkte gelassen, ja fast heiter – das Gesicht eines Mannes, der ohne Todeskampf friedlich hinübergeschlummert ist. Ich hob seine Hand. Sie war schlaff wie der ganze Körper. Die Starre hatte sich bereits gelegt.

Ich glaube, erst jetzt war ich völlig überzeugt, es hier mit einer neuen oder zumindest noch unbekannten Todesursache zu tun zu haben, die weder auf Mikroben noch auf etwas Ähnliches zurückzuführen war. In der Regel tritt die Totenstarre erst nach sechzehn bis vierundzwanzig Stunden ein, je nach dem Gesundheitszustand des Patienten vor dem Tode, der Temperatur und noch einem Dutzend anderen Faktoren. Normalerweise hält sie achtundvierzig bis zweiundsiebzig Stunden an. Bei Diabetikern dauert es etwas weniger lange. In diesem Fall setzte sie jedoch unmittelbar nach dem Tod ein und hatte – wie mir der Wärter versicherte – nicht einmal fünf Stunden angehalten.

Das Ergebnis der Leichenöffnung ließ sich in zwei Sätze fassen. Es gab keinen feststellbaren Grund, warum Peters nicht am Leben sein sollte. Und doch war er tot! Wenn diese rätselhaften Lichtpunkte etwas mit seinem Tod zu tun gehabt hatten, hinterließen sie zumindest keine Spuren. Seine Organe waren o.k., sein Körper hätte nicht gesünder sein können.

Am folgenden Abend verfasste ich ein kurzes Schreiben, in dem ich sämtliche Symptome aufzählte, die wir bei Peters beobachtet hatten. Ich beschrieb das wechselnde Mienenspiel nicht näher, sondern erwähnte lediglich »ungewöhnliche Gesichtsverzerrungen« und einen »Ausdruck intensivster Furcht«. Braile sorgte für die Vervielfältigung und Weiterleitung an sämtliche Ärzte in New York. Ich meinerseits zog unauffällige Erkundigungen in den verschiedenen Krankenhäusern ein. In meinem Schreiben fragte ich an, ob meinen Kollegen ähnliche Fälle untergekommen seien, und falls ja, mir die Einzelheiten mit Namen der Patienten, Adressen und Beruf mitzuteilen; selbstverständlich würde ich die ärztliche Schweigepflicht wahren. Ich konnte mir schmeicheln, dass aufgrund meines Rufes bestimmt keiner meiner Kollegen annehmen würde, ich stelle diese Fragen nur aus Neugier oder vielleicht gar einem unedlen Motiv.

Das Rundschreiben brachte mir sieben Briefe und den Besuch eines der Schreiber ein. Jeder dieser Briefe, mit einer Ausnahme, enthielt mit mehr oder weniger ärztlicher Zurückhaltung die Information, um die ich gebeten hatte. Nachdem ich sie studiert hatte, bestand absolut kein Zweifel mehr, dass im letzten halben Jahr sieben Personen der unterschiedlichsten Gesellschaftsschichten auf die gleiche Art ums Leben gekommen waren wie Peters.

In chronologischer Reihenfolge lagen die Fälle so:

25. Mai: Ruth Bailey, unverheiratet, fünfzig Jahre, kleines eigenes Vermögen. Angehörige der ersten Gesellschaft, untadeliger Ruf, als wohltätig und sehr kinderlieb bekannt.

20. Juni: Patrick McIllraine, Maurer, verheiratet, zwei Kinder.

1. August: Anita Green, elf Jahre, Eltern in bescheidenen Verhältnissen lebend, aber gebildet.

15. August: Steve Standish, Akrobat, dreißig Jahre, verheiratet, drei Kinder.

30. August: John J. Marshall, Bankier, sechzig Jahre, sehr an Kinderwohlfahrt interessiert.

10. September: Phineas Dimott, fünfunddreißig Jahre, Trapezkünstler, verheiratet, ein Kind.

12. Oktober: Hortense Darnley, ungefähr dreißig Jahre, ohne Beruf.

Mit zwei Ausnahmen waren die Adressen über die ganze Stadt verstreut.

In jedem der Briefe wurde das plötzliche Einsetzen der Totenstarre und ihre kurze Dauer erwähnt und auch, dass der Tod ungefähr fünf Stunden nach dem ersten Anfall erfolgte. Fünf gingen auf das wechselnde Mienenspiel ein, das mich so sehr beunruhigt hatte, und aus der Art der Formulierung erkannte ich die Bestürzung der Schreiber.

»Augen der Patientin blieben geöffnet«, gab der Arzt an, der Miss Bailey behandelt hatte. »Trotzdem keine Wahrnehmung der Umgebung. Ausdruck intensivsten Entsetzens, gegen Ende zu einem für den Beobachter noch beunruhigenderem merkwürdigen Mienenspiel weichend. Intensivierte sich nach dem Tode noch. Totenstarre bereits nach fünf Stunden beendet.«

Der behandelnde Arzt des Maurers McIllraine überging das dem Tod vorhergehende Stadium, berichtete aber dafür um so ausführlicher über das Mienenspiel seines Patienten nach dem Ableben.

»Es hatte«, schrieb er, »nichts mit der üblichen Verzerrung der Züge im Todeskampf gemein. Der Ausdruck war eher der einer ausgesprochenen Bösartigkeit.«

Der Bericht von Standishs Arzt war sehr flüchtig, erwähnte jedoch, »nach dem klinischen Tod des Patienten drangen außergewöhnlich unangenehme Laute aus seiner Kehle.« Ich fragte mich, ob es sich wohl um die gleichen dämonischen Töne wie bei Peters gehandelt hatte.

Ich kannte den Arzt, der den Bankier behandelt hatte – ein von sich eingenommener Blender, der sich seine Patienten nur nach ihrer Geldbörse aussuchte.

»Es besteht absolut kein Zweifel über die Todesursache«, schrieb er. »Es handelte sich mit Sicherheit um Thrombose –

ein Blutgerinnsel im Gehirn. Ich halte die Gesichtsverzerrungen für genauso bedeutungslos wie die Dauer der Totenstarre.«

Für Ärzte wie ihn war Thrombose in Zweifelsfällen die einzige Diagnose, dachte ich abfällig.

Der kurze Bericht über den Fall Dimott erwähnte weder Gesichtsverzerrungen noch eigenartige Laute.

Der Arzt, der die kleine Anita behandelt hatte, war weniger zurückhaltend. »Das Kind«, schrieb er, »war von engelhafter Schönheit. Sie schien keine Schmerzen zu haben, aber als der Anfall einsetzte, überzog ein Ausdruck furchtbarsten Entsetzens ihre Züge. Es schien, als erlebe sie bei vollem Bewusstsein einen grauenhaften Albtraum – zweifelsohne war sie bis zum Exitus bei Bewusstsein. Selbst Morphium in fast tödlicher Dosis änderte nichts an diesem Symptom und schien auch keinerlei Einfluss auf Herztätigkeit oder Atmung zu haben. Später wich dieses Entsetzen anderen Gefühlsregungen, auf die ich in diesem Bericht nicht näher eingehen möchte, über die ich mich jedoch, falls Sie darauf Wert legen, mit Ihnen unterhalten würde. Das Verhalten des Kindes nach dem Ableben war besonders beunruhigend, aber auch darüber möchte ich mich nicht gern schriftlich auslassen.«

Danach folgte ein hastig gekritzeltes P. S. Ich sah ihn direkt, wie er mit sich selbst rang und es dann schnell hinzufügte und den Brief absandte, ehe es ihm Leid täte.

»Ich schrieb, sie sei bis zum Exitus bei Bewusstsein gewesen. Mich quält jedoch die Überzeugung, dass sie es auch nach dem physischen Tod noch war. Ich möchte mich gern mit Ihnen darüber unterhalten.«

Ich nickte zufrieden. Ich hatte nicht gewagt, diese Beobachtung in meinem Rundschreiben niederzulegen. Wenn sie jedoch auch für die anderen Fälle zutraf, wie ich nun sicher annahm, waren die anderen Ärzte, Standishs ausgenommen, genauso konservativ gewesen wie ich – oder so zaudernd. Ich rief sofort Anitas Arzt an. Er war sehr verstört. Sein Fall stimmte in allen Einzelheiten mit Peters' überein. Er wiederholte immer wieder: »Das Kind war lieb und unschuldig wie ein Engel, und schien zu einem Teufel zu werden!«

Ich versprach ihm, ihn auf dem Laufenden zu halten. Kaum hatte ich den Hörer aufgelegt, besuchte mich der junge Arzt, der Hortense Darnley behandelt hatte. Dr. Y., wie ich ihn nennen werde, hatte zwar in medizinischer Hinsicht nichts zu berichten, was mir nicht bereits bekannt war, brachte mich jedoch darauf, wie ich das Problem praktisch angehen könnte.

Seine Praxis, erzählte er, befindet sich in dem Haus, in dem Hortense Darnley wohnte. Er hatte bis in den Abend hinein gearbeitet und war gegen zweiundzwanzig Uhr von dem farbigen Mädchen der Darnley gerufen worden. Die Patientin lag auf dem Bett, und der Ausdruck des Entsetzens und die Schlaffheit ihres Körpers waren ihm als Erstes aufgefallen. Er beschrieb sie als blond und blauäugig, mit einem Puppengesicht.

Ein Mann befand sich in ihrer Wohnung, der anfangs seinen Namen nicht nennen wollte und sich nur als Freund ausgab. Dr. Y. nahm zuerst an, sie sei vielleicht das Opfer einer Misshandlung, aber eine sorgfältige Untersuchung erbrachte keinerlei Spuren. Der ›Freund‹ behauptete, Miss Darnley sei plötzlich während des Abendessens zusammengesackt, als seien ihre Knochen aus Gummi. Die Farbige bestätigte es, und beide sagten aus, dass Hortense in bester Stimmung gewesen sei. Es habe keinen Streit gegeben. Widerwillig gab der ›Freund‹ zu, dass der Anfall bereits drei Stunden zuvor erfolgt sei, sie aber erst selbst versucht hatten, Hortense »zu sich zu bringen«. Erst als das wechselnde Mienenspiel einsetzte, hatten sie ihn geholt.

Als der Anfall fortschritt, hatte das Dienstmädchen sich hysterisch vor Angst verkrochen. Der Mann war aus härterem Holz geschnitzt und blieb bis zum Ende. Er war völlig aufgewühlt und erschüttert von den Phänomena gewesen – wie auch Dr. Y. selbst –, die nach dem Tod auftraten. Als Dr. Y. erklärte, dass eine Leichenschau stattfinden müsse, war er sofort dafür und gab auch seinen Namen als James Martin. »Miss Darnley war meine Freundin«, sagte er, »ich hab schon genug Schwierigkeiten und möchte nicht, dass man mir auch noch ihren Tod anzuhängen versucht.«

Die Autopsie war äußerst gründlich vorgenommen worden, es konnten jedoch weder eine organische Krankheit noch Giftspuren festgestellt werden. Hortense Darnley war völlig gesund gewesen. Als Todesursache wurde schließlich Herzversagen eingetragen. Dr. Y. war jedoch überzeugt, dass das Herz nichts damit zu tun gehabt hatte.

Natürlich war mir völlig klar, dass die Ursache von Hortense Darnleys Tod die Gleiche war wie bei Peters und all den anderen.

Was mich jedoch stutzig machte, war die Tatsache, dass sie ganz in Peters' Nähe gewohnt hatte. Außerdem schien mir dieser Martin aus demselben Milieu zu stammen, wenn Dr. Y.s Eindruck nicht trog. Hier war zweifelsohne eine Verbindung zwischen den beiden Fällen, die zu den anderen fehlte. Ich entschloss mich, Ricori anzurufen, meine Karten offen auf den Tisch zu legen und ihn um Unterstützung zu bitten.

Meine Untersuchungen hatten inzwischen bereits zwei Wochen in Anspruch genommen. Während dieser Zeit hatte ich Ricori näher kennen gelernt. Er interessierte mich nicht nur als Produkt unserer Zeit, sondern war mir auch menschlich gesehen, trotz seines Rufes, sehr sympathisch. Er war erstaunlich belesen, von hoher, wenn auch vielleicht nicht gerade sittlicher Intelligenz, scharfsinnig und abergläubisch – früher einmal hätte er vielleicht einen Condettiere-Anführer abgegeben, der seine Klinge und seinen Verstand für gute Münze auslieh. Ich fragte mich, was wohl seine Vorfahren gewesen waren. Seit Peters' Tod hatte er mich mehrmals besucht und schien meine Sympathie zu erwidern. Jedes Mal hatte ihn der wortkarge Mann begleitet, der in Peters' Krankenzimmer das Fenster bewacht hatte. Er hieß McCann und war Ricoris Leibwächter Numero eins, dem er absolut vertraute und der auch sehr an seinem weißhaarigen Boss zu hängen schien. Auch ihn fand ich sehr interessant. Er war, wie er mir erzählt hatte, Cowboy in Arizona gewesen, bis er in Grenzschwierigkeiten verwickelt wurde.

»Ich mag Sie, Doktor«, sagte er zu mir. »Bei Ihnen erholt der Boss sich so richtig, und ich kann auch meine Pratzen vom Schießeisen nehmen, wenn ich mit ihm hierher komme. Falls Ihnen jemand zu nahe tritt, brauchen Sie es mir nur zu sagen, dann nehme ich mir einen Tag frei.«

Ganz nebenbei erwähnte er, dass er aus dreißig Meter ein Vierteldollarstück mit sechs Löchern spicken könnte. Ich weiß nicht, ob er nur Spaß machte oder es wirklich ernst meinte. Jedenfalls war Ricori stets in seiner Begleitung. Das zeigte mir, wie viel Peters ihm bedeutet hatte, dass er ihm McCann als Schutzwache gab.

Ich setzte mich also mit Ricori in Verbindung und bat ihn, mit Braile und mir zu Abend zu essen. Er traf um sieben ein und wies seinen Chauffeur an, ihn gegen zehn Uhr abzuholen. Wie üblich hielt McCann am Gang Wache, was meine beiden Nachtschwestern schrecklich aufregend fanden – zu meinem Haus gehört im Anbau eine kleine Klinik.

Nach dem Dinner erzählte ich Ricori von dem Fragebogen und dass ich dadurch auf sieben weitere gleichartige Fälle gestoßen sei.

»Ich bin ziemlich sicher, dass Peters' Tod nicht – wie Sie vermuteten – mit seiner Verbindung zu Ihnen zusammenhing. Mit einer einzigen Ausnahme gehörte keines der Opfer zu Ihrer Welt, wie Sie es nannten. Kannten Sie eine Hortense Darnley, oder haben Sie zumindest den Namen einmal gehört?« Er schüttelte verneinend den Kopf.

»Sie wohnte unmittelbar gegenüber von Peters.«

Er lächelte halb entschuldigend. »Aber die Adresse, die ich Ihnen für ihn angab, stimmte gar nicht. Sehen Sie, ich kannte Sie damals ja nicht so gut wie heute und wollte kein Risiko eingehen.«

Ich muss gestehen, das warf mich ein wenig zurück.

»Kennen Sie wenigstens einen Mann namens Martin?«

»Ja, sogar mehrere. Können Sie ihn vielleicht beschreiben, oder wissen Sie seinen Vornamen?«

»James«, erwiderte ich.

Wieder schüttelte er den Kopf und runzelte die Stirn. »Möglicherweise kennt McCann ihn.« Ich schickte nach ihm.

»McCann«, fragte Ricori, »kennst du eine Hortense Darnley?«

»Aber sicher«, antwortete der Leibwächter. »Eine blonde Puppe. Sie ist ›Butch‹ Martins Kleine. Er hat sie sich aus einer Revuetruppe geangelt.«

»Kannte Peters sie?«, erkundigte ich mich.

»Na klar. Sie ist mit Mollie befreundet – Sie wissen schon, Boss – Peters' jüngere Schwester. Mollie ist vor drei Jahren aus der Revue ausgestiegen, und er hat Horty bei ihr kennen gelernt. Beide hatten sie einen Narren an Mollies Kleiner gefressen. Aber er hat nie was mit Horty gehabt, wenn Sie das meinen.«

Ich blickte Ricori ein wenig tadelnd an, denn ich erinnerte mich nur zu gut, dass er behauptet hatte, Peters habe keine Verwandten. Er schien jedoch keineswegs verlegen.

»Wo ist Martin jetzt, McCann?«, fragte er.

»Irgendwo in Kanada, soviel ich weiß. Soll ich ihn suchen lassen?«

»Ich geb dir später Bescheid«, murmelte Ricori, und McCann kehrte auf seinen Posten im Korridor zurück.

»Ist Martin einer Ihrer Freunde oder Feinde?«, wollte ich wissen.

»Weder noch.«

Ich ließ mir McCanns überraschende Auskunft schweigend durch den Kopf gehen. Peters und die Darnley hatten sich also gekannt. Die Frau war am 12. Oktober, Peters am 11. November gestorben. Wann hatte Peters sie zuletzt gesehen? Wenn diese mysteriöse Krankheit durch unbekannte Bakterien ausgelöst wurde, konnte natürlich niemand die Dauer der Inkubation wissen. Hatte sie Peters angesteckt?

»Ricori, zweimal musste ich heute Abend feststellen, dass

Sie mich über Peters in die Irre geführt haben. Aber ich will nicht darauf herumreiten, weil ich nicht glaube, dass Sie es noch mal versuchen werden. Ich vertraue Ihnen sogar soweit, dass ich mein Berufsgeheimnis breche. Lesen Sie diese Briefe.«

Ich reichte ihm die Antworten auf meinen Fragebogen. Schweigend las er sie. Als er sie mir zurückgab, berichtete ich ihm, was ich von Dr. Y. über den Darnley Fall erfahren hatte. Ich erzählte ihm über die Autopsie und erwähnte die Lichtpunkte in Peters' Blut.

Als er das hörte, wurde sein Gesicht kalkweiß. Er bekreuzigte sich. *»La strega!«,* murmelte er. »Die Hexe! Das Hexenfeuer!«

»Unsinn, Mann!«, wies ich ihn zurecht. »Vergessen Sie Ihren verdammten Aberglauben! Ich benötige Ihre Hilfe.«

»Das ist Ihre wissenschaftliche Ignoranz«, brauste er auf. »Es gibt Dinge, Dr. Lowell –«, er fing sich wieder. »Was kann ich tun?«

»Zuerst wollen wir gemeinsam die acht Fälle durchgehen und sie analysieren. Braile, sind Sie bereits zu einem Schluss gekommen?«

»Ja«, erwiderte er. »Ich glaube, dass alle acht ermordet wurden!«

3

Dass Braile meine heimliche Befürchtung ausgesprochen hatte – und dazu ohne den geringsten Anhaltspunkt –, irritierte mich. »Was Sie nicht sagen, Mr. Sherlock Holmes«, brummte ich sarkastisch.

Er wurde rot, wiederholte jedoch hartnäckig: »Es war Mord!«

»La strega!«, flüsterte Ricori. Ich warf ihm einen wütenden Blick zu.

»Raus mit der Sprache, Braile. Welche Beweise wollen Sie haben?«

»Ich war vom Anfang bis zum Ende bei Peters – Sie waren fast zwei Stunden weg. Während ich ihn beobachtete, hatte ich das Gefühl, dass das Übel in seinem Geist steckte – dass es nicht sein Körper, seine Nerven oder sein Gehirn waren, die ihre Funktion verweigerten, sondern sein Wille. Beziehungsweise nicht einmal das. Es war, als wäre es dem Willen gleichgültig, was mit dem Körper geschähe – als wäre er darauf aus, ihn zu töten!«

»Was Sie da beschreiben ist nicht Mord, sondern Selbstmord. Es käme natürlich nicht zum ersten Mal vor. Für wie viele konnte ich nichts mehr tun, weil sie ganz einfach keinen Lebenswillen mehr hatten –«

»Das meine ich doch gar nicht«, unterbrach er mich. »Wovon ich spreche, das war aktiv, nicht passiv –«

»Um Himmels willen, Braile!« Ich war schockiert. »Wollen Sie damit vielleicht andeuten, dass alle acht starben, weil sie darauf versessen waren –«

»Das habe ich nicht behauptet«, erwiderte er. »Ich hatte das Gefühl, dass gar nicht Peters' eigener Wille dahinter steckte, sondern dass ein stärkerer, der eines anderen ihn beherrschte.«

»La maledetta strega!«, flüsterte Ricori wieder einmal.

Ich biss mir auf die Zunge und dachte nach. Immerhin hielt ich eine Menge von Braile. Er war ein kluger Kopf und zu überlegt, um leichtfertig einem Hirngespinst nachzugehen.

»Haben Sie eine Ahnung, wie diese Morde ausgeführt werden konnten, wenn es sich um Morde handelte?«, fragte ich.

»Leider nicht die geringste«, gestand Braile.

»Wir sollten uns vielleicht einmal mit dieser Mordtheorie beschäftigen«, schlug ich vor. »Ricori, auf diesem Gebiet haben Sie mehr Erfahrung als wir, halten Sie also mit Ihrer Meinung nicht zurück – und vergessen Sie um Gottes willen Ihre Hexe!«, sagte ich grob. »Bei einem Mord spielen drei wesentliche Faktoren eine Rolle – die Methode, die Gelegenheit und das Motiv. Beginnen wir in dieser Reihenfolge.

Also, Numero eins – die Methode. Es gibt drei Möglichkeiten, einen Menschen durch Gift oder Infizierung zu töten: durch die Nase – das schließt Gase ein –, durch den Mund und durch die Haut. Durch Letztere kann eine direkte Vergiftung des Blutes herbeigeführt werden. Ich frage Sie, gab es den geringsten Anhaltspunkt auf der Haut, den Nasen- und Mundschleimhäuten, im Magen, in den Därmen, im Blut, in den Nerven, im Gehirn?«

»Sie wissen doch, dass wir nichts gefunden haben«, brummte Braile.

»Eben. Von den rätselhaften Lichtpünktchen abgesehen, haben wir demnach absolut keinen Hinweis auf die Methode. Eine Beweisführung durch sie fällt also aus. Nehmen wir uns Numero zwo vor. Wir haben eine nicht mehr ganz jugendfrische, aber sehr respektable Dame der besten Gesellschaft, eine jüngere, aber weniger respektable ehemalige Revuetänzerin, einen Maurer, ein Schulmädchen, einen Bankier, einen Akrobaten und einen Trapezkünstler. Eine reichlich gemischte Gesellschaft, die absolut nichts miteinander gemeinsam hatte, außer vielleicht die beiden Zirkusleute, oder Peters und die Darnley. Wie könnte jemand, der nahe genug an Peters, den Mann aus der Unterwelt, herankam, um ihn zu töten, eine Gelegenheit finden, sich einer Angehörigen der oberen Zehntausend wie Ruth Bailey zu nähern? Oder jemand, der engere Verbindung zu dem Bankier Marshall unterhielt – wie kann *der* eine nicht weniger enge Verbindung zu dem Akrobaten Standish haben? Na ja, und so weiter eben. Sie sehen die Schwierigkeiten, die ich meine, nicht wahr? Das einzugeben, was den Tod verursachte, dürfte gar nicht so einfach gewesen sein – falls es sich tatsächlich um Mord handelte –, es setzt eine nähere Bekanntschaft voraus. Stimmen Sie mir zu?«

»Nicht in allem.«

»Hätten alle in unmittelbarer Nachbarschaft oder in der gleichen Gegend gewohnt, ließe sich annehmen, dass sie dem hypothetischen Mörder dort begegneten oder nachbarschaftliche Beziehungen zu ihm hatten. Aber das war nicht –«

»Verzeihen Sie, Dr. Lowell«, unterbrach Ricori mich, »wäre es nicht möglich, dass sie ein gemeinsames Interesse hatten, das sie in die Nähe des Mörders brachte?«

»Welches gemeinsame Interesse könnte eine so bunt zusammengewürfelte Gruppe schon haben?«

»Das geht doch deutlich aus den Berichten hervor und daraus, was McCann erwähnte.«

»Wovon sprechen Sie, Ricori?«

»Von Kindern«, antwortete er.

Braile nickte. »Das ist mir auch aufgefallen.«

»Miss Bailey wird als wohltätig und kinderlieb beschrieben«, fuhr Ricori fort. »Der Bankier Marshall war an Kinderwohlfahrt interessiert. Der Maurer, der Akrobat und der Trapezkünstler hatten selbst Kinder. Anita war ein Kind, und um McCanns Worte zu gebrauchen: ›Peters und die Darnley hatten einen Narren an Mollies Kleiner gefressen.‹«

»Diese hypothetischen Morde sind jedoch das Werk eines Einzigen oder wenigstens einer Hand in Hand arbeitenden Gruppe«, warf ich ein. »Es ist mehr als unwahrscheinlich, dass alle acht sich desselben Kindes annahmen.«

»Da haben Sie natürlich Recht. Aber immerhin könnten sich alle acht für etwas Bestimmtes interessiert haben, von dem sie annahmen, dass es ihren Schützlingen Freude machen würde. Und dieses Etwas ist möglicherweise nur, nehmen wir an, in einem bestimmten Geschäft zu erhalten.«

»Genauso gut könnte es aber auch sein, dass der Mörder beispielsweise ein Elektriker oder Installateur oder anderer Handwerker ist, der zu den Opfern in die Wohnung kam«, gab ich zu bedenken.

Braile zuckte die Schultern. Ricori schien in Gedanken versunken und antwortete überhaupt nicht.

»Kommen wir nun zu Numero drei«, fuhr ich fort. »Ricori, hören Sie mir überhaupt zu?« Er nickte.

»Das Motiv also. Rache? Bereicherung? Liebe? Hass? Eifersucht? Selbsterhaltungstrieb? Nichts scheint zuzutreffen, dazu waren die Opfer zu verschiedenartig.«

»Was halten Sie von Mordlust als Motiv?«, brummte Braile.

»Ich wollte gerade auf die Möglichkeit eines pathologischen Mörders hinweisen«, sagte ich etwas pikiert.

»Das ist nicht genau das, woran ich dachte. Entsinnen Sie sich der Zeilen an Longfellows ›Der Pfeil und das Lied‹?

Schoss einen Pfeil ich in die Höh'
Weiß nicht, ob ich ihn wiederseh'

Es gibt Leute, die nicht an einem Fenster hoch über einer belebten Straße stehen können, ohne von der Versuchung überfallen zu werden, hinunterzuspucken. Es interessiert sie, wen oder was sie wohl treffen würden. Es ist ein Gefühl der Macht, das Gefühl, wie Gott zu sein und Gerechte wie Ungerechte zu treffen. Geben Sie einem solchen Menschen die Macht und Gelegenheit, den Tod aufs Geratewohl auszuschicken, ohne dass er befürchten muss, dass man ihn zu ihm zurückverfolgen kann. Er ist sicher in seiner Anonymität. Ohne irgendjemand Bestimmten treffen zu wollen, schießt er seine Giftpfeile, bildlich gesprochen natürlich, in die Luft.«

»Und einen solchen Menschen würden Sie nicht als pathologischen Mörder bezeichnen?«, erkundigte ich mich trocken.

»Nicht unbedingt. Lediglich frei von Hemmungen, die ihm das Töten verbieten. Er braucht sich des Unrechts seiner Handlung gar nicht bewusst zu sein. Jeder Mensch wird bereits mit dem Todesurteil geboren – nur die Stunde und die Art seiner Hinrichtung sind ihm nicht bekannt. Dieser Mörder hält seine Handlung für völlig normal, schließlich muss jeder einmal sterben. Niemand, der daran glaubt, dass ein allwissender, allmächtiger Gott die Erde lenkt, wird diesen für einen pathologischen Mörder halten, und doch schickt er Kriege, Seuchen, Not, Krankheiten, Überschwemmungen und Erdbeben gleichermaßen über Gläubige und Ungläubige.«

»Geht das nicht ein wenig zu weit?«, sagte ich etwas ungehalten und wandte mich Ricori zu. »Ich kann mich nicht an die Polizei wenden. Sie würde mich höflich anhören, aber sich über mich lustig machen, sobald ich fort bin. Ich möchte jedoch auch keine Privatdetektei mit Ermittlungen beauftragen. Sie haben genügend Leute, die Sie einsetzen könnten, um jeden Schritt zurückzuverfolgen, den Peters und die Darnley in den vergangenen zwei Monaten getan haben, und wenn möglich auch die der anderen. Ich bin besonders daran interessiert, die Örtlichkeit zu finden, die die bedauernswerten Opfer aus ihrer Liebe zu Kindern aufsuchten. Obwohl mir meine Vernunft sagt, dass weder Sie noch Braile den geringsten Beweis für Ihren Verdacht haben, muss ich, wenn auch widerwillig, rein gefühlsmäßig zugeben, dass Sie Recht haben könnten.«

»Sie machen Fortschritte, Dr. Lowell«, spöttelte Ricori. »Ich prophezeie Ihnen, dass Sie in Kürze, wenn auch ebenso widerwillig«, er lächelte, »zugeben werden, dass meine Hexentheorie gar nicht so abwegig ist.«

Nun musste auch ich lächeln. »Im Moment halte ich alles für möglich.«

Ricori notierte sich Verschiedenes aus den Berichten, bevor er sich, nachdem sein Chauffeur um zehn Uhr gekommen war, verabschiedete. Ehe er in den Wagen stieg, erkundigte ich mich: »Wo werden Sie mit den Ermittlungen beginnen, Ricori?«

»Bei Peters' Schwester.«

»Weiß Sie, dass er nicht mehr lebt?«

»Nein«, gestand er verlegen. »Sie glaubt, er sei verreist. Da sie seinen Tod sehr zu Herzen nehmen würde, wagte ich es ihr nicht mitzuteilen – sie erwartet in Kürze ihr zweites Kind.«

»Weiß sie denn, dass Hortense Darnley gestorben ist?«

»Vermutlich, obwohl McCann keine Ahnung zu haben schien.«

Das Telefon läutete gerade, als Braile und ich die Bibliothek wieder betraten. Braile hob den Hörer ab. Ich sah, wie er totenblass wurde und seine Hände zitterten. »Wir kommen sofort«, versprach er heiser. Sein Gesicht zuckte, als er sich mir zuwandte. »Schwester Walters hat es jetzt auch erwischt!«

Es traf mich wie ein Schlag. Walters war die perfekte Krankenschwester und außerdem ein ungemein attraktives Mädchen. »Das ist das Ende unserer Mordtheorie. Kein Zweifel mehr, dass es sich um eine ansteckende Krankheit handelt – von der Darnley auf Peters und dann auf Walters übertragen.«

»Ich glaube nicht daran«, sagte er grimmig. »Ich weiß nämlich zufällig, dass Harriet Walters fast ihr ganzes Geld für ihre kleine kranke Nichte ausgibt, die bei ihr wohnt. Auch hier passt Ricoris Theorie eines gemeinsamen Interesses.«

»Wie dem auch sei«, erwiderte ich nicht weniger grimmig, »ich sorge dafür, dass alle Vorsichtsmaßnahmen gegen eine infektiöse Krankheit getroffen werden.«

Als wir in unsere Mäntel geschlüpft waren, stand mein Wagen schon bereit. Im Krankenhaus ordnete ich sofort die Isolierung von Schwester Walters an und untersuchte sie gleich darauf. Ihr Körper war genauso schlaff wie Peters', aber im Gegensatz zu ihm zeigte ihr Gesicht viel weniger Entsetzen. Grauen und Abscheu zeichneten sich allerdings darauf aus. Auch sie starrte, so kam es mir vor, sowohl nach außen als auch nach innen. Als ich sie untersuchte, schienen ihre Augen mich zu erkennen und mich anzuflehen. Ich blickte Braile an – er nickte. Auch er hatte es bemerkt.

Außer einer rosigen Narbe am Rist ihres rechten Fußes fand ich absolut nichts Ungewöhnliches. Die Nachtschwester erzählte, dass die Walters mit einem Mal, ohne jegliche Vorwarnung, zusammenbrach, als sie sich zum Nachhausegehen umzog.

Plötzlich ließ mich ein Ausruf Brailes herumfahren. Ich sah, wie eine Hand der Frau sich unsäglich langsam hob, zitternd, als koste es sie größte Willenskraft. Der Zeigefinger war ausgereckt und schien auf die Narbe zu deuten, und ihr Blick hing daran.

Die Anstrengung war zu groß. Die Hand fiel schlaff herab und ihre Augen waren wieder ein Teich tiefsten Entsetzens. Ich war überzeugt, dass sie uns etwas mitteilen wollte, etwas, das mit der Narbe zusammenhing.

Ich fragte die Nachtschwester, ob Walters die Fußverletzung je erwähnt hatte, aber sie sagte, die Walters sei nie sehr gesprächig gewesen, möglicherweise wisse jedoch Schwester Robbins mehr, da sie mit der Walters und deren Nichte Diana die Wohnung teilte. Ich gab den Auftrag, die Robbins zu benachrichtigen, dass sie sich mit mir in Verbindung setzen solle.

Inzwischen nahm Hoskins die Blutproben ab. Ich bat ihn, bei der mikroskopischen Untersuchung besonders auf Leuchtpünktchen wie bei Peters zu achten und mir sofort Bescheid zu geben, falls er welche entdeckte. Bartano, ein Experte für Tropenkrankheiten, und Somers, ein Gehirnspezialist, hielten sich gerade im Krankenhaus auf, und ich zog sie zur Konsultation heran, ohne die früheren Fälle zu erwähnen. Während sie die Walters untersuchten, erhielt ich Nachricht, dass Hoskins eines der leuchtenden Korpuskeln isoliert hatte. Ich bat die beiden, sich zu Hoskins zu begeben und mich ihre Meinung über dessen Entdeckung wissen zu lassen. Schon nach kurzer Zeit kamen sie etwas ungehalten zurück. Hoskins, sagten sie, hätte von einer Leukozyte mit einem phosphoreszierendem Kern gesprochen. Sie hatten den Abstrich ebenfalls durchs Mikroskop betrachtet, aber nichts dergleichen gefunden. Somers meinte sehr ernsthaft, Hoskins solle sich die Augen untersuchen lassen. Und Bartano brummte sarkastisch, er wäre nicht weniger verwundert gewesen, eine Miniaturseejungfrau in einer Arterie schwimmen zu sehen, als so ein angebliches Lichtpünktchen in einer Leukozyte. Diese Bemerkungen bestärkten mich in meinem Entschluss zu schweigen.

Bei der Walters fand auch das erwartete Mienenspiel nicht statt. Das anhaltende Entsetzen und die Abscheu in ihren Augen hielten die beiden zwar für »ungewöhnlich«, waren sich jedoch einig, dass es sich um eine Gehirnverletzung handeln musste und keineswegs um eine Vergiftung oder Infektion. Sie gaben zu, dass der Fall sehr interessant sei, und baten mich, sie auf dem Laufenden zu halten. Dann gingen sie.

Zu Beginn der vierten Stunde wandelte sich der Gesichtsausdruck, aber anders, als ich erwartet hatte. In den Augen der Kranken zeichnete sich lediglich Ekel ab. Flüchtig bildete ich mir einmal ein, teuflische Erwartung über ihre Züge huschen zu sehen, aber wenn es tatsächlich das gewesen war, hatte sie die Regung schnell wieder unterdrückt. Gegen Mitte der vierten Stunde bemerkten wir, dass sie uns wiedererkannte. Auch ihr sich bisher verlangsamender Herzschlag wurde merklich schneller. Ich spürte geradezu, wie sie ihre ganzen Kraftreserven sammelte.

Und dann begannen ihre Lider zu fallen, sich wieder zu heben, langsam, in gleichmäßigem Rhythmus, und ich sah, welche Anstrengung es sie kostete.

Braile zählte mit. »Sie will uns etwas signalisieren«, rief er aufgeregt, während ich sie mit dem Stethoskop abhorchte. Der Herzschlag wurde immer langsamer – immer langsamer – setzte ganz aus.

»Sie ist tot«, seufzte ich und erhob mich. Wir beugten uns über sie und warteten auf den letzten schrecklichen Anfall.

Er blieb aus. Nur die Abscheu war in ihr Gesicht gemeißelt, nichts von der diabolischen Freude. Es drang auch kein Laut über ihre leblosen Lippen. Unter meinen Fingern spürte ich das Einsetzen der Totenstarre.

Der unbekannte Tod hatte Schwester Walters' Leben genommen – daran bestand kein Zweifel. Aber irgendwie spürte ich ganz vage, dass es ihm nicht gelungen war, sie zu bezwingen. Ihren Körper ja. Aber nicht ihren Willen!

4

Bedrückt kehrte ich gegen vier mit Braile zu mir nach Hause zurück. Es schien ihn viel härter getroffen zu haben als mich, so sehr, dass ich mich fragte, ob er mehr als kollegiales

Interesse für das tote Mädchen empfunden hatte. Ich bestand darauf, dass er sich bei mir ein paar Stunden ausruhte.

Gegen neun Uhr suchte mich Schwester Robbins auf. Sie war fast hysterisch. In Brailes Gegenwart begann sie zu berichten. »Vor ungefähr drei Wochen«, begann sie, »kaufte Harriet eine wunderhübsche Puppe für Diana, die ganz begeistert von ihr war. Ich fragte sie, wo sie sie aufgetrieben habe, und sie sagte, in einem recht merkwürdigen kleinen Laden in der Stadt.

›Job‹, sagte sie – ich heiße Jobina – ›dort findest du die unheimlichste Frau, die mir je begegnet ist. Ich habe fast Angst vor ihr, Job.‹

Ich hab gar nicht besonders darauf geachtet, aber ich hatte das Gefühl, dass Harriet, die sowieso nie sehr mitteilsam war, es bereits bereute, überhaupt darüber gesprochen zu haben.

Jetzt kommt es mir allerdings vor, als habe Harriet sich von diesem Abend an irgendwie anders benommen. Manchmal war sie fast ausgelassen und dann wieder recht nachdenklich, ja beinahe bedrückt. Vor etwa zehn Tagen kam sie mit einem Verband um ihren Fuß heim. Der rechte? Ja, der rechte. Sie sagte, sie habe mit der Frau, von der sie Dianas Puppe bekommen habe, Tee getrunken. Die Teekanne sei umgestürzt und das heiße Getränk habe sich über ihren Fuß ergossen. Die Frau trug dann gleich eine Salbe auf, und nun schmerzte es überhaupt nicht mehr, sagte sie.

›Aber ich glaub, ich werde die Brandwunde lieber mit einem Mittel behandeln, das ich kenne‹, sagte sie. Dann zog sie den Strumpf aus und nahm den Verband ab. Ich war inzwischen in die Küche gegangen, da rief sie mich ganz aufgeregt zurück.

›Sieh dir das an!‹, sagte sie und zeigte mir ihren Fuß. ›Es war eine ziemlich große Brandwunde, Job, und jetzt ist sie fast verheilt. Dabei ist die Salbe nicht länger als eine Stunde darauf. Das ist mir direkt unheimlich.‹

Ich sah mir ihren Fuß an. Auf dem Rist befand sich ein großer rötlicher Fleck wie von neuer Haut. ›Sehr heiß kann der Tee nicht gewesen sein‹, meinte ich.

›Glaub mir, Job‹, sagte sie, ›es war eine wirklich tief gehende Wunde, und die Brandblase war nicht zu übersehen.‹

Sie starrte den Verband in ihrer Hand und den Fuß eine ganze Weile nachdenklich an. Die Salbe war bläulich und glänzte regelrecht. Ich hatte noch nie so etwas gesehen. Sie war völlig geruchlos. Harriet bat mich, den Verband ins Feuer zu werfen, was ich auch tat. Ich erinnere mich, dass er seltsam aufflackerte, aber nicht zu brennen schien. Er flammte und war plötzlich, ohne auch nur eine Spur von Asche zu hinterlassen, verschwunden.

Harriets Gesicht wurde totenblass, als sie das beobachtete. Dann musterte sie noch einmal ihren Fuß. ›Job‹, sagte sie, ›ich hab noch nie erlebt, dass etwas so schnell heilt. Sie muss eine Hexe sein!‹

›Was redest du denn da, Harriet?‹, fragte ich sie.

›Ach nichts‹, erwiderte sie. ›Ich wollte nur, ich hätte den Mut, die Stelle am Rist ganz aufzureißen und ein Mittel gegen Schlangengift einzureiben!‹ Dann lachte sie, und ich glaubte, sie habe nur Spaß gemacht. Aber sie gab Jod darüber und legte außerdem noch eine antiseptische Binde darauf.

Am nächsten Morgen weckte sie mich und sagte: ›Job, sieh dir den Fuß jetzt mal an. Gestern bekam ich eine Kanne fast kochenden Tees darüber, und heute ist nur noch eine schwache Narbe zu sehen. Das kann doch nicht mit rechten Dingen zugehen!‹

Das war alles, Dr. Lowell. Sie sprach nicht mehr darüber, und ich auch nicht. Ich fragte sie später einmal nur noch, wo denn der Laden sei, und wer die Frau war, aber sie sagte es mir nicht. Ich weiß nicht, warum. Jedenfalls schien sie von da ab immer vergnügt und unbeschwert.« Sie schluchzte. »O Gott, warum musste sie nur sterben – warum – warum?«

Braile fragte: »Sagen Ihnen die Zahlen 20-1-7-5 irgendetwas?« Sie blickte ihn verblüfft an und schüttelte verneinend den Kopf. Ich erklärte ihr, dass Schwester Walters uns diese Zahlen durch Öffnen und Schließen ihrer Augen übermittelt hatte, wir aber nicht wüssten, was sie bedeuten könnten.

»Vielleicht sollten es Buchstaben sein«, sagte sie und begann an den Fingern abzuzählen. »Zwanzig wäre T, eins A, sieben G, fünf E, also ›Tage‹, aber was meinte sie damit?« Leider fiel auch uns nichts Vernünftiges darauf ein. Kaum war Schwester Robbins gegangen, rief Ricori an. Ich erzählte ihm von Harriet Walters' Tod. Er war merklich erschüttert und sagte, er habe eine Spur und würde sich wieder melden.

Die Leichenöffnung ergab übrigens genauso wenig wie bei Peters.

Am nächsten Tag gegen vier rief Ricori erneut an und erkundigte sich, ob ich zwischen sechs und neun zu Hause sein würde. Seine Stimme klang aufgeregt. Ich versicherte ihm nach einem Blick in meinen Terminkalender, dass ich mir die Zeit freihalten würde.

»Wissen Sie schon Näheres?«, fragte ich ihn.

Er zögerte. »Vielleicht. Möglicherweise habe ich entdeckt, wonach ich suchte. Ich werde mich jetzt dorthin begeben.«

»Verraten Sie mir, Ricori, was erwarten Sie eigentlich zu finden?«

»Puppen!«, antwortete er und hängte ein, als wolle er weiteren Fragen aus dem Weg gehen.

Puppen!

Die Walters hatte eine Puppe heimgebracht. Und dort, wo sie sie bekommen hatte, hatte sie sich die Verletzung zugezogen, über die sie sich Sorgen gemacht, das heißt, deren seltsam schnelle Heilung sie so beunruhigt hatte. Nach Schwester Robbins' Bericht zweifelte ich auch nicht mehr daran, dass sie diese Wunde für ihren Zustand verantwortlich machte und uns das mitteilen wollte. Ob die Verletzung, beziehungsweise die Wunde, wirklich etwas damit zu tun gehabt hatte, war natürlich eine andere Frage. Allerdings stimmte es, dass die Walters sehr an ihrer Nichte hing. Und Kinder schienen tatsächlich der gemeinsame Nenner bei all denen zu sein, die auf gleiche Weise umgekommen waren. Und zweifelsohne haben Kinder Spaß an Puppen. Was Ricori wohl herausbekommen hatte?

Ich versuchte, telefonisch Braile zu erreichen, aber er war nicht auffindbar. Danach bat ich die Robbins, mir die Puppe zu bringen, was sie tat.

Es war wirklich eine ausgesprochen hübsche Puppe, aus Holz geschnitzt und danach mit etwas Pappmaché ähnlichem überzogen. Sie wirkte unwahrscheinlich lebensecht – eine Babypuppe mit pausbackigem Gesicht. Das Kleid war reich bestickte Handarbeit – wie eine Volkstracht aus einer mir unbekannten Gegend. Dem Wert nach stellte sie eher ein Museumsstück als ein Spielzeug dar, und ich fragte mich, wie Schwester Walters sich das teure Stück hatte leisten können. Ich untersuchte die Puppe sorgfältig, fand jedoch kein Firmenzeichen oder etwas anderes, das auf den Hersteller schließen ließ. Ich sperrte sie in einen Schrank und wartete ungeduldig auf Ricori.

Gegen sieben Uhr läutete meine Türglocke Sturm. Ich hörte kurz darauf McCann in der Halle und forderte ihn auf, heraufzukommen. Sofort erkannte ich, dass etwas passiert sein musste. Sein sonnengebräuntes Gesicht war von einem fahlen Gelb, und seine Augen starrten wie im Schock.

»Bitte kommen Sie herunter zum Wagen«, entgegnete er. »Ich glaube, der Boss ist tot.«

Ich nahm zwei Stufen auf einmal. Ricori saß zusammengekauert auf dem Rücksitz. Kein Puls war zu fühlen, und als ich ein Lid hochhob, starrte das Auge mich blicklos an. Aber seine Körpertemperatur war normal.

»Schnell, bringen Sie ihn herein!«, befahl ich.

McCann und der Chauffeur brachten ihn in meine Praxis und legten ihn auf den Untersuchungstisch. Ich horchte ihn ab und nahm ein paar Tests vor. Allem Anschein nach war er tot – und doch ...

»Könnte es Gift sein?«, unterbrach McCann meinen Gedankengang.

»Möglich –« Ich überlegte. Der geheimnisvolle Ort, den Ricori aufsuchen wollte – und die Möglichkeit, dass auch in den anderen Fällen ein unbekanntes Gift angewandt worden war! Aber dieser Tod – und wieder spürte ich den Zweifel – war nicht wie der der anderen.

»McCann«, fragte ich, »wann bemerkten Sie, dass etwas nicht stimmt?«

Mit monotoner Stimme antwortete er: »Ungefähr sechs Blocks von hier. Der Boss sitzt neben mir. Plötzlich sagt er: ›Heilige Maria!‹, als ob ihn etwas erschreckt hätte. Dann presst er seine Hand an die Brust, stöhnt laut auf und fällt steif gegen die Lehne. ›Was ist los, Boss?‹, frage ich. ›Tut Ihnen was weh?‹ Da seh ich, dass seine Augen ganz starr sind, und ich glaub, er ist tot. Also brüll ich, Paul soll mehr Gas geben, damit wir schneller herkommen.«

Ich drückte beiden ein volles Glas Weinbrand in die Hand. Sie hatten ihn nötig. Dann breitete ich ein Tuch über Ricori.

»Setzt euch«, sagte ich, »und Sie, McCann, erzählen mir in allen Einzelheiten, was sich zugetragen hat, vom Augenblick an, als Sie heute mit Mr. Ricori wegfuhren.«

»Ungefähr um zwei fährt der Boss zu Mollie – das ist Peters' Schwester«, begann er. »Er bleibt eine Stunde, dann lässt er sich wieder heimbringen und sagt Paul, er soll um halb fünf zurückkommen. Aber dann hängt er bis fast um fünf am Telefon – ein Gespräch nach dem anderen. Er sagt zu Paul, er will in einen Laden in der Nähe vom Battery Park, aber Paul soll nicht direkt davor halten, sondern beim Park auf ihn warten. Und zu mir sagt er: ›McCann, ich geh ohne dich hinein. Sie sollen glauben, ich bin allein.‹ Und dann sagt er noch: ›Ich hab meine Gründe. Du gehst unauffällig auf der Straße auf und ab, aber komm nur in den Laden, wenn ich dich ruf.‹ Ich frag ihn: ›Glauben Sie, Boss, dass das klug ist?‹, und er sagt: ›Du tust, was ich dir sage.‹ Also gehorche ich.

Der Boss geht in den Laden, und ich seh mir das Schaufenster an, als ob ich zufällig durch die Straße geh. Eine Menge Puppen sitzen herum, und obwohl es ziemlich dunkel im Laden ist, seh ich doch eine Menge Regale mit noch mehr Puppen und hinter dem Ladentisch ein mageres Mädchen, das aussieht wie eine gespiene Leiche, so weiß ist es. Der Boss spricht zu ihr, und sie zeigt ihm ein paar Puppen. Wie ich beim nächsten Mal vorbeikomm, steht eine Frau hinter dem Ladentisch. Sie ist groß und stark und ein braunes Gesicht hat sie, wie ein Pferd, und eine Spur von einem Schnurrbart und Warzen, und sie kommt mir genauso merkwürdig vor wie das Leichenmädchen. Aber dann seh ich ihre Augen – Augen sind das! Groß und schwarz und glänzend, und sie gefallen mir genauso wenig wie alles andere an ihr. Wie ich dann wieder vorbei komm, steht der Boss in einer Ecke mit der Bavaria. Er hält ein Bündel Scheine in der Hand, und ich seh, wie das Mädel ihn ganz erschrocken beobachtet. Das nächste Mal ist der Boss verschwunden und die Alte ebenfalls. Also bleib ich beim Schaufenster stehen und starr hinein, weil ich es gar nicht mag, dass ich ihn nicht mehr sehen kann, da kommt er plötzlich durch eine Tür hinten im Laden. Furchtbar wütend schaut er aus, und die Alte, die ihm folgt, speit Gift und Galle und macht komische Bewegungen in der Luft hinter seinem Rücken, und er eilt auf die Tür zu und stopft, was er in der Hand getragen hat, in seinen Mantel. Ich hab genau gesehen, dass es eine Puppe war, bevor er den Mantel bis obenhin zugeknöpft hat – eine ziemlich große, der Mantel ist so richtig ausgebeult.«

Er machte eine Pause, um sich mechanisch eine Zigarette zu drehen, aber dann fiel sein Blick auf den bedeckten Körper, und er warf sie achtlos auf den Boden.

»Ich hab den Boss nie so wütend gesehn«, fuhr er fort. »Er murmelte ständig irgendetwas auf Italienisch vor sich hin, klang wie ›Sträga‹ oder so ähnlich, und ich seh schon, dass es keinen Sinn hat, ihn zu unterbrechen. Einmal sagt er zu mir, aber ich glaub, er hat gar nicht mich gemeint, denn er hat wie durch mich durchgeschaut: ›In der Bibel steht, du sollst nicht dulden, dass eine Hexe lebt‹, und dann murmelt er weiter vor sich hin und hält den Arm über die Puppe in seinem Mantel gepresst.

Im Auto sagt er zu Paul, er soll zu Ihnen fahren, als ob der Teufel hinter ihm her ist – das hat er doch gesagt, nicht wahr,

Paul? Und dann hat er keinen Ton mehr gesagt, bis er ›Heilige Maria‹ gerufen hat, wie ich Ihnen schon erzählt habe. Das ist alles, stimmt's Paul?«

Ich stand auf und schritt zu der reglosen Gestalt hinüber. Gerade wollte ich das Tuch hochheben, als ich einen roten Fleck von der Größe eines Zehncentstücks entdeckte – es war Blut. Vorsichtig hob ich die Decke, während ich den Finger auf dem Fleck ließ, um nicht zu verrutschen. Er befand sich unmittelbar über Ricoris Herzen. Ich holte mir meine stärkste Lupe, und mit ihrer Hilfe entdeckte ich auf Ricoris Brust einen winzigen Einstich. Die dünnste Sonde, die ich hatte, drang mühelos bis zur Herzwand ein, nicht weiter. Ein nadelspitzes, ungewöhnlich feines Instrument war Ricori bis ans Herz in die Brust gestochen worden!

Ich betrachtete ihn zweifelnd. Eine derart winzige Wunde dürfte den Tod gar nicht herbeigeführt haben, vielleicht jedoch ein Schock, der einen fast totenähnlichen Zustand zur Folge hatte. Ich wusste von solchen Fällen, aber das sagte ich nicht, denn ob Ricori nun tot oder lebendig war, McCann musste mir erst noch ein paar für ihn vielleicht recht unangenehme Fragen beantworten.

Ich wandte mich an die beiden, die mich aufmerksam beobachtet hatten.

»Sie sagten, Sie seien nur zu dritt im Wagen gewesen?«

Sie tauschten einen eigenartigen Blick aus. »Die Puppe war auch da«, erwiderte McCann, und es klang irgendwie trotzig. Ich ging nicht darauf ein.

»Ich wiederhole: Sie waren also nur zu dritt im Wagen? Ich fürchte, Sie werden eine Menge zu erklären haben. Ricori wurde nämlich erstochen! Ich muss nun die Polizei verständigen.«

McCann erhob sich, nahm sich die Lupe und betrachtete den winzigen Einstich. Dann blickte er den Chauffeur an.

»Dann war es also tatsächlich die Puppe, Paul!«

5

Ungläubig starrte ich ihn an. »Sie verlangen doch nicht von mir, dass ich Ihnen das abnehme, McCann?«

Er antwortete nicht, sondern rollte sich eine zweite Zigarette, die er diesmal jedoch nicht wegwarf. Der Chauffeur stolperte zum Untersuchungstisch und fiel davor auf die Knie. Er betete laut vor sich hin und flehte Gott und alle Heiligen an. McCann dagegen schien sich nun wieder ganz gefasst zu haben. Fast fröhlich sagte er: »Sie werden mir noch glauben, Dr. Lowell!«

Ich schritt auf das Telefon zu, da stellte er sich mir in den Weg.

»Einen Moment, Doktor«, hielt er mich zurück. »Wenn ich der Schuft war, der den Mann umbringt, den er beschützen soll – würden Sie sich dann nicht auch in Gefahr befinden? Was sollte Paul und mich davon abhalten, Sie umzulegen, damit wir uns in Sicherheit bringen könnten?«

Daran hatte ich überhaupt nicht gedacht. Der Chauffeur hatte sich erhoben und ließ keinen Blick von mir. »Nimm deine Schießeisen heraus, Paul«, befahl McCann. Dann holte er seine beiden aus der Tasche, nahm die zwei des Chauffeurs und legte alle auf den Tisch. »Das ist unsere ganze Artillerie, Doktor«, erklärte er. »Sie setzen sich jetzt schön ruhig in den Sessel dort, direkt neben die Waffen. Wir verlangen lediglich, dass Sie die Finger vom Telefon lassen, bis Sie uns angehört haben. Unsere Waffen stehen Ihnen zur Verfügung. Wenn wir ausreißen wollen, dürfen Sie sie benutzen.« Ich setzte mich und untersuchte, ob die Pistolen geladen waren. Sie waren es.

»Doktor«, begann McCann, »dreierlei sollten Sie bedenken. Erstens: Wenn ich den Boss umgelegt hätte, glauben Sie, dann würden wir uns in Ihre Hand geben? Zweitens: Ich saß rechts neben ihm. Wie wäre es mir möglich gewesen, ihn mit etwas Dünnem durch Mantel und Puppe und Anzug zu erstechen, ohne dass er etwas gemerkt und sich gewehrt hätte?

Ricori hat Kraft wie ein Bulle. Außerdem hätte Paul es gesehen –«

»– der leicht Ihr Komplize sein könnte«, warf ich ein.

»Richtig«, stimmte er zu. »Paul steckt genauso tief drin wie ich. Hab ich Recht, Paul?« Er blickte den Chauffeur scharf an, woraufhin dieser nickte. »Na schön, lassen wir diesen Punkt einstweilen. Also weiter zu Numero drei: Glauben Sie vielleicht, wir hätten den Boss ausgerechnet zu Ihnen gebracht, wo Sie doch gleich herausfinden würden, wie er umgebracht wurde? Und dann vielleicht auch noch zu erwarten, dass Sie uns ein Alibi abkaufen wie das, das wir haben. Halten Sie mich wirklich für so dumm?«

Seine Gesichtsmuskeln zuckten. »Warum hätte ich ihn überhaupt umbringen sollen? Ich wäre für ihn durch die Hölle und wieder zurück gegangen, das wusste er auch. Genau wie Paul.«

Tief im Innern war ich davon überzeugt, dass McCann die Wahrheit sprach – zumindest soweit er sie erkannte. Er hatte Ricori nicht erstochen. Aber diese Tat einer Puppe zuzuschreiben war denn doch zu fantastisch.

Als ob er meine Gedanken erraten habe, sagte er: »Vielleicht war es eine dieser mechanischen Puppen, extra für diesen Zweck hergestellt.«

Das war die einzige vernünftige Erklärung. »Bringen Sie mir die Puppe«, bat ich ihn.

»Sie ist weg!« Er grinste mich freudlos an. »Sie ist aus dem Wagen gesprungen.«

»Machen Sie sich nicht lächerlich!«

»Aber es sein wahr«, meldete sich der Chauffeur zum ersten Mal zu Wort. Er hatte einen starken italienischen Akzent, und sein Englisch ließ zu wünschen übrig. »Etwas springen durch Fenster. Ich öffnen Tür und schauen. Ich denken Katze, Hund vielleicht. Dann ich sehen es. Es rennen wie – wie Teufel und schon verschwinden um Ecke. Ich mich drehen um zu McCann und sagen: ›Was zum Teufel!‹ McCann suchen auf Boden von Auto und sagen: ›Die Puppe! Die Puppe haben

Boss umgebrungen.‹ Ich nichts wissen von Puppe. Ich sehen Boss etwas in Mantel tragen, *si*, aber nicht wissen was.«

»Wollen Sie vielleicht auch behaupten, dass Ihre mechanische Puppe so konstruiert war, dass sie nicht nur zustechen, sondern auch noch davonlaufen konnte?«, erkundigte ich mich ironisch.

McCanns Gesicht lief rot an, aber er entgegnete ruhig: »Es muss ja keine mechanische Puppe gewesen sein – aber alles andere klingt eben doch zu – zu unwahrscheinlich, meinen Sie nicht auch?«

»McCann, was möchten Sie, dass ich tue?«, fragte ich ihn abrupt.

»Als ich in Arizona war, starb ein Rancher ziemlich unerwartet. Ein Mann hatte kein Alibi, aber ein Motiv. Der Sheriff sagte: ›Hombre, ich glaub nicht, dass du es warst, aber alle anderen werden dich für den Mörder halten. Was meinst du?‹ Der Mann sagte: ›Marshal, gib mir zwei Wochen, wenn ich bis dahin den wirklichen Mörder nicht hab, kannst du mich aufhängen lassen.‹ Der Marshal sagte: ›Einverstanden. Bis dahin lautet die Todesursache Herzversagen durch Schockeinwirkung.‹ Und Schock war es ja auch – Kugelschock! Na gut, noch ehe die zwei Wochen um sind, kommt dieser Mann zurück, den Mörder gefesselt über den Sattel geworfen.«

»Ich verstehe recht gut, McCann. Aber wir befinden uns nicht in Arizona.«

»Könnten Sie nicht trotzdem provisorisch den Tod durch Herzversagen angeben? Und mir eine Woche Zeit lassen? Wenn ich bis dahin nichts herausgefunden hab, dürfen Sie die Wahrheit ausspucken. Ich werde nicht weglaufen. Schauen Sie, Doktor, wenn Sie sich an die Polizei wenden, könnten Sie Paul und mich genauso gut gleich erschießen. Denn wenn wir den Bullen von der Puppe erzählen, lachen sie sich krank und schmoren uns in Sing Sing. Sagen wir nichts davon, ist uns der Stuhl erst recht sicher. Sollten sie uns jedoch wider Erwarten laufen lassen, dann legen uns unsere eigenen Kumpel um, denn sie hingen am Boss. Ich sag Ihnen, Doktor, Sie würden sich das Leben zweier Unschuldiger aufs Gewissen laden. Und schlimmer noch, Sie würden nie erfahren, wer tatsächlich für den Tod des Bosses verantwortlich ist, denn wenn man uns hat, sucht man ja nicht nach dem wirklich Verantwortlichen. Und warum auch?«

Mein Glaube an die Unschuld der beiden geriet ein wenig ins Wanken. Der Vorschlag, so naiv er auch schien, war ausgesprochen raffiniert. Wenn ich einwilligte, hätten die beiden eine Woche Zeit, sich in Sicherheit zu bringen, falls das ihre Absicht war. Wenn McCann nicht zurückkam und ich die Wahrheit erzählte, hatte ich mich zumindest vor dem Gesetz mitschuldig gemacht. Wurden die beiden geschnappt und erzählten von unserer Abmachung, musste ich als Mitschuldiger vor Gericht. Dass McCann mir die Pistolen anvertraut hatte, war vielleicht nur ein kluger Zug; so konnte er beschwören, dass er sich meine Zustimmung nicht erzwungen hatte. Vielleicht war das ohnehin nur eine raffinierte Geste, sich mein Vertrauen zu erschleichen und mich aufnahmefähiger für seinen Vorschlag zu machen. Konnte ich überhaupt sicher sein, dass die beiden nicht noch andere Waffen bei sich trugen, die sie anwenden würden, falls ich mich weigerte?

Während ich noch nach einem Ausweg suchte, schritt ich hinüber zum Untersuchungstisch. Vorsichtshalber steckte ich mir vorher jedoch noch die Pistolen in meine diversen Taschen. Ich beugte mich über Ricori. Sein Fleisch war kalt, aber nicht von der nur dem Tod eigenen Kälte. Ich horchte ihn noch einmal ab und vernahm schwachen Herzschlag – Ricori lebte! Ich freute mich darüber, aber es löste leider mein Problem nicht, im Gegenteil! Denn wenn McCann ihn erstochen hatte, mit Paul als Komplizen, und sie erfuhren nun, dass er gar nicht tot war, dann mussten sie nicht nur mich jetzt aus dem Weg räumen, sondern erst recht ihn, ehe er seine ihm treuer ergebenen Leute auf sie ansetzte.

Ich umfasste eine der Pistolen und zog sie heraus.

»Hände hoch!«, befahl ich. »Beide!«

Erstaunen überzog McCanns Züge, Bestürzung die des Chauffeurs. Aber sie hoben die Hände.

»Ihr kluger kleiner Vorschlag, McCann, ist nicht mehr notwendig. Ricori lebt. Sobald er sprechen kann, werde ich alles von ihm erfahren.«

Ich war nicht vorbereitet auf das, was nun kam. Wenn McCann es nicht ehrlich meinte, musste er ein unwahrscheinlich überzeugender Schauspieler sein. Seine Schultern strafften sich, selten habe ich ein so strahlendes Gesicht gesehen, und dann begannen die Tränen über seine Wangen zu rollen. Der Chauffeur fiel wieder einmal auf die Knie, er schluchzte und betete. Ich schämte mich plötzlich meines Verdachts. Das konnte keine Schauspielerei sein!

»Sie dürfen Ihre Hände herunternehmen, McCann«, murmelte ich und steckte die Waffe wieder in die Tasche.

»Wird er am Leben bleiben?«, fragte er heiser.

»Falls es sich nicht um eine Infektion handelt, bin ich ziemlich sicher.«

»Dem Himmel sei Dank!«, stieß er hervor.

In diesem Moment trat Braile ein und musterte uns verwundert.

Ich erklärte ihm alles und bat ihn, Ricori in eines der Krankenzimmer im Anbau zu bringen und sich um ihn zu kümmern.

Dann wandte ich mich wieder McCann zu. »Hier, nehmen Sie Ihre Pistolen, Sie sollen die Chance haben, um die Sie mich baten.«

Er blickte mich verwundert an, steckte seine Waffen jedoch kommentarlos ein und gab die anderen an Paul weiter.

»Ich werde mir die Hexe im Puppenladen vorknöpfen«, knurrte er.

»Noch nicht«, sagte ich rasch. »Noch nicht. Lassen Sie den Laden ständig beobachten und die Frau beschatten, wenn sie ihn verlässt. Das Mädchen ebenfalls. Weiter nichts. Ich muss erst von Ricori erfahren, was passiert ist.«

»Okay«, murmelte er, offenbar nicht sonderlich begeistert.

»Passen Sie auf, dass Sie nicht mit der Polizei in Konflikt kommen – die würde ihre Puppengeschichte noch unglaublicher finden als ich.« Dann etwas leiser: »Können Sie sich darauf verlassen, dass der Chauffeur über die ganze Sache den Mund hält?«

»Paul ist in Ordnung«, versicherte er mir.

Die beiden verabschiedeten sich, und ich ging zu Ricoris Zimmer. Sein Herz schlug stärker, die Atmung war zwar noch schwach, aber doch sehr ermutigend. Seine Temperatur war noch unter Normal, hatte sich aber bereits bedeutend gebessert. Wie ich zu McCann gesagt hatte, falls die Waffe nicht in Gift getaucht gewesen war, würde er durchkommen.

Etwas später erschienen zwei sehr höfliche Männer, die erklärten, McCann habe sie geschickt, um Mr. Ricori zu bewachen.

In meinen Träumen in dieser Nacht tanzten Puppen um mich herum, verfolgten mich, bedrohten mich. Ich schlief nicht sonderlich gut.

6

Bis zum Morgen hatte Ricoris Zustand sich erheblich gebessert. Er befand sich immer noch in tiefem Koma, aber seine Temperatur war nun fast normal, und Herz- und Atmungstätigkeit waren zufriedenstellend. Braile und ich teilten unseren Tagesablauf so ein, dass sich jeweils einer in ständiger Reichweite befand. Nach dem Frühstück wurden die beiden Wachen von zwei anderen abgelöst.

Während der Nacht war mir der Gedanke gekommen, Ricori könne vielleicht Aufzeichnungen, unsere Fälle betreffend, gemacht haben und bei sich tragen, darum durchsuchte ich in Gegenwart seiner beiden Leute seine Taschen. Leider fand ich nicht, was ich erhofft hatte, aber doch etwas recht

Merkwürdiges in der Brusttasche des Mantels. Es sah aus wie eine dünne geflochtene Schnur, ungefähr zwanzig Zentimeter lang, in die in unregelmäßigen Abständen neun Knoten geknüpft waren. Es handelte sich um recht eigenartige Knoten; ich konnte mich nicht entsinnen, so etwas schon einmal gesehen zu haben. Ich betrachtete die Schnur, und ein mir unerklärliches, ungutes Gefühl überkam mich dabei. Trotzdem nahm ich sie mir genauer vor und stellte fest, dass sie aus aschblondem Menschen-, vermutlich Frauenhaar geflochten war, und zwar sehr straff geflochten. Jeder der neun Knoten war auf andere Weise geknüpft, ihre Struktur war sehr komplex. Ihre Verschiedenheit und der unterschiedliche Abstand erweckte den vagen Eindruck, dass sie ein Wort oder gar einen Satz bildeten.

Wie während Peters' Tod hatte ich das Gefühl, vor einer verschlossenen Tür zu stehen, die zu öffnen für mich von größter Wichtigkeit war. Einem unerklärlichen Impuls folgend steckte ich die Schnur nicht in die Manteltasche zurück, sondern legte sie in den Schrank zu der Puppe, die mir Schwester Robbins gebracht hatte.

Kurz nach drei rief McCann mich an. Ich war sehr erleichtert. von ihm zu hören, denn im hellen Tageslicht kam mir seine Geschichte nun doch allzu fantastisch vor, und meine Zweifel waren zurückgekehrt. Das muss wohl auch aus meinem Ton hervorgegangen sein, denn er lachte. »Sie dachten wohl, ich hätte mich aus dem Staub gemacht, Doktor? Keine Angst. Sie brächten es nicht einmal fertig, mich wegzujagen. Sie werden sich übrigens wundern, was ich für Sie hab. In ein paar Minuten bin ich bei Ihnen.«

Er kam mit einem vierschrötigen, rotgesichtigen Mann, der einen riesigen Papierbeutel unter den Arm geklemmt hatte. Ich erkannte ihn als einen der Polizisten des nahe liegenden Reviers, obwohl ich ihn heute zum ersten Mal in Zivil sah. Ich bot beiden einen Stuhl an. Der Polizist setzte sich auf die Kante, den Papierbeutel über den Knien. Ich blickte McCann fragend an.

»Shevlin«, er deutete auf den Polizisten, »sagt, er kennt Sie, Doktor. Aber ich hätte ihn auch so hergebracht.«

»Bilde dir keine Schwachheiten ein, mein Junge. Ich bin nur mitgekommen, weil ich weiß, dass Dr. Lowell nicht wie der verdammte Hauptwachtmeister nur Stroh im Kopf hat.«

»Der Doktor wird dir schon das Richtige verschreiben, Tim«, stichelte McCann boshaft.

»Ich brauch nichts verschrieben«, jammerte Shevlin. »Ich hab's mit meinen eigenen Augen gesehen, verdammt noch mal. Und wenn der Doktor sagt, dass ich besoffen war oder verrückt, dann sag ich ihm genau wie dem verdammten Hauptwachtmeister, dass er sich zum Teufel scheren soll. Und du ebenfalls, McCann!«

Mit wachsendem Erstaunen hörte ich den beiden zu.

»Ist schon gut, Tim. Ich glaub dir ja. Du weißt ja gar nicht, wie sehr ich dir glauben will!« Er warf mir einen schnellen Blick zu, und ich nahm an, dass er – aus welchem Grund er auch immer den Schutzmann mitgebracht hatte – über Ricori nicht zu ihm gesprochen hatten.

»Als ich Ihnen von der Puppe erzählte, die aus dem Wagen gesprungen ist, da hielten Sie mich für verrückt. Darum hab ich in der Nachbarschaft herumgehorcht, ob nicht vielleicht jemand anderer sie auch gesehen hat. Dabei bin ich auf Shevlin hier gestoßen. Komm, Tim, rück schon raus mit der Sprache. Erzähl dem Doktor, was du mir erzählt hast.«

Shevlin spielte nervös mit dem Papierbeutel und begann. Er machte ein trotziges Gesicht, als ob er von vornherein nicht erwarte, dass man ihm seine Geschichte abnahm, und während des Erzählens blickte er mich hin und wieder herausfordernd an, als warte er nur darauf, dass ich ihn auslachte. Bisher schien ihm wohl noch niemand geglaubt zu haben.

»Es war gegen eins. Ich mach gerade meine Runde, da hör ich jemand verzweifelt brüllen. ›Hilfe!‹, brüllt er, ›Mörder! Nehmt sie weg!‹ Ich lauf so schnell ich kann und seh einen feinen Herrn im Abendanzug und Zylinder wie verrückt im Park auf einer Bank herumtanzen. Er haut mit seinem Stock um sich und brüllt dabei. Ich nehm meinen Knüppel und tupf ihm damit aufs Bein. Da sieht er mich und fällt mir regelrecht um den Hals. Ich riech seinen Atem und denk mir, ich weiß schon, was ihm fehlt. Ich stell ihn auf seine Beine und tröste ihn, dass ich die weißen Mäuse schon verjagen werde. Er soll mir nur sagen, wo er wohnt, dann steck ich ihn in ein Taxi. Er klammert sich so fest an mich, dass ich seine Nägel durch die Uniform spür, und er zittert am ganzen Körper.

›Sie glauben doch nicht, dass ich betrunken bin?‹, fragt er mich ganz entrüstet. ›Und wie!‹, will ich sagen, aber da seh ich ihn mir genauer an, und er ist stocknüchtern. Vielleicht hat er vorher was getrunken, aber jetzt hat er sicher keinen mehr sitzen. Plötzlich lässt er sich auf die Bank fallen und zieht die Hosenbeine hoch. Ich sehe, dass er aus vielen winzigen Stichwunden blutet. ›Glauben Sie vielleicht, weiße Mäuse haben mich so zugerichtet?‹, fragt er.

Ich schau mir seine Beine genauer an. Es ist wirklich Blut, und es sieht aus, als ob jemand mit einer Hutnadel auf ihn eingestochen hat ...«

Unwillkürlich warf ich einen Blick auf McCann, aber er beachtete mich gar nicht, sondern rollte sich ungerührt eine Zigarette.

»Ich frag ihn: ›Wer zum Teufel hat denn das getan?‹ Und er sagt: ›Die Puppe!‹«

Ein kalter Schauder rieselte meinen Rücken hinab, und wieder blickte ich auf McCann, diesmal zwinkerte er mir warnend zu. Shevlin starrte mich herausfordernd an.

»›Die Puppe war es!‹, sagt er zu mir.«

Diesmal brüllte Shevlin regelrecht. »Die Puppe hat es getan!«

McCann feixte. Ich konnte Shevlin gerade noch zurückhalten. Hastig sagte ich: »Ich habe Sie sehr wohl verstanden, Mr. Shevlin. Er sagte also, eine Puppe habe ihm die Stichwunden zugefügt. Eine recht erstaunliche Behauptung.«

»Sie glauben mir also nicht?«, brauste Shevlin auf.

»Ich glaube Ihnen, dass er das gesagt hat«, versicherte ich ihm. »Aber fahren Sie doch bitte fort.«

»Ich frag den feinen Pinkel: ›Wie heißt sie denn?‹

›Wer heißt wie?‹, fragt er mich zurück.

›Ihre Puppe‹, sag ich. ›Ich wett, es war eine Blonde, die ihr Bild in der Zeitung sehen möchte. Nur Blonde nehmen Hutnadeln. Brünette machen's mit dem Messer.‹

›Herr Wachtmeister‹, sagt er ganz ernst zu mir. ›Es war wirklich eine Puppe, eine echte Puppe, die aussah wie ein Mann. Ich wollte noch ein bisschen frische Luft schnappen‹, sagt er. ›Ich geb es ja zu, ich hatte ein paar hinter die Binde gegossen, aber nicht mehr, als ich vertragen kann. Ich hab meinen Spazierstock geschwungen, und er ist mir aus der Hand gerutscht und in den Busch dort gefallen.‹ Den Busch hat er mir gezeigt. ›Ich hab mich danach gebückt, und da sah ich die Puppe. Ich will sie hochheben, weil ich mir dachte, ein Kind hat sie verloren. Da springt sie über meinen Kopf, und plötzlich sticht mich was ins Bein und noch einmal. Ich spring hoch, dreh mich um, da steht die Puppe mit einer großen Nadel in der Hand und will mich schon wieder stechen.‹

›Vielleicht war es ein Liliputaner‹, sag ich zu dem Herrn. ›Von wegen Liliputaner‹, sagt er, ›eine Puppe war es mit einer Hutnadel. Ungefähr sechzig Zentimeter groß mit blauen Augen, und sie hat mich angegrinst, dass es mir ganz kalt den Rücken heruntergelaufen ist. Und wie ich mich vor Schreck noch kaum rühren kann, sticht sie schon wieder zu und wieder und wieder. Da spring ich auf die Bank. Sie mir nach und tanzt um mich herum. Ich denk mir, sie will mich umbringen, darum hab ich so gebrüllt‹, sagt der feine Herr. ›Das hätten Sie an meiner Stelle auch‹, sagt er. ›Und wie Sie gekommen sind, ist sie schnell in die Büsche dort gerannt. Bitte, Herr Wachtmeister‹, sagt er. ›Begleiten Sie mich, bis wir ein Taxi finden, denn mir steckt der Schreck noch in den Knochen‹, sagt er.

Also stütz ich den feinen Herrn«, fuhr Shevlin fort, »und denk mir, ›armer Kerl, du musst einen ganz miserablen Fusel erwischt haben‹. Trotzdem wundere ich mich, wo er die Stichwunden her hat. Wir kommen zur Straße, und ich schau mich nach einem Taxi um, da fängt er mit einem Mal wieder zu brüllen an.

›Dort ist sie‹, heult er. ›Dort! Dort!‹

Ich schau, und wirklich, da rennt was vom Park auf die Straße. Das Licht ist nicht besonders gut. Ich denk mir, es ist vielleicht eine Katze oder ein Hund. Auf der anderen Seite steht ein Coupé, und der Hund oder die Katze, scheint mir, will dorthin. Der feine Herr brüllt immer noch wie am Spieß, da schießt ein Wagen um die Ecke und überfährt das Ding. Nicht einmal anhalten tut er. Bevor ich meine Trillerpfeife herausholen kann, ist er schon weg. Ich seh, wie das Ding sich auf der Straße windet und denk mir immer noch, es ist ein Hund oder eine Katze. ›Armes Ding!‹, denk ich mir, ›ich werd dich erlösen.‹ Ich hol meinen Revolver aus der Tasche und geh darauf zu. In dem Moment braust das Coupé davon, als ob der Teufel hinter ihm her war. Wie ich das Ding erreicht hab, glaub ich, ich werd verrückt –«

Er öffnete seinen Papierbeutel und holte eine Puppe heraus, beziehungsweise die Reste einer Puppe. Die Reifen hatten sie in der Mitte überfahren und zerquetscht. Ein Bein fehlte, das andere hing nur noch an einem Faden. Die Kleidung war zerrissen und verschmutzt vom Straßendreck. Es war zweifellos eine Puppe, und doch war mein erster Eindruck der eines verstümmelten Pygmäen. Der Kopf hing schlaff auf der Brust. McCann hob ihn an, sodass ich das Gesicht sehen konnte.

Ich glaube, mir sind die Augen aus den Sockeln gequollen, und mein Herz setzte fast aus.

Das Gesicht, das mit den starren blauen Augen zu mir hochblickte, war Zug für Zug Peters' Gesicht. Und der eingefrorene Ausdruck darauf war die dämonische Fratze, die ich nach seinem Tod bei ihm bemerkt hatte.

7

Shevlin beobachtete mich. Er war zufrieden mit dem Eindruck, den sie auf mich machte.

»Sieht verdammt wie ein Mensch aus, nicht wahr?«, brummte er. Er nahm die Puppe wieder an sich und setzte sie auf sein Knie. Ich wartete fast darauf, dass sie den Mund öffnen und ein höllisches Gelächter ausstoßen würde.

»Ich heb also die Puppe auf«, fuhr er fort, »und weiß nicht, was ich denken soll. Ich schau mich nach dem feineren Herrn um. Er steht immer noch am selben Fleck und zittert. Ich geh auf ihn zu, und er sagt: ›Na, war es vielleicht keine Puppe? Ich hab Ihnen ja gesagt, dass es eine Puppe war. Oder ist das vielleicht keine Puppe?‹ Er blickt das Ding, das ich trag, näher an. ›Ja, das ist sie!‹, sagt er. Und ich sag zu ihm: ›Mein Herr‹, sag ich zu ihm, ›irgendwas ist faul an der ganzen Sache. Sie kommen jetzt mit mir aufs Revier und erzählen dem Hauptwachtmeister, was Sie mir erzählt haben und zeigen ihm Ihre Beine‹, sag ich. ›Einverstanden‹, sagt der feinere Herr, ›solang Sie mir mit dem Ding nicht zu nahe kommen.‹ Also gehen wir auf die Wache.

Der Alte ist dort und ein paar Kameraden von mir. Ich leg die Puppe auf den Schreibtisch und sag zu dem feineren Herrn: ›Zeigen Sie dem Herrn Hauptwachtmeister Ihre Beine.‹

›Ist er vielleicht ein Revuegirl?‹, fragt der Strohkopf. Aber dann sieht er das Blut und erkundigt sich doch, wer ihn da gestochen hat.

›Die Puppe‹, sagt der feinere Herr. Der Alte schaut ihn erst dumm an, dann grinst er. Ich erzähl ihm alles. Die anderen lachen ganz laut, und er wird rot im Gesicht und brüllt mich an: ›Wollen Sie mich auf den Arm nehmen, Shevlin?‹, brüllt er. Und ich sag: ›Nein, Sir.‹ Und da sagt er: ›Ich hab gar nicht gewusst, dass der Fusel, den sie hier heimlich ausschenken, ansteckend ist.‹ Und dann winkt er mich zu sich und riecht an meinem Mund. Jetzt weiß ich, dass alles gar keinen Sinn mehr hat, denn der feinere Herr hatte eine kleine Flasche in seinem Abendanzug, und wie ich mit der Puppe zurückgekommen bin, hat er gesagt, ein Schluck würde mir gut tun. Es war wirklich nur ein Schluck, aber man hat ihn riechen können. Der Alte sagt: ›Hab ich mir's doch gedacht.‹ Dann brüllt er den feineren Herrn an und sagt, er soll sich schämen, so was mit einem anständigen Polizisten zu machen, und was er sich überhaupt einbildet, die Polizei zu verarschen, und er wird ihn bis zur Ausnüchterung einsperren, und die Puppe mit ihm. Da wird der feinere Herr ganz weiß und kippt um. ›Mein Gott‹, sagt der Alte, ›der glaubt wirklich seine eigenen Lügen. Bringt ihn zu sich und schickt ihn heim. Und Sie, Tim‹, sagt er, ›wenn Sie nicht ein so guter Polizist wären, könnten Sie sich auf ein Disziplinarverfahren gefasst machen, aber ich will noch mal ein Auge zudrücken. Nehmen Sie die Puppe und gehen Sie heim, Spencer wird Ihre Runde übernehmen. Und bleiben Sie morgen zu Haus, bis Sie nüchtern sind‹, sagt er. Und ich sag zu ihm: ›Okay. Aber was ich gesehn hab, hab ich gesehn‹, und zu den anderen, die sich immer noch biegen vor Lachen, sag ich: ›Zum Teufel mit euch‹, und da lachen sie noch mehr. ›Und ob Sie mich jetzt degradieren oder nicht‹, sag ich zum Alten, ›zum Teufel auch mit Ihnen!‹ Dann nehm ich die Puppe und marschier nach Haus mit ihr.«

Er machte eine kurze Verschnaufpause, ehe er fortfuhr.

»Daheim erzähl ich alles Maggie, das ist meine Frau. Und wissen Sie, was sie sagt? Sie sagt: ›Du besoffener Kerl‹, sagt sie, ›du weißt ja nicht mehr, was du tust. Einfach den Alten beleidigen, was glaubst du, wo das hinführt! Schau, dass du ins Bett kommst‹, sagt sie, ›und schlaf deinen Rausch aus, und dann wirfst du die Puppe in die Mülltonne.‹ Aber jetzt bin ich erst recht wütend, und in der Früh geh ich aus dem Haus und nehm die Puppe unter'n Arm. Vor einer Weile treff ich McCann, und irgendwie weiß er was, da erzähl ich ihm alles, und er bringt mich zu Ihnen. Wozu das gut sein soll, hab ich keine Ahnung.«

»Soll ich mit Ihrem Vorgesetzten sprechen?«, fragte ich ihn.

»Was könnten Sie ihm schon sagen? Wenn Sie ihm erzählen, dass der feine Herr die Wahrheit gesagt hat und ich wirklich die Puppe davonlaufen gesehen hab, was glauben Sie, was er sich denken wird? Er wird glauben, dass Sie genauso verrückt sind wie ich. Nein, ich bin schon froh, dass Sie mir zugehört haben und mir vielleicht sogar glauben. Nun fühl ich mich ein wenig besser. Aber jetzt muss ich gehen. Wenn es Ihnen recht ist, lass ich Ihnen die Puppe da, als Bezahlung für Ihre Diagnose.«

Er erhob sich und marschierte würdevoll aus dem Raum. McCann schüttelte sich vor lautlosem Lachen. Ich hob die Puppe auf und legte sie auf meinen Schreibtisch. Ich sah ihr boshaft grinsendes Gesicht, und mir war gar nicht nach Lachen zumute.

Ich holte die andere Puppe aus dem Schrank und legte sie daneben. Dann nahm ich die merkwürdige Schnur und gab sie dazwischen. McCann, der mir zusah, stieß einen leisen Pfiff aus.

»Woher haben Sie das, Doktor?«, erkundigte er sich und deutete auf die Knotenschnur. Ich sagte es ihm, und wieder pfiff er.

»Der Boss wusste sicher nichts davon. Bestimmt hat es ihm die alte Hexe untergejubelt. Aber wie?«

»Wovon reden Sie überhaupt?«, fragte ich ihn.

»Von der Hexenleiter«, er deutete auf die Schnur. »So nennt man sie in Mexiko. Es ist ein böser Zauber. Wenn es einer Hexe gelingt, sie jemandem anzuhängen, hat sie Macht über ihn –« Er beugte sich über die Schnur. »Ja, ja, das ist ganz sicher eine Hexenleiter – die neun Knoten – aus Menschenhaar geflochten – und das im Boss seiner Tasche!«

»Sie dürfen sie ruhig anfassen und sich genauer ansehen.«

»Nein, nein!« Er machte hastig einen Schritt zurück. »Ich hab Ihnen doch gesagt, es ist ein böser Zauber.«

Allmählich hatte ich genug von dem Aberglauben, der sich wie eine Schlinge um mich zusammenzuziehen schien.

»Hören Sie mal gut zu, McCann«, sagte ich wütend.

»Wollen Sie mich vielleicht, wie Shevlin sich ausdrückte, auf den Arm nehmen? Jedes Mal, wenn Sie zu mir kommen, versuchen Sie mir etwas Neues weiszumachen. Erst die Puppe im Wagen, dann Shevlin, und jetzt die Hexenleiter. Was führen Sie eigentlich im Schilde?«

Seine Augen verengten sich, und sein Gesicht lief rot an. »Nichts führe ich im Schilde«, knurrte er. »Ich will nur, dass der Boss wieder gesund wird, und ich will mit *dem* abrechnen, der ihn auf dem Gewissen hat. Und was Shevlin anbelangt – Sie glauben doch nicht, dass er sich alles nur aus den Fingern gesogen hat?«

»Das nicht. Aber ich entsinne mich, dass Sie neben Ricori im Wagen saßen, als er erstochen wurde. Und ich kann nicht umhin, mich zu fragen, wie Sie Shevlin heute so schnell entdeckt haben.«

»Was wollen Sie damit andeuten?«, fragte er erbost.

»Dass Ihr feiner Herr verschwunden ist. Dass er ohne weiteres Ihr Komplize sein könnte. Dass die ganze Geschichte, die Shevlin so beeindruckt hatte, eine gut abgezogene Show sein könnte, mit der Puppe auf der Straße placiert, dass der heranbrausende Wagen sie nur zur rechten Zeit überfahren musste. Dass –« Ich biss mir auf die Zunge, da ich erkannte, dass ich nur meine schlechte Laune an ihm ausließ, weil mir die ganze Sache immer irrsinniger vorkam.

»Ich führe den Satz für Sie zu Ende«, sagte er. »Dass ich hinter dem allen stecke, richtig?« Sein Gesicht war weiß und seine Muskeln gespannt. »Nur gut, dass ich Sie mag, Doktor. Und noch besser, dass ich weiß, wie gut Sie mit dem Boss stehen. Und am besten, vielleicht, dass Sie der Einzige sind, der ihm helfen kann – wenn ihm überhaupt noch zu helfen ist. Das ist alles.«

»McCann«, sagte ich. »Es tut mir Leid, sehr Leid sogar. Nicht, weil ich es gesagt habe, sondern weil ich es sagen musste. Sie müssen doch selbst zugeben, dass mein Zweifel berechtigt ist. Ist es da nicht besser, ich sag es Ihnen ins Gesicht?«

»Und was wäre mein Motiv?«

»Ricori hat mächtige Feinde. Er hat auch mächtige Freunde. Wie praktisch wäre es doch für seine Feinde, wenn Sie ihn ohne Verdacht zu erregen ausschalten konnten, und wenn dann noch dazu ein Arzt von bestem Ruf einen unanfechtbaren Totenschein ausstellt.«

Sein Gesicht entspannte sich. »Ich kann Ihnen nicht mal widersprechen, Doktor«, brummte er. »Aber ich danke Ihnen für Ihre hohe Meinung von meiner Intelligenz, so etwas genauestens vorzubereiten und auszuführen. Ist ja fast wie in den Comicheften, wo so ein Supergangster alles arrangiert, dass ein bestimmter Ziegel genau um zwanzig Minuten und sechzehn Sekunden nach zwei auf den Schädel eines bestimmten Mannes fällt. So klug bin ich also!«

Ich zuckte unter dem ätzenden Sarkasmus zusammen, schwieg jedoch. McCann hob die Peters-Puppe hoch und begann sie zu untersuchen, während ich mich am Telefon nach Ricoris Befinden erkundigte. Sein Ausruf ließ mich herumfahren. Er drückte mir die Puppe in die Hand und deutete auf den merkwürdigen Knopf, der den Kragen zusammenhielt. Ich zog daran und hielt ein ungefähr fünfundzwanzig Zentimeter langes, nadelspitzes Objekt in der Hand.

Ich wusste sofort, dass Ricori nur damit erstochen worden sein konnte.

»Vielleicht habe ich sie dorthin gesteckt, Doktor«, sagte McCann spöttisch.

»Wäre das nicht ohne weiteres möglich?«, parierte ich.

Er lachte. Ich studierte die seltsame Klinge – denn eine Klinge war es zweifelsohne. Sie schien aus feinstem, aber völlig unbiegsamem Stahl zu bestehen, und was wir im ersten Moment als Knopf angesehen hatten, war ein regelrechter Knauf, der genau in die Puppenhand passte. Auf der Klinge befanden sich dunkle Flecken. Ich wollte sie mikroskopisch untersuchen, obwohl ich schon jetzt mit Sicherheit wusste, dass es sich um Blut handelte.

Ich studierte die Puppe genauestens. Sie war nicht aus Holz wie die andere, sondern aus einem mir völlig unbekanntem

Material, das sich wie eine Mischung aus Gummi und Wachs anfühlte. Ich zog ihr die Kleidung aus. Der unbeschädigte Teil der Puppe war anatomisch perfekt. Das Haar war Menschenhaar, die Augen blaue Kristalle. Nun bemerkte ich auch, dass das halb abgetrennte Bein nicht an einem Faden, sondern einem Draht baumelte. Offensichtlich war die Puppe über ein Drahtgerüst geformt. Ich holte mir aus meinem Instrumentenschrank eine Knochensäge und ein paar Skalpelle.

»Einen Augenblick, Doktor.« McCann hatte mir aufmerksam zugesehen. »Wollen Sie dieses Ding auseinandernehmen?«

Ich nickte. Er griff in seine Tasche und brachte ein schweres Jagdmesser hervor. Ehe ich ihn noch zurückzuhalten vermochte, hatte er damit wie mit einer Axt den Hals durchgehackt. Der Kopf hing nur noch an einem Draht. McCann knickte ihn um, bis er brach. Dann warf er mir den Rumpf zu und ließ den Kopf auf den Tisch fallen. Er rollte bis zur Knotenschnur, die McCann als Hexenleiter bezeichnet hatte, und hielt dort an.

Nun schien er sich zu drehen und uns zuzuwenden. Ich bildete mir doch tatsächlich einen Augenblick ein, die Augen hätten aufgeglüht und die Züge sich zu einem noch teuflischeren Grinsen verzerrt. Verärgert riss ich mich zusammen. Es war natürlich nur ein Trick gewesen, den das Licht uns spielte. Ich wandte mich McCann zu und fauchte ihn an: »Warum haben Sie das getan?«

»Weil Sie für den Boss wichtiger sind als ich«, murmelte er.

Ich ging nicht darauf ein, sondern schnitt den enthaupteten Körper der Puppe auf. Wie vermutet, war sie über ein Drahtgerüst modelliert. Als ich die Hülle auseinandergezogen hatte, stellte sich heraus, dass das Gerüst aus einem einzigen Draht bestand, und zwar kunstvoll dem menschlichen Skelett nachgebildet. Natürlich nicht bis in die kleinste Einzelheit; es gab unter anderem keine Gelenke, aber die Substanz, aus der die Puppe gefertigt war, war unwahrscheinlich biegsam und doch fest genug. Ich hatte das unheimliche Gefühl, nicht eine Puppe, sondern ein menschliches Wesen zu sezieren.

Doch noch etwas schien mir unheimlich – die plötzliche Stille. Ich wandte mich um und sah, dass McCanns Augen wie gebannt an den blauen Kristallen des Puppenkopfes hingen. Seine Hände hielten verkrampft die Tischkante umklammert, und die Adern standen weit hervor. Als er den Kopf auf den Tisch geworfen hatte, war ich sicher, dass er neben der Knotenschnur zu ruhen gekommen war. Jetzt jedoch hatte diese Schnur sich um den Halsrest und die Stirn gewickelt – wie eine Schlange. Immer weiter beugte McCann sich zu dem Kopf herab, dessen Züge zu einer bösartigen triumphierenden Fratze verzerrt waren, während McCanns Gesicht grenzenloses Entsetzen widerspiegelte.

»McCann!«, brüllte ich. Ich stieß einen Arm unter sein Kinn und riss seinen Kopf hoch. Ich möchte schwören, dass mich die Augen der Puppe dabei wütend anstarrten und der Mund sich geifernd verzog.

McCann taumelte zurück. Verwirrt starrte er mich einen Moment an, dann sprang er auf den Schreibtisch zu. Er packte den Puppenkopf, schmetterte ihn auf den Boden und stampfte darauf herum, wie man ein giftiges Insekt zertritt. Eine formlose Masse blieb zurück, doch immer noch funkelten die blauen Kristalle, und die Hexenleiter wand sich mitten hindurch. »O Gott!«, keuchte McCann. »Es zog mich zu sich ...« Mit zitternden Händen zündete er sich eine Zigarette an und warf das Streichholz fort. Es landete auf der Masse, die einmal der Kopf gewesen war. Ein greller Blitz zuckte auf, gleichzeitig erfolgte ein durch und durch gehendes Schluchzen, und eine intensive Glut war spürbar. Wo der Kopf gewesen war, befand sich nun nur noch ein verkohlter Fleck im Holzboden, in dessen Mitte sich die jetzt stumpfen Kristalle abhoben. Die Knotenschnur war verschwunden.

Verschwunden war aber auch der Puppenrumpf, lediglich eine kleine Lache schwarzer wachsartiger Flüssigkeit war übrig geblieben, in der das Drahtskelett ruhte.

Das Telefon läutete. Mechanisch hob ich es ab. »Ja«, sagte ich, »was gibt es?«

»Mr. Ricori, Sir. Er ist aus dem Koma erwacht.«

Ich drehte mich zu McCann um. »Ricori hat es geschafft!«

McCann drückte meine Schultern, dann trat er einen Schritt zurück. Scheu und Ehrfurcht zeichneten sich in seinen Zügen ab.

»Er ist durchgekommen«, flüsterte er, »weil die Schnur verbrannt ist. Das hat ihn befreit. Von jetzt an aber müssen Sie und ich verdammt vorsichtig sein!«

8

Ich nahm McCann zu Ricori mit. Eine Gegenüberstellung würde meine Zweifel ein für allemal klären – so oder so. Ich war mir bewusst, dass all die Ereignisse, so unwirklich sie auch gewesen waren, doch Teil einer wohlgeplanten Irreführung sein mochten, deren ich McCann ja beschuldigt hatte. Das Kopfabhacken konnte eine dramatische Geste gewesen sein, um mich zu beeindrucken. McCann war es gewesen, der meine Aufmerksamkeit auf die Unheil bringende Bedeutung der Schnur gelenkt und auch die Degennadel entdeckt hatte. Seine Hypnose durch den abgetrennten Kopf konnte gespielt gewesen sein, und das brennende Streichholz konnte er absichtlich auf den Boden geworfen haben, um Beweismittel zu vernichten. Das Schlimme war, dass ich meinen eigenen Beobachtungen nicht mehr zu trauen wagte.

Und doch, ich konnte McCann nicht wirklich einen solch ausgeklügelten Plan und eine so überzeugende Schauspielerei zutrauen. Aber vielleicht befolgte er nur die Anordnungen eines anderen? Ich wollte McCann vertrauen und hoffte sehr, dass er die Probe bestand.

Doch daraus wurde nichts. Ricori war nun zwar bei vollem Bewusstsein und sein Verstand vermutlich so wach und gesund wie eh und je. Aber die Lähmung hielt noch an und unterband jegliche vom Willen abhängende Bewegung, obwohl die unabhängige Körperfunktion und die unbewussten Reflexe normal waren. Er vermochte nicht zu sprechen. Seine Augen blickten uns an, klar und voll Intelligenz, aber aus einem völlig ausdruckslosen Gesicht.

»Kann er uns hören?«, flüsterte McCann.

»Ich denke schon, aber er hat keine Möglichkeit, es uns zu zeigen.«

Er kniete sich neben das Bett und nahm Ricoris Hände in seine. »Alles ist in Ordnung, Boss«, versicherte er ihm.

Nicht gerade das Benehmen eines Schuldigen – aber immerhin hatte ich ihm gesagt, dass Ricori nicht sprechen konnte.

»Ihr Zustand verbessert sich zusehends«, beruhigte ich Ricori. »Sie hatten einen tiefen Schock, dessen Ursache wir herausgefunden haben. Die Lähmung wird nun nicht mehr lange anhalten, wenn Sie sich nicht selbst verkrampfen. Vergessen Sie für eine Weile Ihre Probleme und entspannen Sie Ihren Geist. Ich werde Ihnen ein leichtes Beruhigungsmittel injizieren, und Sie werden dann tief schlafen.«

Ich war überzeugt, dass er mich verstanden hatte, denn die Spritze wirkte sofort, was nur der Fall ist, wenn der Patient sich entspannt.

Ich kehrte mit McCann in mein Arbeitszimmer zurück. Wenn ich Ricori auch versichert hatte, dass die Lähmung nicht mehr lange anhalten würde, war ich dessen selbst gar nicht so sicher. Er mochte in einer Stunde völlig genesen erwachen, genauso gut konnte dieser Zustand noch Tage anhalten. Inzwischen musste dreierlei getan werden. Erstens: Der Puppenladen musste ständig beobachtet werden; zweitens mussten wir so viel wie möglich über die beiden Frauen dort herausbekommen; drittens mussten wir den Grund für Ricoris Besuch dort erfahren.

Um Ersteres hatte McCann sich bereits angenommen, wie er mir versicherte. Ich fragte ihn, ob er vielleicht auch schon etwas über die beiden Frauen herausgefunden habe, und er berichtete. »Die Alte nennt sich Madame Mandilip«, begann er. »Die Jüngere ist angeblich ihre Nichte. Sie haben den Laden vor acht Monaten übernommen. Woher sie kommen, weiß niemand. Sie zahlen ihre Miete regelmäßig und scheinen eine Menge Geld zu besitzen. Die Nichte erledigt alle Einkäufe, die Alte scheint das Haus nie zu verlassen. Sie bleiben für sich und wollen offenbar nichts mit den Nachbarn zu tun haben. Die Kunden scheinen alle recht wohlhabend zu sein. Es sieht aus, als verkauften die beiden zweierlei Arten von Puppen: neben den einfachen ganz besondere, so richtig künstlerische, die die Alte selbst macht. Die Nachbarn sind nicht sonderlich begeistert von den beiden. Manche glauben, dass sie mit Drogen handeln.«

Besondere Puppen? Für die Reichen? Für die wohlhabende Miss Baily und den Bankier Marshall? Einfache für Leute wie den Akrobaten und den Maurer? Aber vielleicht waren auch das *besondere* Puppen gewesen, auf eine andere Art vielleicht?

»Da ist der Laden«, fuhr McCann fort, »und dahinter noch zwei oder drei Zimmer. Im ersten Stock ist ein einziger großer Raum, den sie vermutlich als Lager benutzen. Sie haben das ganze Haus gemietet. Die Alte und das Mädchen wohnen in den Zimmern hinter dem Laden.«

»Gute Arbeit!«, lobte ich. »McCann –«, ich zögerte. »McCann, hat die Puppe Sie an jemanden erinnert?«

Er blickte mich mit zusammengekniffenen Augen an. »Wie wär's, wenn Sie erst mit der Sprache herausrückten«, sagte er trocken.

»Nun – ich fand, sie ähnelte Peters.«

»Ähnelte!«, explodierte er. »Zum Teufel, das war eine exakte Miniaturausgabe von ihm!«

»Und doch erwähnten Sie nichts davon. Warum?«, fragte ich ihn argwöhnisch.

»Mich laust der Affe –«, brauste er auf, dann beherrschte er sich. »Ich dachte, Sie hätten es selbst bemerkt und nur wegen Shevlin geschwiegen, darum sagte auch ich nichts. Und danach waren Sie ja zu beschäftigt, mich durch die Mangel zu drehen.«

Ich ging nicht darauf ein. »Wer immer auch die Puppe gemacht hat, musste Peters demnach sehr gut gekannt haben. Vielleicht hat er Modell gestanden, wie man es für einen Bildhauer oder Maler tut. Aber warum? Und wann? Und warum war überhaupt jemand daran interessiert, eine Puppe herzustellen, die wie er aussah?«

»Lassen Sie mich die Hexe vorknöpfen, dann kann ich es Ihnen sagen«, antwortete er grimmig.

Ich schüttelte abwehrend den Kopf. »Nicht, bevor Ricori sprechen kann. Aber vielleicht bringen wir auf andere Weise Licht in die Sache. Ricori musste irgendwie einen Hinweis auf diesen Laden bekommen haben. Vielleicht von Peters' Schwester. Sind Sie gut genug mit ihr bekannt, dass Sie sie besuchen und von ihr möglichst unauffällig erfahren können, was sie Ricori gestern erzählt hat, ohne sie über Ricoris Krankheit zu informieren?«

»Nicht, ohne dass Sie Ihre Karten aufdecken. Wie soll ich was aus ihr herausholen, wenn ich selbst im Dunklen tappe. Mollie ist nicht gerade auf den Kopf gefallen.«

»Na schön«, willigte ich ein. »Ich weiß nicht, ob Ricori mit Ihnen darüber gesprochen hat, jedenfalls lebt die Darnley nicht mehr, und wir vermuten eine Verbindung zwischen ihrem und Peters' Tod. Wir glauben, dass es irgendetwas mit ihrer gemeinsamen Liebe zu Mollies kleinem Mädchen zu tun hat. Die Darnley ist auf gleiche Art gestorben wie Peters.«

»Mit den gleichen – Merkmalen?«

»Genau. Wir hatten Grund anzunehmen, dass beide sich diese – diese Krankheit am selben Ort zuzogen. Ricori hoffte, dass Mollie ihm Hinweise auf diesen Ort geben könnte. Sie dürften beide, wenn auch nicht unbedingt zur gleichen Zeit, dort gewesen sein und sich infiziert haben. Möglicherweise wurden sie sogar absichtlich infiziert. Offensichtlich ist Ricori auf das hin, was er von Mollie erfahren hat, zu den Mandilips gegangen. Unangenehm ist jedoch, dass sie – außer Ricori sprach gestern mit ihr darüber – nichts von ihres Bruders Tod ahnt. Falls Sie also merken, dass sie nichts davon weiß, müssen auch Sie darüber schweigen.«

»Sie behalten eine Menge für sich, Doktor, nicht wahr?« Er erhob sich, um aufzubrechen.

»Stimmt«, gab ich zu. »Aber ich habe Ihnen genug gesagt.«

»Da bin ich mir nicht so sicher«, brummte er. »Wie dem auch sei, ich werde Sie anrufen, nachdem ich mit Mollie gesprochen habe.«

Kaum war er gegangen, betrat Braile meinen Arbeitsraum. Ich war noch so in meine Gedanken versunken, dass es eine Weile dauerte, ehe mir seine unnatürliche Blässe und sein Ernst auffielen.

»Als ich heute aufwachte, dachte ich an Harriet«, begann er. »Ich überlegte lange, was die Zahlenkombination 20-1-7-5 bedeuten könnte, denn ganz sicher wollte sie uns damit auf etwas aufmerksam machen. Ich kam zur Überzeugung, dass es wirklich T-a-g-e heißen sollte, Harriet jedoch nicht dazu kam, das Wort zu Ende zu buchstabieren. Vielleicht wies sie damit auf ihr Tagebuch hin. Ich setzte mich sofort mit Schwester Robbins in Verbindung und begab mich zu ihrer Wohnung. Gemeinsam suchten wir nach einem Tagebuch in Harriets Zimmer – und fanden es auch. Hier ist es!«

Er reichte mir ein rot eingebundenes Büchlein. »Ich habe es bereits gelesen. Fangen Sie auf der Seite mit dem Lesezeichen an.« Ich begann zu lesen.

3. November. Hatte heute ein merkwürdiges Erlebnis. Besuchte vormittags das Aquarium mit den neuen Fischen im Battery Park und spazierte danach noch ein wenig durch die engen alten Straßen auf Suche nach einem kleinen Mitbringsel für Diana. Entdeckte einen kleinen Laden mit den entzückendsten Puppen und Puppenkleidern im Schaufenster, die ich je gesehen habe. Durch das Fenster sah ich in den Laden. Eine Verkäuferin stand darin, mit dem Rücken zu mir. Plötzlich wandte sie sich um und blickte mich an. Sie versetzte mir einen ganz schönen Schock. Ihr Gesicht war leichenblass, wirklich ganz ohne Farbe, und ihre Augen weit aufgerissen, als ob sie furchtbar erschrocken sei. Ihr dichtes aschblondes Haar hatte sie auf den Kopf gesteckt, und es wirkte viel zu schwer für sie. Sie starrte mich eine volle Minute an, und ich sie. Dann schüttelte sie wild den Kopf und deutete mir mit Gesten an, dass ich weitergehen solle. Ich war so verblüfft, dass ich in den Laden treten und sie fragen wollte, was um Himmels willen mit ihr los sei. Aber dann warf ich einen Blick auf meine Uhr und stellte fest, dass ich mich beeilen musste, um rechtzeitig meinen Dienst im Krankenhaus anzutreten. Ich schaute nochmal durchs Fenster und sah, wie sich am Ende des Ladenraums eine Tür langsam öffnete. Das Mädchen machte eine letzte, fast verzweifelte Handbewegung. Irgendetwas daran drängte mich fast dazu, die Beine in die Hand zu nehmen und davonzulaufen. Aber ich ließ mich nicht beeinflussen. Ich ging zwar weg, aber langsam. Ich hab den ganzen Tag im Krankenhaus darüber nachgedacht. Abgesehen davon, dass ich neugierig bin, ärgere ich mich auch ein wenig. Die Puppen und Puppenkleidchen sind wirklich ungewöhnlich hübsch. Was hat die Verkäuferin gegen mich als Kundin? Ich werde schon noch dahinter kommen!

5. November. Heute Nachmittag ging ich wieder zu dem Puppenladen. Das Rätsel vertieft sich. Das heißt, es ist gar kein Rätsel. Das arme Ding ist nicht ganz normal. Ich bin diesmal nicht am Fenster stehen geblieben, sondern gleich hineingegangen. Das blasse Mädchen stand hinter dem Ladentisch. Als sie mich sah, wirkten ihre Augen noch erschrockener, und ich sah, dass sie am ganzen Körper zitterte. Als ich ihr gegenüberstand, flüsterte sie kaum vernehmlich: »Oh, warum sind Sie zurückgekommen, ich habe Sie doch gewarnt!« Ich konnte mir nicht helfen, ich musste lachen. »Sie sind die merkwürdigste Verkäuferin, die mir je untergekommen ist«, sagte ich. »Wollen Sie denn nicht, dass ich etwas bei Ihnen kaufe?« Hastig und ganz leise erwiderte sie: »Jetzt ist es schon zu spät! Sie können nicht mehr gehen! Aber fassen Sie nichts an. Berühren Sie nichts, was sie Ihnen gibt! Nehmen Sie nichts in die Hand, das sie Ihnen zeigt!« Und dann plötzlich völlig normal, fragte sie laut: »Dachten Sie an etwas ganz Bestimmtes? Wir haben Puppen und Puppenkleider aller Art.« Ihr verändertes Benehmen verblüffte mich, bis ich sah, dass sich die Tür am Ende des Ladens öffnete – die gleiche wie am Tag zuvor – und eine Frau heraustrat.

Ich weiß nicht, wie lange ich sie angestarrt habe. Sie war wirklich ungewöhnlich. Sie dürfte mindestens einsachtzig groß sein, schwer gebaut, mit enormem Busen. Aber nicht dick. Kräftig, beeindruckend. Sie hat ein langes Gesicht mit einem sichtbaren Schnurrbart und eisengraue buschige Haare. Ihre Haut ist braun. Aber ihre Augen waren es, die mich regelrecht in Bann schlugen. Sie sind wie tiefe Teiche. Schwarz und voll Leben. Sie muss eine ungeheure Vitalität haben – oder ist es nur der Gegensatz zu dem bleichen Mädchen, das so leblos wirkt? Ich hatte das merkwürdigste Gefühl, als sie mich anblickte. Idiotischerweise dachte ich: ›Was hast du für große Augen, Großmutter!‹ ›Damit ich dich besser sehen kann!‹ ›Was hast du für einen großen Mund, Großmutter?‹ ›Damit ich dich besser fressen kann!‹ (Ich bin mir gar nicht so sicher, ob es wirklich so idiotisch war.) Verlegen sagte ich: »Wie geht es Ihnen?« Sie lächelte und legte ihre Hand auf meine, und es war mir, als durchzucke mich ein elektrischer Schlag. Ihre Hände sind die schönsten, die ich je gesehen habe. So schön, dass es mir direkt unheimlich war. Lange schmale Finger, und so weiß! Wie El Greco oder Botticelli ihren Frauenbildern gaben. Sie passten einfach nicht zu ihrem vierschrötigen Körper. Aber ihre Augen auch nicht. Das ist es Die Augen und Hände gehören zusammen.

Sie lächelte immer noch und sagte: »Sie lieben schöne Dinge!« Ihre Stimme gehörte zu den Händen und Augen. Es war eine tiefe, klingende Altstimme, die mich so richtig aufwühlte. Ich nickte. »Dann sollen Sie sie auch sehen, meine Liebe«, sagte sie. »Kommen Sie!« Sie beachtete das Mädchen überhaupt nicht, sondern drehte sich um. Ehe ich ihr durch die Tür folgte, blickte ich zu der Verkäuferin zurück. Sie schien mir noch verängstigter als zuvor, und ich sah genau, wie ihre Lippen lautlos die Worte »nichts berühren« formten.

Das Zimmer, in das sie mich führte, war – nein, ich kann es nicht beschreiben. Es war wie ihre Augen und Hände und Stimme. Als ich es betrat, hatte ich das Gefühl, mich nicht länger in New York zu befinden, noch in Amerika, noch überhaupt irgendwo auf der Erde. Es war mir, als sei das einzige Reale, das es überhaupt gab, dieser

Raum. Es war beängstigend. Das Zimmer schien viel größer, als es nach den Ausmaßen des Hauses sein konnte. Aber vielleicht war die Beleuchtung daran schuld? Es war ein warmes, dämmeriges Licht. Der Raum war exquisit getäfelt, sogar die Decke. An einer Wand gab es nur die herrliche dunkle Holzverkleidung mit Reliefschnitzereien. Im Kamin brannte ein offenes Feuer. Es war ungewöhnlich warm, aber nicht unangenehm. Ein schwacher Duft hing in dem Raum, vermutlich von dem brennenden Holz. Auch die Möbel waren alt und von ausgesuchter Schönheit, aber irgendwie fremdartig. Die paar Wandteppiche schienen ebenfalls uralt und kostbar. Merkwürdigerweise kann ich mich gar nicht mehr so genau erinnern, was sich alles in diesem Zimmer befand. Ich entsinne mich eines riesigen Tisches, den ich insgeheim als »Hoftafel« bezeichnete, und unlöschlich wird in meinem Gedächtnis wohl der runde Spiegel eingebrannt bleiben, aber daran möchte ich lieber gar nicht denken.

Obwohl ich normalerweise gar nicht mitteilsam bin, erzählte ich ihr alles über mich und Diana, und wie sehr sie schöne Dinge liebt. Sie hörte mir aufmerksam zu und sagte mit ihrer tiefen warmen Stimme: »Sie soll etwas sehr Schönes bekommen, meine Liebe.« Sie trat an einen Schrank und kam mit der wunderschönsten Puppe zurück, die ich je gesehen habe. Ich atmete tief, als ich daran dachte, wie sehr Diana sich darüber freuen würde. Es war eine Babypuppe, wie sie nicht lebendiger und kostbarer aussehen könnte. »Würde die ihr gefallen?«, fragte die Frau mich. »Ja, aber die könnte ich mir nie leisten. Ich habe nicht viel Geld.« Sie lachte. »Aber ich habe viel Geld«, sagte sie. »Sie soll Ihnen gehören, sobald ich ihr ein hübsches Kleidchen genäht habe.« Es war sehr taktlos von mir, aber ich platzte heraus: »Sie müssen aber sehr, sehr reich sein, wenn Ihnen all die kostbaren Sachen gehören. Ich frage mich, warum Sie einen Puppenladen betreiben.« Wieder lachte sie und sagte: »Um so nette Menschen wie Sie kennen zu lernen, meine Liebe.«

Da war es, dass ich das unheimliche Erlebnis mit dem Spiegel hatte. Er war rund, und ich bewunderte ihn immer und immer wieder, weil er wie eine – wie ich mir einbildete – mit klarstem Wasser gefüllte Halbkugel aussah. Der Holzrahmen war braun und kunstvoll geschnitzt, und hin und wieder schienen die Reflexionen der Schnitzereien im

Spiegel zu tanzen wie Pflanzen am Rand eines Waldteiches, wenn der Wind mit ihnen spielt. Die ganze Zeit schon wollte ich in diesen Spiegel schauen, und plötzlich konnte ich diesem Wunsch nicht mehr widerstehen. Ich schritt zu ihm hinüber und stellte mich davor. Der ganze Raum spiegelte sich darin. Es war jedoch, als erblicke ich nicht sein oder mein eigenes Spiegelbild, sondern einen ähnlichen Raum, aus dem ein mir ähnliches Mädchen mich anblickte. Und dann ging eine Bewegung durch das Bild, und es verschwamm langsam, nur mein ähnliches Ich blieb ganz klar. Schließlich war nur noch ich im Spiegel zu sehen und schien kleiner zu werden und immer kleiner, bis ich nur noch so groß wie eine größere Puppe war. Ich stellte mich näher an den Spiegel, und die Puppe tat es ebenfalls. Ich schüttelte den Kopf und lächelte, und sie tat es auch. Es musste demnach mein Spiegelbild sein.

Aber warum war es so klein?

Ich hatte plötzlich entsetzliche Angst und schloss die Augen. Als ich sie wieder öffnete und in den Spiegel schaute, war alles völlig normal.

Ich blickte auf meine Uhr und war ganz überrascht, wie spät es schon war. Ich wandte mich zum Gehen, und mein Herz klopfte wie verrückt. Als ich mich verabschiedete, sagte die Frau: »Besuchen Sie mich morgen wieder, meine Liebe, bis dahin habe ich das Kleidchen für die Puppe fertig.« Sie begleitete mich bis zur Ladentür. Das Mädchen sah mich gar nicht an, als wir durch das Geschäft gingen.

Sie nennt sich Madame Mandilip. Ich werde sie weder morgen noch überhaupt jemals wieder besuchen. Sie fasziniert mich, aber sie macht mir Angst. Es war ein erschreckendes Gefühl vor dem Spiegel. Und warum hab ich sie nicht darin gesehen? Er reflektierte doch den ganzen Raum. Nein, ich sah sie wirklich nicht darin. Und obwohl es hell im Zimmer war, erinnere ich mich nicht, Fenster oder Lampen irgendwo gesehen zu haben. Und dieses blasse Mädchen! Aber andererseits – Diana würde sich so über die Puppe freuen!

7. November. Seltsam, wie schwer mir der Entschluss fällt, nicht mehr zu Madame Mandilip zurückzukehren. Ich bin richtig ruhelos. Vergangene Nacht hatte ich einen beängstigenden Traum. Ich glaubte wieder in jenem Zimmer zu sein. Ich sah es ganz deutlich, und plötzlich wurde mir bewusst, dass ich in es hineinschaute, dass ich mich im Spiegel befand. Ich wusste, ich war klein. Wie eine Puppe. Ich hatte solche Angst! Ich hämmerte mit meinen Fäustchen darauf ein und warf mich dagegen wie eine Motte gegen eine Fensterscheibe. Dann sah ich, wie sich zwei wunderschöne Hände näherten. Sie öffneten den Spiegel und umklammerten mich. Ich wehrte mich verzweifelt und versuchte ihnen zu entkommen. Ich wachte auf, und mein Herz pochte wie wahnsinnig. Diana sagte, ich habe ganz laut »Nein! Nein!« geschrien. »Nein, ich tu's nicht! Nein, ich tu's nicht!«, und immer wieder, bis sie mir ihr Kissen auf den Kopf geworfen hat. Ich glaub, das hat mich aufgeweckt.

Heute bin ich um vier aus dem Krankenhaus und wollte gleich nach Hause. Ich weiß nicht, wo ich meine Gedanken gehabt habe, jedenfalls wurde mir plötzlich bewusst, dass ich gerade in die U-Bahn steigen wollte, die zum Battery Park führt. Völlig geistesabwesend hatte ich mich offenbar auf den Weg zu Madame Mandilip gemacht. Ich war so erschrocken, dass ich schnell kehrtmachte und die Treppen hoch rannte. Das ist doch wirklich nicht normal. Ich werde Dr. Braile konsultieren. Er soll mich untersuchen, ob ich vielleicht anfange, mir eine Neurose anzulachen. Es gibt wirklich keinen vernünftigen Grund, warum ich Madame Mandilip nicht mehr besuchen sollte. Sie ist eine faszinierende Persönlichkeit und hat gezeigt, dass ich ihr sympathisch bin. Es war so lieb von ihr, mir die entzückende Puppe anzubieten. Bestimmt hält sie mich nun für undankbar und glaubt, ich habe keine Manieren. Und Diana würde sich doch so freuen! Wenn ich daran denke, wie dumm ich mich wegen des Spiegels aufgeführt habe! Wahrscheinlich hatten die Hitze und der Duft im Raum mich ein wenig benommen gemacht. Und so sicher bin ich mir auch nicht mehr, dass ich Madame Mandilip nicht im Spiegel gesehen habe. Ich glaub, ich war dazu viel zu sehr mit mir selbst beschäftigt. Es ist doch lächerlich, einfach davonzulaufen und sich wie ein Kind vor einer Hexe zu verstecken. Und genau das ist es, was ich tue. Wenn die Verkäuferin nicht wäre – aber die ist bestimmt nicht ganz richtig im Kopf! Im Grunde genommen will ich doch wieder dorthin, und ich begreife wirklich nicht, warum ich mich so dumm benehme.

10. November. Ich bin so froh, dass ich meinen absurden Entschluss fallen gelassen habe. Madame Mandilip ist einfach wundervoll! Sicher, es gibt da ein paar merkwürdige Dinge, die ich nicht verstehe, aber das ist vermutlich, weil sie selbst so ganz anders ist als alle Menschen, die ich bisher kannte, und auch, weil sich alles zu verändern scheint, wenn ich ihr Zimmer betrete. Wenn ich sie verlasse, ist mir, als käme ich aus einem Märchenschloss in die prosaischste aller Welten. Gestern Nachmittag entschloss ich mich, gleich nach dem Dienst zu ihr zu fahren. Kaum hatte ich diesen Entschluss gefasst, fühlte ich mich wie von einem Druck befreit und viel freier und wohler als die ganze vorhergegangene Woche.

Als ich den Laden betrat, starrte mich das bleiche Mädchen – sie heißt übrigens Laschna – an, als wolle sie in Tränen ausbrechen. Mit merkwürdig erstickter Stimme sagte sie: »Denken Sie daran, ich habe versucht, Sie zu retten!«

Das kam mir so komisch vor, dass ich mich vor Lachen kaum fassen konnte. Dann öffnete Madame Mandilip die Tür. Ich blickte in ihre Augen und hörte ihre Stimme, und da wusste ich, warum ich mich so unbeschwert und glücklich fühlte – es war, als käme man nach unerträglichem Heimweh wieder nach Hause. Das wunderschöne Zimmer umfing mich wie der Mutterschoß. Wirklich. Ich kann es einfach nicht anders ausdrücken. Es ist, als sei dieser Raum so lebendig wie Madame Mandilip selbst, als gehörte er zu ihr wie ihre Augen, Hände und Stimme. Ich fühlte mich warm und geborgen. Sie fragte mich, warum ich so lange fortgeblieben war. Sie holte die Puppe aus dem Schrank. »Sie ist schöner denn je, aber ich muss noch daran arbeiten«, erklärte mir Madame Mandilip. Wir saßen und unterhielten uns, und da sagte sie: »Ich möchte gern eine Puppe aus Ihnen machen, meine Liebe.« Genauso sagte sie es. Einen Augenblick hatte ich entsetzliche Angst, weil mir mein Traum einfiel und ich mich wieder im Spiegel eingesperrt und dagegen hämmern sah. Und dann wurde mir bewusst, dass das ganz einfach ihre Art sich auszudrücken ist, und sie meinte, sie möchte eine Puppe machen, die wie ich aussieht. Darum lachte ich und sagte: »Natürlich dürfen Sie eine Puppe aus mir machen, Madame Mandilip.« Es würde mich interessieren, woher sie wohl stammt.

Sie lachte mit mir. Ihre Augen schienen noch größer und glänzender. Sie holte Wachs und begann meinen Kopf zu modellieren. Ihre wunderschönen Finger arbeiteten so schnell, als sei jeder von ihnen selbst ein kleiner Künstler. Ich sah ihr fasziniert zu; dabei wurde ich schrecklich schläfrig und vermochte kaum noch die Augen offen zu halten. Sie sagte: »Meine Liebe, würden Sie sich bitte ausziehen, damit ich Ihren ganzen Körper modellieren kann? Seien Sie nicht schockiert, ich bin schließlich nur eine alte Frau.« Es machte mir absolut nichts aus, und ich sagte: »Aber gern.«

Und dann stand ich auf einem Hocker und beobachtete, wie das Wachs zwischen den weißen Fingern Form annahm, und eine kleine Kopie meiner selbst daraus wurde. Ich wusste, sie war perfekt, obwohl ich so müde war, dass ich sie kaum noch sehen konnte. So schläfrig war ich, dass Madame Mandilip mir beim Anziehen helfen musste, und dann muss ich wohl tatsächlich fest eingeschlafen sein, denn als ich erwachte, war ich überrascht, als sie meine Hände tätschelte und sagte: »Es tut mir Leid, mein Kind, dass das Modellstehen Sie so angestrengt hat. Sie dürfen gern bleiben, wenn Sie möchten, aber falls Sie zu Hause erwartet werden, sollten Sie jetzt lieber gehen, es ist schon spät.« Ich blickte auf meine Uhr, aber ich war noch so schläfrig, dass ich die Zeiger gar nicht sehen konnte, doch ich wusste, dass es schon schrecklich spät sein musste. Da drückte Madame Mandilip ihre Hände auf meine Augen, und plötzlich war ich ganz wach. Sie sagte: »Kommen Sie morgen wieder und holen Sie sich die Puppe.«

»Ich werde Ihnen dafür bezahlen, so viel ich kann«, versprach ich ihr. Aber sie erwiderte: »Sie haben mich hinreichend dafür entschädigt, indem Sie mir erlaubten, eine Puppe aus Ihnen zu machen.« Dann lachten wir wieder beide, und ich beeilte mich heimzukommen.

11. November. Hurra, ich habe die Puppe, und Diana ist ganz verrückt vor Freude. Ich bin froh, dass ich meiner dummen Einbildung nicht nachgegeben habe. Diana besaß noch nie etwas, das sie so glücklich machte. Nachmittags habe ich wieder für meine eigene Puppe Modell gestanden. Madame Mandilip ist wirklich ein Genie. Ich wundere mich immer wieder, warum sie sich damit zufrieden gibt, Puppen zu verkaufen. Sie könnte eine der größten Künstlerinnen unserer Zeit sein. Die Puppe ist tatsächlich mein zweites Ich. Sie bat mich, mir ein paar Haare abschneiden zu dürfen, und natürlich gestattete ich es ihr. Sie verriet mir, dass diese Puppe nicht die endgültige ist, die sie aus mir machen wird. Die richtige würde viel größer werden. Dies sei nur ein Modell, sagte sie, nach dem sie arbeiten wird. Ich sagte ihr, dass ich die kleine Puppe für perfekt hielt, aber sie meinte, sie würde die andere aus beständigerem Material herstellen. Vielleicht schenkt sie mir die kleine, wenn sie sie nicht mehr braucht?

13. November. Heute erst kann ich mich wieder zum Schreiben aufraffen, seit dem entsetzlichen Tod des Mr. Peters. Ich hatte gerade meine Eintragungen hier im Tagebuch gemacht, als das Krankenhaus mich anrief und mich bat, für eine andere Schwester Nachtdienst zu machen. Natürlich erklärte ich mich einverstanden. Aber, o Gott, ich wollte, ich hätte es nicht getan. Nie werde ich je diesen grauenhaften Tod vergessen! Nie, solange ich lebe! Ich möchte nicht darüber schreiben oder auch nur daran denken. Als ich an jenem Morgen heimkam, konnte ich nicht schlafen. Ich warf mich in meinem Bett herum und versuchte dieses Gesicht zu vergessen. Ich bildete mir ein, Beruf und Privates trennen zu können, unberührt von dem zu bleiben, was im Krankenhaus geschieht. Aber bei diesem Fall war es etwas anderes. Dann dachte ich mir, wenn irgendjemand mir vergessen helfen könnte, wäre es bestimmt Madame Mandilip. Also ging ich gegen zwei Uhr zu ihr. Madame war mit Laschna im Laden und schien erstaunt, mich so früh zu sehen. Und ich bildete mir ein, dass sie sich nicht so über meinen Besuch freute wie sonst, aber vielleicht war das nur meiner inneren Unruhe zuzuschreiben. Kaum hatte ich jedoch Madames Zimmer betreten, fühlte ich mich gleich viel wohler. Sie hatte offensichtlich irgendetwas aus Draht geformt, aber ich konnte es nicht genauer sehen, weil sie mir einen tiefen Sessel anbot und sagte: »Sie sehen so müde aus, mein Kind. Warten Sie hier, bis ich fertig bin, und sehen Sie sich einstweilen das alte Buch hier an.« Sie drückte mir ein merkwürdiges Buch in die Hand. Es war lang und schmal und musste bestimmt schon sehr alt sein, denn die Blätter schienen aus Pergament zu sein, und die Bilder und Farben erinnerten an alte Klostermalereien. Es waren lauter Motive aus Wäldern und Gärten, und die Blumen und Bäume waren das Eigentümlichste, das ich je gesehen habe. Es waren keine Menschen oder Tiere zu erblicken, aber man hatte ständig das Gefühl, wenn man nur ein bisschen bessere Augen hätte, könnte man Wesen hinter den Pflanzen sehen. Ich will damit sagen, es war so, als ob sie sich hinter den Bäumen und Blumen versteckten und einen von dort aus beobachteten. Ich weiß nicht, wie lange ich diese Bilder betrachtet habe, und immer wieder versuchte ich, die verborgenen Wesen auszumachen, aber schließlich rief mich Madame Mandilip. Mit dem Buch in der Hand schritt ich zum Tisch hinüber. Sie sagte: »Das ist für die Puppe, die ich aus Ihnen mache. Nehmen Sie es hoch und schauen Sie es sich an.« Sie deutete auf etwas auf dem Tisch, das aus Draht geformt war. Ich griff danach, als ich plötzlich bemerkte, dass es wie ein Skelett aussah – das Skelett eines Kindes. Und mit einem Mal sah ich Mr. Peters vor mir. In panischem Schreck schrie ich auf und ließ das Buch fallen. Es fiel direkt auf das Drahtskelett. Ich hörte einen durchdringenden Ton wie das Zerreißen einer Violinsaite, und das Skelett schien hochzuspringen. Ich fasste mich sofort und sah, dass das Drahtende sich gelöst hatte, in den Bucheinband gedrungen war und noch darin steckte. Einen Augenblick war Madame schrecklich verärgert. Sie packte meinen Arm und presste ihn so fest, dass es wehtat. Ihre Augen funkelten vor Wut, und sie sagte mit ganz eigentümlicher Stimme: »Warum haben Sie das getan? Antworten Sie mir! Warum?«

Sie schüttelte mich. Ich kann es ihr jetzt nicht einmal mehr übel nehmen, obwohl ich in dem Moment wirklich grauenhafte Angst vor ihr hatte. Bestimmt dachte sie, ich hätte es absichtlich getan. Dann bemerkte sie, wie ich am ganzen Körper zitterte, und ihre Augen und ihre Stimme wurden wieder sanft und sie sagte: »Irgendetwas macht Ihnen zu schaffen, mein Kind. Vertrauen Sie sich mir an, vielleicht kann ich Ihnen helfen.« Sie hieß mich auf einen Diwan legen, setzte sich neben mich und strich mir über Stirn und Haar. Obwohl ich sonst nie mit einem Außenstehenden über unsere Fälle spreche, erzählte ich ihr wie unter einem inneren Zwang die ganze Geschichte mit Peters. Sie fragte mich, wer der Mann gewesen war, der Peters eingeliefert hatte. Ich sagte, Dr. Lowell nennt ihn Ricori, und vermutlich ist er der berüchtigte Unterweltboss. Ihre Hände waren so beruhigend, und ich fühlte mich geborgen und angenehm schläfrig, und ich erzählte, welch großartiger Arzt Dr. Lowell ist, und dass ich Dr. Braile liebe, aber er nichts davon weiß. Es tut mir Leid, dass ich ihr über den Fall berichtet habe. Nie zuvor habe ich so etwas getan. Aber ich war so durcheinander, und nachdem ich schon angefangen hatte, konnte ich einfach nicht mehr aufhören. Ich muss wirklich völlig verwirrt gewesen sein, denn als ich einmal meinen Kopf hob, um sie anzusehen, bildete ich mir doch tatsächlich ein, in ihrem Gesicht hämische Freude zu lesen. Das beweist, wie wenig ich bei Sinnen war. Dann schlief ich plötzlich ein, und als ich aufwachte, fühlte ich mich richtig erfrischt und viel besser. Das Drahtskelett und das Buch lagen immer noch auf dem Tisch. Ich versicherte ihr, wie sehr ich mein Missgeschick bedauere, und sie sagte: »Besser das Buch als Ihre Hand, meine Liebe. Das Drahtende hätte sich auch lösen können, während Sie das Ganze hielten, dann hätten Sie jetzt vielleicht eine hässliche Wunde an ihrer Hand.« Sie möchte, dass ich morgen in meiner Schwesterntracht komme, damit sie sie für die Puppe kopieren kann.

14. November. Ich wollte, ich wäre nie zu Madame Mandilip gegangen. Dann wäre mein Fuß nicht verbrüht worden. Aber das ist gar nicht der wahre Grund, warum ich es so bereue. Ich kann es beim besten Willen nicht in Worte fassen. Aber ich wollte, ich wäre nicht hingegangen. Ich behielt meine Schwesterntracht an, als ich sie heute Nachmittag besuchte, und sie hatte sie schnell kopiert. Sie war ungewöhnlich vergnügt und sang mir ein paar merkwürdige Liedchen vor. Das heißt, die Melodien, der Rhythmus waren so richtig aufrührend, die Worte verstand ich nicht. Ich fragte sie, welche Sprache das sei. Sie lachte und sagte: »Die Sprache der Geschöpfe, die Sie aus dem Buch hinter den Pflanzen hervor beobachtet haben.« Wie seltsam. Woher wusste sie, dass ich mir eingebildet hatte, es verstecke sich etwas hinter den Bäumen und Blumen? Ich wollte, ich wäre nie in den Laden gegangen! Sie brühte Tee für uns auf und füllte unsere Tassen. Gerade, als sie mir meine reichte, stieß sie mit dem Ellbogen an die Kanne. Sie fiel um, und die kochend heiße Flüssigkeit ergoss sich über meinen rechten Fuß. Es tat scheußlich weh. Sie zog mir den Schuh aus und den Strumpf herunter und strich vorsichtig Salbe auf die Wunde. Sie sagte, das werde den Schmerz stillen und auch sofort den Heilungsprozess einleiten. Der Schmerz verging tatsächlich, und als ich nach Hause kam, glaubte ich meinen Augen nicht zu trauen. Job nahm es mir nicht einmal ab, dass es eine so tiefe und große Brandwunde gewesen war. Madame Mandilip war es schrecklich unangenehm. Das heißt, sie tat zumindest so. Es würde mich interessieren, warum sie mich nicht wie sonst zur Ladentür begleitet hat. Jedenfalls tat sie es nicht. Sie blieb in ihrem Zimmer. Laschna blickte auf meinen Verband, und ich erzählte ihr, was passiert war. Sie sagte nicht einmal, dass es ihr Leid täte. Etwas verärgert verabschiedete ich mich. Da füllten sich ihre Augen mit Tränen. Sie blickte mich auf ganz eigentümliche Weise an und schüttelte den Kopf. »Au revoir!«, sagte sie. Ich sah mich nochmals nach ihr um, ehe ich die Tür schloss. Die Tränen strömten ihr nur so über die Wangen. Ich frage mich warum? (Ich wollte, ich wäre nie zu Madame Mandilip gegangen!!!)

15. November. Mein Fuß ist verheilt. Ich habe nicht das leiseste Bedürfnis, Madame Mandilip jemals wiederzusehen. Ich werde nie mehr dort hingehen. Ich wünschte, ich könnte die Puppe zerschmettern, die sie mir für Diana gegeben hat. Aber das würde dem Kind das Herz brechen.

20. November. Immer noch kein Bedürfnis, sie wiederzusehen. Ich hab sogar das Gefühl, dass ich anfange, sie zu vergessen. Ich denke nur noch an sie, wenn ich Dianas Puppe sehe. Ich bin so froh! So froh, dass ich singen und tanzen möchte. Ich werde sie nie wiedersehen!

Aber lieber Gott, wie sehr ich mir wünschte, ich hätte sie nie kennen gelernt! Dabei weiß ich immer noch nicht warum!

Das war die letzte Eintragung, die Madame Mandilip betraf. Harriet Walters starb am 25. November.

9

Braile hatte mich aufmerksam beobachtet. Ich begegnete seinem fragenden Blick und versuchte den Aufruhr zu verbergen, den die Lektüre des Tagebuchs in mir erweckt hatte.

»Ich hätte nie gedacht, dass die Walters so viel Fantasie hatte«, murmelte ich.

Er lief rot an und fragte verärgert: »Wollen Sie vielleicht sagen, dass sie sich das alles aus den Fingern gesogen hat?«

»Sagen wir, sie hat eine Kette ganz normaler Vorfälle durch eine von der Fantasie verfärbte Brille betrachtet.«

Er starrte mich ungläubig an. »Ist Ihnen denn nicht aufgefallen, dass das, was sie geschrieben hat, eine authentische, wenn auch unbewusste Beschreibung einer hypnotischen Beeinflussung ist?«

»Ich habe diese Möglichkeit in Betracht gezogen«, entgegnete ich schroff. »Aber ich fand keine Beweise für diese Hypothese. Ich musste jedoch feststellen, dass die Walters gar nicht so ausgeglichen war, wie ich angenommen hatte. Ganz im Gegenteil, es deutet allerlei darauf hin, dass sie gefühlsmäßig überraschend labil war. Zumindest bei einem ihrer Besuche bei Madame Mandilip waren ihre Nerven völlig überreizt. Ich spreche von ihrer Indiskretion, was den Fall Peters betrifft. Sie werden sich vielleicht erinnern, dass ich sie ausdrücklich gebeten hatte, nichts darüber verlauten zu lassen.«

»So gut erinnere ich mich daran«, erwiderte er, »dass ich, als ich zu dieser Stelle im Tagebuch kam, keinen Zweifel an einer hypnotischen Beeinflussung hatte. Aber bitte, sprechen Sie weiter.«

»Zieht man zwei mögliche Gründe für eine Handlungsweise in Betracht, ist es vernünftiger, den einleuchtenderen anzunehmen«, sagte ich trocken. »Bedenken Sie doch einmal die Tatsachen, Braile. Walters betont das eigentümliche Benehmen und die Warnungen des Mädchens. Sie hält die Nichte für neurotisch. Nun, das Verhalten, das sie beschreibt, entspricht genau dem, das wir von einer Neurotikerin erwarten. Walters gefallen die Puppen. Sie betritt den Laden, um sich nach dem Preis zu erkundigen, wie es jeder andere auch täte. Sie handelt unter keinerlei Zwang. Sie lernt eine Frau kennen, deren Aussehen ihre Fantasie beflügelt – und irgendwelche Gefühle in ihr wachruft. Sie vertraut sich dieser Frau an, und die Frau, offenbar genauso emotionell, frisst vielleicht einen Narren an ihr und schenkt ihr eine Puppe. Die Frau ist Künstlerin und sieht in der Walters ein ansprechendes Modell. Sie bittet sie, für eine Puppe Modell zu stehen – immer noch kein Zwang und eine völlig natürliche Bitte –, und die Walters sagt zu. Die Frau hat ihre eigene Technik, wie jeder Künstler, und dazu gehört eben eine Art Skelett, über das sie die Puppen modelliert. Ein völlig natürliches Vorgehen. Der Anblick des skelettähnlichen Drahtgerüsts lässt sie an den Tod denken, und dabei beschwört sie unwillkürlich den Anblick des sterbenden Peters herauf, dessen Fall sie so aufgewühlt hat. Sie reagiert einen Augenblick hysterisch – wieder ein Beweis ihrer überreizten Nerven. Sie trinkt Tee bei der Puppenmacherin und wird dabei unabsichtlich verbrüht. Verständlich, dass die mitfühlende Gastgeberin die Wunde mit einer Salbe behandelt, an deren Wirksamkeit sie glaubt. Und das ist alles. Wo, in dieser Aneinanderreihung von völlig normalen Begebenheiten, findet sich ein Ansatzpunkt, dass die Walters hypnotisiert wurde? Aber selbst angenommen, sie sei hypnotisiert worden, was wäre der Grund dafür?«

»Den gab die Alte selbst«, sagte er eindringlich, »›Ich möchte eine Puppe aus Ihnen machen, meine Liebe.‹«

Meine eigenen Argumente hatten mich fast selbst überzeugt, darum reizte mich diese Bemerkung ganz besonders.

»Sie verlangen also von mir zu glauben, die Walters sei, nachdem sie einmal in den Laden gelockt worden war, von der Alten mit magischen Kräften dazu gebracht worden, immer wiederzukehren, bis Madame Mandilips unglaubliches Vorhaben geglückt war. Ich soll außerdem glauben, dass das mitleidige Mädchen sie vor einem Schicksal bewahren wollte, das man so melodramatisch ›schlimmer als der Tod‹ bezeichnet. Obwohl das natürlich nicht genau das Schicksal ist, das damit gemeint ist. Dass die Puppe für die Nichte der Walters lediglich der Köder an der Angel der Hexe war. Dass es erforderlich war, ihr eine Verletzung zuzufügen, damit die Hexe ihre Salbe darauf auftragen konnte, dass es diese Salbe war, die den unbekannten Tod herbeiführte. Dass die erste Falle nicht zuschnappte, und darum der Unfall mit der Teekanne inszeniert werden musste. Und dass nun Harriet Walters' Seele im Spiegel der Hexe gefangensitzt, so wie sie es geträumt hatte. All das, mein lieber Braile, ist lächerlicher Aberglaube!«

»Ah!«, sagte er trocken. »Sie haben diese Möglichkeiten also zumindest in Betracht gezogen. Ihr Gehirn ist demnach doch nicht ganz so verkalkt, wie ich noch vor ein paar Minuten annehmen musste.«

Er hatte es darauf angelegt, mich zu reizen. »Ihre Theorie ist also, dass alle Begebenheiten, die Schwester Walters aufführte, vom Betreten des Ladens an, daraufhin abzielten, Madame Mandilip in den Besitz ihrer Seele zu bringen; so wie sie sich vorher Peters' Seele verschafft hatte.«

Braile zögerte. »Im Wesentlichen – ja«, gestand er.

»Eine Seele«, brummte ich sarkastisch. »Ich habe aber noch nie eine Seele gesehen. Ich kenne auch niemanden, der glaubwürdig versichern könnte, eine Seele gesehen zu haben. Was ist eine Seele – wenn es sie gibt? Ist sie wägbar? Ist sie materiell erfassbar? Wenn Ihre Theorie stimmt, müsste sie sowohl das eine als auch das andere sein. Denn wie könnte man etwas in seinen Besitz bringen, das weder messbar noch erfassbar ist? Wie kann jemand überhaupt wissen, dass er eine Seele hat, wenn sie weder gesehen, noch gewogen, noch gemessen, noch gehört werden kann? Und wenn das alles nicht möglich ist, wie kann sie dann genötigt, gelenkt, gefangen gehalten werden? So nämlich, wie Sie andeuten wollen, dass die Puppenmacherin es mit Schwester Walters' Seele gemacht haben soll. Und wenn sie stofflich ist, in welchem Teil des Körpers wäre sie dann zu finden? Im Gehirn vielleicht?

Sie kennen den Gehirnaufbau, Braile, und Sie wissen auch, wie viele Gehirnoperationen ich bereits vorgenommen habe, aber eine Seele habe ich nie gefunden. Auch Chirurgen, die jeden Millimeter des menschlichen Körpers kennen, haben noch keine Seele entdeckt. Zeigen Sie mir eine Seele, Braile – dann glaube ich an Madame Mandilip.«

Er musterte mich einen Augenblick schweigend, ehe er nickte.

»Nun verstehe ich. Es hat auch Sie ziemlich mitgenommen, nicht wahr? Nun hämmern Sie auf Ihre Art gegen den Spiegel, habe ich Recht? Ich hab ebenfalls einen ganz schönen Kampf mit mir selbst ausfechten müssen, ehe ich einsah, dass es etwas außerhalb unserer Schulweisheit gibt, das nicht weniger real ist als das, was wir als wirklich ansehen. Dieser Fall, Lowell, liegt außerhalb der wissenschaftlichen Bereiche, die wir kennen. Ehe wir das nicht zugeben, kommen wir nicht weiter. Es gibt immer noch zweierlei, dem ich nachgehen möchte. Peters und die Darnley starben eines gleichartigen Todes; Ricori fand heraus, dass beide etwas mit Madame Mandilip zu tun hatten – zumindest nehmen wir das an. Er geht zu ihr und entgeht nur knapp dem Tod. Harriet besucht sie und stirbt wie Peters und die Darnley. Deutet das nicht alles darauf hin, dass diese Madame Mandilip aller Wahrscheinlichkeit nach für das verantwortlich ist, was den vieren zustieß?«

»Natürlich«, erwiderte ich.

»Dann müsste man zwangsläufig daraus folgern, dass ein wirklicher Grund für die Ängste und Vorahnungen Harriets gegeben war und es sich bei ihr nicht um Gefühlsduselei, Labilität und blühende Fantasie gehandelt haben muss. Habe ich Recht?«

Zu spät erkannte ich, in welches Dilemma mich meine Beipflichtung gebracht hatte, aber ich konnte nicht anders, als ihm auch jetzt zuzustimmen.

»Das Zweite ist: Harriet hatte nach dem Missgeschick mit der Teekanne keinerlei Verlangen mehr danach, die Puppenmacherin zu besuchen. Empfanden Sie das nicht als merkwürdig?«

»Nein. Denn wenn sie emotionell labil ist, würde der Schock automatisch im Unterbewusstsein eine Sperre aufbauen. Falls es sich nicht gerade um Masochisten handelt, kehren solche Menschen nicht an den Ort eines unangenehmen Erlebnisses zurück.«

»Fiel Ihnen dann ihre Bemerkung auf, dass die Alte sie nach der Verbrühung nicht zur Ladentür brachte, wie immer bisher?«

»Nein, eigentlich nicht. Wieso?«

»Wenn die Auftragung der Salbe die letzte Phase des Planes einleitet, die unausbleiblich mit dem Tod endet, wäre es Madame Mandilip sicher sehr unangenehm gewesen, weitere Besuche ihres Opfers zu erhalten, während die Wirkung des Gifts fortschritt. Wie leicht könnte das Opfer bei ihr sterben, was eine recht unangenehme Untersuchung nach sich ziehen mochte. Das Klügste war demnach, das ahnungslose Opfer jegliches Interesse an ihr verlieren zu lassen, sich von ihr vielleicht gar abgestoßen zu fühlen, oder noch besser sie völlig vergessen zu machen. Das lässt sich durch posthypnotische Suggestion leicht bewerkstelligen – und Madame Mandilip hatte jede Möglichkeit dazu. Würde das Harriets Abneigung nicht genauso logisch erklären wie zu üppige Fantasie oder emotionelle Labilität?«

»Ja«, gab ich zu.

»So wäre also auch geklärt, warum die Alte Harriet an jenem Tag nicht mehr zur Ladentür begleitete. Ihr Plan ist geglückt. Es ist alles vorbei. Der posthypnotische Befehl ist gegeben. Harriet muss den letzten Weg allein gehen – ein symbolischer Akt.«

Sinnend sagte er schließlich: »Kein Grund mehr, Harriet wiederzusehen – bis nach ihrem Tod!«

Überrascht starrte ich ihn an. »Was meinen Sie damit?«

»Ach, nichts.« Er bückte sich über den versengten Holzboden und hob die beiden rußgeschwärzten stumpfen Kristalle auf. Dann schritt er zum Tisch und griff nach dem Drahtskelett, dem Einzigen, was von der Peters-Puppe übrig geblieben war. Es schien auf der Platte festzukleben. Er zog daran, da erklang ein pfeifender Laut, wie das Schwirren eines Pfeils. Braile ließ das Gerippe erschrocken fallen. Es landete auf dem Boden. Es wand sich und verlor an Form, bis der Draht nur noch gekrümmt wie eine Schlange war und wie eine solche über den Boden kroch, bis er endlich vibrierend liegen blieb.

Unsere Blicke fielen auf den Tisch. Die Substanz, die vorher noch einem zerflossenem flachen Rumpf geglichen hatte, war verschwunden. An ihrer Stelle befand sich nur eine Schicht feinen grauen Staubes, der von einem unmerkbaren Luftzug aufgewirbelt wurde, bis kein Stäubchen mehr zu sehen war.

10

Braile lachte bitter. »Sie versteht es, Belastungsmaterial verschwinden zu lassen!«

Ich schwieg. Das Gleiche hatte ich von McCann gedacht, als der Puppenkopf sich aufgelöst hatte. Hier jedoch konnte er seine Hand nicht im Spiel haben. Um weiteren Diskussionen aus dem Weg zu gehen, machte ich mich in Brailes Begleitung auf zum Anbau, um Ricori zu besuchen.

Zwei neue Wächter saßen vor der Tür, die sich uns gegenüber genauso höflich und korrekt verhielten wie bisher alle von Ricoris Leuten. Ricori war aus seinem Betäubungsschlaf in einen natürlichen Genesungsschlaf hinübergeglitten.

Sein Zimmer war eines der ruhigsten, das ich hatte, mit einem Fenster auf den etwas ungepflegten Garten, von dem sich wilder Wein heraufrankte. Ich schärfte sowohl der Schwester ein, die neben Ricoris Bett Wache hielt, als auch den Posten vor der Tür, dass Ricori, um schnell gesund zu werden, unbedingt äußerste Ruhe benötigte.

Es war nun sechs vorbei, und ich bat Braile zum Abendessen zu bleiben. Wir hatten kaum gespeist, als McCann anrief und ich ihm auf seine Frage hin mitteilte, dass es seinem Boss besser ging und er möglicherweise jeden Augenblick aufwachen würde.

»Das ist ja wundervoll«, sagte er. Ich war immer noch ein wenig misstrauisch, vermochte jedoch wirklich nur ehrliche Freude aus seinen Worten herauszuhören. »Passen Sie auf, Doktor«, fuhr er fort. »Ich hab was erfahren. Ich lud Mollie zu einer kurzen Fahrt ein, während Gilmore, das ist ihr Mann, auf die Kleine aufpasste.«

»Weiß sie, dass ihr Bruder tot ist?«, unterbrach ich ihn.

»Nein, und ich sagte es ihr auch nicht. Horty – was meinen Sie? Ach so, Jim Wilsons Süße, die Darnley, brachte Mollies Kleiner im vorigen Monat eine Puppe, außerdem hatte sie die Hand verbunden; erzählte, sie hat sich im Puppenladen verletzt, und die Frau dort hat ihr eine Salbe und Verband auf die Wunde getan. Die Puppe hat Horty umsonst bekommen, weil sie der Alten Modell gesessen ist. Die Alte hat ihr gesagt, sie ist so hübsch, dass sie eine Puppe oder Statue oder so was von ihr machen möchte. Horty fühlte sich natürlich furchtbar geschmeichelt.

Eine Woche später sieht Tom – das ist Peters – die Puppe, als Horty gerade auf Besuch bei Mollie ist. Er hat Angst, dass Horty ihn bei der Kleinen ausstechen könnte und will auch so eine hübsche Puppe für sie kaufen. Weil das Puppenmädchen einen Puppenfreund braucht, sagt er. Horty erzählt ihm, dass sie ihre von einer Madame Mandilip hat. Eine Woche später kommt Tom mit einem Puppenjungen. Mollie fragt ihn, ob er auch so viel dafür bezahlt hat wie Horty, denn er weiß ja nicht, wie Horty zu ihrer kam. Er schaut ein wenig dämlich aus der Wäsche, aber ehe er etwas sagen, oder sie ihn wegen Modellstehen und so aufziehen kann, kommt was dazwischen.

Als er das nächste Mal wieder auftaucht, hat er seine Hand verbunden und sie fragt ihn aus Jux, ob er sich auch im Puppenladen verletzt hat. Er schaut sie dumm an und fragt, woher sie das weiß. Was haben Sie gesagt? Ob die Alte die Wunde verarztet hat? Weiß ich nicht, vermutlich. Mollie sagte es nicht, und ich hab nicht gefragt. Hören Sie, Doktor, ich hab Ihnen doch gesagt, dass Mollie nicht auf den Kopf gefallen ist. Ich hab fast den ganzen Nachmittag gebraucht, um all das aus ihr herauszubekommen, ohne dass sie misstrauisch wurde. Ich hab zwischendurch immer wieder über alles andere geredet. Mehr fragen konnte ich wirklich nicht, sonst hätte sie was gemerkt. Ja, ich finde es auch merkwürdig.

Ricori hat, glaub ich, gestern eine ähnliche Taktik angewendet. Jedenfalls hat er sie gefragt, wo sie die hübschen Puppen her hat, und was sie gekostet haben und so weiter.«

Er schwieg und ich dachte schon, er habe eingehängt, da fuhr er fort: »Ich wäre wirklich gern bei Ihnen, wenn der Boss aufwacht, aber ich fürchte, ich muss schauen, wie meine Leute mit den Mandilip-Weibern zurechtkommen. Wenn's nicht zu spät wird, ruf ich noch mal an.«

Ich versuchte meine Gedanken zu ordnen, ehe ich Braile erzählte, was ich von McCann erfahren hatte. Als ich endete, sagte er tonlos: »Hortense Darnley geht zur Mandilip, erhält eine Puppe, wird ersucht, Modell zu stehen, zieht sich dort eine Verletzung zu, die dort behandelt wird – und stirbt. Peters geht zur Mandilip, erhält eine Puppe, zieht sich dort eine Verletzung zu, die vermutlich dort behandelt wird – und stirbt auf die gleiche Art wie Hortense. Sie sahen eine Puppe, für die er offensichtlich Modell gestanden hat. Harriet widerfährt genau dasselbe. Und stirbt wie Hortense und Peters. Was jetzt?«

Ich fühlte mich plötzlich alt und müde. Es ist kein erhebendes Gefühl, wenn eine Welt, die man bisher für wohl geordnet gehalten hat, vor einem zusammenbricht.

»Ich weiß es nicht«, sagte ich schwer.

Er erhob sich und klopfte mir aufmunternd auf die Schulter. »Schlafen Sie ein bisschen. Die Schwester wird Sie rufen, wenn Ricori aufwacht. Wir werden der Sache schon noch auf den Grund kommen.«

Als Braile gegangen war, setzte ich mich ans offene Fenster, das wie Ricoris in den verwilderten Garten hinausführte, und dachte lange über alles nach. Aber dann legte ich mich schließlich doch auf die Couch in meinem Arbeitszimmer und schlief erstaunlicherweise sofort ein.

Ich schreckte aus dem Schlaf hoch, als habe mir jemand etwas ins Ohr geflüstert. Um mich war tiefstes Schweigen. Plötzlich wurde mir bewusst, dass es eine eigentümliche Stille war, ungewohnt und drückend. Eine dicke, schwere Stille, die das Arbeitszimmer füllte und keinen Laut von draußen hereindringen ließ. Ich sprang auf die Füße und schaltete das Licht ein. Das Schweigen zog sich zurück, schien wie etwas Greifbares aus dem Zimmer zu weichen. Aber ganz langsam. Nun vermochte ich wieder das Ticken meiner Standuhr zu hören – ganz abrupt erklang es, als habe man sie eben erst hereingestellt. Ich schüttelte verwirrt den Kopf und lehnte mich zum Fenster hinaus, um ganz wach zu werden. Ich blickte hinüber zu Ricoris Fenster. In dem Moment hörte ich den wilden Wein rascheln, als ob ein kleines Tier darin herumklettere.

In Ricoris Zimmer strahlte das Licht auf, und hinter mir hörte ich die Alarmglocke des Anbaus gellen. Ich rannte hinüber und stellte als Erstes fest, dass die Schutzwachen vor Ricoris Tür verschwunden waren und die Tür selbst sperrangelweit offen stand. Wie gelähmt blieb ich auf der Schwelle stehen.

Einer der Wächter kauerte mit der Pistole in der Hand beim Fenster. Der andere kniete neben einer Gestalt am Boden, die Waffe auf mich gerichtet. Die Schwester saß am Tisch neben dem Bett, den Kopf auf die Schulter gesenkt – sie schlief entweder oder war bewusstlos. Das Bett stand leer. Die Gestalt auf dem Boden war Ricori!

Der Wächter ließ die Pistole sinken und ich beugte mich über Ricori. Er lag mit dem Gesicht nach unten, nur ein paar Schritt vom Bett entfernt. Ich drehte ihn um. Sein Gesicht war totenblass, aber sein Herz schlug.

»Helfen Sie mir, ihn auf das Bett zurückzulegen«, bat ich

den Wächter, »und schließen Sie dann die Tür.« Er tat es schweigend.

Der andere am Fenster fragte aus den Mundwinkeln, ohne seinen Blick vom Fenster zu wenden: »Ist der Boss tot?«

»Nicht ganz«, erwiderte ich und begann zu fluchen wie kaum je. »Was zum Teufel seid ihr nur für Wächter?«

Der Mann, der die Tür geschlossen hatte, lachte freudlos. »Sie werden nicht der Einzige bleiben, der uns das fragt.«

Ich warf einen Blick auf die Schwester. Sie saß immer noch in der gleichen Haltung. Ich untersuchte Ricori, vermochte jedoch nichts zu entdecken, und gab ihm eine Adrenalininjektion. Dann schüttelte ich die Schwester. Sie wachte nicht auf. Ich hob ihre Augenlider. Die Pupillen waren verengt. Ich leuchtete sie mit der Lampe an, doch keine Reaktion. Ihr Puls und ihre Atmung waren schwach, jedoch nicht Besorgnis erregend. Ich wandte mich an die Wachen.

»Wie konnte das passieren?«

Sie schienen sich nicht sehr wohl in ihrer Haut zu fühlen.

Der neben mir begann: »Wir sitzen da draußen. Mit einem Mal wird's ganz still. Ich sag zu Jack: ›Als ob einer einen Schalldämpfer über das ganze Haus gestülpt hätte.‹ Er sagt: ›Jaaa.‹ Wir sitzen und horchen. Plötzlich hören wir im Zimmer etwas plumpsen, als ob jemand aus dem Bett gefallen ist. Wir sind durch die Tür gestürmt. Der Boss hat auf dem Boden gelegen, wie Sie ihn gesehen haben. Und die Schwester sitzt da und schläft. Wir haben die Alarmglocke gedrückt. Dann haben wir gewartet, bis jemand kommt. Das ist alles, stimmt's, Jack?«

»Jaaa«, antwortete der am Fenster tonlos. »Jaaa, ich glaub, das ist alles.«

Ich blickte ihn argwöhnisch an. »Sie glauben, das ist alles. Was soll das heißen?«

Sie warfen sich einen undefinierbaren Blick zu. »Na, rück schon raus damit, Bill«, forderte der andere ihn auf.

»Teufel, das wird er uns doch nicht glauben, und sonst auch niemand.« Er schüttelte den Kopf. »Na schön. Wir stürzen also zur Tür herein und sehen irgendwas wie zwei Katzen dort am Fenster miteinander kämpfen. Der Boss liegt am Boden. Wir hatten unsere Schießeisen in der Hand, wollten aber nicht losballern, wegen dem, was Sie gesagt hatten. Dann hören wir ein komisches Gedudel draußen, als ob einer auf der Flöte bläst. Die beiden Dinger lassen voneinander ab, springen auf das Fensterbrett und hinaus. Wir sind zum Fenster gesaust, aber da war nichts mehr.«

»Und was waren das für zwei Dinger?«

»Sag's du ihm, Jack.«

»Puppen!«

Mir lief es kalt über den Rücken. Es war die Antwort, die ich erwartet – und gefürchtet hatte. Ich erinnerte mich an das Rascheln des wilden Weins. Bill blickte mich an und riss überrascht den Mund auf.

»Himmel, Jack, er glaubt es!«

»Eine konnten wir nicht so gut sehen, aber die andere sah aus wie eine Ihrer Krankenschwestern, auf ungefähr fünfzig Zentimeter geschrumpft!«

Walters! Meine Knie wurden weich, und ich ließ mich auf das Fußende von Ricoris Bett fallen. Etwas Weißes lag direkt vor meinen Füßen. Ich starrte es ungläubig an, ehe ich mich danach bückte.

Es war eine Schwesternhaube – gerade groß genug für eine Puppe. Und noch etwas lag am Boden, direkt daneben. Eine aus aschblondem Haar geflochtene Schnur mit neun ungleichmäßig geknüpften Knoten.

Bill betrachtete mich besorgt. »Soll ich einen Ihrer Leute holen, Doktor?«

»Nein, danke. Aber versuchen Sie, McCann zu erreichen. Und, bitte«, ich wandte mich an Jack, »verriegeln Sie das Fenster und ziehen Sie die Vorhänge vor, und dann sperren Sie die Tür ab.« Ich steckte das Häubchen und die Schnur in meine Tasche und schüttelte noch einmal die Schwester. Diesmal erwachte sie sofort.

Sie blickte mich verwirrt an, bemerkte das Licht und die

beiden Schutzwachen, und ihre Verwirrung verwandelte sich in Bestürzung. Sie sprang auf die Füße. »Ich habe Sie gar nicht hereinkommen gesehen. Bin ich eingeschlafen? Was ist passiert?«

»Ich hoffe, das können Sie uns verraten«, sagte ich sanft.

Sie blickte mich verständnislos an. »Ich weiß es selbst nicht«, begann sie verstört. »Es wurde plötzlich furchtbar still. Ich dachte, ich sähe was am Fenster. Dann roch es plötzlich ganz merkwürdig – und dann blickte ich hoch und – sah Sie!«

»Wissen Sie gar nicht, was es war, das Sie am Fenster gesehen haben? Versuchen Sie sich zu erinnern.«

»Es war irgendetwas Weißes. Ich hatte das Gefühl, dass mich jemand beobachtete, und dann drang ein intensiver Duft herein, wie von Blumen – mehr weiß ich nicht.« Sie blickte mich ängstlich an. »Sie – Sie halten mich doch nicht für pflichtvergessen?«

»Nein, nein«, beruhigte ich sie. »Sie können nichts dafür. Gehen Sie nach Hause und ruhen Sie sich aus. Ich werde den Rest der Nachtwache selbst übernehmen.« Ich verschloss die Tür hinter ihr.

Ich setzte mich neben Ricori. Der Schock, den er erlitten hatte, würde ihn entweder heilen – oder ihm den Rest geben. Als ich ihn beobachtete, lief ein Zittern über seinen ganzen Körper. Ein Arm hob sich, und die Hand ballte sich zur Faust, und dann bewegten sich seine Lippen. Wie ein Wasserfall sprudelten die Worte heraus, aber ich verstand sie nicht, er sprach Italienisch.

Die Lähmung hatte sich also gelegt, nun hieß es nur noch abwarten, bis er erwachte. Inzwischen ...

»Hören Sie mir gut zu«, sagte ich zu den beiden Wächtern. »Ganz gleich, wie merkwürdig Ihnen erscheint, was ich Ihnen jetzt sagen werde, Sie müssen mir gehorchen, davon hängt Mr. Ricoris Leben ab. Ich möchte, dass sich einer von Ihnen neben mich an den Tisch setzt, während der andere sich am Kopfende von Mr. Ricoris Bett niederlässt, sodass er sich zwischen ihm und mir befindet. Falls ich schlafen sollte, wenn er erwacht, dann wecken Sie mich bitte. Sollte sich sein Zustand irgendwie ändern, dann zögern Sie keine Sekunde. Ist das klar?« Beide bejahten.

»Schön, aber jetzt kommt erst das Wichtigste. Sie dürfen kein Auge von mir lassen. Falls ich aufstehen und zu Ihrem Boss gehen sollte, dann nur, um eines der folgenden drei Dinge zu tun: Ihn mit dem Stethoskop abhorchen – seine Lider heben – seine Temperatur messen. Ich meine, wenn sich an seinem Zustand nichts geändert hat. Wenn ich aufzuwachen scheine und irgendetwas anderes als eines dieser drei Dinge versuche – dann halten Sie mich zurück. Sollte ich mich wehren, dann setzen Sie mich außer Gefecht – binden Sie mich und passen Sie auf, was ich rede, merken Sie es sich. Rufen Sie Dr. Braile an, hier ist seine Nummer.« Ich schrieb sie ihm auf.

»Beschädigen Sie mich bitte nicht mehr, als unbedingt nötig.«

Sie starrten sich gegenseitig verblüfft an. »Wenn Sie meinen, Doktor ...«, sagte Bill zweifelnd.

»Das tue ich. Zögern Sie also bitte keinesfalls. Sollten Sie sich irren, trage ich es Ihnen nicht nach.«

»Der Doktor weiß bestimmt, was er will, Jack«, brummte Bill.

»Also gut«, erklärte sich Jack einverstanden. Ich schaltete alle Lichter aus, mit Ausnahme des Nachtlichts am Schwesterntisch. Ich machte es mir in dem Sessel daneben bequem und drehte die Lampe so, dass mein Gesicht deutlich zu sehen war. Das weiße Häubchen hatte mich ganz schön mitgenommen. Ich legte es in die Tischlade. Jack setzte sich neben Ricori. Bill rückte sich einen Stuhl zurecht und ließ sich so neben mir nieder, dass er mich im Auge behalten konnte. Ich steckte meine Hand in die Tasche und umklammerte die Knotenschnur, dann schloss ich die Augen und entspannte mich. Ich hatte beschlossen, allerdings nur versuchsweise, meine Vorstellung einer gesunden, heilen Welt beiseite zu schieben und der Welt der Madame Mandilip die Chance einzuräumen, ihre Realität zu beweisen.

Schon halb im Unterbewusstsein hörte ich eine Uhr eins schlagen. Ich schlief.

Irgendwo heulte der Wind. Er wirbelte und stieß auf mich herab. Er trug mich mit sich. Ich wusste, ich war körperlos, formlos. Und doch existierte ich. Eine Psyche, geschüttelt von einem heftigen Wind, der mich in eine Endlosigkeit hinaustrug. Ich wusste, ich war körperlos, nicht wahrnehmbar, und doch flossen unirdische Kräfte in mich. Ich jubilierte mit dem tobenden Wind. Er kreiste und holte mich zurück aus dem grenzenlosen Raum – Ich schien zu erwachen, mit diesem allumfassenden Triumph immer noch in mir. Ah! Hier war, was ich zerstören musste – dort auf dem Bett – ich muss töten, um dieses herrliche Gefühl am Leben zu erhalten – muss töten, damit der Wind mich wieder mit sich fortträgt und mit seinem Odem stärkt – aber vorsichtig, vorsichtig – dort – dort, die Kehle, genau unter dem Ohr, dort muss ich es hineinstechen – dann wieder fort auf den Schwingen des Windes – dorthin, wo das Leben pulsiert – was hält mich zurück? – Vorsicht! Vorsicht! – »Ich muss seine Temperatur messen!« – so ist's richtig. Vorsicht! – »Ich muss seine Temperatur messen!« – nun ein rascher Sprung – und hinein in den Hals, wo die Ader pulsiert – »Aber nicht damit!« – Wer hat das gesagt? – hält mich immer noch – alles verzehrende, wilde Wut – Schwärze und das Heulen des Windes, immer ferner und ferner –

Ich hörte eine Stimme: »Schlag ihm nochmal ins Gesicht, Bill, aber nicht zu fest. Er kommt zu sich.« Ich spürte einen brennenden Schmerz auf meiner Wange. Die wirbelnden Schleier vor meinen Augen verzogen sich. Ich stand halbwegs zwischen dem Schwesterntisch und Ricoris Bett. Jack umklammerte meine beiden Arme. Bills Hand war noch erhoben. Ich spürte, dass ich krampfhaft etwas in meiner Faust hielt. Ich blickte hinunter. Es war ein großes, rasiermesserscharfes Skalpell!

Ich öffnete die Faust und ließ es fallen. »Es ist wieder alles in Ordnung«, sagte ich tonlos. »Sie dürfen mich loslassen.«

Bill presste die Lippen zusammen und schwieg. Sein

Kamerad lockerte seine Umklammerung nicht. Ich blickte die beiden an und sah, dass ihre Gesichter kalkweiß waren.

»Es war genau das, was ich erwartet hatte, darum meine strikten Anweisungen. Aber jetzt ist es vorbei«, beruhigte ich sie. »Wenn Sie wollen, halten Sie mich mit Ihren Pistolen in Schach.«

Jack gab meine Arme frei. Ich betastete behutsam mein Gesicht.

»Sie müssen ganz schön zugeschlagen haben, Bill«, sagte ich sanft.

»Hätten Sie Ihr Gesicht sehen können, Doktor, würde es Sie nicht wundern, wenn ich Sie völlig fertig gemacht hätte.«

Ich nickte nur, denn ich erinnerte mich nur allzu gut der teuflischen Rage, die in mir gewütet hatte.

»Erzählen Sie. Was habe ich gemacht?«, forderte ich die beiden auf.

»Sie wachen auf«, begann Bill, »und starren den Boss eine Weile reglos an. Dann holen Sie etwas aus der Lade und stehen auf. Dann sagen Sie, Sie wollen die Temperatur messen. Erst als Sie halbwegs beim Boss sind, seh ich, was Sie in der Hand halten. Ich brülle: ›Aber nicht damit!‹ Jack packt Sie. Dann – dann haben Sie einen – Anfall. Ich muss Ihnen eine verpassen. Das ist alles.«

Wieder nickte ich. Ich holte die Knotenschnur aus meiner Tasche und hielt ein brennendes Streichholz darunter. Sie wand sich wie eine Schlange, als sie verbrannte.

»Ich glaube, heute Nacht wird nichts mehr passieren«, murmelte ich. »Aber bleiben Sie wachsam.«

Ich ließ mich wieder in den Sessel fallen und schloss die Augen. Braile hatte mir zwar keine Seele gezeigt, aber – ich glaubte jetzt an Madame Mandilips unheimliche Kräfte.

11

Den Rest der Nacht schlief ich tief und traumlos. Wie üblich erwachte ich gegen sieben Uhr. Die Wachen waren auf ihrem Posten. Ich erkundigte mich, ob McCann sich inzwischen gemeldet habe, aber sie verneinten es. Ich wunderte mich ein wenig, dachte mir aber nichts weiter dabei. Die Ablösung der beiden würde jeden Augenblick eintreffen, darum ermahnte ich sie schnell noch eindringlich, außer zu McCann mit niemandem über die Vorfälle der vergangenen Nacht zu sprechen. Sie versprachen mir, wie das Grab zu schweigen. Es würde ihnen vermutlich ohnehin niemand glauben, meinte Bill. Ich ordnete an, dass von jetzt ab die Wächter sich im Zimmer selbst aufhalten sollten.

Ricori schlief noch. Ich untersuchte ihn. Sein Zustand war schon fast normal. Ich nahm an, dass der zweite Schock, wie es manchmal vorkommen kann, die Wirkung des ersten aufgehoben hatte. Sobald er aufwachte, würde er wieder völlig Herr über seine Glieder sein.

Um halb neun kam Braile vorbei, um mir Bericht über meine Patienten im Krankenhaus zu erstatten. Als er damit fertig war, erzählte ich ihm über die Vorfälle der vergangenen Nacht, erwähnte jedoch weder etwas von dem Schwesternhäubchen, noch von meinem Experiment. Das tat ich aus gutem Grund, denn er würde bestimmt seine Schlüsse daraus ziehen, und ich vermutete stark, dass Braile in die Walters verliebt gewesen war und ich ihn nicht davon zurückhalten könnte, den Puppenladen zu besuchen. Da diese Liebe jedoch sein Handeln zu emotionell beeinflusste, würde er sich nur in Gefahr bringen, ohne etwas für uns erreichen zu können. Hätte ich ihm von meinem Experiment erzählt, ließe er mich sicher nicht mehr aus den Augen. Beides würde mein Vorhaben vereiteln, Madame Mandilip aufzusuchen – und zwar allein. Das heißt, ich würde McCann bitten, vor dem Laden auf mich zu warten und die Augen offen zu halten.

Was ich mit diesem Besuch erreichen würde, war natürlich nicht vorherzusehen. Aber es war die einzige Möglichkeit, meine Selbstachtung wiederzugewinnen. Zuzugeben, dass das, was passiert war, auf Hexerei, Zauberkraft, auf Übernatürliches zurückzuführen war, hieße, dem Aberglauben zu verfallen. Es kann nichts Übernatürliches geben. Alles, was existiert, ist den Naturgesetzen unterworfen. Stoffliches unterliegt den Gesetzen der Materie. Sie sind uns vielleicht nicht alle bekannt, aber sie existieren nichtsdestoweniger. Wenn Madame Mandilip über Kenntnisse einer unbekannten Wissenschaft verfügte, so war es meine Pflicht als Jünger der bekannten Wissenschaften, so viel wie möglich darüber zu erfahren. Umso mehr, als die Wirkung auf mich so beängstigend gewesen war. Dass es mir gelungen war, vergangene Nacht ihren nächsten Schritt und ihre Technik vorauszusehen – falls es sich bei mir nicht vielleicht doch um eine Selbstsuggestion gehandelt hatte – verlieh mir eine recht beruhigende Zuversicht. Jedenfalls musste ich sie kennen lernen.

Gegen zehn verständigte mich die Schwester, dass Ricori erwacht sei und mich gern sehen würde.

Er lächelte mir entgegen. Als ich seinen Puls fühlte, sagte er: »Ich glaube, Sie haben mir mehr als mein Leben gerettet, Dr. Lowell. Ich werde Ihnen ewig dankbar sein.« Und dann ganz leise: »Gab es inzwischen weitere – Todesfälle?«

»Nein«, murmelte ich. »Aber Sie dürfen noch nicht so viel sprechen. Sie sind noch sehr schwach und müssen erst wieder zu Kräften kommen. Übrigens sind Sie heute Nacht aus dem Bett gefallen. Erinnern Sie sich?«

Er warf einen schnellen Blick auf die beiden Wächter. »Sie haben Recht, ich bin noch sehr schwach«, sagte er laut. »Sie müssen mich ganz schnell wieder auf die Beine bringen.«

»In zwei Tagen sind Sie wieder wie neu, Ricori.«

»So lange kann ich nicht warten. Ich habe etwas Dringendes zu erledigen.«

Ich wollte ihn nicht aufregen, darum gab ich meine Absicht auf, ihn zu fragen, was im Wagen passiert sei. Stattdessen sagte ich eindringlich: »Das hängt ganz von Ihnen ab. Sie brauchen sich nur an meine Anordnungen zu halten.« Ich lehnte mich über ihn und flüsterte: »McCann lässt die Mandilip bewachen. Sie kann nicht entkommen.«

»Aber ihre Diener sind besser gerüstet als meine Leute, Dr. Lowell!«

Ich warf ihm einen scharfen Blick zu, aber seine Augen waren unergründlich. Tief in Gedanken kehrte ich in meine Praxis zurück. Was wusste Ricori?

Um elf rief McCann endlich an. Ich war so erleichtert, seine Stimme zu hören, dass ich ihn anschnauzte. »Wo, zum Teufel, haben Sie sich herumgetrieben ...«, begann ich.

»Hören Sie, Doktor. Ich bin bei Mollie – Peters' Schwester«, unterbrach er mich. »Kommen Sie schnell.«

»Ich habe Sprechstunde, ich kann nicht vor zwei weg.«

»Kann denn niemand Sie vertreten? Es ist etwas passiert. Ich weiß nicht, was ich tun soll!« Seine Stimme klang verzweifelt.

»Was ist passiert?«

»Ich kann es Ihnen nicht am Tele–« Seine Stimme wurde fester, und wirkte beruhigend, als ich ihn sagen hörte: *»Nimm dich zusammen, Mollie, es hilft ja nichts!«* Dann zu mir: »Gut, Doktor, dann kommen Sie eben so schnell Sie können. Ich werde warten. Schreiben Sie sich die Adresse auf.« Als er sie durchgegeben hatte, hörte ich ihn wieder beruhigend auf Mollie einreden, ehe er einhängte.

Ich machte mir Gedanken. Er hatte sich nicht einmal nach Ricoris Befinden erkundigt. Was war passiert? Hatte Mollie vom Tod ihres Bruders erfahren und einen Nervenzusammenbruch erlitten? Ich erinnerte mich, dass Ricori erwähnt hatte, sie sei in anderen Umständen. Aber irgendwie hatte ich das Gefühl, dass McCanns Panik etwas anderem entsprang. Ich überflog meine Terminliste. Nichts, was meine Sprechstundenhilfe nicht noch telefonisch verschieben könnte. Ich hatte keine Ruhe, ich musste ganz einfach sofort zu der angegebenen Adresse fahren.

McCann öffnete auf mein Läuten die Tür. Sein Gesicht wirkte trotz der tiefen Sonnenbräune grau, und seine Augen hatten einen gehetzten Ausdruck. Wortlos zog er mich an einer offenen Tür vorbei, durch die ich eine Frau mit einem schluchzenden Kind in den Armen sehen konnte. Er führte mich in ein Schlafzimmer und deutete auf das Bett.

Ein Mann lag darauf, die Decke bis zum Kinn hochgezogen. Ich schritt zu ihm hinüber, berührte ihn. Er war tot – seit Stunden schon.

»Mollies Mann«, murmelte McCann. »Haben Sie eine Lupe bei sich? Sehen Sie sich das an!« Am Nacken sah ich einen winzigen Einstich. Ich holte aus meinem Arztkoffer eine feine Sonde und führte sie behutsam in die kleine Wunde.

Etwas wie eine lange Nadel war genau dort in den Nacken gestoßen worden, wo die Wirbelsäule ins Gehirn mündet. Zufällig, oder vielleicht weil die Nadel so stark gedreht worden war, dass sie die Nervenstränge zertrennte, war der sofortige Tod durch Atmungslähmung eingetreten.

Ich zog die Sonde zurück. »Der Mann wurde ermordet«, erklärte ich, »und zwar mit der gleichen Art Waffe, mit der Ricori bedroht wurde. Aber wer immer sie auch anwendete, leistete bessere Arbeit. Er wird nicht mehr zum Leben erwachen wie Ricori.«

»Aha!«, murmelte McCann. »Paul und ich waren die Einzigen, die mit Ricori zusammen waren, als es passierte. Und die Einzigen, die sich hier bei diesem Mann befanden, waren seine Frau und sein Kind. Was sagen Sie jetzt? Wollen Sie vielleicht behaupten, die beiden hätten ihn umgebracht, wie Sie das von uns beim Boss annahmen?«

»Was wissen Sie über die Sache, McCann? Und wie kommt es, dass Sie gerade jetzt hier sind?«

»Ich war jedenfalls nicht hier, als er ermordet wurde – wenn Sie darauf hinaus wollen«, antwortete er ruhig. »Wenn Sie die Zeit wissen möchten, es war genau zwei Uhr. Mollie hat mich erst vor einer Stunde telefonisch erreicht, und ich bin sofort gekommen.«

»Sie hatte mehr Glück als ich«, sagte ich trocken. »Ricoris Leute versuchen Sie seit ein Uhr vergangene Nacht zu erreichen.«

»Ich weiß, aber ich erfuhr es erst unmittelbar bevor Mollie mich anrief. Ich war auf dem Weg zu Ihnen. Und wenn es Sie interessiert, was ich die ganze Nacht gemacht habe – ich war für den Boss unterwegs, und für Sie. Ich wollte herausfinden, wo diese Teufelin von einer Nichte ihr Coupé untergestellt hat. Ich fand es auch heraus – doch zu spät.«

»Aber die Leute, die aufpassen sollten –«

»Hören Sie, Doktor, verschieben wir das auf später. Reden Sie jetzt erst mal mit Mollie«, unterbrach er mich. »Nur dadurch, dass ich ihr von Ihnen erzählte und ihr versprach, dass Sie kommen würden, hat sie sich überhaupt so lange so tapfer gehalten.«

Er brachte mich in das Zimmer, wo ich die Frau und das schluchzende Kind gesehen hatte. Die Frau war sieben- oder achtundzwanzig und mochte unter normalen Umständen ungewöhnlich attraktiv sein. Aber jetzt war ihr Gesicht abgespannt und blutleer, und in ihren Augen spiegelten sich Grauen und Angst, die an den Rand des Wahnsinns reichten. Sie starrte mich an, ohne mich zu sehen und rieb sich unaufhörlich ihre Lippen mit den Fingerspitzen. Das Kind, ein ungefähr vierjähriges Mädchen, schluchzte noch immer pausenlos.

»Reiß dich zusammen, Mollie«, sagte McCann zwar schroff, aber doch mitfühlend. »Hier ist der Doktor.«

Jetzt erst schien sie mich wahrzunehmen. »Ist er tot?«

Sie las die Antwort in meinem Gesicht.

»O Johnnie – mein Johnnie-Boy! Tot! Tot!«, stöhnte sie. Sie umklammerte das Kind noch fester und sagte mit fast ruhiger Stimme: »Johnnie-Boy ist fortgegangen, Liebling. Daddy musste fort. Weine nicht, mein Liebling, wir werden ihn bald wiedersehen.«

Ich wünschte, sie würde ihren Tränen freien Lauf lassen und so ihrem Kummer Luft machen. Aber das tiefe Grauen, das sie erfüllte, blockierte alle normalen Reaktionen. Viel länger würde ihr Verstand diese Spannung nicht mehr ertragen.

»McCann!«, flüsterte ich, »sagen Sie oder tun Sie etwas, das sie da herausreißt. Tun Sie etwas, das sie furchtbar wütend macht oder zum Heulen bringt. Was, spielt keine Rolle.«

Er nickte. Er riss ihr das Kind aus den Armen und stellte es hinter sich. Dann lehnte er sich vor, sein Gesicht nahe dem ihren. »Raus mit der Sprache, Mollie«, sagte er brutal, »warum hast du Johnnie umgebracht?«

Einen Augenblick schien sie überhaupt nicht zu begreifen. Dann begann sie heftig zu zittern. Die Angst schwand aus ihren Augen und machte einer wilden Wut Platz. Sie warf sich auf McCann und hämmerte ihm mit den Fäusten ins Gesicht. Er umklammerte ihre Arme und hielt sie fest. Das Kind brüllte.

Plötzlich wurde ihr Körper schlaff, und sie ließ sich auf den Boden fallen, den Kopf über die Knie gebeugt. Und nun kamen die Tränen.

McCann wollte ihr hoch helfen, sie trösten, aber ich hielt ihn zurück. »Lassen Sie sie weinen«, sagte ich. »das ist das Beste für sie.«

Nach einer Weile blickte sie hoch und fragte mit zitternder Stimme: »Das hast du doch nicht im Ernst gemeint, Dan, oder?«

»Natürlich nicht. Ich weiß, dass du es nicht getan hast. Aber es ist wichtig, dass du jetzt mit dem Arzt sprichst. Es gibt so viel zu tun. Am besten, du erzählst ihm alles, so wie du es mir erzählt hast. Fang mit der Puppe an.«

Mit gefasster Stimme begann sie: »Als Dan mich gestern heimbrachte, es war gegen sechs, er hatte mich zu einer Spazierfahrt eingeladen, damit ich ein bisschen hinauskomme, sagte John: ›Eine Puppe wurde für Klein-Mollie abgegeben, während du weg warst. Ich wette, sie ist von Tom.‹

Es war die lebensechteste Puppe, die man sich vorstellen kann. Keine Babypuppe, sondern ein Schulmädchen mit einem Ranzen auf dem Rücken, vielleicht dreißig Zentimeter groß, nicht größer, aber einfach perfekt, genau wie ein echtes Mädchen von zwölf Jahren oder so. Sie hatte ein süßes Gesichtchen – wie ein Engel.

›Es war an dich adressiert, Mollie‹, sagte John, ›aber ich dachte, es seien Blumen, darum hab ich die Schachtel aufgemacht. Sieht aus, als ob sie jeden Augenblick zu Reden anfangen würde, findest du nicht auch? Ich wette, das ist so was wie eine Porträtpuppe. Ganz bestimmt hat irgendein Kind dafür Modell gestanden.‹

Nun war ich mir ganz sicher, dass Tom sie geschickt hatte, denn er hatte Klein-Mollie schon einmal eine Puppe geschenkt, und meine Freundin, sie ist – sie ist tot, hat ihr eine aus demselben Laden gebracht und mir gesagt, dass die Frau, die die Puppen macht, sie gebeten hat, für eine Modell zu stehen. Ich fragte John: ›War denn keine Karte dabei?‹ Er sagte: ›Nein, aber was ganz Komisches. Wo hab ich es denn? Ich muss es in meine Tasche gesteckt haben.‹

Er hat in seinen Taschen herumgekramt und schließlich eine Schnur mit vielen Knoten herausgezogen, und sie sah aus, als sei sie aus Haar geknüpft. Ich sagte: ›Was Tom wohl damit will?‹ John steckte sie wieder in die Tasche, und ich dachte nicht mehr daran.

Klein-Mollie schlief schon. Da haben wir die Puppe zu ihr ins Bettchen gelegt, dass sie sie gleich sieht, wenn sie aufwacht. Dan musste nach dem Abendessen weg, und John und ich haben bis elf Uhr Karten gespielt. Als wir ins Bett gingen, haben wir noch nach Klein-Mollie gesehen, die bei uns im Schlafzimmer in einem Gitterbettchen schläft. Sie hatte die Arme um die Puppe gelegt und lächelte im Schlaf.

John sagte: ›Sieh dir das an, Mollie – die Puppe sieht so lebendig aus wie die Kleine. Ich tät mich gar nicht wundern, wenn sie plötzlich aufsteht und herumspaziert. Das Mädelchen, das für sie Modell gestanden hat, muss ein ganz liebes Ding sein.‹

Die Puppe hatte aber auch wirklich das süßeste und sanfteste Gesicht, das man sich vorstellen kann – und oh, Dr. Lowell

– das – das ist es ja, was es so schrecklich macht – so ganz furchtbar –«

Ich bemerkte, dass die Angst sich wieder in ihren Augen festsetzen wollte, da schüttelte McCann sie und sagte wieder: »Reiß dich zusammen, Mollie!«

»Als John sich auszog«, fuhr sie fort, »kam ihm wieder die Knotenschnur unter. ›Komisches Ding ist das‹, sagte er. ›Wenn du von Tom hörst, dann frag ihn doch, wozu sie gut sein soll.‹ Er warf die Schnur auf sein Nachtkästchen und stieg gleich ins Bett. Wir sind auch sofort eingeschlafen.

Und dann bin ich aufgewacht – oder dachte es zumindest – oh, ich weiß nicht. Es muss wohl ein Traum gewesen sein – und doch – o Gott, John ist tot – ich hörte ihn sterben –«

Sie wischte sich die Tränen vom Gesicht. »Wenn ich wirklich wach war, musste es die Stille gewesen sein, die mich geweckt hatte. Und wiederum – das bekräftigt mich darin, dass ich geträumt habe. Denn eine solche Stille kann es nicht geben – außer im Traum. Wir wohnen im ersten Stock, da dringt immer der Straßenlärm herauf; auch nachts ist es nie ganz ruhig. Aber da, da hörte ich nicht den geringsten Laut, es war – es war, als ob die ganze Welt den Atem anhielt. Ich setzte mich auf und lauschte – horchte auf das geringste Geräusch. Aber ich vermochte nicht einmal John atmen zu hören. Ich hatte schreckliche Angst, denn es lag etwas Furchtbares in dieser Stille. Etwas – Lebendes! Etwas – durch und durch Böses! Ich versuchte mich über John zu beugen, ihn aufzuwecken.

Ich konnte mich nicht rühren! Ich konnte keinen Finger bewegen! Ich konnte nicht einmal schreien!

Durch den Spalt zwischen den Vorhängen drang ein bisschen Licht von der Straße. Mit einem Mal war auch das verschwunden. Das Zimmer war dunkel – undurchdringlich dunkel.

Und da begann das grüne Glühen!

Zuerst war es nur ein schwaches Schimmern. Es kam nicht von draußen, sondern entstand im Zimmer. Es flackerte und wurde trüb, flackerte und trübte sich. Aber nach jedem Trüberwerden leuchtete es umso heller auf. Es war grün – grün wie das Flimmern eines Glühwürmchens. Oder wie der Mond auf klarem grünen Wasser. Schließlich hörte das Flackern auf, das Schimmern wurde ruhig. Es war wie Licht und doch nicht Licht. Es leuchtete nicht, es glühte nur. Und es war überall. Unter dem Toilettentisch, unter den Stühlen – es warf keine Schatten! Ich konnte alles im Schlafzimmer erkennen. Ich sah Klein-Mollie in ihrem Bettchen, den Puppenkopf auf ihrer Schulter –

– und plötzlich bewegte sich die Puppe!

Sie drehte den Kopf und schien auf den Atem des Kindes zu horchen. Dann legte sie die winzigen Hände auf Klein-Mollies Arm, bis die Kleine ihn wegzog und die Puppe freigab. Sie setzte sich auf. Da war ich mir ganz sicher, dass ich träumte – die seltsame Stille – das gespenstische grüne Glühen – und jetzt das –

Die Puppe kletterte über das Gitter des Bettchens und sprang auf den Boden. Dann hüpfte sie wie ein vergnügtes Schulkind von einem Bein auf das andere, dass der Ranzen auf ihrem Rücken tanzte. Vor dem Toilettentisch blieb sie stehen und blickte zum Spiegel auf. Dann kletterte sie auf den Hocker davor, nahm den Ranzen ab, legte ihn auf den Tisch und begann sich vor dem Spiegel zu drehen und zu bewundern. Schließlich beugte sie sich ganz nahe heran und brachte ihr Haar in Ordnung. Ich dachte mir: ›So ein eitles kleines Ding!‹ Und dann dachte ich: ›Ich träume das alles, weil John sagte, die Puppe sei so lebensecht, dass er sich nicht wundern würde, wenn sie plötzlich aufsteht und herumspaziert.‹ Und dann dachte ich: ›Aber ich kann doch gar nicht träumen, denn sonst würde ich mir doch nicht Rechenschaft darüber ablegen, warum ich das träume!‹ Es schien alles so absurd, dass ich lachen musste. Aber es war nur ein innerliches Lachen, weil ich immer noch keinen Ton hervorbrachte. Trotzdem schien die Puppe mich gehört zu haben. Sie drehte sich um und blickte mich an –

Mein Herz schien stehen zu bleiben. Ich habe früher schon manchmal Albträume gehabt, Dr. Lowell, aber keiner war so entsetzlich wie jetzt, da mich die Puppe ansah.

Sie hatte die Augen eines Teufels!

Sie glühten rot. Sie leuchteten wie die eines Tieres im Dunkeln. Aber es war – es war das *Höllische* darin, das mir fast das Herz lähmte. Es waren die Augen des Leibhaftigen selbst im Gesicht eines Engels –

Ich weiß nicht, wie lange sie so dort stand und mich anstarrte. Aber schließlich setzte sie sich auf den Rand des Toilettentischs und baumelte mit den Beinen wie ein Kind, und immer noch ließ sie keinen Blick von mir. Ganz, ganz langsam hob sie ihre Ärmchen und griff an ihren Hals. Und genauso bedächtig zog sie den Arm zurück. Sie hielt eine lange Nadel in der Hand – wie ein winziger Degen.

Dann sprang sie auf den Boden und von dort auf das Bett, direkt zu Johns Füßen. Immer noch starrte sie mich mit diesen furchtbaren, rot glühenden Augen an.

Ich versuchte zu schreien, John aus dem Schlaf zu reißen. ›Lieber Gott, weck ihn doch auf!‹, betete ich.

Da nahm die Puppe den Blick von mir und betrachtete John. Dann begann sie langsam zu seinen Schultern hochzusteigen.

Ich mühte mich ab, den Kopf zu drehen, um ihr mit den Augen zu folgen. Aber ich vermochte es nicht. Die Puppe war aus meinem Blickfeld verschwunden.

Ich hörte ein beängstigendes schluchzendes Seufzen. Ich fühlte, wie John erschauerte, sich streckte und zuckte – ich hörte ihn stöhnen.

Tief in meinem Innern wusste ich – wusste ich, dass John starb – und ich konnte nichts tun – in dieser Stille – in dem grünen Leuchten.

Dann hörte ich etwas wie ein paar Flötentöne von der Straße unter dem Fenster, und eilig trippelnde Schrittchen. Ich sah die Puppe über den Boden hopsen und zum Fensterbrett hochspringen. Einen Augenblick blieb sie dort knien und blickte hinunter auf die Straße. Sie hielt etwas in der Hand. Es war die Knotenschnur, die John auf sein Nachtkästchen gelegt hatte.

Wieder vernahm ich die Flötentöne – die Puppe schwang sich aus dem Fenster – noch einmal sah ich die grässlichen, rot glühenden Augen. Dann nur noch die Händchen, die von außen das Fensterbrett umklammerten – und dann waren auch sie verschwunden.

Das grüne Flimmern begann wie am Anfang und erlosch schließlich. Das Licht der Straßenlampen drang wieder durch den Vorhangspalt. Die Stille schien – schien wie *weggesogen.*

Und dann schwemmte eine Welle von Dunkelheit über mich, und ich ging darin unter. Vorher hörte ich noch die Uhr zwei schlagen.

Als ich wieder zu Bewusstsein kam – oder erwachte, wenn alles nur ein Traum gewesen war – drehte ich mich zu John um. Er lag so – so still. Ich berührte ihn – er war kalt – so kalt!

Ich wusste, dass er tot war!

Bitte, Dr. Lowell, sagen Sie mir: Was war Traum, und was war Wirklichkeit? Ich weiß doch, dass eine Puppe John nicht getötet haben kann!

Griff er nach mir, als er starb, und kam der Traum daher? Oder habe ich – habe ich ihn im Traum – getötet?«

12

Die Qual in ihren Augen verbot mir, die Wahrheit zu sagen.

»Darüber zumindest kann ich Sie beruhigen. Ihr Mann starb eines natürlichen Todes – an einem Blutgerinnsel im Gehirn. Das stellte ich durch meine Untersuchung fest. Sie brauchen sich also absolut keine Vorwürfe zu machen. Was die Puppe anbelangt – Sie hatten einen ungewöhnlich lebhaften Traum, das ist alles.«

Ich sah, wie gern sie mir glauben wollte, und doch warf sie ein: »Aber ich habe ihn doch sterben gehört!«

»Es ist durchaus möglich –« Ich ging zu einer mit medizinischen Fachwörtern gespickten Erklärung über, die sie, wie ich hoffte, nicht verstehen würde, die aber deshalb umso überzeugender wirken musste. »Sie waren möglicherweise halbwach, an der Grenze des erwachenden Bewusstseins. Sehr wahrscheinlich wurde der Traum durch das suggeriert, was Sie hörten. Ihr Unterbewusstsein versuchte die Geräusche zu erklären und baute die ganze fantastische Tragödie darauf auf, wie Sie es mir erzählten. Was in Ihrem Traum viele Minuten zu dauern schien, ging in Wirklichkeit im Sekundenbruchteil durch Ihr Gehirn. Das Unterbewusstsein hat seinen eigenen Zeitbegriff, das ist allgemein bekannt. Das Zuschlagen einer Tür oder ein anderes heftiges Geräusch weckt den Schläfer. Wenn er völlig erwacht ist, erinnert er sich an einen besonders intensiven Traum, der mit einem lauten Knall oder sonstigem Lärm endete. In Wirklichkeit begann sein Traum jedoch erst damit. Ihm schien er vielleicht Stunden gedauert zu haben. Tatsächlich währte er nur einen Augenblick, nämlich die kaum messbare Zeitspanne zwischen dem Geräusch und dem Aufwachen.

Sie seufzte tief. Ihre Augen verloren ein wenig der tiefen Qual. Ich beeilte mich, meinen Vorteil wahrzunehmen.

»Außerdem dürfen Sie Ihren gegenwärtigen Zustand nicht übersehen. Die Schwangerschaft macht Frauen besonders anfällig für realistische Träume, die gewöhnlich unerfreulicher Natur sind – manchmal sogar für – Halluzinationen.«

»Das stimmt«, flüsterte sie. »Als ich Klein-Mollie erwartete, hatte ich manchmal die grässlichsten Träume –«

Sie stockte. Zweifel überschattete erneut ihr Gesicht.

»Aber die Puppe – die Puppe ist weg!«

Ich verwünschte mich selbst, denn ich fühlte mich überrumpelt und wusste nichts darauf zu erwidern. Gott sei Dank sprang McCann ein.

»Natürlich ist sie fort«, sagte er leichthin. »Ich hab sie in den Abfallschacht geschmissen. Nach all dem, was du mir erzählt hast, hielt ich es für besser, wenn du sie nicht mehr siehst.«

»Wo hast du sie denn gefunden?«, erkundigte sie sich misstrauisch. »Ich hab sie überall gesucht.«

»Ich glaub, du warst nicht in der richtigen Verfassung, es gründlich zu tun. Ich fand sie ganz unten im Kinderbett, völlig in die Decke verwickelt und zerbrochen. Sah aus, als wäre die Kleine im Schlaf auf ihr herumgetrampelt.«

»Dort hab ich, glaub ich, nicht nachgesehen«, gab sie zögernd zu.

»Das hätten Sie nicht tun dürfen, McCann«, tadelte ich ihn in strengem Ton, damit Mollie gar nicht erst auf den Verdacht käme, dass wir unter einer Decke steckten. »Sie hätten Mrs. Gilmore die Puppe zeigen sollen, dann hätte sie gleich erkannt, dass sie nur geträumt hat. Es hätte ihr viel Kummer erspart.«

»Ich bin schließlich kein Doktor«, begehrte er auf. »Ich hab getan, was ich für das Beste hielt.«

»Sehen Sie sofort in den Abfalltonnen nach, ob Sie sie noch finden«, befahl ich streng. Er blickte mich scharf an, und ich nickte ihm heimlich zu. Ich hoffte, er verstand.

Nach ein paar Minuten schon kam er zurück. Wie schuldbewusst hielt er den Kopf gesenkt. »Der Müll wurde vor fünfzehn Minuten abgeholt. Aber das lag vor einer der Tonnen.« Ein winziger Ranzen baumelte an den Riemen von seinem Zeigefinger. »Ist das die Schultasche, von der du geträumt hast, dass die Puppe sie auf den Toilettentisch legte?«

Sie starrte sie an und zuckte davor zurück. »Ja«, flüsterte sie. »Bitte tu's weg. Ich will es nicht sehen!« Er blickte mich triumphierend an. »Vielleicht war es gar nicht so schlecht, dass ich die Puppe fortgeworfen hab, hm, Doktor?«

»Nun, da Mrs. Gilmore davon überzeugt ist, dass es nur ein Traum war, spielt es keine Rolle mehr.« Ich nahm ihre kalten Hände in meine. »Als Arzt rate ich Ihnen, Abstand zu gewinnen und deshalb keine Minute länger in dieser Wohnung zu bleiben, als unbedingt nötig ist. McCann wird Ihnen helfen, einen Koffer zu packen mit allem, was Sie für sich und Klein-Mollie für eine Woche brauchen. Tapetenwechsel ist das Beste für Ihren Zustand – und das Kleine, das unterwegs ist. Ich werde mich um alle Formalitäten kümmern.«

Zu meiner Erleichterung stimmte sie sofort zu. Es war noch ein herzzerreißender Anblick, als sie und das Kind Abschied von dem Toten nahmen, aber wenige Minuten später waren sie bereits mit McCann unterwegs zu ihren Verwandten.

Klein-Mollie wollte unbedingt die beiden anderen Puppen mitnehmen, aber ich erlaubte es nicht, nicht einmal auf die Gefahr hin, den Argwohn der Mutter wiederzuerwecken. Ich wollte auf keinen Fall, dass irgendetwas von Madame Mandilip sie in ihre Zuflucht begleitete.

Ich rief einen mir bekannten Leichenbestatter an. Dann untersuchte ich noch einmal flüchtig den Ermordeten. Der winzige Einstich würde nicht bemerkt werden, dessen war ich sicher. Die Gefahr einer Leichenöffnung bestand nicht, da meine Bescheinigung eines natürlichen Todes bestimmt nicht angezweifelt werden würde. Als der Beauftragte der Bestattungsfirma kam, entschuldigte ich die Abwesenheit der Ehefrau durch kurz bevorstehende Entbindung und meine ärztliche Anordnung, nicht in dieser Umgebung zu bleiben. Als Todesursache gab ich Thrombose an – grimmig dachte ich: genau wie der Arzt des Bankiers.

Nachdem die Leiche abgeholt war und ich auf McCanns Rückkehr wartete, versuchte ich mich in diesen Fantasmagorien zurechtzufinden, die mir – wie es mir vorkam – nun schon seit endloser Zeit zu schaffen machten. Ich gab mir Mühe, mich von allen Vorurteilen zu befreien. Ich begann damit, indem ich mir eingestand, dass Madame Mandilip über Erkenntnisse verfügte, von denen die moderne Wissenschaft nichts ahnte. Ich weigerte mich, das Hexerei oder Zauberei zu nennen. Diese Bezeichnungen bedeuten gar nichts, zumal sie seit undenklichen Zeiten für völlig natürliche Phänomene verwendet werden, deren Mechanismus der Laie nicht versteht. Vor noch gar nicht so langer Zeit hielten viele primitive Stämme das Anzünden von Streichhölzern für Zauberei.

Nein, Madame Mandilip war keine »Hexe«, wie Ricori glaubte. Sie war lediglich Meisterin einer unbekannten Wissenschaft.

Und als Wissenschaft unterlag sie festen Gesetzen – so unbekannt diese auch waren. Wenn die Handlung der Puppenmacherin dem Gesetz von Ursache und Wirkung widersprachen, musste sie jedoch zweifellos eigenen Gesetzen gehorchen. Es war nichts Übernatürliches dabei – es war eben nur, dass ich wie die Wilden nicht wusste, was das Streichholz zum Brennen brachte. Etwas von diesem Gesetz, von der Technik der Puppenmacherin – ich benutzte dieses Wort, um die Details jeglicher mechanischen Ausführung als Ganzes betrachtet zu kennzeichnen – glaubte ich durchschaut zu haben. Die Knotenschnur, die so genannte ›Hexenleiter‹, war offenbar für die Belebung der Puppen wesentlich. Eine war vor dem Angriff auf Ricori in seine Tasche geschmuggelt worden. Eine weitere hatte ich nach den beunruhigenden Vorfällen der vergangenen Nacht neben seinem Bett gefunden. Ich war, wie geplant, mit dieser in der Hand eingeschlafen – und hatte versucht, meinen Patienten zu ermorden. Eine dritte hatte die Puppe begleitet, die John Gilmore ermordete.

Zweifellos war also die Schnur ein Bestandteil für die Kontrolle der Puppen. Dagegen stand die Tatsache, dass der angeheiterte »feinere Herr«, wie Shevlin ihn bezeichnet hatte, wohl kaum eine bei sich trug, als die Peters-Puppe angriff.

Allerdings bestand die Möglichkeit, dass die Schnur nur zur Belebung der Puppe diente und diese, einmal aktiviert, für unbestimmte Zeit in Bewegung blieb.

Offenbar gab es eine feste Formel für die Herstellung dieser Puppen. Als Erstes schien es erforderlich, dass das Opfer aus freien Stücken Modell stand. Zweitens musste dem Opfer auf eine offene Wunde eine bestimmte Salbe aufgetragen werden. Drittens musste die Puppe eine exakte Kopie des

Opfers sein. Dass die Todesursache in jedem Fall dieselbe war, bewiesen die gleichartigen Symptome.

Aber hatten diese Todesfälle wirklich etwas mit der Beweglichkeit der Puppen zu tun? Waren sie überhaupt unumgänglicher Bestandteil der ganzen Aktion? Die Puppenmacherin glaubte es vielleicht, glaubte es sogar ganz sicher.

Ich nicht!

Dass Peters für die Puppe Modell gestanden, die Ricori angegriffen hatte, und Schwester Walters für diejenige, die vergangene Nacht in seinem Zimmer gewesen war, und dass Gilmores Mörderin eine Kopie der kleinen Anita war, all das gab ich zu.

Aber dass irgendetwas von Peters, von der Walters, von Anita die nach ihnen geformten Puppen belebte; dass ihnen bei ihrem Tode etwas von ihrer Lebensenergie, ihrem Geist, ihrer »Seele« entzogen, in eine Essenz des Bösen verwandelt und in diese Drahtskelettpuppen eingesperrt worden war – das zu glauben weigerte sich meine Vernunft. Ich konnte meinen Verstand nicht dazu zwingen, diese Möglichkeit auch nur in Betracht zu ziehen.

McCanns Rückkehr unterbrach meine Überlegungen. »Das hätten wir geschafft«, sagte er lakonisch.

»McCann – haben Sie vielleicht die Wahrheit gesprochen, als Sie sagten, Sie hätten die Puppe gefunden?«, fragte ich hoffnungsvoll.

»Nein, Doktor. Die Puppe war tatsächlich verschwunden.«

»Und der kleine Ranzen?«

»Lag auf dem Toilettentisch. Ich hab ihn schnell eingesteckt, nachdem ich die Geschichte gehört hatte.«

»Nur gut, dass sie nicht auch noch nach der Knotenschnur gefragt hat. Ich wusste so schon nicht, was ich sagen sollte.«

»Die Schnur schien keinen besonderen Eindruck auf sie gemacht zu haben ...« Er zögerte. »Aber ich glaub, Doktor, sie spielt eine große Rolle. Wenn ich nicht mit Mollie weggefahren wäre und sie statt John die Puppe ausgepackt hätte – ich glaub, dann wäre Mollie jetzt statt John tot.«

»Sie meinen –«

»Ich meine, dass die Puppe sich den vornimmt, der die Schnur hat«, sagte er ernst.

Genau das hatte ich mir auch überlegt.

»Aber warum sollte irgendjemand Mollie umbringen wollen?«, fragte ich.

»Vielleicht denkt jemand, dass sie zu viel weiß. Ah ja, das will ich Ihnen schon den ganzen Tag sagen. Die Mandilip weiß, dass sie beobachtet wird.«

»Leider sind ihre Beobachter besser als unsere«, wiederholte ich Ricoris Worte ein wenig abgewandelt und erzählte McCann vom zweiten Angriff in der vergangenen Nacht, und warum ich mich mit ihm in Verbindung hatte setzen wollen.

»Das beweist«, meinte er, »dass die alte Hexe weiß, wer für ihre Beschattung verantwortlich ist. Sie versuchte sowohl den Boss als auch Mollie auszuschalten. Sie weiß genau über uns Bescheid.«

»Jemand begleitet die Puppen«, überlegte ich laut. »Die Flötentöne sind eine Aufforderung zurückzukommen. Sobald die Puppen sie hören, eilen sie zu dem Flötenspieler, und das ist bestimmt die gleiche Person, die sie aus dem Laden herausbringt. Ergo müsste es sich um eine der beiden Frauen handeln. Aber wie konnte sie Ihren Leuten entwischen?«

»Ich weiß es nicht.« Sein Gesicht wirkte besorgt. »Das leichenblasse Mädchen ist es. Ich erzähl Ihnen schnell, was ich herausbekommen hab. Wie ich gestern von Ihnen fort bin, hab ich mich gleich aufgemacht, um von den Jungs zu erfahren, was es Neues gibt. Sie sagten, das Mädchen ist gegen vier in das Hinterzimmer gegangen, und die Alte hat es sich im Laden bequem gemacht. Sie haben sich nichts dabei gedacht. Aber wen sehen sie um sieben die Straße herabspazieren? Niemand andern als das Mädchen. Sie haben den Jungs, die den Hof beobachten sollten, ganz schön die Hölle heiß gemacht, aber die hatten sie auch nicht gehen sehen und machten ihrerseits den Jungs, die auf der Vorderseite aufzupassen hatten, schwere Vorwürfe.

Gegen elf kommt einer von der zweiten Wache mit noch schlechterer Nachricht. Er sagt, er ist gerade unten am Broadway, da braust ein Coupé um die Ecke mit der Nichte am Steuer. Er sieht, dass niemand sie beschattet und sucht verzweifelt nach einem Taxi, aber natürlich ist ausgerechnet da keins in der Nähe. Also macht er sich auf zu den Jungs, die gerade Wache schieben, und fragt, wieso sie das Mädchen haben entwischen lassen. Aber keiner ahnte, dass sie nicht mehr im Haus war.

Ich nehm mir also ein paar der Burschen und kämm mit ihnen die Nachbarschaft ab, um herauszubekommen, wo sie ihr Coupé versteckt hält. Aber wir haben kein Glück, bis gegen vier einer des anderen Suchtrupps auf mich zugestürzt kommt. So um drei, sagt er, sieht er das Mädchen – wenigstens glaubt er, dass sie es ist –, um eine Ecke in der Nähe des Ladens biegen. Sie trägt zwei große Koffer, aber schwer scheint sie nicht daran zu schleppen, sagt er, und sie geht in Richtung Laden. Er versucht, näher an sie heranzukommen, aber plötzlich ist sie wie vom Erdboden verschluckt. Er hat in allen Hauseingängen und den Hinterhöfen nach ihr geschaut, aber sie blieb spurlos verschwunden. Da hat er es aufgegeben und mich gesucht.

Ich hab mir die Ecke angesehen, wo er sie entdeckte. Sie ist ungefähr acht Hausnummern vom Laden entfernt. In der Gegend gibt es fast nur Ladengeschäfte mit Warenlagern darüber. Es sind alles alte Häuser, und es wohnen nicht viele Leute dort. Trotzdem versteh ich nicht, wie die Nichte von dort aus unbemerkt in den Laden kommen könnte. Wir sehen uns alles genau an, da entdecken wir ein größeres Tor, hinter dem bestimmt genug Platz für ein Auto ist. Wir haben nicht lange gebraucht, bis wir das Tor offen hatten. Und richtig, in einer Art Garage dahinter steht ein Coupé, und der Motor ist noch ganz warm. Es ist auch der gleiche Wagentyp wie der, den das Mädchen angeblich fuhr. Ich sperr das Tor wieder zu und kehr zu den Jungs zurück. Den Rest der Nacht hab ich mit ihnen aufgepasst. Aber es rührte sich nichts. Doch so um acht macht das Mädchen Licht im Laden und sperrt die Tür auf – von innen natürlich.«

»Trotzdem«, warf ich ein, »haben Sie keinen Beweis, dass sie den Laden wirklich verlassen hatte. Vielleicht war es ein anderes Mädchen, das Ihr Mann sah.«

Er blickte mich mitleidig an. »Sie war nachmittags fort, ohne dass jemand sie weggehen sah. Warum sollte sie das gleiche nicht auch des Nachts fertig gebracht haben? Schließlich hat einer meiner Leute sie am Broadway ein Coupé fahren sehen. Und ein Coupé war es, das wir ganz in der Nähe entdeckten, wo das Mädchen verschwand.«

Ich dachte nach. Es gab keinen Grund, McCann nicht zu glauben. Außerdem konnte die Übereinstimmung der Zeiten, zu denen die Nichte gesehen worden war, mit meinen Überlegungen kein Zufall sein.

»Als sie nachmittags weg war«, murmelte ich, »wurde die Puppe bei den Gilmores abgegeben. Und während ihres nächtlichen Ausflugs drangen die Puppen in Ricoris Zimmer ein, und Gilmore wurde ermordet.«

»Sie haben den Nagel auf den Kopf getroffen!«, lobte McCann. »Sie geht, gibt die Puppe bei den Gilmores ab und kehrt zurück. Dann geht sie und lässt die Puppen auf den Boss los. Sie wartet, bis sie aus dem Fenster klettern und wieder bei ihr sind. Dann flötet sie der, die sie bei Mollie zurückgelassen hat und fährt nach Haus. Sie hat sie in den Koffern.«

»Und Sie glauben vielleicht, sie sei auf einem Besen durch den Kamin aus dem Haus gekommen«, sagte ich sarkastisch.

»Durchaus nicht«, antwortete er sehr ernst. »Aber die Häuser dort sind sehr alt, Doktor, vielleicht gibt es eine unterirdische Verbindung, einen alten Kanal oder so. Auf jeden Fall beobachten wir jetzt auch die Garage. Der gleiche Trick gelingt ihr bestimmt nicht noch einmal.«

Störrisch fügte er hinzu: »Ganz abgesehen davon hab ich nicht gesagt, dass sie *nicht* auf einem Besen reiten könnte, wenn sie wollte.«

»McCann«, erklärte ich ihm, ohne darauf einzugehen. »Ich

werde jetzt zu dieser Madame Mandilip fahren. Ich möchte, dass Sie mich begleiten.«

»Gut, ich werde nicht von Ihrer Seite weichen, Doktor, mit dem Finger am Abzug.«

»Nein«, wehrte ich ab. »Ich möchte nur, dass Sie vor dem Laden auf mich warten. Ich will allein mit ihr sprechen.«

Das gefiel ihm gar nicht, und er versuchte mich davon abzubringen. Schließlich gab er doch, wenn auch widerwillig, nach.

Ich rief in meiner Praxis an und erfuhr von Braile, dass Ricori sich erstaunlich schnell erholte. Dann ließ ich mich mit Ricoris Zimmer verbinden und durch die Schwester fragen, ob es ihm Recht sei, wenn McCann mich den Rest des Nachmittags begleitete. Er gestattete es natürlich, wollte jedoch mit mir sprechen. Aber ich gab große Eile vor und hing ein.

Punkt drei Uhr machten McCann und ich uns auf den Weg.

13

Ich stand vor dem Schaufenster des Puppenladens und musste eine starke Abneigung niederringen – oder war es eine warnende Stimme? –, die mich vom Betreten abhalten wollte. Ich wusste, dass McCann auf Posten war, dass Ricoris Leute von den gegenüberliegenden Häusern aus den Laden beobachteten, und andere sich unter die Passanten gemischt hatten. Trotz des dröhnenden Ratterns der Hochbahn und des Verkehrslärms war der Puppenladen wie eine belagerte Festung. Schaudernd stand ich an der Schwelle, wie vor der Tür zu einer unbekannten Welt.

Nur ein paar Puppen saßen im Schaufenster. Sie waren bei weitem nicht so schön wie die Babypuppe, die Schwester Walters für Diana erhalten hatte, oder Klein-Mollies Puppen, aber doch so ungewöhnlich, dass sie die Blicke der Vorübergehenden auf sich ziehen mussten. Hinter dem Ladentisch sah ich ein schlankes Mädchen, sicher Madame Mandilips Nichte. Die Größe des Ladens ließ allerdings absolut nicht auf einen so großen, beeindruckenden Raum dahinter schließen, wie die Walters ihn in ihrem Tagebuch beschrieben hatte.

Endlich gab ich mir einen Stoß und betrat den Laden. Das Mädchen blickte mir schweigend entgegen. Schnell musterte ich sie. Eine typische Hysterikerin, wie mir schien. Mir fielen ihre etwas hervorstehenden blassblauen Augen mit dem unkonzentrierten Blick und den erweiterten Pupillen, der lange schlanke Hals, die leicht rundlichen Züge, die ungewöhnliche Blässe und die langen schmalen Finger auf. Sie hatte die Finger verschränkt, und so sah ich, dass sie unwahrscheinlich gelenkig waren – ein weiteres Merkmal der Hysterikerin. Früher hätte sie vielleicht eine gute Orakelpriesterin oder eine Heilige abgegeben.

Die Furcht schien ihr zweites Ich zu sein. Aber es war sicher nicht ich, vor dem sie sich fürchtete. Es war vielmehr eine tiefe, fremdartige Furcht, die ihre Lebenskraft aussaugte – eine spirituelle Furcht. Ich blickte auf ihr Haar – es war aschblond, wie die Haare, aus denen die Knotenschnüre geknüpft waren!

Als sie bemerkte, dass ich ihr Haar anstarrte, wurden ihre Augen wachsam, und erst jetzt schien sie mich wirklich wahrzunehmen.

»Mir gefallen Ihre Puppen im Schaufenster«, sagte ich. »Ich habe eine kleine Enkelin, die sich bestimmt über eine freuen würde.«

»Wenn Ihnen eine besonders gefällt, können Sie sie kaufen. Sie sind nicht billig.« Ihre Stimme war tief, fast ein Flüstern, und gleichgültig. Aber wenn ich mich nicht täuschte, hatte sich die Wachsamkeit in ihren Augen noch verstärkt.

»Ich nehme an«, sagte ich von oben herab, »dass sich gewöhnliche Kunden damit zufrieden geben. Aber ich dachte mehr an etwas ganz Besonderes. Für meine kleine Enkelin ist mir nicht so leicht etwas gut genug. Würde es Ihnen etwas ausmachen, mir noch andere, vielleicht ein wenig exquisitere Puppen zu zeigen?«

Einen Augenblick wirkte sie abwesend, als lausche sie auf etwas, das ich nicht zu vernehmen vermochte. Mit einem Schlag verwandelte sich ihre Gleichgültigkeit in zuvorkommende Höflichkeit. Und im gleichen Moment spürte ich andere Augen auf mir, die mich musterten, mich zu sezieren schienen. Dieses Gefühl war so stark, dass ich herumfuhr und mich im Laden umblickte. Aber es war niemand hier, außer dem Mädchen und mir. Am Ende des Ladentischs befand sich zwar eine Tür, aber sie war geschlossen. Ich warf einen Blick durchs Schaufenster, um zu sehen, ob vielleicht McCann gerade hereinschaute, aber auch das war nicht der Fall.

Abrupt endete die unsichtbare Musterung. Ich wandte mich wieder dem Mädchen zu. Sie hatte ein halbes Dutzend Kartons auf dem Tisch ausgebreitet und war gerade dabei, die Deckel abzunehmen. Sie blickte mich an und sagte mit zuckersüßer Stimme: »Aber selbstverständlich zeige ich Ihnen gern alles, was wir an Puppen haben. Es tut mir Leid, wenn Sie annahmen, dass mir Ihre Wünsche gleichgültig sind. Meine Tante, die die Puppen anfertigt, liebt Kinder. Sie würde nie zulassen, dass jemand, der ebenfalls kinderlieb ist, enttäuscht von hier weggeht.«

Das schien mir eine merkwürdige Rede zu sein, seltsam geschraubt, und beinahe heruntergeleiert wie eine auswendig gelernte Anordnung. Und doch erregte das mein Interesse bei weitem nicht so sehr wie die Wandlung, die in dem Mädchen selbst stattgefunden hatte. Ihre Stimme war nun nicht mehr gleichgültig, sondern von schwingender Lebendigkeit. Ihr ganzes Wesen schien mir vitaler, ja direkt energiegeladen. Ihre Wangen hatten sich rot gefärbt, und ihre Augen funkelten spöttisch, vielleicht sogar boshaft.

Ich betrachtete die Puppen. »Sie sind entzückend«, murmelte ich, »aber sind sie tatsächlich das Beste, was Sie haben? Ich brauche das Geschenk nämlich für einen besonderen Anlass – meine Enkelin feiert in Kürze ihren siebten Geburtstag. Der Preis spielt keine Rolle, sofern er angemessen ist –«

Ich hörte sie seufzen und blickte sie erstaunt an. Ihre

blassblauen Augen waren erneut furchtgeweitet und funkelten durchaus nicht mehr spöttisch. Die Farbe war wieder aus ihrem Gesicht gewichen. Ich spürte aufs Neue den unsichtbaren Blick auf mir, stärker als zuvor – und dann schien er wie weggewischt.

Die Tür am Ende des Ladentischs öffnete sich. Obwohl ich durch Schwester Walters' Beschreibung vorbereitet war, traf mich ihre Erscheinung doch wie ein Schock. Ihre Größe, ihre Massigkeit, wurden durch die feingliedrigen Puppen und das schlanke Mädchen noch hervorgehoben. Es war eine Riesin, die mich von der Tür aus beobachtete – eine Riesin, deren breitknochiges Gesicht mit dem Bart über dem Mund und den wulstigen Lippen, ganz im Gegensatz zu dem überdimensionalen Busen, ausgesprochen maskulin wirkte.

Ich blickte in ihre Augen und vergaß den grotesken Anblick ihres Gesichts und der Figur. Die Augen waren enorm groß, von einem leuchtenden Schwarz, klar und verwirrend lebendig. Als wären sie ein Paar vom Körper unabhängiger Lebensgeister. Ein Strom von Vitalität ging von ihnen aus, der in meinen Nerven ein warmes Prickeln erzeugte – durchaus nicht unangenehm – zumindest nicht in diesem Moment.

Mit Mühe gelang es mir, meine Augen von den ihren zu lösen. Ich suchte nach ihren Händen, aber sie waren in den reichen Falten ihres schwarzen Gewandes verborgen. Mein Blick kehrte zu ihren Augen zurück, in denen nun der gleiche geringschätzige Spott funkelte wie vorher in denen der Nichte. Sie sprach, und da wusste ich, dass die schwingende Lebendigkeit, die ich zuvor in der Stimme des Mädchens vernommen hatte, ein Echo dieser sonoren, wohlklingenden Stimme gewesen war.

»Was meine Nichte Ihnen gezeigt hat, stellt Sie also nicht zufrieden?«

Ich riss mich zusammen. »Sie sind alle sehr schön, Madame – Madame –«

»Mandilip. Sie kennen meinen Namen nicht?«

»Unglücklicherweise«, entgegnete ich doppelsinnig. »Ich

habe eine Enkelin. Ich hätte gern etwas ganz besonders Hübsches für ihren siebten Geburtstag. Alles, was ich hier gesehen habe, ist zwar wirklich ganz entzückend, aber ich hätte gern etwas –«

»Etwas Besonderes«, ihre Stimme dehnte das Wort, »etwas Exquisites. Nun, vielleicht habe ich so etwas. Aber wenn ich meine Kunden besonders –«, nun war ich ganz sicher, dass sie das Wort betonte – »bevorzugt bedienen soll, möchte ich ganz gern wissen, mit wem ich es zu tun habe. Sie halten mich sicher für eine merkwürdige Geschäftsfrau, nicht wahr?« Sie lachte, und ich staunte über die jugendliche Frische und die eigentümlich einschmeichelnde Wärme ihres Lachens.

Es fiel mir schwer, diese Wirkung abzuschütteln und wachsam zu bleiben. Ich holte eine Karte aus meiner Brieftasche. Da ich nicht wollte, dass sie mich erkannte, aber auch nicht, dass sie jemand Anderem meinetwegen Schaden zufügen konnte, gab ich ihr, wohl vorbereitet, die Visitenkarte eines verstorbenen Kollegen.

»Ah«, sagte sie. »Sie sind Arzt. Schön, da wir uns jetzt kennen, zeige ich Ihnen gern meine besten Stücke. Bitte kommen Sie doch mit mir.«

Sie führte mich durch die Tür in einen weiten dämmerigen Korridor. Dabei berührte sie meinen Arm, und wieder spürte ich das merkwürdige Prickeln. Sie blieb vor einer Tür stehen und sah mich an. »Hier ist es. Hier bewahre ich meine besten Stücke auf. Das Besondere!« Und wieder lachte sie, dann schwang sie die Tür auf.

Ich schritt über die Schwelle, hielt inne und sah mich beunruhigt um. Hier war nicht der geräumige verzauberte Raum, den die Walters beschrieben hatte, auch wenn er tatsächlich größer war, als man von außen erwarten würde.

Aber wo war die herrliche alte Täfelung? Wo waren die kostbaren Wandteppiche? Wo war der Zauberspiegel, der wie »eine mit klarstem Wasser gefüllte Halbkugel« aussah? Und wo all die anderen Dinge, die diesen Raum für sie zum Paradies hatten werden lassen?

Das Licht fiel durch die halb vorgezogenen Gardinen eines Fensters, das auf einen kleinen verwilderten Garten führte. Wände und Decke waren aus einfachem, fleckigem Holz. Eine Wand war völlig mit kleinen eingebauten Schränken mit Holztüren bedeckt. An einer anderen hing ein runder Spiegel – aber damit endete jede Ähnlichkeit mit Schwester Walters' Beschreibung.

Es gab einen Kamin, wie man ihn in jedem alten Haus in New York finden kann. Ein paar Bilder hingen an den Wänden. »Die Hoftafel« war ein völlig normaler großer Tisch, auf dem Puppenkleidung lag, an der noch gearbeitet werden musste.

Meine Unruhe wuchs. Wenn die Walters diesen nüchternen Raum in einem so verzauberten Licht gesehen hatte, was war dann sonst in ihrem Tagebuch noch Erfindung – oder, wie ich beim Lesen angenommen hatte, das Produkt einer zu lebhaften Fantasie?

Allerdings hatte sie weder bei der Beschreibung der Augen der Puppenmacherin noch ihrer Stimme übertrieben, genauso wenig wie über ihre äußere Erscheinung oder die Eigenart der Nichte.

Die Alte riss mich aus meinen Gedanken. »Mein Zimmer scheint Sie zu interessieren.« Ihre Stimme klang sanft und ein wenig belustigt.

»Jeder Raum, in dem ein wahrer Künstler seine Werke schafft, fasziniert mich«, erwiderte ich. »Und Sie sind eine große Künstlerin, Madame Mandilip.«

»Woher wollen Sie das wissen?«

Da hatte ich mir einen ganz schönen Schnitzer geleistet. »Oh«, sagte ich schnell, »ich bin Kunstliebhaber. Ich habe ein paar Ihrer Puppen gesehen. Man braucht ja auch nicht eine ganze Ausstellung von Gemälden eines Raffaels, zum Beispiel, um zu erkennen, dass er ein Meister war. Ein Bild genügt.«

Sie lächelte überaus freundlich. Dann schloss sie die Tür hinter mir und bot mir einen Stuhl am Tisch an.

»Macht es Ihnen etwas aus, ein paar Minuten zu warten, ehe ich Ihnen meine Puppen zeige? Ich muss unbedingt ein

Kleidchen fertig machen, das gleich abgeholt werden wird. Ich brauche nicht lange.«

»Ich warte gern«, sagte ich höflich und setzte mich auf den Stuhl.

»Es ist sehr still hier«, murmelte sie. »Sie sehen so müde aus. Bestimmt haben Sie schwer gearbeitet. Und Sie sind müde.«

Ich stützte meinen Kopf gegen die Rückenlehne. Plötzlich wurde mir bewusst, wie müde ich tatsächlich war. Einen Augenblick ließ meine Wachsamkeit nach, und ich schloss die Augen. Als ich sie wieder öffnete, stellte ich fest, dass die Puppenmacherin sich ebenfalls am Tisch niedergelassen hatte.

Und nun sah ich ihre Hände. Sie waren lang und feingeformt und weiß. Es waren die schönsten Hände, die ich je gesehen hatte. Genau wie ihre Augen ein eigenes Leben zu haben schienen, so wirkten auch die Hände wie selbständige Lebewesen, unabhängig von dem Körper, zu dem sie gehörten. Sie legte sie auf den Tisch und sah mich an.

»Es tut gut, sich hin und wieder an einem ruhigen Ort zu erholen, wo es wirklich friedlich ist. Man wird so müde, so schrecklich *müde*. So abgespannt – so *schläfrig*.«

Sie nahm sich ein Kleidchen vom Tisch und begann zu nähen. Lange weiße Finger führten die Nadel, während die andere Hand das winzige Kleidungsstück hielt. Wie herrlich war doch die Bewegung dieser schlanken Hand – wie rhythmisch – wie ein Schlaflied – so beruhigend!

»Ah, ja – hier dringt nichts von der ruhelosen Welt herein«, murmelte sie mit sanfter einschmeichelnder Stimme. »Hier findet man Frieden und Ruhe – Ruhe –«

Widerstrebend wandte ich meine Augen von dem langsamen Tanz ihrer Hände, dem Weben dieser langen feinen Finger, die sich so rhythmisch bewegten – so beruhigend. Die Augen der Puppenmacherin ruhten auf mir, sanft und voll des Friedens, von dem sie gesprochen hatte.

Es konnte nicht schaden, sich ein bisschen zu entspannen, Kraft zu schöpfen für den Kampf, der unausbleiblich war. Und ich war müde. Ich hatte gar nicht gewusst wie sehr! Mein

Blick suchte wieder ihre Hände. Ungewöhnliche Hände, die genauso wenig zu dem schweren Körper gehörten wie die Augen und die Stimme.

Aber vielleicht gehörten sie wirklich nicht dazu? Vielleicht war dieser unförmige Körper nur eine Tarnung? Eine Schale des eigentlichen Leibes, zu dem Augen, Hände und Stimme gehörten?

Ich dachte darüber nach, während ich dem langsamen Rhythmus der Finger folgte. Wie mochte wohl dieser Körper aussehen, zu dem sie gehörten? War er genauso bezaubernd wie die Hände, die Augen, die Stimme?

Sie summte eine seltsame Weise. Es war eine einlullende Schlummermelodie. Sie kroch an meinen ermüdeten Nerven entlang, erfüllte mein erschöpftes Ich – und schenkte Schlaf – wundersamen Schlaf. So, wie die Hände den Schlaf webten, und die Augen mich darin einhüllten –

Schlaf!

Etwas in mir wütete, tobte. Befahl mir, mich zu erheben, diese Lethargie abzuschütteln.

Die fast über meine Kräfte gehende Anstrengung, die mich keuchend wieder an die Oberfläche des Bewusstseins zurückzuholen vermochte, ließ mich erkennen, wie weit ich schon diesem merkwürdigen Dämmerzustand verfallen gewesen war. Einen kurzen Augenblick, ehe ich ganz erwachte, sah ich den Raum, wie die Walters ihn beschrieben hatte.

Riesig, mit angenehm gedämpftem Licht, den kostbaren Wandteppich, der Holzverkleidung, die Wandschnitzerei, hinter deren kunstvollen Reliefs sich unheimliche Geschöpfe verbargen und lachten, lachten – mich auslachten. An der Wand hing ein Spiegel – und er war tatsächlich wie eine mit klarstem Wasser gefüllte Halbkugel, in der – sich die Spiegelbilder der Schnitzereien des Rahmens wiegten wie die Reflexionen der Pflanzen um einen klaren Waldteich!

Der so überaus geräumige Raum schien zu flimmern – und war wie weggewischt.

Ich stand neben einem umgestürzten Stuhl in demselben

Zimmer, in das die Puppenmacherin mich gebracht hatte. Sie stand ganz nah neben mir und musterte mich völlig überrascht, und wie mir schien, etwas besorgt. Sie sah aus wie jemand, schoss es mir plötzlich durch den Kopf, der unerwartet ertappt worden war –

Ertappt? Wann hatte sie überhaupt ihren Stuhl verlassen? Wie lange hatte ich geschlafen? Was hatte sie während meines Schlafs mit mir gemacht? Wovon hatte meine fast unmenschliche Willensanstrengung sie abgehalten?

Ich versuchte zu sprechen – brachte aber keinen Ton hervor. Meine Zunge war wie gelähmt, ich war wütend, fühlte mich hereingelegt. Ich erkannte, dass ich ihr in die Falle gegangen war wie der blutigste Anfänger – ich, der ich genau gewusst hatte, wie sehr ich auf der Hut sein musste. Ihre Stimme, ihre Augen, ihre Hände hatten mich in ihren Bann gezogen – durch die stetige Suggestion, ich sei müde – so müde –, dass hier Frieden herrsche – und Schlaf –

Was hatte sie mir angetan, während ich schlief? Warum vermochte ich mich nicht zu bewegen? Es war, als habe mich die übermenschliche Anstrengung, mich aus diesem unnatürlichen Schlaf zu befreien, meine ganze Kraft gekostet. Ich stand reglos, stumm, erschöpft. Nicht ein Muskel wollte gehorchen. Meine Willenskraft war verbraucht.

Die Puppenmacherin lachte. Sie schritt zu den Schränkchen an der gegenüberliegenden Wand. Meine Augen folgten ihr hilflos. Die Lähmung, die mich fesselte, ließ nicht im Mindesten nach. Sie drückte auf einen Knopf, und die Tür eines der Schränkchen sprang auf.

Dahinter war eine Puppe. Ein lächelndes Schulmädchen mit engelhaftem Gesicht. Ich betrachtete sie, und es war mir, als greife eine eisige Hand nach meinem Herzen. In ihren winzigen Händchen hielt sie eine degenartige Nadel. Ich wusste sofort, das war die Puppe, die Gilmore erstochen hatte.

»Das ist eine meiner *besonderen* Puppen.« Die Augen der Frau funkelten vor grausamem Spott. »Eine gute Puppe! Manchmal vielleicht etwas sorglos! Lässt ihren Ranzen liegen, wenn sie einen Besuch macht. Aber so folgsam! Wäre das die Richtige für Ihre Enkelin?«

Wieder dieses jugendliche, perlende, boshafte Lachen. Plötzlich war mir klar, dass Ricori Recht hatte, dass diese Frau nicht leben durfte. Ich konzentrierte meine ganze Energie darauf, sie anzuspringen. Doch ich konnte nicht einmal den kleinen Finger rühren.

Die langen weißen Finger drückten auf den versteckten Knopf des nächsten Schränkchens. Der eisige Druck auf mein Herz verstärkte sich. Aus dem Schrank starrte mich – Schwester Walters an.

Sie war gekreuzigt!

So perfekt, so – *lebendig* schien die Puppe, dass ich glaubte, die Schwester durch ein Verkleinerungsglas zu sehen. Sie trug ihre Tracht, aber ohne Häubchen, und das schwarze Haar hing ihr zersaust ins Gesicht. Ihre Arme waren seitlich ausgestreckt und durch die Handflächen war je ein Nagel gebohrt, der sie an der Schrankrückwand festhielt. Ihre Füße waren bloß und ruhten aufeinander, und auch sie hielt ein Nagel an der Wand fest. Um die Blasphemie zu vollenden, war über ihrem Kopf ein Schild angebracht, darauf stand: *DIE MÄRTYRERIN.*

Mit einer Stimme, die süß wie direkt aus der Hölle importierter Honig klang, murmelte die Puppenmacherin: »Diese Puppe hat sich schlecht benommen. Sie gehorchte nicht. Ich bestrafe meine Puppen, wenn sie nicht folgen. Aber ich sehe, es bekümmert sie. Nun, sie ist genug bestraft – für den Augenblick.«

Die langen weißen Hände zogen die Nägel aus Händen und Füßen. Dann lehnte sie die Puppe aufrecht gegen die Wand.

»Leider kann ich Ihnen diese Puppe nicht für Ihre Enkelin überlassen. Sie ist unverkäuflich. Sie muss noch viel lernen, ehe sie wieder herauskommt.«

Ihre Stimme wandelte sich, verlor ihre satanische Süße, lud sich mit Drohung.

»Und nun spitzen Sie Ihre Ohren – Dr. Lowell! Glauben Sie

vielleicht, ich wüsste nicht, wer Sie sind? Auch Sie haben noch viel zu lernen!« Ihre Augen funkelten. »Und Ihre erste Lektion werde ich Ihnen sofort erteilen – Sie Narr! Sie, der Sie sich anmaßen, den Geist zu heilen – und nichts, absolut nichts darüber wissen. Für Sie ist der Geist, die Seele, nichts weiter als ein Teil der Maschinerie, die aus Fleisch, Blut, Nerven und Knochen besteht. Sie – der Sie nur an die Existenz dessen glauben, was sich in Ihren Reagenzgläsern, unter Ihren Mikroskopen beweisen lässt. Sie – der Sie das Leben als chemisches Ferment, und das Bewusstsein als Produkt von Zellen betrachten. Sie Narr! Und doch haben Sie und dieser Barbar, dieser Ricori, es gewagt, mich hindern zu wollen, mir in die Quere zu kommen, mich mit Beobachtern zu umzingeln. Sie wagten es, mich zu bedrohen – *MICH* –, die ich uraltes Wissen besitze, neben dem eure Wissenschaft nichts weiter ist als ein Strohfeuer unter einem leeren Kessel. Ihr Narren! Ich kenne jene, die im Geiste leben – und die Kräfte, die sich durch sie kundtun – und jene, die jenseits sind. Sie kommen auf mein Geheiß. Und Sie bilden sich ein, Ihr armseliges Wissen mit meinem messen zu können! Sie Narr! Haben Sie verstanden, was ich gesagt habe? Sprechen Sie!«

Sie streckte ihren Finger aus, und plötzlich fühlte ich, wie meine Kehle sich entspannte.

»Sie Ausgeburt der Hölle!«, krächzte ich. »Sie verfluchte Mörderin! Ich werde Sie auf den elektrischen Stuhl bringen!«

Sie kam lachend auf mich zu. »Wollen Sie mich vielleicht vor ein Gericht stellen? Sie bilden sich doch nicht wirklich ein, dass Ihnen jemand glauben würde! Die Skepsis, die von Ihrer Wissenschaft genährt wird, ist mein Schild. Die Finsternis eurer Unaufgeschlossenheit meine uneinnehmbare Burg. Gehen Sie, spielen Sie mit Ihren Maschinen, Sie Narr! Aber kommen Sie mir nicht noch einmal in die Quere!«

Ihre Stimme wurde tödlich ruhig.

»Ich warne Sie. Wenn Sie Wert auf Ihr Leben legen und das derer, die Sie lieben – dann nehmen Sie Ihre Wächter fort. Ricori können Sie nicht retten. Er gehört mir. Doch Sie –

vergessen Sie mich. Ich fürchte Ihre Beobachter nicht – aber sie beleidigen mich. Rufen Sie sie zurück. Sofort! Wenn sie bei Anbruch der Dunkelheit noch nicht verschwunden sind –«

Sie packte mich mit schmerzhaftem Griff an der Schulter und schob mich zur Tür.

»Gehen Sie!«

Ich versuchte Gewalt über meine Arme zu gewinnen. Wäre es mir gelungen, hätte ich sie niedergestreckt wie ein wildes Tier. Aber ich vermochte sie absolut nicht zu bewegen. Wie ein Roboter schritt ich zur Tür, die die Puppenmacherin für mich offen hielt.

Hinter mir hörte ich ein Rascheln aus einem der Schränkchen. Mit steifem Hals drehte ich meinen Kopf. Die Walters-Puppe war nach vorn gekippt und lag halb über der Kante. Sie schwang die Arme, als wolle sie mich anflehen, sie mitzunehmen. In den Handflächen sah ich die Male, die die Nägel hinterlassen hatten. Ihre Augen ruhten beschwörend auf meinen.

»Gehen Sie!«, befahl die Puppenmacherin. »Und denken Sie daran!«

Mit denselben robothaften Bewegungen schritt ich durch den Korridor in den Laden. Das Mädchen beobachtete mich mit tränenglänzenden Augen. Als ob eine Hand mich von hinten anschöbe, schlurfte ich durch den Laden und hinaus auf die Straße.

Hinter mir vermeinte ich das höhnische, teuflisch-süße Lachen der Puppenmacherin zu hören.

14

Kaum stand ich auf der Straße, vermochte ich mich wieder frei zu bewegen. Eine entsetzliche Wut kochte in mir. Ich machte kehrt, um den Laden noch einmal zu betreten. Einen halben Meter davor prallte ich gegen eine unsichtbare Wand. Ich konnte keinen Schritt vorwärts tun, war nicht einmal fähig, mit den Händen die Tür zu berühren. Es war, als ob hier mein Wille streike, oder vielmehr, als ob Arme und Beine sich weigerten, ihm zu gehorchen. Es war mir sofort klar, dass es sich um eine posthypnotische Beeinflussung besonderer Art handelte, der gleichen, die mich in Gegenwart der Puppenmacherin gelähmt und mich dann wie ein Roboter aus der Tür hatte marschieren lassen. Ich bemerkte McCann, der auf mich zukam, und hatte einen Augenblick die verrückte Idee, ihn hineinzuschicken, um Madame Mandilip eine Kugel zu verpassen. Gesunder Menschenverstand sagte mir jedoch, dass wir keine glaubwürdige Erklärung für ein solches Vorgehen angeben könnten und vermutlich nur auf dem elektrischen Stuhl landen würden, den ich ihr angedroht hatte.

»Ich begann mir schon Sorgen zu machen, Doktor«, brummte McCann. »Bald hätte ich drinnen nach dem Rechten gesehen.«

»Kommen Sie, McCann«, murmelte ich nur. »Ich möchte so schnell wie möglich nach Hause.«

Er sah mein Gesicht und pfiff durch die Zähne. »Man könnte meinen, Sie kämen aus einer Schlacht.«

»So ist es auch. Und gesiegt hat Madame Mandilip – bis jetzt. Aber ich erzähle Ihnen später alles, erst muss ich mit mir selbst ins Reine kommen.« Ich musste ganz einfach erst meine Selbstbeherrschung wiedergewinnen. Mein Verstand, halb blind, bemühte sich, sich in die Wirklichkeit zurückzutasten. Es war, als sei er in ein Spinnennetz geraten, und obwohl ich mich daraus befreit hatte, hingen noch immer vereinzelte klebrige Stränge an ihm.

Wir stiegen in den Wagen und saßen ein paar Minuten schweigend nebeneinander.

»Es würde mich nur interessieren, was Sie von ihr halten.«

Ich hatte mir inzwischen eine Meinung gebildet. Nie zuvor hatte ich solche Abscheu, solchen Hass, einen unbezwingbaren Drang zu töten empfunden, wie in Gegenwart dieser Frau.

Und zwar nicht, weil mein Stolz gelitten hatte, obwohl er angeschlagen genug war. Nein, es war die Gewissheit, dass in dem Raum hinter dem Laden das Böse schlechthin hauste. Das Böse, so unmenschlich und fremdartig, als käme die Puppenmacherin tatsächlich direkt aus der Hölle, an die Ricori glaubte. Es gab keinen Kompromiss mit diesem Bösen, auch nicht mit der Frau, die es verkörperte.

»McCann«, seufzte ich, »auf der ganzen Welt gibt es nichts, das so von Grund auf böse ist wie diese Frau. Lassen Sie das Mädchen nicht noch einmal entwischen. Was meinen Sie, hat sie vergangene Nacht bemerkt, dass man sie entdeckt hatte?«

»Ich glaube nicht.«

»Postieren Sie ein paar Mann mehr um den Laden. Tun Sie es ganz offen, dass es den beiden Frauen auffallen muss. Dann werden sie glauben – sofern das Mädchen nicht weiß, dass sie beobachtet wurde –, dass wir keine Ahnung von dem zweiten Ausgang haben, sondern dass wir immer noch denken, sie muss irgendwie unbemerkt durch den Vorder- oder Hintereingang entwischt sein. Stellen Sie je einen Wagen an beiden Enden der Straße bereit, in der sich die Garage befindet. Sie dürfen jedoch auf keinen Fall ihren Argwohn erwecken. Wenn das Mädchen erscheint, dann folgen Sie ihr.« Ich zögerte.

»Und dann?«, erkundigte sich McCann.

»Halten Sie sie fest, kidnappen Sie sie, wie immer Sie es nennen wollen. Es darf auf keinen Fall Aufsehen erregen. Das *Wie* überlasse ich Ihnen, Sie kennen sich da bestimmt besser aus als ich. Tun Sie es schnell und unauffällig und so weit vom Puppenladen entfernt wie nur möglich. Knebeln Sie sie, fesseln Sie sie, falls erforderlich. Hauptsache, Sie fassen sie. Dann durchsuchen Sie ihren Wagen und bringen das Mädchen zu mir – und was immer sie bei ihr gefunden haben. Haben Sie alles mitbekommen?«

»Wenn sie auftaucht, schnappen wir sie«, versprach er. »Wollen Sie sie in die Mangel nehmen?«

»Ich werde sie jedenfalls zum Sprechen bringen – und noch mehr. Ich will damit die Puppenmacherin herausfordern.

Vielleicht wird sie verleitet, etwas zu tun, wofür wir auf legalem Weg etwas gegen sie unternehmen können. Sie muss mit dem Gesetz in Konflikt kommen. Sie hat möglicherweise, oder vielleicht auch nicht, andere und unsichtbare Gehilfen. Meine Absicht ist jedenfalls, sie der sichtbaren zu berauben. Vielleicht erscheinen dann auch die anderen. Zumindest aber wird es sie schwächen.«

»Sie muss Sie ganz schön getroffen haben, Doktor.«

»Das hat sie«, entgegnete ich kurz.

Er zögerte. »Werden Sie den Boss einweihen?«, fragte er schließlich.

»Das hängt von seinem Zustand ab. Wieso?«

»Ich meine nur. Wenn wir uns auf eine Entführung einlassen, sollte er wenigstens davon wissen.«

Mit aller Schärfe sagte ich: »McCann, haben Sie vergessen, dass Mr. Ricori Ihnen ausrichten ließ, Sie hätten meine Befehle auszuführen, als kämen sie von ihm? Sie wissen, was zu tun ist. Die Verantwortung übernehme ich.«

»Okay«, brummte er, aber ganz zufrieden schien er nicht.

Falls Ricori sich tatsächlich hinreichend erholt hatte, gab es keinen Grund, warum ich ihm nicht meine Erlebnisse bei Madame Mandilip schildern sollte. Bei Braile war es etwas anderes. Da ich seine Gefühle für die Walters mehr als nur ahnte, durfte ich ihm auf keinen Fall von der gekreuzigten Puppe erzählen. Er würde sich nicht zurückhalten lassen, sofort zu der Alten zu stürmen. Das musste ich verhindern. Aber warum ich auch McCann gegenüber so zugeknöpft war? Ich schrieb es meiner verletzten Eitelkeit zu.

Wir hielten vor meinem Haus. Es war kurz vor sechs. Ehe ich ausstieg, wiederholte ich meine Anweisungen.

»Okay, Doktor«, versicherte mir McCann. »Wenn sie herauskommt, fassen wir sie auch.«

In meinem Arbeitszimmer fand ich einen Zettel von Braile, auf dem er mir mitteilte, dass er erst nach dem Abendessen wieder vorbeikommen könne. Ich war sehr froh darüber, denn mir graute, ehrlich gesagt, vor seinen Fragen. Ich erfuhr, dass

Ricori schlief und dass er erstaunlich schnell wieder zu Kräften gekommen war.

Ich genehmigte mir ein sehr kärgliches Abendessen und die doppelte Menge Wein, die ich sonst zu mir nehme, und danach einen starken Kaffee. Als ich vom Tisch aufstand, fühlte ich mich bedeutend besser, geistig wacher und wieder völlig Herr meiner selbst – das bildete ich mir zumindest ein. Ich beschloss, Ricori von meinen Anordnungen, was die Entführung des Mädchens betraf, in Kenntnis zu setzen. Natürlich war mir klar, dass er daraufhin bestimmt in allen Einzelheiten wissen wollte, was im Puppenladen vorgefallen war. Aber ich hatte bereits die Geschichte vorbereitet, die ich ihm erzählen würde. Mit großem Schreck stellte ich fest, dass ich ihm gar nichts mehr erzählen konnte. Es wurde mir bewusst, dass ich das, was ich ohnehin einstweilen auszulassen vorgehabt hatte, gar nicht mitteilen *konnte,* so sehr ich es auch vielleicht wollte. Was natürlich auf einen posthypnotischen Befehl der Alten zurückzuführen war. Während meines kurzen Tranceschlafs musste sie mir demnach suggeriert haben, dies und jenes zu verschweigen, anderes dagegen aber zu erzählen.

Ich vermochte kein Wort über die Schulmädchenpuppe mit dem Engelsgesicht und der Degennadel über meine Lippen zu bringen. Genauso wenig gelang es mir, die Walters-Puppe und ihre Kreuzigung zu erwähnen. Und erst recht nicht das schweigende Eingeständnis der Alten, dass sie für die Todesfälle verantwortlich war, die uns auf ihre Spur brachten.

Diese Erkenntnis beruhigte mich jedoch sogar. Denn hier war etwas, das ich zu verstehen vermochte – etwas, das mir festen Boden unter den Füßen gab, denn es hatte nichts mit Zauberei oder den finsteren Mächten zu tun, sondern gehörte ins Reich der Wissenschaft, wie ich sie kannte. Wie oft hatte ich selbst schon meine Patienten auf diese Weise behandelt, hatte ihren kranken Geist durch posthypnotische Suggestion geheilt.

Außerdem wusste ich, wie sich diese posthypnotischen Befehle der Alten löschen ließen. Sollte ich es jedoch tun?

Starrköpfig entschied ich mich dagegen, denn wäre es nicht ein Eingeständnis, dass ich mich vor dieser Madame Mandilip fürchtete? Ich hasste sie, ja – aber ich fürchtete sie nicht. Nun, da ich ihre Technik kannte, musste ich diese einmalige Gelegenheit nutzen, ihre Auswirkungen an mir als Versuchsobjekt zu studieren. Ich redete mir ein, dass diese Suggestion alles war, das sie mir hatte antun können, dass ich Schlimmeres durch mein unerwartetes Erwachen verhindert hatte.

Ah, wie wahr hatte die Puppenmacherin gesprochen, als sie mich einen – Narren nannte!

Als Braile kam, konnte ich ihm bereits wieder völlig beruhigt begegnen. Kaum hatten wir uns begrüßt, bekam ich einen Anruf aus dem Anbau, dass Ricori erwacht sei und sich über meinen Besuch freuen würde.

»Das ist sehr gut«, wandte ich mich an Braile. »Kommen sie mit, dann brauche ich dieselbe Geschichte nicht zweimal zu erzählen.«

»Welche Geschichte?«

»Mein Besuch bei Madame Mandilip.«

»Sie haben sie besucht?«, fragte er erstaunt.

»Ja. Sie ist sehr – interessant. Kommen Sie. Bei Ricori erfahren Sie alles.«

Ricori saß im Bett. Ich untersuchte ihn schnell. Obwohl er noch etwas schwach war, schien er wieder völlig hergestellt, und ich konnte ihn als Patienten entlassen. »Ich habe ihre Hexe gesehen«, flüsterte ich ihm zu. »Schicken Sie Ihre Wächter vor die Tür, ich kümmere mich um die Schwester.« Als wir mit Braile allein waren, berichtete ich über die Ereignisse des Tages und begann mit dem traurigen Erlebnis in der Wohnung der Gilmores. Ricori hörte mir mit grimmigem Gesicht zu.

»Erst ihr Bruder – und jetzt ihr Mann. Arme, arme Mollie!«, murmelte er. »Aber ich werde sie rächen! Si, si!«

Danach rückte ich mit einer sehr unvollständigen Version meines Besuchs bei Madame Mandilip heraus und informierte

Ricori, was ich McCann aufgetragen hatte. »So können wir zumindest heute Nacht in Ruhe schlafen. Denn wenn das Mädchen mit den Puppen herauskommt, wird McCann sie fassen. Und falls sie nicht erscheint, haben wir ohnehin nichts zu befürchten. Ich bin mir ziemlich sicher, dass die Puppenmacherin ohne sie nicht zuschlagen kann. Ich hoffe, Sie sind damit einverstanden, Ricori.«

Er musterte mein Gesicht einen Augenblick sehr aufmerksam. »O ja, ich bin sogar sehr einverstanden, Dr. Lowell. Nur glaube ich nicht, dass Sie uns alles erzählt haben, was zwischen Ihnen und der Hexe vorgefallen ist.«

»Ich auch nicht«, warf Braile ein.

Ich erhob mich. »Jedenfalls habe ich Ihnen das Wesentliche berichtet. Ich bin todmüde. Ich nehme noch ein Bad und lege mich dann ins Bett. Es ist jetzt halb zehn Uhr. Wenn das Mädchen überhaupt den Laden verlässt, dann nicht vor elf. Ich werde schlafen, bis McCann mit dem Mädchen erscheint. Wenn er nicht kommt, dann die ganze Nacht. Sparen Sie sich Ihre Fragen für morgen auf.«

Ricoris forschender Blick war nicht von mir gewichen. »Warum schlafen Sie nicht hier?«, fragte er. »Wäre das nicht sicherer – für Sie?«

Ich war gereizt wie nie zuvor. Mein Stolz war durch mein Verhalten bei der Puppenmacherin und die Art, wie sie mich hereingelegt hatte, ohnehin tief verletzt. Ricoris Vorschlag, mich hinter seinen Leibwächtern zu verstecken, war für mich nun wie ein Stochern in dieser Wunde.

»Ich bin kein Kind«, brauste ich auf, »und durchaus in der Lage, selbst auf mich aufzupassen. Ich habe es nicht nötig, mich in den Schutz von Revolverhelden zu –« Ich hielt inne und schämte mich. Aber Ricori schien nicht beleidigt. Er nickte und ließ sich auf sein Kopfkissen zurückfallen.

»Nun weiß ich, was ich wissen wollte. Sie sind bei der Hexe sehr schlecht gefahren, Dr. Lowell. Und Sie haben uns durchaus nicht alles – Wesentliche berichtet.«

»Es tut mir Leid, Ricori«, entschuldigte ich mich.

»Schon gut.« Nun lächelte er zum ersten Mal. »Ich verstehe vollkommen. Ich bin auch ein bisschen Psychologe. Aber ich versichere Ihnen eines – es spielt keine große Rolle, ob McCann das Mädchen heute bringt oder nicht. Morgen stirbt die Hexe – und das Mädchen mit ihr.«

Ich schwieg. Ich rief die Schwester zurück und postierte die beiden Wächter wieder im Zimmer. So sicher ich auch meiner Sache war, wollte ich doch kein Risiko für Ricori eingehen. Zwar hatte ich ihm nichts von der Drohung der Puppenmacherin gegen ihn gesagt, aber vergessen hatte ich sie durchaus nicht.

Braile begleitete mich zu meinem Arbeitszimmer. »Ich kann mir vorstellen, dass Sie verdammt müde sein müssen, Dr. Lowell«, sagte er entschuldigend, »und ich will Sie auch nicht belästigen. Aber ich möchte gern bei Ihnen im Zimmer bleiben, während Sie schlafen.«

Mit der gleichen Gereiztheit fuhr ich ihn an. »Haben Sie denn nicht gehört, was ich zu Ricori sagte? Ich weiß, Sie meinen es gut, und ich bin Ihnen auch sehr verbunden, aber ich möchte jetzt wirklich meine Ruhe haben.«

»Gut«, murmelte er. »Dann halte ich hier im Arbeitszimmer Wache, bis McCann kommt oder bis zum Morgengrauen. Sollte ich ungewöhnliche Geräusche in Ihrem Zimmer hören, werde ich nachschauen. Ich werde auch so hin und wieder nach dem Rechten sehen. Also sperren Sie Ihre Türe nicht ab, sonst müsste ich sie aufbrechen. Habe ich mich deutlich genug ausgedrückt?«

Als er bemerkte, dass ich vor Ärger rot anlief, sagte er: »Ich meine es im vollen Ernst!«

»Na schön«, knurrte ich. »Tun Sie, was Sie nicht lassen können!« Ich zog mich in mein Schlafzimmer zurück und schlug die Tür hinter mir zu – aber ich sperrte sie nicht ab.

Ich war entsetzlich müde. Daran bestand gar kein Zweifel. Auch nur eine Stunde Schlaf würde helfen. Ich beschloss, auf das Bad zu verzichten und begann mich auszuziehen. Als ich aus dem Hemd schlüpfte, bemerkte ich links in Herznähe eine kleine Nadel, die unter dem Hemd eine Knotenschnur festhielt!

Ich machte einen Schritt auf die Tür zu, um Braile zu rufen. Dann besann ich mich eines anderen. Das würde nur endlose Fragereien auslösen – und ich war doch so schrecklich müde!

Ich hatte keinen anderen Wunsch als endlich zu schlafen!

Aber es war besser, wenn ich erst die Schnur verbrannte. Ich suchte nach einem Streichholz, als ich Brailes Schritt an der Tür hörte. Hastig ließ ich die Schnur in meiner Hosentasche verschwinden.

»Was wollen Sie?«, rief ich.

»Nur sehen, dass Sie auch gut ins Bett kommen.« Er öffnete die Tür einen Spalt. Natürlich wollte er sich lediglich vergewissern, ob ich sie auch nicht abgeschlossen hatte. Ich schwieg und fuhr fort mich auszuziehen.

Mein Schlafzimmer ist ein hoher, geräumiger Raum im ersten Stock. Er befindet sich auf der Rückseite des Hauses, unmittelbar neben meinem Arbeitszimmer. Er hat zwei Fenster, die zum Garten hinausgehen; der wilde Wein umrankt sie. In der Zimmermitte hängt ein massiver, altmodischer Kandelaber, über und über mit Prismen bedeckt; Lüster, glaube ich, nennt man diese Dinger aus geschliffenem Glas, die sechs Kerzenhalter mit echten Wachskerzen tragen. Ich hatte ihn mit dem Haus übernommen und nicht erlaubt, dass er in einen elektrischen Kronleuchter umgewandelt wurde. Mein Bett befindet sich am Ende des Zimmers, und wenn ich mich auf die linke Seite drehe, kann ich die Fenster sehen, deren Glas wie ein schwacher Spiegel reflektiert. Das gleiche Licht spiegeln auch die Glasprismen wider, sodass der ganze Kandelaber wie eine nebelhaft schimmernde Wolke wirkt. Das Ganze ist sehr beruhigend und fördert das Einschlafen. Ein einsamer, uralter Birnbaum befindet sich noch im Garten, in dem sich früher ein Obstbaum an den anderen drängte. Die Nachttischlampe steht direkt auf dem Nachtkästchen neben dem Bett. Auf der gegenüberliegenden Zimmerseite ist ein alter Kamin mit Marmorverzierung und einem breiten Sims darüber. Um sich die nun folgenden Ereignisse veranschaulichen zu können, ist es erforderlich, meine Beschreibung im Kopf zu behalten.

Bis ich ganz ausgekleidet war, hatte Braile die Tür wieder geschlossen. Ich nahm die Knotenschnur, die so genannte Hexenleiter, und warf sie verächtlich auf den Tisch. Es lag wohl eine gewisse Herausforderung in dieser Geste, und hätte ich mich nicht so sehr auf McCann verlassen, hätte ich bestimmt meine ursprüngliche Absicht, sie zu verbrennen, ausgeführt. Ich mixte mir ein Beruhigungsgetränk, schaltete die Nachttischlampe aus und ließ mich in die Kissen fallen.

Ich sank tiefer und tiefer in ein Meer von Schlaf – tiefer – und tiefer.

Ich erwachte und blickte um mich. Wie war ich nur an diesen seltsamen Ort gekommen? Ich stand in einer flachen, grasüberwucherten Grube, die mir bis zu den Knien reichte. Ringsherum dehnte sich eine Wiese aus, ungefähr einen viertel Kilometer im Durchmesser, mit eigentümlichem Gras und purpurnen Blumen. Am Rand der kreisförmigen Wiese entdeckte ich fremdartige Bäume, deren Rinde mir wie grüne und scharlachrote Edelsteine vorkam; es waren Bäume mit hängenden Zweigen, bedeckt mit farnähnlichem Laub, um die sich Schlingpflanzen rankten, die mir wie Schlangen erschienen. Die Bäume umzäunten die Wiese – sie beobachteten mich – warteten darauf, dass ich mich bewegte –

Nein, es waren nicht die Bäume, die mich beobachteten. Zwischen und hinter ihnen versteckt lauerten – Dinge, Verkörperungen des Bösen!

Doch wie war ich hierher gekommen? Ich blickte hinunter auf meine Beine, streckte meine Arme aus. Ich hatte den blauen Pyjama an, mit dem ich ins Bett gestiegen war – in meinem Haus in New York. Wie war ich bloß hierher gekommen? Ich schien nicht zu träumen ...

Nun bemerkte ich, dass drei Fußpfade aus der Grube führten – jeder in eine andere Richtung auf den Wald zu. Und plötzlich wusste ich, dass ich einem dieser Pfade folgen musste und dass es lebenswichtig war, den richtigen auszuwählen. Nur einer von ihnen führte in die Sicherheit. Die beiden anderen brachten mich in die Gewalt der lauernden Wesen.

Die Grube begann sich zusammenzuziehen. Ich spürte, wie der Boden sich hob. Die Grube stieß mich aus! Ich sprang auf den Pfad zu meiner Rechten und begann, langsam auszuschreiten. Unwillkürlich wurden meine Schritte schneller, und ich rannte auf den Wald zu. Als ich näher kam, sah ich, dass der Weg schnurgerade hindurchführte und sich in dämmrig grüner Ferne verlor. Zwischen den Bäumen war er ungefähr einen Meter breit. Immer schneller lief ich. Nun hatte ich den Wald erreicht, und die unsichtbaren Wesen sammelten sich hinter den Bäumen am Wegrand. Sie kamen von überall her aus dem Wald. Ich wusste nicht, was diese Geschöpfe waren, noch was sie mit mir vorhatten, wenn sie mich fingen. Ich wusste nur, dass keine Qual jener gleichkommen konnte, die sie mir antun würden, falls sie mich zu fassen bekämen.

Immer weiter rannte ich durch den Wald, jeder Schritt ein Albtraum. Ich spürte Hände, die sich nach mir ausstreckten – hörte schrilles Flüstern. Schwitzend und zitternd brach ich aus dem Wald und hastete über eine endlose Ebene, die sich bis zum Horizont erstreckte. Hier gab es keinen Pfad mehr, überall bedeckte braunes, verdorrtes Gras den Boden. Es war, schoss es mir plötzlich durch den Kopf, wie die versengte Heide von Macbeths drei Hexen. Und doch – besser als der verwunschene Wald, aus dem mich immer noch tausend böse Blicke verfolgten.

Ich sah zum Himmel. Es war von einem diesigen Grün, in dem zwei verschleierte Himmelskörper zu glühen begannen, schwarze Sonnen – nein, es waren keine Sonnen – es waren die Augen –

Die Augen der Puppenmacherin!

Sie starrten aus dem dunstig-grünen Himmel auf mich herab.

Über den Horizont dieser fremdartigen Welt griffen zwei Riesenhände nach mir – um mich zu packen und in den Wald zurückzuschleudern – weiße Hände mit langen Fingern – und jeder von ihnen ein selbständiges Wesen.

Die Hände der Puppenmacherin!

Immer näher kamen die Augen – immer näher die Hände.

Vom Himmel herab gellte höhnisches Gelächter.

Das Lachen der Puppenmacherin!

Das Gelächter schrill in den Ohren, erwachte ich – oder schien zu erwachen. Ich saß in meinem Zimmer aufrecht im Bett. Ich war schweißgebadet, und mein Herz hämmerte so stark, dass es meinen ganzen Körper schüttelte. Ich konnte den Kandelaber im Licht der Fenster wie eine kleine Nebelwolke schimmern sehen, und auch die Konturen der Fenster hoben sich schwach ab.

Es war ganz still.

Da, eine Bewegung an einem der Fenster. Ich wollte aufstehen, nachsehen, was es war ...

Ich vermochte mich nicht zu rühren!

Ein schwaches grünes Glühen erhellte das Zimmer. Zuerst war es wie das phosphoreszierende Glimmen verfaulenden Holzes. Es flackerte, erlosch, flackerte, erlosch, aber mit jedem Flackern wurde es stärker, erhellte das ganze Zimmer. Der Kandelaber funkelte wie ein Smaragd.

Ein kleines Gesicht erschien am Fenster. Das Gesichtchen einer Puppe! Mein Herz pochte noch wilder. McCann hat versagt, dachte ich. Das ist das Ende!

Die Puppe grinste mich hämisch an. Ihr glatt rasiertes Gesicht war das eines ungefähr vierzigjährigen Mannes. Die Nase war lang, der Mund breit mit dünnen Lippen. Die Augen standen unter buschigen Brauen eng zusammen. Sie glitzerten rot wie Rubine.

Die Puppe kletterte über das Fensterbrett, dann sprang sie kopfüber ins Zimmer. Einen Augenblick stand sie Kopf, dann schlug sie einen Purzelbaum. Schließlich kam sie auf ihren Füßen zu stehen, eine Hand an den Lippen, die roten Augen auf mich gerichtet – als erwarte sie Applaus! Sie trug den Dress eines Akrobaten. Sie machte eine Verbeugung, dann wies sie mit theatralischer Geste zum Fenster.

Ein zweites Gesichtchen musterte mich von dort. Die strengen kalten Züge eines etwa Sechzigjährigen mit Backenbart. Er starrte mich an mit dem Ausdruck eines Bankiers an, dachte ich, den jemand, den er hasste, um einen Kredit ersuchte. Ich fand diesen Gedanken irgendwie komisch, bis mir bewusst wurde, was hier wirklich vor sich ging.

Eine Bankier-Puppe und eine Akrobaten-Puppe!

Die Puppen jener, die ebenfalls des unbekannten Todes gestorben waren!

Der Bankier stieg würdevoll vom Fenster herab. Er trug einen Frack mit Zylinder. Auch er drehte sich um und hob einen Arm zum Fenster. Eine dritte Puppe wartete dort bereits – eine Frau, nicht viel jünger als der Bankier, im Abendkleid. Sie nahm geziert die angebotene Hand und sprang leichtfüßig zu Boden. Eine vierte Puppe in glitzerndem engen Dress sprang geschmeidig übers Fensterbrett ins Zimmer, direkt neben den Akrobaten. Auch sie blickte mich grinsend an und verbeugte sich.

Die vier Puppen marschierten auf mich zu. Der Akrobat mit dem Trapezkünstler voran, gemessenen Schrittes gefolgt von dem Bankier und der alten Jungfer, der er den Arm geboten hatte.

Es war grotesk, aber absolut nicht erheiternd – höchstens für den Teufel selbst. Verzweifelt dachte ich: »Braile ist im nächsten Zimmer. Wenn ich mich nur bemerkbar machen könnte!«

Die vier Puppen hielten an, um sich zu beraten. Die beiden Zirkusleute drehten eine Pirouette und griffen an den Hals. Aus verborgenen Futteralen holten sie ihre Nadeldegen. Auch in den Händen der Bankier- und Frauen-Puppe erschienen ähnliche Waffen. Sie deuteten mit der Spitze wie mit Schwertern auf mich und setzten ihren Marsch in meine Richtung fort.

Die roten Augen des Trapezkünstlers richteten sich auf den Kandelaber. Er hielt an, betrachtete ihn und deutete mit dem Degen hinauf. Dann steckte er die Klinge fort, beugte die Knie und wölbte die Hände hoch. Der Akrobat nickte und studierte offensichtlich die Höhe des Kandelabers. Der Trapezkünstler wies auf den breiten Kaminsims, woraufhin beide an den Marmorverzierungen hinaufkletterten. Das ältliche Paar beobachtete sie voll Interesse, immer noch die Degennadeln haltend.

Die Akrobaten-Puppe bückte sich, und die Trapezkünstler-Puppe stellte einen Fuß in dessen gewölbte Hände. Die Erstere richtete sich auf, und die zweite sprang zum Kandelaber hinüber, wo sie sich an einem der den Lüster tragenden Ringe festhielt und zu schwingen begann. Sofort sprang auch die zweite Puppe und tat es ihrem glitzernden Gefährten gleich.

Ich sah das schwere alte Stück erbeben. Ein Dutzend Glasprismen lösten sich und fielen klirrend zu Boden. In der Totenstille klang es wie eine Explosion.

Ich hörte Braile zur Tür laufen. Er riss sie weit auf und blieb an der Schwelle stehen. Ich konnte ihn in dem grünen Glühen deutlich wahrnehmen, wusste jedoch, dass er nichts zu sehen vermochte, dass das Zimmer für ihn dunkel war.

»Lowell!«, brüllte er. »Ist Ihnen etwas passiert? Machen Sie doch Licht!«

Ich versuchte, ihm zuzurufen, ihn zu warnen, doch kein Ton drang aus meiner Kehle!

Er tastete sich vorwärts, zum Bett, um die Nachttischlampe einzuschalten. Als er unter dem Kandelaber vorbeikam, entdeckte er wohl die Puppen. Er blieb stehen und blickte hoch.

In diesem Moment zog der Akrobat die Degennadel mit einer Hand und ließ sich auf Brailes Schulter fallen. Mit aller Gewalt bohrte ihm die Puppe die Nadel in den Hals.

Braile schrie auf, dann wurde sein Schrei zu einem grässlich glucksenden Seufzer.

Der Kandelaber schwankte heftig und löste sich mitsamt den uralten Haken von der Decke. Er fiel mit einem Krachen, das das ganze Haus erschütterte, direkt auf Braile und die Teufels-Puppe, die immer noch auf ihn einstach.

Urplötzlich erlosch das grüne Glühen. Ich hörte ein Huschen wie von großen Ratten. Die Lähmung wich. Ich schaltete das Licht ein und sprang aus dem Bett.

Kleine Gestalten kletterten aus dem Fenster. Ich hörte vier gedämpfte Schüsse und bemerkte Ricori an der Tür, links und rechts eine Wache, und beide schossen mit Schalldämpferpistolen auf das Fenster.

Ich beugte mich über Braile. Er war tot. Der Kandelaber hatte ihm den Schädel zerschmettert. Aber er war bereits vorher gestorben. Seine Kehle war aufgeschlitzt und die Halsschlagader durchtrennt.

Die Puppe, die ihn ermordet hatte, war – verschwunden!

15

Ich richtete mich auf. »Sie hatten Recht, Ricori«, sagte ich bitter. »Die Diener der Mandilip sind besser gerüstet als Ihre.«

Er antwortete nicht, sondern blickte voll Mitgefühl auf Braile herab.

»Wenn alle Ihre Leute ihr Versprechen so halten wie McCann, ist es ein wahres Wunder, dass Sie noch am Leben sind.«

Er warf mir einen finsteren Blick zu. »McCann ist sowohl intelligent als auch hundertprozentig verlässlich. Wer weiß, was vorgefallen ist. Ihnen jedoch kann ich den Vorwurf nicht ersparen, dass Dr. Braile noch leben würde, wenn Sie heute Abend offener zu mir gewesen wären.«

Seine Worte schnitten mir tief ins Herz; er hatte nur allzu Recht. Eine Mischung aus Reue, Gram und hilfloser Wut tobte in mir. Wenn dieser verdammte Stolz nicht gewesen wäre! Wenn ich nur ehrlich von meinen Erlebnissen bei der

Puppenmacherin berichtet hätte, soweit ich es vermochte, und erklärt hätte, dass ich nicht in der Lage war, über einige der Einzelheiten zu berichten, und mich von Braile von den posthypnotischen Anordnungen hätte befreien lassen! Aber nein, der gescheite Dr. Lowell nicht! Oder wenn ich zumindest Ricoris Angebot, die Nacht unter Bewachung in seinem Zimmer zu verbringen, angenommen hätte! Oder Braile in meinem Zimmer hätte bleiben lassen! Dann hätte das hier nicht passieren können.

Ich erklärte Ricoris Krankenschwester und den Pflegern, die auf den furchtbaren Krach hin herbeigestürzt waren, dass sich der Kandelaber gelöst und Dr. Braile unter sich begraben habe. Dann schloss ich die Tür wieder und fragte Ricoris Schutzwachen: »Was sahen Sie, als Sie schossen?«

»Irgendwas Affenartiges«, erwiderte der eine. Und der andere: »Liliputaner oder so was.«

Ich blickte Ricori an und las die Antwort in seinem Gesicht. Ich nahm die leichte Decke vom Bett. »Ricori«, bat ich. »Veranlassen Sie Ihre Männer, dass sie Braile in die Decke hüllen und in die Kammer neben dem Arbeitszimmer bringen.« Er beauftragte sie damit, und sie befreiten Braile aus den Scherben und verbogenen Metallteilen. Gesicht und Hals waren von den zerbrochenen Prismen zerschnitten, und zufällig steckte einer der größeren Splitter tief im Hals und hatte vermutlich die Halsschlagader ebenfalls durchtrennt. Ich folgte den Wächtern mit Ricori in die Kammer und schickte Erstere in das Schlafzimmer zurück, wo sie aufpassen sollten, während dort Ordnung geschaffen wurde.

»Was werden Sie tun, Dr. Lowell?«, erkundigte sich Ricori.

Am liebsten hätte ich geweint, aber ich antwortete: »Natürlich muss ich den Unfall melden. Ich werde sagen, dass Braile und ich uns unterhielten und dass der Kandelaber sich plötzlich löste, als er direkt darunter stand. Und dass Glassplitter die Schlagader zerschnitten. Was könnte ich sonst sagen? Das jedenfalls wird man ohne weiteres glauben – die Wahrheit hingegen –«

Mit einem Mal brach mein ganzer Stolz. Zum ersten Mal seit Jahren fand ich Tränen. »Ricori – Sie haben Recht. Nicht McCann, sondern mich trifft die Schuld – die Eitelkeit eines alten Mannes – hätte ich nur offen gesprochen – er wäre noch am Leben. Aber mein verdammter Stolz – ich bin sein – Mörder!«

Er tröstete mich voll Taktgefühl. »Es war nicht Ihre Schuld. Sie konnten nicht aus Ihrer Haut. Wenn die Hexe in Ihrem Unglauben, der ja völlig normal ist, einen Ansatzpunkt gefunden hat – was können Sie dafür? Aber nun wird sie keine Chance mehr bekommen. Das Maß ist voll!«

Er legte seine Hände auf meine Schultern. »Warten Sie, bis McCann sich meldet, ehe Sie die Polizei verständigen. Es ist jetzt kurz vor zwölf, und er wird sicher bald anrufen, wenn er nicht kommt. Ich werde einstweilen auf mein Zimmer gehen und mich ankleiden. Denn sobald ich von ihm gehört habe – muss ich Sie verlassen.«

»Was haben Sie vor, Ricori?«

»Ich werde die Hexe töten«, erwiderte er ruhig. »Sie und das Mädchen. Noch ehe der Tag anbricht. Ich habe schon zu lange gewartet. Nun warte ich nicht länger. Sie wird niemanden mehr umbringen.«

Ein Schwächeanfall übermannte mich. Ich sank in einen Sessel. Alles verschwamm vor meinen Augen. Ricori hielt mir ein Glas an die Lippen, und ich trank wie ein Verdurstender. Durch das Dröhnen in meinen Ohren vernahm ich ein Klopfen und die Stimme eines von Ricoris Leibwächtern: »McCann ist hier.«

Ricori öffnete die Tür und ließ ihn ein.

»Ich hab sie ...« McCann unterbrach sich und starrte uns an.

Dann fiel sein Blick auf die verhüllte Gestalt auf der Liege, und sein Gesicht wurde grimmig. »Was ist passiert?«

»Die Puppen töteten Dr. Braile! Sie haben das Mädchen zu spät gefasst, McCann. Warum?«

»Braile getötet? Die Puppen! 0 Gott!« McCanns Stimme

klang, als schnüre ihm jemand die Kehle zu. »Wo ist das Mädchen, McCann?«

»Unten im Wagen, gebunden und geknebelt«, erwiderte er tonlos.

»Wann haben Sie sie geschnappt? Und wo?«, fragte Ricori barsch.

Als ich den völlig verstörten McCann ansah, empfand ich plötzlich großes Mitgefühl und Sympathie für ihn, die sicher von meinen eigenen Gewissensbissen herrührte. »Setzen Sie sich, McCann«, sagte ich. »Ich bin viel mehr als Sie für das zu tadeln, was passiert ist.«

»Das lassen Sie lieber mich beurteilen«, sagte Ricori kalt. »McCann, haben Sie die Wagen an beiden Enden der Straße postiert, wie Dr. Lowell es Ihnen aufgetragen hatte?«

»Ja.«

»Dann berichten Sie von da an.«

»Sie kommt auf die Straße«, begann er, »so gegen elf. Ich bin am Ostausgang, Paul am westlichen. Ich sag zu Tony: ›Jetzt kann sie nicht mehr aus!‹ Sie schleppt zwei Koffer und schaut sich um, dann marschiert sie zu der Garage. Als sie herausfährt, biegt sie nach rechts ab und fährt in Pauls Richtung. Paul hinter ihr her, weil der Doktor ja gesagt hat, wir sollen sie uns nicht zu nah am Laden schnappen. Und ich fahr Paul nach.

Das Coupé biegt in den Westbroadway ein, mitten zwischen die ganzen Wagen, die gerade mit der Fähre von Staten Island angekommen sind. Es ist ein furchtbarer Verkehr. Ein Ford braust ganz nach links, um einen anderen zu überholen, und Paul kann nicht mehr bremsen und wickelt sich um einen der Hochbahnpfeiler. Ein schreckliches Durcheinander – ich hab zwei Minuten gebraucht, bis ich da herauskam. Inzwischen ist das Coupé verschwunden.

Ich ruf Rod an und sag ihm, er soll sich das Mädchen schnappen, wenn sie wieder auftaucht, selbst wenn er sie sich direkt vor der Ladentür angeln muss, und dann soll er sie hierher bringen.

Ich hab mir gedacht, vielleicht ist sie sowieso hierher unterwegs, also fahr ich langsam auf und ab, da seh ich das Coupé unter einem Baum geparkt. Ich denk mir, jetzt ist meine Chance. Wir schnappen uns das Mädchen. Sie wehrt sich überhaupt nicht. Aber wir haben ihr trotzdem einen Knebel in den Mund geschoben, sie gebunden und in unseren Wagen geschleppt. Tony untersucht das Coupé, aber es ist nichts drin als zwei leere Koffer. Und jetzt haben wir das Mädchen vor der Tür.«

»Wie viel Zeit ist verstrichen, seit ihr sie gefasst habt?«

»Ah, zehn-, fünfzehn Minuten vielleicht. Tony hat das Coupé fast auseinandergenommen, das hat natürlich gedauert.«

Ich warf Ricori einen Blick zu. McCann musste das Mädchen gerade zu dem Zeitpunkt festgenommen haben, als Braile starb.

Er nickte. »Sie hat auf die Puppen gewartet.«

»Was soll ich mit ihr tun?«, erkundigte sich McCann. Seine Frage galt Ricori, nicht mir. Ricori schwieg, aber er blickte McCann starr an.

Ich sah, wie er seine Linke ballte und dann öffnete, die Finger ausgestreckt.

»Okay, Boss«, brummte McCann. Er schritt auf die Tür zu. Ich musste mich nicht anstrengen, um seinen unausgesprochenen Auftrag zu erraten.

»Halt!«, rief ich und stellte mich mit dem Rücken vor die Tür. »Hören Sie zu, Ricori, ich habe auch etwas zu dieser Sache zu sagen. Braile stand mir genauso nah wie Peters Ihnen. Was immer Madame Mandilips Schuld ist, das Mädchen konnte gar nicht anders. Sie steht unter völliger geistiger Bevormundung der Puppenmacherin. Ich vermute stark, dass sie die meiste Zeit sogar hypnotisch gelenkt wird. Ich kann nicht vergessen, dass sie versuchte, die Walters zu retten. Ich werde nicht zulassen, dass sie ermordet wird.«

»Wenn Sie Recht haben«, entgegnete Ricori, »ist es ein Grund mehr, sie möglichst schnell zu beseitigen, ehe die Hexe sie weiter gegen uns einsetzen kann.«

»Ich werde das nicht zulassen«, betonte ich noch einmal. »Außerdem habe ich einen zweiten Grund. Ich möchte sie ausfragen, vielleicht erfahre ich dann, wie Madame Mandilip arbeitet – das Rätsel der Puppen – woraus die Salbe besteht – ob es noch andere gibt, die ihr Wissen besitzen. All das weiß das Mädchen vielleicht, möglicherweise sogar mehr. Und wenn sie etwas weiß, habe ich eine Methode, es herauszufinden.«

Eine ganze Minute überlegte Ricori mit ernstem Gesicht. »Dr. Lowell«, sagte er schließlich. »Zum letzten Mal ordne ich meinen Entschluss dem Ihren unter, obwohl ich nicht glaube, dass Sie Recht haben. Ich weiß, es war falsch, die Hexe nicht gleich an jenem Tag zu töten, als ich zu ihr ging. Und ich glaube auch, dass jede Minute, die das Mädchen noch lebt, Gefahren für uns bringt. Trotzdem sollen Sie Ihren Willen haben – ein letztes Mal.«

»McCann«, bat ich, »bringen Sie das Mädchen in meine Praxis.«

Ich schritt ihm voraus die Treppen hinunter und stellte auf meinen Schreibtisch eine Weiterentwicklung des ›Luys Spiegels‹, der erstmals in der Salpetriere, der weltbekannten psychiatrischen Klinik in Paris zur Herbeiführung hypnotischen Schlafs angewandt wurde. Er besteht aus zwei parallel angeordneten Reihen kleiner Reflektoren, die sich in entgegengesetzter Richtung drehen. Ein Lichtstrahl spielt so auf ihnen, dass ihre Flächen abwechselnd leuchten und sich verdunkeln. Eine sehr nützliche Erfindung, die bei dem offenbar leicht beeinflussbaren Mädchen schnell ansprechen musste. Ich rückte einen bequemen Sessel in die richtige Position und dämpfte das Licht so, dass es dem Spiegel nicht entgegenwirkte.

Kaum hatte ich meine Vorbereitungen getroffen, als McCann mit einem anderen von Ricoris Leuten das Mädchen brachte. Sie setzten sie in den Sessel und nahmen ihr den Knebel aus dem Mund.

16

Laschna leistete keinerlei Widerstand. Sie schien völlig in sich versunken und blickte mit dem gleichen leeren Blick zu mir hoch wie während meines Besuchs im Puppenladen.

»Mein Kind«, sagte ich. »Niemand wird Ihnen etwas antun. Lehnen Sie sich bequem im Sessel zurück und entspannen Sie sich. Ich möchte Ihnen nur helfen. Schlafen Sie, wenn Sie möchten. Schlafen Sie.«

Sie schien mich gar nicht zu hören. Ihr Blick war so leer wie zuvor. Ich ließ mich ihr gegenüber auf einem Stuhl nieder und setzte die Spiegel in Bewegung. Sofort wandte ihr Blick sich ihnen zu und blieb fasziniert daran hängen. Ihr Körper entspannte sich, und ihre Lider fielen herab.

»Schlafen Sie«, sagte ich sanft. »Niemand wird Ihnen ein Leid zufügen. Niemand kann Ihnen etwas antun, solange Sie schlafen. Schlafen Sie – schlafen Sie!«

Jetzt waren ihre Augen geschlossen, und sie seufzte.

»Nun schlafen Sie und werden erst erwachen, wenn ich es Ihnen sage.«

Mit leiser, fast kindlicher Stimme wiederholte sie: »Ich schlafe nun und werde erst erwachen, wenn Sie es mir sagen.«

Ich hielt die drehenden Spiegel an. »Ich werde Ihnen einige Fragen stellen, die Sie mir, bitte, wahrheitsgetreu beantworten werden. Sie können sie nur wahrheitsgetreu beantworten, das wissen Sie.«

»Wahrheitsgetreu. Das weiß ich«, murmelte sie.

»Sind Sie wirklich Madame Mandilips Nichte?«, begann ich.

»Nein.«

»Wer sind Sie dann?«

»Das weiß ich nicht.«

»Wann und wie kamen Sie zu ihr?«

»Vor zwanzig Jahren. Ich war in einem Waisenhaus in Wien. Sie adoptierte mich und sagte, ich solle sie Tante nennen.«

»Wo haben Sie seither gelebt?«

»In Berlin, Paris, dann London, Prag, Warschau.«

»Hat Madame Mandilip dort überall Puppen gemacht?«

Sie antwortete nicht, sondern bebte am ganzen Körper. Ihre Augenlider begannen zu zittern.

»Schlafen Sie! Erinnern Sie sich, Sie können nicht aufwachen, ehe ich es Ihnen nicht sage! Schlafen Sie! Schlafen Sie! Antworten Sie!«

»Ja!«, flüsterte sie.

»Und es waren Puppen, die töteten?«

»Ja.«

»Woher stammt Madame Mandilip?«

»Ich weiß es nicht.«

»Wie alt ist sie?«

»Ich weiß es nicht. Ich fragte sie einmal, da hat sie nur gelacht. Sie sagte, Zeit habe keine Bedeutung für sie. Ich war fünf Jahre alt, als sie mich zu sich nahm. Sie hat damals genauso ausgesehen wie jetzt.«

»Hat sie irgendwelche Komplizen – ich meine, gibt es noch andere, die diese Art von Puppen machen?«

»Einen. Sie lehrte es ihn. Er war ihr Liebhaber in Prag.«

»Ihr Geliebter!«, entfuhr es mir ungläubig, als ich an den wuchtigen Körper, die Riesenbrüste und das Pferdegesicht der Puppenmacherin dachte.

Sie sagte: »Ich weiß, was Sie denken. Aber sie hat noch einen anderen Körper, den sie trägt, wenn es ihr gefällt. Es ist ein wundervoller Körper. Sie ist atemberaubend schön. Ich habe sie oft so gesehen.«

Ein anderer Körper. Eine Illusion natürlich – wie der verzauberte Raum, den die Walters beschrieben hatte und den ich flüchtig wahrgenommen hatte, als ich mich aus dem hypnotischen Netz befreite, das sie um mich gewebt hatte – ein Bild, das die Puppenmacherin durch Suggestion auf das Mädchen übertragen hatte. Ich ging nicht darauf ein, sondern fragte weiter.

»Sie tötet auf zweierlei Arten, nicht wahr? Durch die Salbe und die Puppen?«

»Ja.«

»Wie viele hat sie durch die Salbe in New York gemordet?«

»Sie hat vierzehn Puppen gemacht, seit wir hier sind«, beantwortete sie indirekt meine Frage.

Also gab es noch weitere Fälle, von denen ich nichts wusste.

»Und wie viele haben die Puppen getötet?«

»Zwanzig.«

Ich hörte Ricori fluchen und warf ihm einen warnenden Blick zu. Er lehnte sich vor; sein Gesicht war angespannt und bleich. McCann nahm sogar seinen geliebten Kaugummi aus dem Mund.

»Wie stellt sie die Puppen her?«

»Ich weiß es nicht.«

»Wissen Sie, wie sie die Salbe macht?«

»Nein. Sie lässt mich dabei nicht zusehen.«

»Was aktiviert die Puppen?«

»Sie meinen – was macht sie lebendig?«

»Ja.«

»Etwas von dem Toten.«

Wieder fluchte Ricori, aber leise diesmal. »Wenn Sie nicht wissen, wie die Puppen gemacht werden«, sagte ich sanft, »müssten Sie doch wenigstens wissen, was sie – belebt. Was ist es?«

Sie schwieg.

»Sie müssen mir antworten. Sie müssen mir gehorchen. Sprechen Sie!«

»Ihre Frage ist mir nicht klar. Ich sagte, ›etwas von dem Toten macht sie lebendig‹. Was möchten Sie sonst noch wissen?«

»Beginnen Sie von dem Augenblick an, da jemand, der Modell sitzt, Madame Mandilip zum ersten Mal begegnet, bis zu dem Moment, wenn die Puppe – wie Sie sagen – lebendig wird.«

Beinah verträumt sprach sie: »Sie sagt, die in Frage kommende Person muss freiwillig zu ihr kommen und muss sich aus eigenem Willen, ohne jeglichen Zwang, bereit erklären, dass sie die Puppe macht. Dass der Betreffende nicht weiß, worauf er sich einlässt, spielt keine Rolle. Madame Mandilip muss das erste Modell sofort herstellen. Ehe sie das zweite fertig stellt – die Puppe, die leben soll –, muss sie eine Gelegenheit finden, die Salbe anzuwenden. Sie sagt, die Salbe befreit einen von jenen, die im Geiste wohnen, und dass dieser eine dann zu ihr kommen und in die Puppe schlüpfen muss. Sie sagt, dieser eine ist nicht der Einzige, der den Geist bewohnt, aber die anderen kümmern sie nicht. Sie ist auch nicht an allen Leuten interessiert, die zu ihr kommen. Woher sie weiß, wen sie für ihre Zwecke gebrauchen kann, oder wie sie ihre Auswahl trifft, weiß ich nicht. Wenn sie die zweite Puppe anfertigt, muss die Person, die dafür Modell gestanden hat, sterben. Wenn sie tot ist, beginnt die Puppe zu leben. Sie gehorcht ihr – wie alle ihr gehorchen ...« Sie stockte, dann sagte sie überlegen: »Alle, außer einer –«

»Wer ist diese eine?«

»Die Krankenschwester. Sie weigert sich, sie folgt nicht. Meine – Tante – peinigt sie, bestraft sie – trotzdem kann sie sie nicht unter ihre Kontrolle bekommen. Ich brachte die kleine Schwester gestern Abend mit einer anderen Puppe hierher, damit sie den Mann töte, den meine Tante – gezeichnet hat. Die Schwester kam zwar mit, aber sie ließ nicht zu, dass die andere Puppe den Mann erstach. Sie kämpfte sogar gegen sie und rettete den Gezeichneten. Meine Tante versteht das nicht – es verwirrt sie – und gibt mir – Hoffnung!«

Ihre Stimme wurde leiser. Dann sagte sie plötzlich voll Energie: »Sie müssen sich beeilen. Ich sollte längst mit den Puppen zurück sein. Bald wird sie nach mir suchen. Ich muss gehen – oder sie – wird mich finden – und dann – wenn sie mich hier findet – wird sie mich – töten –«

»Sie brachten die Puppen, damit sie mich umbringen?«

»Natürlich.«

»Und wo sind die Puppen jetzt?«

»Sie waren auf dem Weg zu mir zurück, als Ihre Leute mich gefangen nahmen. Sie werden nach Hause gehen. Sie können sich schnell bewegen, wenn es sein muss. Es wird zwar schwierig für sie sein, den Weg ohne mich zu finden, aber sie werden es schaffen.«

»Warum töten die Puppen?«

»Ihr – zu Gefallen.«

»Die Knotenschnur, welche Rolle spielt sie?«, fragte ich. »Das weiß ich nicht, aber sie sagt –« Plötzlich blickten mich ihre Augen verstört und flehend an, wie die eines Kindes. »Sie sucht mich«, flüstert sie. »Ihre Augen halten Ausschau nach mir – und ihre Hände tasten – sie sieht mich! Verstecken Sie mich! 0 bitte, verbergen Sie mich vor ihr, schnell ...«

»Schlafen Sie tief«, sagte ich beschwörend. »Ganz tief – immer tiefer sinken Sie in Schlaf. Nun vermag sie Sie nicht mehr zu finden! Nun sind Sie gut versteckt!«

»Ich schlafe ganz tief!«, flüsterte sie. »Sie hat meine Spur verloren. Aber sie schwebt über mir – sie sucht weiter –«

Ricori und McCann waren aufgesprungen und standen dicht neben mir.

»Glauben Sie, dass die Hexe hinter ihr her ist?«, fragte Ricori.

»Nein«, entgegnete ich. »Aber es ist nicht ungewöhnlich. Das Mädchen stand so lange unter dem Einfluss der Alten, dass ihre Reaktion völlig natürlich ist. Es könnte das Ergebnis einer Suggestion sein oder auch ihres Unterbewusstseins – sie hat den Gehorsam gebrochen, obwohl ihr in einem solchen Falle Strafe angedroht war –«

Angstvoll schrie das Mädchen auf. »Sie sieht mich! Sie hat mich gefunden! Ihre Hände greifen nach mir!«

»Schlafen Sie! Schlafen Sie fester! Sie kann Ihnen nichts antun. Sie hat sie wieder verloren!«

Das Mädchen antwortete nicht darauf, aber ein schwaches Stöhnen drang aus ihrer Kehle.

»Teufel, können Sie ihr denn nicht helfen?«, fluchte McCann.

Und Ricori sagte mit kalkweißem Gesicht: »Lassen Sie sie sterben! Das wird uns viel ersparen!«

Streng befahl ich dem Mädchen: »Hören und gehorchen

Sie. Ich werde bis fünf zählen, dann erwachen Sie. Sie werden so schnell erwachen, dass sie Sie nicht fassen kann.«

Ich zählte langsam, denn ein zu plötzliches Erwecken hätte sie vermutlich das Leben gekostet, das ihr verwirrter Geist von der Puppenmacherin bedroht sah.

»Eins – zwei – drei –«

Ein durch Mark und Bein schrillender Schrei. Und dann: *»Sie hat mich! Ihre Hände sind um mein Herz – ahh –«*

Krämpfe schüttelten sie. Ihr Körper erschlaffte, und sie fiel in sich zusammen – ihr Herz hatte zu schlagen aufgehört.

Und dann ertönte aus ihrer toten Kehle eine durchdringende, teuflisch süße Stimme, geladen mit Drohung und Verachtung: *»Ihr Narren.«* Madame Mandilips Stimme.

17

Seltsamerweise war Ricori am wenigsten berührt. Mir war ein kalter Schauder den Rücken hinabgekrochen. Und McCann, obwohl er die Stimme der Puppenmacherin nie zuvor gehört hatte, schien zutiefst erschüttert.

»Sind Sie sicher, dass das Mädchen auch wirklich tot ist?«, erkundigte sich Ricori.

»Daran besteht absolut kein Zweifel, Ricori.«

»Dann bring sie in den Wagen«, befahl er McCann.

»Was wollen Sie denn tun?«, erkundigte ich mich.

»Die Hexe töten.« Ironisch und zugleich salbungsvoll zitierte er: »Der Tod soll sie nicht trennen.« Und wild fügte er hinzu: »Sie sollen für immer miteinander in der Hölle schmoren.« Dann blickte er mich scharf an. »Sind Sie vielleicht nicht meiner Meinung, Dr. Lowell?«

»Ich weiß nicht, Ricori. Vor einigen Stunden hätte ich sie noch eigenhändig erwürgt. Aber jetzt ist mein Zorn erloschen. Was Sie tun wollen, ist Mord!«

»Haben Sie denn das Mädchen nicht gehört? Allein in dieser Stadt haben die Puppen zwanzig Menschen getötet – und dazu noch vierzehn neue Puppen – vierzehn, die den gleichen Tod wie Peters starben!«

»Ricori, bedenken Sie doch. Kein Gericht erkennt Aussagen unter Hypnose als Beweis an. Das Mädchen war nicht ganz normal. Was sie erzählte, entstammte möglicherweise nur ihrer eigenen Fantasie. Kein Gericht auf Erden würde ihre Aussage als Belastung anerkennen.«

»Kein irdisches Gericht!«, betonte er. Er schüttelte mich an den Schultern. »Glauben Sie denn nicht, dass sie die Wahrheit gesprochen hat?«

Ich schwieg, denn tief in mir spürte ich, dass sie nicht fantasiert hatte.

»So ist es, Dr. Lowell! Ihr Schweigen ist mir Antwort genug. Sie wissen genau wie ich, dass das Mädchen die Wahrheit sprach. Sie wissen wie ich, dass kein irdisches Gericht die Hexe verurteilen kann. Darum muss ich sie töten, aber das ist kein Mord, Lowell. Ich nehme nur die Stelle des himmlischen Henkers ein!« Dann befahl er McCann noch einmal: »Tu, was ich dir gesagt habe, und warte im Wagen.«

Als McCann mit seiner leichten Bürde gegangen war, sagte er eindringlich: »Dr. Lowell, Sie müssen mit mir kommen, um dieser Hinrichtung beizuwohnen, selbst wenn ich Sie mit Gewalt dorthin schleppen lassen muss. Sehen Sie denn nicht, dass Sie gegen sich selbst kämpfen? Es ist für Ihren Seelenfrieden besser, wenn Sie mitkommen.«

»Gut«, murmelte ich müde. »Ich komme mit.«

Nachdem Ricori sich, wie er es schon lange tun wollte, angekleidet hatte, setzten wir uns in den Wagen auf den Rücksitz, das tote Mädchen zwischen uns. Vor uns, auf den mittleren Sitzen, hockten Larson, ein kräftiger Schwede, und Cortello, ein kleiner drahtiger Italiener. McCann saß neben Tony, der den Wagen lenkte. Eine Uhr schlug eins. Ich erinnerte mich, dass dieses so unwirklich scheinende Abenteuer vor Wochen um genau die gleiche Zeit begonnen hatte.

Die Straße, in der sich der Laden befand, war menschenleer. Ricori befahl Tony, uns vor der Tür aussteigen zu lassen und dann an der Ecke zu warten.

Mein Herz pochte wie ein Schmiedehammer. Die Nacht lag als pechschwarzer Mantel über der Stadt und schien sogar die Straßenlichter zu verschlucken. Der Laden der Puppenmacherin war dunkel, und in dem alten Hauseingang zu ebener Erde ballten sich die Schatten zusammen, während der Wind um die Ecken pfiff. Ich fragte mich, ob ich den Laden wohl betreten könne, oder ob die mir von der Puppenmacherin auferlegte Hemmung noch anhielt.

McCann kletterte aus dem Wagen, holte das tote Mädchen vom Rücksitz zwischen uns und setzte sie in den Schatten des Eingangs. Wir anderen folgten. Tony fuhr mit dem Wagen, wie befohlen, weiter. Und wieder fühlte ich die albtraumhafte Unwirklichkeit, die schon auf mich wirkte, seit ich zum ersten Mal mit dem Fall in Berührung gekommen war.

Der kleine Italiener schmierte etwas Klebriges auf das Türglas. Dann setzte er in der Mitte einen Gummisauger an. Nun holte er einen Spezialglasschneider aus der Tasche und zog damit einen Kreis von etwa dreißig Zentimetern Durchmesser auf das Glas. Mühelos löste sich das Stück. Er tastete durch das Loch, hantierte eine Weile geräuschlos am Schloss und öffnete schließlich die Tür.

McCann hob das tote Mädchen wieder auf. Stumm wie Fantome gingen wir durch den Laden zur hinteren Tür, die Cortello mit wenigen Handgriffen ebenfalls öffnete. Ricori voran, unmittelbar hinter ihm McCann mit seiner Last – so glitten wir wie Schatten durch den Korridor und blieben vor dem Hinterzimmer stehen.

Die Tür schwang auf, noch ehe der kleine Italiener sie berührt hatte. Die Stimme der Puppenmacherin erklang: »Treten Sie ein, meine Herren. Wie liebenswürdig von Ihnen, meine liebe Nichte zurückzubringen. Ich hätte Sie ja gern an der Außentür empfangen – aber ich bin eine alte Frau und auch ein wenig ängstlich.«

»Auf die Seite, Boss!«, flüsterte McCann. Er hielt die Leiche des Mädchens wie einen Schild vor sich und wollte sich, die Pistole schussbereit, an Ricori vorbeizwängen. Ricori gestattete das nicht, sondern trat als Erster mit gezogener Pistole über die Schwelle. Ich folgte McCann, und mir die beiden anderen.

Ich ließ meinen Blick rasch durch das Zimmer schweifen. Die Puppenmacherin saß am Tisch und nähte. Sie war offenbar völlig gelassen und absolut nicht beunruhigt. Ihre langen weißen Finger tanzten im Rhythmus der Stiche. Sie blickte nicht einmal von ihrer Näharbeit auf, als wir eintraten. Im Kamin glühten Kohlen. Es war sehr warm im Zimmer, und ein starker aromatischer Duft erfüllte den Raum.

Ich warf einen Blick auf die Schränkchen. Jedes stand offen, und ich sah Puppen Reihe an Reihe, die uns mit ihren grünen, blauen, grauen, schwarzen Augen anstarrten. Sie wirkten so lebendig, als wären sie Liliputaner, die in einer Jahrmarktbude zur Schau standen. Es mussten Hunderte sein. Manche waren gekleidet wie wir hier in Amerika, andere auf die Art, wie man sich in Deutschland anzieht, andere wieder nach der Mode in Frankreich, Spanien, England. Wiederum andere trugen Kostüme und Trachten, die mir unbekannt waren. Ich erblickte eine Ballerina, einen Schmied mit erhobenem Hammer, einen französischen Edelmann, einen deutschen Studenten, einen Ganoven, ein Straßenmädchen, einen Jockei –

Die Beute der Puppenmacherin aus einem Dutzend Länder! Die Puppen schienen alle sprungbereit, als wollten sie sich jeden Augenblick auf uns stürzen.

Mühsam gelang es mir, meine sich überschlagenden Gedanken zu beruhigen und die Puppen so zu betrachten, als seien sie nichts anderes als harmloses Kinderspielzeug. Fünf Schränkchen standen leer, bemerkte ich. Die vier Puppen, die mich hätten töten sollen, und die Walters-Puppe schienen zu fehlen.

Ich riss meinen Blick von den Schränkchen und wandte mich wieder der Puppenmacherin zu. Sie nähte immer noch völlig ungerührt – als sei sie allein, als ahne sie nichts von unserer Gegenwart, als sei Ricoris Pistole nicht auf ihr Herz gerichtet. Sie nähte und sang leise ein eintöniges Lied.

Die Walters-Puppe lag vor ihr auf dem Tisch. Ihre Händchen, zwischen denen sie eine Degennadel hielt, waren mit Schnüren aus aschblondem Haar gefesselt.

Die scheinbare Gleichgültigkeit der Alten uns gegenüber, das völlige Schweigen bildete eine Schranke zwischen uns und ihr – eine zwar unsichtbare, aber stärker und stärker werdende Barriere. Der im Zimmer herrschende Duft wurde immer intensiver.

McCann legte das tote Mädchen auf den Boden. Er versuchte zu sprechen – einmal, zweimal – erst beim dritten Versuch presste er mühsam heraus: »Töten Sie sie – sonst tu ich's ...«

Ricori rührte sich nicht. Er stand wie gelähmt, die Pistole noch auf das Herz der Puppenmacherin gerichtet, während seine Augen starr auf den nähenden Händen ruhten. Er schien McCann nicht zu hören, oder falls doch, kümmerte er sich nicht darum. Die Puppenmacherin sang weiter vor sich hin – es war wie das Summen von Bienen – süß und eintönig – und es machte angenehm müde – so schläfrig ...

Plötzlich sprang Ricori vor und schlug mit dem Kolben seiner Waffe auf das Handgelenk der Alten. Die Hand sank herab, und ihre Finger – diese langen weißen Finger wanden sich wie Schlangen, deren Rückgrat gebrochen ist.

Ricori hob die Pistole zu einem zweiten Hieb. Bevor er jedoch zuschlagen konnte, war die Puppenmacherin aufgesprungen und stieß dabei den Stuhl um. Ein Raunen ging durch die Wandschränke. Die Puppen schienen sich vorzubeugen.

Nun ruhte der Blick der Alten auf uns. Sie betrachtete jeden einzeln und doch uns alle zusammen. Ihre Augen waren wie funkelnde schwarze Sonnen, in denen rote Flammen loderten.

Ihr Wille griff nach uns, überwältigte uns. Er war wie eine greifbare Welle. Ich spürte, wie er mich überschwemmte, als sei er feste Materie. Eine seltsame Taubheit kroch durch meinen Körper. Ich sah Ricoris Hand, die die Pistole umklammert hielt, zucken und weiß werden. Ich wusste, dass ihn dieselbe Lähmung erfasste – und ebenso McCann und die anderen.

Wieder hatte die Puppenmacherin die Oberhand!

»Sie dürfen sie nicht ansehen, Ricori! Schauen Sie ihr nicht in die Augen!«, flüsterte ich.

Mit fast übermenschlicher Willenskraft riss ich meinen Blick von ihren flammend schwarzen Augen. Er fiel auf die Walters-Puppe. Steif griff ich danach, um sie hochzuheben – warum? Ich wusste es nicht. Aber die Puppenmacherin war schneller. Sie griff mit ihrer unverletzten Hand zu und hielt die Puppe an ihre Brust.

»Ihr wollt mich nicht ansehen?«, rief sie mit ihrer einschmeichelnden Stimme, deren vibrierender Schmelz durch jeden Nerv rann und die schleichende Lethargie noch förderte. »Ihr wollt mich also nicht anschauen! Ihr Narren – ihr könnt euch ja gar nicht dagegen wehren!« Und da begann jenes merkwürdige, ja schier unglaubliche Schauspiel, das den Anfang vom Ende bildete.

Der aromatische Duft schien zu pulsieren, wurde noch intensiver. Etwas wie ein glitzernder Nebel wallte aus dem Nichts auf und hüllte die Puppenmacherin ein, verschleierte das Pferdegesicht, den massiven Körper. Nur die Augen glänzten durch den Nebel. Er löste sich auf.

Vor uns stand eine Frau von atemberaubender Schönheit – groß und schlank und herrlich gebaut. Sie war nackt, doch ihr schwarzes, seidenfeines Haar verdeckte ihre Blöße bis zu den Knien. Nur ihre Augen und Hände, und die Puppe, die sie gegen eine ihrer runden, hohen Brüste presste, verrieten, wer sie war.

Die Pistole entfiel Ricoris Hand. Ich hörte auch die Waffen der anderen auf den Boden scheppern. Ich wusste, sie standen erstarrt wie ich vor dieser unglaublichen Verwandlung – hilflos im Griff der Macht, die von der Puppenmacherin ausging.

Sie wies auf Ricori und lachte. »Sie wollten mich töten – mich! Heben Sie Ihre Pistole auf und versuchen Sie es!«

Ricori bückte sich unsagbar langsam, schwerfällig – ich sah es nur indirekt, weil ich den Blick nicht von der Frau reißen konnte – und auch er vermochte es nicht. Seine Hand erreichte die Waffe, aber es gelang ihm nicht, sie aufzuheben.

»Das reicht, Ricori.« Sie lachte. »Sie werden es nicht schaffen.«

Ricoris Körper straffte sich plötzlich zur vollen Höhe, als habe eine unsichtbare Hand ihn am Kinn hochgerissen.

Hinter mir vernahm ich ein Trippeln wie von kleinen Füßen, und vier Puppen huschten an mir vorbei, auf die Frau zu – die vier aus meinem Schlafzimmer. Sie bauten sich vor ihr auf und zogen ihre Degennadeln.

Und wieder erklang ihr tönendes Lachen. »Nein, meine Kleinen, ich brauche eure Hilfe nicht.«

Sie deutete auf mich. »Sie wissen, dass der Körper, den Sie jetzt sehen, nur Illusion ist, nicht wahr? Antworten Sie!«

»Ja.«

»Und die hier zu meinen Füßen – und all meine Kleinen – sind auch nur Illusionen?«

»Das weiß ich nicht.«

»Sie wissen zu viel – und zu wenig. Deshalb müssen Sie sterben, mein kluger und doch so törichter Doktor. Auch Ricori muss sterben, weil er zu viel weiß. Und ihr anderen, auch ihr müsst sterben. Aber nicht durch die Hand meiner Kleinen. Nein, nicht hier. Bei Ihnen zu Hause, mein teurer Doktor. Sie werden sich schweigend dorthin begeben – sie werden sich unterwegs weder miteinander unterhalten, noch zu irgendjemand anderem sprechen. Und wenn Sie angekommen sind, werden Sie aufeinander losgehen und sich gegenseitig zerfleischen wie Wölfe – wie –«

Sie taumelte einen Schritt zurück.

Ich sah – oder glaubte zumindest, zu sehen – wie die Walters-Puppe sich bewegte. Rasch, wie eine zustoßende Schlange, hob sie ihre gebundenen Händchen und stieß die

Degennadel in die Kehle der Puppenmacherin – drehte sie mit aller Gewalt – zog sie heraus und stieß wieder und wieder zu – so wie die andere Puppe es mit Braile getan hatte.

Und wie Braile, schrie nun die Puppenmacherin in ihrer Qual – es war grauenvoll! Sie riss die Puppe hoch und schleuderte sie von sich. Die Puppe landete neben dem Kamin, rollte ein Stück weiter und berührte die glühenden Kohlen.

Ein blendender Blitz zuckte auf, und eine Welle intensiver Hitze folgte, wie ich es bereits erlebt hatte, als das Streichholz die Peters-Puppe entzündete. Augenblicklich, bei der Berührung mit der Hitze, lösten sich die Puppen zu Füßen der Puppenmacherin auf. Eine grelle Flammensäule erhob sich von ihnen und wand und schlang sich um Madame Mandilip, verhüllte sie von den Füßen bis zum Kopf.

Die Maske der Schönheit schmolz dahin, und an ihrer Stelle zeigten sich wieder das Pferdegesicht und der massige Körper der Puppenmacherin – die Augen versengt und blind – die langen weißen Hände auf die blutende Wunde gepresst. So stand sie einen Augenblick, ehe sie in sich zusammensank.

In diesem Augenblick löste sich der Bann, der uns gelähmt hatte.

Ricori beugte sich über die Masse am Boden, die Madame Mandilip gewesen war. Er spuckte sie an.

»Brenn, Hexe, brenn!«, schrie er triumphierend.

Er schob mich zur Tür und deutete auf die Reihen der Puppen in ihren Schränkchen, die nun seltsam – leblos wirkten. Eben nur wie – Puppen!

Das Feuer loderte an den Wandteppichen und Vorhängen zu ihnen empor wie die Rachegeister der reinigenden Flammen! Wir eilten durch die Tür, den Korridor entlang, hinaus in den Laden, verfolgt von dem rasenden Feuer.

»Schnell!«, brüllte Ricori. »Zum Wagen!«

Plötzlich war die Straße hell erleuchtet von den tobenden Flammen. Fenster öffneten sich, und Warnschreie gellten durch die Nacht.

Wir sprangen in das wartende Auto und brausten davon.

18

»Sie machten Abbilder, die mir glichen, die meine Gestalt besaßen. Sie raubten meinen Odem, rissen meine Haare aus, zerfetzten mein Gewand und hinderten meine Füße mit Hilfe des Staubes, sich zu bewegen. Sie rieben mich ein mit einer Salbe aus giftigen Kräutern und führten mich in den Tod – O Gott des Feuers, vernichte sie!«

Drei Wochen waren seit dem Tod der Puppenmacherin vergangen. Ricori und ich speisten gemeinsam bei mir zu Abend. Ich hatte das Schweigen durch die seltsame Beschwörung gebrochen, die dieses, das letzte Kapitel meiner Erzählung einleitet, kaum bewusst, dass ich laut gesprochen hatte.

Ricori blickte interessiert auf. »Was haben Sie da zitiert?«

»Die Inschrift einer Tontafel, das Werk eines Chaldäers aus den Tagen des Assurnizirpal vor dreitausend Jahren.«

»Mit diesen wenigen Worten«, stellte Ricori fest, »hat er unsere ganze Geschichte erzählt.«

»Genau, Ricori. Es ist alles da: die Puppen – die Salbe – die Qual – der Tod – und die reinigende Flamme.«

»Wie merkwürdig«, murmelte er. »Schon vor dreitausend Jahren kannte man das Böse und seine Abhilfe. ›Abbilder, die mir glichen – meinen Odem raubten – eine Salbe aus giftigen Kräutern – führten mich in den Tod – o Gott des Feuers, vernichte sie!‹ Si, das ist sie, unsere Geschichte, Dr. Lowell.«

»Die Todespuppen sind jedoch viel älter als Ur, die Stadt der Chaldäer«, erklärte ich. »Älter noch als die Geschichte. Seit der Nacht, da Braile getötet wurde, habe ich ihre Spuren in die Zeit zurückverfolgt. Es ist eine lange, lange Fährte, Ricori. Man entdeckte Puppen tief unter den Feuerstellen der Cro-Magnons vergraben – Feuerstellen, deren Flammen vor zwanzigtausend Jahren erloschen. Und man fand sie unter noch älteren Feuerstellen, bei noch älteren Völkern, Puppen aus Feuerstein und anderen Steinen, Puppen aus den Stoßzähnen des Mammuts geschnitzt, aus den Knochen des Höhlenbären, aus den Fangzähnen des Säbelzahntigers. Schon damals existierte das dunkle Wissen, Ricori.«

Er nickte. »Einer meiner früheren Leute, von dem ich sehr viel hielt, stammte aus Transsylvanien. Ich fragte ihn einmal, warum er nach Amerika gekommen sei, da erzählte er mir eine merkwürdige Geschichte. Er kannte ein Mädchen in seinem Heimatdorf, über deren Mutter man munkelte, sie wisse Dinge, von denen Christen nicht einmal etwas ahnen sollten – so drückte er sich zumindest aus und bekreuzigte sich dabei. Das Mädchen war sehr hübsch und begehrenswert, aber er liebte sie nicht. Sie dagegen schien Feuer gefangen zu haben, vielleicht weil sie seine Gleichgültigkeit reizte. Als er eines Nachmittags von der Jagd kam, stand sie am Fenster ihrer Hütte und rief ihn herein. Er war sehr durstig und trank den Wein, den sie ihm anbot. Es war guter Wein. Er regte ihn zur Fröhlichkeit an, aber nicht sie zu lieben. Nach ein paar weiteren Gläsern gestattete er ihr lachend, ihm eine Haarsträhne abzuschneiden, seine Fingernägel zu stutzen, ihm ein paar Tropfen Blut aus seiner Hand zu entnehmen und ein wenig Speichel aus dem Mund. Lachend verabschiedete er sich von ihr, ging nach Hause und legte sich schlafen. Als er erwachte, war es früher Abend und er erinnerte sich daran, dass er mit dem Mädchen Wein getrunken hatte, aber an nichts anderes.

Etwas trieb ihn in die Kirche. Als er betete, fiel ihm plötzlich alles wieder ein und es war ihm, als sende ihn der Heilige, vor dessen Altar er kniete, zu dem Mädchen, um zu sehen, was sie machte. Er blickte durch ihr Fenster. Sie knetete Teig und tat all die Dinge, die sie ihm abgenommen hatte, mit hinein. Dann formte sie den Teig zu einem Männchen, besprühte den Kopf mit Wasser und gab ihm seinen Namen und beendete die groteske Taufe mit Worten in einer Sprache, die er nicht verstand.

Das Ganze beängstigte ihn, aber er war nicht nur sehr mutig, sondern auch furchtbar wütend. Er beobachtete sie weiter. Er sah, wie sie die Puppe in ihre Schürze wickelte und das Haus verließ. Er folgte ihr unbemerkt. An einer Kreuzung blieb sie stehen und blickte zum Neumond auf und schien ihn anzubeten. Dann grub sie ein Loch, legte die Teigpuppe hinein und besudelte sie.

Dann sagte sie: ›Zaru (so hieß der Mann)! Zaru! Zaru! Ich liebe dich. Wenn dieses Abbild verfault ist, musst du mir folgen wie der Hund der Hündin. Du bist mein, Zaru, mit Leib und Seele. Für immer und ewig und alle Zeiten!‹

Sie bedeckte das Abbild mit Erde, da sprang er auf sie zu und erwürgte sie. Er hätte die Puppe ausgegraben, aber er hörte Stimmen und rannte weg. Er kehrte nicht mehr zu seinem Dorf zurück, sondern wanderte nach Amerika aus. Auf dem Schiff, so erzählte er mir, spürte er, wie ihn unsichtbare Hände über Bord, über das Meer und zurück zum Dorf, zu dem Mädchen ziehen wollten. Da wusste er, dass er sie nicht getötet hatte. Er kämpfte gegen diese Hände an. Nacht um Nacht wehrte er sich gegen sie. Er wagte nicht mehr zu schlafen, denn im Traum befand er sich immer mit dem Mädchen an der Kreuzung – und dreimal erwachte er noch rechtzeitig, als er sich gerade ins Meer stürzen wollte.

Dann ließ die Kraft der Hände nach, und schließlich, nach vielen Monaten, spürte er sie überhaupt nicht mehr. Aber er schwebte immer noch in ständiger Angst, bis er einen Brief aus seinem Dorf erhielt. Er hatte sich nicht getäuscht – das Mädchen war nicht tot gewesen, als er sie verlassen hatte. Aber später hatte sie ein anderer getötet.

Dieses Mädchen hatte das, was Sie dunkles Wissen nennen. *Si!* Vielleicht wandte es sich am Ende gegen sie selbst, so wie es bei der Hexe, die wir kannten, der Fall war.«

»Wie merkwürdig, Ricori, dass Sie das sagen – dass das dunkle Wissen sich gegen jene wendet, die es benutzen – doch darauf komme ich später noch zurück. Liebe und Hass und Macht – diese drei scheinen seit jeher die Beine des Dreifußes zu sein, auf dem die dunkle Flamme lodert – aus der die Todespuppen springen.

Wissen Sie, wer der erste Puppenmacher war, von dem die

Geschichte berichtet? Nein? Er war ein Gott, Ricori, und hieß Khnum. Er war ein Gott lange vor dem Yawvah der Juden, der, wie Sie sich vielleicht erinnern, ebenfalls Puppen machte. Er schuf zwei im Garten Eden und belebte sie dann, und er gewährte ihnen als Einzige die Rechte, zu leiden und zu sterben. Khnum war ein viel gnädigerer Gott. Er verwehrte ihnen nicht das Recht zu sterben, aber er wollte nicht, dass sie litten, sie sollten sich ihres kurzen Lebens erfreuen. Khnum herrschte über Ägypten, noch ehe man überhaupt an den Bau der Pyramiden oder der Sphinx dachte. Er hatte einen göttlichen Bruder namens Kepher, mit dem Kopf eines Skarabäus. Kepher war es, der einen Gedanken wie einen Windhauch über die Oberfläche des Chaos sandte. Dieser Gedanke befruchtete es, und die Welt entstand.

Nur ein Windhauch über der Oberfläche, Ricori! Wenn er die Haut des Chaos durchdrungen hätte – oder gar bis ins Herz vorgestoßen wäre – was wäre die Menschheit dann heute? Doch wie dem auch sei, der Gedanke schuf die Oberflächlichkeit, die der Mensch ist. Danach griff Khnum in den Schoß der Frau und formte den Körper des Kindes in ihrem Leib. Sie nannten ihn den Töpfer-Gott. Er war es auch, der auf Befehl Amens, des Größten der jüngeren Götter, den Körper der großen Königin Hatschepsut formte, die Amen in Gestalt des Pharaos mit ihrer Mutter gezeugt hatte. So zumindest berichteten die Priester ihrer Zeit.

Doch schon tausend Jahre früher lebte ein Prinz, den Osiris und Isis seiner Schönheit, seines Mutes und seiner Kraft wegen sehr liebten. Sie hielten keine Frau auf der Erde passend für ihn, darum riefen sie Khnum, den Töpfer-Gott, um eine für ihn zu schaffen. Er kam mit seinen langen Händen, wie jene der Madame Mandilip, an denen jeder Finger lebte, wie bei ihr. Er formte den Ton zu einer Frau von solcher Schönheit, dass selbst die Göttin Isis ein wenig Neid empfand. Es waren ausgesprochen praktische Götter, die Götter der alten Ägypter, darum versenkten sie den Prinzen in Schlaf und legten die Frau neben ihn, um sie zu vergleichen – das

Wort dafür in dem alten Papyrus ist ›anprobieren‹. Aber ach, sie passte nicht zu ihm. Sie war zu klein. So fertigte Khnum eine andere Puppe. Diese wiederum war zu groß. Er formte insgesamt sieben, von denen sechs wieder zerstört werden mussten. Erst die Letzte passte harmonisch zum Prinzen, fanden die Götter. So erhielt der Prinz die perfekte Gattin – die eine Puppe gewesen war.

Viel, viel später, zur Zeit Ramses II, fand ein Mann, der sein Leben lang danach gesucht hatte, Khnums Geheimnis. Er war bereits alt und gebeugt, aber das Verlangen nach Frauen brannte noch stark in ihm, und er benutzte das Geheimnis nur zur Befriedigung seiner Begierde. Aber er bedurfte eines Modells. Wer waren die schönsten Frauen, die er dazu benutzen konnte? Natürlich die des Pharaos. Er stellte mehrere Puppen her, die jenen glichen, die den Pharao begleiteten, wenn er seine Frauen besuchte. Auch ein Abbild des Pharaos selbst fertigte er an, in das er schlüpfte, um es danach zu beleben. Seine Puppen brachten ihn in den königlichen Harem, vorbei an den Wachen, die genau wie die Frauen glaubten, er sei der echte Pharao, und ihn entsprechend unterhielten. Als er jedoch gerade dabei war, den Harem zu verlassen, trat der wahre Pharao ein. Das dürfte eine große Aufregung gewesen sein, Ricori, als plötzlich zwei Pharaonen dastanden! Aber Khnum, der sah, was geschehen war, griff vom Himmel herab und nahm den Puppen das Leben. Als sie zu Boden stürzten, war leicht zu erkennen, dass es sich nur um Abbildungen gehandelt hatte. Wo der falsche Pharao stand, lag eine weitere Puppe – und zusammengekrümmt neben ihr ein am ganzen Leibe bebender runzliger alter Mann!

Diese Geschichte und eine ausführliche Darstellung der Gerichtsverhandlung finden sich auf einem Papyrus jener Zeit, der im Museum von Turin aufbewahrt wird, einschließlich einer Aufzählung der Martern, denen der Zauberer unterzogen wurde, ehe er den Feuertod starb. Es besteht kein Zweifel an der Echtheit des Papyrus und der Anschuldigungen, aber was lag ihm tatsächlich zu Grunde? Ist die Geschichte lediglich ein Auswuchs des Aberglaubens – oder beschäftigt sie sich mit den Früchten des dunklen Wissens?«

»Die Früchte des dunklen Wissens«, murmelte Ricori, »bekamen Sie die nicht selbst zu kosten? Oder bezweifeln Sie ihre Realität immer noch?«

Ich ignorierte seine Frage und fuhr fort. »Die Knotenschnur – die Hexenleiter, auch sie ist uralt. Das älteste Dokument der fränkischen Gesetzgebung, das salische Gesetz, das vor ungefähr fünfzehnhundert Jahren schriftlich niedergelegt wurde, sah die strengsten Strafen für jene vor, die das knüpften, was dort die Hexenknoten genannt wurde –«

»La ghirlanda della strega«, betonte Ricori. »Wie gut wir dieses verdammte Ding bei uns zu Haus kennen – und zu unserem tiefsten Leid.«

Mit Verwunderung bemerkte ich, wie bleich sein Gesicht geworden war, und wie seine Finger unkontrolliert zuckten. »Aber es ist Ihnen doch klar, Ricori«, sagte ich hastig, »dass alles, was ich aufzählte, nur Legende ist, Folklore ohne beweisbare, wissenschaftliche Grundlage.«

Heftig schob er seinen Stuhl zurück und sprang auf. Er starrte mich ungläubig an. »Bilden Sie sich denn immer noch ein, dass das Teufelswerk, das wir miterlebten, durch Ihre Wissenschaft erklärt werden kann?«

»Das habe ich nicht behauptet.« Mir war nicht recht wohl in meiner Haut. »Aber ich sage nach wie vor, dass Madame Mandilip als Hypnotiseurin genauso ungewöhnlich war wie als Mörderin – eine Meisterin der Illusion ...«

Er unterbrach mich, und seine Hände umklammerten die Tischkante. »Sie glauben, ihre Puppen waren – Illusionen?«

»Sie wissen doch selbst, wie echt die Vorspiegelung des herrlichen Körpers schien«, wich ich aus. »Und doch sahen wir, wie er sich in der wahren Wirklichkeit der Flammen auflöste. Er schien zuvor so real wie die Puppen, Ricori –«

Wieder unterbrach er mich. »Und der Stich in mein Herz? Die Puppe, die Gilmore ermordete ? Die Puppe – gesegnet sei sie – die die Hexe erstach? Das war alles nur Illusion?«

Ich antwortete etwas gereizt, da meine frühere Ungläubigkeit plötzlich wieder überhand nahm. »Es ist durchaus möglich, dass Sie nur einen posthypnotischen Befehl ausführten und sich die Nadel selbst ins Herz stießen. Genauso wenig ist es von der Hand zu weisen, dass auch Peters' Schwester einem ähnlichen Befehl folgte – wir können natürlich nicht wissen, wann, wo und wie er ihr erteilt wurde – und sie selbst ihren Mann tötete. Der Kandelaber stürzte auf Braile herab, während ich zweifelsohne ebenfalls noch unter posthypnotischer Suggestion stand, und es könnte durchaus sein, dass die Halsschlagader nur durch einen Glassplitter zerschnitten wurde. Was den Tod der Puppenmacherin anscheinend durch die Walters-Puppe betrifft, es ist ohne weiteres möglich, dass der abnorme Geist der Madame Mandilip zu Zeiten ihren eigenen Illusionen erlag, die sie anderen vorspiegelte. Die Puppenmacherin war ein wahnsinniges Genie, das sich in einem krankhaften Zwang mit Abbildungen jener umgab, die sie durch ihre Salbe getötet hatte. Marguerite de Valois, die Königin von Navarra, trug ständig die einbalsamierten Herzen eines Dutzends oder mehr ihrer Liebhaber mit sich herum, die für sie gestorben waren. Sie hatte sie nicht selbst getötet, aber sie wusste, dass sie an ihrem Tod genauso schuldig war, als hätte sie sie höchst eigenhändig erwürgt. Das psychologische Motiv, das Königin Marguerites Herz – und Madame Mandilips Puppensammlung zugrunde liegt, ist ein und dasselbe.«

Ricori hatte sich noch nicht wieder hingesetzt. »Ich fragte Sie, ob Sie den Tod der Hexe durch die Puppe für eine Illusion hielten«, sagte er mit angespannter Stimme.

»Sie machen es mir nicht gerade leicht, Ricori, wenn Sie mich so anstarren – und schließlich bin ich ja dabei, Ihre Frage zu beantworten. Ich wiederhole, es ist möglich, dass Madame Mandilip zu Zeiten ihren eigenen Illusionen erlag; dass sie manchmal tatsächlich selbst glaubte, die Puppen seien lebendig, dass sie in diesem verwirrten Geisteszustand die Walters-Puppe hasste und dass ihre Einbildung unter dem

Druck unseres Angriffs eine Wirkung auf sie hatte. Daran dachte ich, als ich vor einer Weile sagte, wie seltsam es ist, dass Sie davon sprechen, wie das dunkle Wissen sich gegen jene wendet, die es benutzen. Sie quälte die Puppe und erwartete im Grunde genommen, dass sie sich dafür rächen würde, wenn sich die Gelegenheit ergab. So stark war dieser Glaube oder ihre Befürchtung, dass sie das Ganze selbst inszenierte, als die Chance sich bot. Unbewusst setzte sie den Gedanken in die Tat um. Genau wie Sie, kann die Puppenmacherin sich die Nadel selbst in die Kehle gestoßen haben ...«

»Sie Narr.«

Die Worte kamen aus Ricoris Mund – und doch klangen sie so, wie Madame Mandilip in ihrem verhexten Zimmer zu mir gesprochen hatte, und später, als sie durch die Lippen der toten Laschna in meiner eigenen Praxis redete, und ich sank schaudernd in meinen Stuhl zurück.

Ricori beugte sich über den Tisch. Seine schwarzen Augen waren völlig ausdruckslos. Von Entsetzen geschüttelt, brüllte ich laut: »Ricori – wachen Sie auf!«

Die furchtbare Leere in seinen Augen verschwand. Sein Blick ruhte durchdringend auf mir. »Ich bin wach!«, versicherte er mir in seiner gewohnten Stimme. »Ich bin so wach, dass ich Ihnen nicht weiter zuhören werde. Spitzen Sie stattdessen Ihre Ohren, mein werter Doktor Lowell. Ich sage Ihnen – zum Teufel mit Ihrer Wissenschaft! Ich sage Ihnen, dass hinter dem Vorhang des Materiellen, an dem Ihre Einsicht Halt macht, Mächte und Kräfte lauern, die uns hassen und die Gott in seiner unergründlichen Weisheit dennoch zulässt. Ich sage Ihnen, dass diese Kräfte durch den Schleier der Materie zu greifen und sich in Kreaturen wie die Puppenmacherin zu manifestieren vermögen. Es ist so! Hexen und Zauberer Hand in Hand mit dem Bösen! Glauben Sie mir, es ist wirklich so! Genauso gibt es uns wohlgesinnte Kräfte, die sich in Auserwählten manifestieren.

Ich sage Ihnen – Madame Mandilip war eine verfluchte Hexe! Ein Instrument der finsteren Mächte! Eine Hörige des

Satans. Sie verbrannte, wie eine Hexe verbrennen soll. Sie soll in der Hölle weiterbrennen – für alle Ewigkeit. Ich sage Ihnen, dass Ihre kleine Krankenschwester ein Instrument der guten Mächte war. Und sie ist heute und für alle Zeiten selig im Paradies.«

Nun schwieg er, bebend vor Erregung. Er berührte meine Schulter. »Sagen Sie mir, Dr. Lowell – sagen Sie mir die Wahrheit, als stünden Sie vor Gottes Thron – stellen Ihre wissenschaftlichen Erklärungen Sie wirklich zufrieden?«

Sehr ernst und sehr ruhig antwortete ich ihm: »Nein, Ricori.«

Und das stimmt wirklich.

GUSTAV MEYRINK

WALPURGISNACHT

1

Der Schauspieler Zrcadlo

Ein Hund schlug an.

Einmal. Ein zweites Mal.

Dann lautlose Stille, als ob das Tier in die Nacht hineinhorche, was geschehen werde.

»Mir scheint, der Brock hat gebellt«, sagte der alte Baron Konstantin Elsenwanger, »wahrscheinlich kommt der Herr Hofrat.«

»Das ist doch, meiner Seel', kein Grund nicht zum Bellen«, warf die Gräfin Zahradka, eine Greisin mit schneeweißen Ringellocken, scharfer Adlernase und buschigen Brauen über den großen, schwarzen, irr blickenden Augen, streng hin, als ärgere sie sich über eine solche Ungebührlichkeit, und mischte einen Stoß Whistkarten noch schneller, als sie es ohnehin bereits eine halbe Stunde hindurch getan hatte.

»Was macht er eigentlich so den ganzen lieben langen Tag lang?«, fragte der kaiserliche Leibarzt Thaddäus Flugbeil, der mit seinem klugen, glatt rasierten, faltigen Gesicht über dem altmodischen Spitzenjabot wie ein schemengleicher Ahnherr der Gräfin gegenüber in einem Ohrenstuhl kauerte, die unendlich langen, dürren Beine affenhaft fast bis zum Kinn emporgezogen.

Den ›Pinguin‹ nannten ihn die Studenten auf dem Hradschin und lachten immer hinter ihm drein, wenn er Schlag 12 Uhr mittags vor dem Schlosshof in eine geschlossene Droschke stieg, deren Dach erst umständlich auf- und wieder zugeklappt werden musste, bevor seine fast zwei Meter hohe Gestalt darin Platz gefunden hatte. – Genauso kompliziert war der Vorgang des Aussteigens, wenn der Wagen sodann einige hundert Schritte weiter vor dem Gasthaus ›Zum Schnell‹ Halt machte, wo der Herr kaiserliche Leibarzt mit ruckweisen, vogelhaften Bewegungen ein Gabelfrühstück aufzupicken pflegte.

»Wen meinst du«, fragte der Baron Elsenwanger zurück, »den Brock oder den Herrn Hofrat?«

»Den Herrn Hofrat natürlich. Was macht er so den ganzen Tag?«

»No. Er spielt sich halt mit den Kindern in den Choteks-Anlagen.«

»Mit ›die‹ Kinder«, verbesserte der Pinguin.

»Er – spielt – sich – mit – denen – Kindern«, fiel die Gräfin verweisend ein und betonte jedes Wort mit Nachdruck. Die beiden alten Herren schwiegen beschämt.

Wieder schlug der Hund im Park an. Diesmal dumpf, fast heulend.

Gleich darauf öffnete sich die geschweifte, dunkle, mit einer Schäferszene bemalte Mahagonitür, und der Herr Hofrat Kaspar Edler von Schirnding trat ein – wie gewöhnlich, wenn er zur Whistpartie ins Palais Eisenwanger kam, mit engen schwarzen Hosen angetan und den ein wenig rundlichen Leib in einen Biedermeiergehrock von hellem Rehbraun aus wunderbar weichem Tuch gehüllt.

Hastig wie ein Wiesel und ohne ein Wort zu verlieren, lief er auf einen Sessel zu, stellte seinen gradkrempigen Zylinderhut darunter auf den Teppich und küsste sodann der Gräfin zeremoniell die Hand zur Begrüßung.

»Warum er jetzt immer noch bellt?!«, brummte der Pinguin nachdenklich.

»Diesmal meint er den Brock«, erläuterte die Gräfin Zahradka mit einem zerstreuten Blick auf Baron Elsenwanger.

»Herr Hofrat sehen so schweißbedeckt aus. Dass Sie sich mir nur nicht verkühlen!«, rief dieser besorgt, machte eine Pause und krähte dann plötzlich in arienhaften Schwingungen in das finstere Nebenzimmer, das sich daraufhin wie durch

Zauberschlag erhellte: »Bozena, Bozena, Boschenaah, bitt' Sie, bring Sie, prosim, das Supperläh!«

Die Gesellschaft begab sich in den Speisesaal und nahm um den großen Esstisch herum Platz.

Nur der Pinguin stolzierte steif an den Wänden entlang, betrachtete bewundernd, als sehe er sie heute zum ersten Mal, die Kampfszenen zwischen David und Goliath auf den Gobelins und betastete die prachtvollen, geschweiften Maria-Theresia-Möbel mit Kennerhänden.

»Ich war unten! In der Welt!«, platzte der Hofrat von Schirnding heraus und betupfte seine Stirn mit einem riesigen, rot-gelb gefleckten Taschentuch. »Und bei der Gelegenheit hab' ich mir die Haare schneiden lassen« – er fuhr sich mit dem Finger hinter den Kragen, als jucke ihn der Hals.

Derartige auf einen angeblich nur schwer zu bändigenden Haarwuchs abzielende Bemerkungen pflegte er jedes Vierteljahr zu machen, in dem Wahn, man wisse nicht, dass er Perücken trage – einmal langlockige, dann wieder kurz geschorene –, und immer bekam er auch in solchen Fällen ein Staunen erfülltes Gemurmel zu hören. Aber diesmal blieb es aus: Die Herrschaften waren zu verblüfft, als sie vernahmen, wo er gewesen sei.

»Was? Unten? In der Welt? In Prag? Sie?« Der kaiserliche Leibarzt Flugbeil war erstaunt herumgefahren. »Sie?«

Den beiden anderen blieb der Mund offen. »In der Welt! Unten! In Prag!«

»Da – da haben Sie ja ieber die Bricke missen!«, brachte die Gräfin endlich stockend heraus. »Was denn, wenn sie eingestirzt wäre?!«

»Eingestirzt!! No servus!«, krächzte Baron Elsenwanger und wurde blass. »Unberufen« – er ging zitterig zur Ofennische, vor der noch aus der Winterszeit her ein Scheit Holz lag, nahm es, spuckte dreimal darauf und warf es in den kalten Kamin – »Unberufen.«

Bozena, das Dienstmädchen, in zerlumptem Kittel, ein Kopftuch um und barfuß, wie es in altmodischen Prager

Patrizierhäusern üblich ist, brachte eine prunkvolle Schüssel aus schwerem getriebenem Silber herein.

»Aha! Wurstsuppe!«, brummte die Gräfin und ließ befriedigt ihre Lorgnette fallen. – Sie hatte die Finger des Mädchens, die in viel zu weiten, weißen Glacéhandschuhen staken und in die Brühe hineinhingen, für Würste gehalten. –

»Ich bin mit – der Elektrischen gefahren«, stieß der Herr Hofrat gepresst hervor, immer noch voll Aufregung des überstandenen Abenteuers eingedenk.

Die anderen wechselten einen Blick: Sie fingen an, seine Worte zu bezweifeln. Nur der Leibarzt zeigte ein steinernes Gesicht.

»Ich war vor dreißig Jahren das letzte Mal unten – in Prag!«, stöhnte der Baron Elsenwanger und band sich kopfschüttelnd die Serviette um; die beiden Zipfel standen hinter seinen Ohren hervor und verliehen ihm das Aussehen eines furchtsamen, großen, weißen Hasen. »Damals, als mein Bruder selig in der Teinkirche beigesetzt wurde.«

»Ich war ieberhaupt mein Lebtag noch nicht in Prag«, erklärte die Gräfin Zahradka schaudernd. »Das könnt' mich so haben! – Wo sie meine Vorfahren auf dem Altstädter Ring hingerichtet haben!«

»Nun, das war damals im Dreißigjährigen Krieg, Gnädigste«, suchte sie der Pinguin zu beruhigen. »Das ist schon lange her.«

»Ach was – ich denk' es noch wie heite. Ieberhaupt, die verfluchten Preißen!« – Die Gräfin starrte geistesabwesend in ihren Suppenteller, befremdet, dass keine Würste darin waren; dann funkelte sie durch ihre Lorgnette über den Tisch, ob die Herren sie ihr vielleicht weggeschnappt hätten.

Einen Augenblick lang versank sie in tiefes Nachdenken und murmelte vor sich hin: »Blut, Blut. Wie das herausspritzt, wenn man einem Menschen den Kopf abhaut. – Dass Sie sich nicht gefirchtet haben, Herr Hofrat?! Was, wenn Sie unten in Prag den Preißen in die Hände gefallen wären?«, fuhr sie laut, zu dem Edlen von Schirnding gewendet, fort.

»Den Preißen? Wir gehen doch jetzt Hand in Hand mit den Preißen!«

»So? Ist der Krieg also endlich aus! No ja, der Windischgrätz, der hat's ihnen halt wieder amal gegeben.«

»Nein, Gnädigste, wir sind mit die Preußen« – meldete sich der Pinguin – »will sagen: mit ›denen‹ Preißen – schon seit drei Jahren gegen die Russen verbündet und –« (»Ver-bin-dät!« – bekräftigte der Baron Elsenwanger. –) »– und kämpfen Schulter an Schulter mit ihnen. – Er ist –« Er brach höflich ab, als er das ironische, ungläubige Lächeln der Gräfin bemerkte.

Das Gespräch stockte, und man hörte eine halbe Stunde lang nur noch das Klappern der Messer und Gabeln oder das leise klatschende Geräusch, wenn Bozena mit ihren nackten Füßen um den Tisch herumging und neue Speisen auftrug. – –

Baron Elsenwanger wischte sich den Mund: »Herrschaften! Wollen wir jetzt zum Whist – –?«

Ein dumpfes, lang gezogenes Geheul klang durch die Sommernacht aus dem Garten herauf und schnitt ihm die Rede ab.

»Jesus, Maria – ein Vorzeichen! Der Tod ist im Haus!«

»Brock! Mistviech, verflucht's. Kusch dich!«, hörte man die halblaute Stimme eines Dieners unten im Park schimpfen, als der Pinguin die schweren Atlasvorhänge beiseite geschoben und die Glastür dahinter, die auf die Veranda führte, geöffnet hatte.

Eine Flut von Mondlicht ergoss sich ins Zimmer, und kühler Luftzug voll Akazienduft machte die Kerzenflammen in den gläsernen Kronleuchtern flackern und schwelen.

Auf dem kaum handbreiten Sims der hohen Parkmauer, hinter der ein Dunstmeer aus dem tief unten jenseits der Moldau schlummernden Prag rötlichen Dunst empor zu den Sternen hauchte, schritt langsam und aufrecht ein Mann, die Hände tastend vorgestreckt wie ein Blinder – bald gespenstisch, halb verdeckt durch silhouettenhafte Schlagschatten der Baumäste, dass es schien, als sei er aus glitzerndem Mondlicht geronnen, dann wieder grell beschienen, wie frei schwebend über dem Dunkel.

Der kaiserliche Leibarzt Flugbeil traute seinen Augen nicht: Eine Sekunde lang glaubte er, er träume, dann brachte ihn das plötzliche, wütende Aufbellen des Hundes zur Besinnung – er hörte einen gellenden Schrei, sah die Gestalt auf dem Sims schwanken und, wie von einem lautlosen Windstoß weggeweht, verschwinden.

Das Prasseln und Brechen von Zweigen und Gebüsch verriet ihm, dass der Mann in den Garten gefallen war.

»Mörder, Einbrecher! Man muss die Wache holen!«, zeterte der Edle von Schirnding, der auf den Schrei hin mit der Gräfin aufgesprungen und zur Tür geeilt war.

Konstantin Elsenwanger hatte sich wimmernd auf die Knie geworfen, das Gesicht in den Sitzpolstern seines Lehnstuhles vergraben, und betete, in den gefalteten Händen noch ein gebratenes Hühnerbein, das Vaterunser.

Auf die schrillen Befehle des kaiserlichen Leibarztes, der wie ein riesiger nächtlicher Vogel mit federlosen Flügelstümpfen von der Verandabrüstung hinab in die Finsternis gestikulierte, kam die Dienerschaft aus dem Portierhäuschen in den Park gelaufen und durchsuchte mit Windlichtern, wild durcheinander rufend, die dunklen Bosketts. Der Hund schien den Eindringling gestellt zu haben, denn er bellte laut und anhaltend in regelmäßigen Intervallen.

»No alsdann, was ist denn, habt's den preißischen Kosaken endlich?«, zürnte die Gräfin, die von Anfang an nicht die Spur von Aufregung oder Angst gezeigt hatte, durch ein offenes Fenster hinunter.

»Heilige Muttergottes, er hat den Hals gebrochen!«, hörte man das Dienstmädchen Bozena jammernd aufkreischen; dann trugen die Leute den leblosen Körper eines Menschen von dem Fuß der Mauer her in den Lichtschein, den das helle Zimmer hinaus auf den Rasenplatz warf.

»Bringt ihn herauf! Rasch! Bevor er verblutet«, befahl die Gräfin kalt und ruhig, ohne auf das Gewinsel des Hausherrn zu achten, der entsetzt dagegen protestierte und verlangte, man solle den Toten über die Mauer den Abhang hinunterwerfen – ehe er wieder lebendig werden könne.

»Bringt's ihn wenigstens hier hinein ins Bilderzimmer«, flehte Elsenwanger, drängte die Greisin und den Pinguin, der einen der brennenden Armleuchter ergriffen hatte, in den Ahnensaal und verschloss die Tür hinter ihnen.

Außer ein paar geschnitzten Stühlen mit hohen vergoldeten Lehnen und einem Tisch standen keinerlei Möbel in dem lang gezogenen, gangartigen Raum – der dumpfe morsche Geruch und die Staubschicht auf dem Steinboden verrieten, dass er nie gelüftet wurde und seit langem nicht mehr betreten worden war.

Die lebensgroßen Gemälde darin waren ohne Rahmen in die Täfelungen der Wände eingelassen: Porträts von Männern in Lederkollern, Pergamentrollen gebieterisch in den Händen haltend – Frauen dazwischen mit Stuartkragen und Puffen an den Ärmeln – ein Ritter in weißem Mantel mit Malteserkreuz, eine aschblonde junge Dame im Reifrock, Schönheitspflästerchen auf Wange und Kinn, ein grausames, wollüstig-süßes Lächeln in den verderbten Zügen, mit wundervollen Händen, schmaler, gerader Nase, fein geschnittenen Nüstern und feinen, hoch geschwungenen Brauen über den grünlich blauen Augen – eine Nonne im Habit der Barnabiterinnen – ein Page – ein Kardinal mit asketischen, mageren Fingern, bleigrauen Lidern und versunkenem, farblosem Blick. So standen sie in ihren Nischen, dass es aussah, als kämen sie aus dunklen Gängen herbei ins Zimmer, aufgeweckt nach jahrhundertelangem Schlaf infolge des flackernden Glanzes der Kerzen und der Unruhe im Haus.

Bald schienen sie sich heimlich vorbeugen zu wollen, voll Vorsicht, dass nicht ein Rascheln der Kleider sie verrate – schienen die Lippen zu bewegen, mit den Fingern zu zucken oder die Mienen hochzuziehen, um sofort in Starrheit zu versinken, als hielten sie den Atem an und ließen ihr Herz stillstehen, wenn der Blick der beiden Lebenden sie flüchtig streifte.

»Sie werden ihn nicht retten können, Flugbeil«, sagte die Gräfin und sah wartend unverwandt zur Tür. »Es ist wie damals. Wissen Sie! Er hat den Dolch im Herzen stecken. – Sie werden wieder sagen: Hier ist leider jede menschliche Kunst am Ende.«

Der kaiserliche Leibarzt verstand im ersten Moment nicht, was sie meinte. Dann begriff er mit einemmal. – Er kannte das an ihr. Sie verwechselte die Vergangenheit mit der Gegenwart – pflegte dergleichen zuweilen zu tun.

Dasselbe Erinnerungsbild, das ihr Gedächtnis verwirrte, wurde plötzlich auch in ihm lebendig: Vor vielen, vielen Jahren hatte man in ihrem Schloss auf dem Hradschin ihren Sohn erstochen ins Zimmer hineingetragen. Und vorher ein Schrei im Garten, das Bellen eines Hundes – alles genau wie heute. Wie jetzt hier im Raum, waren auch damals Ahnenbilder an den Wänden gehangen und war ein silberner Armleuchter auf dem Tisch gestanden. – Einen flüchtigen Augenblick lang war der Leibarzt so verwirrt, dass er nicht mehr wusste, wo er war. Die Erinnerung hielt ihn so gefangen, dass es ihm gar nicht wie Wirklichkeit vorkam, als man den Verunglückten zur Tür hereinbrachte und vorsichtig niederlegte. Er suchte unwillkürlich nach Worten des Trostes für die Gräfin, wie einst, bis ihm mit einem Schlag klar bewusst wurde, dass es doch nicht ihr Sohn war, der hier lag, und dass statt ihrer jugendlichen Erscheinung von damals eine Greisin mit weißen Ringellocken am Tisch stand. –

Eine Erkenntnis, schneller als ein Gedanke und schneller, als dass er sie richtig hätte erfassen können, durchzuckte ihn und ließ das dumpfe, rasch verdämmernde Gefühl in ihm zurück, dass die ›Zeit‹ nichts als eine diabolische Komödie sei, die ein allmächtiger unsichtbarer Feind dem menschlichen Gehirn vorgaukelt.

Nur die einzige Furcht blieb ihm als Ernte: dass er blitzartig mit dem innern Empfinden einen Moment lang begriffen hatte – was er früher niemals richtig zu verstehen fähig gewesen war –, nämlich die seltsamen, befremdlichen Seelenzustände der Gräfin, die bisweilen sogar historische Ereignisse aus der Zeit ihrer Ahnen als gegenwärtig empfand und mit ihrem Alltagsleben unentwirrbar zu verknüpfen pflegte.

Er empfand es wie einen unwiderstehlichen Zwang, dass er sagen musste: »Wasser bringen! Verbandszeug!« – dass er sich wieder, wie damals, herabbeugte und nach dem Aderlassschnepper in seiner Brusttasche griff, den er aus alter, längst überflüssig gewordener Gewohnheit immer bei sich trug.

Erst als der Atemhauch aus dem Munde des Ohnmächtigen seine prüfenden Finger traf und sein Blick zufällig auf die nackten, weißen Schenkel Bozenas fiel, die mit der den böhmischen Bauernmädchen eigentümlichen, schamfreien Ungeniertheit sich mit empor gerutschtem Rock niedergekauert hatte, um besser sehen zu können – kam er wieder völlig ins Gleichgewicht: Das Bild der Vergangenheit löste sich angesichts der fast schreckhaften Gegensätze zwischen blühendem jungem Leben, der Totenstarre des Bewusstlosen, den schemenhaften Gestalten der Ahnengemälde und den greisenhaft gefurchten Zügen der Gräfin wie ein verdunstender Schleier von der Gegenwart.

Der Kammerdiener stellte den Leuchter mit den brennenden Kerzen auf den Boden, und ihr Schein erhellte das eigentümlich charakteristische Gesicht des Verunglückten, der – die Lippen unter dem Einfluss der Ohnmacht aschfarben und widernatürlich abstechend von den grellrot geschminkten Wangen – eher der wächsernen Figur einer Schaubude als einem Menschen glich.

»Heiliger Wenzel, es ist der Zrcadlo!«, rief das Dienstmädchen und zog – wie unter der Empfindung, als habe das Pagenporträt in der Wandnische infolge des Lichtflackerns plötzlich ein begehrliches Auge auf sie geworfen – züchtig ihren Rock über die Knie.

»Wer ist's?«, fragte die Gräfin erstaunt.

»Der Zrcadlo – der ›Spiegel‹«, erklärte der Kammerdiener,

den Namen Zrcadlo aus dem Tschechischen ins Deutsche übersetzend, »mir nennt ihm so hier heroben auf dem Hradschin, aber mir weiß nicht, ob er wirklich so heißt. – Er ise sich Aftermieter bei der – –«, er stockte verlegen, »bei der – no, halt bei der ›böhmischen Liesel‹.«

»Bei wem?«

Das Dienstmädchen kicherte in den vorgehaltenen Arm, und auch das übrige Gesinde verbiss mühsam das Lachen.

Die Gräfin stampfte mit dem Fuße auf:

»Bei wem, will ich wissen!«

»Die ›böhmische Liesel‹ war in früheren Jahren eine berühmte – Hetäre«, nahm der Leibarzt das Wort und richtete sich an dem Verunglückten auf, der bereits die ersten Lebenszeichen von sich gab und mit den Zähnen knirschte. »Ich wusste gar nicht, dass sie noch lebt und sich auf dem Hradschin herumtreibt; sie muss ja uralt sein. Sie wohnt wohl –« – »in der Totengasse, da, wo die schlechten Madeln alle beisamm' sind«, bekräftigte Bozena eifrig.

»So geh' Sie das Frauenzimmer holen!«, befahl die Gräfin. Dienstbeflissen eilte das Mädchen hinaus.

Inzwischen hatte sich der Mann aus seiner Betäubung erholt, starrte eine Weile in die Kerzenflammen und stand dann langsam auf, ohne die geringste Notiz von seiner Umgebung zu nehmen.

»Glaubt ihr, dass er hat einbrechen wollen?«, fragte die Gräfin halblaut das Gesinde.

Der Kammerdiener schüttelte den Kopf und tupfte sich viel sagend auf die Stirn, um anzudeuten, dass er ihn für wahnsinnig halte.

»Meines Erachtens handelt es sich um einen Fall von Schlafwandeln«, erklärte der Pinguin. »Solche Kranke pflegen bei Vollmond von einem unerklärlichen Wandertrieb befallen zu werden, in dem sie dann, ohne sich dessen bewusst zu sein, allerhand seltsame Handlungen begehen, Bäume, Häuser und Mauern erklettern und oft auf den schmalsten Stegen und in schwindelnder Höhe, zum Beispiel auf Dachrinnen, mit einer Sicherheit einherschreiten, die ihnen bestimmt mangeln würde, wenn sie wach wären.

– Holla, Sie, Pane Zrcadlo«, wandte er sich an den Patienten, »glauben Sie, sind Sie jetzt so weit bei sich, dass Sie nach Hause gehen können?«

Der Mondsüchtige gab keine Antwort; trotzdem schien er die Frage gehört, wenn auch nicht verstanden zu haben, denn er drehte langsam den Kopf nach dem kaiserlichen Leibarzt und blickte ihm mit leeren, unbeweglichen Augen ins Gesicht.

Der Pinguin fuhr unwillkürlich zurück, strich sich ein paar Mal nachdenklich über die Stirn, als stöbere er in seinen Erinnerungen, und murmelte: »Zrcadlo? Nein. Der Name ist mir fremd. – Aber ich kenne diesen Menschen doch! – Wo hab' ich ihn nur gesehen?!«

Der Eindringling war hoch gewachsen, hager und dunkelhäutig; langes, trockenes, graues Haar hing ihm wirr um den Schädel. Das schmale, bartlose Gesicht mit der scharf geschnittenen Hakennase, der fliehenden Stirn, den eingesunkenen Schläfen und den verkniffenen Lippen, dazu die Schminke auf den Wangen und der schwarze, abgetragene Samtmantel – alles das wirkte durch die Schroffheit des Widerspiels, als habe ein wüster Traum und nicht das Leben selbst diese Gestalt in den Raum gestellt.

›Er sieht aus wie ein Pharao der alten Ägypter, der die Verkleidung eines Komödianten gewählt hat, um zu verbergen, dass seine Mumie unter der Maske steckt‹, schoss dem kaiserlichen Leibarzt ein krauser Gedanke durch den Kopf. ›Unbegreiflich, dass ich mich nicht entsinnen kann, wo ich diesen doch so auffallenden Zügen begegnet bin?‹

»Der Kerl ist tot«, brummte die Gräfin, halb für sich, halb zu dem Pinguin gewendet, und studierte furchtlos und ungeniert, als handle es sich um die Betrachtung einer Statue, in unmittelbarster Nähe durch ihre Lorgnette das Antlitz des aufrecht vor ihr stehenden Mannes – »solche verschrumpelte

Augäpfel kann nur eine Leiche haben. – Mir scheint, er kann sie ieberhaupt nicht bewegen. Flugbeil! – So fircht Er sich doch nicht, Konstantin, wie ein altes Weib!«, rief sie laut zur Speisezimmertür, in deren langsam sich öffnender Spalte die bleichen, erschreckten Gesichter des Hofrats Schirnding und des Barons Elsenwanger aufgetaucht waren, »kommen Sie doch beide herein. Sie sehen ja: Er beißt nicht.«

Der Name Konstantin wirkte wie eine seelische Erschütterung auf den Fremden. Er zitterte einen Augenblick heftig von Kopf bis Fuß, und der Ausdruck seiner Züge wechselte blitzartig gleich dem eines Menschen, der, in unglaublicher Weise Herr seiner Gesichtsmuskeln, vor einem Spiegel Fratzen schneidet. – Als seien die Nasen-, Backen- und Kinnknochen unter der Haut plötzlich weich und biegsam geworden, verwandelte sich sein Mienenspiel aus der soeben noch hochmütig dreinblickenden starren Maske eines ägyptischen Königs, eine ganze Reihe sonderbarer Phasen durchlaufend, nach und nach in eine unverkennbare Ähnlichkeit mit dem Familientypus der Elsenwanger.

Kaum eine Minute später hatte eine gewisse bleibende Physiognomie sein bisheriges Aussehen derart verdrängt und sich in seinen Zügen festgesetzt, dass die Anwesenden zu ihrem größten Staunen momentan glaubten, einen völlig anderen vor sich zu haben.

Den Kopf auf die Brust gesenkt und die eine Wange wie von einer Zahngeschwulst zum linken Auge, das darunter klein und stechend erschien, emporgezogen, trippelte er eine Weile mit krummen Knien, die Unterlippe vorstreckend, unschlüssig vor dem Tisch herum, tastete dann an seinem Körper nach Taschen und wühlte scheinbar darin.

Endlich erblickte er den Baron Elsenwanger, der sich, sprachlos vor Entsetzen, an den Arm seines Freundes Schirnding geklammert hielt, nickte ihm zu und meckerte:

»Konstantindl, gut, dass du kommst, den ganzen Abend hab' ich dich schon gesucht.«

»Jezis, Maria und Josef«, heulte der Baron auf und floh zur

Tür, »der Tod ist im Haus. Hilfe, Hilfe, das ist ja mein seliger Bruder Bogumil!«

Auch der Edle von Schirnding, der Leibarzt und die Gräfin, die alle drei den verstorbenen Baron Bogumil Elsenwanger bei dessen Lebzeiten gekannt hatten, waren bei dem Ton der Stimme des Schlafwandlers zusammengezuckt, so überaus ähnlich klang sie der des Verblichenen.

Ohne sich im Geringsten um sie zu kümmern, eilte Zrcadlo jetzt geschäftig im Zimmer hin und her und rückte an eingebildeten Gegenständen, die offenbar nur er sah, die aber vor dem geistigen Auge der Zuschauer leibhaftige Gestalt anzunehmen schienen, so plastisch und eindringlich waren seine Bewegungen, mit denen er sie anfasste, hob und wegstellte.

Als er dann plötzlich aufhorchte, die Lippen spitzte, zum Fenster trippelte und ein paar Takte einer Melodie pfiff, als säße dort ein Star in einem Käfig – aus einer imaginären Kassette einen ebenso unsichtbaren Mehlwurm nahm und ihn seinem Liebling hinhielt, standen bereits alle so unter dem Bann des Eindrucks, dass sie vorübergehend ganz vergaßen, wo sie waren und sich in die Umgebung zurückversetzt wähnten, in der der tote Baron Bogumil noch hier gehaust hatte.

Erst als Zrcadlo, vom Fenster zurückkommend, wieder in den Lichtschein trat und der Anblick seines schäbigen schwarzen Samtmantels die Illusion für einen Augenblick zerstörte, fasste sie das Grauen an, und sie warteten stumm und widerstandslos, was er weiter beginnen werde.

Zrcadlo überlegte eine Weile, während der er wiederholt aus einer unsichtbaren Dose schnupfte, rückte sodann einen der geschnitzten Sessel in die Mitte des Zimmers vor einen eingebildeten Tisch, setzte sich und begann, vorgebeugt und den Kopf schief gelegt, in die Luft zu schreiben, nachdem er vorher eine imaginäre Gänsefeder genommen, geschnitten und gespalten hatte – wiederum mit so erschreckend das Leben nachahmender Deutlichkeit, dass man sogar das Knirschen des Messers zu hören vermeinte. Mit angehaltenem Atem sahen ihm die Herrschaften zu – das Gesinde hatte bereits vorher auf einen Wink des Pinguins das Zimmer auf Zehenspitzen verlassen –; nur von Zeit zu Zeit unterbrach ein angstvolles Stöhnen des Barons Konstantin, der von seinem ›toten Bruder‹ den Blick nicht zu wenden vermochte, die tiefe Stille.

Endlich schien Zrcadlo mit dem Brief, oder was er sonst zu schreiben sich einbildete, fertig zu sein, denn man sah ihn einen komplizierten Schnörkel – offenbar unter seinen Namenszug – setzen. Geräuschvoll schob er den Stuhl zurück, ging zur Wand, suchte lange in einer Bildernische, in der er tatsächlich einen – wirklichen Schlüssel fand, drehte an einer Holzrosette an der Täfelung, sperrte ein dahinter sichtbar werdendes Schloss auf, zog ein Fach heraus, legte seinen ›Brief‹ hinein und drückte die Schublade in die Wand zurück.

Die Spannung der Zuschauer hatte sich so gesteigert, dass niemand die Stimme Bozenas hörte, die draußen vor der Tür halblaut rief: »Milostpane! Gnä' Herr! Dirfen wir herein?«

»Haben – haben Sie's gesehen? Flugbeil, haben Sie's auch gesehen? War das nicht eine wirkliche Schublade, was mein Bruder selig da aufgemacht hat?«, brach Baron Elsenwanger stockend und schluchzend vor Aufregung das Schweigen; »ich hab' doch gar nicht geahnt, dass da eine Schublad' ist.« Jammernd und die Hände ringend, brach er los: »Bogumil, um Gottes willen, ich hab' dir doch nichts getan! Heiliger Václav, vielleicht hat er mich enterbt, weil ich seit dreißig Jahren nicht in der Teinkirche war!«

Der kaiserliche Leibarzt wollte zur Wand gehen und nachsehen, aber ein lautes Klopfen an der Tür hielt ihn davon ab.

Gleich darauf stand eine hohe, schlanke, in Fetzen gehüllte Weibsperson im Zimmer, die von Bozena als die ›böhmische Liesel‹ vorgestellt wurde.

Ihr Kleid, ehemals kostbar und mit Schmelz besetzt gewesen, verriet noch immer durch seinen Schnitt und wie es sich um Schultern und Hüften legte, welche Sorgfalt auf seine Herstellung verwandt worden war. Der bis zur Unkenntlichkeit zerknüllte und von Schmutz starrende Besatz an Hals und Ärmeln bestand aus echten Brüsseler Spitzen.

Das Frauenzimmer mochte hoch in den Siebzigern sein, aber immer noch wiesen ihre Züge trotz der grauenhaften Verwüstung durch Leid und Armut die Spuren einstiger großer Schönheit auf.

Eine gewisse Sicherheit im Benehmen, und die ruhige, beinahe spöttische Art, mit der sie die drei Herren ansah – die Gräfin Zahradka würdigte sie überhaupt keines Blickes – ließen darauf schließen, dass ihr die Umgebung in keiner Weise imponierte.

Sie schien sich eine Zeit lang an der Verlegenheit der Herren, die sie offenbar aus ihrer Jugendzeit her genauer kannten, als sie vor der Gräfin merken lassen wollten, zu weiden, denn sie schmunzelte viel sagend, kam aber dann dem kaiserlichen Leibarzt, der etwas Unverständliches zu stottern begann, mit der höflichen Frage zuvor: »Die Herrschaften haben nach mir geschickt; darf man wissen, worum es sich handelt?«

Verblüfft über das ungewöhnlich reine Deutsch und die wohlklingende, wenn auch ein wenig heisere Stimme, nahm die Gräfin ihre Lorgnette vor und musterte mit funkelnden Augen die alte Prostituierte. Aus der Befangenheit der Herren schloss sie mit richtigem weiblichen Instinkt sofort auf die wahre Ursache und rettete die peinlich gewordene Situation mit einer Reihe rascher, scharfer Gegenfragen:

»Dieser Mann dort« – sie deutete auf Zrcadlo, der, das Gesicht zur Wand gekehrt, regungslos vor dem Bildnis der blonden Rokokodame stand – »is vorhin eingedrungen. Wer is er? Was will er? Er wohnt, här' ich, bei Ihnen? – Was is mit ihm? Is er wahnsinnig? Oder besoff– –?«, – sie brachte das Wort nicht heraus – bei der bloßen Erinnerung, was sie vor kurzem mit angesehen, packte sie wieder das Grausen. – »Oder – oder, ich meine – hat er Fieber? – Is er vielleicht krank?«, milderte sie den Ausdruck.

Die ›böhmische Liesel‹ zuckte die Achseln und drehte sich langsam zu der Fragerin; in ihren wimpernlosen, entzündeten

Augen, die in die leere Luft zu schauen schienen, als stünde dort, woher die Worte gekommen waren, überhaupt niemand, lag ein Blick, so hochfahrend und verächtlich, dass der Gräfin unwillkürlich das Blut ins Gesicht stieg.

»Er ist von der Gartenmauer heruntergefallen«, mischte sich der kaiserliche Leibarzt schnell ein. »Wir glaubten anfangs, er sei tot, und haben deshalb nach Ihnen geschickt. – Wer und was er ist« – fuhr er krampfhaft fort, um zu verhindern, dass sich die Sachlage weiter unangenehm zuspitzte, »tut ja nichts zur Sache. Allem Anschein nach ist er ein Schlafwandler. – Und da müssen Sie halt des Nachts auf ihn ein bissel Acht geben, damit er nicht wieder ausbricht. – Vielleicht haben Sie die Güte, ihn jetzt wieder heimzubringen? – Nicht wahr, Baron, Sie geben doch die Erlaubnis?«

»Jaja. Nur hinaus mit ihm!«, wimmerte Elsenwanger. »O Gott, nur fort, nur fort!«

»Ich weiß bloß, dass er Zrcadlo heißt und wahrscheinlich ein Schauspieler ist«, sagte die ›böhmische Liesel‹ ruhig. »Er geht des Nachts in den Weinstuben herum und macht den Leuten etwas vor. – Freilich, ob er« – sie schüttelte den Kopf – »ob er selber weiß, wer er ist, hat wohl noch keiner herausgebracht. – Und ich kümmere mich nicht darum, wer und was meine Mieter sind. – Ich bin nicht indiskret. – Pane Zrcadlo! Kommen Sie! So kommen Sie doch! – Sehen Sie denn nicht, dass hier keine Gastwirtschaft ist?«

Sie ging zu dem Mondsüchtigen und fasste ihn an der Hand. –

Willenlos ließ er sich zur Tür führen.

Die Ähnlichkeit mit dem verstorbenen Baron Bogumil war vollständig aus seinen Zügen gewichen; seine Gestalt schien wieder größer und straffer, sein Gang sicher und das normale Selbstbewusstsein halb und halb zurückgekehrt – trotzdem nahm er noch immer keine Notiz von den Anwesenden, als seien alle seine Sinne für die Außenwelt verschlossen wie die eines Hypnotisierten.

Aber auch der hochfahrende Ausdruck des ägyptischen Königs war aus seinem Gesicht ausgelöscht. Nur noch ein ›Schauspieler‹ war übrig geblieben – doch was für ein Schauspieler! – Eine Maske aus Fleisch und Haut, jeden Augenblick zu einer neuen, unbegreiflichen Veränderung gespannt – eine Maske, wie der Tod selbst sie tragen würde, wenn er beschlösse, sich unter die Lebenden zu mischen –›das Antlitz eines Wesens‹ – fühlte der kaiserliche Leibarzt, den wiederum eine dumpfe Furcht, er müsse diesen Menschen schon einmal irgendwo gesehen haben, befallen hatte, ›eines Wesens, das heute *der* und morgen ein völlig anderer sein kann – ein anderer, nicht nur für die Mitwelt, nein, auch für sich selbst – eine Leiche, die nicht verwest und der Träger ist für unsichtbare, im Weltraum umherirrende Einflüsse – ein Geschöpf, das nicht nur ›Spiegel‹ heißt, sondern vielleicht wirklich – einer ist.‹

Die ›böhmische Liesel‹ hatte den Mondsüchtigen aus dem Zimmer gedrängt, und der kaiserliche Leibarzt benutzte die Gelegenheit, ihr zuzuflüstern:

»Geh Sie jetzt, Lisinka; ich werd' Sie morgen aufsuchen. – Aber sprech Sie mit niemand drüber! – Ich muss Näheres über diesen Zrcadlo erfahren.«

Dann blieb er noch eine Weile zwischen Tür und Angel stehen und horchte die Treppe hinab, ob die beiden wohl miteinander sprechen würden, aber das Einzige, was er hören konnte, waren immer die gleichen beruhigenden Worte des Frauenzimmers: »Kommen Sie, kommen Sie, Pane Zrcadlo! Sie sehen doch, es ist kein Gasthaus hier!« –

Als er sich umdrehte, bemerkte er, dass die Herrschaften bereits ins Nebenzimmer gegangen waren, sich am Spieltisch niedergesetzt hatten und auf ihn warteten.

An den blassen, aufgeregten Gesichtern seiner Freunde sah er, dass ihre Gedanken wahrlich nicht bei den Karten weilten und dass es wohl nur ein herrischer Befehl der willensstarken alten Dame gewesen war, der sie gezwungen hatte, ihre gewohnheitsmäßige abendliche Zerstreuung aufzunehmen, als sei nicht das Geringste geschehen.

2

Die neue Welt

›Wie die Damoklesschwerter wären seit Menschengedenken die *Flugbeile,* die alle kaiserliche Leibärzte gewesen waren – über Böhmens sämtlichen gekrönten Häuptern gehangen, bereit, unverzüglich auf ihre Opfer niederzufallen, sowie sich bei diesen auch nur die geringsten Anzeichen einer Krankheit zeigen wollten‹ – war ein Sprichwort, das, auf dem Hradschin in Adelskreisen gang und gäbe, eine gewisse Bestätigung darin zu finden schien, dass mit dem Hinscheiden der Kaiserinwitwe Maria Anna tatsächlich auch das Geschlecht der ›Flugbeile‹ in seinem letzten Sprossen, dem Hagestolz Thaddäus Flugbeil, genannt ›der Pinguin‹, dem Erlöschen geweiht war.

Das Junggesellenleben des Herrn kaiserlichen Leibarztes, genau geregelt wie der Gang einer Uhr, hatte durch das nächtliche Abenteuer mit dem Schlafwandler Zrcadlo eine unliebsame Störung erlitten.

Allerlei Traumbilder waren durch seinen Schlummer geschritten, und schließlich hatte sich darein sogar der Schatten von schwülen Erinnerungen aus der Jugendzeit verirrt, in denen die Reize der ›böhmischen Liesel‹ – natürlich, als diese noch schön und begehrenswert gewesen – eine nicht unwesentliche Rolle spielten.

Ein neckisches, konfuses Gegaukel von Fantasien, in dem das ungewohnte Gefühl, er halte einen Bergstock in der Hand, gewissermaßen den Glanzpunkt bildete, weckte ihn schließlich zu ungebührlich früher Stunde.

Jedes Frühjahr, genau am 1. Juni, pflegte der Herr kaiserliche Leibarzt zur Kur nach Karlsbad zu fahren und zu diesem Zwecke, da er die Eisenbahn verabscheute, die er für eine jüdische Einrichtung hielt, eine Droschke zu benutzen.

Wenn Karlitschek, so hieß der isabellfarbige Klepper, der den Wagen ziehen durfte, den eindringlichen Weisungen seines alten, rot bewesteten Kutschers gemäß, den fünf Kilometer entfernten Prager Vorort Holleschowitz erreicht hatte, wurde jedes Mal die erste Nachtrast gemacht und am nächsten Tag die dreiwöchentliche Fahrt in längeren oder kürzeren Etappen, je nachdem, wie Karlitschek, das wackre Ross, gelaunt war, fortgesetzt – in Karlsbad angelangt, konnte sich's dann bis zur Rückreise an Hafer dick und rund fressen, bis es einer rosa schimmernden Wurst auf vier dünnen Stelzbeinen glich, derweilen der Herr Leibarzt sich selbst Bewegung per pedes verordnete. Das Erscheinen der roten Datumsziffer 1. Mai auf dem Abreißkalender über dem Bette gab sonst immer das Zeichen, dass es höchste Zeit sei, die Koffer zu packen, aber diesmal würdigte der Herr kaiserliche Leibarzt den Block keines Blickes, ließ den 30. April, der den schauerlichen Unterdruck ›Walpurgisnacht‹ trug, unberührt hängen, begab sich an seinen Schreibtisch, nahm einen ungeheuren schweinsledernen, mit Messingecken verzierten Folianten vor, der schon von seinem Urgroßvater an jedem männlichen Flugbeil als Diarium gedient hatte, und begann unter den Aufzeichnungen nachzublättern, ob sich nicht vielleicht auf diesem Wege feststellen lasse, ob, wann und wo er dem unheimlichen Zrcadlo schon früher begegnet sei – denn der Gedanke, dass dies der Fall sein müsse, quälte ihn unablässig. –

Seit seinem fünfundzwanzigsten Jahre, und von dem Datum angefangen, als sein Vater gestorben war, hatte er pünktlich jeden Morgen seine Erlebnisse – genau wie einst seine seligen Vorfahren – eingetragen und jeden Tag mit fortlaufenden Zahlen versehen. – Der heutige trug bereits die Ziffer 16 117. –

Da er nicht hatte wissen können, dass er Junggeselle bleiben und daher keine Familie hinterlassen werde, hatte er –

ebenfalls nach dem Vorbilde seiner Ahnen – von Anfang an alles, was Liebesangelegenheiten betraf, durá Geheimschrift und Zeichen, die nur er allein enträtseln konnte, für unberufene Augen unlesbar gemacht.

Solcher Stellen gab es in diesem Buche rühmenswerterweise nur wenige; sie verhielten sich hinsichtlich Häufigkeit des Vorkommens zur Zahl der ebenfalls sorgfältig gebuchten, im Gasthaus ›Zum Schnell‹ verzehrten Gulasch etwa wie 1 zu 300.

Trotz der Gewissenhaftigkeit, mit der das Diarium geführt war, konnte der Herr Leibarzt keine Stelle finden, die auf den Schlafwandler irgendwelchen Bezug gehabt hätte, und enttäuscht klappte er das Buch endlich zu.

Schon beim Blättern hatte ihn ein unbehagliches Gefühl beschlichen: Während des Durchlesens der einzelnen Notizen war ihm – zum ersten Mal – unwillkürlich zu Bewusstsein gekommen, wie unsäglich eintönig, im Grunde genommen, seine Jahre dahingeflossen waren.

Zu anderen Zeiten hätte er es wie Stolz empfunden, sich eines Lebens, so regelmäßig und abgezirkelt wie das eines der exklusiven Hradschiner Adelskreise rühmen zu können, und dass auch seinem Blute – trotzdem es nicht blau und nur bürgerlich war – jegliche Hast und jegliche plebejische Fortschrittsgier seit Generationen abhanden gekommen sei – mit einemmal kam es ihm aber jetzt unter dem noch frischen Eindruck des nächtlichen Geschehnisses im Hause Elsenwanger vor, als sei ein Trieb in ihm erwacht, für den er nur hässliche Namen finden konnte. Namen wie: Abenteuersucht, Unbefriedigtsein oder Neugierde, unerklärlichen Vorgängen nachforschen zu wollen und dergleichen mehr.

Befremdet sah er sich in der Stube um. Die schmucklosen, weiß gekalkten Wände störten ihn. Früher hatten sie ihn doch nie gestört! – Warum plötzlich jetzt?

Er ärgerte sich über sich selbst.

Die drei Zimmer, die er bewohnte, lagen im südlichen Flügel der königlichen Burg, die ihm die k. u. k. Schlosshauptmannschaft, als er pensioniert worden war, angewiesen hatte. Von einer vorgebauten Brüstung aus, in der ein mächtiges Fernrohr stand, konnte er hinab in die ›Welt‹ – nach Prag – sehen und dahinter, am Horizont, noch die Wälder und sanft gewellten grünen Flächen einer Hügellandschaft unterscheiden, während ein anderes Fenster den oberen Flusslauf der Moldau – ein silberig glitzerndes Band, das sich in dunstiger Ferne verlor – als Aussicht bot.

Um seine wild gewordenen Gedanken ein wenig zur Ruhe zu bringen, trat er an das Teleskop und richtete es auf die Stadt, wobei er, wie es seine Gewohnheit war, vom Zufall die Hand führen ließ.

Das Instrument vergrößerte in außerordentlichem Maße und hatte infolgedessen nur ein winziges Gesichtsfeld, sodass dem Beschauer die Gegenstände, auf die es gerichtet wurde, so dicht ans Auge gerückt erschienen, als stünden sie in seiner unmittelbaren Nähe.

Der Herr kaiserliche Leibarzt beugte sich zur Linse nieder mit dem unwillkürlichen, kaum gedachten, heimlichen Wunsche, einen Schornsteinfeger auf einem Dache oder sonst irgendein Glück verheißendes Omen zu erblicken, fuhr aber gleich darauf mit einem Ausdruck des Schreckens zurück.

Das Gesicht der ›böhmischen Liesel‹ hatte ihn nämlich lebensgroß, hämisch verzerrt und mit den wimperlosen Lidern blinzelnd, als sehe und erkenne sie ihn gar wohl, angegrinst!

So schreckhaft und ungeheuerlich war der Eindruck gewesen, dass der Herr Leibarzt an allen Gliedern zitterte und eine Weile bestürzt an dem Fernrohr vorbei in den sonnendurchflimmerten Luftraum starrte, jede Sekunde gewärtig, die alte Vettel leibhaftig und womöglich auf einem Besen reitend als Gespenst vor sich auftauchen zu sehen.

Als er sich schließlich aufraffte – zwar voll Staunens darüber, wie seltsam der Zufall gespielt hatte, aber immerhin froh, sich die Sache ganz natürlich erklären zu können – und wieder durch das Instrument blickte, war wohl die Alte verschwunden, und nur noch fremde, ihm gleichgültige Gesichter zogen an dem Sehfeld vorbei, aber es wollte ihm scheinen, als läge in ihren Mienen eine seltsame Aufregung – eine Spannung, die sich auf ihn übertrug.

Er erkannte aus der Hast, mit der sie einander verdrängten, aus den Gestikulationen der Hände, den eilfertig schwätzenden Lippen, aus den zeitweilig weit aufgerissenen Mündern, die Schreie auszustoßen schienen, dass ein Volksauflauf entstanden sein müsse, dessen Ursache sich jedoch wegen der großen Entfernung nicht feststellen ließ. Ein kleiner Ruck, den er dem Fernrohr gab, machte das Bild im Nu verschwinden, und an seine Stelle trat – zuerst in verschwommenen Umrissen – ein viereckiges dunkles Etwas, das allmählich beim Näherschrauben der Linse zu einem offenen Giebelfenster mit zerbrochenen, mit Zeitungspapier verklebten Scheiben gerann.

Ein junges, in Lumpen gehülltes Weib, das Gesicht leichenhaft eingefallen und verhärmt, die Augen tief in den Höhlen, saß in dem Rahmen und hielt den Blick mit stumpfer, vertierter Gleichgültigkeit unbeweglich auf ein skelettartig abgemagertes kleines Kind gerichtet, das vor ihr lag und offenbar in ihren Armen gestorben war. – Das grelle Sonnenlicht, das die beiden umfing, ließ jede Einzelheit mit grausamer Schärfe erkennen und vertiefte mit seinem jubelvollen Frühlingsglanz den furchtbaren Missklang zwischen Jammer und Freude bis zur Unerträglichkeit.

»Der Krieg. Ja, der Krieg«, seufzte der Pinguin und versetzte dem Rohre einen Stoß, um sich durch den grässlichen Anblick nicht unnötigerweise den Appetit für sein Gabelfrühstück zu verderben.

»Der rückwärtige Eingang eines Theaters oder so etwas Ähnliches muss das sein«, murmelte er sinnend, als sich gleich darauf eine neue Szene vor ihm abrollte: Zwei Arbeiter trugen, begafft von zahlreichen Gassenjungen und knicksenden alten Weibern in Kopftüchern, aus einem gähnenden Tor ein Kolossalgemälde, worauf ein Greis mit langem, weißem Bart zu sehen war, auf rosa Wolken gebettet, in den Augen den Ausdruck unsäglicher Milde und die Rechte segnend ausgestreckt, während die Linke fürsorglich einen Globus umspannt hielt.

Wenig befriedigt und von widerstreitenden Gefühlen gequält, zog sich der kaiserliche Leibarzt ins Zimmer zurück, nahm die Botschaft seiner Köchin, ›der Wenzel warte unten‹, wortlos entgegen, ergriff Zylinder, Handschuhe und Elfenbeinstock und verfügte sich knarrenden Fußes die kühle Steintreppe hinab in den Schlosshof, wo der Kutscher bereits mit dem Abbau des Droschkendaches beschäftigt war, um die hohe Gestalt seines Herrn ohne Anstoß im Innern des Wagens verstauen zu können.

Die Karosse war so ziemlich den größten Teil der steilen Straßen hinabgerasselt, als dem Pinguin plötzlich ein Gedanke durch den Kopf schoss, der ihn veranlasste, so lange an die klapprigen Fensterscheiben zu klopfen, bis Karlitschek sich endlich bequemte, durch Steifmachen seiner isabellfarbigen Vorderstelzen der Fahrt ein jähes Ende zu bereiten, und Wenzel vom Bock sprang und mit gezogenem Hut an den Schlag trat.

Wie aus dem Boden gewachsen umdrängte sofort eine Schar Schulbuben den Wagen und vollführte, als sie den Pinguin darin erblickte, seines Spitznamens eingedenk, eine Art lautlosen Polarvogeltanz, wobei sie mit gekrümmten Armen unbeholfene Flugbewegungen nachahmten und wie mit spitzen Schnäbeln nacheinander hackten.

Der Herr kaiserliche Leibarzt würdigte die Spötter keines Blickes und flüsterte dem Kutscher etwas zu, das diesen einen Augenblick lang buchstäblich erstarren ließ.

»Exlenz, gnä' Herr, wos, in die Totengasse wollen sich Exlenz fahren?«, stieß der Mann endlich halblaut hervor. »Zu die – zu die – zu die Menscher? – Und jetzen in der Frieh schon?«

»Aber die ›bähmische Liesel‹ wohnt sich doch gar nicht in der Totengassen« – fuhr er erleichtert fort, als ihm der Pinguin sein Vorhaben genauer auseinandergesetzt hatte. »Die ›bähmische Liesel‹ wohnt sich doch in der ›Neien Welt‹. Gott sei Dank.«

»In der – ›Welt‹? Unten?«, fragte der kaiserliche Leibarzt zurück und warf einen missgelaunten Blick aus dem Fenster auf das zu seinen Füßen liegende Prag.

»In der ›Neien Welt‹«, beruhigte ihn der Kutscher, »in der Gassen, was sich um den Hirschgraben rundumadum ziecht.« Dabei deutete er mit dem Daumen zum Firmament empor und beschrieb dann behände mit dem Arm eine Schlinge in der Luft, als wohne die alte Dame in beinahe unzugänglichen Gefilden – sozusagen im Astralreich, zwischen Himmel und Erde. –

Einige Minuten später klomm Karlitschek wieder – mit den gemessen langsamen Bewegungen eines schwindelfreien kaukasischen Gebirgsmaultieres – die abschüssige Spornergasse bergan. –

Dem Herrn kaiserlichen Leibarzt war eingefallen, dass er vor kaum einer halben Stunde die ›böhmische Liesel‹ durch das Fernrohr in den Straßen Prags gesehen hatte und dass daher die Gelegenheit, den Schauspieler Zrcadlo, der bei ihr wohnte, unter vier Augen zu sprechen, selten günstig sei. Und so hatte er beschlossen, aus diesem Umstande Nutzen zu ziehen und lieber auf das Gabelfrühstück beim ›Schnell‹ zu verzichten.

Die Gasse, genannt die ›Neue Welt‹, bestand, wie der Herr kaiserliche Leibarzt eine Weile später – die Droschke musste zurückbleiben, um peinliches Aufsehen zu vermeiden – Gelegenheit fand, sich zu überzeugen, aus etwa sieben getrennt voneinander stehenden Häuschen und dicht gegenüber einer halbkreisförmigen Mauer, deren oberer Rand mit einem fortlaufenden Fries aus mit Kreide zwar primitiv von Knabenhand gezeichneten, nichtsdestoweniger aber äußerst drastischen Anspielungen auf das Geschlechtsleben verziert war. Von ein paar Kindern abgesehen, die fröhlich kreischend in der knöcheltief mit weißem Kalkstaub bedeckten Gasse Kreisel drehten, war weit und breit kein menschliches Gesicht zu erblicken.

Von dem Hirschgraben, dessen Hänge mit blühenden Bäumen und Sträuchern übersät waren, wehte ein duftgetränkter

Hauch von Jasmin und Flieder herauf, und in der Ferne träumte das Lustschloss der Kaiserin Anna, von dem silberweißen Gischt der sprühenden Fontänen umgeben, mit seinem gebauchten, grünkupfernen Patinadach im Mittagslicht wie ein riesiger, glänzender Käfer.

Dem kaiserlichen Leibarzt schlug mit einemmal das Herz seltsam laut in der Brust. Die weiche erschlaffende Frühlingsluft, der betäubende Geruch der Blumen, die spielenden Kinder, das dunstig hell leuchtende Bild der Stadt zu seinen Füßen und der ragende Dom mit den in Scharen über ihren Nestern kreischenden Dohlen, alles erweckte in ihm wieder das dumpfe vorwurfsvolle Gefühl von heute Morgen, er habe seine Seele um ein ganzes langes Leben betrogen.

Er sah eine Weile zu, wie sie die kleinen, grau-roten, kegelförmigen Kreisel unter den Schlägen der Peitschen drehten und Staubwölkchen emporwirbelten; er konnte sich nicht entsinnen, jemals als Kind dieses lustige Spiel getrieben zu haben – jetzt kam es ihm vor, als habe er ein langes Dasein voll Glück dadurch versäumt.

Die offenen Flure der kleinen Häuser, in die er spähte, um die Wohnung des Schauspielers Zrcadlo zu erkunden, waren wie ausgestorben.

In dem einen stand ein leerer Bretterverschlag mit Glasfenstern, hinter denen wahrscheinlich in Friedenszeiten mit blauen Mohnkörnern bestreute Semmeln verkauft worden waren oder – wie ein ausgetrocknetes hölzernes Fässchen verriet – saurer Gurkensaft gemäß der Landessitte: einen in dieser Flüssigkeit hängenden Lederriemen gegen Entgeld von einem Heller zweimal durch den Mund ziehen zu dürfen.

Vor einem anderen Eingang hing ein schwarz-gelbes Blechschild mit einem zerkratzten Doppeladler darauf und den Fragmenten einer Inschrift, die besagte, es dürfe hier straflos Salz an Reflektanten abgegeben werden.

Aber alles das machte den betrüblichen Eindruck, als sei es längst nicht mehr wahr.

Auch ein Zettel mit großen, einst schwarzen Buchstaben:

›Zde se mandluje‹, was so viel heißen sollte wie: »Hier dürfen Dienstmädchen gegen Vorausbezahlung von zwölf Kreuzern eine Stunde lang Wäsche mangeln‹, war halb zerrissen und ließ deutlich ahnen, dass der Gründer dieses Unternehmens jegliches Vertrauen auf seine Erwerbsquelle eingebüßt haben musste.

Allüberall hatte die erbarmungslose Faust der Kriegsfurie die Spuren ihrer zerstörenden Tätigkeit hinterlassen.

Aufs Geratewohl betrat der kaiserliche Leibarzt die letzte der Hütten, aus deren Schornstein ein dünner, langer Wurm graublauen Rauchs sich zum wolkenlosen Maienhimmel emporschlängelte, öffnete nach längerem, unbeantwortetem Klopfen eine Türe und sah sich – unliebsam überrascht – der ›böhmischen Liesel‹ gegenüber, die, eine Holzschüssel mit Brotsuppe auf den Knien, ihn schon auf der Schwelle erkannte und mit einem herzlichen Ausruf:

»Servus! Pinguin! Ja, du bist's?!«, willkommen hieß.

Die Stube, gleichzeitig Küche, Wohnzimmer und auch Schlafraum – nach einer Lagerstätte aus alten Lumpen, Strohknödeln und zerknülltem Zeitungspapier in der Ecke zu schließen –, war unendlich schmutzig und vernachlässigt. Alles – Tisch, Stühle, Kommode, Geschirr – stand wild durcheinander; aufgeräumt sah eigentlich nur die ›böhmische Liesel‹ selbst aus, da ihr der unvermutete Besuch offenbar große Freude bereitete.

An den zerfetzten pompejanisch roten Tapeten hing eine Reihe morscher Lorbeerkränze mit blassblauen, verwaschenen Seidenschärpen, darauf allerhand Huldigungen, wie ›Der großen Künstlerin‹ usw. zu lesen waren, und daneben eine bändergeschmückte Mandoline.

Mit der selbstverständlichen Gelassenheit einer Dame von Welt blieb die ›böhmische Liesel‹ ruhig sitzen und streckte nur, geziert lächelnd, die Hand aus, die der Herr kaiserliche Leibarzt, blutrot vor Verlegenheit, zwar ergriff und drückte, aber zu küssen vermied.

Den Mangel an Galanterie liebenswürdig übersehend,

eröffnete die ›böhmische Liesel‹ die Konversation mit ein paar einleitenden Worten über das schöne Wetter, wobei sie ungeniert ihre Suppe zu Ende schlürfte, und versicherte sodann Seine Exzellenz ihrer hohen Befriedigung, einen so lieben alten Freund bei sich begrüßen zu dürfen.

»Ein Feschak bist d' und bleibst d' halt doch, Pinguin«, änderte sie, unvermittelt ins Vertrauliche übergehend, die zeremonielle Tonart, ließ die hochdeutsche Ausdrucksweise fallen und bediente sich des Prager Jargons, »was man so sagt: ein sakramensky chlap.« –

Erinnerungen schienen sie zu überfallen, und einen Moment lang schwieg sie, die Augen wie unter sehnsuchtsvollen Erinnerungen geschlossen; der Herr kaiserliche Leibarzt wartete gespannt, was sie wohl sagen werde.

Dann girrte sie plötzlich heiser mit gespitzten Lippen.

»Bussi, Bussi!« – – und breitete die Arme aus.

Von Grauen geschüttelt, prallte der Herr kaiserliche Leibarzt zurück und starrte sie entsetzt an.

Sie achtete nicht darauf, stürzte zu einem Wandbrett, riss ein Bild – ein altes, verblichenes Daguerreotyp –, das dort inmitten vieler anderer stand, an sich und bedeckte es mit glühenden Küssen.

Dem Herrn kaiserlichen Leibarzt stockte fast der Atem: Er erkannte sein eigenes Konterfei, das er ihr vor wohl vierzig Jahren geschenkt hatte.

Dann stellte sie es behutsam, voll Zärtlichkeit wieder zurück, hob verschämt mit spitzen Fingern den zerlumpten Rock bis zum Knie und tanzte, den Kopf mit dem wirr zerzausten Haar wie in wollüstigen Träumen wiegend, eine gespenstische Gavotte.

Der Herr kaiserliche Leibarzt stand wie gelähmt; das Zimmer drehte sich vor seinen Augen; ›Danse macabre‹, sagte etwas in ihm, und die beiden Worte tauchten in kraus geschnörkelten Buchstaben als Unterschrift zu einem alten Kupferstich, den er einst bei einem Antiquar gesehen, wie eine Vision vor ihm auf.

Er konnte den Blick nicht von den skelettartigen dürren Beinen der Greisin wenden, die in schlottrigen, grünlich schimmernden schwarzen Strümpfen staken – er wollte im Übermaß des Grausens zur Tür fliehen, aber der Entschluss entfiel ihm, noch ehe er gefasst war. Die Vergangenheit verband sich mit der Gegenwart in ihm zu einem inneren und äußeren Bannbild schreckhafter Wirklichkeit, dem zu entrinnen er sich ohnmächtig fühlte; er wusste nicht mehr: War er selbst noch jung und hatte sich die, die da vor ihm tanzte, urplötzlich aus einem soeben noch schönen Mädchen in ein leichenhaftes Scheusal mit zahnlosem Mund und entzündeten, runzligen Lidern verwandelt – oder träumte er nur, und seine eigene Jugend und die ihrige hatten in Wahrheit nie existiert?

Diese platten Klumpen in den grauschwarzen, schimmligen Überresten von niedergetretenen Stiefeln, die da vor ihm im Takte sich drehten und hüpften – konnten sie wirklich dieselben zierlichen Füßchen mit den zarten Knöcheln sein, die ihn einst so verliebt gemacht und entzückt hatten?

›Sie kann sie jahrelang nicht ausgezogen haben, das Leder würde in Stücke zerfallen sein. Sie schläft in ihnen‹, kam ein halber Gedanke flüsternd an seinem Bewusstsein vorbei, wuchtig verdrängt von einem anderen: ›Es ist furchtbar, der Mensch verwest in dem unsichtbaren Grabe der Zeit, noch während er lebt.‹

»Weißt du noch, Thaddäus!«, flötete die ›böhmische Liesel‹ heiser und krächzte eine Melodie:

»Du, du, du – bist so kalt
und machst allen so heiß,
zauberst Flammen hervor aus dem Eis.«

Dann hielt sie, wie mit einem Ruck zu sich gekommen, inne, warf sich in einen Sessel, krümmte sich, überwältigt von jäh ausbrechendem, namenlosem Schmerz, zusammen und verbarg weinend ihr Gesicht in den Händen. –

Der kaiserliche Leibarzt erwachte aus seiner Betäubung, raffte sich auf, gewann einen Augenblick Gewalt über sich und verlor sie gleich darauf wieder. – Er erinnerte sich mit einemmal deutlich seiner unruhig durchschlummerten Nacht, und dass er denselben armen, verwitterten Körper noch vor wenigen Stunden als blühendes junges Weib liebestrunken im Traum in den Armen gehalten hatte, der jetzt, mit Lumpen bedeckt und von Schluchzkrämpfen und Leid geschüttelt, vor ihm lag.

Er öffnete ein paar Mal den Mund und schloss ihn wortlos wieder – wusste nicht, was er sagen sollte.

»Liesel«, brachte er endlich mühsam hervor, »Liesel, geht's dir so schlecht?« – Er ließ seinen Blick durch die Stube schweifen und blieb mit den Augen an dem hölzernen Suppennapf hängen, hm ja. – »Liesel, kann ich dir irgendwie helfen?« Früher hat sie aus silbernen Tellern gegessen – schaudernd sah er zu der schmutzstarrenden Lagerstätte hinüber – hm, und – und auf Daunen geschlafen.

Die Alte schüttelte heftig den Kopf, ohne das Gesicht zu heben.

Der Herr kaiserliche Leibarzt hörte, wie sie ihr Wimmern hinter den Händen verbiss.

Seine Fotografie auf dem Wandbrett schaute ihm geradeaus ins Gesicht – der Widerschein eines blinden Spiegels am Fenster warf einen schrägen Lichtstrahl auf die ganze Reihe – lauter schlanke, junge Kavaliere, die er alle gekannt hatte, manche jetzt noch kannte als steif und weiß gewordene Fürsten und Barone – er selbst mit lachenden, lustigen Augen, in goldbetresstem Rock, den Dreispitz unter dem Arm. –

Schon vorhin, als er das Bild erkannt hatte, war die Absicht in ihm aufgestiegen, es heimlich zu entfernen; unwillkürlich machte er einen Schritt darauf zu – schämte sich aber sofort seines Gedankens und blieb stehen.

Schultern und Rücken der Alten bebten und zuckten noch immer vor verhaltenem Weinen; er sah auf sie nieder, und ein tiefes, heißes Mitleid ergriff ihn.

Er vergaß seinen Ekel vor ihrem schmutzigen Haar und legte ihr die Hand vorsichtig auf den Kopf, als getraue er sich nicht recht – streichelte sie sogar schüchtern.

Es schien sie sichtlich zu beruhigen, und sie wurde allmählich still wie ein Kind.

»Liesel« – fing er nach einer Weile wieder, ganz leise, an – »Liesel, schau, mach dir nichts draus – na ja, ich mein, wenn's dir schlecht geht. — Weißt d'« – er suchte nach Worten – »na ja, weißt d', es is — es is halt Krieg. – Und – und Hunger ham wir ja alle – jetzt im – Krieg« – er schluckte ein paar Mal verlegen, denn er fühlte, dass er log; er hatte doch noch niemals Hunger gehabt – wusste gar nicht, was das war; sogar frisch gebackene Salzstangel aus weißem Mehl wurden ihm jeden Tag beim ›Schnell‹ heimlich unter die Serviette gesteckt. – »No – und jetzt, wo ich weiß, dass dir's schlecht geht, brauchst d' dich ieberhaupt nicht mehr sorgen, Liesel; es is ja von selbstverstehtsich, dass ich dir hilf. – No – und der Krieg« – er trachtete, einen möglichst fröhlichen Ton in seine Rede zu legen, um sie aufzuheitern – »er is ja vielleicht iebermorgen schon 'rum – und dann kannst d' ja auch wieder deinem Verdienst –«, er brach bestürzt ab; es fiel ihm plötzlich ein, was sie war; überdies konnte man in ihrem Falle doch kaum von ›Verdienst‹ reden – »hm, ja – nachgehen«, schloss er den Satz halblaut nach einer kleinen Pause, denn er wusste kein besseres Wort.

Sie haschte nach seiner Hand und küsste sie stumm und voll Dankbarkeit. – Er fühlte ihre Tränen auf seine Finger fallen. »Geh, lass doch«, wollte er sagen, brachte es aber nicht heraus. Er blickte ratlos umher.

Eine Weile schwiegen beide. Dann hörte er, dass sie etwas murmelte, verstand aber die Worte nicht.

»Ichichich dank'«, schluchzte sie endlich halb erstickt. – »ichich dank' dir. Fing –, ich dank' dir, Thaddäus. Nein, nein, kein Geld«, fuhr sie hastig fort, als er wieder davon anfangen wollte, er werde ihr helfen – »nein, ich brauch' nichts« – sie richtete sich schnell auf und drehte den Kopf zur

Wand, damit er ihr schmerzverzerrtes Gesicht nicht sehen sollte, hielt aber dabei seine Hand krampfhaft fest, »es geht mir ja ganz gut. Ich bin doch so glücklich, dass du – dich nicht vor mir graust. – Nein, nein, wirklich, mir geht's ganz gut. – W-w-weißt d', es ist nur so schrecklich, wenn man sich erinnert, wie früher alles war.« – Einen Augenblick würgte sie es wieder, und sie fuhr sich nach dem Hals, als bliebe ihr der Atem aus. – »Weißt d', dass man – dass man nicht alt werden kann, ist so furchtbar.«

Der Pinguin sah sie erschrocken an und glaubte, sie rede irre; erst nach und nach begriff er, was sie meinte, als sie anfing, ruhiger zu sprechen.

»Vorhin, wie du hereingekommen bist, Thaddäus, da hab' ich gemeint, ich bin wieder jung – und du hast mich noch lieb«, setzte sie ganz leise hinzu – »und so geht's mir oft. Manchmal – manchmal fast eine Viertelstunde lang. – Besonders, wenn ich auf der Gassen geh, vergess' ich, wer ich bin, und glaub', die Leute schauen mich so an, weil ich jung und schön bin. – Dann freilich, wenn ich hör', was die Kinder hinter mir dreinrufen –.«

Sie schlug die Hände vor's Gesicht. –

»Nimm's nicht so schwer, Liesel« – tröstete sie der kaiserliche Leibarzt – »Kinder sind immer grausam und wissen nicht, was sie tun. Du darfst's ihnen nicht nachtragen, und wenn sie sehen, dass du dir nichts draus machst –«

»Glaubst du denn, ich bin ihnen bös deshalb? – Ich bin noch nie jemand bös gewesen. Nicht einmal dem lieben Gott. Und dem hat doch heutzutag wahrhaftig jeder Mensch Grund, böse zu sein. – Nein, das ist's nicht. – Aber dieses Aufwachen, jedes Mal, wie aus einem schönen Traum, das ist fürchterlicher, Thaddäus, als wenn man bei lebendigem Leibe verbrennt.«

Der Pinguin blickte wieder in der Stube umher und sann nach. ›Wenn man's ihr ein wenig behaglicher machen würde hier‹, dachte er, › vielleicht würde sie sich –‹

Sie schien seinen Gedanken erraten zu haben. »Du meinst, warum's so schauderhaft hier ist und warum ich so gar nichts mehr auf mich halte? – Du, mein Gott, wie oft hab' ich schon versucht, das Zimmer ein bissel sauberer zu machen. Aber ich glaub', ich müsst wahnsinnig werden, wenn ich's tu. – Wenn ich nur damit anfang' und rück' bloß einen Sessel zurecht, so schreit schon alles in mir auf, dass es ja doch nie mehr so werden kann, wie's früher war. – So ähnlich geht's vielleicht vielen Menschen auch, nur können's die ändern nicht verstehen, die nie aus dem Licht haben in die Finsternis müssen. – Du wirst's mir nicht glauben, Thaddäus, aber wirklich, es ist noch so etwas wie ein Trost darin für mich, dass alles um mich herum, und ich selbst, so unsagbar verkommen und scheußlich ist.« – Sie starrte eine Weile vor sich hin, dann fuhr sie plötzlich auf: »Und ich weiß auch warum. – Jaja, warum soll nicht der Mensch auch gezwungen sein, mitten im tiefsten Schmutz zu leben, wo doch seine Seele in einem so grässlichen Kadaver stecken muss!– –

Und dann – hier, so mitten im Dreck« – murmelte sie halblaut vor sich hin – »vielleicht kann ich doch einmal vergessen.« – Sie fing an, wie geistesabwesend mit sich selbst zu sprechen. »Ja, wenn der Zrcadlo nicht wär'« – der Leibarzt horchte auf, als der Name fiel, und erinnerte sich, dass er doch eigentlich des Schauspielers wegen hergekommen war; – »Ja, wenn der Zrcadlo nicht wär'! – Ich glaub', er ist an allem schuld. – Ich muss ihn fortschicken. – Wenn ich nur – wenn ich nur die Kraft dazu hätt'.« –

Der Herr kaiserliche Leibarzt räusperte sich laut, um ihre Aufmerksamkeit zu erwecken. – »Sag 'mal, Liesel, was ist das eigentlich mit dem Zrcadlo? – Er wohnt doch bei dir?«, fragte er endlich direkt heraus.

Sie fuhr sich über die Stirn: – »Der Zrcadlo? Wieso kommst du auf ihn?«

»Nun. Halt so. Nach dem, was gestern beim Elsenwanger passiert ist. – Mich interessiert der Mensch. – Nur so. Halt als Arzt.«

Die ›böhmische Liesel‹ kam langsam zu sich, dann trat plötzlich ein Ausdruck des Schreckens in ihre Augen. Sie packte den kaiserlichen Leibarzt heftig am Arm:

»Weißt du, manchmal, da glaub' ich – er ist der Teufel. Jesus Maria, Thaddäus, denk' nicht an ihn! – – Aber nein« – sie lachte hysterisch auf – »das is alles dummes Zeug. – Es gibt doch gar keinen Teufel. – Er ist natürlich nur verrückt. – Oder – oder ein Schauspieler. Oder alles beides zusammen.« Sie wollte wieder lachen, aber ihre Lippen verzerrten sich nur.

Der kaiserliche Leibarzt sah, dass ein kalter Schauer sie überlief und ihre zahnlosen Kiefer schlotterten.

»Selbstverständlich ist er krank«, sagte er ruhig, »aber manchmal muss er doch bei sich sein – und da hätt' ich gern einmal mit ihm gesprochen.«

»Er ist nie bei sich«, murmelte die ›böhmische Liesel‹.

»Du hast aber doch gestern Nacht gesagt, er geht in den Beiseln herum und spielt den Leuten etwas vor?«

»Ja. – Ja, das tut er.«

»No, dazu muss er doch bei sich sein?«

»Nein. Das ist er nicht.«

»So. – Hm«, – der kaiserliche Leibarzt grübelte nach. – »Aber er war doch gestern geschminkt! Tut er das vielleicht auch ohne Bewusstsein? – Wer schminkt ihn denn?«

»Ich.«

»Du? Wieso?«

»Damit er für einen Schauspieler gehalten wird. Und etwas verdienen kann. – Und damit mer ihn net einsperrt.«

Der Pinguin blickte die Alte lang und misstrauisch an.

›Es kann doch gar nicht sein, dass er – ihr Zuhälter ist‹, überlegte er. – Sein Mitleid war verflogen, und der Ekel fasste ihn wieder an. – ›Wahrscheinlich lebt sie mit von seinen Einnahmen. Jaja, natürlich, so wird's wohl sein.‹

Auch die ›böhmische Liesel‹ war mit einemmal ganz verändert. – Sie hatte ein Stück Brot aus der Tasche gezogen und kaute mürrisch daran.

Der Herr kaiserliche Leibarzt trat verlegen von einem Bein

aufs andere. Er fing an, sich innerlich heftig zu ärgern, dass er hierher gekommen war. – »Wenn's d' gehen willst – ich halt' dich nicht«, brummte die Alte nach einer peinlichen Pause längeren beiderseitigen Stillschweigens.

Der Herr kaiserliche Leibarzt griff rasch nach seinem Hut und sagte, wie von einem Druck befreit: »Ja freilich, Liesel, du hast Recht, es ist schon spät. – Hm, ja. – No, und so gelegentlich komm' ich wieder nach dir schauen, Liesel.« – Er tastete mechanisch nach seinem Portemonnaie. –

»Ich hab' dir schon einmal g'sagt, ich brauch' kein Geld nicht!«, fauchte die Alte los.

Der Herr kaiserliche Leibarzt zuckte mit der Hand zurück und wandte sich zum Gehen:

»Alsdann, grüß' dich Gott, Liesel.«

»Servus, Thadd –, Servus Pinguin.«

Im nächsten Augenblick stand der Herr kaiserliche Leibarzt, geblendet von der grellen Sonne, auf der Gasse und strebte gallig seiner Droschke zu, um so rasch wie möglich aus der ›Neuen Welt‹ heim zum Mittagessen zu fahren.

3

HUNGERTURM

In dem mauerumfriedeten stillen Hof der ›Daliborka‹ – des grauen Hungerturms auf dem Hradschin – warfen die alten Linden bereits schräge Schatten, und das kleine Wärterhäuschen, darin der Veteran Vondrejc mit seiner gichtbrüchigen Gattin und seinem Adoptivsohn Ottokar, einem neunzehnjährigen Konservatoristen, wohnte, lag wohl schon eine Stunde in kühlem Nachmittagsdunkel.

Der Alte saß auf einer Bank und zählte und sortierte einen Haufen Kupfer- und Nickelmünzen neben sich hin auf das morsche Brett, die ihm der Tag als Trinkgeld von den Besuchern des Turms eingebracht hatte. Jedes Mal, wenn er die Zahl zehn erreichte, machte er mit seinem Stelzbein einen Strich in den Sand.

»Zwei Gulden siebenundachtzig Kreizer«, brummte er, als er fertig war, unzufrieden zu seinem Adoptivsohn hin, der, an einen Baum gelehnt, emsig damit beschäftigt war, die spiegelnden Flecken an den Knien seines schwarzen Anzuges rau zu bürsten, und rief es dann mit lautem, militärischem Meldeton durch's offene Fenster in die Stube hinein, damit es seine bettlägerige Frau hören könne.

Gleich darauf sank er, den bis in den Nacken haarlosen Kopf mit der hechtgrauen Feldwebelmütze bedeckt, in starrer, totenähnlicher Ruhe zusammen wie ein Hampelmann, in dem der Lebensfaden plötzlich gerissen ist, und hielt seine halb blinden Augen unbeweglich auf den mit libellenförmigen Baumblüten übersäten Boden geheftet.

Er achtete nicht einmal mit einem Wimperzucken darauf, dass sein Adoptivsohn den Geigenkasten von der Bank nahm, sich seine Samtkappe aufsetzte und dem schwarzgelb gestreiften, kasernenmäßigen Ausgangstor zuschritt. Er antwortete auch nicht auf den Abschiedsgruß. –

Der Konservatorist schlug den Weg nach abwärts ein, der Thunschen Gasse zu, in der die Gräfin Zahradka ein schmales, finsteres Palais bewohnte, blieb aber nach wenigen Schritten, wie von einem Gedanken erfasst, stehen, warf einen Blick auf seine abgeschabte Taschenuhr, kehrte hastig um und eilte, die Wiesenstege des ›Hirschgrabens‹ abkürzend, wo immer es ging, zur ›Neuen Welt‹ empor, wo er, ohne anzuklopfen, das Zimmer der ›böhmischen Liesel‹ betrat. –

Die Alte war so tief versponnen in ihre Jugenderinnerungen, dass sie lange nicht begriff, was er von ihr wollte.

»Zukunft? Was ist das: Zukunft?«, murmelte sie geistesabwesend, immer nur die letzten Worte seiner Sätze verstehend, »Zukunft? – Es gibt doch gar keine Zukunft!« – sie musterte ihn langsam von oben bis unten – der verschnürte schwarze

Studentenrock des jungen Mannes verwirrte sie offenbar – »Warum nicht goldene Tressen heute? – Er ist doch Oberst-Hofmarschall!«, fragte sie halblaut in die leere Luft hinein. – – »Aha, Pan Vondrejc mladsi – aha, der junge Herr Vondrejc will die Zukunft wissen! Ah, so.« – Jetzt erst erfasste sie, wen sie vor sich hatte.

Ohne weiter ein Wort zu verlieren, ging sie zur Kommode, bückte sich, fischte unter dem Möbel ein mit rötlichem Modellierton überzogenes Brett hervor, stellte es auf den Tisch, reichte dem Konservatoristen einen hölzernen Griffel und sagte: »Da! Tupfen S', Pane Vondrejc! Von rechts nach links. – Aber ohne zu zählen! – Nur an das denken, was Sie wissen wollen! – und sechzehn Reihen untereinander.«

Der Student nahm den Stift, zog die Augenbrauen zusammen und zögerte eine Weile, dann wurde er plötzlich leichenblass vor innerer Erregung und stach in fliegender Hast und mit zitternder Hand eine Anzahl Löcher in die weiche Masse.

Die ›böhmische Liesel‹ zählte sie zusammen, schrieb sie in Kolonnen neben- und untereinander auf eine Tafel, während er ihr gespannt zusah, zeichnete die Resultate in geometrische Formen geordnet in ein mehrfach geteiltes Viereck und schwätzte dabei mechanisch vor sich hin:

»Das sind die Mütter, die Töchter, die Neffen, die Zeugen, der Rote, der Weiße und der Richter/Drachenschwanz und Drachenkopf. – Alles genau, wie's die alte böhmische Punktierkunst verlangt. – So haben wir's gelernt von den Sarazenen, eh' sie vernichtet wurden in den Kämpfen am weißen Berg. Lang vor der Königin Libuscha. – Jaja, der weiße Berg, der ist getränkt von Menschenblut. – Böhmen ist der Herd aller Kriege. – Auch jetzt wieder war's der Herd und wird's immer bleiben. – Jan Zizka, unser Führer Zizka, der Blinde!«

»Was ist's mit Zizka?«, fuhr der Student aufgeregt dazwischen, »steht da etwas von Zizka?«

Sie achtete nicht auf die Frage. – »Wenn die Moldau nicht so rasch flösse, heut' noch wäre sie rot von Blut.« – Dann änderte sie mit einemmal den Ton wie in grimmiger Lustigkeit: »Weißt du, Buberl, warum so viel Blutegel in der Moldau sind? Vom Ursprung bis zur Elbe – wo du am Ufer einen Stein aufhebst, immer sind kleine Blutegel darunter. Das kommt, weil früher der Fluss ganz aus Blut bestand. Und sie warten, weil sie wissen, dass sie eines Tages wieder neues Futter kriegen – Was ist das?« – sie ließ erstaunt die Kreide aus der Hand fallen und starrte abwechselnd den jungen Mann und die Figuren auf der Tafel an – »was ist das? – Willst du vielleicht gar Kaiser der Welt werden?«

– Sie sah ihm forschend in die dunklen, flackernden Augen.

Er gab keine Antwort, aber sie bemerkte, dass er sich am Tische krampfhaft festhielt, um nicht zu taumeln. »Am End' wegen der da?« – sie deutete auf eine der geometrischen Figuren. »Und ich hab' immer geglaubt, du hättst ein Gspusi mit der Bozena vom Baron Elsenwanger?«

Ottokar Vondrejc schüttelte heftig den Kopf.

»So? Ist es also schon wieder aus, Buberl? – Na, was ein echtes böhmisches Madel is, trägt nichts nach. Auch nicht, wenn's ein Kind kriegt. – Aber vor der da« – sie zeigte wieder auf die Figur – »nimm dich in Acht. – Die saugt Blut. – Sie is auch eine Tschechin, aber von der alten gefährlichen Rass'.«

»Das ist nicht wahr«, sagte der Student heiser.

»So? Glaubst du? – Sie ist aus dem Stamme Boriwoj, sag' ich dir. Und du« – sie blickte dem jungen Mann lang und nachdenklich in das schmale, braune Gesicht – »und du – du bist auch aus der Rasse Boriwoj. So zwei zieht's zueinander wie Eisen und Magnet. – Was braucht man da lang in den Zeichen zu lesen« – sie wischte mit dem Ärmel über die Tafel, ehe sie der Student daran hindern konnte. »Gib nur Acht, dass du nicht das Eisen wirst und sie der Magnet, sonst bist du verloren, Buberl. – Im Stamme Boriwoj war Gattenmord, Blutschande und Brudermord an der Tagesordnung. – Denk an Wenzel, den Heiligen!«

Der Konservatorist versuchte zu lächeln. – »Wenzel der Heilige war ebenso wenig aus dem Stamme Boriwoj wie ich es bin. Ich heiß' doch bloß Vondrejc, Frau – Frau Lisinka.«

»Sagen Sie mir nicht immer Frau Lisinka!« wütend schlug die Alte mit der Faust auf den Tisch; »Ich bin keine Frau! – Ich bin eine Hur. – Ich bin ein Fräulein!«

»Ich hätt' nur noch gern gewusst – Lisinka –, was haben Sie da vorhin gemeint mit dem – ›Kaiser werden‹ und mit Jan Zizka?«, fragte der Student eingeschüchtert.

Ein Knarren von der Wand her ließ ihn innehalten. –

Er drehte sich um und sah, dass im Rahmen der langsam sich öffnenden Tür ein Mann stand, eine große, schwarze Brille im Gesicht, den übermäßig langen Gehrock zwischen den Schultern ungeschickt ausgestopft, wie um einen Buckel vorzutäuschen – die Nasenlöcher weit aufgebläht von Wattepfropfen, die darin staken –, eine fuchsrote Perücke auf dem Schädel und einen ebensolchen Backenbart, dem man auf hundert Schritt ansehen konnte, dass er angeklebt war.

»Prosim! Milostpane! Gnädigste!«, wandte sich der Fremde mit deutlich verstellter Stimme an die ›böhmische Liesel‹. »Bittschän, Pardon, wann ich stäare, bittschän, war sich nicht vorhin der Herr kaiserliche Leibarzt von Flugbeil hier?«

Die Alte verzog ihren Mund zu einem lautlosen Grinsen. »Bittschän, man hat mir, här' ich, nämlich gesagt, dass er sich hier gewesen is.«

Die Alte grinste weiter wie eine Leiche. Der sonderbare Kerl wurde sichtlich betreten. »Ich soll ich nämlich dem Herrn kaiserlichen Leibarzt –«

»Ich kenn' keinen kaiserlichen Leibarzt!«, schrie die ›böhmische Liesel‹ jäh los – »Schauen Sie, dass Sie hinauskommen, Sie Rindvieh!«

Blitzartig schloss sich die Türe, und der nasse Schwamm, den die Alte von der Schiefertafel abgerissen und nach dem Besuch geschleudert hatte, fiel klatschend zu Boden. –

»Es war nur der Stefan Brabetz«, kam sie der Frage des Konservatoristen zuvor. »Er ist ein Privatspitzel. Er verkleidet sich jedes Mal anders und glaubt, dann kennt man ihn nicht. Wenn irgendwo etwas los ist, schon schnüffelt er's heraus. Er möcht dann immer was erpressen, aber er weiß nie, wie er's machen soll. Er ist von unten. Aus Prag. Da sind sie alle so ähnlich. Ich glaub', das kommt von der geheimnisvollen Luft, die aus dem Boden steigt. Alle werden sie im Lauf der Zeit so wie er. Einer früher, einer später, außer sie sterben vorher. Wenn einer dem andern begegnet, grinst er hämisch, bloß damit der andere glaubt, man weiß was über ihn. Hast d' es noch nie bemerkt, Buberl« – sie wurde seltsam unruhig und begann ruhelos im Zimmer hin und her zu wandern – »dass in Prag alles wahnsinnig is? Vor lauter Heimlichkeit? – Du bist doch selbst verrückt, Buberl, und weißt es bloß nicht! – Freilich, hier oben auf dem Hradschin, da is eine andere Art Wahnsinn. – Ganz anders als unten. – So – so mehr ein versteinerter Wahnsinn. – Wie überhaupt hier oben alles zu Stein geworden ist. – Aber wenn's einmal losbricht, dann is es, wie wenn steinerne Riesen plötzlich anfangen zu leben und die Stadt in Trümmer schlagen – hab' ich« – ihre Stimme sank zu leisem Gemurmel herab – »hab' ich mir als kleines Kind von meiner Großmutter sagen lassen. – Ja, na ja, und der Stefan Brabetz, der riecht's wahrscheinlich, dass hier auf dem Hradschin irgendwas in der Luft is. Irgendwas los.«

Der Student verfärbte sich und blickte unwillkürlich scheu nach der Tür. »Wieso? Was soll los sein?«

Die ›böhmische Liesel‹ redete an ihm vorbei: »Ja, glaub' mir, Buberl, du bist jetzt schon verrückt. – Vielleicht willst du wirklich Kaiser der Welt werden.« Sie machte eine Pause. »Freilich, warum soll's nicht möglich sein? Wenn's in Böhmen nicht so viele Wahnsinnige gab', wie hätt's sonst immer der Herd der Krieg' sein können! – Ja, sei nur verrückt, Buberl! Dem Verrückten gehört am Schluss doch die Welt. Ich bin ja auch die Geliebte vom König Milan Obrenowitsch gewesen, bloß weil ich geglaubt hab', dass ich's werden kann.

– Und wie viel hat gefehlt, wär' ich Königin von Serbien geworden!« – Es war, als erwache sie plötzlich – »Warum bist du eigentlich nicht im Krieg, Buberl? – So? Einen Herzfehler? – Noja. – Hm. – Und warum meinst du, bist du kein Boriwoj?« – Sie ließ es nicht zur Antwort kommen – »Und wohin gehst du jetzt, Buberl, da mit der Geige?«

»Zur Frau Gräfin Zahradka. Ich soll ihr vorspielen.«

Die Alte sah überrascht auf, studierte wieder lang und aufmerksam den Gesichtsschnitt des jungen Mannes und nickte dann, wie jemand, der seiner Sache gewiss ist. »Ja. Hm. Boriwoj. No, und hat sie dich gern, die Zahradka?«

»Sie ist meine Patin.«

Die ›böhmische Liesel‹ lachte laut auf: »Patin, hähä, Patin!«

Der Student wusste nicht, wie er das Gelächter deuten solle. Er hätte seine Frage nach Jan Zizka gern wiederholt, aber er sah ein, dass es vergeblich wäre.

Er kannte die Alte zu lange, um nicht aus ihrer plötzlich ungeduldig gewordenen Miene zu entnehmen, dass sie wünschte, die Audienz beendet zu sehen. – – – Mit einem verlegen gemurmelten Dank drückte er sich zur Tür hinaus.

Er war kaum des alten im Abendrot träumenden Kapuzinerklosters, an dem er auf seinem Wege zum Palais der Gräfin Zahradka vorbei musste, ansichtig geworden, da erklang dicht nebenan, als wolle es ihn begrüßen, gleich einem zauberhaften Orchester von Äolsharfen, das ehrwürdige Glockenspiel der St.-Loretto-Kapelle und zog ihn in seinen magischen Bann.

Eingehüllt von melodisch schwingenden Luftwellen, die ihn umfingen – getränkt von Blütenhauch aus den verborgenen nahen Gärten – wie der unendlich weiche, liebkosende Schleier einer unsichtbaren Himmelswelt, blieb er ergriffen stehen und lauschte, bis es ihm schien, als mischten sich die Töne eines alten Kirchenliedes darein, gesungen von tausend fernen Stimmen. Und wie er horchte, da war es, als käme es aus seinem Innern – dann wieder, als schwebten die Klänge ihm zu Häupten, um echogleich in den Wolken zu ersterben

– bald so nahe, dass er glaubte, die lateinischen Worte der Psalmodie zu verstehen, bald – verschlungen vom hallenden Dröhnen aus dem erzenen Munde der Glocken – nur noch in leisen Akkorden, wie aus unterirdischen Kreuzgängen herauf.

Sinnend schritt er über den mit hellen Birkenzweigen festlich geschmückten Hradschinplatz an der königlichen Burg vorüber, an deren steinerner Resonanz sich die Wogen der Töne brachen, dass er seine Geige in dem hölzernen Kasten vibrieren fühlte, als sei sie in ihrem Sarge lebendig geworden.

Dann stand er auf der Plattform der neuen Schlossstiege und sah über die breite Flucht der zweihundert balustradenumsäumten Granitstufen auf ein sonnenbeglänztes Dächermeer hinab, aus dessen Tiefe, einer ungeheuren schwarzen Raupe gleich, eine Prozession langsam heraufkroch.

Tastend schien sie ihren silbernen Kopf mit den purpur gefleckten Fühlern in die Höhe zu heben, wie unter dem weißen Baldachin, den vier Geistliche in Alba und Stola trugen, der Fürsterzbischof mit rotem Scheitelbarett und die Füße in rotseidenen Schuhen, das goldgestickte Pluvial um die Schultern, der singenden Menge voran Stufe um Stufe empor schritt.

In der warmen, unbeweglichen Abendluft schwebten die Flammen über den Kerzen der Ministranten kaum wahrnehmbar als durchsichtige Ovale und zogen dünne schwarze Qualmfäden durch die bläulichen Schwaden der feierlich geschwungenen Weihrauchgefäße hinter sich drein.

Das Abendrot lag auf der Stadt, glomm in Purpurstreifen über die langen Brücken, strömte – in Blut verwandeltes Gold – im Flusse unter ihren Pfeilern dahin.

Loderte in tausend Fenstern, als stünden die Häuser in Brand.

Der Student starrte in das Bild hinein; die Worte der alten Frau und was sie von der Moldau gesagt, und dass ihre Wellen einstens rot gewesen, klangen ihm in den Ohren; das Schaugepräge, das die Schlossstiege herauf immer näher und näher ihm entgegen zog: Einen Augenblick ergriff es ihn wie Betäubung; ja so müsste es sein, wenn sein wahnwitziger Traum, gekrönt zu werden, dereinst Erfüllung gefunden haben würde.

Er schloss eine Minute die Augen, um nicht zu sehen, dass sich Leute neben ihn gestellt hatten, die das Kommen der Prozession erwarteten – eine kurze Spanne Zeit nur noch wollte er sich gegen das Gefühl einer nüchternen Gegenwart wehren.

Dann wandte er sich um und durchquerte die Schlosshöfe der Burg, um auf andern menschenleeren Wegen noch rechtzeitig in die Thunsche Gasse zu gelangen. –

Als er um das Landtagsgebäude bog, sah er von weitem zu seiner Verwunderung das breite Tor des Waldsteinpalais' weit offen stehen.

Er eilte darauf zu, um einen Blick in den düstern Garten mit seinen armdicken Efeuranken an den Mauern und die wundervolle Renaissancehalle und die historische Badegrotte dahinter zu erhaschen, die aus seinen Kinderjahren her, als er einmal all diese Pracht einer längst versunkenen Zeit hatte in nächster Nähe besichtigen dürfen, tief wie ein erschütterndes Erlebnis aus Märchenlanden als unauslöschliche Erinnerung in seine Seele eingegraben standen. Lakaien in silberbordürten Livreen und kurz geschnittenen Wangenbärten, die Oberlippe glatt rasiert, zogen schweigend das ausgestopfte Pferd, das einst Wallenstein geritten, heraus auf die Straße.

Er erkannte es an der scharlachfarbenen Decke und den stieren gelben Glasaugen, die ihn, wie er sich plötzlich entsann, schon als Knaben lange bis in den Schlaf so mancher Nacht hinein als ein rätselvolles Vorzeichen, das er sich niemals deuten konnte, verfolgt hatten.

Jetzt stand das Ross vor ihm in den rotgoldenen Strahlen der scheidenden Sonne, die Füße auf ein dunkelgrünes Brett geschraubt, wie ein riesenhaftes Spielzeug aus einer Traumwelt herübergeholt und mitten hineingestellt in eine fantasiearme Zeit, die den Furchtbarsten aller Kriege – den Krieg der

Maschinendämonen gegen die Menschen, an dem gemessen die Schlachten Wallensteins anmuteten wie alberne Wirtshausraufereien – mit stumpf gewordenen Sinnen hinnahm.

Wieder – wie vorhin beim Anblick der Prozession – lief es ihm kalt über den Rücken, als er das Pferd ohne Reiter, das nur darauf zu warten schien, dass sich ein Entschlossener, ein neuer Gebieter, in seinen Sattel schwinge, vor sich sah.

Er hörte nicht, dass jemand geringschätzig hinwarf, das Fell sei von Motten zerfressen; – die Frage eines grinsenden Lakaien, der ihn spöttisch aufforderte: »Wollen der Herr Marschall vielleicht geruhen, aufzusteigen?«, wühlte sein Innerstes auf und sträubte ihm das Haar, als habe er die Stimme des Herrn des Schicksals aus der Tiefe des Urgrundes vernommen. Der Hohn, der in den Worten des Bedienten lag, glitt an ihm ab. – »Du bist jetzt schon verrückt, Buberl, nur weißt du es nicht«, hatte vor einer Stunde die Alte gesagt – aber hatte sie nicht noch im selben Atem hinzugefügt: »Am Ende gehört dem Verrückten doch die Welt!?«

Er fühlte vor wilder Erregung das Herz bis hinauf zum Halse klopfen, riss sich los von seinen Hirngespinsten und floh hinüber zur Thunschen Gasse.

Die alte Gräfin Zahradka pflegte beim Kommen des Frühlings das kleine finstere Palais ihrer Schwester, der verstorbenen Gräfin Morzin, zu beziehen, in dessen Zimmer nie ein heller Lichtstrahl fiel, denn sie hasste die Sonne und den Mai mit seinem lauen brünstigen Atem und den festlich geputzten, fröhlichen Menschen. – Ihr eigenes Haus in der Nähe des Strahower Prämonstratenserklosters auf dem höchsten Punkte der Stadt lag zu solcher Zeit mit geschlossenen Fensterläden in tiefstem Schlaf. – Der Student stieg die schmale, ziegelsteingepflasterte Treppe hinauf, die, ohne einen Vorraum zu berühren, in einen kalten, nüchternen Gang mit Marmorfliesen auslief, in den die Türen der einzelnen Zimmer mündeten.

Gott weiß, woher die Sage, es sei in dem kahlen, amtsgerichtsähnlichen Hause ein ungeheurer Schatz verborgen, und es spuke darin, stammen mochte; fast hätte man vermuten können, ein Witzbold habe sie erfunden, um den Widerspruch gegen alles Romantische, der von jedem Stein des Gebäudes ausging, noch greller hervorzuheben.

Im Nu war jede Spur fantastischer Grübelei bei dem Studenten verflogen; er fühlte sich mit einemmal so deutlich als der mittellose, unbekannte Niemand, der er war, dass er unwillkürlich einen Kratzfuß schon vor der Tür machte, ehe er anklopfte und eintrat.

Das Zimmer, in dem die Gräfin Zahradka ihn, in einem ganz in grauen Rupfen eingenähten Lehnstuhl sitzend, erwartete, war das Unbehaglichste, das sich denken ließ; der alte Meißner Kamin, die Sofas, Kommoden, Sessel, der wohl hundertflammige venezianische Kerzenlüster, bronzene Büsten, eine Ritterrüstung – – alles war mit Tüchern umhüllt wie vor einer Versteigerung; sogar über den zahllosen Miniaturporträts, die die Wände von oben bis unten bedeckten, hingen Gazeschleier – ›zum Schutz gegen die Fliegen‹ glaubte der Student sich zu erinnern, dass es ihm einmal die Gräfin gesagt hatte, als er, damals ein Kind noch, sie nach dem Grund dieser sonderbaren Abwehrmaßregeln gefragt hatte. – Oder hatte es ihm nur geträumt? – Die vielen, vielen Male, die er schon hier gewesen, konnte er sich nicht entsinnen, auch nur eine einzige Fliege bemerkt zu haben.

Oft hatte er sich den Kopf zerbrochen, was wohl hinter den trüben Fensterscheiben, vor denen die alte Dame saß, liegen mochte – ob sie auf einen Hof hinausgingen, auf einen Garten oder auf eine Straße, aber nie hatte er den Versuch gewagt, sich zu überzeugen. Er hätte zu diesem Behufe an der Gräfin vorbeigehen müssen, und schon der Gedanke daran war ihm unfassbar.

Der ewig gleiche Eindruck des Zimmers ließ nie einen neuen Entschluss in ihm aufwachen; in demselben Augenblick, wo er den Raum betrat, war er stets wie zurückgeschraubt in die Stunde, als er hier das erste Mal seinen Besuch machen musste, und kam sich vor, als sei sein ganzes Wesen ebenfalls in

Rupfen und Leinwand eingenäht – ›zum Schutz gegen Fliegen‹, die es gar nicht gab.

Der einzige Gegenstand, der unverhüllt war oder wenigstens nur teilweise, war ein lebensgroßes Porträt mitten unter den Miniaturen; – in den grauen Kaliko, der es samt dem Rahmen umgab, war ein viereckiges Loch geschnitten, und heraus schaute mit kahlem, birnenförmigem Schädel und den Blick der wasserblauen, gefühllosen Fischaugen ins Leere gerichtet, das hängebackige Gesicht des toten Gatten der alten Dame, des ehemaligen Obersthofmarschalls Zahradka.

Wer es ihm erzählt, hatte Ottokar Vondrejc längst vergessen, aber er wusste irgendwoher, der Graf sei ein Mensch voll Grausamkeit und erbarmungsloser Härte gewesen, voll Rücksichtslosigkeit nicht nur gegen die Leiden anderer – auch gegen die eigenen; so hätte er als Knabe, zum bloßen Zeitvertreib, sich durch den nackten Fuß einen Eisennagel in die Diele gehämmert.

Katzen gab es eine Unzahl im Hause, lauter alte, langsam schleichende Geschöpfe.

Oft sah der Student ihrer wohl ein Dutzend auf dem Gang auf und nieder wandeln, grau und leise, als warteten sie wie zu Gericht geladene Zeugen, bis man sie einvernähme – aber nie betraten sie das Zimmer, und wenn eine einmal den Kopf irrtümlich zur Tür hereinsteckte, zog sie ihn sofort wieder zurück, gewissermaßen mit einer Entschuldigung, dass sie einsehe, es sei noch nicht an der Zeit, ihre Aussage vorzubringen.

Die Gräfin Zahradka hatte eine eigentümliche Art, den Studenten zu behandeln.

Zuweilen ging von ihr etwas auf ihn über, was ihn berührte wie die zärtliche Liebe einer Mutter, aber es dauerte immer nur wenige Sekunden – im nächsten Augenblick fühlte er eine Welle eiskalter Verachtung, fast wie Hass.

Woher es kam, war ihm nie klar geworden. Es schien mit ihrem ganzen Wesen verwachsen – war vielleicht eine Erbschaft uralter böhmischer Adelsgeschlechter, die seit

Jahrhunderten gewohnt gewesen, von demütigen Domestiken umgeben zu sein.

In Worten kam ihre Liebe – wenn es überhaupt eine solche war – nie zum Ausdruck, aber ihr fast grausiger Hochmut trat oft beredt genug hervor, wenn auch mehr in dem schroffen Ton, in dem sie etwas sagte, als in der Bedeutung der Rede selbst. – – – An seiner Firmung hatte er ihr auf einer Kinderfidel etwas vortragen müssen – das böhmische Volkslied: ›Andulko, mé ditê, ja vás mám rád‹ – dann später edlere Melodien – als sein Spiel immer besser und vollkommener geworden –, Kirchen – und Liebeslieder bis zu Beethovenschen Sonaten, aber nie, gleichgültig, ob es ihm gut oder schlecht gelang, hatte er Anzeichen des Beifalls oder der Missbilligung an ihrem Gesicht wahrnehmen können. Bis heute wusste er nicht, ob sie seine Kunst zu würdigen verstand.

Zuweilen hatte er versucht, in eigenen Improvisationen zu ihrem Herzen zu sprechen, und aus dem rasch wechselnden Strom, der von ihr auf ihn überging, zu erfühlen getrachtet, ob seine Töne den wahren Eingang zu ihrer Seele gefunden hätten, aber oft konnte er bei leisen Missklängen seiner Geige Liebe auf sich zuströmen fühlen – dagegen Hass, wenn ihm die höchste Meisterschaft den Bogen führte.

Vielleicht war es der grenzenlose Hochmut ihres Blutes, der die Vollendung in seinem Spiel wie Eingriff in die eigenen Privilegien der Rasse empfand und als Hass aufloderte; vielleicht die Instinkte der Slawin, nur das zu lieben, was schwach und armselig ist; vielleicht war es nur Zufall – aber eine unübersteigliche Schranke blieb es zwischen ihm und ihr, die er sehr bald aufgegeben hatte, wegschieben zu wollen, so, wie er nicht auf den Gedanken kam, zu den Fenstern zu gehen, um hindurchzuspähen. –

»Alsdann, Pane Vondrejc, spielen S'!«, sagte sie in demselben alltäglich nüchternen Ton, wie stets in solchen Fällen, als er nach einer stummen, ehrerbietigen Verbeugung seinen Instrumentenkasten geöffnet und den Bogen eben angesetzt hatte.

Mehr als je zuvor – und vielleicht durch den Kontrast zwischen den Eindrücken vor dem Waldsteinpalais und der grauen Stube der Gegenwart, die für ihn eine unbewegliche Vergangenheit bedeutete, zurückgeschleudert, wählte er, ohne zu wissen, was er tat, das Lied seiner Firmungszeit, das alberne, sentimentale Lied ›Andulko, ...‹; er erschrak, als er über die ersten Takte hinaus war, aber die Gräfin schien weder erstaunt noch ärgerlich – sie hatte ins Leere geblickt wie das Bild ihres Gatten.

Allmählich variierte er die Melodie in Weisen, wie sie ihm der Augenblick eingab.

Es war seine Art, sich von dem eigenen Spiel mit fortreißen zu lassen, dem er dann wie ein staunender Zuhörer lauschen konnte, als sei ein anderer der Geiger und nicht er selber – einer, der in ihm stak und doch nicht er selbst war und von dem er nichts wusste – weder Gestalt noch Wesen –, als dass er den Bogen strich.

Im Geiste wanderte er dabei umher in fremden geträumten Orten, holte klingende Schätze aus fernen Tiefen – bis er selbst so entrückt war, dass die Wände ringsum für ihn verschwunden und eine neue, ewig wechselnde Welt voll Farben und Klänge ihn umgab.

Dann mochte es zuweilen geschehen, dass die trüben Fenster glashell für ihn wurden und er mit einemmal wusste, dass hinter ihnen ein Feenreich lag in wundersamer Pracht, die Luft voll weiß schimmernd gaukelnder Falter, ein lebender Schneefall mitten im Sommer – und dass er sich durch unendliche laubumwölbte Jasmingänge schreiten sah, liebestrunken die heiße Schulter des jungen, hochzeitlich geschmückten Weibes, das seine ganze Seele mit dem Duft ihrer Haut durchtränkte, innig an die seine gepresst.

Dann wurde, wie oft, die graue Leinwandhülle um das Bildnis des toten Hofmarschalls zu einer Flut aschblonden Frauenhaares, ein lenzlicher heller Strohhut darüber mit blassblauem Band, und ein Mädchenantlitz mit dunklen Augen und halboffenen Lippen blickte auf ihn nieder.

Und jedes Mal, wenn er die Züge lebendig werden sah, die er unablässig im Schlafen, im Wachen und im Traum, als seien sie sein wahres Herz, in sich fühlte, da schien ›der andere‹ in ihm wie unter einem geheimnisvollen Befehl, der von ›ihr‹ ausging, zu stehen, und sein Spiel bekam die düstere Farbe einer wilden, wesensfremden Grausamkeit. –

Die Türe, die ins Nebenzimmer führte, ging plötzlich auf, und das junge Mädchen, an das er dachte, kam leise herein. –

Ihr Gesicht glich dem Bilde der Rokokodame im Elsenwangerschen Palais, ebenso jung und schön wie jenes. – Eine Schar Katzen spähte hinter ihr drein.

Der Student sah sie an, so ruhig und selbstverständlich, als sei sie immer hier gewesen – warum sollte er sich wundern? –, war sie doch nur aus ihm herausgetreten und vor ihn hin!

Er spielte und spielte. Traumverloren, geistesabwesend. Er sah sich mit ihr in der Krypta der Georgskirche in tiefem Dunkel stehen, das Licht einer Kerze, die ein Mönch trug, flackerte auf ein kaum menschengroßes Steinbild hin, aus schwarzem Marmor gehauen: die Gestalt einer Toten, halb verwest, Fetzen um die Brust, die Augen verdorrt und unter den Rippen in dem grausig aufgerissenen Leib statt eines Kindes eine zusammengeringelte Schlange mit scheußlichem, flachem, dreieckigem Kopf.

Und das Spiel der Geige wurde zu Worten, die der Mönch in der Georgskirche täglich wie eine Litanei, eintönig und geisterhaft, jedem erzählt, der die Krypta besucht:

»Da hat es vor vielen Jahren einen Bildhauer in Prag gegeben, der lebte mit seiner Geliebten in sträflichem Wandel. Und als er sah, dass sie schwanger geworden war, da traute er ihr nicht mehr, im Glauben, sie habe ihn mit einem anderen betrogen, und hat sie erwürgt und hinab in den Hirschgraben geworfen. Dort haben sie die Würmer gefressen, und als man sie fand, da kam man auch dem Mörder auf die Spur und hat ihn mit der Leiche zusammen in die Krypta gesperrt und ihn gezwungen, ihr Bildnis in den Stein zu meißeln zur Sühne für seine Schuld, ehe er aufs Rad geflochten wurde.« –

Mit einemmal fuhr Ottokar zusammen, und seine Finger blieben auf dem Griffbrett stehen; er war zu sich gekommen und hatte mit den Augen des Wachseins plötzlich das junge Mädchen erblickt, das hinter den Sessel der alten Gräfin getreten war und ihn lächelnd ansah.

Wie erstarrt, unfähig, sich zu bewegen, hielt er den Bogen auf die Saiten gelegt. –

Die Gräfin Zahradka nahm ihre Lorgnette und drehte langsam den Kopf:

»Spiel' Er weiter. Ottokar; es ist nur meine Nichte. – – Stör Sie ihn nicht, Polyxena.«

Der Student rührte sich nicht, nur der Arm sank ihm schlaff herab wie unter einem Herzkrampf.

Wohl eine Minute herrschte lautlose Stille im Zimmer.

»Warum spielt Er nicht mehr?«, fuhr die Gräfin zornig auf.

Ottokar riss sich auf, wusste kaum, wie er das Zittern seiner Hände vor ihr verbergen solle – dann winselte die Geige leise und schüchern:

»Andulko,
mé ditê
já vás mám rád.«

Ein girrendes Lachen der jungen Dame ließ die Melodie rasch verstummen. »Sagen Sie uns lieber, Herr Ottokar, was war das für ein herrliches Lied, das Sie vorhin gespielt haben? War das Fantasie? – Ich – habe – dabei«, Polyxena machte nach jedem Wort eine bedeutsame Pause und zupfte dabei mit gesenkten Augen scheinbar nachdenklich an den Fransen des Lehnstuhles, »lebhaft – an die – Krypta – in – der Georgskirche – denken müssen, – Herr – Herr – Ottokar.«

Die alte Gräfin zuckte kaum merklich zusammen; es lag etwas in dem Ton, mit dem ihre Nichte den Namen Ottokar ausgesprochen hatte, was sie stutzig machte.

Der Student stotterte verwirrt einige konfuse Worte; er sah zwei Augenpaare unverwandt auf sich gerichtet, das eine so voll verzehrender Leidenschaft, dass es ihm fast das Hirn versengte – das andere durchbohrend, messerscharf, Misstrauen ausstrahlend und tödlichen Hass zugleich; er wusste nicht, in welches der beiden er blicken solle, ohne nicht das eine aufs tiefste zu verletzen oder vor dem anderen alles, was er fühlte, zu verraten.

›Spielen! Nur spielen! Rasch, rasch!‹, schrie es in ihm. Er setzte hastig den Bogen an –

Der Angstschweiß trat ihm auf die Stirn. ›Um Gottes willen, nur jetzt nicht abermals das verfluchte ›Andulko, mé ditê‹!‹ Er fühlte zu seinem Entsetzen beim ersten Strich, dass es unabwendbar wieder dazu führen musste – es wurde ihm schwarz vor den Augen –, da kamen ihm die Töne eines Leierkastens draußen auf der Gasse zu Hilfe, und mit wahnwitziger, besinnungsloser Hast fetzte er den abgehackten Gassenhauer mit:

›Mäd-chen mit bla-ssem Gesicht,
die sollen heiraten nicht;
nur die rott – wie die Rosen,
sollen mitt – Männern kosen.
De-nen – schadett – es nicht;‹

er kam nicht weiter: der Hass, der von der Gräfin Zahradka ausging, schlug ihm fast die Geige aus der Hand. –

Er sah wie durch einen Nebenschleier hindurch, dass Polyxena zu der Standuhr neben der Tür huschte, die Leinwandhülle beiseite zog und die still stehenden Zeiger auf die Ziffer VIII schob. Er verstand, dass dies die Stunde eines Stelldicheins sein sollte, aber der Jubel erfror unter der Qual einer würgenden Angst, die Gräfin habe alles durchschaut.

Er sah ihre dürren langen Greisenfinger nervös in dem Strickbeutel an der Stuhllehne wühlen – ahnte: jetzt, jetzt wird sie etwas tun, – etwas unsagbar Demütigendes für ihn –

etwas so Schreckliches, das er sich nicht auszudenken getraute. –

»Sie – haben – heute – famos – gespielt, Vondrejc«, sagte die Gräfin, Wort für Wort hervorstoßend, zog aus der Tasche zwei zerknüllte Scheine und reichte sie ihm. »Da haben Sie – ein Trinkgeld. Und kaufen Sie sich auf meine Rechnung – ein – Paar – bessere – Hosen fürs nächste Mal; die Ihrigen sind schon ganz speckig.«

Der Student fühlte, wie ihm das Herz stillstand vor namenloser Scham.

Sein letzter klarer Gedanke war, dass er das Geld nehmen müsse, wollte er nicht alles verraten; das ganze Zimmer verschwamm vor ihm in eine einzige graue Masse: Polyxena, die Uhr, das Gesicht des toten Hofmarschalls, die Rüstung, der Lehnstuhl – nur die trüben Fenster stachen hervor als weißlich auflachende Vierecke. – Er begriff: Die Gräfin hatte eine graue Leinwandhülle um ihn gezogen – ›zum Schutz gegen Fliegen‹ –, die er bis zum Tode nie mehr würde loswerden können. –

Als er auf der Straße stand, war jede Erinnerung, auf welche Weise er die Treppe heruntergekommen war, wie ausgelöscht in ihm. – War er überhaupt jemals oben im Zimmer gewesen? – Das Brennen einer Wunde tief im Innern sagte ihm, dass es wohl so sein müsse. – Auch hielt es das Geld noch in der Hand.

Er steckte es gedankenlos in die Tasche.

Dann fiel ihm ein, dass Polyxena um acht Uhr zu ihm kommen werde; er hörte die Türme ein Viertel schlagen, ein Hund kläffte ihn an; es traf ihn wie ein Peitschenhieb ins Gesicht: Also sah er wirklich so schäbig aus, dass ihn bereits die Hunde der Reichen anbellten?

Er biss die Zähne zusammen, als könne er dadurch seine Gedanken stumm machen, und raste mit zitternden Knien seiner Wohnung zu. –

An der nächsten Ecke blieb er taumelnd stehen: »Nein, nicht nach Hause, nur fort, weit fort von Prag«, das Gefühl der Scham verbrannte ihn fast, »am Besten ins Wasser!« – Mit dem schnellen Entschluss der Jugend wollte er hinunter zur Moldau laufen – der ›andere‹ in ihm lahmte seine Füße, log ihm vor, er würde Polyxena unfehlbar verraten, wenn er sich ertränkte, verschwieg ihm hinterlistig, dass es nur der Lebenstrieb war, mittels dessen er ihn vom Selbstmord zurückhielt.

›Gott, o Gott, wie soll ich ihr ins Gesicht sehen, wenn sie kommt!‹, heulte es in ihm auf. – ›Nein, nein, sie kommt nicht‹, suchte er sich zu beruhigen, ›sie kann ja nicht kommen, es ist doch alles aus!‹ – Aber da biss der Schmerz in seiner Brust noch viel wütender um sich: Wenn sie nicht kam, nie mehr kam, wie sollte er dann weiterleben!

Er trat durch die schwarz-gelbe Pforte in den Vorhof der ›Daliborka‹ – wusste, dass die nächste Stunde ein furchtbares, endloses Minutenzählen sein würde: Kam Polyxena, dann musste er versinken vor Scham – kam sie nicht, dann – dann wurde die Nacht eine Nacht des Wahnsinns für ihn.

Voll Grauen blickte er zu dem Hungerturm hin, der mit seinem runden weißen Hut hinter der zerbröckelten Mauer aus dem Hirschgraben ragte. –

Immer noch lebte der Turm, fühlte er dumpf – wie viele Opfer waren in seinem steinernen Bauch schon wahnsinnig geworden, aber immer noch hatte der Moloch nicht genug –, jetzt, nach einem Jahrhundert des Todesschlafs, wachte er wieder auf.

Das erste Mal seit seiner Kinderzeit sah er ihn nicht als ein Werk von Menschenhand vor sich – nein, es war ein granitenes Ungeheuer mit schauerlichen Eingeweiden, die Fleisch und Blut verdauen konnten, gleich denen eines reißenden nächtlichen Tieres. Drei Stockwerke darin, und ein rundes Loch mitten hindurch wie eine Speiseröhre, vom Schlund bis hinab in den Magen. – Im obersten hatte es in alter Zeit Kerkerjahr um Kerkerjahr in lichtloser schrecklicher Finsternis die Verurteilten langsam zerkaut, bis sie an Stricken hinuntergelassen wurden in den mittelsten Raum zum letzten Krug Wasser und Brot, um dort zu verschmachten, wenn sie nicht vorher wahnsinnig wurden von dem aus der Tiefe hauchenden Fäulnisgeruch und sich selbst hinabstürzten zu den verwesenden Leichen.

In dem Lindenhof atmete die taukühle Feuchte der Abenddämmerung, aber immer noch stand das Fenster des Wärterhäuschens offen.

Ottokar setzte sich leise auf die Bank, um die alte, gichtbrüchige Frau nicht zu stören, die dahinter schlief, wie er glaubte. Einen kurzen Augenblick nur wollte er sich aus dem Kopfe reißen, was geschehen war, ehe die marternde Qual des Wartens begänne –; der kindische Versuch eines Jünglings, der wähnt, er könne sein Herz überlisten. –

Eine plötzliche Schwäche befiel ihn; mit aller Kraft musste er sich gegen den Schluchzkrampf wehren, der ihm die Kehle zusammenschnürte und ihn zu ersticken drohte. – Eine klanglose Stimme aus dem Innern des Zimmers, wie in Kissen hineingesprochen, drang an sein Ohr:

»Ottokar?«

»Ja, Mutter?«

»Ottokar, willst du nicht hereinkommen, essen?«

»Nein, Mutter, ich hab' keinen Hunger, ich – ich hab' schon gegessen.«

Die Stimme schwieg eine Weile.

Im Zimmer schlug eine Uhr leise und metallisch halb acht. Der Student presste die Lippen aufeinander und verkrampfte die Hände: – ›Was soll ich nur tun – was soll ich nur tun!‹

Wieder erwachte die Stimme: »Ottokar?«

Er gab keine Antwort.

»Ottokar?«

»Ja, Mutter?«

»Warum – warum weinst du, Ottokar?«

Er zwang sich zu einem Lachen: »Ich? Was fällt dir ein, Mutter! – Ich wein' doch nicht. – – Warum sollt' ich denn weinen?«

Die Stimme schwieg ungläubig.

Der Student hob den Blick von der schattengestreiften Erde – ›Wenn nur die Glocken endlich schlagen wollten und die Totenstille unterbrechen.‹

– Er sah in den scharlachfarbenen Riss am Himmel hinein – fühlte, dass er irgendetwas sagen müsse: »Ist der Vater drinnen?«

»Er ist im Wirtshaus«, kam's nach einer Weile zurück.

Er stand rasch auf: »Dann gehe ich auch auf eine Stunde hin. – Gute Nacht, Mutter!« – Er griff nach seinem Geigenkasten und blickte zum Turm.

»Ottokar?«

»Ja? Soll ich das Fenster schließen?«

»Ottokar! – Ottokar, ich weiß doch, dass du nicht ins Wirtshaus gehst. – Du gehst in den Turm?«

»Ja – dann – später. – Es – es übt sich dort am besten; gute N –.«

»Kommt sie heute wieder in den Turm?«

»Die Bozena? – Ach Gott – nun ja, vielleicht. Wenn sie Zeit hat, kommt sie manchmal. Wir plaudern dann ein bissel zusammen. – – Soll ich – soll ich dem Vater etwas ausrichten?«

Die Stimme wurde noch trauriger: »Glaubst du, ich weiß nicht, dass es eine andere ist? – Ich hör's am Schritt. – So leicht und schnell geht niemand, der am Tag schwer gearbeitet hat.« –

»Aber was du wieder denkst, Mutter«, er versuchte zu lachen.

»Ja, du hast Recht, – schließ die Fenster – ich schweig' ja schon. – Und's is auch besser so – dann hör' ich doch die furchtbaren Lieder nicht, die du immer spielst, wenn sie bei dir ist. – Ich – ich wollt', ich könnt' dir helfen, Ottokar!«

Der Student hielt sich die Ohren zu, dann riss er die Geige von der Bank, eilte zu dem Durchlass in der Mauer und lief die steinernen zerfallenen Stufen hinauf über eine kleine Holzbrücke in das oberste Stockwerk des Turmes. –

Aus dem halbrunden Raum, in dem er stehen blieb, ging eine schmale Fensternische, eine Art erweiterte Schießscharte, durch die meterdicken Mauern hinaus nach Süden, und die Silhouette des Domes über der Burg schwebte darin.

Für die Besucher, die tagsüber die ›Daliborka‹ besichtigen

kamen, waren ein paar rohe Holzstühle in den Raum gestellt, ein Tisch mit einer Wasserflasche darauf und ein alter verblichener Diwan. In dem herrschenden Halbdunkel sahen sie aus wie mit Mauern und Boden verwachsen. Eine kleine eiserne Tür mit einem Kruzifix führte in das Gelass nebenan, in dem vor zweihundert Jahren eine Gräfin Lambua, die Ururgroßmutter der Komtesse Polyxena, eingekerkert gewesen war. – Sie hatte ihren Gatten vergiftet und, ehe sie im Wahnsinn starb, sich die Adern des Handgelenkes aufgebissen und mit ihrem Blut sein Bild an die Wand gemalt.

Dahinter lag eine lichtlose Kammer, kaum sechs Fuß im Geviert, in deren Mauerquadern ein Gefangener mit einem Eisenstück eine Höhlung gekratzt hatte, so tief, dass sich ein Mensch darin zusammenkauern konnte. Dreißig Jahre hatte er daran gegraben – noch eine Handbreit weiter, und er wäre ins Freie gelangt, um sich – hinab in den Hirschgraben stürzen zu können.

Aber noch rechtzeitig hatte man ihn entdeckt und im Innern des Turmes dem Hungertod überliefert. –

Ruhelos ging Ottokar auf und nieder, setzte sich in die Fensternische, sprang wieder auf; einen Augenblick lang wusste er bestimmt, Polyxena werde kommen – im nächsten war er überzeugt, er würde sie nie wieder sehen; von beiden Aussichten erschien ihm eine schrecklicher als die andere.

Sie waren Hoffnung und Furcht zugleich für ihn.

Jede Nacht nahm er Polyxenas Bild mit in den Traum hinein, es erfüllte im Schlafen und im Wachen sein ganzes Leben; wenn er spielte, dachte er an sie – war er allein, so sprach er innerlich mit ihr; die fantastischsten Luftschlösser hatte er ihretwegen und für sie gebaut – und wie würde es in Hinkunft sein? – ›Das Leben ein Kerker ohne Licht und Luft‹, stellte er sich vor in der ganzen uferlosen kindischen Verzweiflung, deren nur ein Herz von neunzehn Jahren fähig ist. –

Der Gedanke, er könne jemals wieder auf seiner Geige spielen, erschien ihm als die unmöglichste aller Unmöglichkeiten. – Eine feine unhörbare Stimme in seiner Brust sagte ihm, dass alles ganz, ganz anders kommen werde, als er sich denke, aber er schenkte ihr kein Gehör – wollte nicht hören, was sie ihm zu sagen hatte.

Oft ist ein Schmerz so übermächtig, dass er nicht geheilt werden will und ein Trost, selbst wenn er aus dem eigenen Innern kommt, ihn nur noch heißer brennen macht. –

Die zunehmende Dunkelheit in dem öden Raum steigerte die Erregung des jungen Mannes von Minute zu Minute bis zur Unerträglichkeit. –

Jeden Augenblick glaubte er ein leises Geräusch von draußen zu hören, und das Herz blieb ihm stehen bei dem Gedanken, ›sie‹ müsse es sein. Dann zählte er die Sekunden, bis sie seiner Berechnung nach sich hereintasten müsste, aber jedes Mal hatte er sich getäuscht, und das Gefühl, sie könne vielleicht auf der Schwelle umgekehrt sein, stürzte ihn in eine neue Art von Verzweiflung.

Vor wenigen Monaten erst hatte er sie kennen gelernt – wie ein zu Wirklichkeit gewordenes Märchen kam es ihm vor, wenn er daran zurückdachte. – Zwei Jahre früher schon hatte er sie gesehen als Bild – als das Bildnis einer Dame aus der Rokokozeit mit aschblondem Haar, schmalen, fast durchsichtigen Wangen und einem eigentümlichen, grausam-wollüstigen Zug um die halboffenen Lippen, hinter denen winzig kleine, blutdürstige Zähne weiß hervorschimmerten. – Es war im Palais Elsenwanger gewesen, in dessen Ahnensaal das Bildnis hing, und als er eines Abends dort vor den Gästen spielen musste, hatte es ihn von der Wand herab angeblickt und sich seitdem in sein Bewusstsein eingebrannt, dass er es immer wieder, sooft er in der Erinnerung daran die Augen schloss, deutlich vor sich sah. Und allmählich hatte es sich seiner sehnsüchtigen jungen Seele bemächtigt und sein ganzes Sinnen und Trachten derart gefangen genommen, dass es für ihn Leben gewann und er es oft wie ein Geschöpf von Fleisch und Blut an seine Brust geschmiegt fühlte, wenn er abends auf der Bank unter den Lindenbäumen saß und von ihm träumte.

Es sei das Bildnis einer Gräfin Lambua, hatte er erfahren, und ihr Vorname sei Polyxena gewesen.

Alles, was er an Schönheit, Wonne, Herrlichkeit, Glück und Sinnenrausch sich in knabenhafter Überschwänglichkeit auszudenken vermochte, legte er von da an in diesen Namen hinein, bis er für ihn ein Zauberwort wurde, das er nur zu flüstern brauchte, um sofort die Nähe der Trägerin wie eine markversengende Liebkosung zu empfinden. Trotz seiner Jugend und bis dahin unerschüttert gewesenen Gesundheit, fühlte er doch genau, dass das plötzlich bei ihm auftretende Herzleiden unheilbar sei und er wohl in der Blüte der Jahre sterben werde, aber er empfand es stets wie einen Vorgeschmack von der Süßigkeit des Todes und nie mit Trauer.

Die seltsame weltfremde Umgebung des Hungerturmes mit den düsteren Historien und Sagen hatte von Kindheit an einen Hang zum Luftschlösserbauen in ihm erweckt, dem das äußere Leben mit seiner Ärmlichkeit und bedrückenden Enge wie etwas Feindliches, Kerkerhaftes gegenüberstand.

Niemals war ihm eingefallen, das, was er erträumte und voll Sehnsucht empfand, in die Gegenwart der irdischen Wirklichkeit hineinziehen zu wollen. Die Zeit war für ihn leer an Plänen für die Zukunft.

Verkehr mit gleichaltrigen Genossen hatte er so gut wie nie gehabt – die ›Daliborka‹ mit dem einsamen Vorhof, seine beiden wortkargen Pflegeeltern und der alte Lehrer, der ihn bis über die Kinderjahre hinaus unterrichtet hatte, da seine Gönnerin, die Gräfin Zahradka, nicht wünschte, dass er die Schule besuchte, waren für ihn die ersten und lange die einzigen Eindrücke gewesen.

Die äußere Freudlosigkeit und Absonderung von der Welt des Ehrgeizes und der Jagd nach Erfolg und Gelingen hätte ihn wohl frühzeitig zu einem jener auf dem Hradschin so zahlreichen Sonderlinge gemacht, die, unberührbar von der hämmernden Zeit, ein tatenloses, eingesponnenes Eigenbrötlerdasein führen, wäre nicht eines Tages ein Ereignis in sein Leben getreten, das seine Seele bis auf den Grund aufwühlte

– ein Ereignis, so spukhaft und wirklich zugleich, dass es mit einem Schlag die trennende Mauer zwischen Innen und Außen zerbrach und aus ihm einen Menschen machte, dem in Momenten der Ekstase das wahnwitzigste Hirngespinst fast mühelos erfüllbar scheinen konnte:

Er hatte im Dom zwischen Rosenkranz betenden Frauen gesessen, die kamen und gingen, ohne dass er, in langes geistesabwesendes Starren auf das Tabernakel versunken, es bemerkte, bis er plötzlich wahrnahm, dass die Kirche leer geworden und neben ihm – das Bild Polyxenas saß.

Zug für Zug dasselbe, von dem er die ganze Zeit über geträumt hatte.

In jenem Moment war die Kluft zwischen Traum und Wirklichkeit für ihn überbrückt; es war nur eine Sekunde gewesen, denn in der nächsten wusste er, dass er ein lebendes junges Mädchen vor sich sah, aber der kurze Augenblick hatte genügt, den geheimnisvollen Hebeln des Schicksals den Angriffspunkt zu schaffen, den er braucht, um das Leben eines Menschen für immer aus der vorgezeichneten Bahn wägender Verstandsschlüsse in die grenzenlosen Welten zu schleudern, in denen der Glaube Berge zu versetzen vermag.

In der sinnverwirrten Begeisterung eines Verzückten, der den Gott seiner Sehnsucht plötzlich von Angesicht zu Angesicht schaut, hatte er sich damals mit ausgebreiteten Armen vor dem Fleisch gewordenen Bild seiner Träume niedergeworfen, hatte ihren Namen gerufen, ihre Knie umfasst, ihre Hände mit Küssen bedeckt – hatte ihr, bebend vor Erregung, in einer Flut sich überstürzender Worte erzählt, was sie ihm sei und dass er sie seit langem kenne, ohne sie jemals lebendig gesehen zu haben.

Und eine wilde, unnatürliche Liebe hatte sie beide noch in der Kirche, in der Gegenwart der goldenen Statuen der Heiligen ringsum, erfasst wie ein teuflischer Wirbelwind, erschaffen aus den plötzlich erwachten gespenstischen Schwaden der jahrhundertelang zu Bildern erstarrten Vorfahren einer Leidenschaft verzehrten Ahnenreihe.

Als habe sich ein Satanswunder begeben, war das junge Mädchen, das kurz vorher noch unberührt und unbefangen den Dom betreten hatte, beim Verlassen der Kirche auch in das *seelische* Ebenbild ihrer Stammesmutter verwandelt worden, die denselben Namen ›Polyxena‹ getragen hatte und jetzt als Porträt im Schloss des Barons Elsenwanger hing.

Seitdem waren sie zusammengekommen, wann immer sich die Gelegenheit bot, ohne sich zu verabreden und ohne sich je zu verfehlen. Es war, als fänden sie zueinander, nur von dem magischen Zug ihrer Leidenschaft gelenkt – instinktiv wie stumme brünftige Tiere, die keine Verständigung brauchen, weil sie die Stimme ihres Blutes verstehen.

Keinem von beiden erschien es jemals erstaunlich, wenn der Zufall ihre Wege sich kreuzen ließ, genau in der Stunde, wo sie am heftigsten nacheinander begehrten, und ihm bedeutete es nur eine stete, fast gesetzmäßig gewordene Erneuerung des Wunders, wenn er statt ihres Bildes an seiner Brust sie plötzlich selbst erblickte, so wie es eben erst vor einer Stunde der Fall gewesen war. –

Als er ihre Schritte – diesmal wirklich – dem Turme näher kommen hörte, war seine Qual auch schon verflogen – verblasst wie die Erinnerung eines längst überstandenen Leidens. –

Nie wusste er, wenn sie sich in den Armen hielten: War sie durch die Mauer gekommen wie eine Erscheinung oder durch die Tür getreten?

Sie war bei ihm, das war alles, was er in solchen Fällen begriff; was vorher lag, verschlang der Abgrund der Vergangenheit mit rasender Eile. – So war es auch jetzt wieder.

Er sah ihren Strohhut mit dem blassblauen Band aus dem Dunkel des Raumes schimmern, achtlos auf den Boden geworfen – gleich darauf war alles verschwunden: Ihre weißen Kleider bedeckten in Nebelballen den Tisch, dann wieder lagen sie auf den Stühlen verstreut; er fühlte ihr heißes Fleisch, den Biss ihrer Zähne an seinem Hals, er hörte ihr wollüstiges Stöhnen – alles, was geschah, war schneller, als er es erfassen konnte – reihte sich zusammen aus Bildern, die sich blitzschnell verdrängten: eines immer betäubender als das andere. Ein Sinnenrausch, an dem jeder Zeitbegriff zerschellte. – Hatte sie von ihm verlangt, er solle ihr auf der Geige vorspielen? Er wusste es nicht – konnte sich nicht entsinnen, dass sie es gesagt hätte.

Er wusste nur, dass er aufrecht vor ihr stand, seine Lenden von ihren Armen umschlungen – er fühlte, dass der Tod ihm das Blut aus den Adern sog – dass sich ihm das Haar sträubte, die Haut kalt gerann und seine Knie zitterten. Er konnte nicht mehr denken – glaubte zuweilen, er falle nach rückwärts; dann wieder erwachte er im selben Moment, wie gehalten von ihr, und hörte ein Lied aus den Saiten klingen, das wohl sein Bogen strich und seine Hand, das aber auch von ihr kam – aus ihrer Seele und nicht aus der seinen –, ein Lied, gemischt mit Wollust, Grauen und Entsetzen.

Halb in Ohnmacht, wehrlos, lauschte er, was die Töne erzählten – in Bildern sah er vorüberziehen, was sich Polyxena ausmalte, um die Raserei ihrer Brunst noch zu steigern –, er fühlte, wie sich ihre Gedanken auf sein Hirn übertrugen, sah sie als Geschehnisse lebendig werden und dann wieder in verschnörkelten Buchstaben auf einer steinernen Tafel stehen: Es war die alte Chronik von der Entstehung des Gemäldes ›Das Bild des Gespießten‹, wie sie aufgeschrieben ist in der ›kleinen Kapelle‹ auf dem Hradschin zum Gedächtnis an das schreckliche Ende eines, der sich vermessen, nach der Krone Böhmens zu greifen:

›Nun war dem einen Ritter von denen, die man auf Pfähle gesteckt, namens Borivoj Chlavec, der Pfahl neben der Achsel hinausgegangen und der Kopf unverletzt blieben; dieser betete mit großer Andacht bis an den Abend, und des Nachts brach ihm der Pfahl entzwei, zunächst am Hintern, so ging er mit dem anderen Teil, so in ihm steckte, bis auf den Hradschin und legte sich auf einen Misthaufen. Des Morgens stand er auf und ging in das Haus neben der Kirchen St. Benedicti, ließ ihm einen Priester aus der Priesterschaft der Prager Schlosskirchen holen und beichtete unserem Herrn Gott in seiner Gegenwart seine Sünde mit großer Andacht, und meldete darneben, dass er ohne Beicht und Empfangnuss des hochwürdigen Sakraments, wie es von der christlichen Kirchen unter einerlei Gestalt geordnet, keineswegs sterben könne, darum er aus dem Glauben diesen Gebrauch gehalten, dass er alle Tage Gott dem Allmächtigen zu Ehren ein Ave Maria, und der heiligen Jungfrau zu Ehren hätt ein kurzes Gebetlein täglich verprochen und sey also bis auf die Zeit des Vertrauens gewesen, dass er durch dieses Gebetlein und der heiligen Jungfrau Vorbitt, ohne Empfangung des hochwürdigen Abendmahles nicht sterben werde.

Der Priester sprach: Lieber Sohn, sage mir dasselbe Gebet. Er fing an und sprach: Allmächtiger Herr Gott, ich bitte, du wollest mich der St. Barbara, deiner Märtyrin, Vorbitt genießen lassen, auf dass ich dem schnellen Tod entgehe, und vor meinem Ende mit dem hochwürdigen Sakrament versehen, auch vor allen meinen Feinden, sichtbaren und auch unsichtbaren, beschützt, vor den bösen Geistern bewahret, und endlich zu dem ewigen Leben gebracht werden möchte, durch Christus unseren Heiland und Seligmacher, Amen.

Nach diesem ward ihm vom Priester das hochwürdige Sakrament gereicht, und ist desselben Tages gestorben und bei der Kirchen St. Benedicti mit viel Volks Beweinen begraben worden.‹ –

Polyxena war gegangen, der Turm lag leblos grau unter den funkelnden Sternen der tiefen Nacht; aber in seiner steinernen Brust klopfte ein winziges Menschenherz, bis zum Zerspringen gefüllt von dem Gelöbnis, nicht zu ruhen noch zu rasten und lieber die Qualen des grausam Gepfählten tausendfach zu erdulden, als zu sterben, bevor er der Geliebten das Höchste gebracht, was menschlicher Wille zu erringen vermöchte.

4

Im Spiegel

Eine ganze Woche hindurch war der Herr kaiserliche Leibarzt Flugbeil nicht aus dem Ärger über sich selbst herausgekommen.

Der Besuch bei der ›böhmischen Liesel‹ hatte ihn nachhaltig missgestimmt, und das Schlimmste dabei war, dass er die Erinnerung an seine ehemalige Liebe zu ihr nicht loswerden konnte.

Er gab der linden, süchtigen Luft des Mai die Schuld, der in diesem Jahr noch lockender blühte als sonst, und spähte jeden Morgen vergebens in den klaren Himmel, ob sich denn keine Wolke zeigen wolle, die den Johannistrieb seines alten Blutes zu kühlen versprach.

Vielleicht war das Gulasch beim ›Schnell‹ zu pfefferig? – sagte er sich, wenn er abends im Bette lag und, ganz gegen seine Gewohnheit, nicht einschlafen konnte, sodass er oft die Kerze anzündete, nur um die Gardine am Fenster deutlicher zu sehen, die ihm sonst im Mondlicht noch weiter allerlei spukhafte Grimassen geschnitten hätte.

Um seine Gedanken abzulenken, war er schließlich auf die absonderliche Idee verfallen, sich eine Zeitung zu abonnieren, aber das machte die Sache noch schlimmer, denn kaum hatte er sich für irgendeinen Artikel zu interessieren begonnen, fiel sein Auge auf einen spaltenlangen leeren Fleck, der selbst dann nicht wich, wenn er außer seiner Brille noch den Zwicker aufsetzte.

Anfangs hielt er diese betrübliche Erscheinung zu seinem Schrecken für Sehstörungen, die am Ende gar in einer beginnenden Gehirnerkrankung ihre Ursache haben könnten, bis ihm seine Haushälterin feierlich versicherte, auch sie sehe genau dieselben Stellen unbedruckt, woraus er allmählich schloss, dass lediglich ein Eingriff seitens der Zensur, damit der Leser vor falschen Erkenntnissen geschützt werde, vorliegen müsse.

Trotzdem behielten solche weißen Flecke mitten in der karbolduftenden Druckerschwärze stets etwas Beunruhigendes für ihn. Eben weil er sich innerlich genau bewusst war, dass er die Zeitung nur vornahm, um nicht an die ›böhmische Liesel‹ von einstmals denken zu müssen, fürchtete er vor dem Umblättern jedes Mal, es könnte die nächste Seite wieder leer sein und, statt der schwungvollen Rede eines Leitartikels, sich – sozusagen als Niederschlag der eigenen seelischen Besorgnisse – die greulichen Züge der ›böhmischen Liesel‹ auf dem Papier bilden.

An sein Teleskop traute er sich schon gar nicht mehr heran; bei der bloßen Erinnerung, wie ihm die Alte durch die Linse entgegengegrinst hatte, sträubte sich ihm jetzt noch das Haar, und wenn er trotzdem hindurch guckte, um sich selbst seinen Mut zu beweisen, geschah es nur nach vorherigem mannhaftem Zusammenbeißen seiner tadellosen weißen falschen Zähne.

Tagsüber bildete nach wie vor das Erlebnis mit dem Schauspieler Zrcadlo einen Hauptbestandteil seiner Erwägungen. Einfälle, den Mann nochmals in der ›Neuen Welt‹ aufsuchen zu gehen, wies er aber begreiflicherweise weit von sich.

Einmal – beim ›Schnell‹ – hatte er dem Edlen von Schirnding gegenüber, als dieser gerade in ein Schweinsohr mit Kren biss, das Gespräch auf den Mondsüchtigen gebracht und erfahren, dass Konstantin Elsenwanger seit jener Nacht wie ausgewechselt sei und keinen Besuch mehr empfange; er lebe beständig in Angst, das unsichtbare Dokument, das der somnambule Schauspieler in die Schublade gelegt habe, könne am Ende doch wirklich sein und eine nachträgliche Enterbung durch seinen verstorbenen Bruder Bogumil enthalten.

»Und warum auch nicht?«, hatte der Edle von Schirnding gemeint und missgelaunt von seinem Schweinsohr abgelassen – »wenn schon Wunder geschehen, und es verlieren Menschen unter dem Einfluss des Mondes ihr Gesicht, warum sollten die Toten nicht die Lebendigen enterben können? – Der Baron hat ganz Recht, wenn er die Schublade zulässt und nicht erst nachschaut; besser, dumm sein, als unglücklich.«

Der Herr Leibarzt hatte dieser Ansicht zwar zugestimmt, aber nur aus Höflichkeit. – Er konnte für seinen Teil die Gehirnschublade, in der der Fall Zrcadlo aufgehoben lag, keineswegs in Ruhe lassen, kramte vielmehr bei jeder Gelegenheit darin herum.

›Ich muss einmal nachts in den ›Grünen Frosch‹ schauen, vielleicht treffe ich den Kerl dort‹ – nahm er sich vor, als ihm die Sache wieder durch den Kopf ging; ›die Liesel – verdammte Hexe, dass man auch fortwährend an das Weibsbild denken muss! – hat doch gesagt, er wandere in den Wirtshäusern umher.‹

Noch am selben Abend, kurz vor dem Schlafengehen, beschloss er, seinen Plan zur Ausführung zu bringen, knöpfte die bereits gelockerten Hosenträger wieder fest, stellte auch im Übrigen seine Toilette wieder her und begab sich, das Gesicht in abweisende Falten gelegt (damit entfernte Bekannte, denen er ebenfalls so spät noch begegnen könnte, nichts Ungebührliches von ihm dächten), hinab auf den Maltheserplatz, wo, umgeben von altehrwürdigen Palästen und Klöstern, der ›Grüne Frosch‹ sein dem Bacchus geweihtes nächtliches Dasein führte.

Seit Kriegsausbruch hatten weder er noch seine Freunde das Lokal besucht, trotzdem stand das mittelste der Zimmer leer und für die Herren reserviert, als habe der Wirt – ein alter Herr mit goldener Brille und dem wohlwollend ernsten Gesicht eines Notars, der an nichts anderes denkt, als Mündelgelder rastlos zu verwalten – es nicht gewagt, anderweitig darüber zu verfügen.

»Ex'lenz befehlen?«, fragte der ›Notar‹ mit menschenfreundlichem Aufleuchten in den grauen Augen, als sich der Herr kaiserliche Leibarzt gesetzt hatte, »Oh? Heute eine Flasche Melniker, rot? Ausstich 1914?«

Mit affenartiger Behändigkeit stellte der Pikkolo die Flasche Melniker 1914, die er auf den schon vorher geflüsterten Befehl des ›Notars‹ geholt und hinterm Rücken verborgen gehalten hatte, auf den Tisch, worauf beide nach einer tiefen Verbeugung in den Labyrinthen des ›Grünen Frosches‹ verschwanden.

Der Raum, in dem der Herr kaiserliche Leibarzt am Kopfende eines weiß gedeckten Tisches Platz genommen hatte, bestand aus einer lang gestreckten Stube mit je links und rechts einem Portieren bedeckten Durchlass in die benachbarten Zimmer und einem großen Spiegel an der Eingangstür, in dem man beobachten konnte, was nebenan vorging.

Die große Anzahl von Ölgemälden an den Wänden, hohe Häupter aller Jahrgänge und Altersklassen darstellend, bekundete die über jeden Zweifel erhabene loyale Gesinnung des Wirtes, des Herrn Wenzel Bzdinka – mit dem Tone auf ›Bzd‹ – und strafte gleichzeitig die unverschämten Behauptungen gewisser Lästermäuler, er sei in seiner Jugend Seeräuber gewesen, Lügen.

Der ›Grüne Frosch‹ hatte eine gewisse historische Vergangenheit, denn in ihm, hieß es, sei im Jahre 1848 die Revolution ausgebrochen – ob infolge des saueren Weines, den der damalige Wirt ausschenkte, oder aus anderen Gründen, bildete Abend für Abend den Gesprächsstoff an den verschiedenen Stammtischen.

Umso höher war das Verdienst des Herrn Wenzel Bzdinka anzuschlagen, der nicht nur durch seine vorzüglichen Getränke, sondern auch durch sein würdevolles Äußeres und den hohen sittlichen Ernst, von dem er selbst in den vorgerücktesten Nachtstunden niemals abließ, es verstanden hatte, den üblen Ruf des Lokals derartig gründlich zu beseitigen, dass sogar verheiratete Frauen – mit ihren Gatten natürlich – darin bisweilen zu speisen pflegten. –

Der Herr kaiserliche Leibarzt saß gedankenverloren bei seiner Flasche Melniker, in deren Bauche ein rubinroter Funken glomm, hervorgerufen durch den Schein der elektrischen Stehlampe auf dem Tisch.

Sooft er aufblickte, sah er in dem Spiegel an der Türe einen zweiten kaiserlichen Leibarzt sitzen, und jedes Mal, wenn er es tat, kam ihm der Einfall, wie höchst wunderlich es eigentlich sei, dass sein Spiegelbild mit der linken Hand trank, wenn er selber dazu die rechte gebrauchte, und dass jener Doppelgänger, würfe er ihm seinen Siegelring zu, diesen nur am rechten Goldfinger tragen könnte.

›Es geht da eine seltsame Umkehrung vor,‹ sagte sich der Herr Leibarzt, ›die wahrhaft Schrecken erregend auf uns wirken müsste, wenn wir eben nicht von Jugend an gewöhnt wären, etwas Selbstverständliches in ihr zu sehen. – Hm. Wo im Raume mag nur diese Umkehrung stattfinden? – Ja, ja, natürlich: in einem einzigen mathematischen Punkt, genau genommen. – Merkwürdig genug, dass in einem so winzigen Punkt so ungeheuer viel mehr geschehen kann als im ausgedehnten Raume selbst!‹ Ein unbestimmtes Bangigkeitsgefühl, er könne, wenn er der Sache weiter nachginge und das in ihr enthaltene Gesetz auch auf andere Fragen ausdehne, zu der Schlussfolgerung kommen, der Mensch sei überhaupt unfähig, irgendetwas aus bewusstem Willen heraus zu unternehmen – sei vielmehr nur die hilflose Maschine eines rätselhaften Punktes in seinem Innern –, ließ ihn von weiterem Grübeln absehen.

Um jedoch nicht neuerdings in Versuchung zu kommen, drehte er kurz entschlossen die Lampe ab und machte dadurch sein Spiegelbild ein für allemal unsichtbar. Sofort erschienen stattdessen auf der reflektierenden Fläche Teile der benachbarten Zimmer – bald das linke, bald das rechte, je nachdem der Herr kaiserliche Leibarzt sich zur Seite bog.

Beide waren leer. –

In dem einen stand eine reich geschmückte Tafel mit vielen Stühlen herum, in dem andern, einem im Barockstil gehaltenen Stübchen, nichts als ein Diwan mit schwellenden Polstern und ein geschweiftes Tischchen davor.

Eine unsägliche Wehmut befiel den Herrn kaiserlichen Leibarzt, als er es erblickte:

In allen Einzelheiten stand eine süße Schäferstunde, die er einst darin vor vielen, vielen Jahren genossen und im Laufe der Zeit vollständig vergessen hatte, wieder vor ihm.

Er erinnerte sich, dass er das Erlebnis in sein Tagebuch eingetragen hatte – aber wie war es nur möglich, dass das in knappen, dürren Worten geschehen konnte? – ›War ich damals wirklich ein so nüchterner Mensch?‹, fragte er sich traurig, ›oder kommen wir unserer eigenen Seele erst näher, je weiter wir dem Grabe entgegengehen?‹

Dort auf diesem Diwan war die junge Liesel mit den großen, sehnsüchtigen Rehaugen zum ersten Mal seine Geliebte geworden. –

Unwillkürlich blickte er nach dem halbverdunkelten Spiegel, ob nicht ihr Bild noch darin stünde –, aber nein, jetzt trug er den Spiegel, der jedes Bild bewahrt, doch in sich selbst; der an der Tür war ja nur ein treuloses, vergessliches Glas.

Einen Strauß Teerosen hatte sie im Gürtel stecken gehabt – damals – – plötzlich roch er den Duft der Blumen, als seien sie dicht in seiner Nähe.

Es ist etwas Geisterhaftes um Erinnerungen, wenn sie wieder lebendig werden! Sie kommen heraus, wie aus einem winzigen Punkte, dehnen sich aus, stehen mit einemmal im Raum – schöner und gegenwärtiger noch, als sie gewesen sind.

Wo war das Spitzentaschentuch hin, in das sie, um nicht aufzuschreien unter der Glut seiner Umarmung, gebissen hatte? ›L.K.‹ – ihr Monogramm stand darin – Liesel Kossut –; es gehörte zu dem Dutzend, das er ihr einst verehrt; plötzlich wusste er auch, wo er es gekauft und eigens für sie hatte sticken lassen – sah den Laden vor sich.

›Warum habe ich sie nicht gebeten, es mir zu schenken? – Zur Erinnerung. Jetzt ist nur mehr die Erinnerung daran übrig – oder‹ – er schauderte – ›sie hat es als zerrissenen Fetzen unter ihren Lumpen liegen. Und ich – ich sitze hier im Dunkeln – allein mit der Vergangenheit.‹ Er blickte weg, um den Diwan nicht mehr zu sehen; ›was ist die Erde doch für ein grausamer Spiegel – sie lässt die Bilder, die sie hervorbringt, langsam scheußlich und welk werden, eh sie verschwinden.‹ –

Das Zimmer mit dem reich gedeckten Tisch erschien.

Der ›Notar‹ ging geräuschlos von einem Sessel zum andern, um von verschiedenen Punkten aus wie ein Maler zu visieren, ob der Gesamteindruck auch ein befriedigender sei, und gab dem Pikkolo stumme Winke, wo noch Champagnerkühler aufzustellen waren.

Dann wurden draußen Stimmen und Gelächter laut, und ein Zug Herren trat ein, die meisten im Smoking, Nelken im Knopfloch. Fast lauter jüngere Leute – aus irgendwelchen Gründen kriegsunabkömmlich oder beurlaubt –, nur einer, offenbar der Gastgeber, von behäbig jovialem Aussehen, Sechziger mit gelindem Spitzbauch, Kanzleigehrock, goldener Berlocke-Uhrkette und ungebügelten Hosen, die übrigen: so genannte Windhunde.

Der Pikkolo nahm die Hüte, Stöcke und Überzieher in Empfang, bis er, bepackt wie ein Maulesel, fast unter der Last verschwand.

Einer der Herren stülpte ihm zum Schluss seinen Zylinder über den Kopf.

Dann saß alles schweigend eine Weile vor den Speisekarten und studierte.

Der ›Notar‹ rieb mit verbindlicher Miene die Hände ineinander, als poliere er seine ganze Zuvorkommenheit in eine unsichtbare Kugel hinein.

»Äh, Mockturtlesuppe«, schnarrte einer der Herren und ließ sein Monokel fallen, ›»Mock‹ heißt Schild und ›turtle‹ = Kröte. – Warum sagen Sie nicht gleich Schildkrötensuppe? – Gott strafe England. – Man reiche mir die treffliche Mockturtlesuppe.«

»Das Walterscott – äh, mir auch«, stimmte ein anderer bei, und die übrigen wieherten.

»Herrschaften, Herrschaften, böh«, lispelte der joviale ältere Herr, stand auf, schloss die Augen und wollte mit gespitzten

Lippen eine Rede beginnen, wobei er sich als Einleitung die angeknöpften Manschetten aus den Ärmeln zupfte; »Herrschaften, böh, böh« – aber er kam von dem ›böh‹ nicht los und setzte sich schließlich wieder unverrichteter Sache, aber mit allen Anzeichen der Genugtuung, dass ihm wenigstens die Anrede geglückt war.

Wohl eine halbe Stunde lang bekam der kaiserliche Leibarzt keinerlei Geistesblitze mehr zu hören: Die Herren waren zu sehr mit der Vertilgung aller möglichen Gerichte beschäftigt; er sah den Pikkolo unter Anleitung des ›Notars‹ einen kleinen, vernickelten Tisch mit Rädern hereinschieben, auf dessen Rost eine Hammelkeule über Spiritusflammen schmorte, bemerkte, wie das Gigerl mit dem Monokel den Braten kunstgerecht zerlegte und seinen Freunden knurrend versicherte, sie seien erbärmliche Banausen, die nur deshalb aufrecht säßen und nicht auf allen vieren wie die Hunde, weil ihnen der Mut dazu wegen der hellen Beleuchtung fehle.

Der junge Herr schien überhaupt tonangebend in allem zu sein, was die Kunst des Genießens anbelangte; er bestellte die verrücktesten Speisen, die sich ausdenken ließen: gebackene Ananasspalten in Schweinefett, Erdbeeren mit Salz, Gurken in Honig – wild durcheinander, wie es ihm gerade einfiel, und die schnarrende, hingeworfene, keinen Widerspruch duldende Art, mit der er seine Wahl traf und in tiefstem Ernst diktatorisch begründete: »Schlag elf Uhrr hat ein Ehrrenmann harrte Eierr zu essen« oder »Das leckere Schweineschmalz errhält das Gekrröse des Menschen lebendig« – wirkte so grotesk komisch, dass der kaiserliche Leibarzt manchmal ein Schmunzeln nicht unterdrücken konnte.

Die traditionell österreichische, unnachahmliche Selbstverständlichkeit, Nebensächliches mit tödlicher Würde, dagegen so genannten Lebensernst kavaliermäßig als Schulmeisterei aufzufassen, wie er es im Kleinen vor sich sah, zauberte ihm wieder Episoden aus der eigenen Jugend vor die Seele.

Wenn er selbst auch nie an dergleichen Gelagen teilgenommen hatte, so fühlte er doch, dass sich hier, trotz aller

Gegensätze, etwas im innersten Wesen mit ihm Gemeinsames kundgab: zu prassen gleich einem Ostelbier und dennoch bis in die Fingerspitzen hinein österreichischer Aristokrat zu bleiben – Wissen und Kenntnisse wohl zu besitzen, aber sie lieber zu verbergen hinter scheinbaren Skurrilitäten, als sie am unrechten Ort plump zur Schau zu stellen wie ein durch die Erziehungslüge der Schule in seiner menschlichen Eigenart geschmacklos gewordener Dauergymnasiast. –

Nach und nach nahm das Festmahl den Charakter einer seltsamen, aber überaus komischen, allgemeinen Betrunkenheit an. –

Keiner kümmerte sich mehr um den anderen – jeder lebte, sozusagen, ein Leben für sich.

Der fürstliche Zentralgüterdirektor Dr. Hyacinth Braunschild (als solcher hatte sich der joviale ältere Herr, schwer bezecht, alsbald dem Pikkolo vorgestellt) war auf einen Stuhl gestiegen und hielt dort unter zahlreichen Bücklingen eine, zumeist aus ›Böhs‹ bestehende Huldigungsanrede an ›Seine Durchlaucht, seinen allergnädigsten Gönner und Brotherren‹, wobei ihm nach jedem längeren Satz das Gigerl mit dem Monokel allemal einen Zigarrenring als Orden verlieh.

Dass der Herr fürstliche Zentralgüterdirektor bei solchen Anlässen nicht infolge Gleichgewichtsverlustes vom Sessel herabstürzte, hatte er lediglich der Umsicht des ›Notars‹ zu verdanken, der – wie weiland Siegfried mit der Tarnkappe bei König Gunther – hinter ihm stand und Acht gab, dass die Anziehungskraft der Erde ihre Amtsgewalt nicht ungebührlich missbrauchte.

Ein anderer der Herren saß auf dem Boden, die Beine gekreuzt wie ein Fakir, den Blick starr auf die Nase gerichtet und einen Champagnerpfropfen auf dem Scheitel balancierend, und bildete sich offenbar ein, er sei ein indischer Büßer, während ein zweiter – vordem sein Tischnachbar – den Inhalt einer Schaumrolle ums Kinn gestrichen hatte und bemüht war, sich vor einem Taschenspiegel vermittelst eines Obstmessers zu rasieren.

Ein dritter hatte eine lange Reihe Schnapsgläser, gefüllt mit verschiedenfarbigen Likören, aufgestellt und gab sich, wie er laut behauptete, kabbalistischen Berechnungen hin, in welcher Aufeinanderfolge er sie zu trinken habe.

Wieder ein anderer stand, ohne es im Geringsten zu bemerken, mit dem linken seiner belackschuhten Füße in einem eisgefüllten Sektkühler, jonglierte alle Porzellanteller, deren er in der Geschwindigkeit habhaft werden konnte, und stimmte, als der letzte zerschellt auf dem Boden lag, mit krächzender Stimme das alte Studentenlied an:

»Der Zie-higel-stein
ist selten allein;
er folget geselligen Trie-ieben,
und ist er allein,
so ist er wahrschein-
lich irgendwo liegen geblie-ben.«

Und dann mussten alle, auch der Pikkolo – oder sollten es wenigstens – den Refrain singen:

»Stumpfsinn,
Stumpfsinn,
du mein Vergnügen!
Stumpfsinn,
Stumpfsinn,
du mei-ne Lust! –«

Wie es hatte geschehen können, dass plötzlich mitten in diesem besoffenen Durcheinander der Schauspieler Zrcadlo stand, wie aus dem Boden gewachsen, war dem Herrn kaiserlichen Leibarzt ein Rätsel.

Auch der ›Notar‹ hatte anfangs seine Anwesenheit nicht bemerkt, und daher kamen seine unwirschen Zeichen, er möge sich auf der Stelle entfernen, zu spät, oder sie blieben unbeachtet, und den Mann gewaltsam zu entfernen, schien gewagt, denn sonst wäre der Zentralgüterdirektor inzwischen sicherlich vom Stängel gefallen und hätte sich infolgedessen noch vor Bezahlen der Rechnung den Hals brechen können.

Von den Gästen war der ›Fakir‹ der Erste, der des seltsamen Eindringlings ansichtig wurde.

Entsetzt sprang er auf und starrte ihn an, felsenfest überzeugt, eine Astralgestalt aus dem Jenseits habe sich infolge seiner Andachtsübungen materialisiert und beabsichtige, ihm den Kragen umzudrehen.

Das Aussehen des Schauspielers hatte in der Tat etwas geradezu Abschreckendes; er war diesmal nicht geschminkt, sodass die gelbe Pergamentfarbe seiner Haut noch wächserner hervortrat und sich die eingesunkenen Augen wie welk gewordene schwarze Kirschen daraus abhoben.

Die meisten der Herren waren zu schwer bezecht, um sogleich das Sonderbare des Vorfalls zu erfassen, und insbesondere dem Herrn Zentralgüterdirektor war die Fähigkeit, sich zu wundern, derart abhanden gekommen, dass er nur holdselig lächelte und, im Glauben, ein neuer Freund gedenke durch seine Anwesenheit die Tafelrunde zu verschönen, vom Stuhl herabkletterte, um den gespenstischen Eindringling mit einem Bruderkuss zu begrüßen.

Zrcadlo ließ ihn, ohne die Miene zu verziehen, ruhig herankommen.

Er schien, wie damals im Palais des Barons Elsenwanger, sich in tiefem Schlaf zu befinden.

Erst, als der Herr Zentralgüterdirektor bis dicht vor ihn hingeschwankt war und, sein gewohntes ›Böh, Böh‹ lispelnd, die Arme ausbreitete, um ihn an die Brust zu ziehen, hob er mit einem Ruck den Kopf und blickte ihn feindselig an.

Was sich gleich darauf abspielte, geschah so blitzartig schnell und kam so überraschend, dass der kaiserliche Leibarzt Flugbeil im ersten Moment annahm, das Bild im Spiegel habe ihn getäuscht:

Der Herr Zentralgüterdirektor hatte bis dahin die Augen in

seiner Trunkenheit geschlossen gehabt, kaum schlug er sie – nur noch einen Schritt von dem Schauspieler entfernt – auf, da hatte sich dessen Gesicht auch schon in eine Totenmaske verwandelt, so grauenhaft im Ausdruck, dass unwillkürlich auch der Herr kaiserliche Leibarzt in seinem verdunkelten Zimmer aufsprang und in den Spiegel starrte.

Den Zentralgüterdirektor traf der Anblick des leichenhaft verzerrten Antlitzes wie ein Schlag zwischen die Augen.

Im Nu war sein Rausch verflogen, aber es schien mehr als bloßer Schrecken zu sein, was sich in seinen Zügen malte, seine Nasenflügel wurden mit einemmal scharf und dünn, wie bei jemand, der unversehens betäubenden Äther eingeatmet hat, der Unterkiefer fiel ihm gelähmt herab, die empor gekrampfte Lippe wurde farblos und ließ die Zähne sehen, und seine Wangen, aschgrau und wie nach innen gesogen, bekamen blaurote, runde Flecken; sogar die Hand, die er zur Abwehr vorgestreckt hatte, zeigte deutlich das Stocken des Blutes und war schneeweiß.

Ein paar Mal schlug er mit den Armen wild um sich, dann brach er, ein ersticktes Gurgeln in der Kehle, zusammen.

Der Herr kaiserliche Leibarzt begriff auf der Stelle, dass es hier keine Hilfe mehr gab, dennoch wäre er dem Verunglückten gern beigesprungen, wenn es nicht der allgemeine Tumult verhindert hätte.

Nach wenigen Sekunden war der Tote von seinen laut durcheinander schreienden Freunden und dem Wirt hinausgetragen; Tisch und Sessel lagen umgestürzt umher, aus zerbrochenen Flaschen ergoss sich roter und schäumender Saft in Lachen auf den Boden. –

Einen Augenblick lang unschlüssig, was er tun solle, und ganz betäubt von dem Begebnis, das sich in grausiger Greifbarkeit und dennoch schemenhaft und unwirklich, da er es nur im Spiegel mit angesehen, vor ihm abgespielt hatte, war sein erster klarer Gedanke:

›Wo ist der Zrcadlo?‹ –

Er drehte das elektrische Licht auf und prallte zurück:

Der Schauspieler stand dicht vor ihm. – Wie ein Stück übrig gebliebener Dunkelheit in seinem schwarzen Talar, regungslos, scheinbar wieder in tiefstem Schlaf, so wie vorhin, als der Betrunkene auf ihn zugetaumelt war.

Der kaiserliche Leibarzt fasste ihn scharf ins Auge, jeden Moment mit kaltem Blut gewärtig, ihn eine neue schreckhafte Absonderlichkeit begehen zu sehen – aber nichts geschah: Der Mann rührte sich nicht – gleich einer aufrecht stehenden Leiche.

»Was suchen Sie hier?«, fragte er kurz und befehlend und blickte mit gespannter Aufmerksamkeit nach den Adern am Hals des Schauspielers; aber nicht die leiseste Spur eines Pulsschlages ließ sich in ihnen wahrnehmen: »Wer sind Sie?«

Keine Antwort.

»Wie heißen Sie?«

Keine Antwort.

Der kaiserliche Leibarzt dachte nach; dann zündete er ein Streichholz an und leuchtete dem Somnambulen in die Augen.

Die Pupillen, kaum zu unterscheiden von der tief dunklen Iris, blieben weit offen stehen und reagierten nicht im Geringsten auf den grellen Lichtschein.

Er fasste den schlaff herabhängenden Arm am Handgelenk: – ein Klopfen – wenn es sich überhaupt fühlen ließ und nicht Einbildung war – so zart und langsam, als sei es ein fernes Echo des zögernden Pendelschlages der Uhr an der Wand und nicht eigenes Leben. Eins – z-zwei – d-drei –v-vie-r –. Höchstens 15 Schläge in der Minute.

Angestrengt zählte der kaiserliche Leibarzt weiter, fragte wieder laut und scharf:

»Wer sind Sie? – Antworten Sie!«

Da, mit einemmal, fing der Puls des Schauspielers an zu rasen, sprang von fünfzehn auf hundertundzwanzig. – Dann ein zischender Laut, so heftig wurde der Atem durch die Nasenlöcher angesogen.

Als sei eine unsichtbare Wesenheit aus der Atmosphäre in ihn eingeströmt, glänzten plötzlich die Augen des Schauspielers und lächelten den kaiserlichen Leibarzt unschuldig an. Seine Haltung bekam etwas Weiches, Nachgiebiges, und durch den starren Ausdruck der Miene schmolz ein fast kindliches Gebärdenspiel hindurch.

Der kaiserliche Leibarzt glaubte zuerst, der wahre Mensch sei in dem Somnambulen erwacht, und fragte freundlich: »Nun, sagen Sie mir doch, wer sind Sie eigent–«, aber das Wort erstarb ihm im Mund: – Dieser Zug um die Lippen des anderen! – (jetzt, jetzt wurde es deutlicher und deutlicher) – und dieses Gesicht! Dieses Gesicht! – Wieder ergriff es ihn, wie damals bei Elsenwanger, nur viel klarer und bestimmter noch: Dieses Gesicht kannte er – hatte es oft und oft gesehen. – Jeder Zweifel war ausgeschlossen.

Und langsam, ganz langsam, als ob sich Schalen von seinem Gedächtnis lösten, erinnerte er sich, dass er es einst – vielleicht zum ersten Mal in seinem Leben – in einem blitzenden Gegenstand, einem silbernen Teller vielleicht, erblickt hatte, bis er schließlich mit voller Sicherheit wusste: So und nicht anders musste er selbst als Kind ausgesehen haben.

Wohl war die Haut, aus der es hervorschaute, alt und runzlig und das Haar ergraut, aber der Ausdruck der Jugend strahlte hindurch wie Licht – jenes unbegreifliche Etwas, das kein Maler der Welt festhalten kann.

»Wer ich bin?«, kam es aus dem Mund des Schauspielers; der kaiserliche Leibarzt glaubte, seine eigene Stimme von einstmals zu hören; sie war die eines Knaben zwar, aber doch zugleich die eines Greises; ein seltsamer Doppelklang tönte aus ihr, als sprächen zwei Kehlen: die eine – aus der Vergangenheit – kam von weit her, die andere – aus der Gegenwart – war wie der Nachhall eines Schallbodens, der die erste laut und hörbar machte.

Auch was sie sprachen, war ein Gemisch aus kindlicher Unschuld und dem drohenden Ernst eines alten Mannes: »Wer ich bin? Hat es je, seit die Erde steht, einen Menschen gegeben, der auf diese Frage die richtige Antwort wüsste? – Ich bin die unsichtbare Nachtigall, die in dem Käfig sitzt und singt.

Aber nicht jedes Käfigs Stäbe schwingen mit, wenn sie singt. Wie oft habe ich in dir ein Lied angestimmt, dass du mich hören möchtest, aber du warst taub dein Leben lang. Nichts im ganzen Weltenraum war dir stets so nah und eigen wie ich, und jetzt fragst du mich, wer ich bin? Manchem Menschen ist die eigene Seele so fremd geworden, dass er tot zusammenbricht, wenn der Zeitpunkt gekommen ist, dass er sie erblickt. Er erkennt sie dann nicht mehr; sie trägt das Antlitz der üblen Taten, die er vollbracht hat und von denen er heimlich fürchtet, sie könnten seine Seele befleckt haben. Mein Lied kannst du nur hören, wenn du es mitsingst. Ein Missetäter ist der, der das Lied seiner Seele nicht hört – ein Missetäter am Leben, an andern und an sich selbst. Wer taub ist, der ist auch stumm. Schuldlos ist, wer immerwährend das Lied der Nachtigall hört, und ob er gleich Vater und Mutter erschlüge.«

»Was soll ich hören? Wie soll ich es hören?«, fragte der kaiserliche Leibarzt, in seinem Erstaunen völlig vergessend, dass er einen Unzurechnungsfähigen, vielleicht sogar Wahnsinnigen, vor sich hatte. Der Schauspieler beachtete ihn nicht und redete weiter mit seinen beiden Stimmen, die einander so seltsam durchdrangen und ergänzten:

»Mein Lied ist eine ewige Melodie der Freude. Wer die Freude nicht kennt – die reine grundlose freudige Gewissheit, die ursachlose: Ich bin, der ich bin, der ich war und immer sein werde –, der ist ein Sünder am Heiligen Geist. Vor dem Glanz der Freude, die in der Brust strahlt wie eine Sonne am inneren Himmel, weichen die Gespenster der Dunkelheit, die den Menschen als die Schemen begangener und vergessener Verbrechen früherer Leben begleiten und die Fäden seines Schicksals verstricken. Wer dies Lied der Freude hört und singt, der vernichtet die Folgen jeglicher Schuld und häuft nie mehr Schuld darauf.

Wer sich nicht freuen kann, in dem ist die Sonne gestorben, wie könnte ein solcher Licht verbreiten?

Sogar die unreine Freude steht näher dem Licht als der finstere trübselige Ernst. –

Du fragst, wer ich bin?: Die Freude und das Ich sind dasselbe. Wer die Freude nicht kennt, der kennt auch sein Ich nicht.

Das innerste Ich ist der Urquell der Freude; wer es nicht anbetet, der dient der Hölle. Steht denn nicht geschrieben:

›Ich‹ bin der Herr, dein Gott; du sollst nicht andere Götter haben neben mir? –

Wer das Lied der Nachtigall nicht hört und singt, der hat kein Ich; er ist ein toter Spiegel geworden, in dem fremde Dämonen kommen und gehen – ein wandelnder Leichnam, wie der Mond am Himmel mit seinem erloschenen Feuer. –

Versuch's nur und freue dich! –

So mancher, der's versucht, fragt: Worüber soll ich mich freuen? Die Freude braucht keinen Grund, sie wächst aus sich selbst wie Gott; Freude, die einen Anlass braucht, ist nicht Freude, sondern Vergnügen. –

So mancher will Freude empfinden und kann nicht – dann gibt er der Welt und dem Schicksal die Schuld. Er bedenkt nicht: Eine Sonne, die das Leuchten fast vergessen hat, wie könnte die mit ihrem ersten schwachen Dämmerschein schon die Gespensterschar einer tausendjährigen Nacht verjagen? Was einer sein ganzes Leben hindurch an sich selber verbrochen hat, lässt sich nicht gutmachen in einem einzigen kurzen Augenblick!

Doch in wen einmal die ursachlose Freude eingezogen ist, der hat hinfort das ewige Leben, denn er ist vereint mit dem ›Ich‹, das den Tod nicht kennt – der ist immerdar Freude, und wäre er auch blind und als Krüppel geboren. – Aber die Freude will gelernt sein – sie will ersehnt sein, aber was die Menschen ersehnen, ist nicht die Freude, sondern – der Anlass zur Freude.

Nach ihm gieren sie und nicht nach der Freude.« ›Wie sonderbar!‹, überlegte der kaiserliche Leibarzt, ›da spricht aus einem wildfremden Menschen, von dem ich nicht einmal weiß, wer und was er ist, mein eigenes Ich zu mir! – Hat es mich denn verlassen, und ist es jetzt *sein* Ich geworden? – Wenn es so wäre, könnte ich selbst doch nicht mehr denken!

– Kann man denn leben, ohne ein Ich zu besitzen? – Es ist alles dummes Zeug‹, fuhr er ärgerlich in seine Gedankenfolge hinein – ›der starke Wein ist mir zu Kopf gestiegen.‹

»Sonderbar finden Sie das, Exzellenz?«, fragte der Schauspieler spöttisch mit plötzlich veränderter Stimme.

›Jetzt hab' ich ihn!‹, dachte der Leibarzt grimmig bei sich und übersah dabei den merkwürdigen Umstand, dass der andere in seinem Hirn gelesen hatte – ›jetzt endlich wirft der Komödiant die Maske ab.‹ – Aber wiederum hatte er sich geirrt.

Zrcadlo richtete sich hoch auf, blickte ihm fest in die Augen und fuhr sich mit der Hand über die glatt rasierte Oberlippe, als wüchse dort ein langer Schnurrbart, zwirbelte ihn und zog ihn an den Mundwinkeln herab.

Es war eine ungekünstelte, einfache Bewegung – so wie eine alte Gewohnheit –, aber sie wirkte so drastisch, dass der Herr kaiserliche Leibarzt ganz verblüfft war und einen Moment wirklich einen Schurrbart zu sehen glaubte.

»Sonderbar finden Sie das, Exzellenz? Glauben Sie im Ernst, dass die Menschen, die da so für gewöhnlich in den Gassen herumlaufen, ein ›Ich‹ besitzen? – Sie besitzen gar nichts, sind vielmehr jeden Augenblick von einem anderen Gespenst besessen, das in ihnen die Rolle des ›Ich‹ spielt. – Und erleben Exzellenz denn nicht jeden Tag, dass sich Ihr ›Ich‹ auf andere Menschen überträgt? – Haben Exzellenz noch nie beobachtet, dass Leute unfreundlich gegen Sie sind, wenn Sie von ihnen unfreundlich denken?«

»Das mag daher kommen«, widersprach der Leibarzt, »weil am Gesicht abzulesen ist, ob man unfreundlich denkt oder nicht.«

»Soso.« – Das Fantom mit dem Schnurrbart lächelte boshaft. – »Und bei einem Blinden? Wie steht's mit dem? Sieht der es auch am Mienenspiel?«

›Der merkt's eben am Ton der Rede‹, wollte der Herr kaiserliche Leibarzt erwidern, aber er unterdrückte den Einwurf, denn im Herzen fühlte er, dass der andere Recht hatte.

»Mit dem Verstand, Exzellenz, kann man sich alles zurechtmachen. Gar mit einem, der nicht besonders scharf ist und Ursache und Wirkung verwechselt. – Stecken Sie doch gefälligst den Kopf nicht in den Sand, Exzellenz! Die Politik des Vogels Strauß ziemt sich nicht für einen – Pinguin.«

»Sind Sie aber ein unverschämter Kerl!«, brauste der kaiserliche Leibarzt auf, jedoch das Fantom ließ sich nicht beirren:

»Besser, ich bin unverschämt, als Sie sind's, Exzellenz. – Glauben Sie, es war keine Unverschämtheit von Ihnen, mit der Brille der Wissenschaft das verborgene Leben eines ›Mondsüchtigen‹ durchschauen zu wollen? – Wenn's Ihnen nicht passt, Exzellenz, bitte hauen Sie mir ruhig eine herunter, falls Sie das erleichtern sollte, aber bedenken Sie vorher gefälligst: Mich treffen Sie doch nicht! – Höchstens den armen Zrcadlo. – – Und, sehen Sie, so ähnlich verhält sich die Sache mit dem ›Ich‹. – Wenn Sie die elektrische Lampe dort zertrümmern, glauben Sie, dass dadurch die Elektrizität beschädigt wird? – Sie haben vorhin gefragt – oder, besser gesagt, Sie haben sich *gedacht:* ›Hat mich mein ›Ich‹ denn verlassen und sich auf den Schauspieler übertragen‹? – Ich antworte Ihnen darauf: Das wahre ›Ich‹ ist nur an der *Wirkung* zu erkennen. Es hat keine Ausdehnung; und eben, weil es keine hat, ist es – überall. Verstehen Sie wohl: über-all! – Es steht ›über‹ dem ›all‹ – ist überall gegenwärtig. –

Es darf Sie nicht wundern, dass Ihr so genanntes *eigenes* ›Ich‹ aus einem anderen deutlicher spricht als aus Ihnen selbst. – Sie sind leider, wie fast alle Menschen, von Kindesbeinen an in dem Irrtum befangen gewesen, unter ›Ich‹ Ihren Körper, Ihre Stimme, Ihr Denkvermögen oder, weiß Gott, was sonst noch, zu verstehen – und deshalb haben Sie keine blasse Ahnung mehr, was eigentlich Ihr ›Ich‹ ist. – Das ›Ich‹ fließt durch den Menschen *hindurch,* deshalb ist ein Umlernen im Denken nötig, um sich selbst im eigenen ›Ich‹ wieder finden zu können. – Sind Sie Freimaurer, Exzellenz? Nein? Schade. Wenn Sie's wären, wüssten Sie, dass in gewissen Logen der ›Geselle‹, wenn er ›Meister‹ werden soll, *rückwärts* schreitend, in das Heiligtum des Meisters eintreten muss. – Und wen findet er darin? Niemand! – Wenn er jemand darin fände, wär's doch ein ›Du‹ und nicht das ›Ich‹. Das *Ich* ist der Meister! – ›Ist denn der Mensch hier vor mir ein unsichtbarer Oberlehrer‹ – könnten Sie jetzt mit einer gewissen Berechtigung fragen, Exzellenz –, ›dass er mich unterrichtet, ohne von mir dazu aufgefordert zu sein?!‹ Beruhigen Sie sich, Exzellenz; ich bin hier, weil in Ihrem Leben der richtige Zeitpunkt gekommen ist. Für manche kommt er überhaupt nie. – Übrigens bin ich kein Oberlehrer. Ich bin ein Mandschu.«

»Was sind Sie?«, platzte der kaiserliche Leibarzt heraus.

»Ein Mandschu. Aus dem Hochland Chinas. Aus dem ›Reich der Mitte‹. Wie Sie aus meinem langen Schnurrbart leicht hätten entnehmen können. Das ›Reich der Mitte‹ liegt östlich vom Hradschin. – Selbst wenn Sie sich je entschließen könnten, über die Moldau hinüber nach Prag zu gehen, hätten Sie von dort immer noch ein erkleckliches Stück nach der – ›Mandschurei‹. –

Ich bin nun keineswegs ein Toter, wie Sie vielleicht aus dem Umstand schließen könnten, dass ich mich des Körpers des Herrn Zrcadlo bediene wie eines Spiegels, um Ihnen zu erscheinen – im Gegenteil: Ich bin sogar ein – Lebendiger. Im innersten Osten gibt es außer mir noch mehrere – Lebendige. Aber lassen Sie sich nicht etwa verleiten, mit Ihrer Droschke und dem Isabellhengst ›Karlitschek‹ ins Reich der Mitte reisen zu wollen, um dort meine ›nähere‹ Bekanntschaft zu machen! Das Reich der Mitte, in dem wir *wohnen,* ist das Reich der ›wirklichen‹ Mitte. Es ist der Mittelpunkt der Welt, der überall ist. – Im unendlichen Raum ist jeder Punkt ein Mittelpunkt. – Sie verstehen, was ich meine?«

›Will er mich frozzeln?‹, dachte der Herr kaiserliche Leibarzt misstrauisch. ›Wenn er ein Weiser ist, warum redet er so burschikos?‹

Das Gesicht des Schauspielers lächelte unmerklich. »Feierlich, Exzellenz, ist bekanntlich nur ein Tropf. Wer im Humor nicht fähig ist, den Ernst zu fühlen, der ist auch nicht fähig, den falschen ›Ernst‹, den ein Mucker für das Um und Auf der Männlichkeit hält, humoristisch zu finden, und ein solcher wird ein Opfer der verlogenen Begeisterungen, der fälschlich so genannten ›Lebensideale‹. – Die allerhöchste Weisheit wandelt im Narrenkleid! – Warum? Weil alles, was einmal als Kleid – und nur als ›Kleid‹ – erkannt und durchschaut ist – auch der Leib – notgedrungen nur ein Narrenkleid sein kann. – – Für jeden, der das wahre ›Ich‹ sein eigen nennt, ist der eigene Leib, so wie auch der der andern ein Narrenkleid, nichts weiter. – Glauben Sie, das ›Ich‹ könnte es in der Welt aushalten, wenn die Welt wirklich so wäre, wie sie der Menschheit auszuschauen scheint? – Gut, Sie können einwenden: ringsum, wohin man blickt, ist Blut und Entsetzen. – Aber, woher kommt das? – Ich will es Ihnen sagen: Alles in der äußeren Welt beruht auf dem merkwürdigen Gesetz der ›Plus‹- und ›Minus‹-Zeichen. – Der ›liebe Gott‹, scheint es, habe die Welt erschaffen. Haben Sie sich je gefragt, ob es nicht das Spiel des ›Ichs‹ war? – Seit die Menschheit denken kann, hat es wohl in jedem Jahr Tausende gegeben, die in dem Gefühl der so genannten – der falschen! – ›Demut‹ schwelgten. Was ist das anderes als ›Masochismus‹, mit dem Mäntelchen einer selbstbelügnerischen Frömmelei bekleidet? – Das nenne ich in meiner Sprache das ›Minus‹-Zeichen. Und solche ›Minuszeichen‹, aufgehäuft im Laufe der Zeit, wirken wie ein saugendes Vakuum ins Reich des Unsichtbaren hinein. Das ruft dann ein blutdürstiges, Schmerz schaffendes *sadistisches* Pluszeichen hervor – einen Wirbelsturm von Dämonen, die sich der Gehirne der Menschen bedienen, um Kriege zu entfesseln, Mord und Totschlag zu erzeugen –, so, wie ich mich hier des Mundes eines bewussten Schauspielers bediene, um Ihnen, Exzellenz, einen Vortrag zu halten. Jeder ist Werkzeug, bloß weiß er's nicht. – Nur das ›Ich‹ allein ist nicht Werkzeug; es steht im Reich der Mitte, fern von Plus- und Minuszeichen. Alles Übrige ist Werkzeug – eines das Werkzeug des andern; das Unsichtbare ist das Werkzeug des ›Ich‹.

In jedem Jahr einmal, am 30. April, ist Walpurgisnacht. Da, heißt es im Volksmund, wird die Welt des Spukes frei. – Es gibt auch kosmische Walpurgisnächte, Exzellenz! Sie liegen in der Zeit zu weit auseinander, als dass die Menschheit sich ihrer erinnern könnte, darum gelten sie jedes Mal als neue, noch nie da gewesene Erscheinung.

Jetzt ist der Anbruch einer solch kosmischen Walpurgisnacht.

Da kehrt sich das Oberste zu unterst und das Unterste zu oberst. Da platzen Geschehnisse beinahe ohne Ursache aufeinander – da ist nichts mehr ›psychologisch‹ begründet wie in den gewissen Romanen, die das ›Unterleibsproblem‹ der Li-iebe, sinnig verhüllt, damit es um so schamloser leuchte, als Kernpunkt des Daseins hinstellen, und das Heiraten eines Bürgertöchterchens, das keine Mitgift hat, als erlösendes Moment im Dichtwerk erblicken. –

Die Zeit ist wieder da, wo die Hunde des wilden Jägers ihre Ketten zerreißen dürfen, aber auch für *uns* ist etwas entzweigebrochen: das oberste Gesetz des Schweigens! Der Satz: »Völker Asiens, hütet eure heiligsten Güter, hat keine Gültigkeit mehr für uns. – Wir geben ihn preis zum Wohl derer, die reif zum ›Fliegen‹ sind: Wir dürfen reden.

Das allein ist der Grund, weshalb ich zu Euer Exzellenz spreche. Es ist das Gebot der Stunde, nicht etwa Dero privater Verdienst. – Die *Zeit* ist da, in der das ›Ich‹ zu vielen reden soll.

Mancher wird meine Sprache nicht verstehen; über den mag es wie die Unruhe im Innern kommen, die einen Tauben befällt, wenn er ahnt: ›Jemand redet zu mir, aber ich weiß nicht, was er will, dass ich tun solle‹. – Ein solcher wird dem Wahnwitz verfallen, irgendetwas vollbringen zu müssen, das in Wahrheit nicht der Wille des ›Ichs‹ ist, sondern der Befehl der teuflischen ›Pluszeichen‹ am Bluthimmel der kosmischen Walpurgisnacht.

Was ich Euer Exzellenz gesagt habe, geschah für diesmal von einem magischen Bild ausgehend, das sich im Zrcadlo nur spiegelte – die Worte selbst kamen aus dem Reich der Mitte; Sie wissen: aus dem ›Ich‹, das über – allem ist!

Euer Exzellenz hochwohlgeborene Altvordern haben über ein Jahrtausend dem Ehrgeiz, Leibärzte zu sein, gefrönt. Wie wäre es, wenn Exzellenz nunmehr in Erwägung zögen, sich ein wenig um deren Seelen wertes Befinden zu kümmern?

Bisher haben Exzellenz – ich kann es zu meinem Leidwesen nicht verhehlen – Dero Flug nicht hoch genug genommen. Der ›Schnell‹ mit seinen Paprikas grenzt nicht so unmittelbar, wie es wünschenswert wäre, an das zu erstrebende Reich der Mitte. – Flügelansätze haben ja Exzellenz, daran ist kein Zweifel (wie es jenen ergeht, die gar keine haben, konnten Sie vorhin an dem Herrn Zentralgüterdirektor bemerken), sonst hätte ich mich gar nicht erst herbemüht – Flügel zwar noch nicht, wie gesagt, aber Flügelansätze, etwa so wie ein – wie ein – Pinguin.« –

Ein Schlag auf die Klinke unterbrach den Vortrag des beschnurrbarten Gespenstes; der Spiegel an der langsam sich öffnenden Tür ließ das Zimmer mit allem, was darin war, quer über seine Fläche wandern, dass es aussah, als habe jeder Gegenstand den Halt verloren, und herein trat ein Schutzmann: »Bitte schän, meine Herren, es is zwälf Uhr! Das Lakai gilt sich heite als gäsperrt!« –

Noch ehe der Herr kaiserliche Leibarzt zu einer der vielen Fragen ausholen konnte, die seine Brust erfüllten, war der Schauspieler bereits schweigend hinausgeschritten.

5

Aweysha

Jedes Jahr am 16. Mai, zum Fest des heiligen Johann von Nepomuk, des Schutzpatrons von Böhmen, pflegte, angeordnet vom Hausherrn selbst, im Erdgeschoss des Palais

Elsenwanger ein großes Gesindeabendessen stattzufinden, dem nach uralter Hradschiner Sitte die Herrschaft in eigener Person vorzusitzen hatte.

In dieser Nacht, beginnend punkt 8 Uhr und abschließend mit dem letzten Schlag der zwölften Stunde, galten alle Standesunterschiede zwischen Herr und Diener als aufgehoben: Man aß und trank gemeinsam, redete einander mit ›Du‹ an und gab sich die Hand.

Wo ein Sohn im Hause war, musste dieser die Herrschaft vertreten; wo nicht, da oblag die Pflicht der ältesten Tochter. – –

Baron Elsenwanger fühlte sich seit dem Erlebnis mit dem Mondsüchtigen so angegriffen, dass er seine Großnichte, die junge Komtesse Polyxena, hatte bitten lassen müssen, seine Stelle einzunehmen.

»Weißt d', Xenerl«, sagte er, als er sie in seinem Bibliothekszimmer (umgeben von zahllosen Büchern, von denen er in seinem Leben auch nicht ein einziges jemals berührt hatte) vor seinem Schreibtisch sitzend empfangen hatte, einen Strickstrumpf in der Hand und die Nadeln dicht ans Licht einer Kerze haltend, wenn ihm eine Masche entfallen war – »weißt d' Xenerl, ich hab' halt g'meint, du bist eh so gut wie meine Tochter, und es sind ja auch lauter bewährte Leut'. – Und wenns d'nachher schlafen willst und not erst so spät nach Haus gehen, dann schläfst d' halt im Gastzimmer, gelt Xenerl?«

Polyxena lächelte geistesabwesend und wollte, nur um irgendetwas zu sagen, erwidern, dass sie sich bereits ihr Bett ins Bilderzimmer habe stellen lassen, erinnerte sich aber noch rechtzeitig, welche Aufregung ein solcher Entschluss bei ihrem Onkel hervorrufen müsste, und schwieg. –

Wohl eine halbe Stunde noch saßen sie wortlos in dem dämmrig dunklen Zimmer einander gegenüber – er in seinem Ohrensessel, ein gelbes Wollknäuel zu seinen Füßen und alle paar Minuten qualvoll aus tiefster Brust aufseufzend, als wolle ihm das Herz brechen –, sie, zurückgelehnt in einem Schaukelstuhl unter vergilbten Folianten, eine Zigarette rauchend und mit halbem Sinn auf das leise eintönige Klirren seiner Stricknadeln horchend. –

Dann sah sie, wie seine Hände plötzlich innehielten, den Strumpf fallen ließen, und er selbst fast unmittelbar darauf, mit vornüber nickendem Kopf in den totenähnlichen Schlaf des Alters versank.

Ein unerträgliches Gemisch aus körperlicher Müdigkeit und innerem, immer währendem Verzehrtsein von irgendetwas, für das sie keinen Namen wusste, hielt sie in ihren Sessel gebannt. –

Einmal beugte sie sich schon vor und wollte aufstehen – ›vielleicht wird es besser, wenn ich das Fenster öffne und die kühle Regenluft hineinlasse?‹ – der Gedanke, der alte Mann könne darüber aufwachen und wieder irgendein ödes Greisengespräch mit ihr beginnen, lahmte ihren Entschluss.

Sie sah sich in dem fast nur mehr von dem schwachen Schein der Kerze erhellten Zimmer um. –

Ein dunkelroter Teppich mit langweiligem Girlandenmuster bespannte den Boden; jede Arabeskenschlinge kannte sie auswendig, so oft hatte sie als kleines Mädchen darauf gespielt. – Jetzt noch fühlte sie den mürben Staubgeruch im Hals, der davon ausging und sie – wie viele, viele Male! – zu nervösem Weinen gebracht und so manche Stunde ihrer Kindheit vergiftet hatte.

Und dieses ewige, jahrelange: »Xenerl, gib Sie Acht, dass Sie sich keine Fleckerle nicht ins Kleiderle macht!«: Das Morgenrot ihrer frühesten Jugend war grau darunter geworden. – Voll Hass zerbiss sie ihre Zigarette und warf sie weit von sich. –

Wie ein beständiges Hin- und Herflüchten von einem Ort der Trostlosigkeit zum andern kam ihr die Zeit ihrer Kindheit vor, wenn sie jetzt daran zurückdachte, qualvoll erinnert durch den Anblick der langen Reihen stockfleckiger Bücher, in denen sie einst in der vergeblichen Hoffnung, ein Bild darin zu finden, so oft geblättert hatte; – wie das verzweifelte Umherflattern eines jungen Singvogels war es gewesen, der verirrt in einem alten Gemäuer, verschmachtend nach einem

Tropfen Wasser sucht: – eine Woche nach Hause in das trübselige Schloss ihrer Tante Zahradka, dann über einen qualvollen Sonntag hierher und wieder zurück.

– Sie blickte lang und nachdenklich zu ihrem alten Onkel hinüber, dessen welke, blutleere Augenlider so fest geschlossen waren, dass sie sich gar nicht vorstellen konnte, er würde sie je wieder aufschlagen.

Jetzt wusste sie auch mit einemmal, was sie so an ihm hasste – an ihm und an ihrer Tante –, obgleich die beiden ihr nie ein böses Wort gesagt hatten –: es war der Anblick ihrer schlafenden Gesichter gewesen!

Auf ein winziges Erlebnis, scheinbar belanglos wie ein Sandkorn, in ihrer frühesten Kindheit ging es zurück:

Sie hatte in einem Bettchen gelegen, kaum vier Jahre alt, und war plötzlich erwacht – vielleicht im Fieber, vielleicht gewürgt von einem angstvollen Traum –, hatte geschrien, aber niemand kam – hatte sich aufgerichtet, und da saß ihre Tante mitten im Zimmer, schlafend, so tief und bewusstlos schlafend, dass kein Rufen sie erwecken konnte, die ringförmigen Schatten der Brillengläser um die Augen wie ein toter Geier und im Gesicht ein versteinerter Ausdruck unversöhnlichster Grausamkeit.

Und von da an hatte sich in dem Kindergemüt ein unbestimmter Abscheu vor allem festgesetzt, was irgendwie dem Abbild des Todes glich. Anfangs war es lange eine unbestimmte Furcht vor schlafenden Gesichtern geblieben, dann später wuchs es aus in einen dumpfen instinktiven Hass. In einen Hass gegen alles Tote, Blutleere – so tief, wie es nur in einem Herzen Wurzel fassen kann, in dem eine Lebensgier, schlummernd niedergehalten seit Geschlechtern, nur auf einen günstigen Augenblick lauert, um, einer Lohe gleich, hervorzubrechen und das ganze Dasein im Nu in Brand zu setzen.

Greisentum hatte sie umgeben, solange sie sich erinnern konnte – Greisentum des Leibes, des Denkens, des Redens und des Handelns, Greisenhaftigkeit in allem, was geschah – Bilder von Greisen und Greisinnen an den Wänden – die ganze Stadt und die Straßen und die Häuser greisenhaft, verwittert, gefurcht; sogar das Moos an den uralten Bäumen im Garten ein grauer Greisenbart.

Dann war die Erziehung im Kloster von Sacré-Cœur gekommen. – Anfangs wie ein helles Licht infolge des Ungewohnten, aber nur für kurze Tage, dann immer blasser und trüber werdend, viel zu weihevoll und ruhig – zu sehr wie müdes Abendrot, als dass sich nicht eine zum Raubtier geschaffene Seele heimlich zum Sprung geduckt hätte.

Dort im Kloster fiel das Wort ›Liebe‹ zum ersten Mal: Liebe zum Erlöser, den Polyxena stündlich vor Augen hatte, ans Kreuz genagelt, mit blutigen Malen, blutender Brustwunde und blutigen Tropfen unter der Dornenkrone – Liebe zum Gebet, in dem zur Sprache wurde, was gleichzeitig ihr vor Augen stand: Blut, Märtyrertum, Geißelung, Kreuzigung, Blut, Blut. – Dann die Liebe zu einem Gnadenbild, in dessen Herzen sieben Schwerter staken. Blutrote Ampeln. Blut. Blut.

Und das Blut als das Sinnbild des Lebens wurde die Inbrunst ihrer Seele, fraß sich ein ins Innerste.

Von all den jungen adligen Mädchen, die im Kloster von Sacré-Cœur erzogen wurden, war sie bald die inbrünstigste.

Aber auch – die brünstigste, ohne es zu wissen.

Das bisschen Französisch, das bisschen Englisch, das bisschen Musik und Geschichte und Rechnen und all das andere – sie begriff es kaum. Hatte es im nächsten Augenblick vergessen.

Nur die Liebe blieb haften.

Aber die Liebe zum – Blut.

Lange, ehe sie Ottokar kennen gelernt, war sie aus dem Kloster nach Hause zurückgekehrt, und als die fast vergessene Greisenhaftigkeit sie abermals umhüllte wie etwas zu neuer Gegenwart Wiedererwachtes, da schien ihr das, was sie so lange mit heißester Liebe umfangen – das Märtyrerschicksal des Erlösers –, langsam in eine Vergangenheit zu versinken, die noch tausend Jahre früher lag als all das Grabähnliche, das die Umgebung an sich trug. Nur das Blut in seiner Farbe des Lebens rieselte unablässig wie ein ewiger Quell hindurch von ›drüben‹ her, aus der Zeit des Gekreuzigten bis zu ihr; ein dünner, sickernder, roter Faden.

Und alles, was sie lebendig sah und jung, das verband sie unbewusst mit dem Begriff ›Blut‹. In allem, was schön war und sie anzog und mit Sehnsucht erfüllte: Blumen, spielende Tiere, quellender Frohsinn, Sonnenschein, junge Menschen, Duft und Wohlklang, alles tönte in dem Wort, das ihre Seele unablässig – unhörbar noch – murmelte, wie aus dem unruhigen Schlaf, der dem Erwachen vorhergeht: – in dem Wort ›Blut, Blut‹.

Dann war eines Tages das Zimmer bei Elsenwanger aufgesperrt worden zu einem Bankett, in dem das Bild ihrer Urahne hing, der Gräfin Polyxena Lambua; und als sie es erblickte mitten unter all den andern, von denen die meisten ebenfalls ihre leiblichen Vorfahren waren, beschlich sie das unheimliche Gefühl, als sei es gar kein Gemälde einer Verstorbenen, sondern der Widerschein eines Wesens, das irgendwo in Wirklichkeit existieren müsse, viel lebendiger als irgendetwas, was sie je gesehen. – Sie hatte gesucht, sich die Empfindung auszureden, aber sie kam immer wieder: ›Es hängt hier umgeben von lauter toten Gesichtern – es wird wohl die Ähnlichkeit mit meinem eigenen Schicksal sein, die mich so unheimlich berührt‹, hatte sie sich gesagt, aber doch nie recht daran zu glauben vermocht.

Aber das allein war es nicht; die Sache verhielt sich anders, ging über ihr Begriffsvermögen hinaus:

Das Bild, das dort an der Wand hing, war gewissermaßen sie selber – so, wie ein Samenkorn das Konterfei der Pflanze, die es dereinst werden soll, in sich trägt, verborgen den äußeren Sinnen und dennoch in allen organischen Einzelheiten klar umrissen, so hatte jenes Bild in ihr seit Kindheit an gehangen, war die vorbestimmte Matrize, in die ihre Seele hineinwachsen musste mit jeder Faser und Zelle, bis auch die kleinste Vertiefung der Form von ihr ausgefüllt sein würde.

Die plötzlich erwachende, unterbewusste Erkenntnis, sich

mit allen noch schlummernden und allen bereits offenbar gewordenen Eigenschaften selber erblickt zu haben, hatte das Gefühl hervorgerufen, das Gemälde ihrer Urahne sei lebendiger als irgendetwas, das sie je gesehen.

Lebendiger als irgendetwas anderes in der Welt kann aber nur der Mensch sich selbst vorkommen.

Sie kannte das Gesetz nicht, auf dem alles Magische beruht: ›Wenn zwei Größen einander gleich sind, so sind sie ein und dasselbe und nur einmal vorhanden, auch wenn Zeit und Raum ihr Dasein scheinbar trennen.‹

Hätte sie es gekannt und erfasst, sie wäre fähig gewesen, ihr Schicksal bis ins Kleinste vorauszuwissen. –

Ähnlich wie das Bild später auf Ottokar wirkte, so wirkte es auch auf sie; nur wurde sie davon nicht verfolgt wie er, denn sie verwuchs allmählich damit und wurde es selbst. – Und hätte sie als des Bildes lebendige Repräsentantin nicht auf Erden existiert, nie würde es Ottokar in Bann haben schlagen können; so aber war es mit der Zauberkraft ihres Blutes geladen, und das seine witterte das Vorhandensein eines wirklichen lebenden Wesens und fühlte sich magnetisch zu ihm hingezogen.

Als Polyxena später Ottokar im Dom traf – keine Macht der Welt hätte verhindern können, was damals geschehen war; das Schicksal brachte nach ehernen Gesetzen zur Reife, was längst gesät war. Was im Körper als Form versiegelt und beschlossen gelegen, hatte sich in die Tat verwandelt – war aus Samenkorn zur Frucht geworden. – Nichts sonst.

Was der Weise mit dem Tier gemeinsam hat: niemals Reue zu empfinden über irgendwelche vollbrachte Tat – das kam auch über sie, als das Blut in ihr den Sieg davongetragen hatte: Die Unschuld des Weisen und die Unschuld des Tieres machten das Gewissen verstummen.

Tags darauf schon war sie zur Beichte gegangen mit klarer Erinnerung an das, was man sie im Kloster gelehrt hatte: Dass sie tot umfallen werde, wenn sie eine Sünde verschweige.

Und sie hatte tief im Innersten gewusst: Sie werde

verschweigen und trotzdem lebend stehen bleiben. Und sie hatte Recht behalten und dennoch – geirrt: Das, was bis dahin als ihr ›Selbst‹ geschienen, war tot umgefallen; aber ein anderes ›Selbst‹ – das, das dem Bilde ihrer Urahne entsprach – nahm im selben Augenblick die Stelle des ersten ein.

Es ist nicht Zufall oder blinde Willkür, dass der Mensch die Aufeinanderfolge seiner Geschlechter mit dem Namen ›Stammbaum‹ bezeichnet, es ist in Wahrheit der ›Stamm‹ eines ›Baumes‹, der nach langem Winterschlaf und nach soundso oft wechselnder Färbung seiner Blätter immer und immer wieder ein und dieselben Zweige treibt:

Die tote Polyxena im Bilderzimmer war lebendig geworden und die lebendige tot umgefallen – sie lösten einander ab, und jede blieb schuldlos; die eine verschwieg in der Beichte, was die andere hatte begehen müssen. Und jeder neue Tag lockte neue Knospen aus dem jungen Zweig des alten Baumes – neue und doch uralte, wie sie der ›Stammbaum‹ von je hervorzubringen gewohnt war: In Polyxena verschmolzen Liebe und Blut zu einem einzigen unzertrennbaren Begriff.

Von einer süßen, wollüstigen Begierde gepeitscht, die die Greise und Greisinnen ihrer Umgebung für überspannten Wissenstrieb hielten, wandelte sie von da an auf dem Hradschin umher, von einer historischen Stätte, auf der Blut vergossen worden war, zur andern; – jeder graue, verwitterte Stein, an dem sie früher achtlos vorübergegangen war, erzählte ihr von Blutvergießen und Folterqual, aus jedem Fußbreit Erde hauchte der rötliche Dampf; wenn sie den erzenen Ring an der Kapellentür anfasste, an den sich König Wenzel angeklammert gehalten, bevor ihn sein Bruder erschlug, durchrieselte sie die Todesangst, die an dem Metall klebte, aber: verwandelt in glühheiße, rasende Brunst.

Der ganze Hradschin mit seinen schweigsamen, erstarrten Bauten war für sie ein redender Mund geworden, der ihr mit hundert lebendigen Zungen immer neue Begebnisse des Schreckens und Entsetzens aus seiner Vergangenheit zuzuflüstern wusste. –

Polyxena zählte mechanisch die Schläge der Turmglocken, die den Anbruch der achten Stunde verkündeten, und ging dann die Treppe hinab in die Gesindestube.

Ein alter Diener in gestreifter Jacke kam ihr entgegen, küsste sie auf beide Wangen und führte sie zu ihrem Sitz zuoberst eines langen Eichentisches ohne Gedeck.

Ihr gegenüber am untersten Ende saß der Kutscher des Fürsten Lobkowitz, ein junger Russe mit finsterem Gesicht und tief liegenden schwarzen Augen, der nebst anderen Bedienten aus adligen Häusern zu Gast geladen war – neben ihr, als Tischnachbar, ein Tatar aus der Kirgisensteppe – eine runde, rote fezartige Kappe auf dem glatt rasierten Schädel. Man sagte ihr, er sei Bereiter des Prinzen Rohan und ehemals Karawanenführer des Asienforschers Csoma de Körös gewesen.

Bozena in Straßentoilette, einen alten Schmelzdeckel mit nickender Feder, ein Weihnachtsgeschenk der Gräfin Zahradka, über den aufgesteckten Zöpfen, trug die Speisen herein: zuerst Rebhühner mit Kraut und sodann in Scheiben geschnittene Knödel aus schwarzem Mehl mit Powidl, zu deutsch: Zwetschgenmus.

»Lass dir's schmecken, Polyxena, und iss und trink!«, sagte die alte Köchin Elsenwangers und zwinkerte den jungen Spül- und Stubenmädchen ermutigend zu, die sich so dicht wie möglich um sie herumgesetzt hatten, wie um eine Glucke, der es obliege, sie unter ihre Fittiche zu nehmen, falls es der adligen Falkin am Ende doch beifallen sollte, aus ihrer Höhe raubgierig herabzustoßen. –

Anfangs lastete eine gewisse Befangenheit auf der Gesellschaft, die aus etwa zwanzig Männern, Frauen und Mädchen jeden Alters bestand, denn vielen von ihnen war die Sitte, mit der Herrschaft zusammen an einem Tische zu essen, neu, und sie fürchteten, beim Gebrauch der Messer und Gabeln irgendwelche Unschicklichkeit zu begehen, aber Polyxena wusste sie rasch in eine ungezwungene Stimmung zu bringen, indem sie bald den einen, bald den andern in Gespräche verwickelte, an denen auch die Übrigen teilnehmen konnten. Bloß Molla Osmann, der Tatar, verzehrte schweigend mit den Fingern, die er alle Augenblicke in einer Schüssel Wasser abspülte, sein Mahl, und auch der finstere Russe ließ kein Wort hören und blickte sie nur von Zeit zu Zeit lang und durchdringend, fast hasserfüllt an.

»Erzählt doch mal«, begann sie, als die Speisen abgetragen worden und die Tschaj – und Weingläser gefüllt waren. »Was ist eigentlich damals geschehen? Ist es wirklich wahr, dass oben ein Mondsüchtiger –?«

»Ja freilich, Euer Gnaden Komtesse«, fiel Bozena eifrig ein, verschluckte sich infolge eines Rippenstoßes, den ihr die Köchin versetzte, und verbesserte rasch ihre Anrede: »Ja freilich, Polyxena, ich hab' ich's mit eigenen Augen gesegen! Es war fuchbar. Gleich, wie sich der Brock angfangt hat zum Bellen, hab ich gewusst, genau wie der gnädige Herr Baron gesagt hat: Jezis, Maria und Joseph! No und dann hat's ihm die Hände gerissen, und er ise sich rundumadum gerlogen, no – wie soll ich sagen – wie ein feiriger Gockel, so gliehende Augen hat er sich ghabt. Wenn ich meinen Schottek« – sie griff nach einem Amulett, das sie am Halse trug – »nicht zum Glick bei mir ghabt hätt, ich glaub, ich wäre ich heit eine Leiche. So wild hat e' mich angeschaugt. Aber dann hat's ihm über die Taxishecken gschmissen, und er ise sich 'runtegflogen; jako – jako z rouru, wie ausm Rohr. Pan Loukota«, sie wandte sich an den greisen Kammerdiener, »ise sich Zeuge.«

»Blädsinn«, murmelte der Alte und schüttelte unwillig den Kopf, »es war alles ganz anders.«

»No natrierlich, jetzt auf amals sagen Sie wieder: Sie sin sich nicht zeigungsfähig, pane Loukota«, ereiferte sich Bozena, »abe gefircht ham Sie sich doch.«

»Was? Durch die Luft ist er geflogen?«, fragte Polyxena ungläubig.

»Ano, prosim. – Bitt schän: ja.«

»Wirklich frei geschwebt?«

»Prosim.«

»Und glühende Augen hat er gehabt?«

»Prosim.«

»Und dann, höre ich, soll er sich in Gegenwart meiner Tante und meines Großonkels und der übrigen Herren so wie – verwandelt haben?«

»Ano, prosim, ganz lang und dinn, wie ein Bäsenstiel, ise sich geworden«, beteuerte Bozena. »Ich hab ich's durch Schlisselloch –«, verlegen hielt sie inne, denn sie fühlte, dass sie sich verschnappt hatte; – »no ja, freilich, weiter hab' ich nix gesegen. – Ich war ja nicht dabei; die gnädige Frau Gräfin hat mich doch zur ›bähmischen Lie-sel‹ –« ein neuerlicher Rippenstoß seitens der Köchin schloss ihr vollends den Mund.

Eine Weile schwiegen alle betreten.

»Wie heißt der Mann eigentlich?«, fragte der Russe halblaut seinen Nachbar.

Der Angeredete zuckte die Achseln.

»Zrcadlo, soviel ich weiß«, antwortete Polyxena statt seiner. »Ich denke, er wird ein fahrender Komödiant von der Fidlowacka – vom Jahrmarkt – sein.«

»Ja, so – nannte man ihn.«

»Du glaubst also, er heißt anders?«

Der Russe zögerte: »Ich – ich weiß nicht.«

»Aber ein Komödiant ist er doch? Nicht wahr?«

»Nein. Bestimmt nicht«, ließ sich der Tatar vernehmen.

»Du kennst ihn?« – »Sie kennen ihn, Pane Molla?«, riefen alle durcheinander.

Der Tatar hob abwehrend die Hände: »Ich habe ihn nur einmal gesprochen. – Aber ich glaube, ich irre mich nicht: – er ist das Werkzeug eines Ewli.« – Das Gesinde starrte ihn ratlos an. – »Ich weiß, hier in Böhmen kennt man das nicht, aber bei uns im Osten ist es nicht gar so selten.«

Und, von Polyxena aufgefordert, die Sache näher zu erklären, erzählte er in kurzen Sätzen, jedes Paar Worte vorher im Geiste aus seiner Muttersprache ins Deutsche übersetzend: »Ein Ewli ist ein Fakirzauberer. – Ein Fakirzauberer braucht einen Mund, sonst kann er nicht reden. – Darum wählt er sich den Mund eines Toten, wenn er reden will.«

»Du glaubst also, der Zrcadlo ist ein Toter?«, fragte der Russe mit allen Anzeichen plötzlicher Aufregung.

»Ich weiß nicht. – Vielleicht ist er ein Halb –«, fragend wandte sich der Tatar an Polyxena: »Wie sagt man das? Ein Halb –?«

»Ein Scheintoter?«

»Ja. Ein Scheintoter. – Wenn der Ewli durch den Mund eines andern reden will, geht er zuerst aus sich selbst heraus und geht dann in den andern hinein. – Das macht er so:« – einen Augenblick dachte der Tatar nach, wie er es am besten erklären solle; dann legte er sich den Finger auf die Stelle oberhalb des Zwerchfells, wo die Rippen mit dem Brustbein verbunden sind: – »Hier sitzt die Seele. – Die zieht er hinauf;« – er zeigte auf seine Gurgel und dann auf die Nasenwurzel – »erst hierher, dann dorthin. – Dann verlässt er seinen Körper mit dem Atem und geht in den Toten ein. Durch die Nase, durch den Hals, in die Brust. –

Wenn der Leib des Toten noch nicht zerstört ist, steht der Tote auf und ist lebendig. – Aber er ist dann der Ewli.«

»Und was geschieht unterdessen mit dem Ewli selbst?«, fragte Polyxena gespannt.

»Der Körper des Ewli ist wie tot, solange sein Geist in dem andern ist. – Ich habe oft Fakire und Schamanen gesehen. – Sie sitzen immer wie tot. Das kommt, weil ihr Geist in andern ist. – Man nennt das Aweysha. – Aber ein Fakir kann auch Aweysha mit lebenden Menschen machen. – Nur müssen sie schlafen oder müssen betäubt sein, wenn er in sie eintritt. – Manche, und besonders Abgeschiedene, die zu ihren Lebzeiten einen sehr starken Willen gehabt haben oder noch eine Mission auf der Erde erfüllen sollen, die können sogar in *wache* Lebendige eintreten, ohne dass diese es merken, aber meistens benutzen auch sie die Körper von Scheintoten oder Lebendigen. – Wie zum Beispiel den Zrcadlo. – Warum schaust du mich so an, Sergej?«

Der Russe war bei den letzten Worten aufgesprungen, hatte einen schnellen Blick mit einem andern Bedienten gewechselt und hing förmlich an den Lippen des Tataren. –

»Nichts, nichts Molla; ich staune bloß.«

»Bei mir daheim«, fuhr der Tatar fort, »kommt es oft vor, dass ein Mann, der bis dahin ganz ruhig gelebt hat, plötzlich nicht mehr weiß, wie er heißt, und wegwandert. Dann sagen wir: Ein Ewli oder ein Schamane hat von seinem Körper Besitz ergriffen. – Die Schamanen sind Ungläubige, aber sie können dasselbe wie die Ewliah. – Das Aweyshamachen hat mit dem Koran nichts zu tun. – Wenn wir früh aufwachen und fühlen, dass wir nicht ganz so sind wie vorher abends beim Schlafengehen – so fürchten wir, dass ein Abgeschiedener in uns steckt, und atmen heftig ein paar Mal aus, um wieder frei zu werden.«

»Warum, glaubst du, wollen denn die Toten in die Körper der Lebenden eindringen?«, fragte Polyxena.

»Vielleicht, um zu genießen. – Vielleicht, um etwas auf der Erde nachzuholen, was sie zu tun versäumt haben. –

Oder, wenn sie grausam sind: um ein großes Blutbad anzurichten.

»Da wäre es ja möglich, dass der Krieg –«

»Gewiss« – bestätigte der Tatar, »Alles, was die Menschen gegen ihren Wunsch tun, kommt aus dem Aweysha her – ob so oder so. – Wenn die Menschen eines Tages übereinander herfallen wie die Tiger, meinst du, sie täten es, wenn nicht irgendwer Aweysha mit ihnen gemacht hätte?«

»Sie tun es, denke ich, weil sie – nun, weil sie eben begeistert sind für – für irgendetwas; für eine – Idee vielleicht.«

»Nun, das ist doch Aweysha.«

»Also ist Begeisterung und Aweysha dasselbe?«

»Nein; zuerst kommt Aweysha. Daraus entsteht dann Begeisterung. – Man merkt es meist nicht, wenn jemand Aweysha mit einem macht. Aber die Begeisterung, die fühlt man, und daher glaubt man, dass sie in einem von selbst entstanden ist. – Weißt du, es gibt verschiedene Arten Aweysha. – Manche Menschen können Aweysha bei anderen machen, bloß indem sie eine Rede halten. – Aber es ist doch immer nur Aweysha, bloß ein mehr natürliches. – – Mit jemand, der sich nur auf sich selbst verlässt, kann kein Mensch auf der Welt Aweysha machen. Auch nicht ein Ewli oder ein Schamane.«

»Und du meinst, weil ein Ewli mit uns Aweysha gemacht hat, ist der Krieg entstanden?«

Der Tatar schüttelte lächelnd den Kopf.

»Oder ein Schamane?«

Wiederum Kopf schütteln.

»Also wer sonst?«

Molla Osman zuckte die Achseln; Polyxena sah ihm an, dass er nicht reden wollte; seine ausweichende Antwort:

»Wer nur an sich selbst glaubt und nachdenkt, ehe er handelt, mit dem kann keiner Aweysha machen«, bestärkte sie darin. –

»Du bist Mohammedaner?«

»N-nein, nicht ganz. – Du siehst: Ich trinke Wein.« Der Tatar hob sein Glas und trank ihr zu.

Polyxena lehnte sich zurück und studierte schweigend seine ruhevollen Züge. Ein rundes, glattes Gesicht frei von jeder Leidenschaft oder Erregung. – »Aweysha?! – Was das für ein sonderbarer Aberglaube ist;« – sie nippte an ihrem Tschaj. ›Was er wohl sagen würde, wenn ich ihn fragte, ob auch Bilder Aweysha machen können? – Ach was, er ist ja doch nur ein Stallknecht!‹ – Und sie ärgerte sich, dass sie ihm so lange zugehört hatte – ärgerte sich mehr und mehr, je klarer ihr wurde, dass sie sich noch niemals mit irgendeinem ihrer Verwandten auch nur annähernd so interessiert unterhalten hatte – fühlte sich wie an ihrer Rasse beleidigt. – Sie kniff die Augen halb zu, damit er nicht merke, dass sie ihn ununterbrochen beobachtete. »Wenn ich ihn in meiner Gewalt hätte, ich ließe ihm den Kopf abschlagen«, wollte sie sich in eine Art Blutrausch hineinreden, um ihren gekränkten Hochmut wieder aufzurichten, aber es gelang ihr nicht. –

Das Gefühl der Grausamkeit allein konnte in ihr nicht aufsteigen, wenn es nicht mit Liebe oder Wollust gepaart war

– und beides prallte von dem Tataren ab wie an einem unsichtbaren Schild. – Sie blickte auf: Ein Teil der jüngeren Dienerschaft hatte sich während ihres Zwiegesprächs mit dem Asiaten im Hintergrund des lang gestreckten Zimmers zusammengeschart und unterhielt sich halblaut, aber anscheinend im höchsten Grade erregt.

Ein paar Worte flogen zu ihr herüber: »Das Proletariat hat nichts zu verlieren als seine Ketten.« – Der Bediente, den der Russe vorhin so viel sagend angeblickt hatte, führte das Wort; er war ein junger Mann mit stierem Blick, offenbar ein Prager Tscheche, tat äußerst belesen und warf mit sozialistischen Zitaten nur so um sich: »Besitz ist Diebstahl.«

Dann längeres Gemurmel, in dem der Name ›Jan Zizka‹ immer wieder vorkam. – »Das ist doch alles hirnverbrannter Unsinn«, zischte ein anderer hinein, nur mit Mühe den Flüsterton einhaltend, und drehte sich, wie um seinem Ärger Luft zu machen, auf dem Absatz einmal um seine Achse, »kurz und klein werden wir geschossen, wenn wir nur mucksen. – Maschinengewehre! Ma-schi-nen-geweh-re!!« – Es brachte keine Wirkung hervor, was er sagte – immer schien der Russe eine Erwiderung zu wissen. – Das Schlagwort ›Jan Zizka‹ blieb beständig Refrain. –

Plötzlich fiel der Name ›Ottokar Vondrejc.‹ – Polyxena hatte ihn deutlich gehört; es war ihr durch Mark und Bein gefahren.

Sie beugte sich unwillkürlich vor, um genau zu verstehen, was man da verhandelte.

Der Russe bemerkte ihre Bewegung und machte den andern rasch ein Zeichen, worauf diese sofort das Gespräch abbrachen und sich so unauffällig wie möglich auf ihre Plätze begaben.

›Warum tun sie das?‹, überlegte Polyxena; instinktiv fühlte sie, dass es sie und ihre Kaste betraf, was da gesprochen worden war. ›Wenn's bloß Unzufriedenheit mit den Löhnen oder etwas dergleichen gewesen wäre – sie hätten sich nicht so aufgeregt benommen.‹

Dass der Name Ottokars genannt worden war, beunruhigte sie am meisten. ›Wissen sie vielleicht etwas?‹ – gewaltsam schüttelte sie den Gedanken ab. – ›Feiges Dienstbotengesindel. – Was kümmert es mich. Sollen sie sich denken, was sie wollen. Ich werde tun und lassen, was mir passt.‹ –

Sie versuchte in den Mienen Bozenas zu lesen; sie wusste genau, dass Ottokar früher zu Bozena in Beziehungen gestanden hatte – aber es war ihr stets gleichgültig gewesen. Sie war viel zu stolz und hochmütig, um auf ein Küchenmädchen eifersüchtig zu sein. – ›Nein, Bozenas Gesicht war gleichmütig und freundlich, – Also musste Ottokars Name in einem andern Zusammenhang erwähnt worden sein.‹ –

Ein mühsam verhaltener Hass in den Augen des russischen Kutschers sagte ihr, dass es sich um Dinge gehandelt haben musste, die über Persönliches hinausgingen.

Ein Gerede, das sie vor einigen Tagen zufällig in einem Laden mit angehört hatte, fiel ihr ein:

Unten in Prag seien die üblichen albernen Unruhen im Gang. – Der Pöbel plane wieder einmal irgendwelche ›Kundgebungen‹ – Fenster einschlagen oder ähnliche ›demokratische‹ Verrücktheiten.

Erleichtert atmete sie auf. – Was kümmerte es sie, wenn es weiter nichts war! – Ein Aufstand in Prag: – Lappalie. –

Bisher war so etwas noch niemals über die Brücken herüber auf den Hradschin gekommen. An den Adel traute sich die Bestie nicht heran.

Kalt und spöttisch erwiderte sie den Blick des Russen.

Und doch überlief es sie, so deutlich spürte sie den drohenden Hass, der von ihm ausging. –

Aber es steigerte sich nicht bis zur Furcht in ihr – wurde langsam ein Kitzel, eine Art lüsternes Haarsträuben, wie sie sich ausmalte, es könnte eines Tages doch ernst werden und zu – Blutvergießen kommen. – ›Grundwasser‹ – mitten in ihrer Gedankenreihe war plötzlich das Wort ›Grundwasser‹ aufgeschossen. Eine Stimme in ihr schien es gerufen zu haben. – ›Warum: Grundwasser?‹ – welchen Zusammenhang hatte es mit dem, woran sie dachte? – Sie wusste nicht einmal genau, was das war: ›Grundwasser‹. – Irgendetwas, was in der

Erde schläft, bis es dann plötzlich steigt und steigt, die Keller erfüllt, Mauern unterwäscht, alte Häuser über Nacht einstürzen macht, oder etwas Ähnliches. –

Und aus dieser unbewussten Vorstellung wuchs ein Bild hervor: Blut war's, das da emporstieg aus der Tiefe – ein Meer von Blut, das aus dem Boden drang, aus den Gittern der Kanäle quoll, die Straßen erfüllte, bis es sich in Strömen in die Moldau ergoss. – Blut, das wahre Grundwasser Prags.

Eine Art Betäubung kam über sie.

Ein roter Nebel legte sich ihr vor die Augen; sie sah, dass er von ihr langsam weg auf den Russen zuschwebte, dessen Gesicht, wie unter drosselnder Angst, fahl wurde. – Sie fühlte, dass sie irgendwie den Sieg über den Mann davongetragen hatte. Ihr Blut war stärker gewesen als das seinige.

›Es ist etwas dran an diesem – an diesem – Aweysha‹; – sie blickte auf die Hände des Russen: Tatzen eines Ungeheuers, breit, furchtbar, wie zum Würgen geschaffen – jetzt lagen sie hilflos und wie gelähmt auf dem Tisch.

›Die Stunde ist noch lange nicht da, wo ihr Proletarier eure Ketten zerbrechen könnt‹, höhnte sie innerlich. – Sie *wusste* mit einemmal, dass auch sie ›Aweysha‹ machen konnte, wenn sie wollte – es vielleicht immer schon gekonnt hatte – sie und ihr Stamm, seit Jahrhunderten.

6

Jan Zizka von Trocnov

Beim letzten Schlag zwölf Uhr hatte sich das Gesinde ehrerbietig erhoben: Die Stunde der Gemeinschaft war vorüber.

Polyxena stand im Bilderzimmer, unschlüssig, ob sie sich von Bozena beim Entkleiden helfen lassen solle. – Dann schickte sie sie hinaus.

»Kiss die Haand, Euer Gnaden Komtesse« – das Mädchen haschte nach ihrem Ärmel und drückte einen Kuss darauf.

»Gute Nacht, Bozena; geh Sie nur.« –

Polyxena setzte sich auf den Rand des Bettes und blickte in die Kerzenflamme.

›Jetzt schlafen gehen?‹ Der Gedanke war ihr unerträglich. Sie trat an das Bogenfenster, das hinaus auf den Garten ging, und zog die schweren Vorhänge auseinander.

Der Mond hing als schmale leuchtende Sichel über den Bäumen: ein vergeblicher Kampf gegen die Finsternis.

Der kiesbestreute Weg zum Gittertor war matt erhellt von dem Lichterschein, der aus dem Erdgeschoss fiel. –

Unförmige Schatten glitten darüber hinweg, sammelten sich, fuhren auseinander, dehnten sich, verschwanden, kehrten zurück, wurden lang und dünn, reckten die Hälse über die dunklen Rasenflecke hin, um eine Weile wie schwarze Dunstschleier zwischen den Sträuchern aufrecht zu stehen, schrumpften wieder ein und steckten die Köpfe zusammen, als hätten sie irgendetwas Geheimnisvolles erkundet, das sie sich in lautloser Sprache ins Ohr raunen müssten. – Das Silhouettenspiel der Gestalten unten in der Gesindestube.

Dicht hinter der dunklen, massigen Parkmauer, als sei dort die Welt zu Ende, stieg der Himmel aus nebliger Tiefe, sternenlos – ein nach oben gähnender, unermesslicher Abgrund. –

Polyxena suchte aus den Bewegungen der Schatten zu erraten, was die da unten hinter den Fensterscheiben wohl miteinander sprechen mochten.

Ein vergebliches Bemühen. –

›Ob Ottokar schon schlief?‹

Ein weiches, sehnsüchtiges Empfinden kam über sie. Nur einen Augenblick, dann war es wieder vorbei. Ihr Träumen war anders als das seine. Wilder, heißer. Sie konnte nicht lange verweilen bei friedvollen Vorstellungen; sie war sich nicht einmal klar, ob sie ihn wirklich liebte. –

Was sein würde, wenn sie von ihm getrennt wäre? – Zuweilen hatte sie darüber nachgedacht – aber nie eine Antwort bekommen. Es war so vergeblich gewesen wie vorhin das Erraten wollen, was die Schatten miteinander sprächen.

Ihr eigenes Innere war ihr eine unergründliche Leere – undurchdringlich und verschlossen wie die Finsternis vor ihr. Nicht einmal Schmerz konnte sie empfinden, wenn sie sich auszudenken versuchte, Ottokar sei möglicherweise im selben Augenblick gestorben. – Sie wusste, dass er herzkrank war und dass sein Leben an einem dünnen Faden hing – er hatte es ihr selbst gesagt, aber seine Worte waren an ihr vorbeigegangen, als hätte er sie an ein Bild hin – sie drehte sich um –, ›ja an dieses Bild, an das Bild dort an der Wand, hin gesprochen‹.

Sie wich den Augen des Bildes ihrer Ahne aus, nahm die Kerze, ging von einem Gemälde zum anderen und leuchtete es an: eine tote Reihe starrer Gesichter.

Keines sprach zu ihr; – ›und wenn sie jetzt lebendig vor mir stünden: sie wären mir fremd; ich habe nichts mit ihnen gemeinsam. Sie sind in ihren Gräbern zu Asche geworden‹.

Ihr Blick streifte das weiße, aufgeschlagene Bett. –

›Sich da hineinlegen und schlafen?‹ – es schien ihr unfassbar. ›Ich glaube, ich würde nie mehr aufwachen‹ – das schlafende Gesicht ihres Onkels mit den blutleeren, geschlossenen Augenlidern fiel ihr ein, – ›Der Schlaf ist etwas Furchtbares. Vielleicht noch schrecklicher – als der Tod.‹ Sie schauderte. – So deutlich, dass traumloser Schlaf in einen ewigen Tod des Bewusstseins übergehen könne, hatte sie es noch nie empfunden wie jetzt beim Anblick des weißen Grablinnens.

Ein panischer Schrecken erfasste sie plötzlich: »Um Gottes willen, nur fort, nur fort aus diesem Zimmer voll Leichen! – Der Page dort an der Wand, – so jung und schon verwest, kein Blut mehr in den Adern! – Die Haare neben sich im Sarg. Ausgefallen aus dem grinsenden Totenschädel. – Verweste Greise in der Gruft. Greise, Greise. – Weg, weg mit diesen Greisen.‹ –

Erleichtert atmete sie auf, als unten eine Türe ging und gleich darauf Schritte über den Kies knirschten. –

Sie hörte, wie die Dienerschaft leise murmelnd voneinander Abschied nahm, blies rasch die Kerze aus, um von unten nicht gesehen zu werden, und öffnete leise das Fenster; – horchte hinab.

Der russische Kutscher blieb an dem Gittertor stehen, suchte umständlich nach Streichhölzern in seinen Taschen, bis die übrigen Gäste verschwunden waren, und zündete sich eine Zigarre an. –

Er schien noch auf jemand zu warten; Polyxena erkannte es an der heimlichen Art, mit der er in den Schatten zurücktrat, wenn sich ein Geräusch im Hause vernehmen ließ, und dann wieder durch die Stäbe spähte, wenn es verstummt war.

Endlich gesellte sich der junge tschechische Lakai mit dem stieren Blick zu ihm.

Auch er wollte offenbar die Gesellschaft der Übrigen meiden, denn er blieb noch eine Weile bei dem Russen stehen, nachdem er sich vorher vergewissert hatte, dass ihm niemand nachkomme.

Polyxena lauschte angestrengt, was die beiden miteinander flüsterten, aber sie konnte kein Wort verstehen, trotz der Totenstille, die ringsum herrschte.

Dann wurde unten im Gesindezimmer das Licht abgedreht, und der Kiesweg verschwand mit einem Ruck vor ihren Augen, wie von der Dunkelheit eingeschluckt. –

»Daliborka« – hörte sie plötzlich den Russen sagen.

Sie hielt den Atem an.

Da! Wieder. – Diesmal konnte kein Zweifel obwalten:

– »Daliborka« – sie hatte es genau verstanden.

Also handelte es sich doch um Ottokar? Sie erriet, dass die beiden vorhatten, jetzt noch, trotz der späten Stunde, zu Daliborka zu gehen, und irgendetwas planten, was die anderen nicht wissen sollten.

Der Turm war längst geschlossen; was konnten sie dort wollen?

Bei Ottokars Pflegeeltern einbrechen? Lächerlich. – Bei so armen Leuten? – Oder ihm etwas antun? – Aus Rache vielleicht?

– Sie verwarf den Gedanken als mindestens ebenso absurd. – Ottokar, der nie mit Leuten ihres Schlages verkehrte, kaum mit ihnen sprach – wodurch hätte er sich ihren Hass zuziehen können?! –

– ›Nein, es muss sich um tiefer liegende Dinge drehen‹ – sie ahnte es so deutlich, dass sie es wie Gewissheit empfand.

Das Gittertor fiel leise ins Schloss, und sie hörte, dass die Schritte der beiden sich langsam entfernten.

Einen Augenblick schwankte sie, was sie tun solle. ›Hier bleiben? – Und – und schlafen gehen?! – Nein, nein, nein! – Also: den beiden nach!‹

Es galt, so rasch wie möglich zu handeln; jede Minute konnte der Portier das Tor abschließen, und dann war ein Entkommen aus dem Hause unmöglich.

Sie tappte im Finstern nach ihrem schwarzen Spitzentuch – getraute sich nicht, die Kerze anzuzünden: ›Nur diese furchtbaren, greisenhaften Leichengesichter an den Wänden nicht noch einmal sehen!‹ – Nein, lieber sich allen möglichen Gefahren in den einsamen nächtlichen Straßen aussetzen. –

Es war nicht Neugierde, die sie hinaustrieb – eher noch die Furcht, allein bis zum Morgen in dem Bilderzimmer bleiben zu müssen, dessen Luft ihr plötzlich dumpfig und erstickend vorkam, wie erfüllt von Gespensteratem. –

Sie war sich nicht völlig klar, warum sie den Entschluss fasste; sie fühlte nur: Sie musste es tun – aus irgendwelchen Gründen. – –

Vor dem Gittertor überlegte sie, welche Richtung zur Daliborka sie einschlagen müsse, um nicht mit den beiden Männern zusammenzustoßen.

Es blieb ihr keine Wahl als der lange Umweg durch die Spornergasse und über den Waldsteinplatz.

Vorsichtig drückte sie sich an den Häusermauern entlang und huschte dann, so schnell sie konnte, von Ecke zu Ecke.

Vor dem Fürstenbergschen Palais standen mehrere Menschen schwatzend beisammen; sie fürchtete, an ihnen vorüberzugehen und erkannt zu werden; denn sie nahm an, es könnten etliche aus der Gesindegesellschaft darunter sein; – es dauerte eine Ewigkeit, bis die Gesellschaft sich endlich trennte.

Dann lief sie die gewundene ›alte Schlossstiege‹ hinauf, zwischen ragenden schwarzen Steinmauern, hinter denen die Äste der Bäume, blütenbeladen, in der Dunkelheit weißlich schimmernd, die Mondstrahlen auffingen und die Luft mit betäubendem Geruch erfüllten.

Bei jeder Krümmung des Wegs minderte sie ihre Eile und trachtete, zuerst die Finsternis zu durchspähen, ehe sie ihren Gang fortsetzte – um nicht unversehens irgendjemand in die Hände zu laufen.

Sie hatte bereits den größeren Teil der Strecke zurückgelegt, da schien es ihr plötzlich, als röche sie Tabakrauch. ›Der Russe‹, war ihr erster Gedanke, und sie blieb sofort unbeweglich stehen, um sich nicht durch das Rascheln ihrer Kleider zu verraten.

Die Finsternis ringsum schien undurchdringlich – nicht die Hand vor Augen war zu sehen; der obere Rand der Mauer zu ihrer Rechten, der den schwachen Glanz der tief am Himmel hängenden Mondsichel zurückwarf, glomm, mit Laubschatten durchfleckt, wie matter Phosphorschein und machte es ihr durch sein irreleitendes, dunstiges Leuchten unmöglich, auch nur die nächste Stufe zu unterscheiden.

Sie horchte mit angespannten Sinnen in die Dunkelheit hinein, aber kein Laut war zu hören.

Nicht ein Blatt regte sich.

Manchmal kam es ihr vor, als vernehme sie ein leises, verhaltenes Hauchen ganz dicht in ihrer Nähe – so, als dränge es unmittelbar aus der Mauer zu ihrer Linken; – sie bohrte ihre Blicke in die Finsternis und bog, sorgsam jegliches Geräusch vermeidend, lauschend den Kopf vor – da war es verschwunden.

Kam auch nicht mehr wieder. – –

›Vermutlich war es mein eigener Atem, oder hat sich ein Vogel im Schlaf bewegt‹ – und tastend streckte sie den Fuß aus, um die kommende Stufe nicht zu verfehlen, da flammte eine brennende Zigarette dicht neben ihr grell auf und beleuchtete eine Sekunde lang ein Gesicht, so schreckhaft nahe dem ihren, dass sie es im nächsten Augenblick berührt hätte, wäre sie nicht in ihrem Entsetzen noch rechtzeitig zurückgefahren. –

Das Herz stand ihr still – sie glaubte einen Moment, der Boden unter ihren Füßen bräche ein, dann raste sie besinnungslos in die Nacht hinein und hielt erst inne, als ihr die Knie versagten und sie, auf dem obersten Absatz der Schlossstiege angekommen, im Sternenlicht des freien Himmels Umrisse von Bauten und die neblig trüb schimmernde Stadt zu ihren Füßen erkennen konnte.

Erschöpft, halb ohnmächtig, lehnte sie sich an die steinernen Pfeiler des Torbogens, unter dem ein Seitenpfad, den oberen Hang des Hirschengrabens entlang, hin zur Daliborka führte.

Jetzt erst wurde ihrem inneren Blick das Gesicht und die Gestalt, die sie gesehen hatte, lebendig in allen Einzelheiten: Ein Mann mit schwarzen Brillengläsern – ein Buckliger musste es gewesen sein, so glaubte sie wenigstens, ihn wieder vor sich zu sehen –, mit langem, dunklem Gehrock, rotem Backenbart, ohne Hut, struppigem, perückenhaftem Haar und sonderbar aufgeblähten Nüstern. – –

Wie sie wieder leichter Atem schöpfen konnte, beruhigte sie sich allmählich.

»Ein harmloser Krüppel, der zufällig dort gestanden hat und vielleicht ebenso erschrocken ist wie ich. – Was ist weiter dabei!« – Sie schaute die Schlossstiege hinab: – »Gott sei Dank, er geht mir nicht nach.« –

Trotzdem klopfte ihr das Herz infolge des überstandenen Schreckens noch lange und heftig, und sie blieb wohl eine halbe Stunde auf der marmornen Balustrade der Treppe sitzen, um sich zu erholen, bis sie anfing, in der kalten Nachtluft zu frösteln, und Stimmen von Leuten, die die Stufen heraufstiegen, ihr vollends zum Bewusstsein brachten, weshalb sie hierher gekommen war. – Sie raffte sich auf, schüttelte den letzten Rest von Zaghaftigkeit ab und biss die Zähne zusammen, um ihres Zitterns vollends Herr zu werden. –

Der unbestimmte Trieb, zur Daliborka zu gehen, erfüllte sie wieder und gab ihr neue Kraft. – Um zu erforschen, was der Russe und sein Begleiter dort vorhatten – vielleicht um Ottokar vor einer Gefahr, die ihm möglicherweise drohte, zu warnen? –, sie versuchte nicht einmal, sich über den Zweck ihres Vorhabens klar zu werden,

Ein gewisser Stolz, den einmal gefassten, wenn auch anscheinend gänzlich sinnlosen Entschluss zu Ende zu führen – und sei es auch nur um der Befriedigung willen, Ausdauer und Mut bewiesen zu haben –, verscheuchte ihre flüchtig auftauchenden Bedenken, ob es nicht doch gescheiter wäre, sie ginge heim und legte sich schlafen. –

Den schattenhaften Bau des Hungerturmes mit seiner steinernen Zipfelmütze als beständigen Wegweiser durch die Dunkelheit vor Augen, klomm sie die steilen Wiesenabhänge empor, bis sie die kleine Ausfallpforte erreicht hatte, die in den Hirschgraben mündete.

Mit dem unbestimmten Vorhaben, in den Lindenhof zu gehen und an Ottokars Fenster zu klopfen, wollte sie das alte Gemäuer betreten, da hörte sie halblaute Stimmen in der Tiefe, und ein Zug Menschen, wie sie annahm dieselben, die ihr die Schlossstiege nachgekommen waren – bewegte sich, durch die Gebüsche tappend, dem Fuß des Turmes zu.

Sie erinnerte sich, dass in das mittlere Stockwerk der Daliborka von außen ein Mauerloch gebrochen war, knapp groß genug, um einen Menschen in gebückter Stellung durchzulassen; – aus dem allmählich verstummenden Geflüster und dem Geräusch rutschender und fallender Steine schloss sie, dass die Leute es benutzten, um ins Innere des Turmes zu gelangen.

Mit einigen hastigen Sätzen übersprang sie die zerbröckelten Einlassstufen und lief auf das Wächterhäuschen zu, aus dem ein matt erhelltes Fenster ihr entgegenglänzte.

Sie legte das Ohr an die mit grünen Kattungardinen verhängten Scheiben –

»Ottokar. – Otto-Kar!« – sie hauchte es, so leise sie konnte. –

Lauschte: –

Ein Knacken, kaum hörbar, drin im Zimmer, als sei ein Schlafender in seinem Bett erwacht.

»Ottokar?« – sie klopfte ganz zart mit dem Fingernagel an das Glas – »Ottokar?«

»Ottokar?«, kam es wie ein geflüstertes Echo zurück – »Ottokar, bist du's?«

Polyxena wollte sich enttäuscht wegschleichen, da fing die tonlose Stimme drin an zu reden – so, wie wenn jemand aus dem Schlummer mit sich selbst spricht. – Ein stammelndes, gequältes Gemurmel, von Pausen tiefen Schweigens unterbrochen; dazwischen leises Knistern, als streiche eine Hand unruhig über eine Bettdecke hin; Polyxena glaubte, Sätze aus dem Vaterunser zu verstehen. – Das Ticken eines Pendels wurde deutlicher und deutlicher, je mehr sich ihr Gehör für die Geräusche schärfte. Und nach und nach, wie sie horchte und horchte, schien ihr die klanglose Stimme immer bekannter und bekannter zu werden.

Sie begriff: Es waren Worte des Gebetes, die da gesprochen wurden, aber sie überhörte ihren Sinn und wem sie galten.

Unklare Erinnerungen, dass zu dieser Stimme ein altes gütiges Gesicht mit weißer Haube gehören müsse, hielten sie in Bann. – ›Es kann nur die Ziehmutter Ottokars sein – aber ich habe sie doch nie gesehen!?‹

Urplötzlich fiel es wie eine Hülle von ihrem Gedächtnis – –

»Heiland gekreuzigter! Du mit der blutigen Dornenkrone« – dieselben Worte hatte derselbe Mund einst, vor langer Zeit, an ihrem eigenen Bette gemurmelt – sie sah im Geiste, wie sich runzlige Hände dabei falteten – sah die ganze Gestalt vor sich, wie sie jetzt wohl da drinnen lag, hilflos und gichtbrüchig; und sie wusste jetzt: Es war ihre alte Kindsfrau, die ihr so oft mild die Wangen gestreichelt und besänftigende Wiegenlieder vorgesungen hatte.

Erschüttert lauschte sie den hoffnungsmüden stockenden Worten, die, fast nicht mehr verständlich, durch die Ritzen des Fensters an ihr Ohr drangen:

»Muttergottes, du gebenedeite unter den Weibern – lass meinen Traum nicht Wirklichkeit werden – nimm das Unheil von Ottokar – und leg seine Sünden auf die meinigen.« – Das Ticken der Uhr verschlang den letzten Teil des Satzes – »Wenn es aber sein muss, und du willst es nicht von ihm wenden, so gib, dass ich mich geirrt habe und die nicht die Schuld trägt, die ich lieb habe.« – Polyxena fühlte die Worte, als bohre sich ihr ein Pfeil ins Herz – »Befreie ihn, Muttergottes, aus der Gewalt derer, die jetzt im Turm sind und Mord planen.« –

»Hör nicht hin, wenn ich dich in meinen Schmerzen immer wieder anflehe, mich sterben zu lassen. –

Erfüll ihm die Sehnsucht, die ihn verzehrt, aber lass seine Hände rein bleiben von Menschenblut; verlösch sein Leben, eh sie mit Mord besudelt sind. Und wenn's dafür eines Opfers bedarf, so verlängere meine Tage in Qualen und verkürze die seinen, damit er die Sünde nicht begehen kann – Und rechne ihm die Schuld nicht zu für das, wonach's ihn zieht. Ich weiß, er sehnt sich danach – nur ihretwegen. – Behalte auch ihr die Schuld nicht; du weißt: Ich hab' sie lieb gehabt vom ersten Tag, als ob sie mein eigenes Kind war, – gib ihr. Muttergottes –«

Polyxena raste davon; sie fühlte instinktiv, dass da noch Worte zum Himmel gesandt werden könnten, die das Bild, das in ihr hing, mitten durchreißen müssten – und sie wehrte sich dagegen wie unter dem Zwang des Selbsterhaltungstriebs. – Das Bild der Ahne in ihr witterte die drohende Gefahr, aus der lebenden Brust zurück in die tote Wand des Elsenwangerschen Zimmers verbannt zu werden. –

In dem mittleren Stockwerk der Daliborka, dem kreisrunden,

furchtbaren Raum, in dem einst die Sachwalter der strafenden Gerechtigkeit ihre Opfer dem Wahnsinn und Hungertod preisgegeben hatten, saß eine Schar von Männern dicht gedrängt auf dem Boden um das Loch herum, durch das vor alters die Leichen der Hingerichteten in den Keller hinabgeworfen worden waren.

In den Mauernischen staken Azetylenfackeln, und ihr blendendes Licht fraß die Farbe aus den Gesichtern und Kleidern der Versammelten – aus jeder Fuge und Unebenheit, sodass alles zerlegt schien in bläulich grellen Schnee und harte, tiefschwarze Schlagschatten. –

Polyxena hatte sich in den finstern oberen Raum geschlichen, den sie von ihren Zusammenkünften mit Ottokar her genau kannte – lag flach auf dem Bauch und beobachtete durch die runde Öffnung im Boden, die die beiden Stockwerke miteinander verband, was unten vor sich ging. – Es schienen ihr zumeist Arbeiter aus Maschinen- oder Munitionsfabriken zu sein, die da zusammengekommen waren – breitschultrige Männer mit harten Gesichtern und ehernen Fäusten – Ottokar, der neben dem russischen Kutscher saß, sah mit seiner schmächtigen Gestalt gegen sie aus wie ein Kind. Wie sie bemerkte, waren sie ihm sämtlich fremd, denn er kannte nicht einmal ihre Namen.

Abseits von der Gruppe, auf einem Steinblock, kauerte, den Kopf tief auf die Brust gesenkt, wie schlafend, der Schauspieler Zrcadlo.

Der Russe musste offenbar – bevor sie gekommen war – eine Rede gehalten haben, denn allerhand Fragen, die darauf hinwiesen, wurden an ihn gestellt. – Auch ein Heft, aus dem er wahrscheinlich einzelne Stellen vorgelesen hatte, wanderte von Hand zu Hand.

»Peter Alexejewitsch Kropotkin«, buchstabierte der links neben ihm sitzende tschechische Lakai das Titelblatt des Heftes, bevor er es ihm zurückgab. »Is das ein russischer General? – No, und werden mir sich dann mit die russischen Truppen gegen die Juden verbünden, bis es soweit is, Pane Sergej –«

Der Russe fuhr hoch: »Mit Soldaten verbünden? Wir? – Wir wollen doch selber die Herren sein! Weg mit den Truppen! Haben jemals Soldaten etwas anderes getan, als auf uns zu schießen? – Wir kämpfen für Freiheit und Gerechtigkeit gegen alle Tyrannei – wir wollen den Staat zertrümmern, die Kirche, den Adel, das Bürgertum; sie haben uns lange genug regiert und zum Narren gehalten. – Wie oft soll ich dir das noch sagen, Vaclav! – Das Blut des Adels muss fließen, der uns täglich demütigt und knechtet: Nicht ein Einziger von ihnen darf übrig bleiben, weder Mann noch Greis, noch Weib noch Kind. –« Er hob seine furchtbaren Hände in die Höhe wie Hämmer – konnte, schäumend vor Wut, nicht mehr weiter sprechen.

»Ja, Blut muss fließen!«, rief der tschechische Lakai rasch überzeugt, »da sind mir sich einig.«

Ein beifälliges Gemurmel erhob sich.

»Halt, da mach' ich nicht mit.« – Ottokar war aufgesprungen, und sofort trat lautlose Stille ein. »Über Wehrlose herfallen? Bin ich ein Bluthund? – Ich protestiere. Ich – –«

»Schweig! Du hast's versprochen, Vondrejc; du hast geschworen!« – schrie der Russe und wollte ihn am Arm packen.

»Nichts hab' ich versprochen, Pane Sergej« – Ottokar stieß erregt die Faust zurück, die nach ihm griff. »Ich hab' geschworen, nichts zu verraten, was ich hier sehen werde, und wenn man mir die Zunge aus dem Halse risse. Und das werde ich halten. – Ich hab' euch die Daliborka aufgesperrt, damit wir hier zusammenkommen können und beraten, was geschehen soll; du hast mich angelogen, Sergej; du hast gesagt, wir wollten – –«, er kam nicht weiter, der russische Kutscher hatte sein Handgelenk erwischt und riss ihn nieder. – Ein kurzes Ringen entstand, wurde aber sofort unterbrochen.

Ein riesiger Arbeiter mit breitem Tigergesicht stand drohend auf und funkelte den Russen an: »Loslassen, Pane Sergej! Hier kann sich jeder reden, wie er will. Verstähn Sie mich? – Ich bin der Gerber Stanislav Havlik. – Gut, es wird sich Blut fließen und muss sich Blut fließen. Es gäht sich nicht mehr anderst. – Aber es gibt sich Menschen, die was kein Blut nicht sehen können. Und er is sich bloß ein Musikant.«

Der Russe wurde blass bis in die Lippen – kaute wütend an seinen Fingernägeln und musterte unter den gesenkten Augenlidern hinweg die Gesichter der anderen, um zu erfahren, wie sie sich zu der Sache stellen würden. –

Zwietracht passte ihm jetzt am allerwenigsten. Es galt, unter allen Umständen die Zügel in der Hand zu behalten. Worauf es ihm einzig und allein ankam, war: sich selbst an die Spitze einer Bewegung zu setzen, gleichgültig, welchen Namen sie tragen würde.

An die Möglichkeit, nihilistische Theorien durchzuführen, hatte er nie im Leben geglaubt, war auch viel zu klug dazu. – Derlei Hirngespinste überließ er Träumern und Narren.

Aber mit nihilistischen Schlagworten eine törichte Menge aufzupeitschen, um dann aus dem Wirrwarr der Folgen irgendeine Machtstellung für sich herauszufischen – einmal im Wagen zu sitzen, statt immer nur auf dem Bock –, das, erkannte er mit richtigem Kutscherblick, war das wahre Rezept aller Anarchistenlehre. Der verborgene Wahlspruch der Nihilisten: ›Geh du weg und lass mich hin‹, war längst auch der seinige geworden.

Er zwang sich zu einem Grinsen und lenkte ein: »Sie haben Recht, Pane Havlik, wir werden schon allein ganze Arbeit machen. – – Was wir alle wollen, ist doch dasselbe!« – Er zog sein Heft wieder aus der Tasche und las vor: »Hier steht: ›Die kommende Revolution wird den Charakter der Allgemeinheit annehmen, ein Umstand, der sie vor allen vorhergehenden Umwälzungen auszeichnen wird. Es wird nicht mehr ein Land allein sein, das vom Sturm ergriffen wird; die gesamten Länder Europas werden hineingezogen werden. – Wie im Jahre 1848, so wird auch heute der Anstoß, der von einem Lande ausgeht, notwendigerweise alle übrigen Länder in Bewegung setzen und den revolutionären Brand in ganz Europa entfachen.‹ – Und dann steht hier« – er blätterte um –: »›– – Sie haben uns die Arbeitsfreiheit versprochen, diese herrschenden Klassen, aber sie haben uns in Fabriksklaven verwandelt (»Sie sind doch gar nicht Fabrikarbeiter, Pane Sergej« – ließ sich eine spöttische Stimme aus dem Hintergrund vernehmen), sie haben uns in Untergebene der ›Herren‹ verwandelt. Sie haben es übernommen, die Industrie zu organisieren, um uns ein menschenwürdiges Dasein zu sichern, aber endlose Krisen und tiefes Elend sind das Resultat; den Frieden haben sie uns versprochen, und zum Krieg ohne Ende haben sie uns geführt. Alle ihre Versprechen haben sie gebrochen.‹« – (»Stimmt. Stimmt aufs Haar? Was?«, rief der tschechische Lakai wichtigtuerisch dazwischen und blickte, den Beifall heischend, der zu seinem Erstaunen ausblieb, mit stieren Augen umher.) –

»Hört jetzt, was seine Durchlaucht Fürst Peter Kropotkin – mein Vater hat seinerzeit die Ehre gehabt, bei ihm Leibkutscher zu sein – weiter schreibt: ›Der Staat ist der Beschützer der Ausbeutung und der Spekulation, er ist der Beschützer des durch Raub und Betrug entstandenen Privateigentums. Der Proletarier, dessen einziges Gut die Kraft und Geschicklichkeit seiner Hände ist‹« – er hob wie zum Beweis seine muskulösen Pranken in die Höhe –, »›hat nichts vom Staate zu erwarten; für ihn ist er nichts weiter als eine Körperschaft, die bestrebt ist, um jeden Preis seine Befreiung zu verhindern.‹ – Und weiter: ›Schreiten die herrschenden Klassen vielleicht vorwärts im praktischen Leben? Weit entfernt davon: In wahnsinniger Verblendung schwenken sie die Fetzen ihrer Fahnen, verteidigen sie den egoistischen Individualismus, den Wettkampf Mann gegen Mann, Nation gegen Nation (»Auf gegen die Juden!«, hetzte die Stimme im Hintergrund): die Allmacht des Zentralistischen Staates.‹ – Und hört weiter: ›Sie schreiten vom Protektionismus zum freien Austausch und vom freien Austausch zum Protektionismus, sie gehen von der Reaktion zum Liberalismus und vom Liberalismus zur Reaktion, vom Muckertum zum Atheismus und vom Atheismus zum Muckertum. (»Muk, Muk«, spöttelte es wieder aus dem Hintergrund, und einige lachten.) Immer furchtsam, den Blick nach der

Vergangenheit gerichtet, tritt ihre Unfähigkeit, nur das geringste dauerhafte Werk zu schaffen, mehr und mehr zu tage.‹ – Und hört weiter: ›Wer dem ›Staate‹ das Wort redet, muss auch den Krieg gutheißen. Der Staat ist und muss bestrebt sein, seine Macht fortwährend zu vergrößern; er muss bestrebt sein, die benachbarten Staaten an Stärke zu übertreffen, wenn er nicht ein Spielzeug in ihren Händen sein will. – Deshalb ist der Krieg für die Staaten Europas stets unentbehrlich. Aber: Noch ein oder zwei Kriege werden der baufälligen Staatsmaschine den Gnadenstoß geben.‹«

»Alles recht schön und gut«, unterbrach ein alter Handwerker ungeduldig, »aber was soll jetzt geschehen?«

»Du hörst doch: Die Juden totschlagen und den Adel! Iberhaupt alles, was sich patzig macht«, belehrte ihn der tschechische Lakai. »Wir missen ihnen zeigen, wer die wirklichen Herren im Lande sin.«

Der Russe schüttelte verbissen und ratlos den Kopf, dann wandte er sich, wie Hilfe suchend, an den Schauspieler Zrcadlo, der aber immer noch, ohne an dem Streit teilzunehmen, auf seinem Stein sitzend, vor sich hindämmerte. Noch einmal raffte er sich zu einer Rede auf: »Was jetzt geschehen soll, fragt ihr mich? – Ich möchte euch fragen: Was muss geschehen? – Die Truppen sind im Feld. Es gibt nur noch Weiber und Kinder zu Haus und – uns! – Worauf warten wir?«

»Es gibt aber noch Eisenbahnen und Telegrafen«, wendete der Gerber Havlik gelassen ein. »Wenn wir morgen losschlagen, sind sich iebermorgen die Maschinengewähre in Prag. Und dann? – No servus.«

»Nun, dann – werden wir zu sterben wissen«, schrie der Russe, »wenn's so weit kommt, was ich nicht glaube« – er schlug mit der flachen Hand auf sein Heft – »Wer zagt, wenn es das Heil der Menschheit gilt? Die Freiheiten geben sich nicht von selbst, man muss sie sich nehmen!«

»Panove – meine Herren! Ruhe und kaltes Blut, ich bitt schän« – mit einer weit ausholenden pathetischen Geste ergriff der tschechische Lakai das Wort: »Panove! Ein alter diplomatischer Satz ise sich der folgende: Zuerscht Geld, dann noch amol Geld und dann erseht recht Geld! – Ich frage: Hat der Pan Kropotkin« – er machte mit den Fingern die Bewegung des Münzenzählens –, »hat der Kropotkin Penize? – Hat er – Geld?«

»Er ist tot«, murrte der Russe.

»Tot? – No – ja – dann?«, der Lakai machte ein langes Gesicht. »Dann ise sich doch alles Reden umesunst.«

»Geld werden wir haben wie Mist!«, rief der Russe. »Ist denn nicht die silberne Statue des heiligen Nepomuk im Dom dreitausend Pfund schwer? Liegen nicht im Kapuzinerkloster Millionen Perlen und Diamanten? Sind vielleicht nicht im Palais der Zahradka die uralte Herrscherkrone und ein Schatz vergraben?«

»Damit kann man kein Brot nicht kaufen«, ertönte die Stimme des Gerbers Havlik. »Wie das zu Geld machen?«

»Lächerlich«, frohlockte der Lakai, der sofort wieder Mut gefasst hatte, »wozu is denn das städtische Versatzamt da!«

Ein Stimmengewirr – für und wider – brach los; jeder wollte seine Meinung anbringen, nur die Arbeiter blieben ruhig.

Als der Lärm sich gelegt hatte, stand einer von ihnen auf und sagte ernst: »Was hier geschwätzt wird, geht uns nichts an. Das sind Menschenreden. – Wir wollen hören, was Gott zu uns spricht« – er deutete auf Zrcadlo – –, »aus seinem Munde soll Gott zu uns sprechen! – Unsere Vorväter waren Hussiten und haben nicht gefragt: ›Warum‹, wenn's geheißen hat: in den Tod stürmen. Wir werden's auch können. – Wir wissen nur das eine: So geht's nicht weiter. – Sprengstoff ist da. Genug, um den ganzen Hradschin in die Luft fliegen zu lassen. – Wir haben's beiseite geschafft, Pfund für Pfund und versteckt. – Soll er reden, was geschehen soll!«

Totenstille trat ein, und alles blickte gespannt auf Zrcadlo. In höchster Aufregung beugte sich Polyxena über das Loch in der Decke.

Sie sah, dass der Schauspieler taumelnd aufstand, aber er brachte kein Wort hervor – zog nur, abwärts streichend, an seiner Oberlippe; dann bemerkte sie, dass der Russe die Hände verkrampfte, als strenge er sich aus voller Macht an, den Mondsüchtigen durch seinen Willen zu beeinflussen.

Das Wort ›Aweysha‹ fiel ihr ein, und sofort erriet sie, was der Russe – vielleicht unklar für ihn selbst – bezweckte: Er wollte den Schauspieler als Werkzeug verwenden.

Und es schien ihm auch glücken zu wollen: Zrcadlo bewegte bereits die Lippen,

›Nein, das darf nicht geschehen!‹ – Sie hatte nicht die leiseste Vorstellung, was sie tun müsste, um den Somnambulen nach ihrem Willen zu lenken, sie wiederholte nur immer und immer wieder den Satz: ›Das darf nicht geschehen!‹ –

Die nihilistischen Theorien des Russen hatten ihr Verständnis nur gestreift – bloß das eine war haften geblieben:

Der Pöbel wollte die Herrschaft über den Adel an sich reißen! –

Das Blut ihrer Rasse bäumte sich gegen einen solchen Gedanken. –

Mit richtigem Instinkt begriff sie, was das treibende Gift in diesen Lehren war: die Gier des ›Knechtes‹, sich zum ›Herrn‹ aufzuschwingen. – Dass die Schöpfer dieser Ideen, Kropotkin oder Tolstoj, den sie mit dazu zählte, und Michael Bakunin unschuldig darin waren, wusste sie nicht, aber sie hatte ihre Namen von je aus tiefster Seele gehasst. –

– ›Nein, nein, nein – ich, ich, ich will nicht, dass es geschieht!‹, knirschte sie in sich hinein.

Zrcadlo schwankte hin und her, als stritten zwei gegensätzliche Kräfte, die sich die Waage hielten, miteinander um die Oberherrschaft, bis eine dritte, unsichtbare Macht den Wettkampf für sich entschied; aber als er endlich die ersten Worte hervorstieß, klangen sie unsicher.

Voll Triumph fühlte Polyxena, dass sie abermals, wenn auch noch nicht vollends, den Sieg über den russischen Kutscher davongetragen hatte. – Was auch immer der Somnambule jetzt sprechen würde – sie wusste: – Es konnte unmöglich im Sinne ihres Gegners sein.

Der Schauspieler stieg, mit einemmal ruhig und sicher geworden, auf seinen Stein wie auf eine Rednerbühne.

Allgemeine Stille trat ein.

»Brüder! Ihr wollt, dass Gott zu euch spricht? – Jegliches Menschen Mund wird zum Munde Gottes, wenn ihr glaubt, dass es Gottes Mund ist.

Der Glaube macht es allein, dass sich des Menschen Mund in Gottes Mund verwandelt. Jedes Ding wird Gott, sobald ihr glaubt, dass es Gott ist!

Und wenn irgendwo Gottes Mund zu euch spräche und ihr glaubtet, dass es Menschenmund sei: – so ist auch schon Gottes Mund zum Menschenmund erniedrigt. Warum glaubt ihr nicht, dass euer eigener Mund Gottes Mund sein kann? Warum sagt ihr nicht zu euch selber: ›Ich bin Gott, ich bin Gott, ich bin Gott?‹

Wenn ihr es sagtet und glaubtet, so hatte euch der Glaube geholfen in der selbigen Stunde.

So aber wollt ihr, dass Gottes Stimme dort spricht, wo kein Mund ist – dass seine Hand eingreift, wo kein Arm ist. – In jedem Arm, der euern Willen hemmt, seht ihr:

Menschenarm – in jedem Mund, der euch widerspricht:

Menschenmund. In eurem eigenen Arm seht ihr nur:

Menschenarm – in eurem eigenen Mund: nur Menschenmund, nicht Gottes Arm und nicht Gottes Mund! Wie soll Gott sich euch denn offenbaren, wenn ihr nicht an ihn glaubt, und: dass er überall ist?

Viele sind unter euch, die da glauben, Gott verhänge das Schicksal, und zur gleichen Zeit glauben sie, sie könnten Herr über ihr Schicksal werden. – Also glaubt ihr, ihr könntet Herr über Gott werden und dennoch Menschen bleiben?

Ja, ihr könnt Herr über das Schicksal werden, aber nur wenn ihr wisst, dass ihr Gott seid; denn nur Gott kann Herr über das Schicksal sein.

Wenn ihr glaubet, dass ihr nur Menschen seid und von Gott getrennt und von Gott geschieden und ein anderes als Gott, so bleibet ihr unverwandelt, und das Schicksal steht über euch.

Ihr fragt: Warum hat Gott den Krieg entstehen lassen? – Fragt euch selbst: Warum habt ihr ihn entstehen lassen? Seid ihr denn nicht Gott?

Ihr fragt: Warum enthüllt uns Gott nicht die Zukunft? – Fragt euch selbst: Warum glaubt ihr nicht, dass ihr Gott seid? Dann wüsstet ihr um die Zukunft, denn ihr schaffet sie euch selbst – jeder *den* Teil, der ihm obliegt, und aus dem Teil, den er selbst schüfe, könnte jeder das Ganze erkennen und vorher wissen.

So aber bleibet ihr Sklaven des Schicksals; und das Schicksal rollt wie ein fallender Stein, und der Stein seid ihr: ein Stein aus Sandkörnern, gefügt und gekittet, und ihr rollet mit ihm und fallet mit ihm. Und wie er rollt und wie er fällt, so ändert er seine Form in immer neue und neue Formen, gemäß den unwandelbaren Gesetzen der ewigen Natur.

Auf die Sandkörner, die seinen Leib bilden, hat der Stein nicht Acht. Wie könnte er denn? – Alles, was aus Erde besteht, kümmert sich nur um den eigenen Leib.

Bisher war der große Menschheitsstein ein lockerer Stein, aus Sandkörnern verschiedener Farbe wirr durcheinander gemengt; jetzt erst nimmt er die Form an, die jedes einzelne Sandkorn im Kleinen hat: Er wird die Form eines einzigen, riesigen Menschen. –

Jetzt erst geschieht die Erschaffung des Menschen aus Hauch und – Lehm. Und die, die ›Kopf‹ sind, nüchterner, denkender, die werden zusammen *sein* Kopf sein; und die, die ›Gefühl‹ sind, weiches, ertastendes, schauliches, beschauliches – die werden sein Gefühl sein!

So werden die Völker beisammenstehen, nach Art und Artung eines jeglichen und nicht nach Wohnsitz, Abstammung oder Sprache.

Hättet ihr von Anbeginn daran geglaubt, dass ihr Gott seid – so wär's im Anbeginn so geworden; so aber habt ihr warten müssen, bis das Schicksal Hammer und Meißel – Krieg und Elend – zur Hand nahm, um den widerspenstigen Stein zu behauen.

Ihr hofft, dass aus dem Munde dessen, den ihr Zrcadlo – den ›Spiegel‹ – nennt, Gott zu euch sprechen wird? – Hättet ihr den Glauben gehabt, dass er Gott ist und nicht nur sein Spiegel, so hätte euch Gott die volle Wahrheit gesagt über das, was da kommen wird.

So aber kann nur ein Spiegel zu euch reden und euch einen winzigen Teil der Wahrheit enthüllen. –

Ihr werdet es hören und dennoch nicht wissen, was ihr tun sollt. – Wisst ihr doch nicht einmal jetzt, dass ihr den wertvollsten Teil der Geheimnisse, die ein Mensch ertragen darf, solang er noch sterblich ist, in wenigen Worten bereits empfangen habet!

Ein Linsengericht werdet ihr bekommen, so ihr nicht nach mehr begehret –«

»Wie geht der Krieg aus? Wer gewinnt?«, – platzte der tschechische Lakai mitten in die prophetische Rede hinein. – »Die Deitschen, Pane Zrcadlo? – Was ist das Ende?«

»Das – das Ende?« – Der Schauspieler kehrte ihm langsam und verständnislos das Gesicht zu; seine Züge wurden schlaff, und in den Augen erlosch das Leben; »Das Ende? – Der Brand von London und der Aufstand in Indien, das – das ist der Anfang – vom Ende.«

Die Leute umdrängten den Besessenen und bestürmten ihn mit Fragen, aber er gab keine Antwort mehr – glich einem Automaten ohne jede Empfindung.

Der russische Kutscher stierte mit verglasten Augen vor sich hin – die Zügel, mit denen er die Aufrührer zu lenken gehofft hatte, waren seinen Händen entfallen.

Sein Spiel war verloren. – Wo der Sektiererwahnsinn losbrach, gab's für ihn, den Machtbegierigen, keine führende Rolle mehr. Ein unfassbares Gespenst hatte ihn vom Bock herabgestürzt und lenkte den Wagen.

Polyxena richtete, um ihre Sehkraft wiederzugewinnen, den Blick auf das dunkel gähnende Loch, um das die Menge herumgesessen war: Die ganze Zeit über hatte der Schauspieler dicht unter einer der Acetylenfackeln gestanden. –

Das grelle, schneidende Licht hatte sie fast blind gemacht.

Immer wieder tauchte der Reflex der Flamme, der sie auf der Netzhaut brannte, aus dem schwarzen Hintergrund empor.

Andere Bilder gesellten sich hinzu, schemenhafte Gesichter drängten aus der Tiefe da unten, dem äußeren Sinne erkennbar geworden infolge der Ermüdung der Augennerven. Die Ausgeburten einer seelischen Walpurgisnacht rückten heran.

Polyxena fühlte, dass jede Faser in ihr zuckte und bebte in einer neuen fremdartigen Erregung.

Die Worte des Schauspielers hallten in ihr nach – hatten irgendetwas geweckt, was ihr bis dahin vollkommen unbekannt gewesen war.

Auch die Männer musste es wie fanatischer Taumel ergriffen haben; sie sah, dass ihre Mienen verzerrt waren und sie wild durcheinander gestikulierten – hörte ihre Schreie:

»Gott hat zu uns gesprochen –« – »›Ich bin Gott‹, hat er gesagt.«

Ottokar lehnte an der Wand, sprachlos, Lippen und Gesicht bleich, die flackernden Augen unverwandt auf den wie aus Stein gehauen dastehenden Schauspieler gerichtet. Sie blickte wieder auf die gähnende, dunkle Öffnung und fuhr zusammen: Stiegen da nicht Gestalten herauf, in Kleider aus Nebel gehüllt, gespenstische Wirklichkeit und nicht mehr Reflexe: Ottokar, noch einmal – sein Ebenbild als Schatten der Vergangenheit, ein Szepter in der Hand! –

Dann ein Mann mit einem rostigen Helm und einer schwarzen Binde über den Augen, wie Jan Zizka, der Hussit – – und ihre Urahne, die Gräfin Polyxena Lambua, die hier im Turm wahnsinnig geworden war, in grauem Kerkergewand; – und alle mischten sich unter die Aufrührer, ohne von ihnen gesehen zu werden.

Und das Ebenbild Ottokars verschmolz mit dem Lebendigen, der Mann mit dem Helm trat hinter den Schauspieler und verschwand; – statt seiner schwarzen Binde fiel plötzlich ein Schlagschatten über Zrcadlos Gesicht, und der rostige Helm war in wirres Haupthaar verwandelt. Der Schemen der toten Gräfin huschte neben den Russen und umschloss mit den Händen würgend seinen Hals.

Er schien es zu spüren, denn er rang angstvoll nach Atem. Ihre Gestalt löste sich allmählich auf unter dem sengenden Schein der Acetylenfackeln, aber die weißen Finger blieben unsichtbar.

Polyxena begriff, was ihr die Bilder in stummer Sprache sagen wollten: – Sie richtete ihre ganze Willenskraft auf Zrcadlo und dachte daran, was ihr der Tatar über das ›Aweysha‹ erzählt hatte.

Fast im selben Augenblick kam Leben in den Schauspieler; sie hörte das Zischen, wie er die Luft heftig durch die Nasenlöcher in sich riss. Die Männer prallten zurück, als sie ihn so verwandelt sahen.

Der Gerber Havlik deutete mit steifem Arm auf die Schattenbinde und schrie: »Jan Zizka! Jan Zizka von Trocnov!«

»Jan Zizka von Trocnov«, lief es in scheuem Geflüster von Mund zu Mund.

»Jan Zizka von Trocnov«, kreischte der tschechische Lakai und bedeckte sein Gesicht mit beiden Händen: »Die ›böhmische Liesel‹ hat gesagt, dass er kommen wird!«

»Die ›böhmische Liesel‹ hat's prophezeit!«, kam es wie ein Echo aus dem Hintergrund.

Zrcadlo streckte suchend die linke Hand aus, als kniee vor ihm ein unsichtbarer Mensch, nach dessen Haupt er fassen wollte.

In seinen Augen lag der Ausdruck der Blindheit.

»Kde maš svou pleš« – hörte ihn Polyxena murmeln – »Mönch, wo hast du deine Tonsur?«

Dann hob er langsam, Zoll für Zoll, die Faust und ließ sie plötzlich, wie auf einen Amboss, schmetternd niederfallen.

Ein Ruck des Entsetzens fuhr durch die Menge, als habe er in Wirklichkeit, wie Zizka zur Zeit der Taboriten, einem Pfaffen den Schädel zertrümmert.

Polyxena glaubte den Schemen eines Mannes in grauer Kutte niederstürzen zu sehen. – Die Historien aus den Hussitenkriegen, die sie in ihren Kinderjahren heimlich gelesen, traten vor ihren Blick: – auf weißem Pferd der schwarze Zizka in eiserner Rüstung vor seinen Kämpferscharen, blitzende Sensen und stachlige Morgensterne; zerstampfte Felder, brennende Dörfer, geplünderte Klöster. –

Sie sah im Geiste die blutige Schlacht gegen die ›Adamiten‹, die – Männer und Weiber nackt –, angeführt von dem rasenden Borek Klatovsky, nur mit Messern und Steinen in den Händen sich auf die Hussiten stürzten, sich in ihre Kehlen verbissen, bis man sie niederschlug wie tolle Hunde und die letzten vierzig umzingelte und auf Scheiterhaufen lebendig briet – sie hörte das Kriegsgetümmel in den Straßen Prags, die mit Ketten versperrt waren, um den Ansturm der wahnwitzigen Taboriten aufzuhalten – hörte die Schreckensrufe der fliehenden Besatzung auf dem Hradschin, das prasselnde Einschlagen der steinernen Kanonenkugeln, das Klirren der Streitkolben und Klingen der Äxte, das Sausen der Schleudern. –

Sie sah, wie der Fluch der sterbenden Adamiten: ›Der einäugige Zizka solle erblinden‹, an ihm in Erfüllung ging, sah den Pfeil schwirren, der ihn in das noch sehende Auge traf – sah ihn, gestützt links und rechts von seinen Hauptleuten, auf einem Hügel in die Nacht seiner Blindheit hineinstarren, während unten zu seinen Füßen im Sonnenschein die Schlacht tobte – hörte ihn Befehle geben, die die Scharen seiner Feinde niedermähten wie Sicheln das Getreide – sah den Tod von seiner vorgestreckten Hand ausgehen wie einen schwarzen Blitz. – Und dann – und dann, das Furchtbarste von allem: Zizka, an der Pest gestorben und dennoch – dennoch – lebendig! Seine Haut auf eine Trommel gespannt! Ihr schepperndes, grauenhaftes Bellen jagt alle in die Flucht, die es hören.

Jan Zizka von Trocnov, der Blinde und Gehäutete, reitet – ein Gespenst auf verwestem Pferd – unsichtbar seinen Horden voran und führt sie von Sieg zu Sieg! – Das Haar sträubte sich ihr bei dem Gedanken, dass der Geist Zizkas auferstanden und in den Körper des besessenen Schauspielers gefahren sein könne.

Wie ein Sturmwind brachen die Worte Zrcadlos aus seinem Munde hervor, bald schrill und gebieterisch – dann wieder heiser, aufpeitschend, in kurzen, abgebrochenen Sätzen hintereinander herjagend und die Wurzeln der Besinnung aus jedem Hirn reißend.

Schon der Klang der einzelnen Silben betäubte wie mit Keulenschlägen. – Was sie bedeuten? Sie konnte es nicht erfassen, so laut rauschte ihr vor Aufregung das Blut in den Ohren – sie erriet nur, was er sagte, an dem wilden Feuer in den Augen der Männer, an den geballten Fäusten, an den sich duckenden Köpfen, wenn die Rede nach geflüsterten Pausen von Zeit zu Zeit losbrach wie ein Orkan und über die Herzen hinfegte. –

Immer noch sah sie die drosselnden Finger ihrer Ahne um den Hals des russischen Kutschers gelegt.

›Die Bilder meiner Seele sind zu Gespenstern geworden und tun dort unten ihr Werk‹, fühlte sie, und es kam wie schnelle Erkenntnis über sie, dass sie losgelöst von ihnen sei und für eine Weile ein eigenes Selbst sein könne.

Ottokars Gesicht schaute zur Decke auf, als fühle er mit einem Mal ihre Nähe – seine Augen blickten fest in die ihren.

Der Ausdruck des Traumes und der Abgezogenheit lag darin, den sie so gut an ihm kannte.

›Er sieht und hört nichts‹, wusste sie, ›die Worte des Besessenen sind nicht für ihn bestimmt; das Gebet der Stimme im Lindenhof geht in Erfüllung: ›Muttergottes, Gebenedeite, erhöre die Sehnsucht, die ihn verzehrt, aber lass seine Hände rein bleiben von Menschenblut.‹ – Wie ein brausendes Lied aus Orgelklängen hüllte es sie plötzlich ein: das Gefühl einer unermesslichen Liebe zu Ottokar, wie sie nie für möglich gehalten, dass sie je ein Menschenherz empfinden könnte. –

Als sei der dunkle Vorhang der Zukunft für einen Augenblick entzweigerissen, sah sie Ottokar dastehen: ein Zepter in der Hand, – – der Schemen, der sich mit ihm verschmolzen hatte, wurde Fleisch und Wirklichkeit für sie – auf dem Haupt eine Herrscherkrone. Jetzt verstand sie, welche Sehnsucht Ottokar verzehrte – ihretwegen!

›Meine Liebe ist nur ein schwacher Widerschein der seinen‹ – sie kam sich vor wie zerschmettert, konnte nicht mehr denken.

Wie fernes Murmeln pochte die Rede Zrcadlos an ihr Bewusstsein: Er sprach von Böhmens versunkener Pracht und von dem Glanz einer neuen kommenden Herrlichkeit. – Und jetzt: – – »König!« – hatte er nicht ›König‹ gesagt?

Sie sah, dass Ottokar zusammenzuckte und unverwandt zu ihr emporstarrte, als erkenne er sie plötzlich – fahl im Gesicht wurde, sich ans Herz griff und mit dem Umsinken kämpfte.

Dann zerriss ein ohrenbetäubendes Getöse die Luft und verschlang die letzten Worte des Schauspielers.

»Jan Zizka! – Jan Zizka von Trocnov wird unser Führer sein!«

Zrcadlo deutete auf Ottokar und brüllte ein Wort in die aufgeregte Menge.

Sie verstand es nicht – sah nur, dass ihr Geliebter ohnmächtig niederstürzte – hörte ihren eigenen gellenden Schrei: »Ottokar! Ottokar!«

Ein Heer von weißen Augen war plötzlich zu ihr emporgekehrt. Sie fuhr zurück.

Sprang auf. Prallte mit jemand zusammen, der da in der Dunkelheit gestanden haben musste.

›Es ist der Bucklige von der Schlossstiege‹, schoss es ihr durch den Kopf, dann riss sie die Türe des Turmes auf und stürmte über den Lindenhof in ein Nebelmeer hinein.

7

Abschied

Mit Riesenschritten nahte der Zeitpunkt heran, der alljährlich ein Ereignis ersten Grades im Leben des Herrn kaiserlichen Leibarztes bedeutete: der 1. Juni! Die Reise nach Karlsbad!

Jeden Morgen bei Sonnenaufgang umkreiste der rot bewestete Kutscher die königliche Burg, ›bis das Fenster klang‹ und er der Haushälterin allerlei für den gnädigen Herrn bestimmte frohe Botschaften hinaufrufen konnte: das neue Riemzeig sei blank geputzt, die mit Email-Kutschenlacksolventnaphthaersatz gestrichene Reisekutsche glücklich trocken geworden, und Karlitschek habe bereits im Stall gewiehert. –

Der Herr kaiserliche Leibarzt konnte den Tag des Aufbruchs kaum mehr erwarten.

Es gibt keine Stadt der Welt, der man so gern den Rücken kehren möchte, wenn man in ihr wohnt, wie Prag; aber auch keine, nach der man sich so zurücksehnt, kaum, dass man sie verlassen hat.

Auch der Herr kaiserliche Leibarzt war ein Opfer dieser sonderbaren Anziehungs- und Abstoßungskraft, obwohl er eigentlich gar nicht in Prag wohnte, vielmehr – im Gegenteil – auf dem Hradschin.

Die Reisekörbe standen bereits gepackt im Zimmer umher. Der Herr kaiserliche Leibarzt hatte in der verflossenen Nacht einen Tobsuchtsanfall bekommen, sämtliche junge und alte ›böhmische Liesels‹, Zrcadlos, Mandschus und ›Grüne Frösche‹ zum Teufel gejagt – kurz: einen Energiesturm aus seiner Brust heraufbeschworen, der ihn befähigte, in weniger als einer Stunde alles, was sich in Schränken und Kommoden für den Karlsbader Aufenthalt Geeignetes vorfand, in die Schlünde der Felleisen und Ledertaschen hineinzustopfen – etwa wie ein wirklicher Pinguin Fische in die Schnäbel seiner

Jungen – und schließlich die dick geschwollenen Koffer, denen die Rockschöße, Halsbinden und Unterhosen nur so zum Maul heraushingen, so lange zu behüpfen und beflattern, bis ihr Widerstand endgültig gebrochen war und die Riegel seufzend ins Schloss knipsten.

Nur ein Paar Pantoffeln mit eingestickten Tigerköpfen und Vergissmeinnichtkränzen aus Glasperlen sowie ein Nachthemd hatte er zurückbehalten und beides vor Ausbruch seiner Raserei sorgfältig mit Bindfaden am Kronleuchter befestigt, damit sie sich nicht vor seinem blinden Wüten verkröchen und dann wochenlang unauffindbar seien. –

Erstere trug er jetzt an den Füßen, in letzteres – eine Art bis auf die Knöchel herabwallendes Bußgewand mit goldenen Knöpfen und hinten einer Kämmererspange, um, zu Sitzbadezwecken, ein Hochstecken der hinderlich langen Schlippen bewerkstelligen zu können – hatte er seinen hageren Leib gehüllt.

In diesem Aufzug durchmaß er ungeduldigen Schrittes sein Zimmer.

So glaubte er wenigstens.

In Wirklichkeit lag er im Bett und schlief – zwar den unruhigen Schlaf des Gerechten vor der Abreise, aber immerhin: Er schlief und träumte.

Das Träumen war eine lästige Begleiterscheinung des Karlsbader Unternehmens – er kannte das –; jedes Mal im Mai pflegte es sich einzustellen; und gar in diesem Mai hatte es geradezu unerträgliche Formen angenommen. In früheren Jahren hatte er hartnäckig alles, was ihm in solchen Fällen träumte, tagebücherlich vermerkt – im Wahn, es zu bannen, bis er dahinter kam, dass es dadurch nur schlimmer wurde.

So war ihm schließlich nichts anderes übrig geblieben, als sich mit der unleidlichen Tatsache abzufinden und auf die übrigen elf Monate zu hoffen, in denen ihm erfahrungsgemäß tiefer bewusstloser Schlummer gewiss war. – Beim Hinundherwandern blieb sein Blick zufällig auf dem

Abreißkalender über dem Bett haften, und verblüfft las er, dass dort immer noch der 30. April, das niederträchtige Datum der Walpurgisnacht, hing.

»Das ist ja grässlich«, murmelte er, »vier volle Wochen noch bis zum 1. Juni? Und die Koffer schon gepackt! Was soll ich jetzt nur anziehen? Ich kann doch nicht im Hemd zum ›Schnell‹ frühstücken gehen!« – Der Gedanke, alles wieder aufsperren zu müssen, war ihm entsetzlich. Er malte sich aus, wie die zum Platzen vollen Reisetaschen sogleich die ganze Garderobe ausspeien müssten – womöglich rülpsend und ächzend, als hätten sie Brechweinstein gefressen. Im Geiste sah er bereits zahllose Krawatten jeglicher Gattung sich auf ihn zuschlängeln wie Nattern; der Stiefelzieher wollte ihn, aus Wut, so lange eingesperrt gewesen zu sein, mit Krebsscheren in die Ferse beißen – und gar ein rosa Strickgeflecht – ähnlich einem Kinderhäubchen, nur mit weißen weichen Glacélederriemen statt Bändern – es war die höchste Unverschämtheit, dass sich ein toter Gebrauchsgegenstand so etwas erlauben durfte! – ›Nein‹, beschloss er im Traum, ›die Koffer bleiben zu!‹

In der Hoffnung, doch vielleicht falsch gelesen zu haben, setzte der Herr kaiserliche Leibarzt seine Brille auf und wollte den Kalender nochmals nachprüfen, da wurde das Zimmer plötzlich eiskalt, und die Gläser beschlugen sich im Nu mit Wasserdampf.

Als er sie abnahm, stand ein Mann vor ihm, nackt, nur ein Schurzfell um die Lenden, dunkelhäutig, hoch gewachsen, unnatürlich schmal und eine schwarze Mitra, aus der goldene Funken herausleuchteten, auf dem Haupt.

Der Herr kaiserliche Leibarzt wusste sofort, dass es der Luzifer war – wunderte sich aber nicht im Geringsten, denn es wurde ihm gleichzeitig klar, dass er tief innerlich eine solche Erscheinung längst erwartet hatte.

»Du bist der Mann, der alle Wünsche in Erfüllung gehen lassen kann?«, fragte er und verbeugte sich unwillkürlich. »Kannst du auch –?«

»Ja, ich bin der Gott, in dessen Hände die Menschen ihre Wünsche legen«, fiel ihm das Fantom in die Rede und deutete auf das Lendentuch; »ich bin der einzig Gegürtete unter den Göttern; die andern sind geschlechtslos.

Nur *ich* kann Wünsche verstehen; wer in Wahrheit geschlechtslos ist, der hat für immer vergessen, was Wünsche sind. Die unerkennbare, tiefste Wurzel jedes Wunsches ruht stets im Geschlecht, wenn auch die Blüte – der wache Wunsch – scheinbar nichts mit Geschlechtlichkeit zu tun hat. –

Der einzige Erbarmer unter den Göttern bin ich. – Es gibt keinen Wunsch, den ich nicht auf der Stelle hörte und erfüllte.

Aber nur die Wünsche der Seelen höre ich und bringe sie dem Lichte. Darum heißt ich: luci – fero.

Für die Wünsche, die aus dem Munde der wandelnden Leichname kommen, ist mein Ohr taub. – Deshalb entsetzen sich diese ›Toten‹ vor mir.

Ich zerfleische die Leiber der Menschen erbarmungslos, wenn ihre *Seele* es wünscht – wie ein erbarmungsreicher Chirurg, erbarmungslos aus höherem Wissen, brandige Glieder erkennt und entfernt, so auch ich.

Manches Menschen *Mund* schreit nach dem Tod, indes seine Seele nach Leben schreit – dem zwing' ich das Leben auf. Viele lechzen nach Reichtum, aber ihre Seele sehnt sich nach Armut, um durch das – Nadelöhr einzugehen –, die mach' ich zu Bettlern auf Erden.

Deine Seele und die deiner Väter haben sich nach Schlaf im irdischen Dasein gesehnt: Drum hab' ich euch zu Leibärzten gemacht – hab' eure Leiber in eine steinerne Stadt gesetzt und euch mit Menschen aus Stein umgeben.

Flugbeil, Flugbeil, ich weiß, was du willst! – Du sehnst dich, wieder jung zu sein! – Aber du zweifelst an meiner Macht und meinst, ich könnte die Vergangenheit nicht mehr zurückbringen, und wirst mutlos und möchtest lieber wieder schlafen gehen. – Nein, Flugbeil, ich lasse dich nicht! – Denn auch deine Seele fleht: Sie will jung sein.

Darum werde ich euer *beider* Wunsch erfüllen.

Ewige Jugend ist ewige Zukunft, und in dem Reich der Ewigkeit wacht auch die Vergangenheit wieder auf als ewige Gegenwart.« –

Der Herr kaiserliche Leibarzt bemerkte, dass die Erscheinung bei den letzten Worten durchsichtig wurde und statt ihrer – da, wo die Brust gewesen war – eine Ziffer immer deutlicher und deutlicher erschien, bis nur mehr das Datum ›30. April‹ übrig blieb.

Um dem Spuk ein für allemal ein Ende zu setzen, wollte er die Hand ausstrecken und den Zettel abreißen, aber es gelang ihm nicht, und er sah ein, dass er wohl noch für eine Zeit die ›Walpurgisnacht‹ mit ihren Gespenstern über sich werde ergehen lassen müssen.

›Ich habe ja eine schöne Reise vor mir‹, tröstete er sich, ›und die Verjüngungskur in Karlsbad wird mir gut tun.‹

Da es ihm nicht glücken wollte, aufzuwachen, blieb ihm nichts anderes übrig, als in festen, traumlosen Schlummer zu versinken.

Punkt 5 Uhr früh pflegte regelmäßig ein scheußlicher schriller Ton, hervorgerufen durch einen elektrischen Straßenbahnwagen, der um diese Zeit unten in Prag beim böhmischen Theater in eine Kurve bog und die Schienen zum Heulen brachte, die Schläfer auf dem Hradschin zu wecken.

Der Herr kaiserliche Leibarzt war so gewöhnt an diese unliebsame Lebensäußerung der verachteten ›Welt‹, dass sie ihn gar nicht mehr störte und er vielmehr anfing, sich unruhig im Bett hin und her zu werfen, als diesen Morgen der Ton befremdlicherweise ausblieb.

›Es muss etwas los sein da unten‹, schob sich eine Art logischer Erwägung durch sein Bewusstsein und zog ein Heer dumpfer Erinnerungen an die letzten Tage hinter sich drein.

Des Öfteren hatte er – gestern noch – durch sein Fernrohr geguckt, und jedes Mal waren die Straßen überfüllt von Menschen gewesen; sogar über die Brücken war das Getümmel gewogt, und das unaufhörliche ›Slava‹–und ›Naszdar-

Geschrei hatte sich in lang gezogenen ›Haahaahaa‹-Rufen bis zu seinem Fenster verirrt. Gegen Abend war dann über dem Hügelrücken im Nordosten Prags das riesige Transparentbild Zizkas, beleuchtet von zahlreichen Fackeln, sichtbar geworden wie ein weißes Spektrum aus der Unterwelt. – Seit Kriegsausbruch zum ersten Mal wieder.

Er hätte der Sache weiter keine Beachtung geschenkt, wenn ihm nicht schon vorher allerlei sonderbare Gerüchte zu Ohren gekommen wären: Zizka habe sich, auferstanden von den Toten, leibhaftig und wirklich (die Haushälterin beschwor es sogar unter allen Zeichen höchster Erregung mit sämtlichen zehn Fingern), da und dort nächtlicherweile in den Gassen gezeigt.

Dass den Prager Fanatikern nie etwas unwahrscheinlich genug dünkt, um es nicht so lange weiterzuerzählen, bis sie es selber glauben und ein Massenauflauf entstanden ist, wusste er aus langer Erfahrung; aber eine derartig hirnverbrannte Idee festen Fuß fassen zu sehen, war ihm denn doch neu.

Kein Wunder daher, dass er im Halbschlaf das Ausbleiben des Trambahngeräusches als Anzeichen ausbrechender Unruhen deutete – überdies mit voller Berechtigung, denn tatsächlich stand Prag wieder einmal im Zeichen des Auflaufs.

Einige Stunden später erschien ihm, mitten ins schönste Dröseln hinein – wie weiland dem Belsazar – eine Hand, nur war es die eines Hausknechts namens Ladislaus, und obendrein schrieb sie nicht (hätte es auch gar nicht können), sondern überreichte ihm vielmehr eine Visitenkarte, darauf zu lesen war:

STEFAN BRABETZ

behördlich concessioniertes Prifad-Organ zur Aufrechterhaltung der öffentlichen Sicherheit sorgfältigste Überwachung des Ehelebens nebst Eruirung discreter Kinder sowie ununterbrochenes Imaugebehaltung säumiger Schuldner,

Wechselesskommt und Häuserverkauf. Jeder verlorene Hund wird unter Garantie der Wiederkenntnis zurückgebracht.

Zahllose Dankschreiben!

»Walpurgisnacht«, murmelte der kaiserliche Leibarzt und glaubte allen Ernstes einen Augenblick, er träume noch.

»Was will der Mensch?«, fragte er laut.

»Das weiß ich nicht«, war die lakonische Antwort.

»Wie sieht er denn aus?«

»Jeden Tag anderscht, bitt schän.«

»Was soll das heißen?« –

»No, der Stefan Brabetz ziecht sich doch alle finf Minuten um. Weil er nicht will, dass man weiß, dass er's ist.« Der Herr kaiserliche Leibarzt dachte eine Weile nach. – »Gut, er soll hereinkommen.«

Somit ließ sich ein heftiges Räuspern auf der Türschwelle vernehmen, und an dem entschwindenden Hausknecht vorbei huschte auf lautlosen Gummisohlen ein Mann ins Zimmer, mit beiden Augen schielend, eine aufgeklebte Warze auf der Nase, die Brust voller Blechorden, unter dem verbindlich gekrümmten Arm eine Aktentasche nebst Strohhut, und ließ einen Schwall serviler Phrasen los, der mit den Worten schloss:

»Womit ich Euer Exlenz gnä' Herrn kaiserlich-königlichen Leibarzt meine alleruntertänigste Aufwartung zu machen gestatte.«

»Was wünschen Sie?«, fragte der Pinguin scharf und machte unter der Bettdecke eine unwirsche Flatterbewegung.

Der Spitzel wollte wieder zu säuseln beginnen, wurde aber jäh unterbrochen: »Was Sie wünschen, will ich wissen!«

»Es – bitt schän, Pardon –, es handelt sich nämlich um das gnädigste Fräulein Komtesse. – Natierlich, bitt schän, Exlenz, eine sehr eine hochansehnliche junge Dame. Nicht, dass ich auf sie sag! Gotteswillen!«

»Was für eine Komtesse?«, fragte der Leibarzt erstaunt.

»No – – Exlenz werden schon wissen.«

Flugbeil schwieg; er scheute sich aus Taktgefühl, weiter nach dem Namen zu forschen. »Hm. – Nein. Ich kenne keine Komtessen.«

»Alsdann – bitte: nicht, Exlenz.«

»Ja. Hm. – Übrigens: Was habe *ich* damit zu tun?«

Der Detektiv ließ sich schwalbenhaft und ehrerbietig auf die Sesselkante nieder, drehte seinen Hut, schielte süßlich lächelnd zur Decke empor und wurde dann plötzlich beredt: »Tschuldigen schon, Exlenz, aber ich hab' ich mir gedenkt, die Freilein Komtesse is nämlich eine wunderschäne junge Dame mit noch zarten Formen, wie man so sagt. No und so und ieberhaupt. — No, und da hab' ich mir gedenkt, es ise sich doch jammerschad, dass sich eine vornehme Dame, und noch dazu in jungen Jahren, wo sie's doch noch nicht nätig hat, an einen elendigen Lumpen wie den Vondrejc wegschmeißt, der was keinen Heller nicht in der Tasche hat. Und so. – No und gar, wo Exlenz gnä' kaiserlich-känigliche Leibharz im Haus ein- und ausgehen. – Und es im Haus doch viel bequemer war. –

Ibrigens, wenn es zu Hause nicht passt, wisst ich ein anderes Haus, wo ein jeds Zimmerl einen extern Ausgang hat. Und so.«

»Interessiert mich nicht. Schweigen Sie!« – fuhr der Pinguin auf, senkte aber noch im selben Atem versöhnlich die Stimme, denn er hätte gern gewusst, was weiter kommen werde. – »Ich habe keine Verwendung für – für den Artikel.«

»Alsdann; bitte nicht, Exlenz!« – hauchte das ›Privatorgan‹ sichtlich enttäuscht. – »Ich habe ja auch nur gemeint. – Schade! – Es hätt' mich nur ein Wort an Freilein Komtesse gekostet, denn ich weiß etwas auf sie. – No, und außerdem hab' ich mir halt gedenkt, Exlenz hätten dann« – die Stimme des Herrn Brabetz bekam einen spitzigen Ton – »auch nicht mehr – zur – ›bähmischen Liesel‹ zu gehen gebraucht. – Tje.«

Der Herr kaiserliche Leibarzt erschrak – wusste einen Moment lang nicht, was er sagen solle –

»Sie glauben doch nicht am Ende, ich sei deshalb zu der alten Vettel gegangen? – Sind Sie verrückt?«

Der Detektiv hob abwehrend die Hände: »Ich und so was glauben? Mein Ehrenwort! Exlenz!« – Er vergaß mit einem Mal zu schielen und blickte den kaiserlichen Leibarzt lauernd an – »Ich weiß doch von selbstverstehtsich, dass Exlenz – gewisse – andere – Gründe gehabt haben, als Exlenz – Pardon – zur ›bähmischen Liesel‹ – tje – gegangen sind. No und deswegen bin ich ja eigentlich gekommen! – Tje – andere Gründe.«

Der Pinguin erhob sich neugierig vom Polster: »Und die wären?«

Brabetz zuckte die Achseln. »Ich leb' ich doch von – von Dischkretion. – Ich will ja auch nicht direkt sagen, dass Exlenz in die Verschwärung, die was mit der Liesel zusammenhängt, verwickelt sin, obwohl ...«

»Was: obwohl?«

»Obwohl heitigentags sehr angesehene Leute in Verdacht des Hochverrats stehen.«

Der Herr kaiserliche Leibarzt glaubte nicht recht gehört zu haben.

»Hochverrat?«

»Nein; im Verdacht; im Ver-dachtä! — Tje. – Im Ver-dachtä!« Da der kaiserliche Leibarzt den Wink offenbar nicht verstand, wurde der Spitzel deutlicher: »Tje. – No und ein Verdacht« – er betrachtete gramerfüllt seine Plattfüße – »geniegt. Leider! – Es wär von rechtswegen meine Pflicht, an gewisser Stelle untertänigs zu vermelden – und so – wenn ich etwas von einem Verdachte weiß. – Tje – Ich bin ich nämlich ein pflichtfreier Mensch; mein Ehrenwort. – Außer, freilich, wenn ich zu der Überzeigung komm, dass ein Verdacht entkräftet is –. No, und schließlich wäscht ja im täglichen Läben eine Hand die andere« – er blickte unwillkürlich auf seine schmutzigen Fingernägel.

In dem Herrn kaiserlichen Leibarzt kochte die verhaltene Wut.

»Mit anderen Worten: Sie wollen ein Trinkgeld?«

»Bitt schän, ganz nach Euer Exlenz Ermessen.«

»Gut.« – Der kaiserliche Leibarzt klingelte.

Der Hausknecht erschien.

»Ladislaus, pack den Kerl beim Kragen und schmeiß ihn die Stiegen hinunter!«

»Zu dienen.« –

Eine ungeheure Tatze entfaltete sich wie ein Palmenblatt, verfinsterte das Zimmer, und eine Sekunde später waren Spitzel und Hausknecht verschwunden, als seien sie bis dahin nur ein Filmbild gewesen. –

Der Herr kaiserliche Leibarzt lauschte: ein Krach unten im Flur!

Dann polterten schwere Fußtritte die Stiegen hinab. – Dem lebenden Geschoss nach.

»Na Servus, der Ladislaus hebt den Kerl, scheint mir, auf und wirft ihn vielleicht noch die Schlossstiege hinunter. Er nimmt die Sache wörtlich«, brummte der kaiserliche Leibarzt, kreuzte die Arme über der Brust und schloss die Lider, um die gestörte Morgenruhe wiederherzustellen.

Kaum eine Viertelstunde war vergangen, als ein Winseln ihn aufschreckte.

Gleich darauf öffnete jemand vorsichtig die Tür, und Baron Elsenwanger, gefolgt von seinem gelben Jagdhund Brock, schlich, den Finger warnend auf die Lippen gelegt, auf den Zehenspitzen herein.

»Grüß dich Gott, Konstantin! Ja, wo kommst denn du her so in aller Frühe?« – rief der kaiserliche Leibarzt erfreut, aber es verschlug ihm sofort die Rede, als er ein leeres blödsinniges Lächeln im Gesicht seines Freundes gewahrte. »Armer Teufel«, murmelte er, tief erschüttert, »er hat sein bisschen Verstand verloren.«

»Pst, pst«, flüsterte der Baron geheimnisvoll, »pst, pst. – Nur nöt, nur nöt!« – Dann blickte er sich scheu um, zog hastig einen vergilbten Briefumschlag aus der Tasche und warf ihn aufs Bett. »Da nimm, Flugbeil – Aber: nur nöt, nur nöt!«

Der alte Jagdhund zog den Schwanz ein, richtete die

halbblinden, milchig glänzenden Augen unverwandt auf seinen wahnsinnigen Herrn und öffnete rund das Maul, als wolle er heulen, aber es kam kein Ton aus seiner Kehle.

Ein unheimlicher Anblick.

»Was willst du, was ich nicht soll?«, fragte der kaiserliche Leibarzt mitleidig.

Elsenwanger hob den Finger: »Thaddäus, ich bitt' dich. – Aber nur nöt, nur nöt! – – Weißt d' – –, weißt d' – –, weißt d'« – mit jedem seiner Flüsterworte kam er dem Ohr Flugbeils näher, bis er es fast mit dem Mund berührte. »Die Polizei is mir auf der Spur, Thaddäus. – Und die Dienerschaft weiß auch schon davon. Pst, pst. – Alle sin's fortgeloffen. – Die Bozena auch.«

»Was? Deine Dienerschaft ist weggelaufen? Warum denn? Und wann?«

»Heut früh. Pst, pst. Nur nöt, nur nöt! – Weißt d' gestern war einer bei mir. Einer mit schwarze Zähn'. Und schwarze Handschuh. Und gscheangelt hat er auf beide Augen. – Weißt d', einer von der – von der Bolizei.«

»Wie hat er geheißen?«, fragte der kaiserliche Leibarzt.

»Brabetz, hat er gsagt, heißt er.«

»Und was wollte er von dir?«

»Das Xenerl ist auf und davon, hat er gesagt. – Pst, pst. – Ich weiß schon, warum sie weg ist. – Sie hat alles erfahren! – Pst, nur nöt. – Weißt d', und ein Geld hat er wollen; sonst sagt er all's, hat er gsagt.«

»Du hast ihm doch hoffentlich keins gegeben?«

Der Baron sah sich wieder scheu um: »I' hab ihn halt vom Wenzel d' Stiegen 'runderschmeißen lassen.«

›Merkwürdig, wie richtig Verrückte manchmal doch handeln‹, dachte der Pinguin bei sich.

»Pst, aber jetzt is der Wenzel auch weg. Der Brabetz hat ihm halt alles g'sagt.«

»Ich bitte dich, Konstantin, überleg doch ruhig: Was könnte er ihm denn gesagt haben?!«

Elsenwanger deutete auf das vergilbte Kuvert.

Der kaiserliche Leibarzt nahm es – es war offen und, wie man auf den ersten Blick sehen konnte, leer: »Was soll ich damit, Konstantin?«

»Jezis, Maria und Josef, nur nöt, nur nöt!«, jammerte der Baron.

Der kaiserliche Leibarzt sah ihn ratlos an.

Elsenwanger näherte sich – Furcht in den Augen – wieder seinem Ohr und ächzte;

»Der Bogumil – der Bogumil – der Bogumil.«

Der kaiserliche Leibarzt fing an zu verstehen: sein Freund hatte – wahrscheinlich rein zufällig – irgendwo im Bilderzimmer den Briefumschlag gefunden und sich so lange eingebildet, das Papier stamme von seinem toten Bruder Bogumil – alle möglichen Erinnerungen an Zrcadlo hineinmischend –, bis er darüber den Verstand verloren hatte.

»Weißt d', Thaddäus, es kann ja sein: Er hat mich enterbt, weil ich ihn nie drunten in der Teinkirch besucht hab'. Aber, Jezis, Maria, mir kann sich doch nicht nach – Prag gehen! – Gib's weg, Thaddäus, gibt's weg! Nur nöt, nur nöt. – Ich derf doch net wissen, was drin steht! Ich war' doch sonst enterbt! – – Heb's auf. Flugbeil, heb's gut auf; na, na, naa, nur net neischaugen! – Und schreib drauf, dass es mir ghört, wenn du amal stirbst. – Aber versteck's gut, hörst d'? Bei mir is es nimmer sicher; alle wissen davon. Drum sin s' fort. – Das Xenerl is auch fort.«

»Was? Deine Nichte«, rief der Leibarzt, »ist fort? Wohin denn?«

»Pst, pst. Fort is. Weil s' jetzt alles weiß.« – Unablässig beteuerte Elsenwanger auf Flugbeils Frage, Polyxena sei verschwunden, ›weil sie alles wisse‹. Mehr war aus ihm nicht herauszubringen.

»Weißt d', Thaddäus, die ganze Stadt is auf. Alle wissen davon. Gestern am Abend war der Zizkaberg beleuchtet, weil sie das Testament gesucht haben. – Und der Brock« – er zwinkerte geheimnisvoll nach dem Jagdhund hin – »muss auch was gmerkt haben. – Schau nur, wie er sich furcht. – No, und bei der Zahradka is die Fliegenpest ausgebrochen. – Alles voller Fliegen. Das ganze Palais!«

»Konstantin, um Gottes willen, was redest du da zusammen!«, rief der kaiserliche Leibarzt. »Du weißt doch, in ihrem Haus war nie eine Fliege! Sie bildet sich das bloß ein. Glaub doch nicht alles, was du hörst!«

»Meiner Seel und Gott!«, beteuerte der Baron und schlug sich auf die Brust. »Mit meine eignen Augen hab ich's gsegen.«

»Die Fliegen?«

»Ja. Alles schwarz.«

»Von Fliegen?«

»Ja, von die Fliegen. – Aber ich muss jetzt gehen. Sonst merkt's die Polizei. – Und: hörst d', gut aufheben! – Und net vergessen: wenn's d' stirbst: Es ghört mir! Aber net drin lesen, sonst bin ich enterbt. – Nur nöt, nur nöt. – Und niemand sagen, dass i hier war! – Servus, Flugbeil, Servus!«

Auf den Zehenspitzen, leise, wie er gekommen war, schlich der Wahnsinnige hinaus.

Mit eingekniffenem Schwanz der Jagdhund hinterdrein.

Das Gefühl unsäglicher Bitternis überkam den Pinguin.

Er stützte den Kopf in die Hand.

»Wieder einen hat der Tod bei lebendigem Leib geholt. – Armer, armer Kerl!«

Er musste an die ›böhmische Liesel‹ denken und ihren Jammer, dass die schöne Jugend dahin war.

»Was das nur sein mag mit der Polyxena? – Und – und mit den Fliegen? – Sonderbar, ihr ganzes Leben hat die Zahradka sich gegen eingebildete Fliegen geschützt – so lang, bis sie wirklich gekommen sind. – Es ist rein, als hätte sie sie allmählich herbeigewünscht.«

Eine dumpfe Erinnerung stieg in ihm auf, es habe ihm heute Nacht ein nackter Mann mit einer Mitra auf dem Kopf etwas von der Erfüllung unbewusster Wünsche erzählt – irgendetwas, was sich ganz gut mit dem Erscheinen von Fliegen in Verbindung bringen ließ. –

›Ich muss fort‹, scheuchte es ihn plötzlich auf. ›Ich muss

mich doch anziehen. – Wo nur das Frauenzimmer mit den Hosen wieder bleibt. – Besser, ich fahr' heute schon. – Nur weg aus diesem grämlichen Prag! – Da dunstet ja der Wahnwitz wieder einmal aus allen Gassen. – Ich muss nach Karlsbad, mich verjüngen.‹

Er klingelte.

Wartete. Niemand kam.

Er klingelte nochmals.

»Na endlich!« – Es klopfte.

»Herein!« –

Erschrocken warf er sich in die Kissen zurück und zog die Bettdecke bis zum Kinn: – Statt der Haushälterin stand die Gräfin Zahradka auf der Schwelle, eine Ledertasche in der Hand.

»Um Himmels willen. Gnädigste, ich – ich hab' nur ein Hemd an!«

»Kann ich mir denken, dass Sie nicht in Reitstiefeln schlafen«, murrte die Alte, ohne ihn anzusehen.

›Die hat heute wieder mal ihren Rappel‹, dachte der kaiserliche Leibarzt und wartete, was die Gräfin sagen werde.

Sie schwieg eine Weile und starrte in die Luft.

Dann riss sie die Handtasche auf und reichte ihm eine uralte Reiterpistole: »Da! Wie ladet man das Zeug?«

Flugbeil betrachtete die Waffe und schüttelte den Kopf:

»Es ist ein Steinschlossgewehr, Gnädigste. Man kann es heutzutage kaum mehr laden.«

»Ich will aber!«

»Nun, man müsste zuerst Pulver in den Lauf schütten, dann eine Kugel und Papier hineinstampfen. – Und dann Pulver auf die Pfanne geben. – Wenn der Feuerstein niederschlägt, entzündet der Funke das Ganze.«

»Gut, ich danke.« Die Gräfin steckte die Pistole wieder ein.

»Gnädigste werden doch nicht am Ende Gebrauch von der Waffe machen wollen? – Wenn Sie fürchten, es könnte zu Unruhen kommen, wär's doch das Beste, Sie führen aufs Land.«

»Sie meinen, ich soll vor dem Gesindel davonlaufen, Flugbeil?« – Die Greisin lachte grimmig auf. — »Das fehlte noch! – Reden mir sich von etwas anderm.« –

»Wie geht es der Komtesse?«, begann der kaiserliche Leibarzt stockend nach einer Pause.

»Die Xena ist fort.«

»Was?! – Fort?! Um Gottes willen, ist ihr etwas geschehen? – Weshalb sucht man sie nicht?«

»Suchen? Warum? – Glauben Sie, es wird besser, wenn man sie findet, Flugbeil?«

»Aber wie ist denn das alles zugegangen? – So erzählen Sie doch, Gräfin!«

»Zugegangen? – Sie ist seit ›Johann‹ von zu Hause fort. – Sie wird wohl beim Ottokar – Vondrejc sein. – Hab's mir immer gedacht, dass es so kommen muss. – Das Blut! – Ja, und da war kürzlich ein Kerl bei mir, langer gelber Vollbart, grüner Zwicker. (»Aha, der Brabetz!«, murmelte der Pinguin) – Hat gesagt: Er weiß was auf sie. – Hat Schweigegeld haben wollen. – Hab' ihn natürlich hinausgeschmissen.«

»Und hat er denn nichts Genaueres erzählt? Ich bitte Sie! – Gnädigste!!«

»Gsagt hat er, er weiß, dass der Ottokar mein unehelicher Sohn is.«

Der kaiserliche Leibarzt richtete sich empört auf: »Und das haben Sie sich gefallen lassen? Ich werde dafür sorgen, dass man den Halunken unschädlich macht!«

»Kümmern Sie sich nicht um meine Angelegenheiten, Flugbeil!«, brauste die Gräfin auf. »Die Leute reden noch ganz andere Sachen über mich. – Haben Sie's denn nie gehört?«

»Ich wäre doch sofort eingeschritten«, versicherte der Pinguin, »ich –«

Aber die Alte ließ ihn nicht zu Wort kommen. –

»Weil mein Mann, der Zahradka – der Obersthofmarschall selig –, verschollen is, heißt es: Ich hab' ihn vergiftet und seine Leiche im Keller versteckt. – Gestern erst wieder, in der

Nacht, haben sich drei Kerle heimlich hinuntergeschlichen, um ihn auszugraben. – Ich hab' sie mit der Hundspeitsche hinausgehauen.«

»Ich glaube, Gnädigste, Sie sehen da ein wenig zu schwarz«, fiel der kaiserliche Leibarzt lebhaft ein. »Vielleicht kann ich die Sache aufklären. – Es geht nämlich auf dem Hradschin die Sage, im Palais Morzin, wo Sie jetzt wohnen, sei ein Schatz versteckt; den haben die vielleicht ausgraben wollen.«

Die Gräfin gab keine Antwort – flackerte mit ihren schwarzen Augen im Zimmer umher.

Eine lange Pause entstand.

»Flugbeil?«, stieß sie endlich hervor, »Flugbeil!«

»Ich bitte sehr, Gnädigste?«

»Flugbeil, sagen S': Halten Sie's für möglich, dass, wenn man einen Toten nach vielen Jahren ausgräbt – dass da – Fliegen – aus der Erde kommen?«

Den kaiserlichen Leibarzt überlief es eiskalt.

»Flie– Fliegen?«

»Ja. Schwärmeweis.«

Der kaiserliche Leibarzt zwang sich gewaltsam zur Ruhe; er drehte den Kopf zur Wand, damit die Zahradka das Grauen in seinem Gesicht nicht sehen solle.

»Fliegen können nur von einer frischen Leiche kommen, Gräfin. Schon nach wenigen Wochen ist der Körper eines Menschen, wenn er in der Erde liegt, verwest«, sagte er tonlos.

Die Gräfin dachte ein paar Minuten nach, ohne ein Glied zu rühren. Völlig erstarrt.

Dann stand sie auf und ging zur Tür – wandte sich noch einmal um: »Wissen Sie das bestimmt. Flugbeil?«

»Es ist ganz sicher, ich kann mich nicht irren.«

»Gut. – Adieu, Flugbeil!«

»Küss' – die Hand –, Gnä– Gnädigste« – der kaiserliche Lcibarzt brachte die Worte kaum heraus. –

Die Schritte der alten Frau verhallten in dem steinernen Vorzimmer.

Der kaiserliche Leibarzt wischte sich den Schweiß von der Stirn: »Die Gespenster meines Lebens nehmen Abschied von mir; – Entsetzlich. Entsetzlich. – Eine Stadt des Irrsinns und des Verbrechens hat mich umgeben und meine Jugend gefressen! – Und ich hab' nicht gehört und nicht gesehen. War taub und blind.«

Es klingelte wie rasend. – »Meine Hosen! Zum Donnerwetter, warum bringt man mir meine Hosen nicht?« –

Er sprang aus dem Bett und lief im Hemd zum Treppengeländer:

Alles wie ausgestorben.

»Ladislaus! – La–dis–laus!« –

Nichts rührte sich.

»Die Haushälterin scheint wahrhaftig davongelaufen zu sein wie die Diener Konstantins. – Und der Ladislaus! Verdammter Esel! – Wetten möcht' ich, dass er den Brabetz totgeschlagen hat.«

Er riss das Fenster auf: Keine Seele auf dem Schlossplatz.

Durch das Teleskop zu schauen, hatte keinen Zweck: Das Ende des Rohrs war mit einem Klappenverschluss bedeckt, und er konnte doch nicht – halbnackt – auf die Brüstung hinaustreten, um ihn zu entfernen.

So viel er mit freiem Auge unterscheiden konnte, wimmelten die Brücken von Menschen.

»Narretei, verfluchte! – Jetzt bleibt mir also nichts anderes übrig, als die Koffer wieder auszupacken! –«

Er wagte sich an eines der ledernen Ungeheuer heran und öffnete ihm den Rachen, wie der gottselige Androklus dem Löwen; es quoll ihm eine Flut von Kragen, Stiefeln, Handschuhen und Strümpfen entgegen. – Nur keine Hosen.

Ein Felleisen hauchte die Seele in Form einiger zerknüllter Gummimäntel, durchspickt mit Bürsten und Kämmen aus und sank dann entleert und seufzend zusammen.

Ein anderes hatte seinen Inhalt mit Hilfe einer rötlichen Flüssigkeit, die es mehreren Mundwasserflaschen zu entlocken gewusst, nahezu verdaut.

Im Bauch eines Korbes von sonst recht vertrauenswürdigem Aussehen fing es hoffnungsvoll an zu klingeln, kaum, dass der Pinguin die Hand ans Schloss legte – aber es war nur der versehentlich eingepackte Küchenwecker, der, von der engen Umarmung zahlreicher Schlummerpolster und feuchter Handtücher betäubt gewesen, nunmehr ahnungsfroh wie eine Lerche sein schmetterndes Morgenlied angestimmt hatte.

Bald glich das Zimmer dem Tummelplatz eines Hexensabbats, angeordnet behufs Inventuraufnahme von Tietz oder Wertheim. Nur eine einzige utensilienfreie Insel war dem Pinguin verblieben, von der er aus, gestreckten Halses, das unter der plutonischen Schaffenskraft seiner Hände aufgetürmte vulkanische Gelände ringsum überschauen konnte.

Mit zornglimmenden Augen spähte er zu seinem Bette hin, von dem Wunsche durchglüht, seiner Taschenuhr auf dem Nachtkastl habhaft zu werden, um nachsehen zu können, wie spät es sei, und von jäh ausbrechendem Ordnungssinn befallen, spannte er seine Kniekehlen, um einen Gletscher weiß gestärkter Frackhemden zu erklimmen – aber es gebrach ihm an Mut, sein Vorhaben auszuführen. Nicht einmal Harras hätte es gewagt, sich über solche Hindernisse hinwegzusetzen.

Er dachte nach: Nur noch zwei Koffer konnten die heiß ersehnten Beinhüllen bergen: entweder der eine – eine gelbe lang gestreckte Kanaille aus Leipzig – von Mädler & Co. – oder der andere, ein starrer Granitwürfel aus grauer Leinwand, regelmäßig behauen in der Form wie ein Eckstein zu Salomons Tempel.

Er entschloss sich nach längerem Schwanken zu dem ›Eckstein‹, verwarf ihn jedoch alsbald, denn sein Inhalt entsprach nicht dem Gebot der Stunde.

Wohl näherten sich die Dinge, die er darin fand – Ereignissen gleich, die ihre Schatten vorauswerfen, hinsichtlich ihres Zweckes den Bedürfnissen der unteren Hälfte des Menschen, aber Hosen waren sie deshalb noch lange nicht.

Bloß zu anderen Zeiten nützliche Gegenstände traten da zutage: eine zusammengerollte Badewanne aus Kautschuk, ein Stoß Seidenpapier, eine Wärmeflasche und ein geheimnisvoll bronzefarbig lackiertes Blechgefäß mit Schnabel, daran ein langer roter Gummischlauch sich nach dem Vorbild der Seeschlagen des Laokoon – nur viel kleiner und dünner – um den Hals der irrtümlich ins Reisegepäck geratenen Schreibtischstatuette des Feldherrn Grafen Radetzky gewickelt hatte.

Ein Seufzer der Befriedigung entrang sich der gequälten Brust Thaddäus Flugbeils – er entsprang natürlich nicht der Freude des Wiedersehens mit dem roten, hinterlistigen Schlauch, sondern vielmehr dem frohen Bewusstsein, dass hinfort kein Missgriff mehr möglich sei und nur noch eine dünne, in Sachsen hergestellte Scheidewand Herrn und Hosen – Wunsch und Erfüllung – voneinander trennten.

Mit vorgestreckten, grausamen Ringerhänden näherte sich der Herr kaiserliche Leibarzt, gedeckt von einem Hügel aus Brokatwesten und Zigarrenschachteln, Schritt für Schritt dem scheinbar arglosen Friedenserzeugnis aus dem verbündeten Nachbarreiche.

Die Ränder fest zusammengebissen, heimtückisch funkelnden Schlüssellochs und auf das eigene Gewicht vertrauend, blond und niederträchtig, erwartete das rohrplattengepanzerte Fabrikat von den Ufern der Pleiße den Angriff des Pinguins.

Zuerst: ein prüfendes Abtasten, ein fast zärtliches Drücken und Kneten der vorspringenden Knöpfe und Warzen, dann ein ärgerliches Zerren an der messingnen Unterlippe, sogar Fußtritte – schließlich: (psychologische Schreckversuche sollten es wohl sein) Anrufungen des Fürsten der Unterwelt – aber alles war umsonst.

Nicht einmal den Regungen des Mitleids war der Sprössling der Firma Mädler & Co. zugänglich: Es ließ ihn kalt, dass der Herr kaiserliche Leibarzt sich in der Hitze des Gefechts die Schleppe seines Hemdes abtrat – der herzzerreißende

Leinwandschrei des schönen Büßergewandes verhallte ungehört in der Luft.

Der Pinguin entwurzelte ihm das linke lederne Ohr, warf es wutfauchend dem hämisch grinsenden Spiegelschrank ins Gesicht: vergebens; der Sachse tat den Mund nicht auf!

Ansturm auf Ansturm warf er zurück.

Ein Meister der Verteidigung!

Antwerpen war ein Schmarren dagegen.

Der verschlossene Sachse wusste, dass die wahre Springwurzel, seine Bollwerke zu bezwingen – ein kleiner stählerner Schlüssel –, sicherer als in einer Dielenritze verborgen war – dass dieser Schlüssel an einem Ort hing, wo ihn der Herr kaiserliche Leibarzt tagelang nicht finden würde, nämlich: an einem blauen Bändchen am Halse Seiner Exzellenz selbst. –

Hosenlos, die Hände ringend, ragte der Pinguin wieder mitten aus seiner Insel und blickte bald Hilfe suchend zu der Glocke auf dem Nachttischchen hin, bald verzweifelt an seiner dürren Wade nieder, an der, unverhüllt von dem zerrissenen Hemd, die grauen Haare wie Drähte abstanden.

Hätte er eine Flinte gehabt und ein Kornfeld: Er würde erstere in letzteres geworfen haben.

»Hätte ich doch geheiratet!«, jammerte er greisenhaft weinerlich vor sich hin. – »Wie anders wäre alles gekommen? – Jetzt muss ich den Abend meines Lebens allein und verlassen verbringen. – Nicht einen einzigen Gegenstand besitze ich, der mich lieb hätte! – Und ist's denn ein Wunder? – Nie hat eine liebende Hand mir etwas geschenkt; wie sollte Liebe von Dingen ausgehen! – Alles hab' ich mir – kaufen müssen. – Sogar – die da!«

Er nickte seinen vergissmeinnichtumrahmten Tigerpantoffeln trübselig zu. »Extra geschmacklos hab' ich sie mir bestellt, um mir einreden zu können, sie seien ein Geschenk. Ich habe geglaubt, dass dadurch die heimliche Traulichkeit in meiner Stube einziehen würde – O Gott, wie habe ich mich geirrt!« Und traurig gedachte er der einsam verbrachten Winternacht, wo er sich sie in einer Anwandlung von Rührseligkeit selber zum Christkind beschert hatte. – »O Gott, wenn ich wenigstens einen Hund besäße, der mich lieb hat, wie der Brock den Elsenwanger!« Er fühlte, dass es das Kindliche des Alters war, das ihn ergriffen hatte.

Er wollte sich dagegen wehren, aber er fand die Kraft nicht mehr.

Es half nicht einmal, dass er sich, wie zuweilen in solchen Fällen, selber mit ›Exzellenz‹ anredete. —

»Jaja, der Zrcadlo hat ganz recht gehabt beim ›grünen Frosch‹: Ich bin ein Pinguin und kann nicht fliegen – Hab' doch nie fliegen können!«

8

Die Reise nach Pisek

Abermals hatte es geklopft, immer wieder und wieder, lauter und leiser, aber der Herr kaiserliche Leibarzt getraute sich nicht mehr ›Herein‹ zu sagen.

Er wollte sich nicht der Hoffnung hingeben, es könne die Haushälterin sein, die ihm seine Hosen brächte.

Nur nicht noch eine Enttäuschung!

Die Stimmung, sich selbst zu bedauern, in der sich Kinder und Greise so oft gefallen, hatte ihn völlig unterjocht.

Aber endlich murmelte er trotzdem: »Herein!«

Wieder schlug die Hoffnung fehl.

Als er scheu aufsah, steckte die – ›böhmische Liesel‹ schüchtern den Kopf ins Zimmer. ›Da hört sich doch alles auf‹, wollte der Herr kaiserliche Leibarzt aufbrausen, aber es gelang ihm nicht einmal, sein Exzellenzgesicht aufzusetzen, geschweige denn, die barschen Worte herauszubringen.

›Geh Sie, Lisinko – bitt' Sie, bring Sie mir meine Hosen!‹, hätt' er gern in seiner Hilflosigkeit gefleht.

Die Alte las in seinem Mienenspiel, wie weich ihm ums Herz war, und fasste Mut. »Verzeih, Thaddäus. – Ich schwör' dir, es hat mich niemand gesehen. Ich wär' auch nie zu dir herauf auf die Burg gekommen, aber ich muss dich sprechen. Hör mich an, Thaddäus, ich bitte dich. – Nur eine einzige Minute. Es geht ums Leben, Thaddäus! – Es kommt ganz gewiss niemand. – Ich hab' zwei Stunden unten gewartet und mich überzeugt, dass niemand im Schloss ist. – Und selbst wenn jemand kam', würd' ich mich lieber zum Fenster hinausstürzen, als dass ich dir die Schand' antat, dass man mich hier im Zimmer antrifft« – sie hatte die Sätze mit fliegendem Atem und in steigender Erregung hervorgestoßen.

Einen Moment lang kämpfte der kaiserliche Leibarzt mit sich. Mitleid und alt gewohnte Angst um den seit mehr als einem Jahrhundert hochgehaltenen fleckenlosen guten Ruf des Namens Flugbeil lagen im Streit miteinander.

Dann reckte sich ein freier, selbstbewusster Stolz, den er fast wie etwas Fremdes empfand, in ihm empor.

»Schwachsinnige Trottel, besoffene Schlemmer, treulose Dienstboten, abgefeimte Wirte, Erpressergesindel und Gattenmörderinnen, wohin ich schaue – weshalb soll ich eine Ausgestoßene, die jetzt, noch mitten in ihrem Schmutz und Elend, mein Bild in Ehren hält und küsst, nicht freundlich aufnehmen?!«

Er streckte der ›böhmischen Liesel‹ lächelnd die Hand entgegen: »Komm, setz dich, Lisinko! Mach's dir bequem. – Beruhig dich und wein nicht. – Ich freu' mich doch! – Wirklich! Von Herzen! – Überhaupt, das muss jetzt anders werden. Ich duld's nicht länger, dass du hungerst und im Elend zugrund gehst. – Was kümmern mich die Leute!«

»Flugbeil! Thaddäus, Thadd-Thadd-Thaddäus«, schrie die Alte auf und hielt sich mit beiden Händen die Ohren zu. »Sprich nicht so, Thaddäus! Mach mich nicht wahnsinnig. –

Der Wahnsinn läuft durch die Straßen. – Am hellichten Tag.

– Alle hat's schon gepackt, nur mich nicht. – Halt den Kopf

beisamm', Thaddäus! Werd nur du nicht verrückt! – Sprich nicht so zu mir, Thaddäus! – Ich darf jetzt nicht den Verstand verlieren. Es geht ums Leben, Thaddäus. – Du musst fliehen! Jetzt. Jetzt gleich!« – Sie lauschte zum Fenster hin mit offenem Mund. – »Hörst du's, hörst du's? Sie kommen!

– Rasch. Versteck dich! – Hörst du sie trommeln? – Da! Wieder! – Der Zizka! Jan Zizka von Trocnov! – Der Zrcadlo! Der Teufel! – Erstochen hat er sich. – Die Haut haben sie ihm abgezogen. Bei mir! In meinem Zimmer! – Er hat's so gewollt.

– Und auf eine Trommel gespannt. – Der Gerber Havlik hat's getan. Er geht vor ihnen her und trommelt. – Die Hölle ist los. Die Rinnsteine sind voll Blut. – Borivoj ist König. Der Ottokar Borivoj«, sie warf die Arme vor und starrte, als sähe sie durch die Mauern hindurch. – »Sie werden dich erschlagen, Thaddäus. – Der Adel ist schon geflohen. – Heute Nacht. Haben sie dich denn alle vergessen? – Ich muss dich retten, Thaddäus. – Sie erschlagen alles, was zum Adel gehört. – Einen hab' ich gesehen, der hat sich niedergebeugt und das rinnende Blut aus der Gosse getrunken. – Da! Da! Die Soldaten kommen! –«, sie brach erschöpft zusammen.

Flugbeil fing sie auf und legte sie auf einen Kleiderhaufen. Das Haar stand ihm zu Berg vor Entsetzen.

Sie kam sofort wieder zu sich und wollte von neuem anfangen: »Die Trommel aus Menschenhaut! – Versteck dich, Thaddäus; du darfst nicht ums Leben kommen!«

Er legte ihr die Hand auf den Mund: »Sprich jetzt nicht, Lisinko! Hörst du? Folg mir. – Du weißt, ich bin Arzt und muss das besser verstehen. – Ich werd' dir Wein bringen und was zu essen« – er blickte um sich, »Herrgott, wenn ich nur meine Hosen hätt'! Es geht gleich wieder vorüber. Der Hunger hat dich halt verwirrt, Lisinko!«

Die Alte machte sich los und zwang sich, die Fäuste ballend, so ruhig wie möglich zu reden: »Nein, Thaddäus, du irrst dich: Ich bin nicht verrückt, wie du glaubst. Es ist alles wahr, was ich gesagt hab'. Wort für Wort. – Freilich, sie sind erst unten am Waldsteinplatz; die Leute werfen in ihrer Angst die

Möbel aus den Fenstern, um ihnen den Weg zu versperren. – Und einige, die zu ihren Herren halten, brave Burschen, leisten ihnen Widerstand und bauen Barrikaden; der Molla Osman, der Tatar vom Prinzen Rohan, führt sie an. – Aber jeden Augenblick kann der Hradschin in die Luft fliegen – sie haben alles unterminiert. Ich weiß es von den Arbeitern.«

Wie aus alter Berufsgewohnheit legte ihr der Leibarzt die Hand auf die Stirn, ob sie nicht fiebere.

›Sie hat ein sauberes Tuch um‹, streifte ihn ein flüchtiger Gedanke, ›mein Gott, sogar den Kopf hat sie sich gewaschen.‹

Sie erriet, dass er sie noch immer für krank hielt, und dachte einen Augenblick nach, ehe sie fortfuhr, was sie tun könne, um ihn von der Richtigkeit ihrer Angaben zu überzeugen.

»Willst du mir nicht eine Minute ruhig zuhören, Thaddäus? – Ich bin hergekommen, um dich zu warnen. Du musst sofort fliehen! Irgendwie. – Es kann sich nur noch um Stunden handeln, dann sind sie hier oben auf dem Burgplatz. – Sie wollen vor allem die Schatzkammer plündern und den Dom. Du bist keine Sekunde mehr deines Lebens sicher, verstehst du mich?«

»Aber ich bitte dich, Lisinko!«, wendete der kaiserliche Leibarzt ein, immerhin arg erschrocken, »in einer Stunde längstens wird Militär da sein. Was glaubst du denn?! Heutzutage solche Verrücktheiten? – Ich gebe zu, es mag schlimm zugehen – gar unten in der ›Welt‹, in Prag. – Aber hier oben, wo die Kasernen sind? –«

»Kasernen? Ja. Aber leere. – Dass die Soldaten kommen werden, weiß ich auch, Thaddäus. Aber vielleicht morgen, wenn nicht übermorgen oder erst nächste Woche werden sie eintreffen; und dann ist es zu spät. – Ich sag' dir doch, Thaddäus, glaub mir, der Hradschin steht auf Dynamit. – So wie die ersten Maschinengewehre kommen, fliegt alles in die Luft.«

»Also ja. Meinetwegen. Aber was soll ich denn tun?«, krächzte der Leibarzt. »Du siehst doch, ich hab' keine Hosen.«

»No, so zieh halt welche an!«

»Wenn ich aber den Schlüssel nicht find'«, heulte der

Pinguin auf, mit einem erbosten Blick auf den sächsischen Koffer, »und das Mistvieh von Haushälterin is auf und davon!«

»Du hast doch da'en Schlüssel um den Hals. – Vielleicht is es der?«

»Schlüssel? Ich? Hals?«, der Herr kaiserliche Leibarzt fuhr sich an die Gurgel, stieß einen markerschütternden Freudenschrei aus und hüpfte mit der Behändigkeit eines Kängurus über den Westenberg. –

Einige Minuten später saß er glückstrahlend wie ein Kind, in Rock, Hosen, Strümpfen und Stiefeln auf der Kuppe des Hemdengletschers – ihm gegenüber auf einem anderen Hügel die ›böhmische Liesel‹, und zwischen den beiden, unten in der Tiefe, wand sich ein farbiges Band aus Krawatten bis zum Ofen hin. –

Die Alte verfiel wieder in ihre Unruhe: »Draußen geht jemand. – Hörst du's denn nicht, Thaddäus?«

»Es wird der Ladislaus sein«, gab der Pinguin gleichmütig zurück. – Seit er seine Hosen wieder hatte, existierten Furcht und Unschlüssigkeit nicht mehr für ihn.

»Dann muss ich fort, Thaddäus. – Was, wenn er mich hier bei dir sieht! – Thaddäus, um Gottes willen, verschieb's nicht länger. – Der Tod steht vorm Haus. – Ich – ich wollte dir noch« – sie holte ein Päckchen, in Papier gewickelt, aus der Tasche, steckte es rasch wieder ein – »nein, ich – ich kann nicht«; die Tränen stürzten ihr plötzlich aus den Augen. – Sie wollte zum Fenster eilen.

Der Herr kaiserliche Leibarzt drückte sie sanft auf ihren Hügel zurück.

»Nein, Lisinko! So gehst du nicht von mir. – Flenn nicht, schlag nicht um dich, Lisinko, jetzt red' ich.«

»Aber der Ladislaus kann doch jeden Augenblick hereinkommen, und – und du musst fort. Du musst! – Das Dynamit –«

»Ruhig Blut, Lisinko! – Erstens kann's dir Wurscht sein, ob der Blödian, der Ladislaus, hereinkommt oder nicht; und zweitens geht Dynamit nicht los. – Dynamit auch noch! Das könnt' mich so haben. – Überhaupt is Dynamit ein dummer Prager Schwindel. Ich glaub' nicht an Dynamit. – Aber was wichtiger is: Du bist hergekommen, um mich zu retten. Nicht wahr? – Hast du nicht vorhin gesagt: Sie haben mich alle vergessen, und keiner hat sich um mich gesorgt! – Glaubst du wirklich, ich wär' ein solcher Schuft und schämte mich deiner, wo du die Einzige warst, die an mich gedacht hat? – Mir missen jetzi klar ieberlegen, was weiter gschieht, Lisinko. – Weißt d', ich denk' mir halt« – der Herr kaiserliche Leibarzt kam vor Glück, nicht mehr im Nachthemd dasitzen zu müssen, unwillkürlich ins Schwätzen hinein und bemerkte gar nicht, dass die ›böhmische Liesel‹ aschgrau im Gesicht wurde und, an Händen und Füßen zitternd, den Mund aufriss und wieder schloss, als müsse sie ersticken – »ich denk' mir halt, zuerst fahr' ich nach Karlsbad und bring' dich derweil irgendwohin aufs Land. – Natürlich lass ich dir ein Geld da. Brauchst dich nicht sorgen, Lisinko! – No und nachher, da lassen mir sich zusammen in Leitomischl nieder – nein, nicht in Leitomischl, das is ja drieben über der Moldau!« – Es fiel ihm ein, dass er bei einer solchen Reise unbedingt eine Brücke passieren müsse – »aber vielleicht« – er raffte all seine geographischen Kenntnisse zusammen – »aber vielleicht in Pi-sek? – In Pisek, här' ich, lebt es sich ungestört. Jaja, Pisek, das ist das Richtige. – Damit mein' ich natirlich« – fuhr er hastig fort, damit sie nicht etwa auf den Gedanken käme, er spiele auf künftige Flitterwochen an – »damit mein' ich natirlich: Es kennt uns dort niemand. – Und du führst mir die Wirtschaft und – und gibst auf meine Hosen Obacht, no, und so. – Brauchst nicht glauben, dass ich viel Anspruch mach': In der Frühe ein Kaffitschko mit zwei Mundsemmeln, am Vormittag mein Gulasch mit drei Salzstangeln zum Soßauftitschen, no, und zu Mittag, wenn Herbst is: Zwetschkenknödel – Um Gottes willen! Lisinko! Was ist dir?! Jesus, Maria! –«

Die Alte hatte sich mit einem gurgelnden Laut in die

Krawattenschlucht gestürzt, lag zu seinen Füßen und wollte ihm die Stiefel küssen. –

Vergebens bemühte er sich, sie aufzuheben: »Lisinko, geh, mach doch keine G'schichten. Schau, was is denn weiter dab–«, vor Rührung erstickte ihm die Stimme. »Lass mich – lass mich da liegen. Thaddäus«, schluchzte die Alte. »Bitte dich, sch-schau mich nicht an, d-du machst dir die Augen – schmutzig –«

»Lis–«, würgte der kaiserliche Leibarzt, brachte aber den Namen nicht heraus; er räusperte sich, krächzend wie ein Rabe, als wehre er sich gegen einen heftigen Hustenreiz. –

Eine Stelle aus der Bibel fiel ihm ein, aber er schämte sich, sie auszusprechen, um nicht pathetisch zu werden.

Überdies wusste er sie nicht genau. »– und ermangeln sich des Ruhmes«, zitierte er schließlich automatisch.

Eine lange Zeit verging, ehe, die ›böhmische Liesel‹ ihre Fassung wieder gewonnen hatte. –

Dann stand sie vor ihm, plötzlich wie verwandelt.

Er hatte innerlich gefürchtet – ganz leise und heimlich, wie alte Leute, die die Erfahrung eines langen Lebens in solchen Dingen hinter sich haben –, dass eine abgeschmackte, nüchterne Stimmung auf den Gefühlserguss folgen müsse, aber zu seiner Überraschung trat nichts dergleichen ein.

Die da vor ihm stand, die Hände auf seine Schultern gelegt, war in keinem Zug mehr die alte grauenhafte Liesel, aber auch nicht die junge, wie er sie einst zu kennen geglaubt.

Sie bedankte sich mit keinem Wort mehr für das, was er ihr gesagt und ihr angeboten hatte – streifte nicht einmal die Szene.

Ladislaus klopfte, trat ein, blieb verblüfft auf der Schwelle stehen, zog sich scheu wieder zurück –: Sie blickte nicht hin.

»Thaddäus, mein lieber, guter, alter Thaddäus – jetzt weiß ich's selber, warum's mich hergezogen hat. Ich hab's nur vergessen gehabt. – Ja, gewiss, ich hab' dich warnen wollen und dich bitten, dass du fliehst, eh's zu spät ist. – Aber das allein war's nicht. Ich will dir sagen, wie alles gekommen ist.

Neulich abends ist mir dein Bild – weißt du, das, was auf der Kommode steht – aus der Hand gefallen, wie ich's hab' küssen wollen. Ich war so unglücklich darüber, dass ich geglaubt hab', ich müsst' sterben. – Du darfst nicht lachen, aber, weißt du, es war halt das Einzige, was ich noch von dir gehabt hab! – – In meiner Verzweiflung bin ich zum Zrcadlo in sein Zimmer hineingelaufen, damit er mir helfen soll – er – er war damals noch nicht tot« – sie schauderte in der Erinnerung an das grässliche Ende des Schauspielers.

»Helfen? – Wieso helfen?«, fragte der kaiserliche Leibarzt. »Der Zrcadlo hätt' dir helfen sollen?«

»Ich kann dir das nicht erklären, Thaddäus. – Ich müsste da eine lange, lange Geschichte erzählen. – Ich würde sagen: ›ein andres Mal‹, wenn ich nicht so genau wüsste, dass wir uns nicht mehr wieder sehen – wenigstens nicht –« – ein Glanz trat in ihr Gesicht, als wolle die bezaubernde Schönheit ihrer Jugend wieder auferstehen – »aber nein, ich will's nicht aussprechen; du könntest dir denken: junge Huren – alte Betschwestern.«

»War denn der Zrcadlo dein – dein Freund? Versteh mich nicht falsch, Lisinko; ich meine –«

Die ›böhmische Liesel‹ lächelte – »ich versteh' schon, wie du's meinst. – Dich kann ich nie mehr falsch verstehen, Thaddäus! – Ein Freund? Er war mir mehr als ein Freund. – Manchmal war's mir, als hätte sich der Teufel selber meiner erbarmt in meinem Jammer und war in die Leiche irgendeines Schauspielers gefahren, um mir Linderung zu bringen. – Ich sage, der Zrcadlo war mir mehr als ein Freund; er war mir ein Zauberspiegel, in dem ich dich immer wieder vor mir sehen konnte, wenn ich es wollte. – Ganz so wie – wie einst. Mit deiner Stimme, mit deinem Gesicht. – Wie er das hat machen können? Ich hab's nie verstanden. Freilich, man kann sich ein Wunder nicht erklären.«

›So heiß hat sie mich geliebt, dass ihr sogar mein Bild erschienen ist‹, murmelte Flugbeil tief ergriffen in sich hinein.

»Wer der Zrcadlo in Wirklichkeit war, hab' ich nie erfahren. Er hat eines Tages vor meinem Fenster – am Hirschgraben – gesessen. Das ist alles, was ich von ihm weiß. – Aber ich will nicht abschweifen: – Also, ich bin in meiner Verzweiflung zum Zrcadlo gelaufen. Im Zimmer war's schon fast ganz dunkel, und er is an der Wand gestanden, als hätt' er auf mich gewartet. So kam's mir vor, denn ich hab' seine Gestalt kaum mehr unterscheiden können. – Ich hab' ihn mit deinem Namen angerufen, aber er hat sich nicht in dich verwandelt wie sonst. – Ich lüg' dich nicht an, Thaddäus, aber plötzlich, ich schwöre dir's, war statt seiner ein anderer da, den ich noch nie vorher gesehen hab'. – Es war kein Mensch mehr, – nackt bis auf ein Hüftentuch, schmal um die Schultern und etwas Schwarzes, Hohes auf dem Kopf, das aber doch in der Finsternis geglitzert hat.« –

»Sonderbar, sonderbar, ich hab' heute Nacht von so einem Wesen geträumt« – der Herr kaiserliche Leibarzt griff sich sinnend an die Stirn. – »Hat er mit dir gesprochen?«

»Er hat etwas gesagt, was ich jetzt erst versteh'. – Er hat gesagt: ›Sei froh, dass das Bild zerbrochen ist! Hast du dir denn nicht immer gewünscht, es soll zerbrechen? – Ich hab' dir deinen Wunsch erfüllt, warum weinst du? – Es war ein trügerisches Bild. Sei nicht traurig.‹ – Und er hat noch mehr gesagt: Von einem Bild in der Brust, das nie zerbrechen kann; und von einem Land der ewigen Jugend hat er gesprochen, aber ich hab's nicht recht begriffen, denn ich war ganz verzweifelt und hab' immer nur geschrien: ›Gib mir mein Bild zurück!‹«

»Und deshalb hat's dich zu mir –?«

»Ja, deshalb hat's mich zu dir gezogen. – Schau mich jetzt nicht an, Thaddäus; es tät mir weh, wenn ich in deinen Augen einen Zweifel lesen müsst! Und es klingt so – so dumm, wenn ich als altes Weib und als – als Auswurf der Menschheit es sag: – Ich – ich hab' dich immer lieb gehabt, Thaddäus. Dich und dann später: dein Bild; aber es hat meine Liebe nicht zurückgegeben. – Es hat mir nicht geantwortet – so aus dem Herzen heraus, mein' ich. Weißt du? Es war immer stumm und tot. – Und ich hätt' doch so gern geglaubt, dass ich dir nur ein bissel was gewesen bin, aber ich hab's nicht können. – Ich hab' gespürt, dass ich mich selber anlüg', wenn ich mir's hab einreden wollen. –

Und ich wär so glücklich gewesen, wenn ich's nur ein einziges Mal hätt' wirklich glauben können. –

Lieb hab' ich dich gehabt, wie du dir's gar nicht vorstellen kannst. – Und nur dich allein. Nur dich. Von der ersten Stunde an.

Und dann hat's mir Tag und Nacht keine Ruh gelassen, und ich hab' zu dir gehen wollen und dich um ein neues Bild bitten. – Aber ich bin immer wieder umgekehrt. Ich hätt's nicht überleben können, dass du mir ›nein‹ sagst. Ich hab' doch gesehen, dass du mir neulich schon das erste hast wegnehmen wollen, weil du dich geschämt hast, dass es auf meiner Kommode steht. – Endlich hab' ich mich aber doch hergetraut und –«

»Lisinko, ich – meiner Seel und Gott – ich hab' kein Bild von mir! Ich hab' mich seitdem nie mehr fotografieren lassen«, beteuerte der Pinguin eifrig, »aber sobald mir in Pisek sin, verspreche ich dir –«

Die ›böhmische Liesel‹ schüttelte den Kopf: »Ein so schönes Bild, wie du's mir vorhin geschenkt hast, Thaddäus, kannst du mir nicht geben. Ich werd's immer bei mir herumtragen, und es wird nie mehr zerbrechen. – Aber jetzt, leb wohl, Thaddäus!«

»Liesel, was fällt dir ein – Lisinko!«, rief der Pinguin und haschte nach ihrer Hand. »Jetzt, wo mir sich endlich gefunden haben, willst du mich allein lassen?! –«

Aber die Alte stand bereits an der Türe und winkte ihm unter Tränen lächelnd zu.

»Lisinko, um Gottes willen, hör' mich doch an!« –

Eine Explosion, so fürchterlich, dass die Fensterscheiben klirrten, zerriss die Luft.

Gleich darauf sprang die Türe auf, und der Hausknecht

Ladislaus stürzte totenblass herein: »Vásnosti, Exlenz, sie kommen sich die Schlossstiegen herauf! Fliegte sich die ganze Stadt in die Luft.«

»Meinen Hut! – Meinen – meinen Degen!«, schrie der kaiserliche Leibarzt, »meinen Degen!« – Mit blitzenden Augen, die Lippen schmal und zusammengebissen, stand er mit einemmal in seiner ganzen ungeheuren Größe hoch aufgerichtet da, eine solch wilde Entschlossenheit im Gesicht, dass der Diener zurückprallte. – »Meinen Degen will ich haben! Verstehst du nicht?! – Ich werd' den Hunden zeigen, was es heißt, die königliche Burg zu stürmen. – Weg da!«

Ladislaus stellte sich vor die offene Tür: »Exlenz, werden sich *nicht* gähn! – Ich duld's nicht.«

»Was soll das heißen? Weg da, sag ich!«, schäumte der Leibarzt.

»Ich lass' ich Euer Exlenz nicht durch! Können S' mi, bitte, niederschlagen, aber durch lass' ich Ihnen nicht!« – der Diener, weiß wie der Kalk an der Wand, wich nicht von der Stelle.

»Kerl, bist du verrückt geworden! Gehörst du auch zu der Bande! Meinen Degen her!«

»Exlenz haben sich keinen Dägen nicht, und es ise sich alles umesunst. Es ist der sichere Tod draußen! – Mut is schän, abe hat e sich kan Zweck nicht. – Ich führ ich Ihnen später, wenn Sie wollen, durch den Schlosshof hinüber zum Erzbischöflichen Palajs. – Von durten ise sich leicht in der Finstern entkommen. – Ich hab' ich die schwäre eichene Pfurten zug'spirrt. So schnell brechen sich mir die nicht herein. – Ich derf ich's nicht mit ansägen, dass sich Knäherr in die offne Todesgoschen hineinlauft!«

Der Herr kaiserliche Leibarzt kam zur Besinnung.

Er sah sich um: »Wo ist die Liesel?«

»Furt – pric.«

»Ich muss ihr nach, wo ist sie hin?«

»Das weiß ich nicht.«

Der kaiserliche Leibarzt stöhnte auf – wurde plötzlich wieder ratlos. »Exlenz missen sich zuverderscht amal urdentlich anziegen«, redete ihm der Hausknecht beruhigend zu. »Haben, bitte, noch gar kan Schlips umedum. Nur keine Ieberstirzung nicht! – Dann geht e sich am schnellsten. – Bis Nachmittag versteck ich Ihnen, und dann wird der ärgste Sturm vorieber sein. Vorläufig. – Dann werd' ich schaugen, dass ich Ihnen die Droschken verschaff. – Mit dem Wenzel hab' ich schon g'sprochen. Er wird sich, wann's dunkel wird, mit dem Karlitschek am Strahower Tor warten. Dorten ise alles ruhig. – Und bis da hinaus kommt auch haarschweinlich kein Mensch nicht. – So. – Und noch geschwind Handknäpfel hinten zuzwicken, sunst rutscht e sich Kragen in die Hähe. – Fertig. –

Jetzt, freilich, missen sich Exlenz hier warten, aber es nutzt nix. Gähte sich nicht anderscht. Hab' ich mir alles genau ieberlegt. –

Für später brauchen S' auch keine Sorgen nicht haben. Ich räum' hier schon auf. – Mich werden's schon nicht erschlagen. 's wäre auch nicht so leicht. – Und dann bin ich doch selbe Bähmm.« –

Ehe der Herr kaiserliche Leibarzt noch Widerspruch erheben konnte, hatte Ladislaus bereits das Zimmer verlassen und die Türe hinter sich abgesperrt. –

In unerträglicher Langsamkeit, mit schwer bleiernen Gewichten an den sonst so beschwingten Füßen schleppten sich die Stunden für den Pinguin dahin.

Stimmungen aller Art befielen ihn und ließen wieder ab von ihm, um neuen Platz zu machen: von Wutausbrüchen, in denen er mit geballten Fäusten an die verschlossene Tür hämmerte und nach Ladislaus schrie, angefangen bis zur müden Resignation.

Nüchterne Momente kamen, die ihn Hunger spüren und eine im Hamsterschränkchen versteckte Salami aufstöbern ließen; – tiefste Niedergeschlagenheit, seinen Freund Elsenwanger verloren zu haben, wechselte mit minutenlang auftauchender, beinahe jugendlicher Zuversicht, in Pisek ein neues Leben zu beginnen.

Gleich darauf sah er ein, wie töricht eine solche Hoffnung sei und dass derartig sanguinische Pläne selbstverständlich im Sande verlaufen müssten.

Bisweilen kam es wie eine gewisse verstohlene Befriedigung über ihn, dass die ›böhmische Liesel‹ auf seinen Antrag, Haushälterin bei ihm zu werden, nicht eingegangen war, und eine Minute später schämte er sich wieder bis in die Seele hinein, die warmen Worte, die er zu ihr gesprochen hatte, so bald schon als knabenhafte Übereilung – sozusagen als studentische Bocksprünge – empfinden zu können, ohne rot zu werden. –

»Statt dass ich das Bild, das sie von mir heimgenommen hat, selber hochhalte, trete ich es mit eigenen Füßen in den Schmutz. – Ein Pinguin? Ich? Froh könnt' ich sein, wenn ich's wäre. – Ein Schwein bin ich!«

Der unerquickliche Anblick des wüsten Durcheinanders ringsum verriefte noch seine Melancholie.

Aber nicht einmal Trauer und Selbstbeweinung konnten sich in ihm dauernd festsetzen. – Die Reue verflog, wenn er an den Glanz dachte, den er im Gesicht der Alten hatte aufleuchten sehen, und wurde zu einer wortlosen, jubelnden Freude in seinem Herzen, die er sich als kommende schöne Tage in Karlsbad und später in Pisek weiter ausmalte und gegenständlich machte. –

Er zog gewissermaßen alle die ›Ichs‹, die sein Leben ausgemacht hatten, noch einmal an, ehe er auf – die Reise ging.

Der ›Pedant‹ war das letzte Kleid, in das er sich hüllte.

Das Getöse und das Stimmengewirr, das von draußen her von Zeit zu Zeit an sein Ohr schlug – laut brausend wie die wilde Jagd bisweilen und dicht am Fuße der Burg, dann wieder zu lautloser Stille erstorben, wenn die Wogen des Aufruhrs zurückebbten –, fanden keinen Eingang in sein Interesse. – Alles, was mit dem Pöbel und seinen Taten zusammenhing, war ihm von Kindesbeinen an verächtlich, gleichgültig oder hassenswert gewesen.

»Ich muss mich vor allem rasieren«, sagte er selbst »das Übrige findet sich dann von selbst. – Als Stoppelfeld kann ich nicht auf die Reise gehen!«

Bei dem Wort ›Reise‹ gab's ihm einen leisen Ruck. – Es war, als hätte sich eine Sekunde lang eine dunkle Hand auf sein Herz gelegt. –

Im selben Augenblick fühlte er im Innersten, dass es seine letzte Reise sein würde, aber die Lust sich zu rasieren und voll Muße und Gelassenheit Ordnung in seinem Zimmer zu schaffen, ehe er ging, ließ es auch nicht zu einer Spur von Unruhe oder Besorgnis in ihm kommen.

Die erwachende Ahnung seiner Seele, dass in Bälde die Walpurgisnacht des Lebens einem strahlenden Tag weichen werde, erfüllte ihn mit Behagen, und die unbestimmte, aber freudig zitternde Gewissheit, er brauche nichts auf Erden zurückzulassen, dessen er sich schämen müsste, stimmte ihn froh.

Er war mit einemmal eine wirkliche Exzellenz geworden.

Mit peinlicher Sorgfalt rasierte und wusch er sich, schnitt und polierte seine Nägel, legte Hose um Hose in die Bügelfalten und hängte sie in den Schrank, Röcke und Westen darüber auf die Achselspreizen, ordnete die Kragen in symmetrische Kreise und die Krawatten zu einer farbenprächtigen Flaggengala.

Das Wasser wurde in den Toiletteneimer gegossen, die Kautschukwanne zusammengerollt und jeder Stiefel behutsam über seinen Leisten gezogen. Dann wurden die leeren Koffer aufeinander geschichtet und an die Wand geschoben –

Ernst, aber ohne Vorwurf im Herzen, klappte er zuletzt die ›blonde Kanaille‹ zu und band ihr, auf dass sie nie mehr gegen den Stachel löcke, wer auch immer in Hinkunft ihn gegen sie schwänge, die blaue Schnur mit dem Schlüssel in die Schnauze. –

Bis dahin hatte er nicht darüber nachgedacht, welchen Anzug er zu seiner Reise wählen solle; – er brauchte es auch jetzt nicht zu tun; Der richtige Einfall kam in der richtigen Sekunde.

Die Galauniform, die er seit Jahren nicht mehr getragen hatte, hing in einem tapetenbeklebten Wandschrank, sein Degen daneben, der samtene Dreispitz darüber.

Er zog sie an, in würdevoller Ruhe, Stück für Stück: die schwarzen Pantalons mit den goldenen Streifen, die glänzenden Lackstiefel, den goldbordürten Leibrock mit den zurückgenähten Schößen, das schmale Spitzenjabot unter der Weste – schnallte den Degen mit dem Perlmuttergriff um und schlüpfte mit dem Kopf durch die Kette, an der das Schildkrötlorgnon hing.

Das Nachthemd legte er in das Bett und strich mit der Hand über das Polster, bis auch die letzten Knitter verschwunden waren.

Dann setzte er sich an den Schreibtisch, versah, wie sein Freund Elsenwanger es gewünscht hatte, den vergilbten leeren Briefumschlag mit dem nötigen Vermerk, zog aus einer Schublade das Testament und schrieb an den Schluss:

»Mein Vermögen in Wertpapieren gehört, wenn ich sterbe, dem Fräulein Liesel Kossut, Hradschin, Neue-Welt-Gasse Nr. 7, Paterre oder, falls sie vor mir mit Tod abgehen sollte: meinem Diener, dem Herrn Ladislaus Podrouzek, nebst allen meinen übrigen Habseligkeiten.

Lediglich die Hose, die ich heute getragen habe – sie hängt am Kronleuchter –, ist meiner Haushälterin auszufolgen.

Für die Bestattung meiner Leiche hat, laut kaiserlichem Hausgesetz, § 13, der k. u. k. Schlossfonds Sorge zu tragen.

Hinsichtlich des Beerdigungsortes hege ich keinerlei Wünsche; lieb wäre mir, falls der Fonds die diesbezüglichen Überführungskosten bewilligen sollte, immerhin der Gottesacker in Pisek; ausdrücklich jedoch lege ich hier fest, dass meine irdischen Überreste *unter keinen Umständen* durch die Eisenbahn oder ähnliche maschinelle Transportmittel befördert werden und insbesondere nicht unten in Prag oder anderen jenseits von Flüssen gelegenen Ortschaften beigesetzt werden dürfen.«

Als das Testament versiegelt war, schloss der Herr kaiserliche Leibarzt seinen Folianten auf und holte die sämtlichen versäumten Eintragungen nach. –

Nur in einem einzigen Punkt wich er dabei von den Gepflogenheiten seiner Vorfahren ab: Er setzte seinen Namenszug darunter und zog mit dem Lineal einen Strich.

Er fühlte sich dazu berechtigt, da er keine leiblichen Nachkommen besaß, die es später für ihn hätten besorgen können.

Dann zog er sich gemächlich die weißen Glacéhandschuhe an.

Dabei fiel sein Blick auf ein verschnürtes Päckchen, das auf dem Boden lag.

»Es gehört vermutlich der Liesel«, murmelte er. »Ganz richtig: Sie wollte es mir heut' Morgen geben, hat sich aber nicht getraut.«

Er knüpfte den Faden auf und – hielt ein Taschentuch, ›L. K.‹ gestickt, in der Hand; – dasselbe, an das er im ›Grünen Frosch‹ so lebhaft hatte denken müssen.

Gewaltsam kämpfte er die Rührung, die in seiner Brust aufsteigen wollte, nieder – ›Tränen vertragen sich nicht mit der Uniform einer Exzellenz‹ –, aber er drückte einen langen Kuss darauf.

Als er es in seine Brusttasche steckte, bemerkte er, dass er sein eigenes Tuch vergessen hatte.

»Brave Lisinka, sie denkt an alles. Jetzt wär' ich beinahe ohne Taschentuch auf die Reise gegangen!« – flüsterte er vor sich hin.

Es kam ihm durchaus nicht sonderbar vor, dass genau in dem Augenblick, als seine sämtlichen Vorbereitungen beendet waren, ein Schlüssel draußen rasselte und ihn aus seinem Gefängnis befreite.

Er war gewohnt, dass alles am Schnürchen ging, wenn er seine Galauniform anhatte.

Kerzengerade schritt er an dem verblüfften Ladislaus vorbei die Treppe hinab.

Als verstünde es sich von selbst, dass die Droschke unten vor dem inneren Schlosstor seiner harre, beantwortete er nur mit einem kühlen: »Ich weiß«, die hervorgesprudelte Nachricht des Dieners: »Exlenz! Vasnosti! Bitt schän, ise sich jetzt monumentan keine Gefahr nicht. Kannen sich gleich hier einsteigen. – Alle sin sich drieben im Dom, wo grad Ottokar III. Borivoj zum Kaiser der Welt gekränt wird.«

Der Kutscher riss ehrerbietig den Hut vom Kopf, als er die hohe, schlanke Gestalt und das vornehm ruhige Gesicht seines Herrn im Dämmerlicht des Schlosshofes erkannte, und machte sich sofort am Wagen zu schaffen.

»Nein, das Dach bleibt unten!«, befahl der kaiserliche Leibarzt. – »Fahr – in die ›Neue Welt‹!«

Dem Diener wie dem Kutscher blieb das Herz stehen vor Schreck.

Aber keiner von ihnen wagte einen Widerspruch.

Ein angstvoller Schrei lief die krumme Mauer entlang, als die Droschke mit dem gespenstischen isabellfarbenen Klepper davor die in der schmalen Gasse über dem Hirschgraben versammelten Greise und Kinder vor sich hertrieb. »Die Soldaten sind da! Heiliger Vaclav, bitt für uns!«

Vor dem Haus Numero 7 blieb ›Karlitschek‹ stehen.

Beim Schein einer trübselig brennenden Laterne sah der Herr kaiserliche Leibarzt, dass eine Gruppe Weiber vor der verschlossenen Tür der Hütte stand und sie öffnen wollte.

Einige von ihnen waren, niedergebeugt, um einen dunklen Fleck auf der Erde geschart – andere spähten ihnen neugierig über die Schultern.

Sie wichen scheu zurück, als der kaiserliche Leibarzt ausstieg und unter sie trat. –

Auf der Bahre aus vier Stangen lag leblos die ›böhmische Liesel‹.

Eine tiefe Wunde klaffte ihr über den Scheitel bis hinab in den Nacken.

Der Herr kaiserliche Leibarzt wankte einen Augenblick und griff sich ans Herz.

Er hörte, dass jemand neben ihm halblaut sagte: »Sie hat sich, heißt es, vors südliche Burgtor gestellt und es verteidigen wollen; sie haben sie erschlagen.«

Er kniete nieder, nahm den Kopf der Alten zwischen beide Hände und blickte ihr lange in die gebrochenen Augen.

Dann küsste er die Tote auf die Stirn, legte sie vorsichtig wieder auf die Bahre zurück, stand auf und stieg in den Wagen.

Durch die Menge zuckte das Entsetzen.

Die Weiber bekreuzigten sich stumm. –

»Wohin soll ich fahren?«, fragte der Kutscher mit bebenden Lippen.

»Gradaus«, murmelte der kaiserliche Leibarzt. »Gradaus, Immer – gradaus.«

Die Droschke schwankte über nebeldunstige, feuchte, grundlose Wiesen und über weich gepflügte sprossende Äcker:

Der Kutscher fürchtete sich vor den Landstraßen; jede Stunde konnte den Tod bringen, wenn man die gold schimmernde Uniform seiner Exzellenz drin in dem offenen Wagen erkannte.

›Karlitschek‹ stolperte und stolperte, brach fast in die Knie und musste immer wieder mit den Zügeln empor gerissen werden. Plötzlich versank das eine Rad, und das Gefährt neigte sich auf die Seite.

Der Mann sprang ab: »Euer Gnaden, ich firchte, die Achse is gebrochen!«

Der kaiserliche Leibarzt gab keine Antwort, stieg aus, schritt mit langen Beinen in die Dunkelheit hinein, als ginge ihn das alles gar nichts an.

»Exlenz! Bitte, zu warten! Der Schaden is nicht so groß. – Exlenz! Ex-lenz!«

Der kaiserliche Leibarzt hörte nicht.

Ging immer geradeaus.

Eine Böschung.

Ein grasbewachsener Damm.

Er klomm ihn hinauf.

Niedrige Drähte, an denen ein feiner unspürbarer Wind als leises drohendes Klingeln entlang fuhr. –

Der kaiserliche Leibarzt stieg darüber hinweg.

Ein Schienenweg lief in den letzten Glanz des erlöschenden Himmels – wie in die Unendlichkeit hinein.

Der kaiserliche Leibarzt trat mit langen Beinen von einer Schwelle zur andern – wanderte geradeaus und geradeaus.

Es erschien ihm wie Klettern auf einer waagrecht liegenden Leiter, die kein Ende nehmen wollte.

Unverwandt hielt er die Augen auf den Punkt in der Ferne gerichtet, in dem die Schienen zusammenliefen.

»Dort, wo sie sich schneiden, ist die Ewigkeit«, murmelte er, »in diesem Punkt geschieht die Verwandlung! – Dort muss – dort muss Pisek sein.«

Die Erde fing an zu zittern.

Der kaiserliche Leibarzt fühlte deutlich das Beben der Schwellen unter seinen Füßen.

Ein Brausen wie von unsichtbaren Riesenflügeln ging durch die Luft.

»Es sind meine eigenen«, murmelte der kaiserliche Leibarzt; »ich werde fliegen können.«

Plötzlich stand auf dem Schnittpunkt der Schienen in der Ferne ein schwarzer Klumpen und wuchs und wuchs.

Ein Zug mit verlöschten Lichtern donnerte heran. Winzige rote Punkte wie Korallenschnüre flogen ihm zu beiden Seiten nach: die türkischen Mützen bosnischer Soldaten, die aus den Wagenfenstern schauten.

»Das ist der Mann, der die Wünsche erfüllt! Ich erkenne ihn. Er kommt auf mich zu!«, rief der kaiserliche Leibarzt laut in die Luft hinein und starrte die Lokomotive an. »Ich danke dir, mein Gott, dass du ihn mir geschickt hast!«

In der nächsten Minute hatte ihn die Maschine erfasst und zermalmt.

9

Die Trommel Luzifers

Polyxena stand in der Sakristei der Kapelle ›Allerheiligen‹ im Dom und ließ, stumm und in Erinnerungen versunken, mit sich geschehen, dass Bozena und eine andere Dienerin, die sie nicht kannte, ihr ein morsches, zerschlissenes, moderig riechendes Gewand, mit erblindeten Perlen, Gold und Juwelen bestickt – geraubt aus der Schatzkammer –, über das weiße Frühlingskleid legten, das sie trug, und es beim Schein der hohen, armdicken Wachskerzen mit Nadeln und Spangen feststeckten. Die letzten Tage lagen hinter ihr wie ein Traum. Sie sah sie vorüberschweben wie Bilder, die noch einmal aufwachen wollen, ehe sie für immer schlafen gehen, wesenlos, schattenhaft und vom Nachfühlen abgetrennt, als gehörten sie einer Zeit an, die niemals existiert hat – langsam abrollend, von mattem, stumpfem Licht umflossen. Wie eins nach dem andern verschwindet, tritt jedes Mal in den Zwischenräumen die dunkelbraune Maserung der alten, wurmstichigen Kirchenschränke hervor, als wolle der Hauch der Gegenwart sich melden und wispern, dass sie noch lebe.

Bis zu der Stunde, als sie aus der Daliborka geflohen und durch die Straßen geirrt war, um auf halbem Wege abermals zu dem Wärterhäuschen im Lindenhof zurückzulaufen und die ganze Nacht bei dem vor Herzkrämpfen bewusstlosen Geliebten zu sitzen mit dem festen Entschluss, ihn nie mehr zu verlassen, konnte Polyxena in ihren Erinnerungen zurückfinden; alles, was vorher lag: die Umgebung ihrer Kindheit, das ganze Dasein bis dahin, ihre Klosterzeit, die unter Greisen, Greisinnen, verstaubten Büchern und trostlosen, aschgrauen Dingen aller Art verbrachten Jahre – alles schien ihr unwiederbringlich versunken, als habe es statt ihr ein empfindungsloses Porträt erlebt. –

Aus diesem schwarzen Hintergrund drangen jetzt Worte hervor, und Bilder aus den jüngst vergangenen Tagen reihten sich an:

Sie hört den Schauspieler reden wie damals in der Daliborka, aber eindringlicher noch und zu einer kleinen Versammlung: zu den Aufrührern der ›Taboriten‹, zu ihr und zu Ottokar. – Es ist in einer schmutzigen Stube eines alten Weibes, das man die ›böhmische Liesel‹ nennt. Eine Lampe schwelt. – Einige Männer lehnen umher und lauschen den Worten des Besessenen. Sie glauben wieder, wie in der Daliborka, er sei in Jan Zizka, den Hussiten, verwandelt.

Auch Ottokar glaubt es. –

Nur sie allein weiß, dass es nichts als Erinnerungen an eine alte, vergessene Legende sind, die aus ihrem Hirn, Formen gewinnend, hinüberwandern in das des Schauspielers, um dort zu spukhafter Wirklichkeit zu werden. – Ohne dass sie es beabsichtigt: Das magische ›Aweysha‹ strömt aus ihr, aber sie kann es nicht hemmen und nicht lenken – es wirkt selbsttätig, scheint anderen als ihren Befehlen zu gehorchen –, es wird nur in ihrer Brust geboren, und dort entspringt es, aber die Zügel führt eine fremde Hand. Die unsichtbare Hand ihrer gespenstischen Ahne Polyxena Lambua mag es sein, fühlt sie.

Dann wieder zweifelt sie daran und möchte glauben, dass es das Gebet der Stimme im Lindenhof ist, das um Stillung der Sehnsucht Ottokars, nach Erfüllung ringt und die magische Kraft des ›Aweysha‹ in Bewegung setzt. – Ihre eigenen Wünsche sind gestorben. – »Ottokar soll gekrönt werden, wie er es in seiner Liebe um meinetwillen begehrt, und sei es auch nur für eine kurze Stunde. – Ob ich dabei glücklich werde – was kümmert's mich!« – das ist das Einzige, was in ihr noch wunschhaft flüstern kann, und auch das spricht eher ihr Konterfei als sie selber: – dahinter verbirgt sich vampirgleich der unsterbliche Keim der alten blutdürstigen Brandstifterrasse, der sich auf sie vererbt hat seit Geschlechtern und sie nur vorschiebt als Werkzeug, um teilzuhaben am Leben und der Furchtbarkeit der herannahenden Geschehnisse. – Sie sieht vor sich in den Gesten und Reden des Schauspielers, wie die Sage von Zizka, dem Hussiten, allmählich sich wandelt und sich der Gegenwart anpasst – ihr graut.

Sie sieht das Ende voraus: Das Gespenst Jan Zizkas wird die Wahnwitzigen in den Tod führen.

Und Bild um Bild wirbelt das magische ›Aweysha‹ ihre Vorahnungen ins Reich des Körperlichen hinein, auf dass Ottokars Sehnsucht aus einem Luftschloss zu Wirklichkeit werde: Zrcadlo befiehlt mit der Stimme Zizkas, dass Ottokar gekrönt werden soll, und besiegelt die prophetischen Worte, indem er dem Gerber Stanislav Havlik das Amt überträgt, aus seiner Haut eine Trommel zu fertigen; dann stößt er sich selbst – ein Messer ins Herz.

Der Weisung gemäß beugt sich Havlik über die Leiche. Die Männer fliehen, von Grausen gepackt.

Nur sie hält es unerbittlich an der Tür fest: Das Konterfei in ihr will zusehen – will zusehen.

Endlich, endlich hat der Gerber sein blutiges Werk vollbracht. –

Ein anderer Tag taucht vor ihr auf:

Stunden des Rausches und verzehrende Liebe kommen und schwinden.

Ottokar hält sie umfangen und spricht zu ihr von einer nahenden Zeit des Glücks, der Pracht und der Herrlichkeit. – Mit allem Glanz der Erde will er sie umgeben. Keinen Wunsch wird sie haben, den er ihr nicht erfüllen könnte. – Unter seinen Küssen zerbricht die Fantasie die Fessel ›Unmöglichkeit‹. Aus der Hütte im Lindenhof wird ein Palast. –

Sie sieht in seinen Armen das Luftschloss erstehen, das er für sie baut. – Er reißt sie an sich, und sie fühlt, dass sie sein Blut empfängt und Mutter sein wird. – Und sie weiß, dass er sie damit unsterblich gemacht hat – dass aus der Brunst die Inbrunst keimen wird – dass aus Verweslichem das Unverwesliche sprießt: das ewige Leben, das eins aus dem andern gebiert.

Ein neues Erinnerungsbild: die Zyklopengestalten des Aufruhrs sind wieder um sie her: Männer mit ehernen Fäusten, in blauen Blusen, Scharlachbinden um die Ärmel.

Sie haben eine Leibwache gebildet.

Nennen sich nach dem Vorbild der alten Taboriten; ›Die Brüder vom Berge Horeb‹.

Tragen Ottokar und sie durch die rot beflaggten Straßen.

Wie Blutschwaden wehen die Fahnen von den Häusern: eine heulende, rasende Menge mit Fackeln neben ihnen und hinter ihnen drein:

»Hoch, Ottokar Borivoj, Kaiser der Welt, und seine Gemahlin Polyxena!« –

Sie hört den Namen ›Polyxena‹ fremdartig, als gelte er nicht ihr: Sie spürt, dass das Konterfei der Ahne in ihr triumphiert und die Huldigung auf sich bezieht.

Wenn das Brüllen für Sekunden verstummt, lacht grell die Trommel des Gerbers Havlik auf, der, in ekstatischer Wildheit die Zähne gefletscht – ein Tigermensch –, dem Zuge voranschreitet.

Aus Seitengassen gellen Todesschrei und Kampfgetöse; vereinzelte Volkshaufen, die Widerstand leisten, werden niedergemetzelt.

Sie ahnt dumpf, dass es auf den stummen Befehl des Bildnisses in ihrer Brust geschieht, und ist voll Freude, dass Ottokars Hände rein von Mord bleiben.

Er hält sich an den Köpfen der Männer, die ihn tragen, und sein Gesicht ist weiß. – Er hält die Augen geschlossen. –

So geht es die Schlossstiege empor zum Dom.

Eine Prozession des Wahnsinns.

Polyxena kam zu sich; statt der Bilder ihrer Erinnerung umgaben sie wieder die kahlen Wände der Sakristei, und die Maser der alten Schränke wurde deutlich.

Sie sah, dass Bozena sich niederwarf und den Saum ihres Kleides küsste – sie suchte in der Miene des Mädchens zu lesen:

Keine Spur von Eifersucht oder Schmerz darin. Nur Freude und Stolz.

Dröhnend fielen die Glocken ein und ließen die Flammen der Kerzen erzittern. –

Polyxena trat ins Kirchenschiff.

Anfangs war sie wie blind in der Finsternis – allmählich erst sah sie unter den gelben und roten Lichtern die tragenden silbernen Leuchter erstehen. –

Dann ringen schwarze Männer mit einer weißen Gestalt zwischen den Säulen und wollen sie zwingen, zum Altar zu gehen.

Der Priester, der sie trauen soll.

Sie sieht: Er weigert sich – wehrt sich, hebt ein Kruzifix in die Höhe.

Dann: ein Schrei. Ein Fall.

Man hat ihn erschlagen.

Getümmel.

Warten. – Gemurmel. – Totenstille.

Dann wird die Kirchentür aufgerissen,

Fackelglanz fließt von draußen in den Raum.

Die Orgel erschimmert rötlich.

Sie bringen einen Mann in brauner Kutte geschleppt.

Sein Haar ist schneeweiß.

Polyxena erkennt ihn: Es ist der Mönch, der täglich in der Georgskrypta den gemeißelten schwarzen Stein: ›die Tote, die eine Schlange statt eines Kindes unter dem Herzen trug‹, erklärt. –

Auch er weigert sich, zum Altar zu gehen!

Drohende Arme recken sich nach ihm.

Er schreit und fleht, deutet auf die silberne Statue des Johann von Nepomuk. – Die Arme sinken nieder. –

Man horcht, was er spricht.

Verhandelt.

Murren.

Polyxena errät: Er ist bereit, Ottokar und sie zu trauen – jedoch nicht vor dem Altar.

›Er hat sein Leben gerettet‹, begreift sie, ›aber nur für eine kurze Spanne Zeit. – Man wird ihn erschlagen, sowie er den Segen gesprochen hat.‹ –

Im Geiste sieht sie wieder die Faust des furchtbaren Zizka, wie sie schmetternd auf einen Schädel niedersaust, und hört seine Worte:

»Kde más svou pleš! – Mönch, wo hast du deine Tonsur?« Diesmal wird sein Schemen die Faust der Menge führen, weiß sie. –

Man trägt eine Bank vor die Statue und legt einen Teppich über die Fliesen.

Ein Knabe kommt durch den Gang geschritten und bringt auf einem Purpurkissen einen elfenbeinernen Stab.

»Das Zepter Herzog Borivojs des Ersten!«, geht ein Raunen durch die Menge.

Man reicht es Ottokar.

Er nimmt es wie im Traum und kniet im Herrschermantel nieder. Polyxena neben ihm.

Der Mönch tritt vor die Statue.

Da ruft laut eine Stimme:

»Wo ist die Krone?!«

Unruhe erfasst das Volk, und es wird erst wieder still, als der Priester die Hand hebt.

Polyxena hört seine bebenden Worte. – Worte der Andacht und der Fürbitte, wie sie der Gesalbte gesprochen, und es überläuft sie wie Frost bei dem Gedanken, dass sie aus einem Munde kommen, der sich noch in derselben Stunde für ewig schließen soll. –

Die Trauung war vorüber.

Jubel brauste durch den Dom und erstickte einen leisen, wimmernden Schrei.

Polyxena wagt nicht, sich umzusehen; Sie wusste, was geschehen war.

»Die Krone!«, gellte wieder eine Stimme auf.

»Die Krone! Die Krone!« – hallt es von Bank zu Bank. –

»Bei der Zahradka ist sie versteckt«, schreit jemand. Alle drängen zur Tür.

Ein wildes Gewoge: »Zur Zahradka! Zur Zahradka! – Die Krone! – Holt die Herrscherkrone!« –

»Sie ist aus Gold! Mit einem Rubin auf der Stirn!« – kreischt es von der Chorgalerie. – Die Bozena ist es, die immer alles weiß.

»Rubin auf der Stirn«, läuft der Erkennungsruf von Mund zu Mund, und alle sind überzeugt, als hätten sie den Stein mit eigenen Augen gesehen. –

Ein Mann steigt auf einen Sockel. – Polyxena sieht: Es ist der Lakai mit dem stieren Blick.

Er fuchtelt mit den Armen in der Luft herum und schrillt beutegierig, sodass seine Stimme überschnappt: »Im Waldsteinpalais liegt die Krone.«

Niemand zweifelt mehr:

»Im Waldsteinpalais liegt die Krone!«

Hinter der johlenden Meute her zogen finster und schweigsam die ›Brüder vom Berge Horeb‹, wieder – wie auf dem Gang zum Dom – Ottokar und Polyxena auf den Schultern.

Ottokar trägt den Purpurmantel des Herzogs Borivoj und in der Hand das Zepter.

Die Trommel ist stumm.

Unversöhnlicher Hass gegen den lärmenden Pöbel, der in einem Atem begeistert sein kann und nach Raub und Plünderung lechzt, steigt heiß in Polyxena auf. – ›Ärger als die Bestien sind sie und feiger als die feigsten Köter‹ – und sie denkt mit tiefer, grausamer Befriedigung an das Ende, das unabwendbar kommen muss: das Rasseln der Maschinengewehre und – ein Berg von Leichen. Sie blickt zu Ottokar hin und atmet befreit auf: ›Er sieht und hört nicht. Ist wie im Traum. Gebe Gott, dass ihn ein schneller Tod ereilt, ehe das Erwachen kommt.‹

Was mit ihr selbst geschehen wird, ist ihr gleichgültig.

Das Tor des Wallensteinpalais' ist fest verrammelt. Die Menge will die Gartenmauer erklimmen – fällt mit blutigen Händen zurück: Flaschenscherben und eiserne Spitzen überall auf den Simsen. –

Einer der Männer bringt einen Balken.

Hände packen zu.

Zurück und vor. Zurück und vor: mit dumpfem Krach Breschen in die Eichenplanken schlagend, rennt das Ungetüm wieder und wieder auf das Hindernis los, bis sich die eisernen Angeln verbiegen und die Pforte in Trümmer birst. –

Ein Pferd, rot gezäumt, mit gelben, gläsernen Augen, steht mitten im Garten, auf dem Rücken eine Scharlachdecke und die Hufe auf ein Brett mit Rädern geschraubt.

Es wartet auf seinen Herrn.

Polyxena sah, dass Ottokar den Kopf vorbeugte, es anstarrte und die Hand auf die Stirn legte, als komme er plötzlich zu sich.

Dann trat einer der ›Brüder vom Berg Horeb‹ an das ausgestopfte Pferd heran, ergriff es beim Zügel, rollte es auf die Straße, und sie hoben Ottokar hinauf, indes die Rotte mit lodernden Fackeln in das offene Haus hineinstürmte.

Fenster fielen prasselnd auf das Pflaster, das Glas zerschellte in tausend Splitter, hinabgeschleudertes Silberzeug, vergoldete Harnische, juwelengeschmückte Waffen und bronzene Standuhren flogen klirrend von den Prellsteinen auf und häuften sich zu Bergen: Keiner der ›Taboriten‹ streckte die Hand danach aus.

Man hörte das laute Knirschen, wie die drinnen mit Messern die Gobelins an den Wänden zerfetzten.

»Wo ist die Krone?«, schreit der Gerber Havlik hinauf.

»Die Krone ist nicht hier« – Gebrüll und Gelächter– »Sie wird bei der Zahradka sein«, kommt's nach einer Weile aus wiehernden Mäulern zurück. –

Die Männer heben das Brett mit dem Pferd auf ihre Schultern, stimmen ein wildes hussitisches Lied an und marschieren, vor sich die bellenden Trommeln, zur Thunschen Gasse.

Hoch über ihnen, in wehendem Purpur, sitzt Ottokar auf dem Rosse Wallensteins, als reite er über ihre Köpfe hinweg.

Der Eingang zur Gasse war durch Barrikaden versperrt; eine Schar alter ergrauter Diener, angeführt von Molla Osman, empfing sie mit Revolverschüssen und einem Hagel von Steinwürfen.

Polyxena erkennt den Tataren an seinem roten Fez. Um Ottokar vor Gefahr zu schützen, richtet sie unwillkürlich einen Strom von Willen auf die Verteidiger – das ›Aweysha‹ fährt, fühlt sie, wie ein Blitz in ihre Reihen, sodass sie, von panischem Schrecken gepeitscht, die Flucht ergreifen.

Nur auf Molla Osman übt es keine Wirkung. Er bleibt ruhig stehen, hebt den Arm, zielt und schießt. Ins Herz getroffen wirft der Gerber Stanislav Havlik die Arme empor und bricht zusammen.

Das Kläffen der Trommel ist jäh verstummt.

Doch gleich darauf – Polyxena gerinnt das Blut vor Grauen – fängt es wieder an, dumpfer, grässlicher, aufpeitschender noch als früher. – In der Luft, von den Mauern widerhallend, aus der Erde heraus – überall. »Es gellt mir nur in den Ohren. Es ist unmöglich. Ich irre mich«, sagte sie sich vor und suchte mit den Augen: Der Gerber liegt auf dem Gesicht, die Finger in die Barrikaden verkrallt, aber die Trommel ist fort – nur ihr Wirbeln, plötzlich schrill und hoch geworden, rast im Wind.

Die ›Taboriten‹ räumten in fliegender Eile die Steine zur Seite und machten den Weg frei.

Der Tatar schoss und schoss, dann warf er seinen Revolver weg und lief im Trab die Gasse hinauf, ins Haus der Gräfin Zahradka, dessen Fenster hell erleuchtet waren.

Unablässig das entsetzliche Trommeln im Ohr, sieht Polyxena sich im Sturm vorwärts getragen, neben sich das ragende, schwankende, tote Pferd, von dem ein betäubender Geruch nach Kampfer ausgeht.

Hoch oben Ottokar.

In dem irren Schein der sich kreuzenden Lichter und Flammen der Fenster und Fackeln glaubt Polyxena einen schattenhaften Menschen dahinhuschen zu sehen, bald auftauchend, bald wieder verschwindend – bald da, bald dort.

Er ist nackt, wie ihr scheint, und trägt eine Mitra auf dem Kopf, doch kann sie ihn nicht genau unterscheiden. – Er bewegt die Hände vor der Brust, als rühre er eine unsichtbare Trommel.

Als der Zug vor dem Hause hielt, stand er plötzlich am obern Ende der Gasse, ein Gebilde aus Rauch – ein schemenhafter Tambour – und das Rasseln der Pauke kam wie aus weiter Ferne her.

›Er ist nackt; seine eigene Haut ist auf die Trommel gespannt. Er ist die Schlange, die in den Menschen wohnt und sich häutet, wenn sie sterben. – Ich – Grundwasser –‹ – die Gedanken Polyxenas verwirren sich. Dann sieht sie das weiße hassverzerrte Gesicht ihrer Tante Zahradka über den Eisenstäben des Balkons im ersten Stock, hört sie grell und spöttisch lachen und schreien: »Weg da, ihr Hunde! Weg da!« – Das Brüllen der Menge, die, nachdrängend, die Straße heraufzog, kam näher und näher: »Die Krone! – Sie soll ihm die Krone herausgeben! – Sie soll ihrem Sohn die Krone geben!«, heulten die Stimmen wütend durcheinander. –

»Ihr Sohn?!«, jubelte Polyxena auf, und eine wilde unbändige Freude zerreißt sie fast. »Ottokar ist von meiner Rasse!« –

»Was? – was wollen sie?«, fragte die Gräfin, nach rückwärts gewendet, ins Zimmer hinein,

Polyxena sieht von unten den Kopf des Tataren nicken und irgendetwas antworten, hört den beißenden Hohn, der aus der Stimme der Alten klingt:

»Gekrönt will er sein, der – der Vondrejc? – Ich werd' sie ihm selber aufsetzen – die Krone!«

Dann geht die Alte rasch ins Zimmer.

Ihr Schatten erscheint hinter den Gardinen, beugt sich nieder, als hebe er etwas auf, und richtet sich wieder empor.

Unten am Tor hämmern zornige Fäuste: »Aufmachen! Die Brecheisen her! – Die Krone!«

Gleich darauf tritt die Gräfin Zahradka wieder auf den Balkon hinaus – die Hände auf dem Rücken.

Ottokar, im Sattel des auf den Schultern der Männer stehenden Pferdes, ist mit dem Gesicht fast in gleicher Höhe mit dem ihrigen und nur durch einen geringen Zwischenraum davon getrennt.

»Mutter! Mutter!«, hört Polyxena ihn aufschreien. Dann schießt ein Feuerstrom aus der Hand der Greisin:

»Da hast du deine Königskrone, Bastard!« –

In die Stirn getroffen, stürzt Ottokar kopfüber vom Pferd.

Betäubt von dem furchtbaren Knall, kniete Polyxena neben dem Toten, rief immer wieder seinen Namen und sah nur, dass ein Blutstropfen auf seiner Stirne stand wie ein Rubin. Sie konnte das Geschehene nicht erfassen. Endlich verstand sie und wusste wieder, wo sie war. Aber sie sah nur spukhafte Bilder ringsum: ein rasendes Menschengetümmel, das das Haus stürmte – ein umgefallenes Pferd, an dessen Hufen ein grünes Brett befestigt war:

Ein ins Riesenhafte vergrößertes Spielzeug. Und daneben Ottokars schlafendes Gesicht! – ›Er träumt wie ein Kind vom Weihnachtsabend‹ – dachte sie bei sich.

»Sein Gesicht ist ruhig! – Das kann doch unmöglich der Tod sein? Und das Zepter! – Wie wird er sich freuen, wenn er aufwacht und sieht, dass er es immer noch hat!‹ –

›Warum nur die Trommel so lange schweigt?‹ – sie blickt

auf – ›freilich, der Gerber ist doch erschossen.‹ – Es kommt ihr alles so selbstverständlich vor: – dass die rote Lohe aus dem Fenster schlägt – dass sie wie in einer Insel sitzt, von einem brüllenden Menschenstrom umwogt – dass im Haus drin ein Schuss fällt, genauso absonderlich hallend und ohrenzerreißend wie vorher der erste – dass plötzlich die Menge sich, wie von Entsetzen ergriffen, zurückstaut und sie allein bei dem Toten lässt – dass die Luft um sie her aufschreit: »Die Soldaten kommen!«

– ›Es ist nichts Wunderbares dabei – ich hab' doch immer gewusst, dass es so kommen muss!‹ – neu und fast merkwürdig erscheint ihr nur, dass der Tatar mit einemmal mitten aus der Feuersbrunst auf den Balkon treten kann und mit einem Satz herabspringt – dass er ihr zuruft, ihm nachzugehen –, ein Befehl, dem sie Folge leistet, ohne zu wissen, warum – dass er die Gasse hinaufrennt, die Hände in die Höhe streckt und dass dort oben eine Reihe Soldaten mit bosnischem, rotem Fez steht, die Gewehre an der Wange, und ihn durchlässt. Dann hört sie, dass der Unteroffizier sie anbrüllt, sie solle sich niederwerfen.

›Niederwerfen? Warum? – Weil sie schießen werden? – Glaubt der Mensch, ich fürchte mich, dass sie mich treffen? – Ich trage doch ein Kind unter dem Herzen! Von Ottokar. – Es ist unschuldig, wie könnten sie es töten! – Der Keim der Rasse Borivoj, die nicht sterben kann, die nur schläft, um immer wieder aufzuwachen, ist mir anvertraut. – Ich bin gefeit.‹

Eine Salve kracht dicht vor ihr, sodass sie von der Erschütterung einen Herzschlag lang die Besinnung verliert, aber sie schreitet gelassen weiter.

Hinter ihr ist das Geschrei der Menge jählings erloschen. Die Soldaten stehen wie Zähne eines Rachens, dicht einer neben dem andern. Halten immer noch die Gewehre an der Wange.

Nur einer tritt klirrend zur Seite und lässt sie durch die entstehende Lücke. –

Sie wandert in den leeren Rachen der Stadt hinein und

glaubt das Trommeln des Mannes mit der Mitra wieder zu hören, gedämpft und mild, wie aus weiter Ferne; er führt sie, und sie geht ihm nach und kommt am Palais Elsenwanger vorüber:

Das Gittertor herausgerissen – der Garten ein Trümmerfeld; glimmende Möbel, die Bäume schwarz und die Blätter verkohlt.

Sie wendet den Kopf kaum: ›Warum soll ich hinschaun? Ich weiß doch: Da liegt das Bild der – Polyxena. – Jetzt ist es tot und hat Ruhe‹; – sie blickt an sich herunter und staunt über das Brokatgewand, das ihr weißes Kleid verhüllt.

Dann erinnert sie sich: ›Jaja, wir haben doch ›König und Königin‹ gespielt! – Ich muss es schnell ausziehen, ehe das Trommeln aufhört und der Schmerz kommt.‹

Dann steht sie an der Mauer vom Sacré-Cœur und zieht die Glocke: ›Dort drin, will ich, dass mein Bild hängt.‹

Im Zimmer des Herrn kaiserlichen Leibarztes Thaddäus Flugbeil steht der Diener Ladislaus Podrouzek, wischt sich mit dem Handrücken über die nassen Augen und kann und kann sich nicht beruhigen. –

»Nein, wie sich Seine Exzellenz, der Knäherr, alles selber noch so schön aufg'raamt hat! –«

»Hundsviech, arm's«, wendet er sich mitleidig an den zitternden ›Brock‹, der mit ihm hereingekommen ist und winselnd auf dem Boden nach einer Spur schnuppert, »hast du dich auch deinen Herrn verloren! No, lass nur, wir werden sich schon ananander gewähnen.«

Der Jagdhund hebt die Schnauze, stiert mit seinen halbblinden Augen zum Bett hin und heult.

Ladislaus folgt seinem Blick und bemerkt den Kalender: »Gut, dass ich's siech. Der Knäherr mächt sich schön giften, wenn er wüsst, dass er's vergessen hat« – und er reißt, bis die Ziffer ›1. Juni‹ erscheint, die verjährten Zettel ab und mit ihnen das Datum der Walpurgisnacht.